外国现代作家研究丛书

菲茨杰拉德研究

吴建国 著

上海外语教育出版社

图书在版编目(CIP)数据

菲茨杰拉德研究／吴建国著.—上海：上海外语教育出版社,2002
(外国现代作家研究丛书)
ISBN 7-81080-518-5

Ⅰ.菲… Ⅱ.吴… Ⅲ.①菲茨杰拉德-文学研究 ②菲茨杰拉德-生平事迹 Ⅳ.I712.065

中国版本图书馆 CIP 数据核字(2002)第 045146 号

出版发行：**上海外语教育出版社**
（上海外语大学内） 邮编：200083
电　　话：021-65425300（总机）
电子邮箱：bookinfo@sflep.com.cn
网　　址：http://www.sflep.com.cn　http://www.sflep.com
责任编辑：张逸岗

印　　刷：上海江杨印刷厂
经　　销：新华书店上海发行所
开　　本：850×1168　1/32　印张13.375　字数333千字
版　　次：2002年9月第1版　2006年5月第2次印刷
印　　数：2 100 册

书　　号：ISBN 7-81080-518-5 / I·039
定　　价：19.70 元

本版图书如有印装质量问题，可向本社调换

外国现代作家研究丛书

编辑委员会

主　编　汪义群
编　委　（按姓氏笔画排列）
　　　　　刘海平　李文俊
　　　　　汪义群　陆建德
　　　　　杨仁敬　郑克鲁
　　　　　陶　洁　郭继德
　　　　　黄源深　瞿世镜

普林斯顿大学幽默刊物《普林斯顿之虎》编辑部成员,后排居中为菲茨杰拉德

图片选自 Mary Jo Tate, *F. Scott Fitzgerald A to Z*

Here begins the new novel by the author of *The Great Gatsby* and *This Side of Paradise*. It will be completed in four numbers of SCRIBNER'S MAGAZINE

SCRIBNER'S MAGAZINE

VOL. XCV · JANUARY 1934 · No. 1

Tender Is the Night

A ROMANCE

By F. Scott Fitzgerald

On the pleasant shore of the French Riviera, about half way between Marseilles and the Italian border, stands a large, proud, rose-colored hotel. The style is Second Empire, with a beam of the crescent; deferential palms cool its flushed façade, and before it stretches a short dazzling beach. Lately it has become a summer resort of notable and fashionable people; a decade ago it was almost deserted after its middle-class English clientele went north in April. Now, there are many bungalows clustered near it, but when this story begins only the cupolas of a dozen old villas rotted like water lilies among the massed pines between Gausse's Hôtel des Etrangers and Cannes, five miles away.

The hotel and its bright tan prayer rug of a beach were one. In the early morning the distant image of Cannes, the pink and cream of old fortifications, the purple Alp that bounded Italy, were cast across the water and lay wavering with the ripples and rings sent up by sea-plants through the clear shallows. Before eight a man came down to the beach in a blue bathrobe and with much preliminary application to his person of the chilly water, and much grunting and loud breathing, floundered a minute in the sea. When he had gone, beach and bay were quiet for an hour. Merchantmen crawled westward on the horizon; bus boys shouted in the hotel court; the dew dried upon the pines. In another hour the horns of motors began to sound on the winding road up on the low range of the Maures, which separates the littoral from true Provençal France.

A mile from the sea, where the pines give way to dusty poplars, is an isolated railroad stop, whence one June morning in 1925 a victoria brought a woman and her daughter down to Gausse's Hotel. The mother's face was of a faded prettiness patted with broken veins; her

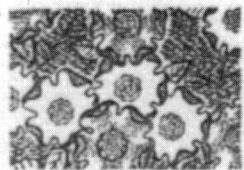

小说《夜色温柔》分期连载的第一期首页

图片选自 Mary Jo Tate, *F. Scott Fitzgerald A to Z*

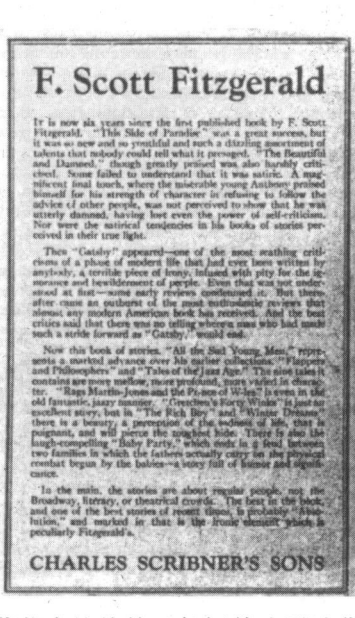

菲茨杰拉德第一部短篇小说选集的护封(1921年)

菲茨杰拉德第三部短篇小说选集的护封(1926年)

以上图片选自 Mary Jo Tate, *F. Scott Fizgerald A to Z*

> The Yatch Club,
> White Bear Lake.
>
> Dear Mr. Perkins:
> Glad you liked the addenda to the Table of Contents. I feel quite confident the book will go. How do you think The Love Legend will sell? You'll be glad to know that nothing has come of the movie idea + I'm rather glad myself. At present I'm working on my play — the same one. Trying to arrange for an Oct production in New York. Bunny Wilson (Edmund Wilson Jr.) says that it's without doubt the best American comedy to date (that's just between you and me.)
> Did you see that in that Literary Digest contest I stood 6th among the novelists? Not that it matters. I suspect you of having been one of the voters.
> Will you see that the semi-yearly account is mailed to me by the 1st of the month — or before if it is ready? I want to see where I stand. I want to write something new — something extraordinary and beautiful and simple + intricately patterned
> As usual
> F Scott Fitzgerald

菲茨杰拉德手迹

图片选自 Matthew J. Bruccoli, ed. *F. Scott Fitzgerald, A Life in Letters*

外国现代作家研究丛书

总　序

汪义群

　　编纂一套现代外国作家研究丛书,作为新时期以来我国外国文学研究的一个总结,是我多年的愿望。

　　自五四运动以来,我国的外国文学研究已经走过八十多个年头了。在相当长的时间里,外国文学的译介和研究深刻地影响着我国的文学创作。鲁迅先生甚至将外国文学的译介者比做"盗火的普罗米修斯",由此可见,它对于我国新文学运动的发生和发展,起到了何等巨大的作用。

　　然而,自20世纪中叶起,由于苏联文艺思想的影响以及极左思潮的干扰,外国文学,尤其是现当代外国文学的研究,处于低谷状态。一方面表现在译介的内容明显狭窄,人们关注的仅仅是高尔基、萧伯纳、杰克·伦敦、马克·吐温、德莱塞等所谓揭露社会弊端的"进步作家"。即使对这些进步作家,也仅仅着眼于他们社会批判的一面,对于他们张扬人道主义、提倡个性解放的一面,或则避而不谈,或则作为其"阶级局限性"或"时代局限性"加以剔除。而伍尔夫、乔伊斯、福克纳、卡夫卡等现代派作家,则一直背着"颓废没落"、"腐朽反动"的骂名。除非作为批判用的内部资料,一般读者对他们无从了解。至于那位直到弥留之际还念念不忘回到她所深爱的中国的赛珍珠,则始终是批判的对象。

外国文学译介和研究的真正繁荣,应该从20世纪70年代末算起。经历过漫长而充满苦难的"文化大革命"的人们,在欢庆共和国新生的同时,渴望着精神的食粮。很快,《安娜·卡列尼娜》、《傲慢与偏见》、《简爱》、《双城记》等经典名著重新回到了读者的书架。与此同时,人们又把眼光放到了一些更加晚近的作家身上。

20世纪七八十年代之交,是一个文学创作、研究和翻译百废俱兴的时代。人们阅读外国文学作品、了解和借鉴现当代文学的需求与日俱增。为了满足人们的这一迫切需要,老一代翻译家纷纷拿起生疏已久的译笔重返译坛,译界的新秀也不断涌现。与此同时,国内各重点大学纷纷开设英美文学或外国文学研究生课程,招收了文革以后第一批研究生。这些研究生课程的设置,为我国现当代外国文学研究培养了一支生力军。目前我国活跃在外国文学研究领域内的诸多卓有成就的专家学者,便是其中的佼佼者。80年代以来,每年都有数以百计的爱好外国文学的学生加入到这一行列中来。由于与国外文化交流的长期隔绝,新时期学者的关注目光,更多地投在现当代作家身上。福克纳、菲茨杰拉德、伍尔夫、贝克特、萨特⋯⋯这些以前还鲜为人知的外国作家,逐渐进入了我国读者的阅读领域和专业人员的研究视野。

令人高兴的是,自20世纪70年代末以来,这方面的工作已经有了相当的积累,现在应该是收获的季节了。经过二十多年的积累,我国已经拥有我们自己的福克纳专家、海明威专家、奥尼尔专家、赛珍珠专家⋯⋯。正是在这样的基础上,编纂一套外国现代作家研究丛书具备了可能性。

1998年夏,笔者与来沪开会的陶洁、陆建德、刘海平等教授谈起编纂这样一套学术丛书的想法,得到了他们的热情支持。他们还慨然同意为本丛书撰稿。

总　序

　　丛书之所以取名为"外国现代作家研究",主要有三个方面的考虑。一方面当然出于划定时间界限的考虑,顾名思义,古典作家当然不会包含在本丛书之内。这并不是说对于荷马史诗、莎士比亚、塞万提斯、歌德我们已经研究得很透了,不再需要做进一步的研究。我们只是希望在过去未曾涉猎或涉猎不多的领域内多作一些耕耘。另一方面的考虑也在于"现代"一词的宽泛性。从最宽泛的意义上讲,"现代"一词与"传统"、"古典"相对。凡不属传统和古典的均可以称作现代。而我们的划分要相对严格一些,将"现代"界定在19世纪初期以后。也就是说,凡活跃在19世纪初至20世纪中叶甚至更晚近的具有世界影响的外国作家,都可包括在内。因此尽管这套丛书的第一辑只选了福克纳、海明威、赛珍珠、艾略特、惠特曼、伍尔夫、奥尼尔、普鲁斯特、菲茨杰拉德等18位作家,但这个系列是开放的,作家的名单还可以继续延伸下去。第三,自19世纪中期以来,西方的文艺思潮和文学流派层出不穷。在诗歌、小说和戏剧领域内,自然主义、象征主义、表现主义、未来主义、超现实主义、达达主义、意识流、荒诞派等流派此起彼伏。这些思潮和流派反映了西方知识分子对于文学艺术的本质的思考。这种思考在每个作家身上都会有所体现。我们希望这套外国现代作家研究丛书,也能从某个侧面真实地反映出将近200年来西方文艺思潮的流变。

　　另外,关于丛书作者的遴选,也想在此作一说明。笔者最初的想法是约请国内对某一作家的研究最具权威性的学者。他或她应该翻译过该作家的作品,应该发表过相关的学术论文,最好出版过有关该作家的评传或专著。为此,我们请陶洁写福克纳,杨仁敬写海明威,李野光写惠特曼,刘海平写赛珍珠,陆建德写艾略特,郑克鲁写普鲁斯特,朱静写纪德,瞿世镜写伍尔夫,郭继德写阿瑟·密勒,文楚安写金斯伯格,都是绝好的人选。嗣后,在听取不少学界同人的意见后,笔者对作者的遴选标准作了一些调整。除了上面提到的资深学者外,我们也将目光放在更年轻的作者身上。尤其是那些曾经以该作家作为博士学位论文题目的青年学者。

最后,想谈谈对于这套丛书的整体构思。作为一套丛书,每本书的正文应该由以下四个部分组成:一、作家小传,二、代表作品的分析,三、该作家在欧美的研究历史与现状,四、该作家在我国的译介情况。笔者相信,如果每本书都能较好地完成以上四个方面的任务,它将为读者提供有关这位作家比较全面的研究成果,就有可能满足不同层次的读者的要求,既满足一般文学爱好者希望了解某一作家的需求,又满足外国文学研究者希望追踪国内外最新研究成果的愿望。试以赛珍珠为例。我们可以设想一下,一位外国文学的爱好者如果想了解赛珍珠这位作家,只需阅读本丛书内《赛珍珠研究》一书的第一、二部分,便可以将这位作家的生平和代表作品尽收眼底。如果是一位打算以赛珍珠为研究课题的外国文学专业的研究生,那么,他还得读一读该书的第三、第四部分,即该作家在欧美的研究历史与现状,以及该作家在我国的译介情况。这样,他不但可以了解到国外对于赛珍珠在不同的时期曾经出现过哪些不同的评价,对于她的研究目前走到了哪一步,取得了哪些成就,而且可以知道赛珍珠的作品最早是由谁翻译介绍到中国,以及在我国国内引起过哪些反响,国内的学者在这方面做过哪些工作,等等。这样,前人做过的工作,我们不必再去重复。过去未被人们重视的课题,正需我们去关注和发掘。而前人研究中未有穷尽之处,或值得商榷之处,甚或疏漏失误之处,也是我们进一步研究的新课题。诚如此,学术的研究就有可能薪火相传,就有可能在不断继承前人成果的基础上有所发展,有所传承。当前学术界各写各的、互相重复、互不通气的弊端也有望得到改观。这正是本人所期待的。

外 国 现 代 作 家 研 究 丛 书

菲茨杰拉德研究

目　录

序 …………………………………………………………… *1*
前言 ………………………………………………………… *5*

第一章　早期的菲茨杰拉德

　　一、概述 ………………………………………………… 1
　　二、少年时代 …………………………………………… 5
　　三、普林斯顿大学 ……………………………………… 10
　　四、军旅生活 …………………………………………… 20
　　五、锋芒初试 …………………………………………… 26

第二章　"爵士乐时代"的代言人

　　一、概述 ………………………………………………… 32
　　二、"人间天堂"里的金童玉女 ………………………… 36
　　三、欧洲之行 …………………………………………… 40
　　四、一举成名 …………………………………………… 55
　　五、菲茨杰拉德与海明威 ……………………………… 61
　　六、姗尔达 ……………………………………………… 82

· *i* ·

第三章 "最后一位君子"

一、概述 ·· 90
二、博览群书 ····································· 95
三、以文会友 ····································· 103
四、好莱坞 ······································ 115
五、壮志未酬 ···································· 126

第四章 菲茨杰拉德五大小说解读

一、概述 ·· 132
二、《人间天堂》 ·································· 136
三、《漂亮冤家》 ·································· 152
四、《了不起的盖茨比》 ···························· 167
五、《夜色温柔》 ·································· 194
六、《最后一位君子》 ······························ 223

第五章 菲茨杰拉德短篇小说研究

一、菲茨杰拉德短篇小说概述 ···················· 241
二、《新潮女郎与哲学家》 ·························· 245
三、《爵士乐时代的故事》 ·························· 251
四、《所有悲伤的年轻人》 ·························· 261
五、《清晨起床号》 ································ 272

第六章 "菲茨杰拉德复兴"

一、概述 ·· 291

二、"菲茨杰拉德复兴"的产生及其影响 ……………… 295
三、菲茨杰拉德传记概述……………………………… 301
四、影视文化对菲茨杰拉德作品的普及作用………… 307

第七章 20世纪杰出的文学艺术家

一、概述 ………………………………………………… 318
二、菲茨杰拉德作品的批评接受史…………………… 325
三、从低谷走向顶峰——菲茨杰拉德百年诞辰纪念…… 354

第八章 菲茨杰拉德在中国

一、概述 ………………………………………………… 361
二、菲茨杰拉德在中国的接受………………………… 363
三、关于菲茨杰拉德作品的翻译与研究……………… 371

结束语 …………………………………………………… 383

附录一 …………………………………………………… 387

附录二 …………………………………………………… 395

附录三 …………………………………………………… 397

后记 ……………………………………………………… 401

序

在美国现代小说家中,司各特·菲茨杰拉德是排在福克纳和海明威之后的第三号人物。海明威,中国读者早就熟悉,他的作品20世纪20年代末开始介绍过来,此后他的作品译本不断出版,及至十六卷的《海明威文集》(上海译文出版社,1999年)的问世,他的作品几乎都有中译本。福克纳,近二十年来我国介绍得很多,他的重要作品也都有译本。不仅如此,我国学者还撰写了不少关于这两位小说家的评传和学术性专著。惟独在美国极负盛名的菲茨杰拉德,我国介绍得最迟,评论文章也不多见,所以吴建国先生这本《菲茨杰拉德研究》的出版显得非常及时。

《菲茨杰拉德研究》不仅填补了我国美国现代文学研究的一个重大空白,而且本身就是一部质量较高的学术专著。这部著作资料系统、翔实,论及菲茨杰拉德生活和创作的方方面面,尤其可贵的是作者抓住了菲茨杰拉德创作思想和艺术风格的特色。例如作者指出,菲茨杰拉德"最引人瞩目的是他那诗人兼梦想家的气质和风范,以及他那非凡的能在同一时间容纳两种相互矛盾的观点、相互对立的情感,却能不受干扰、照样思索下去的本领"。菲茨杰拉德的作品"高度戏剧化地表现了自己的成功和失败,同时也具体入微地浓缩了一代人的欢乐与悲哀"。在艺术表现方面,作者指出:菲茨杰拉德"善于运用各种象征和比喻,善于从生活中捕捉和提炼生动形象、准确传神的语言……他对叙事的主体既身在其中、又身在其外的独特设计,最大限度地缩短了读者、文本、作者三者之间的距离,使人感到真实、可信,且便于参与。他的作品中的词语和文句都被他雕凿、修磨得十分洗练、清新,具有散文诗般的优美"。

从以上这些分析文字中,我们可以看出作者没有把一个作家的思想与艺术割裂开来。作者所分析出来的菲茨杰拉德的特色既包含思想内容,又顾及艺术表现形式。思想是通过艺术形式表现出来的,艺术形式又不能抛开思想内容而孤立地存在。

这是《菲茨杰拉德研究》成功的地方。还有一点:作者的评述是全面的。对菲茨杰拉德,作者并不是一味说好,这位作家的种种不足,本书并不回避。例如,作者指出,菲茨杰拉德的处女作《人间天堂》"还存在着某些不够成熟的地方。小说在艺术描写上还不够简洁凝练,在感情表达上过于直露,缺少应有的含蓄,人物的塑造也因作者底蕴不足而欠丰满"。又如,作者在赞扬菲茨杰拉德文字优美、清新、独特的同时,指出他"过于华丽的词语以及过于细腻和抒情的手法,也使他的一些小说有越过散文门槛之嫌"。

我认为,不管作者的评论是不是准确,能够意识到名作家也不是处处都好,所以不能跟在某些美国学者后面齐声赞扬,而是保持自己的看法,指出他们的不足,中国学者有自己的声音,这是我们在学术上开始成熟的表现。

如果要说《菲茨杰拉德研究》有什么不足的话,那是在问题研究的理论深度方面。菲茨杰拉德是一位复杂的作家:他向往上流社会的生活,又对这个社会感到深刻的失望,但失望归失望,他依旧留恋上流社会的粉华;他创作过现代文学的传世之作,也写了不少粗制滥造的东西;他在顶峰时期才气横溢,但很快江郎才尽,失去光彩;他的风格绚丽,字里行间听得见优美的乐声,比喻、象征无不才子气,但有的时候,他会写得那么平庸、那么缺少才气……这些问题,作者在这部著作中都已提到。如果能从社会学和文艺学理论的高度加以剖析,那么我们可以在菲茨杰拉德身上总结出不少宝贵的经验和教训,供后人记取。

  我之这样说,并不表明我在这方面比吴建国先生高明多少。我写的那些所谓专著总是停留在评述的水平上,缺乏理论深度,常常使自己感到遗憾。这是我们外国文学工作者应该共同努力提高的地方。

董衡巽
2001 年 11 月

前　言

　　曾经叱咤风云,在美国文坛享有盛誉的弗朗西斯·司各特·菲茨杰拉德于1940年12月21日在影都好莱坞因心脏病突发而与世长辞了。他的英年早逝既使人们深感痛惜,又使人们大为震惊地意识到,这位"爵士乐时代"的杰出代言人、优秀的"编年史家"、"迷惘的一代"的代表作家,在他生前最后近十年似乎已被读者和评论家们忽视或淡忘了。为了悼念他的猝然逝去,为了缅怀他对文学事业的执著追求和他所取得的艺术成就,他生前的许多好友和当时的一些著名作家们都纷纷撰文表达了他们对这位一度曾深受人们喜爱的小说家的深切怀念和哀思。在当年发表的这些纪念性文章中,人们为菲茨杰拉德未能充分施展出他极高的文学天赋、未能创作出他本该能够创作出的更多更优秀的文学作品、实现自己的远大抱负,便溘然离世而感到甚为惋惜和遗憾。然而,当时的人们谁也没有能预见到,几年之后在美国大地上掀起的"菲茨杰拉德复兴",竟使这位已遭冷落多年的小说家的声誉上升到了前所未有的高度。从那以后到现在,菲茨杰拉德的各类作品便被以各种形式反复再版,他的一些自传体文章和书信也被当作珍贵文献汇集成册重新发表。关于他的各类评论和传记更是多不胜数,而且超出了美国的疆域,得到了各国文学界的重视。他已被人们普遍称誉为20世纪文学史上一位杰出的文学艺术家。时至今日,人们对他的兴趣仍在与日俱增。

　　"菲茨杰拉德复兴"发端于1945年。到了50年代,它已衍变成一种时尚,一种重新阅读和评价菲茨杰拉德作品的回归热。及至60年代,已去世20多年的菲茨杰拉德终于实现了他生前曾说过的"要成为有史以来最伟大的小说家之一"的宏大愿望。他的文学声誉不仅已得到了恢复,而且上升到了他生前从未企及过的高度。"菲茨杰拉德复兴",作为现代文学史上的一种奇特的文学现象,与文学史中曾出现过的其他"文学复兴"大不相同。它并不是由文学评论家或大学教授们经过精心策划而刻意发起的一场关于文学创作方法或文学评论标准的大讨论。菲茨杰拉德文学声誉的复归主要源自于读者大众对菲茨杰拉德作品所产生的浓厚的阅读兴趣而自然而然地发展起来的一场声势浩大、持久不衰的文学活动。这一现象也进一步说明了一个事实:读者大众的阅读品位和审美需求总是会领先于那些职业评论家或某些为了刻意抬高某一位作家的名声而大写其鼓噪文章的人。这是文学的市场或走向市场化的文学在其发展过程中所显现出的一个必然的规律。"菲茨杰拉德复兴"的产生和延续也是生活和历史所使然,因为文学向来就是生活和时代的一种审美反映,文学作品面对的是读者大众的阅读和审美需求。"不朽"的文学作品之所以会"不朽",是因为作家以其独特的艺术表现形式真实地记录、如实地反映了特定的历史时期里所呈现出的诸多典型特征。所有不朽的作品都是不朽的社会发展历史的真实记录。菲茨杰拉德的作品正是因为栩栩如生地再现了历史的本来面貌,客观真实地反映了他那个时代的精神风貌、生活气息和社会特征,这才赢得了一代又一代读者的喜爱。他的"全部的创作理论可以用一句话来概括,那就是,一位作家应当为他那一代青年执笔,而将作品留给后来的评论家和未来的中学校长们去评说"。读者在阅读他的作品的过程中,不仅能获得美学意义上的享受,更能获得对历史的感知,对人生的品味,从而产生心灵上的共鸣或悸动。人们还可以通过阅读他的作品来参悟现实,鉴往知来。这便是菲茨杰拉德作品的魅力在今天依然不减当年的一个重要原因。长期以来,人们之所以会阅读菲茨杰拉德的作品,是因为以前的人们和人们周围的人们都爱读他的作品。人们之所以会对菲茨杰拉德的作品百读不厌,是因为人们在不同的时期阅读他的作品会产生出不同的阅读体会,会得出与他人不同的见解或感受。作家们或想成为作家的人之所以也爱读菲茨杰拉德的作品,是因为他们所接触到的菲茨杰拉德的那种散文诗般的绚丽的文体对他们有着强烈的感染力,能使他们迸发出创作的灵感和激情,能对他们的创作实践产生有力的推动作用。

对菲茨杰拉德作品的重新解读和重新评价自然会引发人们对这位作家的生平和创作活动的浓厚兴趣,如同人们对任何一部名作的鉴赏都会激发起人们对创作这部名作的人的生平要作一番了解,以便能窥探出他思想发展的轨迹和创作的秘密,从而能加深对这部名作的理解一样。对菲茨杰拉德来说,尤其如此。菲茨杰拉德的一生是包容了巨大的成功和巨大的不幸的一生,是经历了大起大落、颇富传奇色彩或悲剧色彩的一生。功成名就时的喜悦,失意落魄时的酸楚,顺境中的超然于世,逆境中的奋力拼搏,生活中一切酸甜苦辣的滋味,他都经受过、品尝过——这样的人生经历本身就是一部内涵丰富、耐人寻味的奇特的人生之书。无论在个人生活还是在文艺圈中,菲茨杰拉德都是一位极具人格魅力和颇有影响的人。他曾非常客观地对自己做过评价:"我不具备两种一流水准的东西:强大的对异性的吸引力或无数的金钱。但我拥有两种二流水准的东西:英俊的相貌和非凡的才智。所以,我总是能赢得最漂亮的姑娘的芳心。"他虽然也身不由己地卷入了"爵士乐时代"酒食征逐者的行列,但他融化在他的作品中的他对社会的敏锐观察和对人生的深刻理解要比他的纵情参与远为重要。他以自己的天赋、激情和传神的文笔高度戏剧化地表现了他的成功与失败,同时也具体入微地折射或浓缩了一代人的欢乐与悲哀。他的作品描写的都是他自己的切身体验或他所熟知的人和事。他的一生经历就是他一系列作品的创作源泉或原型。或者说,他的人生旅程诠释了他的作品,而他的作品又为他谜一般的生平作出了恰当的注解。一个对菲茨杰拉德一无所知的人,在读了他的《了不起的盖茨比》或《夜色温柔》之后,就会对他本人和他所生活的那个时代有所了解,而了解了他的生平与他的作品之间的内在的联系之后,就会对菲茨杰拉德的创作思想和人生轨迹产生更加深切、更加透彻的理解。这是因为他那丰富的想像力、他那诗人兼梦想家的气质风范,都与他的人生经历紧密相连、密不可分的缘故。这也是人们之所以会对他产生浓厚的研究兴趣的一个原因。

人们对菲茨杰拉德的研究兴趣之所以会如此经久不衰的另一个原因是,人们对他所生活的"美国历史上最会纵乐、最讲究炫丽"的那个特定时代的形成原因的追溯和研究,因为他就是这个时代的命名者,也是这个时代的化身,是一个被人们称为"爵士乐时代的桂冠诗人"的人。然而,这一称谓在今天看来,却未免流于肤浅。因为,在物欲横流、精神世界却是一片荒芜的那个特定的岁月里,菲茨杰拉德是"既身在其中,又身在其外"。他以敏锐的目光冷眼旁观着社会的变革和时代的风云变幻,以严峻的道德标准审视和衡量着发生在他周围的一切。在这个错综庞杂的立体的社会图景中,他已清楚地看出这是美国文化发展进程中所出现的一个新的重要的转折点。他已预见到了"美国梦想"必然会走向破灭的悲剧性的结局。因此,他一直在认真思考着真正意义上的人生的价值,在努力探求着新的道德体系和新的出路。他代表的是比这个时代的浮华表象要深沉得多的时代的本质特征,代表的是比美国中上阶层的人要广泛得多的文艺家群体的精神形象。当然,他所生活的那个时代和环境中的一切也无时无刻不在影响着他的生活和他的思想,但是,他又是一个具有非凡的文学天赋和艺术造诣,"能在同一时间里容纳两种相互对立的观点,两种相互矛盾的情感,却能照样思索下去而不受影响"的职业文学艺术家。

这便使他能够十分理智地对理想与现实、历史与未来进行深刻的分析和反思,能够十分真实地在他的作品中再现出时代的节奏、社会的风貌、生活的气息,传达出他和他那一代人的真情实感。这也是他的作品之所以具有强烈的时代的可感性、明显不同于他同时代的其他社会小说家或言情小说家的作品、常被人们当作史学著作来加以研究、却又令评论家们难以将其归类或还原到概念上来的一个原因。

菲茨杰拉德的作品之所以能在一代又一代读者中广为流传的另一个原因,是他那独具一格的文体风格和语言艺术。他的一个最令人瞩目的特色,就是能在最短的时空范围内最大限度地缩短作者、读者和作品三者之间的距离,令读者不得不紧张地和他一起去关注作品主人公的命运,去感悟现实,品味人生。这是因为他极善于运用富于想象的意象比喻,善于抒发作品中每一个特定细节内在的感情和诗意。精湛的象征和比喻,常含有多种层次的意义和思想感情,能诱发读者丰富的联想,使读者进入诗一般的意境。他的风格以感情真挚取胜,叙述和描写凝练、含蓄,张弛有度,且富有浓郁的抒情气息。然而,他绚丽的文体、优雅的词语间却又隐藏着一股股哀伤的涓涓细流,会使读者产生一阵阵心灵的悸动。这种奇妙的风格和表现手法常能传达出作者的弦外之音,令读者久久难以忘怀。在语言艺术上,菲茨杰拉德"天生具有善于捕捉他人对话语言的听觉本领",善于从现实生活中去发现和捕捉鲜活、生动的词语。这些词语经过他的磨砺、加工之后,便被赋予了新的含意,一经问世,便广为流传,成为人们常挂嘴边的时髦用语,尤其为年轻一代的读者所喜爱。他用词遣句极讲究准确、传神,强调文句的节奏感和可读性,能给人以美的享受。他的文体风格和语言艺术与现实生活极为贴近,具有一种令人难以抗拒的奇特的魅力,能在瞬息之间抓住读者的阅读兴趣,使读者在不知不觉之中进入他所创造出的那个艺术的境界。这正是他的作品之所以也备受现代语言学家们关注的一个原因。

关于菲茨杰拉德究竟能否也称得上是一位杰出的短篇小说家的问题,评论界历来看法不一。菲茨杰拉德在其有生之年共发表了160多篇短篇小说,出版了4部短篇小说集,这在他同时代的作家群体中也是并不多见的。但是,评论家们大都认为,他的短篇小说中虽然也不乏精品佳作,但终究不及他的长篇小说那样深刻有力,艺术感强,因为这些短篇小说大都是他为了赚取稿费而匆匆炮制出的质量不高的作品,有些评论家并据此而批评他是在出卖自己的才华,损害自己的文学形象。这一看法其实有失偏颇。试用"职业创作观"来看待文学创作的发展进程,我们就能对此作出客观分析,得出恰当的结论。作家倘若以创作为职业,他们当然得为钱而写作,这是生活使然。合理的稿酬收入又使得作家能够继续源源不断地写下去。即使作家另有经济来源而不必依赖稿酬收入,他们的稿费仍可有助于保障他们的创作活动,使他们不必为了生计而东奔西颠。此外,严肃的小说家大都也具有强烈的使命感和良好的职业道德,总不会只顾赚钱而不顾质量地肆意践踏或损毁自己的声誉。作为一位有着极高的文学天赋和创作激情的严肃的文学艺术家,菲茨杰拉德在短篇小说的创作上也是严肃认真、追求完美的,常常"像奴隶一样对每个词都进行艰苦、细致的反复推敲",以求能有所创新,有所突破。他写出的《巴兹尔系列小说》、《约瑟芬系列小说》、《帕特·霍比系列小说》,以及《雕花玻璃酒缸》、《五一节》、《一颗像里茨饭店那么大的钻石》、《冬天的梦》、《阔少爷》、《疯狂的星期天》、《重访巴比伦》等短篇作品,便是一些成功的例证,标志着他在短篇小说创作上所取得的令人瞩目的艺术成就。即使是他的一些"并不太出色"的短篇小说,包括一些早期的习作,也依然写得结构严谨,文笔舒展,跃动着时代的节奏和他的智慧的光芒,仍能给人以启迪或警醒。他的短篇小说是对他的长篇小说的有力补充和详细注解,也是对他那个时代的社会生活和对他本人的创作足迹的真实反映。因此,他也是20世纪美国文学史上一位重要的短篇小说家。

文学的功用并不在是否能教会读者如何去解决自己的问题或如何去解决大千世界的问题。文学作品也并非一定要表现崇高的思想境界或美好的情感经历,或对人间不平之事大加谴责和鞭笞。但文学说到底还是"人学"。文学作品必定是人类生活和人类历史的一种审美反映。倘若一部文学作品能够有助于人们了解历史、认识生活、感悟人生,能够给人们带来阅读的乐趣和兴趣——享受优美的词语和文句间的诗情画意的乐趣,发现作者何以能如此妙语如珠的兴趣,这样的文学作品就应当是好的作品,就能够经久、传世。菲茨杰拉德去世多年之后,他的作品仍然还流传在众多的普通读者中间,并受到世界各国读者的青睐,这一事实便证明了他的作品的重要价值和强大的生命力。人们在今天的文化语境下重读菲茨杰拉德的作品时仍然感到清新、亲切,兴趣不减当年,其中还有一个重要原因,那就是,人们在通过他的作品追怀往事的同时,又发现当今社会所存在的不少问题,当今生活中所出现的许多现象,如商品经济的发展对人们精神价值观念的冲击,社会变革对文化形态和道德习俗的巨大影响,财富和金钱意识对人的个性发展和爱情所产生的腐蚀、扭曲作用等等,这些都已被菲茨杰拉德在他的作品中描绘过了,演示过了。历史螺旋式的发展过程中,往往会出现惊人的相似之处,令人难以逆料。抚今追昔,鉴往知来,总会使人产生出无限的感慨。这也许就是这位天才作家的作品之所以又被今天的读者重新研读并受到重视的另一个原因。

在大半个世纪的历史行程中,菲茨杰拉德的文学声誉和人们对他的作品的批评接受,经历了一个走红——衰落——复兴——走向顶峰的复杂的演变过程。这是20世纪文学史中的一个十分奇特的现象。透过这一现象,我们看到的是:是明珠总会闪光,是真金就不怕烈火的考验。一个具有高度的使命感和强烈的忧患意识、真正坚持艺术标准、对文学事业孜孜以求、乐于为时代和"他那一代青年"执笔的人品高尚的作家,终究能赢得读者的爱戴,终将会得到历史的公允的评价。透过"菲茨杰拉德现象",我们还可以看到20世纪文学批评史的发展走向。潮涨潮落、异彩纷呈的各种文艺思潮和文学批评流派,一次又一次地把"菲茨杰拉德研究"推向了新的高度,使人们对这位作家的了解更加深入、更加全面。到目前为止,仅在美国,关于"菲茨杰拉德研究"方面的评论文章已是无法计数,仅学术专著和评论集就已出版了近百部。菲茨杰拉德在美国文学史上和在读者心目中的地位之高由此可见。菲茨杰拉德是一位作家,但他同时也是一个生活在现实世界里的普通公民。他不是圣人,不是神仙,因此也超脱不了世俗樊篱的羁绊。他的确纵情参与了"爵士乐时代"声色犬马的角逐当中,曾踌躇满志地肆意挥霍过他的金钱、感情和才华。他的身上的确也存在着一个普通人所存在的某些缺点和问题。这是我们所不能苛求的他个人的事。但是,对一位作家来说,再没有什么能比他融化在他自己作品中的他的哲学思考和真实感情更为重要的了。"菲茨杰拉德现象"宣示了菲茨杰拉德在20世纪文学史上的地位——一位杰出的文学艺术家。"菲茨杰拉德现象"留给人们的还有无尽的思索——对历史的反思和对未来的探索。

在撰写这部《菲茨杰拉德研究》的过程中,笔者深感这位极具个性、极为"美国化"的美国作家的身上仿佛集聚着一层厚厚的迷雾,非常难以深入进去,难以准确地把握。若想对他那富有传奇色彩的生平和他那魅力四射的作品做出精当的概述和评析,实非易事。本书的写作思路大体可分为4个板块:一、菲茨杰拉德生平和创作实践概述;二、菲茨杰拉德主要作品的分析与评价;三、菲茨杰拉德作品的批评接受史及研究现状;四、菲茨杰拉德在我国的接受状况。构思虽已形成,但这4个部分中的无论哪一块,写起来都很艰难。除了资料紧缺方面的因素之外,长期以来,各家各派、仁智互见的观点也令人莫衷一是。幸有国内、国外的友人的大力支持,有专家、学者们的热诚帮助和鼓励,再加上笔者自己的以勤补拙,这才使这一研究课题得以成书。

就菲茨杰拉德的生平和文学活动而论,其情况就十分复杂。菲茨杰拉德的一生虽然并不长,他的创作生涯至多也只有20年,但他却经历了第一次世界大战和美国经济从"空前繁荣"到"大萧条"这两个风云变幻的非常时期。这对他的创作思想和艺术风格的形成产生了巨大的影响。他的游历相当广泛,足迹遍布欧、美两地,结交的朋友包括了欧、美两地几乎所有成名的文学艺术家。对他的文学活动的追踪,几乎也就是对那段历史和文学发展史的追溯。他的个人生活包含了种种幸运与不幸,成功与失败。他与妻子姗尔达的奇特的爱情与婚姻,对他的文学创作既是一种激励,又是一种极大的干扰。他的数次好莱坞之行,既为他提供了大量创作的素材,又使他陷入了创作的绝境。他的一生经历既十分浪漫或戏剧化,又充满坎坷和灾难,是一部非常奇特、难以概观的人生之书。笔者在写作中吸收了中美两国学者的最新研究成果,力求能客观、真实地反映出这位天才作家的创作生涯和他在各个时期的文学活动,尤其是他与其他作家之间的关系,尽可能还原出历史的本来面貌,以便能使读者对这段历史和对这位作家的生平轨迹与创作思想的形成有一个脉络清晰的了解。

菲茨杰拉德的作品从数量上说并不多,但却具有重要的影响,拥有庞大的读者群。虽然评论家们对他的作品历来看法不一,就连H·L·门肯、马尔科姆·考利、艾德蒙·威尔逊等一些极有影响的大文学评论家们的观点也不尽相同,但他的作品,随着历史的发展,却越来越受到人们普遍的重视,并引起了后来许多作家的仿效,却是一个不争的事实。笔者在撰写这一部分时,尽量做到不囿于门户之见,而是力求兼收并蓄,结合笔者自己的理解和体会,对这些作品的主题思想、社会意义以及文体风格和语言特色进行较为全面的分析和评价,以求能给读者一个易于进入这些作品的路径。鉴于菲茨杰拉德的作品半数以上均尚未译成中文进入我国,这部分内容在写作体例上采用了先介绍作品的梗概,然后再评析作品的方法。再说,熟悉文本、解构文本也是理解和评析作品的必要前提。菲茨杰拉德的作品中常常包容着两种相互对立的观点、相互矛盾的情感;不动声色的描写和叙述中常常埋伏着深刻的思想含义,传达着弦外之音;富于联想的象征、比喻的运用,常使不同的读者会得出不同的体会,不同的时代会做出不同的解释。这种既有融合、又有距离的独特的写法是由作者的奇特的"双重看法"所决定的。在这一问题上,笔者采用了社会历史批评方法对其作了分析和探讨,但仍似有以偏概全的疑虑。这一点还有待专家、学者进一步讨论。

"菲茨杰拉德复兴"是菲茨杰拉德批评接受史上的一个重要转折点,也是20世纪美国文学史上令人瞩目的重要事件,其影响是很大的,并一直延续至今天。笔者从文学批评发展史的角度出发,尽可能全面地介绍了"菲茨杰拉德复兴"产生的历史背景,并从正、反两个方面评述了人们对菲茨杰拉德的批评接受所走过的这段漫长的历史过程,直至1996年在世界各地举办的"菲茨杰拉德百年诞辰"庆典活动,以便能拓展视野,能为读者对这一奇特的文学现象的了解提供一个大体的概貌和一条可以依循的线索,从而对"菲茨杰拉德现象"做出合理的解释和评判。菲茨杰拉德生前曾信心十足地认为他已在文学事业上取得了某些"不朽"的成就。如今,历史已对他做出了公允的评价。

我国对菲茨杰拉德的批评接受起步较晚,且经历了一个从否定到肯定的过程。真正开始对他的作品进行译介和研究,也不过是近十多年的事。到目前为止,菲茨杰拉德的长篇小说中已有两部被译成了中文,且有数种不同版本。他的短篇小说也在陆续被译成中文在我国出版。我国的专家、学者们对这位美国作家的接受态度已有了很大改变,研究方法也较过去有所不同,并出现了一些颇富新意的评论文章。我国的"菲茨杰拉德研究"正方兴未艾。但就目前情况而论,我国对菲茨杰拉德的研究尚不够深入,还缺乏系统性和全面性,这方面的专著和评论文章无论在数量或质量上仍很有限。此外,究竟应当如何来评价这位作家和他的作品,还有不少问题仍处在探讨和争鸣之中。笔者的观点和某些提法也许与已有的定论有不一致的地方,未必就是准确或正确的。抛砖引玉,与同行交流学习体会,推动和促进我国对菲茨杰拉德研究的深入开展,便是笔者撰写此书的目的之一。因此,笔者热切希望同行专家和读者多提意见,指出缺点,并创造出更多更好的成果。

笔者深深感谢上海外语教育出版社社长庄智象教授和总编汪义群教授对笔者的信任和重托,感谢中国社会科学院外国文学研究所研究员、博士生导师董衡巽先生对笔者的鼓励和赐教,感谢热诚帮助和支持本书写作的许多专家和友人。没有他们的关心和支持,要想如期完成此书的写作是不可能的。

笔者虽已全力以赴,但由于时间匆促,资料不足,加之本人水平所限,书中疏漏,欠妥之处在所难免。诚请行家和读者予以批评、指正。

吴建国

第一章

早期的菲茨杰拉德

一、概述

20世纪的20年代和30年代是美国文学蓬勃发展的黄金时代。这20年间,新的作家成批涌现,优秀作品层出不穷,各种文学思潮风起云涌,形成了美国现代文学许多各具异彩的流派。第一次世界大战结束之后美国经济的空前繁荣与社会上腐败之风的盛行,欧洲新思想的传播与传统价值观念的动摇,"美国梦想"的魅力与现实生活之间的冲突,上流社会一掷千金的挥霍与下层劳动人民穷困疾苦的现状,个人与社会的严重脱节,以及理想遭到幻灭之后的迷惘、彷徨、悲观、失望的情绪,这一切都在新老作家们的思想上留下了深深的烙印。一批又一批的文学新人们受时代的激荡和社会的裹挟,开始从题材内容、文体风格、叙事技巧、抒情方式,以及作品的结构机理等方面另辟蹊径进行创新。他们以作家所特有的敏锐捕捉着时代的脉搏,以高度的使命感、强烈的忧患意识和自己独特的写作姿态和方法从事着文学创作,展现了现代社会生活中的种种悲剧性的遭遇,揭示了生存环境中美与丑的搏斗,描绘了人性中的善与恶的较量,在自己的作品里注入了与这一特定的时代和社会生活息息相关的期盼、激情和社会历史课题,使这一时期的文学成为反思与启蒙精神的载体。象征主义、表现主义、感伤现实主义、理想主义、弗洛伊德精神分析学说,以及对人与社会的批判否定和在艺术上的创新,构成了这一时期美国现代文学多元庞杂的显著特征。

在这一时期,德莱塞(Theodore Dreiser,1871~1945)依然在迈动着他沉重而又坚实的步伐开拓着现实主义文学的原野;安德森(Sherwood Anderson,1876~1941)以小城居民的彷徨和不安表现了一个病态的社会;奥尼尔(Eugene O'Neill,1888~1953)以内心独白、梦境、潜台词在舞台上探索着普通人的内心世界;多斯·帕索斯(John Dos Passos,1896~1970)用摄像机的镜头拍摄出了一幅幅广泛的社会场景;艾略特(Thomas Stearns Eliot,1888~1965)以反讽与突兀的对照传达出了象征的意味;海明威(Ernest Hemingway,1899~1961)用崭新的文体塑造出了一群毫无家庭牵挂、放荡不羁的主人公;福克纳(William Faulkner,1897~1962)以丰富的想像力创建着一个新旧更迭时代的南方的艺术天地;托·沃尔夫(Thomas Wolfe,1900~1938)用殷切而又惆怅的心情诉说着年轻一代的憧憬与梦想……他们的作品构成了那个特定的时代的一台多声部的大联唱,也将美国现代主义文学推向了一个高峰。文学史家们将美国文学中的这段历史称作为"第二次繁荣",或者"20世纪的文学复兴"。①

弗朗西斯·司各特·基·菲茨杰拉德(Francis Scott Key Fitzgerald,1896~1940)就是在这一时期出现在美国文坛上的一颗耀眼的明星。他的一生虽然短暂,却具有史诗般的辉煌。他的身上虽有某些缺陷,但瑕不掩瑜,他仍然不失为他所处的那个特定时代里的一位卓尔不群的英才。他的创作生涯虽然只有20年,但他却留下了4部经典式的长篇小说和160多篇才情横溢的短篇小说,

---

① 董衡巽等著,《美国文学简史》(下册),人民文学出版社,1986年版,第1页。

使他成为20世纪文学史上一位杰出的小说家。由于他真实、生动地再现了20世纪二三十年代美国的社会风貌、生活气息、精神价值观念和文化变革转型的诸多特征,以深刻、凄婉的笔调描绘了战后美国年轻的一代对于"美国梦想"的幻灭所表现出的失落与悲哀,他被他同时代的人以及后人称作为"迷惘的一代"的代表作家,"爵士乐时代"的"桂冠诗人",以及优秀的"编年史家"。

美国著名诗人兼文学批评家T·S·艾略特1925年在菲茨杰拉德的代表作《了不起的盖茨比》(*The Great Gatsby*, 1925)首次面世时就曾评说:"在我看来,这是美国小说自从亨利·詹姆斯以来所迈出的第一步。"[1]美国大作家欧·海明威在其描写20年代巴黎生活经历的《不固定的圣节》(*A Moveable Feast*, 1964)一书中详细记述了他与菲茨杰拉德相识和相交的过程,并说:"既然他能够写出一部像《了不起的盖茨比》这样的好作品,我相信他一定能够写出比这更好的作品。"[2]如果我们知道艾略特和海明威是何等苛刻的批评家,我们就不难领会这些话语中所包含的分量和全部意义所在了。

菲茨杰拉德的确是一位天才小说家。他以自己的颖悟、激情和绚丽的文笔创作了他的作品,以自己的作品建造了他不朽的丰碑,书写了他那具有传奇色彩的人生故事。他笔下的人物就是他本人形象的再现,他一生的经历就是他一系列作品的原型。他是一位有着极高的文学天赋和创作激情却又放浪形骸、自戕才华的小说家。他纵情参与了"爵士乐时代"的酒食征逐,是这个时代的化身,也是经济大萧条时代的自我牺牲品。但他在追名逐利的同时却又能冷眼旁观,用敏锐的目光来审视生活和社会的变迁,用严峻的道德标准来衡量发生在周围的一切。他高度戏剧化地表现了

---

[1] F. Scott Fitzgerald, *The Crack Up*, New York: A New Directions, 1993, p.310.
[2] 海明威等著,吴建国等译,《老人河》,安徽文艺出版社,1985版,第571页。

自己的成功和失败,同时也具体入微地浓缩了一代人的欢乐与悲哀。他的一生历程诠释了他的作品,他的作品又为他谜一般的生平做出了恰当的注解。用他自己的话说,"我看到那些似不可信、似不真实、似不可能的事情最终变成了现实"。① 他的成功使得有些关于小说创作的传统理论显得有些苍白无力,因为他认为,"衡量一个作家是否有第一流的才能,要看他是否能在同一时间里容纳两种相互对立的观点,而且能照样思索下去,不受影响"。② 菲茨杰拉德正是由于把他的两种互为矛盾的看法有机地统一在了他的作品里,艺术化地隐藏在了人物形象的背后,这就使得他成了20世纪文学领域中最具个性化,也最易引起争议的作家之一。

D·H·劳伦斯(David Herbert Lawrence,1885~1930)曾说,"艺术的职责是在一个充满生机的瞬间揭示人与其周围环境的关系"。③ 小说在它自己的时间和地点之内,一切都是真实的,脱离了它自己的时间、地点和环境,一切就都不那么真实了。因此,我们看待一位大作家的作品时,决不可能将他的创作思想和艺术风格与他的客观环境和生活经历截然割裂开来。就菲茨杰拉德的创作生涯而论,对他产生重要影响的因素有多种。他自少年时代起就立志通过写作来博取功名的热望,他对自己的文学天赋的过甚信心,他在普林斯顿大学生活期间的成功铺垫,从第一次世界大战结束到经济危机爆发这一段美国"历史上最会纵乐、最讲究炫丽"的"爵士乐时代"对他产生的强烈冲击,他与妻子姗尔达·赛瑞(Zelda Sayre,1900~1948)的非同寻常的婚姻关系,他的过度嗜酒。不考虑这些因素,我们就无法解释一个惨淡经营柳条家具的

---

① F. Scott Fitzgerald, *The Crack Up*, p.69.
② *Ibid*. p.69.
③ D. H. 劳伦斯著,陈庆勋译,《劳伦斯读书随笔》,上海三联书店,2000年版,第28页。

商人的儿子为何能一跃而成为一代文豪却也留下不少遗憾的原因所在。

二、少年时代

弗朗西斯·司各特·菲茨杰拉德于1896年9月24日出生在美国中西部明尼苏达州圣保罗市的一个小商人家庭。他的父亲艾德华·菲茨杰拉德(Edward Fitzgerald,1853~1931)的祖籍地是马里兰州洛克维尔市附近的一个农庄。在美国南北战争期间,艾德华曾给南部邦联军的间谍当过向导。但这场战争却令他大失所望,也极大地削弱了他的一番雄心壮志。然而,古老的南方风情以及南方传统的价值观念和道德习俗却也给他留下了不可磨灭的印象,使他深为怀念和向往。在司各特还很年幼时,他便常对儿子讲述他在这场战争中的一些亲身经历以及那早已一去不复返的古老南方的传统。他的耳提面谕激起了儿子日后对历史研究的浓厚兴趣,使儿子成了一个南部邦联的同情者。艾德华后来从乔治顿大学毕业后,就去了西部,以谋求个人的发展。在明尼苏达州的圣保罗市,他结识了莫莉·玛奎兰(Mollie McQuillan,1860~1936),并于1890年2月12日在华盛顿哥伦比亚特区的玛奎兰母亲的宅第里与她成了亲。婚后不久,在玛奎兰家族的支持下,他开始了经商活动,并于1893年担任了"美国藤条柳编家具制造公司"的总裁。由于市场不景气,加之经营不善,该公司于1898年倒闭。之后,他便去了纽约州的布法罗市,为专营日杂货批发生意的布洛克特—甘布尔公司(即今天的宝洁公司)当起了推销员。1908年,已年届55岁的艾德华被该公司解雇。他带领全家又回到圣保罗市,靠批发和零售日杂货商品以及玛奎兰所继承到的并不丰厚的遗产来维持生计。20年代期间,艾德华带着妻子和女儿安娜贝尔迁往华盛顿特区定居,在此安度晚年,直至1931年1月16日在此逝世。他逝世时,司各特还远在欧洲的瑞士。但他闻讯后便立即启程返回美国,参加了父亲的葬礼。他在1931年发表的短篇小说《自食其力》(On Your Own)中,以深切的笔调表达了他对父亲的真实感情,又在长篇小说《夜色温柔》(Tender Is the Night, 1934)里,藉主人公迪克·戴弗之口,寄托了他对父亲的怀念与哀思。在他尚未写完的文章"父亲之死"(The Death of My Father)中,他详细记述了父亲的一生对他产生的影响:

> 我爱我的父亲——这种爱始终珍藏在我的潜意识里。我常常回想起父亲的所作所为,一言一行,并仔细揣摩他的良苦用心。父亲是爱我的——并对我负有一种深深的责任感。在我出生前的几个月,我的两个姐姐都意外夭折了。他意识到,这种不幸必然会对母亲产生不好的影响。于是,他便独力承担起了在道德上培养我成长的职责。他尽了最大的努力,并做得相当出色。他从并不景气的生意场上回到家中时,常常是累得疲惫不堪,精神委顿。但他仍会为了我而强打精神,育我成人。[1]

菲茨杰拉德的母亲莫莉·玛奎兰出生于一个具有爱尔兰血统的富商家庭。父亲在商业上的成功以及富裕的家境使她得以在圣保罗市的圣母学堂和纽约市的曼哈顿维尔大学等有名的学校接受过良好的教育,并先后四次游历了欧洲大陆。与艾德华结婚之后,

---

[1] Mary Jo Tate, *F. Scott Fitzgerald: A to Z*, New York: Checkmark Books, 1998, p. 80.

她便担当起了相父教子的家庭主妇的责任。她富有思想,阅读广泛,但也多愁善感,是一个虔诚的天主教徒。她育有四个子女,但前两个女儿尚在襁褓中时就不幸夭折了。这沉重的打击和丈夫在生意场上的连连失利,在她的思想和精神上蒙上了无法抹去的阴影,使她终日生活在担心、忧虑之中,也使得她对儿子司各特格外地溺爱。她对这个独生子总是有求必应,关爱备至。然而这过度的娇惯却影响了儿子在性格上的健康成长。菲茨杰拉德后来在回忆母亲时说,母亲的过度宠爱挫伤了他在少年时代就已萌发的想当一名作家的热望,阻碍了他在文学事业上的发展。母亲的许多乖僻的举动常使他感到十分尴尬,使他对母亲产生了一定的隔阂。但他对母亲仍很尊敬、爱戴。他在第二部短篇小说集《爵士乐时代的故事》(*Tales of the Jazz Age*, 1922)出版时,在扉页上写上了这样的语词:"虽不十分恰当,但我仍想将此书敬献给我的母亲"。莫莉于1936年6月在华盛顿突然中风,菲茨杰拉德亲自安排她住进了一家疗养院。在整理完母亲的物品之后,菲茨杰拉德给妹妹安娜贝尔·菲茨杰拉德(Annabel Fitzgerald, 1901～1987)写了一封信,信中说:"除了在性格上十分固执倔强的特点之外,我和母亲之间毫无共同之处。但是看了母亲的那些物品之后,我甚为感动,对她的看法完全改变了。我深深地感受到,就她的品格和气度而言,她的生活是多么地不幸。她悉心保存了这一切物件,就是为了能勾起她对往日快乐时光的追忆。"[①]莫莉于1936年9月初病逝,菲茨杰拉德恰因肩部受伤,未能出席母亲的葬礼。但他在该年9月发表的短篇小说《作家的母亲》(*An Author's Mother*)中表达了他对母亲的哀思。小说描写的是一个不懂现代社会、不理解儿子作品的老太太的晚年生活情景。菲茨杰拉德后来在写给曾爱恋

[①] Matthew J. Bruccoli, ed. *F. Scott Fitzgerald: A Life in Letters*, New York: A Touchstone Book, 1994, p.306.

过他的女友比娅特丽丝·丹斯(Beatrice Dance,生卒不详)的信中说:"我母亲是一位毫不顾忌地宠爱自己的孩子的老太太。她在我身上倾注了她全部的心血。为了我的生存,她牺牲了自己的一切。"①

菲茨杰拉德就是在这样的家庭环境里度过他的童年时光的。他刚出生时,父母给他起的名字便是弗朗西斯·司各特·基·菲茨杰拉德,与相隔三代的远房亲戚、美国国歌的歌词作者(Francis Scott Key Fitzgerald,1779～1843)同名。这表明了他父母对其祖先的敬仰和对这个被视为掌上明珠的独生子所寄予的厚望。1908年9月,菲茨杰拉德被送往圣保罗市的一所富家子弟学校——圣保罗私立学校就读。他酷爱足球和垒球运动,且口才很好,善于辩论,但学习成绩欠佳,因而在同学中并不受人注意。然而,在进校后的第二年10月,他就开始在该校的校刊《时机》(*Now and Then*)上发表作品了。他发表的第一篇作品《雷蒙德抵押品之谜》(*The Mystery of the Raymond Mortgage*)是一篇侦探小说。这篇小说受到该校校长的重视和夸奖,菲茨杰拉德也因此而常得到这位名校长的亲自点拨和教诲。这一年他才13岁。此后,他的名字便经常出现在当地报刊的头条版面上。在圣保罗私立学校读书的3年期间,他勤于练笔习艺,学写小说,除发表了一些新闻稿件之外,他还创作了另外3篇短篇小说,均刊登在该校的校刊上。这些出自于一个文学少年之手的作品竟也不乏精妙的文句和闪光的见识,显示出他的文学天赋和从事创作的热望。1911年9月,经济上并不富裕的父母以每学年缴纳850美元学费的代价,将他转入了美国东部新泽西州的一所著名的寄宿制预科学校——新人学校,在此攻读预科课程,准备考大学。在第一年里,他"因自惭形

---

① Andrew Turnbull, ed. *The Letters of F. Scott Fitzgerald*, New York: Charles Sceibner's Sons, 1963, p.541.

秽而痛苦万分……因为……他是一个在富家子弟学校里就读的穷孩子",金钱意识这么早就开始侵蚀着他幼小的心灵了。但是从第二年开始,他的表现和他在同学中的声望就有了很大的改观。虽然学业依然平平,但他却屡屡获得田径场上和演讲比赛中的头块奖牌。在新人学校的两年时光里,他与该校校刊《新人新闻》(*Newman News*)的编辑、同班同学查尔斯·唐纳荷(Charles Donahoe,1896~1973)建立了深厚的友谊。两人常在一起踢球,并积极为校刊撰写、编辑文稿。两年之后,两人又一同考入普林斯顿大学,再度成为极要好的学友和球友。唐纳荷后来成了颇有名气的文学编辑,也成了菲茨杰拉德小说创作中许多人物的原型。他在这一时期的同窗好友中还有保罗·尼尔森(Paul Nelson,1895~1979)。此人后来也与他一起考入普林斯顿大学,并当选为该校著名社团机构普林斯顿戏剧协会(Princeton Triangle Club)的主席。新人学校的这段生活给少年菲茨杰拉德留下深刻的印象。他日后创作的长篇小说《人间天堂》(*This Side of Paradise*,1920)和若干短篇小说中的"圣·里吉斯预科学校",都是以新人学校为原型写成的。

在新人学校就读期间,菲茨杰拉德有幸结识了当时的一位著名人物——西里尔·费神父(Father Cyril Sigourney Webster Fay,1875~1919)。西里尔·费学识渊博,见解独到,是圣公会的教士,天主教的牧师,也是新人学校的校长。他对天资聪颖的菲茨杰拉德极为赏识,耐心指导他阅读了大量的书籍,积极扶持他从事文学创作。他的鼓励和教诲激起了这个文学少年的雄心壮志,勾勒出他那金色的童年之梦的轮廓。德高望重的费神父成了这位跃跃欲试的少年的良师益友和忘年之交,并对他今后的成长产生了重要影响。菲茨杰拉德的第一部长篇小说《人间天堂》里的重要人物泰亚·达西先生就是西里尔·费神父的真实形象的再现。在描写主人公阿莫瑞·布莱恩与达西先生初次相见的情景时,菲茨杰拉德写道:"……这是阿莫瑞早年生涯中最为难忘的重要事件。先生才华横溢,满腹珠玑,谈吐超凡脱俗,举止光彩照人。先生的几句发问和建议便如同拨云见日,点明了他心中思索已久的疑难。于是,阿莫瑞便滔滔不绝地向先生倾吐着潜藏在他胸中的无数的愤激、冲动、渴望、厌倦、信念、担忧……先生的智慧如同阳光,照亮了许多人……"①《人间天堂》这部小说就是献给费神父的。1917年,西里尔·费准备以国际红十字会的身份秘密出使俄国,统一天主教会,并建议菲茨杰拉德以随行人员的身份与他同行。菲茨杰拉德欣然应允,并取得了护照和签证,但却未能成行。1918年,费神父被教皇本涅迪克特十五世②任命为红衣主教。1919年1月10日,费神父因患肺炎而去世。菲茨杰拉德因军务在身,未能参加他的葬礼。

三、普林斯顿大学

普林斯顿大学是美国东部的一所著名的贵族式高等学府。早在新人学校读书期间,菲茨杰拉德就对它仰慕不已,心驰神往。其原因是,这所高校拥有一支球艺精湛的足球队,拥有好几位令他崇拜的足球明星,在全美名校足球联赛中,这支球队常能夺冠。此外,这所高校的文学气氛甚为浓厚,各类社会团体活动频繁不断。普林斯顿戏剧协会更是活跃异常,每年都要在圣诞节期间举行别

---

① F. Scott Fitzgerald, *This Side of Paradise*, New York: Penguin Books, 1987, p.31.
② 本涅迪克特十五世(Benedict XV, 1854~1922),意大利籍教皇(1914~1922),在第一次世界大战爆发后当选,对战争采取中立政策,积极谋求恢复和平,但其调解活动失败。

开生面的大型原创音乐剧的巡回演出,极有影响。菲茨杰拉德从新入学校毕业时,他的家人为了节省开支,曾想送他去离家较近的明尼苏达大学就读。他的姨母安娜贝尔·玛奎兰(Annabel McQuillan,1866~1963)则建议他投考乔治顿大学,并答应资助他在该校完成学业。但他对这两所院校都无兴趣,却执意要报考收费昂贵的普林斯顿大学。此时,恰逢他的外祖母病逝,他的母亲得以继承了部分家业。这份遗产虽不丰厚,却也能勉强支付他的大学学费。菲茨杰拉德对东部的另外两所名校——哈佛和耶鲁也兴趣不高。他后来在《人间天堂》里借主人公阿莫瑞之口,对这三所名校进行了形象生动的比较,说:"我只想进普林斯顿,我也说不清究竟是什么原因。但在我看来,哈佛的那些男生个个都娘娘腔十足,就像我从前那样;而耶鲁的那些男生则都爱穿那种宽大的蓝色套衫,嘴里老爱叼着烟斗……我认为,普林斯顿的学生个个都有模有样,颇具贵族派头,虽然也有些懒散,却让人感到春意盎然。"①

　　1913年5月,菲茨杰拉德报名参加了普林斯顿大学的入学考试,同年秋天被该校录取,开始了他的大学生活。普林斯顿大学课程种类丰富,学习任务繁重,管理也极为严格。菲茨杰拉德在进校第一年里,各门功课均成绩平平,却在足球场上异常活跃,因为这既是他十分喜爱的运动,也是他得以在同学中建立名声的最佳方法。在当时,对大学一二年级的学生来说,要想博得声望;成为众人羡慕的"Big Boy",就必须能在足球场上大显身手。然而不久之后,由于在剧烈的足球训练中不慎扭伤了膝关节,他才不得不依依不舍地离开了足球队,转而参加了戏剧协会,并开始积极为校刊《普林斯顿之虎》(The Princeton Tiger)杂志撰稿。在这一年里,他对所修功课并不太在意,却把主要精力投入在对课外书籍的阅读上。他的阅读面相当广泛,且常有自己独到的见解。在英国文学

---

① F. Scott Fitzgerald, *This Side of Paradise*, p.30.

领域里,他所喜爱的作家包括:英国著名科幻小说家 H·G·威尔斯(H·G·Wells,1866~1946)、英国宗教文学家 R·H·本森(Robert Hugh Benson,1871~1914)、康普顿·麦肯锡(Compton Mackenzie,1883~1972),以及英国著名戏剧家萧伯纳(George Bernard Shaw,1856~1950)等。他认为威尔斯的"《新马基维利主义》是本世纪最伟大的小说之一"。① 威尔斯的创作思想和写作技巧及其史学名著《世界史纲》(The Outline of History,1920)对他产生了深刻的影响。他的第一部长篇小说《人间天堂》里,就留有威尔斯的许多痕迹。本森的名作《笃信此神》(None Other Gods,1910)描写的是一名年轻的贵族在皈依天主教之后,便开始浪迹天涯,寻求精神上的至善至美的故事。菲茨杰拉德在《人间天堂》中将这部小说称作为"一部精彩的探寻式的小说"。它对小说的主人公阿莫瑞的思想形成产生了重要的影响。麦肯锡的巨著《凶街》(Sinister Street,1913~1914)则尤其令他着迷。有一段时期,他甚至视自己就是书中的主人公迈克尔·费恩,而把他周围的学友都看做是一群蝇营狗苟之徒。《凶街》对菲茨杰拉德和他笔下的阿莫瑞等人物也都产生了较大的影响。菲茨杰拉德曾对友人说:"麦肯锡和塔金顿等作家教育了我,使我真正懂得了英语语言和文学。"②1919 年 11 月,当菲茨杰拉德将《人间天堂》的初稿送给同窗好友、著名文学批评家艾德蒙·威尔逊(Edmund Wilson,1895~1972),请他批评指正时,威尔逊坦率地说:"这部小说是对康普顿·麦肯锡的精妙模仿,小说的结尾处颇有威尔斯的遗响,是一部模仿其写作风格的上乘之作。"③1925 年,菲茨杰拉德在意大利的开普里市曾与麦肯锡邂逅,但此次见面却令他大失所望。他

---

① Andrew Tumbull, ed. Letters of F. Scott Fitzgerald, p.318.
② Mary Jo Tate, F. Scott Fitzgerald: A to Z, p.157.
③ Ibid. p.157.

在给好友约翰·毕萧浦(John Peale Bishop,1892~1944)的信中谈及了此次的相遇:"我发现他很和善,很有人格魅力,却也很有些世俗。但你不会感到他的作品已彻底丧失了原有的力度。他对自己已有的成就也不过分夸大。我认为,他只是感到疲惫了。战争摧毁了他的意志,也毁掉了威尔斯和他们那一代的其他许多作家。"①

在普林斯顿大学读书期间,菲茨杰拉德对英文系开设的各类文学课程很是不满,对授课教师也颇为挑剔,指责他们闭口不谈美国当代作家。他认为这些课程"全都呆板沉闷得出奇,头重脚轻,本末倒置,毫无特色,以某种乖谬的方式把原本充满激情、生动活泼的文学弄得索然无味,缺乏生气"。②"有些专门讲授诗歌的教授,其实并不喜欢诗歌,也根本不懂诗为何物。我常与他们没完没了地争论,到头来,我不得不完全放弃了英文课。"③在众多的教授们当中,菲茨杰拉德惟一敬重的是讲授法国浪漫主义文学的教授克里斯汀·高斯(Christian Gauss,1878~1951),毕业多年之后仍与他保持着纯洁、深挚的友谊。高斯教授对他这位高足的性格、才智、抱负和缺点曾做过十分中肯的分析:"他不肯循规蹈矩。他渴望能称雄文坛,想竞选'戏剧协会'的主席,想成为校园里的'大腕人物'……他的功底不如他的另外几位同窗好友扎实,但他颇有艺术和文学创作的天赋,对此兴趣浓厚,孜孜以求……他对功课的态度忽冷忽热,缺乏定性。"④正如高斯教授所说,在大学一年级期间,菲茨杰拉德的学习成绩很一般,各门功课均为勉强通过。他对

---

① F. Scott Fitzgerald, *The Crack Up*, p. 268.
② F. Scott Fitzgerald, *Afternoon of an Author: A Selection of Uncollected Stories and Essays*, New York: Scribner's, 1958, p. 75.
③ Matthew J. Bruccoli, ed. *F. Scott Fitzgerald: A Life in Letters*, p. 460.
④ Jeffrey Meyers, *Scott Fitzgerald: A Biography*, New York: Cooper Square Press, 1994, p. 24.

这一年的自我总结是:"发奋读书、丰富阅历的一年。"①

进入二年级以后,由于整日忙于创作和社交,他更无暇顾及学业,常有功课不及格而不得不参加补考,在同学中的名声也大受影响。这一年的圣诞节假期里,他回到故乡圣保罗市。在一次舞会上,他与来此度假的 16 岁的美貌少女吉妮芙娜·金(Ginevra King,生卒不详)邂逅,对她一见钟情。吉妮芙娜冶艳娇媚、靓丽无比,且出身豪门,深谙社交之术,是出名的交际花,令年轻的菲茨杰拉德大为倾倒。两人成双成对,经常出入于影院、舞会、宴会等社交场所。返校之后,他更是不可自制地几乎每日一封地给她写信,向她倾诉他的爱慕之情。1915 年 6 月,他携带着这位"花容月貌"的妙龄女友参加了普林斯顿一年一度的"大学生狂欢舞会",在同学中引起了轰动。之后,两人又一同去了纽约等地游玩。每逢放假返家,他都会绕道去她的家乡与她幽会。虽然如此,菲茨杰拉德却绝非吉妮芙娜的惟一恋人。她的身边总是围绕着许多年轻、富有的追求者。在与菲茨杰拉德热烈交往的同时,老到练达的吉妮芙娜还与其他男友保持着恋爱关系,根本没把菲茨杰拉德放在心上。蒙在鼓里的菲茨杰拉德仍在拼命追求着他所崇拜的青春偶像。这种单恋式的浪漫爱情持续了长达两年之久,直至有一天,他无意中听到有人说"穷小子休想娶富家女"时,②这才有所醒悟。1917 年 6 月,两人的恋爱关系宣告破裂。1918 年 6 月,吉妮芙娜向菲茨杰拉德透露了她已与一富豪子弟、美国海军航空兵教官威·米切尔订婚的消息,并给他送来了将于 9 月份结婚的请柬。菲茨杰拉德深受打击,没有出席她的婚礼,但却一直珍藏着这份结婚请柬。吉妮芙娜对自己的所作所为并没有表示出丝毫的懊悔或不

---

① Matthew J. Bruccoli, ed. *F. Scott Fitzgerald's Ledger*, Washington D. C.: Bruccoli Clark / NCR Microcard Editions, 1973, p. 168.
② *Ibid.* p. 170.

安,但她后来也承认:"在我的记忆中,他很年轻,也很害羞,与其他许多追求我的人一样。他很自负,自命不凡,却又遮遮掩掩,缩手缩脚。在司各特的大学时代里,我与他的恋爱关系的确是害苦了他。我妨碍了他的学业和创作。我的态度丝毫无助于一个既特别敏感、又格外多情的年轻人。"①吉妮芙娜1936年与其第一位丈夫离婚之后,曾主动与菲茨杰拉德联系,要求见他。菲茨杰拉德已有20年未曾与她见过面,闻讯后百感交加。他在给女儿司各蒂的信中说:"她是我毕生爱恋过的第一位姑娘。直到此时,我都不忍心再去见她,目的就是为了能保持这份初恋时的完美纯真的幻觉,因为是她冷漠无情地抛弃了我。我真不知道该不该去见她一面。"②他给她连续打了几天的电话,却再没有去与她见面。吉妮芙娜后来又嫁给了芝加哥的一个富商约翰·皮雷尔。在大学二年级期间,菲茨杰拉德成功地当选为戏剧协会的秘书长,《普林斯顿之虎》杂志的编委,并为普林斯顿《拿骚文学杂志》(*The Nassau Literary Magazine*)撰写了大量稿件。他对二年级期间的生活所做的总结是:"收获极大、结果做过了头、差点被毁掉的一年,是'吉妮芙娜与戏剧协会'之年。"③

他与吉妮芙娜的这段刻骨铭心的初恋,日后成了他的文学创作的极好素材,他笔下的许多女主角都是以吉妮芙娜为原型写成的,诸如:《人间天堂》里阿莫瑞·布莱恩初恋的姑娘伊莎贝尔·宝杰;短篇小说《冬天的梦》(The Winter Dreams, 1922)中的朱迪·琼斯小姐;系列短篇小说《巴兹尔与约瑟芬系列小说》(The Basil and Josephine Stories, 1976)中的约瑟芬小姐等等。吉妮芙娜日后在读了这些作品时,也承认了自己当年的极端虚荣和自私,

---

① Jeffrey Meyers, *Scott Fitzgerald: A Biography*, p.29.
② Matthew J. Bruccoli, ed. *F. Scott Fitzgerald: A Life in Letters*, p.338.
③ Matthew J. Bruccoli, ed. *F. Scott Fitzgerald's Ledger*, p.169.

坦白地说:"从'约瑟芬'系列小说中,我看到了我年轻时的真实写照,真感到羞愧得无地自容。"①尤其是菲茨杰拉德与吉妮芙娜爱情破裂、吉妮芙娜与富商结婚这段情景,被真实记录在《了不起的盖茨比》的第四章中,并贯穿在这部小说的始终。小说中的黛西·斐伊就是吉妮芙娜的化身,黛西的脸、黛西说话的声音里都充满了金钱的气息,而盖茨比却始终"保持着这份初恋时的完美纯情的幻觉",依然对她一往情深,并千方百计要去赎回他早已失去的爱情。

菲茨杰拉德与吉妮芙娜的爱情波折、他对戏剧协会的全身心的投入、他繁忙的社交活动、他对文学创作的高度热情、他对其他课程的兴趣索然,这一切都严重影响了他大学三年级时期的学业成绩,使他差点儿落到了被学校除名的地步。1915年11月,他被诊断患上了疟疾和轻度肺结核病,不得不暂时休学,返回家乡养病。在此期间,他仍不断给《普林斯顿之虎》和《拿骚文学杂志》撰稿,但却时常被拒绝。他对这一年的自我总结是:"极度失望+大学之梦终结的一年。一切不良后果都是由我自己的过错造成的。"②1916年9月,他病愈返校,重新修读大学三年级,各科成绩也开始有所回升。他曾对此有过评价:"普林斯顿依然是全美国最难考入、最难修习、最难毕业的高校。"③他对重读三年级这一年的总结为:"积蓄才干的一年,从表面看是失败的,而且时常气恼,但却为我的文学生涯奠定了良好的基础。"④

在普林斯顿求学的几年中,菲茨杰拉德与好几位同学建立起了深厚的友谊。这些朋友对他日后在文学上的发展产生了重要的影响,其中就有:

---

① Jettrey Meyers, *Scott Fitzgerald: A Biography*, p. 30.
② Matthew J. Bruccoli, ed. *F. Scott Fitzgerald's Ledger*, p. 170.
③ Matthew J. Bruccoli and Jackson R. Bryer, ed. *F. Scott Fitzgerald in His Own Time: A Miscellany*, Kent, Ohio: Kent State University Press, 1971, p. 169.
④ Matthew J. Bruccoli, ed. *F. Scott Fitzgerald's Ledger*, p. 171.

第一章 早期的菲茨杰拉德

亨利·斯特莱特(Henry Strater,1896~1987)。他是菲茨杰拉德在二年级时的同学,是1917年春季普林斯顿大学所发生的抗议校方在伙食问题上实行差别待遇的"反协会运动"的学生领袖,也是抗议美国参加第一次世界大战的学生领袖之一,是校园里的风云人物。后来,他成了《人间天堂》里那位"头发金黄、处事冷静、意志坚定"、名叫伯尔尼·哈礼德的人物的创作原型。菲茨杰拉德1920年6月在写给普林斯顿大学校长约翰·黑宾(John Grier Hibben,1816~1933)的信中,就黑宾对《人间天堂》提出的批评做了解释,并说:"我的生活观与西奥多·德莱塞和约瑟夫·康拉德的生活观是完全一致的——就整个人类而言,生活是弱肉强食、冷酷无情的。我的理想主义产生于亨利·斯特莱特所领导的'普林斯顿反协会运动'。"[1]由此可见斯特莱特对他的影响。斯特莱特后来成长为一名艺术家,在缅因州创立了自己的艺术馆,并成为海明威狩猎、钓鱼的伙伴。

约翰·毕格斯(John Biggs Jr,1895~1979)。他出生于名门世家,祖父是德拉华州的州长,父亲是州司法部长。他声音洪亮、头脑机敏、身材魁梧,是菲茨杰拉德三年级时的同窗和室友,是《普林斯顿之虎》杂志的编辑。两人的关系甚密,共同创作了大型音乐剧《安全第一》(*Safety First*,1916)和其他一些作品。他后来成为德拉华州的著名律师和大法官。20年代后期,在菲茨杰拉德的大力举荐下,斯克里布纳出版公司出版了毕格斯创作的两部长篇小说《半人半神》(*Demigods*,1926)和《鞭笞七天》(*Seven Days Whipping*,1928),使他在美国文坛也闻名遐迩。1936年6月,菲茨杰拉德为自己写下了遗嘱,并委托毕格斯和哈罗德·奥伯(Harold Ober,1881~1959)做他遗嘱的执行人。菲茨杰拉德去世后,毕格斯忠实地处理了他的遗嘱以及其他有关事务,并悉心照料姗

---

[1] Matthew J. Bruccoli, ed. *F. Scott Fitzgerald: A Life in Letters*, p.40.

尔达,直至她于1948年去世。他是菲茨杰拉德忠实可靠的挚友,也是他文学作品的代理人之一。

在菲茨杰拉德的同窗好友中,最值得一提的也许是约翰·毕萧浦和艾德蒙·威尔逊两人。他俩既是他的同学和文友,也是他的最亲密的朋友,在普林斯顿大学读书期间以及在日后的文学生涯中,都给予菲茨杰拉德以莫大的帮助。

约翰·毕萧浦(John Peale Bishop,1892~1944)出生于西弗吉尼亚州,1913年入普林斯顿。高斯教授对他的评价极高:"刚进大学,约翰就显示出了他非同寻常的才干和自我约束的能力,一举一动都风度翩翩,像一位年轻的英国绅士,在同学中颇有威信。"[1]菲茨杰拉德对他的学者风度和堂堂仪表极为仰慕,对他的学术造诣更是钦佩不已。在普林斯顿大学求学期间,毕萧浦就曾获得过多项文学大奖。他耐心点拨菲茨杰拉德读书,帮助他提高文学修养和美学鉴赏能力,尤其是在诗歌方面,他所给予的指导甚至远远超过了普林斯顿大学的教授们。作为《拿骚文学杂志》的编辑,他发表了菲茨杰拉德在大学时代所创作的多篇作品,对菲茨杰拉德在文学道路上的成长起到了积极的促进作用。他1917年就出版了自己的第一部诗歌集,此后也不断有小说和诗歌发表。他参加过第一次世界大战。20年代期间,他主要生活在巴黎。在他的安排下,菲茨杰拉德在巴黎结识了另一位天才小说家——欧纳斯特·海明威。菲茨杰拉德后来在回忆这段大学生活时说:"在文学创作的起步阶段,完全靠自己的领悟是很难做到的。必须有高人加以点拨才能取得进步——约翰·毕萧浦在普林斯顿给了我极好的帮助。我初涉诗坛,尝试作诗,他总是花上一二个月的时间帮我推敲,让我明白什么是真正的诗,什么不是诗。"[2]毕萧浦后来成了《人间天堂》里的托马斯·帕克

---

[1] Jeffrey Meyers, *F. Scott Fitzgerald: A Biography*, p.25.
[2] Matthew J. Bruccoli, ed. *F. Scott Fitzgerald: A Life in Letters*, p.460.

这一人物的原型。菲茨杰拉德在小说中把他描写为"额头宽阔,极善写充满激情的爱情诗。那年他才19岁,肩膀微踢,生就一双浅蓝色的大眼……头脑清醒,具有强烈的社会竞争意识"。① 人们在《了不起的盖茨比》中也可见到这位文学家的身影。菲茨杰拉德去世后,毕萧浦在《新共和》等刊物上发表了悼念这位亡友的文章,并对菲茨杰拉德的主要作品作过中肯的评论。1944年,他因心脏病突发而在科德角猝然去世,未能实现自己的文学夙愿。

艾德蒙·威尔逊(Edmund Wilson,1895~1972)出生于新泽西州一个著名律师兼大法官的家庭,1916年以优异的成绩从普林斯顿大学毕业,是当代美国文坛著名的文学评论家和社会评论家,也是菲茨杰拉德一生中最为要好的朋友。两人之间的友谊开始于1914年,威尔逊当时是《拿骚文学杂志》社的主席。两人在性格上虽有着明显的差别,但却丝毫不影响他们终生的友情。在大学时代,他悉心修改菲茨杰拉德写出的作品以供发表,两人合作写出了大型音乐剧《邪恶的眼光》(*The Evil Eye*,1915)和其他一些作品,配合得十分默契。在同学们眼里,菲茨杰拉德热情奔放,善于词令,喜欢冒进,总想在文学领域崭露头角。他曾对艾德蒙说:"我要成为有史以来最伟大的作家之一,你呢?"②威尔逊则老成持重,学识渊博,基础深厚,严于自律,总是能恰到好处地为菲茨杰拉德掌好舵,把握住他的发展方向。两人形成了极佳的互补。菲茨杰拉德1936年在他的自传体文集《崩溃》(*The Crack Up*,1936)中写道:"20多年来,在我的文学生涯中,有一个人一直是我的楷模,为我树立了学术上的道德观。这个人就是艾德蒙·威尔逊。"③威尔逊几乎对菲茨杰拉德的所有重要作品都发表过极有见解的评论,

---

① F. Scott Fitzgerald, *This Side of Paradise*, p.53.
② Mary Jo Tate, *F. Scott Fitzgerald: A to Z*, p.201.
③ F. Scott Fitzgerald, *The Crack Up*, p.79.

在美国文学界产生了极大影响。他对五六十年代兴起的"菲茨杰拉德复兴"也起着至关重要的发起和引领作用。

  普林斯顿的大学生活为菲茨杰拉德的文学创作活动奠定了良好的基础,也为他提供了练笔习艺的园地和早期作品的创作素材。普林斯顿大学一直是当代美国新文学和新作家的摇篮之一。菲茨杰拉德去世之后,普林斯顿大学出资购买了他的大部分作品、手稿、书信和其他文献资料。菲茨杰拉德的女儿在将父亲的遗稿整理归类后也捐赠给了这所著名学府。如今,研究者们可以在普林斯顿大学图书馆里查阅到最翔实、最权威的研究这位大作家的一切有关史料和原稿。菲茨杰拉德对普林斯顿大学的这段生活深为怀念,记忆犹新。这种真挚的感情在他众多的作品中都有所表露。他曾总结性地说:"普林斯顿极为公正、高雅、富有魅力、令人敬仰,是美国人的生活中最值得珍视的地方。"[①]普林斯顿大学造就了他,他也是普林斯顿大学的光荣与骄傲。

四、军旅生活

  虽然菲茨杰拉德在普林斯顿大学学习期间的成绩并不理想,而且时常会有功课不及格而忙于补考,但他的毕业却来得十分顺利。时值第一次世界大战爆发,美国政府于 1917 年 4 月 6 日宣布参战。他和普林斯顿的许多热血青年一样,尽管对这场战争的性质并不十分了解,却都想投身战场,藉此建功立业当英雄。他积极报名应征入伍,参加了为期 3 周的强化军事训练。正因如此,在赴役前夕,普林斯顿大学破格同意他免修

[①] F. Scott Fitzgerald, *Afternoon of an Author*, p. 79.

剩下的部分课程,不及格的功课也免予补考,视他为修业期满,准予以1917届毕业生从该校毕业。他的鉴定中有这样一句话:"建议他将来去哈佛大学攻读英文专业硕士研究生课程,然后去从事新闻工作。"①

1917年7月,他以步兵少尉的身份去圣保罗市附近的军营报到,接收体检和基础训练。由于年龄未满21岁,他必须等到该年的9月份才能成为一名正规的军官。因此,他又回到普林斯顿,开始创作他的第一部长篇小说,初步定名为《浪漫的自私主义者》(*The Romantic Egoist*)。同年10月,他被正式批准入伍,受命去堪萨斯州的莱文渥斯军营报到,接受为期3个月的军事训练。负责训练这批年轻军官的教官是美军著名将领、后来成为美国第三十四任总统的艾森豪威尔将军(Dwight David Eisenhower,1890~1969)。虽然军训极为严格,但他仍沉浸在他的小说创作中,"每当一周的军事科目完成之后,每个星期六的下午一点钟,我都匆匆赶到军官俱乐部,找一个角落坐下来,在烟雾弥漫、嘈杂不堪的环境中埋头写作,连续3个月的每一个周末都如此。就这样,我写出了这部小说的22个章节的提纲,完成了两章,共写了12万字。"②1918年2月军训结束后,他请假回到普林斯顿,完成了这部小说的初稿。小说写成后,他先交给了恩师高斯教授,请他过目并提出修改意见。

1918年3月,他受命去肯塔基州,向驻扎在泰勒军营的美军第四十五步兵团报到。这个军营就是《了不起的盖茨比》中杰伊·盖茨比与黛西·斐伊邂逅的地方。他在这个军营里当了几个星期的教官之后,又于4月份被派往佐治亚州的高登军营。由于前线吃紧,他所在的步兵团6月份与美军第九步兵

---

① Mary Jo Tate, *F. Scott Fitzgerald: A to Z*, p. 201.
② Jeffrey Meyers, *F. Scott Fitzgerald: A Biography*, p. 36.

师第六十七团合并,驻扎在阿拉巴马州蒙戈马利市附近的谢里丹军营,加强战备训练,为开赴欧洲前线做好战前准备。此时他已被提升为一名步兵中尉。但是作为一名军人,他的表现却令人失望。他缺少独立判断能力和军事指挥能力,对紧急情况不能果断练达地加以处理,因而常常遭到其他军官的嘲笑和捉弄。1918年10月底,他所在的部队开到了纽约长岛的米勒斯军营,准备于11月初登陆法国,投入到欧洲战场。但是,1918年11月11日的"停战协定"宣告了第一次世界大战的结束,他因此而未能获得上战场的机会,去证实他的勇气,去博取当英雄的荣耀,去赢得战友们的信任,去为在战争中献身的21位普林斯顿大学的同班同学复仇。他在《崩溃》一文中表述了他青年时代的两大遗憾:"未能在大学足球队里大显身手,未能在海外战场上建功立业。"[1]战争结束后,他所服役的军队于11月份回到了谢里丹军营。他英俊的相貌、整洁的军服、普林斯顿大学生所特有的气质和教育背景,以及他的爱尔兰血统,引起了陆军准将詹姆斯·莱恩(James Augustine Ryan,1867~1956)的注意。莱恩将军早年毕业于西点军校,当时负责与地方民政部门的联络。他认为菲茨杰拉德的个人气质和学历会有助于他的工作,便于1918年12月下令将这位年轻军官调至身边,做他的副官,协助他处理有关的准外交式的事务。

1918年的蒙戈马利是一座只有4万人口的宁静的南方小镇,自美国"南北战争"以来几乎没有什么改变。菲茨杰拉德在短篇小说《冰宫》(The Ice Palace,1920)里对这座南方小镇的描写是:"一片令人感到倦慵缠绵的虚幻的乐境。天空中飘动着梦幻般的云彩。晚间来临时,萤火虫四处纷飞,马路上不时传来嘈杂的叫卖声——尤其是那些妙龄少女们,个个举止优雅,声音甜美。她们生

---

[1] F. Scott Fitzgerald, *The Crack Up*, p.70.

活在对往事的追忆中而非沉溺在金钱的世界里。"①在一个"萤火虫纷飞"的夜晚,在一次乡村俱乐部的舞会上,菲茨杰拉德认识了一位长发飘逸、衣着艳丽、"举止优雅、声音甜美"、芳龄十八的漂亮姑娘。她就是姗尔达·赛瑞,一个刚刚高中毕业的清纯少女。

姗尔达出生于1900年7月24日,比菲茨杰拉德小4岁。父亲安东尼·赛瑞(Anthony Dickinson Sayre,1858~1931)曾做过《蒙戈马利邮报》(*Montgomery Post*)的编辑,是当地有名的大律师和阿拉巴马州高级法院的大法官。他思想守旧,生活刻板,性格耿直。母亲明妮·玛琴(Minnie Machen Sayre,1860~1958)是肯塔基州参议员的女儿,颇有艺术修养和文学功底,年轻时曾梦想当歌剧演员,因父母强烈反对而未能实现愿望。姗尔达是家中最小的女儿,自幼备受父母宠爱。她的名字取自于美国作家罗伯特·弗朗西龙(Robert Edward Francillon,1841~1919)的小说《姗尔达财运亨通》(*Zelda's Fortune*,1874)。父母也许是希望她将来也能够像小说中的那个吉卜赛女郎一样,找到一大笔金银财宝,遇到一位英俊而又才华横溢的如意郎君。由于家庭的社会地位和父母的过度娇惯,她自小就不受世俗礼节的束缚,思想解放,无所顾忌,风流任性,具有强烈的反叛精神,与父母截然不同。她是当地出了名的美少女,1918年高中毕业时,她被推选为学校"最漂亮的青春少女"、"最具魅力的性感女郎"。她蔑视传统的陈规陋习,喜欢标新立异,常有惊人之举。她容颜娇艳,又行事大方,令许多男子倾倒在她的石榴裙下。每当她出现在舞厅里,其他姑娘们都恨不得马上回家,因为所有的男人都会立即移情于她。为了能和她跳上一支舞曲,他们会排起长队,不计时间地等候,而她却又漫不经心,毫不在意。与风流倜傥的菲茨杰拉德相识之时,她还没有固定的男

---

① F. Scott Fitzgerald, *Flappers and Philosophers*, New York: Charles Scribner's, 1920, pp. 48~49.

友。于是,两人便一见倾心,很快坠入了情网,花前月下,情意缠绵起来。菲茨杰拉德在《人间天堂》里塑造的美貌女郎萝莎琳·康乃奇,就是以姗尔达为原型的。他在小说中如实地描绘了姗尔达的美丽容貌:"她金发披肩,肤色白里透红。一张小嘴楚楚动人,令人情不自禁地想去亲吻。她有一双灰褐色的大眼睛,脸颊上有两块淡淡的红晕,皮肤光润鲜丽得无可挑剔。她身材苗条、健美,发育极好。她在室内来回走动的姿势极令人赏心悦目。"当然,他也十分敏感地察觉到了她性格中的诸多缺点——粗野、自私、放浪不羁、唯我独尊。但他又觉得这种性格别有一番风味,很惹人上火:"她对待男人的态度很有些放肆。她辱骂、攻击他们。她不守诺言,随意失约,还会当着男人的面打哈欠。可是这些男人还是一次又一次地来约她……她有时吸烟,会喝烈酒,频频与人接吻……她骄横任性,无论何时想要什么就要马上得到什么。如果得不到,她会把周围的每个人都折磨得痛苦不堪……她认为女人的天性就是要折腾男人,这是女人生存的必须。"[①]菲茨杰拉德欣喜地认为,姗尔达就是他梦寐以求的战后现代女性的闪亮典型。

尽管两人的背景差别甚大——菲茨杰拉德出身于美国中西部一个中下阶层的家庭,有爱尔兰血统,信奉天主教,毕业于名牌大学,在5个不同城市生活过;而姗尔达则出身于南方一个中上阶层的家庭,是正统盎格鲁移民的后裔,信奉的是新耶稣教,刚刚完成高中阶段的教育,还没有离开过蒙戈马利这个小城市——但两人却有着许多惊人的相似之处:都是被年迈的父母溺爱惯坏了的孩子;都是高鼻梁、薄嘴唇,头发金黄,皮肤白皙;一个英俊潇洒,一个俏丽妩媚;他们有时还穿着款式相同的服饰招摇过市,走在一起,形若一对兄妹。两人在性格、气质和兴趣上也很投缘。虽然姗尔达的周围聚集着许多追求者,刚刚遭受了失恋打击、正处在苦闷之

[①] F. Scott Fitzgerald, *This Side of Paradise*, p. 156.

第一章　早期的菲茨杰拉德

中的菲茨杰拉德还是凭着自己的优势赢得了这个大美人的芳心。

1919年2月,不能适应军旅生活的菲茨杰拉德从所在部队退役,只身来到纽约这个大都市。几个星期之后,他在一家广告公司找到了工作,每周薪水为35美元,负责撰写广告词。微薄的工资和枯燥的工作令他烦闷不已,养成了他爱喝酒的习惯。工作之余,他仍坚持不懈地从事文学创作,但却屡遭退稿。这年的6月,在好友威尔逊的帮助下,他结识了著名文学评论家、美国极有影响的文学刊物《时尚社会》(The Smart Set)的副主编乔治·纳森(George Jean Nathan,1882~1958)。经过反复修改和润饰,纳森在这个杂志上发表了菲茨杰拉德在普林斯顿读书时写出的短篇小说《林中婴儿》(Babes in the Woods,1919),两人遂成好友。此后,他又结识了该刊物的主编、另一位著名文学评论家 H·L·门肯(H. L. Mencken,1880~1956),并得到了他的信赖和教诲,与他也结下了莫逆之交。这对菲茨杰拉德日后的文学生涯来说,可谓铺平了道路。纳森后来成为菲茨杰拉德第二部长篇小说《漂亮冤家》(The Beautiful and the Damned,1922)中的人物毛利·诺贝尔的创作原型。《漂亮冤家》的扉页上写着"谨以此书献给沙恩·莱斯利、乔治·纳森、麦克斯威尔·帕金斯,感谢你们在文学事业上对我的帮助和鼓励"。但后来纳森对姗尔达的调情卖俏又令菲茨杰拉德大为恼火。

在纽约谋生期间,菲茨杰拉德仍心系姗尔达,因为她与别人随心所欲的交往也实在令他放心不下,甚至妒火中烧。1919年的春季里,虽然囊中羞涩,但他仍不顾一切地3次赶往蒙戈马利,惟恐会再次失去他的心中的恋人。6月里的一天,两人终于瞒着父母私订了终身。然而好事多磨。这桩婚事立即遭到姗尔达父母的强烈反对。理由很简单,他们认为女儿需要的是一个有实力、靠得住、能够管束她而不会放纵她的丈夫。菲茨杰拉德显然做不到这一点,他连自己都管不了。直到他俩结婚多年之后,姗尔达的父亲仍未改变自己的看法。在他临终之前,菲茨杰拉德守在他的病榻边对他说:"我知道你看不起我性格中的某些弱点,可我还是希望你能相信我。"他仍盼望能得到这位大法官的承认。然而这位大法官却怨恨地回答说:"司各特,我相信你总有办法付得清你们的账单。"①1919 的夏季里,菲茨杰拉德用尽一切手段苦苦追求姗尔达,劝说她和他早日成婚,因为此时还有一个纨绔子弟也在拼命向她求婚。由于菲茨杰拉德收入菲薄、屡遭失败、前途渺茫,而姗尔达也的确很看重金钱、财富和安逸可靠的生活,虽然很爱他,但她"不能和一个穷小子结婚"。于是,她断然解除了与他的婚约。《人间天堂》里的女主角萝莎琳的一段话恰如其分地表达了姗尔达此时的心态:"我还只是个小姑娘呢。我喜欢阳光,喜欢漂亮的东西,喜欢过快乐的生活。但我害怕承担责任。我不愿去设想锅碗瓢勺叮当响的生活。我关心的是夏天能否去游泳,怎样才能保持我修长双腿的光洁鲜嫩,不被晒黑。"②菲茨杰拉德悲愤交加,返回了纽约。阴暗沉闷的斗室、拥挤不堪的地铁、凄凉寒碜的境遇,以及毫无希望的爱情,这一切都使他感到无法再在这个都市里生活下去了。于是,他毅然辞去了工作,花光了身上的最后一分钱,酩酊大醉地回到了故乡圣保罗。

五、锋芒初试

早在普林斯顿大学读书期间,菲茨杰拉德就已听说了斯克里布纳出版公司的显赫名声。这是一家以出版名人名作、并努力扶

---

① Andrew Turnbull, *Scott Fitzgerald*, New York: Scribner's, 1962, p.210.
② F. Scott Fitzgerald, *This Side of Paradise*, p.178.

第一章 早期的菲茨杰拉德

持文学新秀而闻名于世的权威出版机构,拥有一大批世界一流水平的作家和评论家队伍,阵容整齐、庞大,出版过著名文学家如梅瑞狄斯、詹姆斯、史蒂文森、巴里、华顿、高尔斯华绥①等人的名篇佳作。高斯教授也是它的固定作者。菲茨杰拉德在正式服兵役之前,曾把他匆匆赶写出的、初步定名为《浪漫的自私主义者》的长篇小说的初稿交给了高斯教授,请他先予过目。高斯阅后,建议他再做修改、润饰,然后投送斯克里布纳出版公司。此外,菲茨杰拉德曾于1912年在恩师费神父的家中见过英国著名作家沙恩·莱斯利(Shane Leslie,1885~1971),两人关系一直较为密切。莱斯利是英国首相温斯顿·邱吉尔(Winston Churchill,1874~1965)的表兄弟,也是斯克里布纳出版公司的固定作者,才气很高,著述甚丰,对菲茨杰拉德也颇为赏识。他也仔细阅读了菲茨杰拉德寄送给他的这部小说的初稿,纠正了其中的一些语法和拼写错误以及

---

① 1. 梅瑞狄斯(George Meredith,1828~1909)——英国小说家、诗人、擅长人物心理刻画,其内心独白技巧为意识流先导。主要作品有长篇小说《利己主义者》、诗作《现代爱情》等。
2. 詹姆斯(Henry James,1843~1916)——美国小说家、评论家,晚年入英国籍。主要作品有长篇小说《贵妇人肖像》、《鸽翼》,文学评论《小说的艺术》等。
3. 史蒂文森(Robert Louis Stevenson,1850~1894)——英国作家,19世纪末新浪漫主义的代表。主要作品有小说《金银岛》、《化身博士》、《绑架》等。
4. 巴里(Sir James Matthew Barrie,1860~1937)——英国小说家和剧作家,当过英国作家协会主席。主要作品有长篇小说《小牧师》和塑造英雄儿童形象的剧本《彼得·潘》等。
5. 华顿(Edith Wharton,1862~1937)——美国女作家,以描写上层社会的小说闻名。主要作品有长篇小说《欢乐之家》、《天真时代》、《伊坦·弗洛美》等。
6. 高尔斯华绥(John Galsworthy,1867~1933)——英国小说家和剧作家,获1932年诺贝尔文学奖,作品以19世纪末、20世纪初英国社会为背景,描写资产阶级兴衰过程。代表作为《福尔赛世家》三部曲。

某些词句,并写下一封热情洋溢的推荐信,连同书稿一并寄给了斯克里布纳出版公司。他在信中高度评价了这部小说的文学价值和商业价值,并把菲茨杰拉德比作为"美国的鲁珀特·布鲁克"①,他希望斯克里布纳出版公司能够在菲茨杰拉德效命沙场之前出版这部作品,以免留下遗憾。尽管如此,小说还是在1918年8月19日被退了回来。但是,当时负责此事的是年轻的文学评论家兼编辑麦克斯威尔·帕金斯(Maxwell Perkins,1884~1947)。他很欣赏书中的内容和作者的才华。在退稿信中,他勉励菲茨杰拉德不要气馁,重新改写这部小说,并建议他把叙述的角度改为第三人称,修改完毕后再直接寄给他。菲茨杰拉德很受鼓舞和启发。但因军旅生活动荡不定,他只在军营里粗略改动了某些片断,便又匆匆寄回了出版公司。当然,又很快再次遭到被他称之为"一场美梦的终结"的退稿。此时,帕金斯再次来信,敦促他仔细、尽快地修改全书,并向他提出了具体的修改方案,再次鼓起了他几乎丧失的信心。此后,两人书信往来频繁,结下了深厚的友谊。帕金斯很有眼力,也很有胆识。他曾力排众议,扶持、培养了一大批极有才华的新生代作家。这些人后来都成了当代世界文坛上的著名文学家,其中就有:菲茨杰拉德、欧纳斯特·海明威、林·拉登纳(Ring Lardner,1885~1933)、托马斯·沃尔夫(Thomas Wolfe,1900~1938)等人。

1919年夏季,菲茨杰拉德在向姗尔达求婚不成、失意沮丧之下,愤然辞去工作从纽约返回了故乡,全身心地投入到他屡遭退稿的长篇小说的重新创作中。在此期间,他结识了家乡的一位才智过人的文学青年唐纳德·斯图亚特(Donald Ogden Stewart,1894~1980)。两人常在一起交流思想和写作体会,

---

① Matthew J. Bruccoli, ed. *Correspondence of F. Scott Fitzgerald*, New York: Random House, 1980, p.29. Rupert Brooke,1887~1915,英国著名诗人,费边社成员,死于第一次世界大战中。

互相促进和勉励,成为无所不谈的好朋友。斯图亚特日后也在文学事业上获得了成功,成为美国文坛上颇有名气的小说家和剧作家,著有《滑稽的历史纲要》(*A Parody Outline of History*,1921)、《哈多克夫妇出国记》(*Mr. and Mrs. Haddock Abroad*,1924)、《费城故事》(*The Philadelphia Story*,1940)等作品。他就是海明威的第一部长篇小说《太阳照常升起》(*The Sun Also Rises*,1926)中的主人公比尔·戈登的创作原型。他曾荣获过美国电影艺术科学院颁发的奥斯卡金像奖(1940年)。40年代末期,他成为"左翼运动"的活跃人物,思想激进,倾向共产主义,被美国政府列为黑名单上的危险人物(1950年),被迫于1951年迁入伦敦定居,直至1980年去世。

  在闭门修改《浪漫的自私主义者》的同时,菲茨杰拉德仍与同窗好友威尔逊保持着密切的联系。他很崇拜威尔逊的文学造诣和艺术修养,视他为良师益友,极希望他能够对这部小说给予指点和评判,以便能取得突破性的进展。小说改写完毕后,菲茨杰拉德便立即将打字稿寄给了威尔逊。威尔逊仔细阅读之后,于1919年11月给他写来了一封很长的信,谈了他对这部作品的看法。他在肯定了小说的基本构架和思想意义的同时,也从艺术表现形式和美学鉴赏标准的角度出发,一针见血地向他提出了尖锐的批评,并告诫他不要贪图商业小说的廉价效果而不顾严肃小说的高雅艺术:"希望你能够坚持艺术准则,更多地注意作品表现形式……我感到有必要向你提出这一忠告,因为我不希望你成为一个非常时髦却又十分蹩脚的小说家。"[①]在随后的若干年里,菲茨杰拉德总是在作品付梓之前先请威尔逊过目,即使在他功成名就之时也依然如此。威尔逊或公开发表或私下里交换的许多篇对菲茨杰拉德

---

① Edmund Wilson, *Letters on Literature and Politics*, *1922~1972*, New York: Farrar, Straus and Giroux, 1977, pp. 45~46.

作品的评论,从某种意义上来说,确定并指引了他在艺术道路上的成长与发展,使他的文学创作得以日趋成熟。

  1919年9月16日,帕金斯在收到菲茨杰拉德修改后的文稿两周之后,给他写来了一封令他激动不已的信:"我终于能十分欣慰地给你写这封信了:我们一致同意近期出版你的大作《人间天堂》……我认为你已成功地对原稿进行了大幅度的修改。如同原稿所显示的那样,这部作品充满了生机和活力。在我本人看来,它在结构上更趋完美了。当初退稿给你时,我还担心你是否会责怪我们过于保守而不肯再赐稿。我很高兴你没有这样做。这本书的格调太与众不同,因此,现在还很难预料它的销路。不过,我们已一致同意承担风险,全力以赴地出版它。"①事实情况是,帕金斯为了此书的出版曾与总编威廉·布伦纳尔(William Brownell,1851~1928)发生过激烈的争辩,甚至以辞职相威胁才争取到的。他说:"我认为出版机构的首要义务就是全力支持天才作家。如果我们不能够出版如此优秀的天才之作,那将是一个非常严重的事件……如果我们拒绝了像菲茨杰拉德这样的作家,那我就失去了对出版事业的全部热情和信心。"②17年之后,菲茨杰拉德在"初战告捷"(Early Success)一文中描述了他当时的心境:"邮递员送来了喜讯。我当天就辞去了工作,在大街上来回奔走,拦住或步行或乘车的每一位朋友和熟人,告诉他们——我的小说《人间天堂》已被接受,就要出版了。那个星期里,邮递员不断有信件送来。我偿还了欠下的一笔笔债务,买了一套新礼服。每天清晨都早早的醒来,心里充满了无法用言语来表达的自豪和欢乐。"③他又动身

---

① John Kuehl and Jackson R. Bryer, eds. *Dear Scott / Dear Max*, New York: Charles Scribner's Sons, 1971, p.21.
② Scott Berg, *Max Perkins: Editor of Genius*, New York: Congdon / Dutton, 1978, pp.15~16.
③ F. Scott Fitzgerald: *The Crack Up*, p.86.

回到纽约。一个月之后,他又去了普林斯顿大学,欣喜若狂地等待着他第一部长篇小说的问世。

1919年夏秋两季的奋力笔耕和闭门反思,将菲茨杰拉德从一个尚不成熟的业余作者转变成了一个技艺娴熟的职业作家。经过这一阶段的艰苦磨砺,他找到了自己的定位,找到了创作的主旨、表达的方式和叙述的风格。秋末时节返回纽约时,他成功地写出了一些反映战后上流社会青年男女们放浪不羁的生活和焦躁不安的心态的短篇小说。这年的春天里,他四处碰壁,屡遭退稿。而此时此刻,他的作品只要一经写出,便可立即刊发了。他踌躇满志,愈发而不可收了。及至1919年底,他在《时尚社会》杂志上发表了《首次亮相的女演员》(Debutante)、《瓷器与石竹花》(Porcelain and Pink)、《戴里林波尔错了》(Dalyrimple Goes Wrong)、《祝福》(Benediction)等短篇小说。《斯克里布纳杂志》以每篇150美元的价格又发表了他的《雕花玻璃酒缸》(The Cut-Glass Bowl)和《吃了四次拳头》(The Four Fists)两个短篇。1920年2月,《星期六晚邮报》(The Saturday Evening Post)又发表了他的《冰宫》和《骆驼之背》(The Camel's Back)两个短篇。之后,他耐不住纽约冬季的寒冷,又搬至新奥尔良,仍继续笔耕不辍。其间,他曾两次奔赴蒙戈马利,向姗尔达证明他的价值,表白他的心迹。两人又重归旧好。

1920年3月26日,几经周折的《人间天堂》终于面世了。它的出版轰动了当时的文坛,使年仅24岁的菲茨杰拉德几乎在一夜之间一举成名,使他获得了事业、金钱和爱情的全面丰收。1920年4月3日,菲茨杰拉德如愿以偿地与姗尔达结为伉俪。他终于以自己的成功追回了他曾经差点儿就要失去的美丽姑娘。

菲茨杰拉德研究

第二章

"爵士乐时代"的代言人

一、概述

第一次世界大战结束之后,元气未伤的美国进入了历史上一个短暂的空前繁荣的时期。资本积累加剧,消费意识激增,商品越来越丰富,似乎到处都潜伏着发财的机会,到处都流传着穷光蛋一觉醒来便腰缠万贯的神话。"美国梦想"像一个在半空中游荡的色彩斑斓的大气球,使一代美国人眼花缭乱,神魂颠倒。年轻的一代人则发现,在这个世界上,"所有的神明都已统统死光,所有的仗都已统统打完,所有的信念都已统统完蛋"。[①] 他们蔑视一切传统的价值观念,反叛老一辈人所遵从的道德风尚。他们急于表现自我,追求标新立异,自以为了解这个社会,代表着时代的潮流。在这个新旧交替、百业待兴的年代里,传统的伦理标准和社会习俗受到了强烈的摇撼和冲击,正在发生着巨大的变革。菲茨杰拉德把这个特定的时代命名为"爵士乐时代",并说:"这是美国历史上最会纵乐、最讲究炫丽的时代,关于这个时代将大有可写的。"[②] 他

[①] F. Scott Fitzgerald, *This Side of Paradise*, p.253.
[②] 菲茨杰拉德著,巫宁坤等译,《菲茨杰拉德小说选》,上海译文出版社,1983年版,第3页。

的成名之作《人间天堂》便是一部出色而又真实地记录了这一时代典型特征的长篇小说。小说出版之后，立即在社会上引起了强烈的反响，菲茨杰拉德也因此而在美国文坛名声大振。他不仅赢得了相当可观的经济收入，而且也追回了他差点儿就要失去的"最漂亮的姑娘"。他在惊喜之余对自己充满了信心，认定自己一定能成为这个时代的代言人。

所谓"爵士乐时代"，按菲茨杰拉德的说法，是指1919年5月至1929年10月这十年。他称自己为这一时代的主要的编年史家。他在写给帕金斯的信中说："我命名了这个时代，并为此而感到自豪……它指的是从1919年5月1日的平息骚乱到1929年10月发生的股市行情暴跌这十年间。"[1]他在"爵士乐时代的回声"（Echoes of the Jazz Age, 1931）一文中描写了这个时代的氛围："这是一个不断出奇迹的时代，这是一个艺术繁荣的时代，这是一个挥霍无度的时代，这是一个具有讽刺意味的时代。"[2]在这个绚烂多彩、令人头晕目眩的时代里，"即使你破了产，也不必为金钱而担心，因为你的周围有的是充足的富源"。[3]"美国梦想"是可以企及的，财富就在你的手边，个人的理想完全能够实现，"只要你有才华，命运就在你的掌握之中"。[4] 因此，菲茨杰拉德也不由自主地纵情参与了这个时代的酒食征逐。他偕着新婚燕尔、如花似玉的姗尔达出双入对于灯红酒绿的豪华场所，往返于巴黎与纽约之间，挥金如土，狂欢作乐，过着酣畅阔绰的生活。然而，他在沉湎于其中的同时，又能以一个职业作家所特有的敏锐目光冷眼旁观，用严峻的道德标准来衡量发生在周围的一切，用凄婉

---

[1] John Kuehl and Jackson R. Bryer, eds. *Dear Scott / Dear Max*, p. 171.
[2] F. Scott Fitzgerald, *The Crack Up*, p. 14.
[3] *Ibid.* p. 21.
[4] *Ibid.* p. 69.

的笔调将自己的实际生活、切身体会以及对战后"迷惘的一代人"的深刻理解写进了他一系列的作品之中,真实生动地记录了这一特定时代的社会风貌、生活气息和感情节奏,揭示了年轻的一代人对"美国梦想"的幻灭所表现出的彷徨、失落与悲哀。他的道德准则和价值取向使他从一开始就对这个混乱无序的时代持否定和批判的态度。在《人间天堂》里,主人公阿莫瑞·布莱恩在一个喜欢酗酒的时髦女郎的陪伴下喝得烂醉如泥;在1922年出版的他的第二部长篇小说《漂亮冤家》中,主人公安东尼·帕奇和他的漂亮妻子葛萝丽娅也是长醉不醒,自甘堕落;梦想幻灭之后,余下的只有无限的惆怅和悲哀。这就是这个时代的真实写照。最能体现"爵士乐时代"典型特征的是他1925年出版的第三部长篇小说《了不起的盖茨比》。这部小说展现的是一幅全景式的人人都在热衷于追名逐利的社会画面。书中绝大多数人物都是"美好生活"——"美国梦想"的向往者和追逐者,从生活在社会底层的马特尔·威尔逊到乔丹·贝克尔,他们都在上流社会时髦人物的周围活动着,逢迎着,都在灯火辉煌、阔绰排场的背景中做着自己的美梦,也为别人的成功喝着彩。小说的主角杰伊·盖茨比更是如此。他渴望成功的欲念比任何人都强烈,因而也几乎达到了成功的边缘。当这些人以各自不同的方式,程度不一地苦苦挣扎着想跻身于上层社会时,菲茨杰拉德却在一旁冷冷嘲笑着他们的轻信与无知,以尖锐、辛辣的笔调展开了上流阶层的另一幅画面——势利浅薄与尔虞我诈如同流行病一样感染、侵蚀着这里的每一个人。已登上了社会经济阶梯最高层的汤姆·布坎南和妻子黛西也毫无幸福可言,也在"物质第一、金钱至上"的怪圈里漫无目的地飘荡着。在芸芸众生之中,惟有故事的讲叙者和评判者尼克·卡罗威头脑最清醒、品格最高尚。他不肯随波逐流,依然恪守着传统的道德观念,以超然脱俗的眼光嘲讽地观察、评判着所发生的一切。他是菲茨杰拉德在小说中的化身,是作者精心设计的一个代言人。

"爵士乐时代"这个词语本身似乎向人们暗示着,爵士乐是这个时代的主旋律,它充斥着社会生活的方方面面。其实不然。就爵士乐这一音乐题材而言,它在菲茨杰拉德作品中出现的次数并不多。尽管他的作品跳动着强烈的时代节奏和艺术韵味,但爵士乐所起的作用并不大,况且他对爵士乐的乐理知识也懂得不多。爵士乐的确是流行于这一时代的围绕一定主题来变换旋律和节奏的一种音乐形式。它具有狂放热烈、令人兴奋的特点。菲茨杰拉德只是从广义上借用了爵士乐的艺术表现形式,作为一种比喻,来讽刺这一时代的精神本质,为他的文学创作服务,以达到某种别具一格的艺术效果。他在"爵士乐时代的回声"一文中说:"'爵士乐'一词现在已没有人会认为它有失体统了。它最初的意思是指性欲,后来表示跳舞的地方,最后才指音乐。人们说起爵士乐,往往指的是一种神经处于极度紧张的状态,近乎于在战争迫近于大城市时出现在这些大城市里的那种状态。"①《了不起的盖茨比》问世以后,人们就曾预言,爵士乐将会在一定程度上起到再现这段历史的作用。这也正是菲茨杰拉德常被人们称作为"爵士乐时代的桂冠诗人"的原因所在。如今,人们在研究和讨论"爵士乐时代"的社会特征和精神风貌时,都必然会围绕着菲茨杰拉德的生平和他的作品而展开,因为他是这个时代的命名者和典型代表,是这个时代的主要吟咏者和批判者。他在追寻"美国梦想"的同时,也深刻批判了这个时代腐朽的社会风气和道德的沦丧。

1929年10月爆发的美国经济大萧条终结了"爵士乐时代"人们成熟过早、在追求欢歌笑舞的背后又感到焦躁不安的享乐主义的生活。菲茨杰拉德早在几年前就预示到了这一点。他在"爵士

---

① F. Scott Fitzgerald, *The Crack Up*, p.16.

乐时代的回声"一文中写道:"在我们年轻时,生活显得那么地浪漫和美好。我们之所以会怀念它,是因为这一切终将会成为过去,永远不会再复返了。"①然而,作为这一时代的形象化身和代言人,他却被人们永远地怀念。由于他的文学天赋、他精湛的语言艺术以及他所采用的这一生动的比喻,他所描绘和批判的这个时代才得以在今天又栩栩如生地重现在人们的面前。由于他在"爵士乐时代"里也和他笔下的尼克·卡罗威一样,"一面仰望,一面寻思,既身在其中,又身在其外,对人生的千变万化既感到陶醉又感到厌恶",②他的作品才更富有魅力,更耐人寻味。"爵士乐时代"造就了他和他那一代人。他又以自己的优秀作品再造了"爵士乐时代"和另一代人。

二、"人间天堂"里的金童玉女

《人间天堂》的出版使得年轻的菲茨杰拉德开始在美国文坛崭露头角。小说虽然在思想内容上稍嫌肤浅,在艺术表现手法上尚显稚嫩,但却生动活泼、感情直露,具有很强的可读性。小说所表现出的目空一切的反叛精神和对喧腾狂放的社会生活的如实描写,在读者中产生了强烈的震撼,尤其迎合了战后年轻一代的阅读口味和个性体验。书中的许多人物被人们称作是当代大学生们的真实写照,是"迷惘的一代"的典型代表。随着"喧腾的20年代"的到来,这部小说几乎成了年轻大学生们的必读之书,成了神圣不可侵犯的权威

---

① F. Scott Fitzgerald, *The Crack Up*, p.22.
② 菲茨杰拉德著,巫宁坤、唐建清译,《了不起的盖茨比·夜色温柔》,译林出版社,1999年版,第26页。

著作,与艾略特的《诗集》(*Poems*)、欧文①的《诗集》(*Poems*)、赫胥黎②的《地狱边缘》(*Limbo*)、劳伦斯的《恋爱中的妇女》(*Women in Love*)等名作相提并论起来(这些名作均出版于1920年)。菲茨杰拉德对这突如其来的巨大成功欣喜若狂。他带着喜悦和金钱信心十足地来到蒙戈马利,向分别了几个月、关系已有些疏远的姗尔达再次求婚。1920年4月3日——小说出版后的第八天,这对俊男俏女来到纽约,在第五大街的圣·帕特里克教堂举行了婚礼。仿佛是为了加深这对新人过去曾发生过的感情危机,双方的父母都没有到场祝贺。婚礼结束之后,他们也没有举办午宴或舞会,便匆匆登上了蜜月的旅程。之后,菲茨杰拉德又偕着他"花容月貌的新婚太太"来到母校普林斯顿大学,在校友们面前炫耀风光了一番。

结婚以后,英姿焕发、踌躇满志的菲茨杰拉德陪着他过惯了富裕生活、酷爱寻求刺激的妻子姗尔达到处游玩,寻欢纵乐。这对在"人间天堂"里追求享乐主义的"金童玉女",如同他小说里的人物一样,终日纵酒狂欢,翩舞达旦,出没在豪华旅馆和游览胜地,往返于纽约和各大城市之间,过着趾高气扬、挥金如土的生活,在朋友们当中留下了十分突出的印象。但是,这种放浪形骸的生活方式却巩固和加强了他们的爱情和婚姻关系。姗尔达风情万种,挥霍无度,恰如海明威在其短篇小说《雨中的猫》(*Cat in the Rain*, 1938)中所刻画的女主人公一样:她"渴望一切豪华奢侈的用品。要在餐桌上用自己的银餐具用餐,要有蜡烛助兴。要春光永驻,要在镜前梳妆,要有小猫咪,要有新衣服。要有名牌香水,时髦皮鞋

---

① 欧文(Wilfred Owen, 1893~1918)——英国诗人,战死于第一次世界大战停战前夕。其诗表现对战争残酷的愤怒和对战争牺牲者的哀怜。作品仅一本《诗集》。
② 赫胥黎(Aldous Leonard Huxley, 1894~1963)——美籍英国作家,T. H. Huxley之孙。写有诗歌、小说、剧本、文艺评论等,所写小说被称为"概念小说"。代表作为寓言体讽刺小说《勇敢的新世界》、《针锋相对》等。移居美国(1937)后,作品带有神秘主义色彩。

……这些东西能给女人的心灵带来慰藉,使女人感到幸福、满足"。① 姗尔达酒量很大,常在社交场合当众豪饮。菲茨杰拉德更是舍命相陪,常常喝得酩酊大醉。如此排场、放纵的生活既损害了他的个人形象,浪费了他的艺术才华,也使得他的经济状况急剧下降,很快便入不敷出。为了追求金钱,满足物质享受的需要,他只好拼命写作,炮制出了一些虽然技艺很娴熟但内容却较为肤浅的短篇小说,来赚取较为优厚的稿酬。这一阶段的生活,正如他后来坦率承认的那样:"我真不知道我和姗尔达究竟是生活在现实之中的人,还是生活在我的某篇小说中的人。我们都不知道自己是谁,也不想知道自己是谁。"②

尽管菲茨杰拉德在文学界的形象是那样地新潮、前卫,敢说敢为,不落俗套,他的内心深处却仍恪守着传统的道德观念和价值取向。他也从来没有忘记自己作为一名严肃作家的职责和使命。他曾对朋友说:"那些花天酒地的舞会形同自杀。虽然我也很爱参与,但我心底里却极不赞成。"③他的这种既爱又恨的矛盾心理使他在做出了许多违心举动的同时,又使他的良知受到了强烈的谴责,使他产生了深深的负罪感。这也是他在许多作品中所力图表现的一个主题。他在这一时期写出的若干短篇小说,有些确属粗制滥造,但也有不少思想深刻、发人警醒的精品。这些作品被收入了他的第一部短篇小说集《新潮女郎与哲学家》(*Flappers and Philosophers*),于 1920 年 9 月由斯克里布纳出版公司出版。这个短篇小说集与《人间天堂》辉映成趣,进一步提高了菲茨杰拉德的

---

① Ernest Hemingway, *The Complete Short Stories of Ernest Hemingway*, New York: Charles Scribner's Sons, 1987, p. 131.
② Malcolm Cowley, *A Second Flowering: Works and Days of the Lost Generation*, New York: Vikings, 1973, p. 30.
③ Arthur Mizener, *The Far Side of Paradise*, Boston: Houghton Mifflin, 1951, p. 93.

知名度。但评论界也同时十分诧异地发现了这两部作品之间的巨大差异。人们在承认他"创造了一个词语,这个词语一经造出,便风行于美国,家喻户晓"的同时,又不满于他的"轻佻浮躁,缺乏文学作品应有的洞察力"。人们在惊羡他那些精美的富有独创性的文句的同时,又认为他的作品过于花哨,深度不够。读者既视他为"爵士乐时代的桂冠诗人",又觉得他是一个令人难解的谜。H·L·门肯是最早发现菲茨杰拉德这一人格分裂特征的文学评论家之一,说他既是一个纵情享乐的人,又是一个态度严肃的小说家,"他左右逢源,两边风光,让人感到非常奇特"。①

新婚燕尔的狂热喧闹过去之后,菲茨杰拉德冷静下来,开始了他深沉的反思和严谨的创作。在随后的几年中,他以自己的聪慧、激情和犀利的文笔证明了他的文学才华,实现了他"要成为有史以来最伟大的严肃作家"的热望。美国著名小说家、美国历史上第一位诺贝尔文学奖得主辛克莱·刘易斯早在20年代初就曾预言:"菲茨杰拉德将会成为一位能与欧洲任何一位年轻作家相媲美的小说家。"②菲茨杰拉德的创作艺术和文学活动,从某种意义上说,便如同古代传说中的长生鸟,是在不断重复自己、不断深化和升华自我的过程中循环不已、获得永生的。他的创作源泉就是他自己的切身生活经历。所以,他以一个严肃作家所特有的眼力仔细观察、详细记录了他的家庭和他的友人们的生活,经过艺术提炼后,写进了他的作品中。他的每一部作品几乎都是他拔高了的自传。他大胆、新颖的写作方法,独特的观察问题的视角,包括那些极有特色的反映年轻一代精神经历的对话方式和内心独白,一

---

① Jackson R. Bryer, ed. *F. Scott Fitzgerald: The Critical Reception*, New York: Burt Franklin, 1978, p. 48.

② Frances Fitzgerald Lanahan, *"Introduction"* to *Six Tales of the Jazz Age*, New York: Harper Collins, 1960, p. 5.

经固定,就成了他风格化了的模式。他精心设计、反复锤炼过的清新流畅的词语和文句,一经问世,便广为流传,成为美国文化和美国语言中的不可分割的组成部分。但是,在传统的文化形态正在向现代模式过渡转型的这一特定历史时期里,虽然他对传统的否定偏激到了极点,对价值取向的选择也随意到了极点,他却无法摆脱现代的生活方式和现代的道德意识,缺少对社会、历史演变的足够认识和不断超越自我的胆识和魄力。他在许多作品中都坦诚地剖析了这一点:"我过去一直生活在我所描写的生活场景中。我笔下的人物都是司各特·菲茨杰拉德式的人物。甚至连女主人公也是女性化了的菲茨杰拉德。的确,作为作家,我们必须不断地重复自己——这是不言而喻的事实。在我们的生活中,总会有二三次惊心动魄、感人至深的经历……无论是 20 年前或是昨天发生的事情,我都必须满怀激情地去描写它,记录它——写出离我最为贴近、而我也能深刻理解的每一个重要事件。"[①]

三、欧洲之行

1921 年 2 月,姗尔达发觉自己怀孕了。菲茨杰拉德决定趁她还能旅行之际,立即去欧洲游历一趟。他们于 1921 年 5 月乘船来到伦敦这座国际大都市。在朋友们的安排下,他拜访了心仪已久的英国著名作家、斯克里布纳出版公司的撰稿人、后来的诺贝尔文学奖获得者约翰·高尔斯华绥(John Galsworthy, 1867~1933)。高尔斯华绥的作品以 19 世纪末、20 世纪初的英国社会为背景,描写了英国上流阶级的兴衰过程,气势宏大,笔力雄健,其代表作为

---

① F. Scott Filtzgerald, *Afternoon of an Author*, p. 132.

第二章 "爵士乐时代"的代言人

《福尔赛世家》三部曲。菲茨杰拉德对这位大作家十分仰慕。此次的会晤给菲茨杰拉德留下了很深的印象,也使他对英美两国在文学、文化和社会风尚等方面存在的差异有了较为直接的感性的认识。在高尔斯华绥为他们夫妇举办的晚宴上,菲茨杰拉德有缘结识了许多英国成名作家,这使他既感到很高兴,又感到很自卑,开始意识到了自己的肤浅和荒唐。他在举杯祝酒时突然喊道:"高尔斯华绥先生,您是当今世界令我最崇拜的3位大作家之一:您、您的朋友约瑟夫·康拉德,还有安那托·法朗士!"①他的这种不假词色的笨拙赞誉令在场的人面面相觑,也令高尔斯华绥深为尴尬。虽然高尔斯华绥心地善良,颇有修养,但整个晚宴的气氛却因此而大受影响,最后不欢而散。菲茨杰拉德对自己的言行失态颇为自责,对这些成名的老作家们也颇觉失望。

在伦敦期间,菲茨杰拉德夫妇还受到好友莱斯利的欢迎。莱斯利热情设宴款待他们,并邀请了当时正担任"英国殖民部"②部长的表兄温斯顿·邱吉尔③出席作陪。此后,莱斯利又陪同他们参观了大英博物馆和牛津大学,游览了伦敦各地的名胜古迹,考察

---

① 1. Arthur Mizener, *The Far Side of Paradise*, p.145.
  2. 约瑟夫·康拉德(Joseph conrad, 1857~1924),英国著名小说家、文学批评家。当过水手、船长。作品大多描写其航海生活经历。代表作有《水仙号上的黑家伙》、《黑暗深处》等。其创作思想和艺术风格对菲茨杰拉德很有影响。
  3. 安那托·法朗士(Anatole France, 1844~1924),法国小说家、文艺批评家,关心社会问题,后逐渐倾向社会主义,1921年加入法国共产党,同年获诺贝尔文学奖。主要作品有《希尔维特·波纳尔的罪行》、《现代史话》(4卷)等。
② Colonial Office,英国政府前主管殖民事务的部门,1966年8月与"联邦关系部"并成"联邦部"。
③ 温斯顿·邱吉尔(Sir Winston Leonard Spencer Churchill, 1874~1965),英国保守党政治家、著作家、首相(1940~1945;1951~1955),第二次世界大战期间领导英国人民对德作战。著有《世界危机》、《第二次世界大战》、《英语民族史》等,获1953年诺贝尔文学奖。

了英国的风俗民情,从而加深了他对英国的了解,为他日后的文学创作提供了许多宝贵的素材。他后来在回忆莱斯利早年对他的印象时说:"他以一个最具浪漫色彩的角色走进了我的生活。他曾聆听过托尔斯泰的教诲,常和鲁珀特·布鲁克一起游泳。他是英国上流阶层里的一位风度翩翩的年轻绅士,表现得就像一个罗马帝国时代的公民。"① 莱斯利对菲茨杰拉德在文学道路上的成长给予了慷慨、真诚的帮助和指点。他们之间的友谊一直保持到最后,被人们传为佳话。

1921年5月,菲茨杰拉德夫妇告别英国前往法国和意大利等地游玩。5月17日,菲茨杰拉德前去登门拜访他所崇拜的著名法国作家、1921年度诺贝尔文学奖得主安那托·法郎士。他在法郎士宅邸前等候了许久,也未能有机会与他见面,只好怏怏而返。法郎士是法国著名现代小说家兼文艺评论家,著有《企鹅岛》(*Penguin Island*, 1908)、《天使们的反抗》(*The Revolt of the Angels*, 1914)等作品。他思想进步,对社会问题极为关注,作品极有深度和力度,在世界文坛影响很大。他在荣获诺贝尔文学大奖的同年加入了法国共产党。菲茨杰拉德虽然未能有缘与他谋面,却对他深为景仰。1923年4月,他在"我所读过的10本最好的书"一文中,将法郎士的《泰依丝》(*Thais*, 1890)列为十大名著之一。在他的短篇小说《近海海盗》(The Offshore Pirate, 1920)中,女主人公在故事开始时捧读的文学名著就是法郎士的《天使们的反抗》。由此可见法郎士在他心目中的地位和影响。

由于菲茨杰拉德夫妇在法国、意大利等欧洲大陆国家均无亲人和朋友,在各地的观光游玩也令他们渐感疲倦和乏味,资金来源也日渐枯竭,他们于7月初又乘船回到美国,在家乡圣保罗市安顿

---

① Matthew J. Bruccoli and Jackson R. Bryer, eds. *F. Scott Fitzgerald in His Own Time: A Miscellany*, p.134.

下来,等候他们第一个孩子的降生。1921年10月26日,他们的女儿司各蒂呱呱坠地,来到人间。姗尔达第一眼见到这个初生婴儿时就满心欢喜地说:"我很高兴是个女孩。而且我很希望她将来就做一个小傻瓜——这就是女孩子在这种世界上最好的出路,做一个美丽的小傻瓜。"这句话被菲茨杰拉德写进了他的力作《了不起的盖茨比》中,是黛西·布坎南在女儿出世时所说的话。[①] 在此期间,菲茨杰拉德开始着手创作他早在两年之前就已构思成熟的第二部长篇小说《漂亮冤家》。这部小说的时间跨度与《人间天堂》大致相同,以1919年至1929年的美国社会为背景。它描写的也是一个腰缠万贯、派头十足的英俊青年的个人成长史和他风流浪漫的爱情故事。所不同的是,这部小说的格调更加深沉,更具有悲剧色彩。它的篇幅是《人间天堂》的两倍,在艺术表现手法上也较《人间天堂》更为成熟。如同小说的篇名所提示的那样,故事的主人公安东尼·帕奇经历了从"漂亮浮华"的欢乐到"负屈含冤"的痛苦的全过程。如同德莱塞和诺里斯的自然主义小说一样,这部作品也较深刻地剖析和批判了金钱和财富对人性的腐蚀和扭曲作用。如同菲茨杰拉德的其他作品一样,这部小说中的男女主人公也是菲茨杰拉德夫妇的原型再现。如同《人间天堂》出版之后不久斯克里布纳出版公司便又出版了他的第一部短篇小说集一样,《漂亮冤家》于1922年3月4日由斯克里布纳出版公司出版之后,该公司又于同年9月出版了他的第二部短篇小说集《爵士乐时代的故事》(Tales of the Jazz Age)。这两部书的相继出版,使得菲茨杰拉德的声誉更为提高,也使他有了更为充足的经济来源。此时的菲茨杰拉德虽然还在品尝着成功的欢乐,但他已深知自己不会再有真正的幸福可言了,因为他已凭着一个成熟作家所特有的敏感,意识到了在这绚丽多彩的表象下所隐伏着的一系列灾难。

---

① 菲茨杰拉德著,巫宁坤、唐建清译,《了不起的盖茨比·夜色温柔》,第14页。

他的婚姻生活和切身经历告诉了他,表面上的成功往往掩盖着失败和悔恨,"漂亮"往往意味着"不幸",而"不幸"的根源正是因为其外表上的虚假的"漂亮"。他的直接经验也使得他要永远重视他埋藏在心底的对"美国梦想"的怀疑和对上层阶级的不信任与敌意。因此,在他的酣畅欢乐生活描写的背后常常深埋着一种幻灭感,一种悲切的惆怅。他在"初战告捷"一文中写道:"我笔下的故事都带有某种灾难感——长篇小说里漂亮的青年男女都走向了毁灭,短篇小说里的钻石山被炸成了灰烬,百万富翁们好比托马斯·哈代笔下的农民,既漂亮,又注定要遭到厄运。"① 他在这一时期写出的短篇小说深受美国短篇小说家爱伦·坡的影响,结尾都蕴涵着一种失落与绝望的意味。他在"小心轻放"(Handle with Care, 1936)一文中总结了他在这一时期发表的具有爱伦·坡遗响的短篇小说的主要特点,揭示了真实的体验和虚浮的生活之间的巨大反差:"39 年来,一双敏锐的眼睛使我学会了如何检验掺水的牛奶和掺砂的糖,如何判别水晶石与真正的钻石,如何区分拉毛水泥与岩石。"②

1922 年 10 月,菲茨杰拉德夫妇从圣保罗搬入纽约居住。这使他有了更多的机会接触老朋友,结交新朋友,进入美国文学界的大舞台。在这里,他先后结识了一大批后来成为美国文坛著名人物的先锋派作家,其中包括:

林·拉德纳(Ring Lardner, 1885~1933)。拉德纳出生于密歇根州,长期从事报业工作,擅长报道棒球比赛,善用美国俚语和方言,写出的讽刺幽默作品脍炙人口,耐人寻味,著有短篇小说集《你了解我》(You Know Me, 1916)。菲茨杰拉德极欣赏他机智诙谐、措辞巧妙的精干短篇,曾撰文赞誉他为"美国最受欢迎的幽默

---

① F. Scott Fitzgerald, *The Crack Up*, p. 87.
② *Ibid.* p. 82.

小说家"。拉德纳也发现菲茨杰拉德是一位才情横溢、才思敏捷、交游广阔的人。两人背景相似,情趣相投,一拍即合,常在一起饮酒纵乐,切磋写作技巧,成为极要好的朋友。菲茨杰拉德后来又将拉德纳推荐给了帕金斯;并为他的第一部由斯克里布纳出版公司出版的文集《论短篇小说创作》(*How to Write Short Stories*, 1924)题写了书名。拉德纳后来成了他的第四部长篇小说《夜色温柔》中的人物艾比·诺思的原型。他的第三部短篇小说集《所有悲伤的年轻人》(*All the Sad Young Men*, 1926)扉页上的题词即为"献给拉德纳夫妇"。

约翰·多斯·帕索斯。多斯·帕索斯毕业于哈佛大学,参加过第一次世界大战,战争中在法国和意大利开救护车,游历广泛,去过西班牙和中东等地区。他善于运用"新闻短片"、"摄影机镜头"、"人物传记"等手法进行文艺创作,也是"迷惘的一代"主要小说家之一。菲茨杰拉德对他的反战小说《三个士兵》(*Three Soldiers*, 1921)评价很高,曾在《圣保罗每日新闻》等报刊上发表过对这部长篇小说的评论。两人于1922年10月在纽约相识,成为好友。多斯·帕索斯在撰文回忆他早年与菲茨杰拉德相识的印象时说:"当他谈论起文学创作时,他的脑海中便浮现出许多稀奇古怪的念头,思维变得异常地清晰,而且像钻石般地坚定。他不看风景,对美酒佳肴以及绘画兴趣不高,对音乐也无心去欣赏。但是,他在文学创作方面却极有天赋,天生就是一位职业作家。"[1]菲茨杰拉德去世后,多斯·帕索斯撰写了许多文章悼念这位亡友,尤其高度评价了他的未竟之作《最后一位君子》,说:"即使这是一部未竟之作,但我相信,这些片断仍具有重要的意义,它所涉及的范围和深度已足以将美国小说的创作推向一个新的层次,如同马洛

---

[1] John Dos Passos, *The Best Times*, New York: New American Library, 1966, p. 129.

(Christopher Marlowe,1564~1593)的无韵诗体将伊丽莎白时代的诗歌创作在整体水平上推向了一个新的层次一样。"①他是日后掀起的"菲茨杰拉德复兴"的最早发起人之一。

西奥多·德莱赛。德莱赛是一个成名已久、蜚声文坛的自然主义小说家。菲茨杰拉德曾夸赞德莱赛"是我们这一代人中最杰出的小说家"。1923年春天,在德莱赛举办的一次晚宴上,菲茨杰拉德应邀出席,有缘结识了这位他所崇敬的大作家。两人一见如故,关系十分融洽。菲茨杰拉德称德莱赛的名作《嘉莉妹妹》(Sister Carrie,1900)"是美国现实主义小说的第一部经典之作"。② 德莱赛在这部小说中对主人公赫兹伍德的处理手法,显然影响了菲茨杰拉德对其《漂亮冤家》中的主人公安东尼·帕奇这一人物的刻画。德莱赛的另一部大作《美国悲剧》(An American Tragedy,1925),也为菲茨杰拉德的《夜色温柔》中的谋杀情节提供了一定的思路和素材。在德莱赛举办的这次聚会上,菲茨杰拉德还结识了美国文学史家兼评论家布鲁克斯(Van Wyck Brooks,1886~1963)、美国小说家兼音乐、戏剧评论家维勒(Carl Van Vechen,1880~1964)、美国著名小说家舍伍德·安德森、英国著名女作家韦斯特(Rebecca West,1892~1983)等一大批文学界的风云人物。不苟言笑、性格古板的德莱赛面对这些大文豪,一时竟不知所措。他既没有逐一介绍他们,也忘了准备足够的酒水,更不知如何去招待这些贵宾。菲茨杰拉德在这种场合中显露了他的社交能力。他帮助德莱赛款待客人,谈笑风生,灵活机智地活跃了气氛,给众人留下了深刻的印象。此后,他也与这些名流保持着长久的来往和友谊。

在纽约生活期间,菲茨杰拉德最重要的朋友,除了拉德纳

---

① F. Scott Fitzgerald, *The Crack Up*, p.343.
② Shelah Graham, *College of One*, New York: Vikings, 1967, pp.83~84.

之外，便是汤米·希科克（Tommy Hichcock，1900～1944）。希科克参加过第一次世界大战，是有名的美国空军战斗英雄，又是著名的男高音歌唱家，是1919年至1939年间的十大国际著名歌星之一，也是菲茨杰拉德崇拜的人物之一。他出身豪门，家产万贯，相貌英俊，体格健壮，又有过辉煌的战争经历，再加上他战争结束之后又去哈佛大学读过书，并在牛津大学进修过两个学期（如同杰伊·盖茨比一样），这就使得他成为菲茨杰拉德和海明威等美国作家的笔下时常出现的人物。他与菲茨杰拉德相识于1923年5月，两人一直来往密切，友谊深厚。菲茨杰拉德的《了不起的盖茨比》中的汤姆·布坎南、《夜色温柔》中的汤米·巴尔奔以及其他作品中的一些人物，都是以希科克为原型创作而成的。

1924年春，经济条件已较为富裕、创作热情极为高涨的菲茨杰拉德决定再赴欧洲，因为他感到欧洲的文学氛围更适合于他的创作，欧洲的生活费用也比美国低廉，而且外来的干扰相对也较少。于是，他们夫妇收拾好行装，于1924年5月初乘船来到巴黎，并计划在此生活两年半左右的时间。

第一次世界大战结束之后的巴黎是一个国际性的大都市，聚集着许多来自世界各地的年轻有为的文学艺术家。他们在这里呼吸着自由的空气，寻找着个人的价值取向和审美取向，以自己的颖慧、激情和独特方式创造着现代艺术的各种模式。菲茨杰拉德夫妇曾于1921年5月在巴黎小住过一段时日，对这座城市浓郁的艺术氛围已有体会。此时重访巴黎感触更深。他们先在巴黎逗留了数日，拜访了他在普林斯顿大学时的同窗好友毕萧浦。在侨居巴黎的美国朋友的引领下，他们又结识了侨居在此的美籍艺术家杰拉德·墨菲（Gerald Murphy，1888～1964）和他的太太莎拉·墨菲（Sara Murphy，1883～1975）。两家交往密切，情谊深厚。在墨菲夫妇的大力安排下，菲茨杰拉德夫妇来到法国东南部的游憩胜地里维埃拉,住进了一所海滨豪华别墅,静下心来埋头创作他构思已久的第三部长篇小说《了不起的盖茨比》。

墨菲夫妇继承了祖上的巨额遗产,在巴黎过着舒适安逸的生活。他们待人热情殷勤,且极有艺术造诣。他们奉行的是西班牙人的生活信条:"殷实美好地生活就是对敌人的最佳报复。"值得一提的是,这对夫妇慷慨大度地支持和资助了很多当年侨居在巴黎的美国青年作家和艺术家,尤其是菲茨杰拉德夫妇和海明威等作家们的极要好的朋友。当文艺界的这些朋友遇到困难时,墨菲夫妇总是解囊相助,并时常设宴款待他们。当他们失意沮丧时,墨菲夫妇便鼓励他们,给他们以信心和勇气。菲茨杰拉德曾对墨菲有过这样的描述:"他是第四位走进我的生活、帮我建立起与他人联系的人。这些联系作用很大。他教会我如何处事,该说什么话,怎样让别人感到快乐,哪怕是暂时的快乐。这种做法常使我感到迷惑不解,又使得我老想外出酗酒。但是这位人士却精通此道,对此有过精辟的分析,将这套社交方法玩得透熟。他的话对我有莫大的帮助。"[1]墨菲夫妇的形象为菲茨杰拉德的第四部长篇小说《夜色温柔》提供了良好的创作素材。在短篇小说《重访巴比伦》(Babylon Revisited, 1931)中,菲茨杰拉德直接采用了墨菲的小女儿荷诺丽娅的真名作为故事主人公的女儿的名字。墨菲夫妇在海明威的作品中也时常出现。

尽管菲茨杰拉德在1924年的夏、秋两季都全身心地投入在《了不起的盖茨比》的创作之中,他们此次的欧洲之旅却并不像这位作家当初所想象的那样风平浪静,没有外界的干扰,而是"树欲静而风不止",各种烦恼和事端一波接一波地接踵而来,使他无法安心写作。干扰首先来自于他那位酷爱寻求刺激、追求享乐生活的漂亮妻子姗尔达。菲茨杰拉德曾含糊其辞地对好友毕萧浦说

---

[1] F. Scott Fitzgerald, *The Crack Up*, p.79.

过:"姗尔达时常争吵,有时吵得连续四五天不得安宁,争吵总是起因于某次酒会。但我们依然恩爱如故,是一对真正幸福的夫妻。"①在菲茨杰拉德埋头写作之时,姗尔达百无聊赖,变得烦躁不安,连墨菲夫妇都看出了他们之间潜伏着的感情危机和菲茨杰拉德内心的痛苦,却又爱莫能助。1924年7月,姗尔达结识了一位年轻英俊的法国海军航空兵尤多亚德·约桑(Edouard Jozen,1899~?)。已结婚4年、体验了做母亲滋味的姗尔达,很担心自己容颜渐退,青春不再,想藉此机会来再次证明自己的绝佳美貌和迷人的魅力,也想以此来引起丈夫的嫉妒心,激怒他,使他能更多地注意自己。于是,她便与这位风流浪漫的法国军官频频幽会,情意绵绵起来。性情原本放浪的姗尔达经受不住风流倜傥的约桑的百般挑逗和诱惑,竟情不自禁地爱上了他。两人关系越陷越深,竟发展到了不能自拔的地步。姗尔达已开始对一心埋头于文学事业的丈夫愈发不满了,常常无缘无故地大吵大闹,并在一次激烈的争吵之后正式向菲茨杰拉德提出离婚。他们本不稳固的婚姻一下子便滑到了"崩溃"的边缘。经过菲茨杰拉德的百般抚慰和好言相劝,姗尔达总算平静下来,中止了与约桑的恋爱关系。这年的10月,菲茨杰拉德兑现了曾对妻子许下的诺言,带着姗尔达来到意大利古城罗马,在此居住了大约4个月,两人这才又重归于好。菲茨杰拉德借此机会重新修改、润饰了《了不起的盖茨比》。完稿之后,便直接寄给了斯克里布纳出版公司的好友帕金斯,并开始构思他的第四部长篇小说《夜色温柔》。姗尔达与约桑之间的这段恋情严重干扰了菲茨杰拉德的创作活动,虽然两人最终还是重新和好了,但却彻底摧毁了婚姻赖以存在的夫妻间的相互信任。菲茨杰拉德后来在他的《读书札记》(*Notebooks*)中写道:"我知道,1924

---

① F. Scott Fitzgerald, *The Crack Up*, p. 269.

年9月所发生的那场风波,是永远也无法修补的。"① 海明威在他描写20年代巴黎生活经历的自传体小说《不固定的圣节》一书中也记录了这段往事:

> 他(菲茨杰拉德)概要地谈起了他和姗尔达在一起生活的情景。他告诉了我他怎样在战争中第一次认识了她,之后又失去了她,接着又重新获得了她的经过。他还谈及了他们的婚姻,谈到了大约一年前他们在圣·拉斐尔碰到的一些悲剧性的事情。他说的第一个片断是关于姗尔达和一个法国海军航空兵一见钟情、互相爱慕的故事。这的确是一桩令人伤心的事情,我相信这是真的。后来,关于这事,他又告诉了我一些别的隐情。他仿佛想把这些事写进他的小说里去。②

约桑中断了与姗尔达的来往之后,便随部队开往别处去了。1952年,他被任命为法国海军远东舰队的中将司令官,并被授予了荣誉军功章。后来,这段隐情还是被菲茨杰拉德写进了《夜色温柔》里,约桑成为书中的人物汤米·巴尔奔的雏形之一,小说中的女主角尼柯尔就是为了与他结婚才与丈夫迪克·戴弗离婚的。1925年4月10日,就在他们离开罗马返回巴黎的旅途中,这部凝聚着菲茨杰拉德的巨大心血和内心伤痛的力作《了不起的盖茨比》,终于由斯克里布纳出版公司出版了。它给菲茨杰拉德带来了极大的慰藉,抚平了他的创伤,振作了他的精神,使他又意志昂扬地投入到如火如荼的巴黎生活之中。

从1925年4月到1926年12月,菲茨杰拉德除偶尔前往伦敦

---

① Matthew J. Bruccoli, ed. *The Notebook of F. Scott Fitzgerald*, New York & London: Harcourt Brace Jovanovich / Bruccoli Clark, 1978, p. 113.
② 海明威等著,吴建国等译,《老人河》,安徽文艺出版社,1985年版,第568页。

或其他地区探访老友或度假之外,主要住在巴黎,生活在一大批漂泊在此的美国青年文学家和艺术家之中。在巴黎这个艺术王国里,他自由自在地跋涉着,汲取着艺术的养分,对人生、对社会、对文学进行着更深层次的思考和更为成熟的再创造。在这一阶段,他的交游更加广阔,结识了不少风华正茂的青年作家,认识了许多成就卓著的文坛巨匠,与他们建立了深厚的友谊,为他的文学生涯创造了一片新的天地。

1925年4月,在海明威的引荐下,菲茨杰拉德拜访了侨居在巴黎的美国著名女作家葛特鲁德·斯泰茵(Gertrude Stein,1874~1946)。斯泰茵早年曾师从威廉·詹姆斯,①精通心理学和绘画艺术,是一位早已成名的语言艺术家。她的身边聚集着很多战争结束之后流落在巴黎的才华横溢的美国青年。她提倡先锋派艺术,主张运用重复及片断化、简单化的手法写作,强调艺术的目标就在于追求最大限度的简洁。她的《三个女人的一生》(Three Lives,1909)、《温柔的纽扣》(Tender Buttons,1914)以及《美国人的成长》(The Making of Americans,1925)等著作和她的艺术思想,对战后成长起来的年轻一代的美国作家产生了重要的影响。"迷惘的一代"这一说法即出自于她之口(详见海明威遗作《不固定的圣节》一书)。斯泰茵对菲茨杰拉德评价较高,在阅完菲茨杰拉德送给她的刚刚出版的《了不起的盖茨比》之后,就给这位已在文坛享有较高声誉的年轻作家写信说:

> 现在我们来谈谈你的这本书。我刚刚读完它,觉得这本书写得很好。我很喜欢你在作品中所表现出的那种优雅美妙的格调,这表明你具有良好的美学基础和敏感力,能给人以美

---

① 威廉·詹姆斯(William James,1842~1910),美国著名哲学家、心理学家、机能心理学派的创始人,是美国著名作家兼文学评论家亨利·詹姆斯的兄长。

的享受。另一个精彩之处是,你写出的文句自然流畅,一气呵成,令人爱不忍释,想一气读完,这也是一种美的享受。你是在用笔创造当今这个世界,恰如萨克雷用《彭登尼斯》和《名利场》创造世界一样,这并不是一句不恰当的恭维你的话。你创造了一个全新的现代的世界,一个现代的纵酒宴乐的祭祀仪式。奇怪的是,直到你写出了《人间天堂》之前,还没有人涉足过这个领域。我相信我过去对《人间天堂》的看法是正确的。这部作品同样也是一部力作,但比《人间天堂》更有特色,更加老成,这也正是我们所追求的。人不可能做到好上加好,但却能做到不同于斯,成熟于斯,这一点总能给人以愉悦和慰藉。①

斯泰茵对菲茨杰拉德的才华颇为赏识,对他的文学活动也颇为关注,乃至10年过去后,她还在其女秘书兼伴侣托克拉斯(Alice B. Toklas,1877~1967)小姐的陪同下,专程来巴尔的摩看望过在此蛰居的菲茨杰拉德夫妇。在斯泰茵的另一部以第三人称叙述、写得非常有趣的名著——《艾丽丝·B·托克拉斯自传》(The Autobiography of Alice B. Toklas,1933)中,斯泰茵也用了大量的篇幅记述了她对菲茨杰拉德的赞扬和对他的厚望,并预言:"当菲茨杰拉德同时代的许多著名作家渐渐被人们忘却之时,菲茨杰拉德依然还会是人们喜爱的一位大作家,因为他为人们创造了一个新的时代和新的一代人。"②历史的发展果然正如她所预言的那样,菲茨杰拉德的魅力仍在当今世界与日俱增。

伊迪丝·华顿(Edith Wharton,1862~1937)是一位以善于描

---

① F. Scott Fitzgerald, *The Crack Up*, p. 308.
② Gertrude Stein, *The Autobiography of Alice B. Toklas*, New York: Viking, 1933, p. 218.

写上层社会生活而蜚声文坛的美国著名女作家。1920年春,在《人间天堂》出版之后不久,菲茨杰拉德就在查尔斯·斯克里布纳的办公室里见过这位他极崇拜的女作家,当即就拜倒在她的脚下,说她是"一位杰出的女中豪杰,挥舞着青铜时代的武器打了许多漂亮的仗,几乎无人是她的敌手"。① 1925年6月,华顿写信给菲茨杰拉德,高度评价了他的《了不起的盖茨比》,说:"我十分喜欢你所塑造的盖茨比这个人物,或者说,关于他的这部书。我认为,你在创作上已有了一个巨大的飞跃,这部小说,较之于你以前的作品,可以说是一个显著的进步的标志。"②她同时也指出,菲茨杰拉德没有在书中交待盖茨比早年的背景,这是一个缺憾。1925年7月,侨居在巴黎郊外的华顿闻知菲茨杰拉德也在巴黎,便邀请他夫妇来家中做客。姗尔达因不喜欢华顿,没有前往。菲茨杰拉德便邀请了当时也侨居在巴黎的好友、年轻的美国作曲家西奥多·钱乐(Theodore Chanler,1902~1961)一同前往拜访了华顿,当面聆听了这位女作家的指点。华顿很看重菲茨杰拉德出众的才情,后来又发表了不少赞赏他的言词。

美国著名诗人兼剧作家麦克利什(Archibald Macleish,1892~1982)20年代期间也侨居在巴黎,也是墨菲夫妇的好朋友。在墨菲夫妇的安排下,菲茨杰拉德结识了这位才思敏捷的青年诗人,并成为他极要好的朋友,常在一起交流写作体会和对时局的看法。他与麦克利什的交往为他的《夜色温柔》的创作提供了许多感性的素材,麦克利什的性格特征在小说主人公迪克·戴弗的身上得到了生动的再现。麦克利什后来担任过美国国会图书馆馆长(1939~1944)、美国助理国务卿(1944~1945),并参与了联合国教科文组织的筹备工作。他的代表作《征服者》(*Conquistador*,

---

① Matthew J. Bruccoli, ed. *F. Scott Fitzgerald: A Life in Letters*, p. 68.
② F. Scott Fitzgerald, *The Crack Up*, p. 309.

1932)荣获过美国文学大奖——普利策文学奖。他后来成为美国哈佛大学的修辞学和诗学教授。麦克利什曾写信给菲茨杰拉德说:"我的上帝,司各特,你可真能写呀!你比以往任何时候都更加成熟了。你是一位优秀的小说家。相信这一点吧,相信这是事实,而我却不是。"[1]

多萝茜·帕克(Dorothy Parker,1893~1967)也是第一次世界大战以后成长起来的一位才情出众的美国女诗人、短篇小说家兼戏剧和文学评论家。帕克20年代期间也生活在巴黎,与菲茨杰拉德在文学上和个人感情上的交往甚为密切。他们在巴黎结下的友谊一直保持到终生。帕克曾对拉德纳和菲茨杰拉德这对文学上的奇才和密友进行过比较和分析,认为:拉德纳有时会写出相当拙劣、令人不忍卒读的短篇小说;而菲茨杰拉德的作品却总是文笔流畅,具有诗情画意,使人感到清新自然。菲茨杰拉德去世之后,帕克编辑、出版了一部《菲茨杰拉德选集》(*The Portable F. Scott Fitzgerald*,1945),并撰文高度评价了这位亡友的文学天赋和艺术成就,肯定了他在美国文坛上的地位,对后来兴起的"菲茨杰拉德复兴"起到了激发和促进作用。帕克本人在美国文学界也颇具影响力,曾获得过1929年度的"欧·亨利最佳短篇小说奖"。

在巴黎生活的这段时间里,菲茨杰拉德还数次跨海去过伦敦,去拜访老朋友,结交新朋友。他与英国的老牌出版社柯林斯出版公司和刚成立不久却极有特色的出版公司恰图—温德斯公司保持着经常的联系。虽然当时的英国文学界对菲茨杰拉德的接受状况并不理想,这两家出版机构却依然坚定不移地出版了他的《人间天堂》、《新潮女郎与哲学家》、《漂亮冤家》和《爵士乐时代的故

---

[1] Scottie Fitzgerald, Matthew J. Bruccoli, eds, *The Romantic Egoists: A Pictorial Autobiography from the Scrapbooks and Albums of Scott and Zelda Fitzgerald*, New York: Charles Scribner's Sons, 1974, p. 200.

事》。但他的力作《了不起的盖茨比》的出版却遇到了极大的阻力。直至斯克里布纳出版公司出版了这部作品很久之后,英国的出版界对这部作品仍未做出任何反应。虽然如此,英国文学界却不乏对菲茨杰拉德的赞许之声。英国著名老作家托马斯·哈代(Thomas Hardy,1840~1928)在去世前夕曾撰文说:"我拜读过《人间天堂》这部小说,印象极为深刻。菲茨杰拉德是美国年轻一代作家中极为少见的几位出类拔萃的小说家之一,他的作品使我很感兴趣。"①

菲茨杰拉德的第二次欧洲之行收获颇丰。他在欧洲各地的亲身经历和对欧洲社会风貌的深入了解,以及他在欧洲结识的众多朋友,为他的创作活动提供了宝贵的感性素材,使他的创作思想和艺术风格得以日趋成熟,同时也为他提供了一个更为广阔的展现自己才华的舞台,使他在世界范围内产生了一定的影响。

四、一举成名

早在1922年7月,菲茨杰拉德就曾写信给帕金斯说,他"正在构思一部内容非常新颖的作品———部极为特别也很优美动人的作品。它的情节虽然简单,但结构复杂,思想深邃"。② 这部作品就是他最负盛名的代表作《了不起的盖茨比》。他对这部小说的构思虽然形成已久,但实际写作却时断时续,常常受到来自外界和家庭内部的干扰。小说的创作开始于1923年6月。从小说的某些片断和人物塑造的手法来看,菲茨杰拉德显然受到了美国女作

---

① Jeffrey Meyers, *Scott Fitzgerald: A Biography*, p.159.
② Matthew J. Bruccoli, ed. *Correspondence of F. Scott Fitzgerald*, p.112.

家薇拉·凯瑟(Willa Cather,1876~1947)刚刚推出的新作《一个迷途的女人》(A Lost Lady,1923)的影响。凯瑟的这部小说通过在边疆修筑铁路的福瑞斯特队长之死,表现了那些具有冒险性格、宏伟气魄和豪爽精神的老一辈开拓者的逝去,代之而起的是以律师彼得斯为代表的一代"新人",他们没有教养、没有信仰和献身精神,有的只是投机取巧的钻营手段。小说通过这两种人的一沉一浮、一衰一盛,反映了美国"边疆的黄昏"和新时代的来临,全书笼罩着一层无可奈何的悲观色彩。薇拉·凯瑟在创作思想上十分重视传统,但在小说艺术上却又能打破传统,细腻精微地表现出现代人的意识。她的作品中景物、人物和感情交融一体,令人读后有回味不尽的余韵。她也是几乎与菲茨杰拉德同时代的一位现代小说艺术大师,尽管在题材选择上大不相同,但在思想和艺术表现手法上却有许多相似之处。《了不起的盖茨比》从主题立意到结局安排以及笔调运用上,都有薇拉·凯瑟的遗响,虽然在场景的选择、故事情节的编排以及叙事的角度上截然两样。

20年代是菲茨杰拉德的文学创作精力最旺盛的时期。但是,继他的两部长篇小说和两部短篇小说集出版之后,他便踌躇满志地沉浸在初获成功的喜悦之中,整天忙于纽约各种社交场面的应酬活动,常与姗尔达一起出没于各类豪华酣畅的宴会和舞会,纵酒狂欢,翩舞达旦,根本无法静心写作。后来,他决意逃离这个环境,去欧洲寻找一个合适的地方来完成这部已构思成熟的作品。然而,到达欧洲之后,各种干扰依然不断。新的环境他还不能完全适应,姗尔达与约桑的婚外恋情和她风流放荡的表现,更给他造成了极大的痛苦。为了满足姗尔达和他所追求的排场阔绰的生活方式,他不得不耗费自己的精力,把一些用于长篇小说的精彩片断改写成短篇小说送出去发表,以便赚取较为优厚的稿酬。在这一时期,他发表的短篇小说如《一颗像里茨饭店那么大的钻石》(The Diamond As Big As the Ritz,1922)、《冬天的梦》、《赦罪》(Absolution,1924)、《明智之举》(The Sensible Thing,1924)等,都与《了不起的盖茨比》的情节密切相关。1924年夏、秋两季,他终于排除了一切干扰,静下心来完成了这部小说的初稿,修改润饰之后,寄给了帕金斯。帕金斯仔细通读了这部书稿,立即意识到这是一部非比寻常的大作,便马上回信给菲茨杰拉德,热情赞扬了这部作品的主题思想、叙事技巧、象征比喻、人物刻画、文体特色和艺术表现手法,信中说:

> 我认为,你完全有理由为这部作品而感到自豪。这的确是一部不同凡响的作品,融入了各种不同的思绪和情感。你采用了一种十分贴切的叙事手法,即在小说中成功地设计了一个故事的讲叙者和评论者。这个人既身在其中,更身在其外:这就使读者能够站在更高的层次上来观察整个故事的发展,而不是让作品中的人物站在一旁发表议论。这一表现手法使得你的讽刺意义得到了淋漓尽致的发挥,也使读者能够始终强烈地体味到茫茫宇宙间人类生存环境中的光怪陆离的场景。按照艾克尔葆博士的观点,不同的读者会以不同的眼光来看待事物,从而得出各不相同的见解;但是他们的身临其境却给整个故事添加了绝妙的一笔:凝神静气的目光、不动声色的表情、居高临下地俯视着芸芸众生。精彩极了!……
> 你对汤姆、黛茜、乔丹等人物的性格刻画和对他们的地位的描写,就我所知,是无与伦比的。小说中对那个美丽乡村附近的灰谷的描绘、对玛特尔在公寓里发生的那些活动和谈话的设计、前往盖茨比公馆做客的各色时髦人物的图谱……这些出色的勾画,都足以使人能一举成名。这一切描写,以及笼罩着整个故事情节的悲怆凄婉的氛围,已使得这部作品产生了超越时空的魅力,因为在 J·G·艾克尔葆理论的指导下,偶尔抬眼看一看天空、看一看大海、看一看这座城市,你已在

作品中注入了一种永恒的理念。你曾经对我说,你并不是一个自然主义作家——上帝!你已经明白无误地掌握了这种写作技巧;不过,你仍需要精益求精。①

1925年1月至2月,菲茨杰拉德在罗马又对《了不起的盖茨比》进行了全面的修改和加工,把他在纽约和巴黎等地所经历过的一些"极为特别"的典型事例、尤其是他与姗尔达之间的感情危机和她闹出的婚外恋风波,加上他此时对人生和社会的更为成熟的理解,经过艺术提炼后,都补充、融合进了这部小说中。1925年4月10日,就在他偕姗尔达从罗马返回巴黎的途中,《了不起的盖茨比》由斯克里布纳出版公司正式出版了!

1925年是美国文学捷报频传的一年。这一年,德莱塞出版了他的巨著《美国的悲剧》(*An American Tragedy*),多斯·帕索斯推出了他的第二部长篇小说《曼哈顿中转站》(*Manhattan Transfer*),海明威发表了他的第一部短篇小说集《在我们的时代里》(*In Our Time*)……美国现代文学因为有了他们而呈现出一派欣欣向荣的景象。菲茨杰拉德一扫他早期作品中的踌躇和矫饰,以《了不起的盖茨比》这部优秀作品完美的艺术表现形式在他文学创作的道路上又向前跨进了"了不起的"的一大步,一跃而登上了20世纪文坛的显要地位,成长为一位令世人瞩目的严肃作家。与前两部小说相比,《了不起的盖茨比》已不再是自传式的重复自我,而是包容了丰富的想像力;不再是"为赋新诗强说愁"式的虚空缥缈,而是充满了睿智和深邃的思想;不再是片断与片断的简单拼接,而是张弛有度、长描与短写并蓄的完整统一体。他受康普顿·麦肯锡和H·G·威尔斯的影响,已摆脱了对年轻一代生活方式的结构松散的描写,转向了对更加广阔的社会图景的关注,努力捕捉着

---

① John Kuehl and Jackson R. Bryer, eds. *Dear Scott / Dear Max*, pp. 8284.

时代跳动的脉搏;以亨利·詹姆斯和伊迪丝·华顿的方式讽刺、批判着上层社会的虚伪、腐朽和黑暗。他对约瑟夫·康拉德作品的潜心研究和他对小说艺术深层次的思考,使他得以在创作思想和写作技巧上有了如此突飞猛进的发展。他完全赞同康拉德的文学观:作家的职责,就是要通过书面语言的魅力,让读者能够听见、看到并真切地体味到作家所亲身体验过的现实生活。他成熟了!

《了不起的盖茨比》正如帕金斯和拉德纳——拉德纳自告奋勇地替菲茨杰拉德通读了这部作品正式出版前的清样,以答谢他对自己的提携和无私的帮助——所预见的那样,是一部旷世无双的优秀作品,是菲茨杰拉德创作思想和艺术风格最完美的体现。小说展示了菲茨杰拉德对文学素材和语言艺术的非凡的驾驭能力。作品中引人入胜、极有煽情作用的情节铺设;济慈式的对浪漫情调的大力渲染;饱含激情、栩栩如生的人物群像的刻画;力透纸背、语颇隽永的对社会的辛辣讽刺;出人意表的比喻和用典;气势恢宏的主题构建以及清雅流畅的文体风格,在大半个世纪已过去的今天来看,依然还是那样清新鲜亮,令人赏心悦目。作品中的许多既有融合、又有距离的高超的艺术表现手法,使得蕴藏在人物形象里的丰富的思想和情感具有多种层次的意义,不同的读者会产生出不同的体会,不同的时代可以做出不同的解释。这就使得他的这部佳作具有了一种令批评家无法还原到概念的生命力,使得它特别耐读,经久不衰。

《了不起的盖茨比》出版之后,菲茨杰拉德立即向文艺界的一些举足轻重的著名人物和好友们分发、寄送了此书,并很快得到了热烈的回音。他的同窗好友威尔逊来信说:"毫无疑问,这是你写得最好的一部作品——构思最精巧、描写最生动、语言最优美的一部佳作。"[①] H·L·门肯的评价与帕金斯的几乎相同,但他在肯定

[①] Edmond Wilson, *Letters on Literature and Politics*, p.121.

了小说成功之处的同时,也指出了其中的不足:"《了不起的盖茨比》写得的确很优美动人,无与伦比。我认为这是你迄今为止所写出的最好的一部小说。书中的每一页都有经过你仔细推敲的精彩文句。小说的结构严谨得当,语言清新舒展。我感到美中不足的是,它的基本故事情节还稍嫌琐屑——在故事接近尾声时几乎演变成了一桩趣闻。不过上帝也会原谅这一点的。"①著名文学史家布鲁克斯在回信中说:"在我看来,这是你最优秀的一部作品,很有独创性,且很耐人寻味。书中的人物和情节令人久久难忘。"②海明威也认为"这绝对是一部一流水平的作品"。③ 著名诗人兼文学评论家T·S·艾略特也加入了赞誉者的行列:"若干年来,在我所拜读过的新小说中,无论是英国小说还是美国小说,我感到这部作品最有深度,也最令人振奋……在我看来,这是美国小说自从亨利·詹姆斯以来迈出的第一步。"④文学评论家奈森、著名女作家薇拉·凯瑟、伊迪丝·华顿、葛特鲁德·斯泰茵等人都对这部小说给予了高度的评价。其中,美国文学评论家吉尔伯特·赛尔笛斯(Gilbert Seldes,1893~1970)在其担任主编的《日晷》杂志(*The Dial*)上所发表的评论最为有名:"菲茨杰拉德不仅已经成熟;他已掌握了自己的文学天赋,正展开双翅在文学这片天空中自如地翱翔着。他把早期作品中的一切踌躇和矫饰都统统抛在了身后,也把他同时代的人和他的前辈们远远抛在了身后。"⑤在当时,几乎所有成名的作家和评论家都对这部作品赞不绝口,并众口一词地认为:菲茨杰拉德所取得的艺术成就,已使他当之无愧地成为

---

① Matthew J. Bruccoli, ed. *Correspondence of F. Scott Fitzgerald*, p. 158.
② *Ibid.* p. 160.
③ Carlos Baker, *Ernest Hemingway: Selected Letters*, New York: Scribners, 1981, p. 163.
④ F. Scott Fitzgerald, *The Crack Up*, p. 310.
⑤ Jackson R. Bryer, ed. *F. Scott Fitzgerald: The Critical Reception*, p. 239.

当代最伟大的小说家之一。这一年他才28岁。

五、菲茨杰拉德与海明威

菲茨杰拉德与海明威年龄相仿,几乎都是20世纪的同龄人。这两位天才作家之间的非同寻常的友谊和恩恩怨怨已成为美国现代文学史上引人关注的一个重要话题。他们的相互携手和时有龃龉曾对当时的世界文坛产生过不小的震动,对当今的文学研究也具有其特定的意义。

20年代初期,在巴黎"流亡者"文艺集团里,海明威是一位后来者。当他带着舍伍德·安德森[①]的推荐信前去拜访斯泰茵时,菲茨杰拉德已以其两部长篇小说和两部短篇小说集而风靡欧美两地,并且已成功地与众多著名作家和评论家以及欧美两地的一些权威出版机构建立了经常的联系,名声已经很响。1924年10月,在菲茨杰拉德第二次赴欧洲前夕,艾德蒙·威尔逊向他提及了海明威,并说他刚刚看过海明威前不久在巴黎出版的《在我们的时代里》(in our time)这个小册子的初版,认为写得很出色,尤其在风格上颇有独创性。他建议菲茨杰拉德也不妨耐心细读一遍这本小书。菲茨杰拉德仔细通读了这部汇集了18个篇目的短篇故事集,立即被海明威独到的取材角度和独特的艺术表现手法所吸引。《在我们的时代里》是海明威以自己早年的亲身经历为原型创作出的系列短篇小说,内容涉及斗牛、罪恶、战争、暴力、恐怖、政治等

---

① 舍伍德·安德森(Sherwood Anderson, 1876~1941),美国小说家,美国文学中现代文体风格的开创者之一,其代表作为短篇小说集《俄亥俄州瓦恩斯堡镇》。

社会问题。其中大部分篇目描写的是一个名叫尼克·亚当斯的人物,写他从少年到青年的成长经历,"像一部不太完整的长篇小说"。① 事实上,这部短篇故事集是海明威小说生涯的发端。他日后创作的所有重要作品和塑造的许多典型人物,都可以从这部短篇故事集中找到渊源或影子。菲茨杰拉德虽然与海明威素不相识,但海明威在这个小册子里所显露出的不同凡响的文学天赋和艺术才华却令他拍案叫绝,大为折服。他马上给已成为他好朋友的帕金斯写信说:"特此向你推荐一位名叫欧纳斯特·海明威的年轻人。他此时住在巴黎,为《大西洋周刊》撰稿。他前途无量。艾兹拉·庞德在巴黎出版过他的一个小册子。我刚拜读过,确实写得很精彩。我真想马上就能见到他。他的确是一位很有才华的人。"②

1925 年 4 月底,在他最负盛名的《了不起的盖茨比》出版两周之后的一天,菲茨杰拉德终于在巴黎街头的"浪人酒吧"与心仪已久的海明威相识了。这个历史性的会晤铸就了这两位文学巨匠一生中最为重要的友谊。海明威体格魁梧,性格豪爽,酷爱斗牛、射击、拳击、足球等户外运动,且善于思考。他虽没有读过大学,却亲身参加了第一次世界大战,在战场上受过重伤,体验过出生入死的滋味,此时的身份为《多伦多星报》驻欧洲的记者。虽然还没有发表过任何有影响的作品,但他已开始显露出他那咄咄逼人的锋芒和审美取向上的独创性,以及他对文体艺术的执著追求。两位大作家都出生于美国中西部的中产阶级家庭;都有一位意志坚强的母亲和性格懦弱的父亲;都是刚结婚不久,各有一个孩子;都对大战后的社会曾抱有过幻想,后来又都大失所望;都有极高的艺术天

---

① 戴·赫·劳伦斯语。转引自《海明威评传》,吴然著,陕西人民出版社,1987 年版,第 28 页。

② Matthew J. Bruccoli, ed. *F. Scott Fitzgerald: A Life in Letters*, p. 82.

赋和创作热情;都在巴黎这个"艺术王国"的自由空气中接受着熏陶,苦苦思索和寻找着各自的价值取向和美学定位,以期能用新的表现方法来丰富和突出自己的创作个性。共同的志趣、相似的人生经历和思想倾向使他们不约而同地走到了一起。两人一见如故,大有相见恨晚之感,正所谓英雄惜英雄,英雄识英雄。菲茨杰拉德从海明威的身上看到了他所不具备的诸多长处,视他为了不起的战争英雄和艺术追求的典范。海明威则虚心听取着这位只比自己年长3岁、却已取得了辉煌成就的青年作家对自己的作品的批评意见,尤其欣赏他过人的睿智和隽永的文笔以及他的新作《了不起的盖茨比》。后来,海明威在其描写巴黎生活经历的《不固定的圣节》一书中,用了长达45页的篇幅,分成3章,详细记述了他与菲茨杰拉德相识、相交的过程。由于海明威成名之后变得十分自负,到了晚年更是目中无人,在这部回忆录中写下了不少贬低、甚至损害菲茨杰拉德个人形象的失实之处,但他的笔调是温馨的,字里行间依然闪烁着对菲茨杰拉德卓越才华的由衷钦佩。他在书中数次称赞菲茨杰拉德"是一位出色的小说家"、"是我们这个时代最优秀的作家之一"。[①] 就海明威的个性品格而言,能够在他晚年之时仍这样评价一位与他同时代的作家和文友,已是很不容易了。这也足以证明了菲茨杰拉德在文学界的威望和在他心目中的地位。

1925年的秋、冬两季,菲茨杰拉德与海明威常在一起探讨创作的技艺和选材的角度,交流对人生、对社会历史的看法。在此阶段,菲茨杰拉德的声誉已日益高涨。他便竭尽全力来扶助海明威,提高他的知名度,推进他的文学创作事业。海明威的《在我们的时代里》正式出版之后,菲茨杰拉德立即撰文高度评价了这个短

[①] Ernest Hemingway, *A Moveable Feast*, New York: Charles Scribner's Sons, 1964, pp. 176, 183, 192, etc.

篇小说集。他在一篇题为"如何消耗资材——关于我们这一代人的一点看法"(How to Waste Material — A Note on My Generation)的评论中说:"我们这一代人已经厌倦了'看看这个人或那个人是怎么做的'之类的道德说教。看了这些短篇故事之后,我们感到了一种过去从未体验过的新鲜和兴奋。欧纳斯特·海明威将一个鲜为人知的世界展现在了我们的面前。"①海明威当时已与一家规模不大的出版社"波尼—里弗莱出版公司"签过协约,要为其撰著3部作品。《在我们的时代里》便是其中的第一部。他随后又写出了一部主要针对舍伍德·安德森的作品《深色的笑声》(Dark Laughter, 1925)、以摹仿安德森的笔调来讽刺安德森的创作思想和文体风格的中篇小说《春潮》(The Torrents of Spring)。由于安德森是该出版社的明星作家,这部挖苦他的作品便理所当然地遭到了这家出版社的拒绝。菲茨杰拉德便竭力鼓励海明威趁此机会脱离这家小出版社,并再次将他大力举荐给了以出版名人名作为其主要特色的美国权威出版机构斯克里布纳出版公司。在菲茨杰拉德的多方努力下,海明威于1926年2月带着《春潮》和刚脱稿的另一部长篇小说来到纽约,与素未谋面却早有耳闻的著名编辑帕金斯见了面。慧眼独具、以扶持新人而口碑极佳的帕金斯与海明威相见之后,对海明威的才气也颇为赏识。在帕金斯的提议和力主之下,斯克里布纳出版公司于1926年先后出版了海明威的《春潮》和他的第一部力作《太阳照常升起》,以表示对这位文学新秀的支持。一个新的作家就这样诞生了。由于菲茨杰拉德的大力提携和帮助,海明威也以其崭新的姿态跻入了名家的行列。从此以后,海明威便与帕金斯结下了深厚的友谊。与菲茨杰拉德一样,海明威日后所创作出的所有主要作品也都是由帕金斯担任编辑、由斯克里布纳出版公司首次出版的。在此后的岁月里,帕金

---

① F. Scott Fitzgerald, *Afternoon of an Author*, p. 122.

斯成了菲茨杰拉德与海明威之间友好交往的纽带和桥梁,是他们一生中文学活动和私人恩怨的见证人。

在《太阳照常升起》即将出版的前夕,海明威将书稿的清样送给菲茨杰拉德过目,请他提出修改意见。菲茨杰拉德通读了全书,对小说的开头部分提出了十分中肯也很有见地的批评:"为什么不删除那些毫无必要的对科恩这个人物来历的细节交待呢?他的第一次婚姻是无关紧要的。许多人都能如此长篇大论地写下去。这个部分写得过于冗长拖沓了。我很难想象你在写前20页时怎么会如此漫不经心?"①海明威虚心接受了他的意见,在小说正式出版时果然删去了这些不必要的繁枝缛节。虽然他后来在《不固定的圣节》一书中曾竭力否认这一点,但这毕竟是一个不争的事实。《太阳照常升起》出版后在文学评论界和读者群中引起了不小的震动,在经历相似的年轻一代人中产生了强烈的共鸣,使得这部小说被称作为"迷惘的一代"的代表作之一。菲茨杰拉德在为海明威的成功感到高兴的同时,又发动起他在文艺界的朋友们对这部作品加以评论,"一心要把海明威推举上去"(to launch Hemingway)。② 美国当代小说家威斯科特(Glenway Wescott,1901~1987)在回忆菲茨杰拉德当年在巴黎动员他"大力推举海明威"的情景时说:"菲茨杰拉德表现出的对海明威的高度热情和赞誉其实是没有必要的。那种做法只会导致他不思进取,不再进行严肃认真的创作,因为海明威完全可以担当起更加严峻的职责,去获得诸如'荣誉'、'不朽'之类的声名。"菲茨杰拉德去世后,威斯科特在《新共和》(New Republican)杂志上发表了纪念这位亡友的题为"菲茨杰拉德的道德情操"的悼文。在提及此事时,威斯科特称菲

---

① Matthew J. Bruccoli, ed. *F. Scott Fitzgerald: A Life in Letters*, p.144.
② F. Scott Fitzgerald, *The Crack Up*, p.324.

茨杰拉德为"我们的挚友,我们的天才,我们的傻瓜"。①

菲茨杰拉德与海明威在个性特征和生活方式上有着极为明显的差别。在巴黎期间,菲茨杰拉德经济条件相对较为优越,居住在塞纳河右岸的豪华旅馆里,与姗尔达一起生活在来此旅游的美国富豪们当中,常常纵酒宴乐,挥金如土,与巴黎平民百姓的生活相去甚远。海明威则爱住在左岸的普通平房里,靠微薄的薪水维持生活,与当地劳动阶层接触较多,因而对这一阶层人民的疾苦有着较为深切的了解。夏季里,菲茨杰拉德常偕妻子和女儿去海滨旅游胜地里维埃拉消夏。海明威则常去西班牙观看斗牛赛或去海上钓鱼,体验野外生活,为他的创作收集丰富的感性素材。但是,就事实情况而言,菲茨杰拉德似乎是有些夸大了他浮华奢侈的生活,他的实际收入并不像他所炫耀的那样丰厚;而海明威则有些夸大了他贫困的处境,他的经济条件也并不像他所声称的那样寒伧。海明威常说,他不得不去公园打野鸽充饥。其实,他的第一任妻子拥有一笔相当可观的信托资金可供支配。在他们初次相识时,海明威内心里其实很羡慕菲茨杰拉德的文学声誉、经济地位和豪华的生活方式。相比之下,他的地位则显得较为卑微,经济上也颇为拮据,反差是很鲜明的。但是,清贫和逆境能够催人奋进,艰苦的生活能够磨砺人的意志,锤炼人的精神。海明威在将自己的简朴与菲茨杰拉德的挥霍做了一番比较之后,心里也就释然了许多。他甚至还不无讽刺地提出要把自己的版税所得送给这位朋友,供他去里维埃拉挥霍。的确,菲茨杰拉德的放浪不羁和过度的嗜酒在一定程度上浪费了他的艺术天赋,也损伤了他的文学形象。而海明威相对贫寒的生活方式却激励了他对文学创作全身心的投入,使他对未来的生涯充满了信心。因此,当菲茨杰拉德由衷地赞赏海明威的天赋、毫无保留地一心要"推出海明威"时,海明威却

---

① F. Scott Fitzgerald, *The Crack Up*, pp. 324, 332.

变得自负起来,对菲茨杰拉德的诸多缺点百般挑剔,横加指责,尤其不能容忍他醉意朦胧地来访而干扰自己正常的创作。他甚至以此为借口,在搬入新居之后,拒绝给菲茨杰拉德留下地址。这一做法深深伤害了菲茨杰拉德的感情。即便如此,菲茨杰拉德仍很克制和忍让,依然如故地关心着海明威的文学事业,尤其敬佩他在创作上对每一个词语都要精雕细凿的执著精神。正如他后来在写给帕金斯的信中所说的:"我曾对海明威说过这样一种不合逻辑、但却客观存在的事实:我是乌龟,他是兔子,这是实情。我所取得的每一个成就都经历过漫长而不懈的艰苦努力,而海明威却以自己的天赋极有效率地取得了惊人的进展。"[1]菲茨杰拉德在性格上似乎比海明威懦弱很多,但在面对厄运和灾难时却又比海明威坚强很多。海明威对别人较为苛刻,对妨碍他的创作或违背他的意愿的人常常是毫不留情。每当婚姻遇到波折,他总是毅然决然地选择离婚,无论过去的妻子是富有还是忠贞。晚年病魔缠身、精神萎顿时,他便选择了开枪自杀。而菲茨杰拉德则不然。他对别人较为宽容。他坚忍地承受了30年代后期的贫困、凄凉和种种不幸。即使在姗尔达罹患了严重精神疾病的情形下,他也仍然保持着对她的忠诚和爱恋,悉心照料着她,直到他因过重的生活压力导致心脏病突发而猝然逝去。

菲茨杰拉德与海明威在创作题材和艺术表现手法上也有很多不同之处,尤其体现在对战争和暴力的艺术处理方法上。海明威在与菲茨杰拉德探讨以战争为题材的创作时曾说:"你之所以一提到战争就痛心疾首,是因为你没有亲身经历过战争。战争是文学创作中的最佳主题。战争最大限度地提供了写作的素材,使你思维敏捷,行动迅速。有关战争的一切体验,你即使等上一辈子也

---

[1] Matthew J. Bruccoli, ed. *F. Scott Fitzgerald: A Life in Letters*, pp.248~249.

未必能够获得。"①海明威认为,你必须有真切的体验,才能进行如实的描写。菲茨杰拉德虽然也当过兵,但未能亲身参加第一次世界大战,因而错过了在战场上亲身体验出生入死滋味的机会。他一直视此为人生中的一大憾事。然而缺少真实体验并没有影响他对这场战争的看法。他认为,作为一个艺术家,他完全可以凭借自己敏锐的观察力和丰富的想像力,来达到效果相同的创作目的,"虽然你没有能直接参加军事行动,但你至少也会有间接的体会,因为你同样也能强烈地感受到战争的残酷——你可以从后门面对现实"。② 菲茨杰拉德正是以自己丰富的想像力和敏锐的观察力来描绘暴力、死亡和战争的残酷场景的。虽然这两位大作家在如何从艺术的高度来描绘战争这一问题上看法不尽相同,他们的作品却都从不同的角度和层面揭示了战争对人的精神的摧残和对文明社会的毁灭,可谓殊途同归,异曲同工。

在文体风格和叙事技巧上,有人说,海明威是"一位手拿板斧的作家","他斩伐了整座森林的冗言赘词,还原了基本枝干的清爽面目","删除了解释、探讨,甚至议论,砍掉了一切苍苍绿绿的比喻,清除了古老神圣、毫无生气的文章俗套","把亨利·詹姆斯以来附着在英语文学上的乱毛剪了个干净"。③ 他净化了一代文风,使英语焕发出它奇异的光彩,使得几代作家得益匪浅。这的确是海明威的伟大之处,也只有像他这样的天才语言艺术大师才能达到这样的境界。菲茨杰拉德则不同。他的作品始终弥漫着一种梦幻般的色彩,绚丽的文体中流淌着悲怆的涓涓细流。他的文句清雅舒展,字里行间充满诗情画意,常常闪烁着灵感和颖悟,具有强烈的节奏感,能给人以美的享受。他对现代社会生活中呈现出

---

① Carlos Baker, *Ernest Hemingway: Selected Letters*, p.44.
② F. Scott Fitzgerald, *Afternoon of an Author*, p.186.
③ 董衡巽编,《海明威研究》,中国社会科学出版社,1985年版,第133页。

的繁杂多变的语言现象极为关注,作品中充满了源自于生活、又被他修磨得神形逼肖的词语。这些新鲜亮丽的词语一从他的笔端泻出,便广为流传,风靡于世,成为人们常挂嘴边的时髦用语。人们之所以称誉他为"爵士乐时代的桂冠诗人"、"喧腾的20年代的代言人",不仅是因为他塑造了一代人的生活,更因为他锻造了一代人的语言。如今,他所创造出的那些词语已成为当代英语语言和英语文化中不可分割的组成部分,成为当代语言学研究的对象。海明威所开辟出的简约、凝练的文体风格与菲茨杰拉德所拓展出的清新流畅的语言艺术都在20世纪的文坛上各放异彩,交相辉映。这两位都具有极高艺术天赋的大作家在文学创作的道路上曾有过携手合作、相互学习的历程。海明威的成就似乎更令世人瞩目。但是,他们的创作题材和艺术风格完全不同,并不像有些评论家所夸大的那样,菲茨杰拉德的艺术风格是受了海明威的影响。菲茨杰拉德后来在其公开发表的文章中曾坦诚表示过,海明威是他艺术上的楷模,但同时也明确指出,他并没有直接受到海明威写作方法的影响:"在同时代的作家中,他是我的第三个艺术上的楷模,但我绝没有摹仿他那种极有感染力的风格,因为我有我自己的艺术风格。在我早已形成了自己的写作风格之时,他还尚未发表过任何作品。不过,当我和他在一起时,我感到他对我还是很有吸引力的。"[1]他还给帕金斯写信谈起过海明威:"在我看来,他(海明威)即将成长为一名艺术家了,这是我最后一次向您推荐他。"[2]

菲茨杰拉德与海明威之间尽管存在着一定的分歧,两人的友谊却始终不断。他们各自都把自己的朋友介绍给对方,两人时常并肩出入于同一个社交场所,一起在"文艺沙龙"里知人论事,结交新的朋友。随着他们共同的朋友越来越多,他们活动的范围和

---

[1] F. Scott Fitzgerald, *The Crack Up*, p.79.
[2] Matthew J. Bruccoli, ed. *F. Scott Fitzgerald: A Life in Letters*, p.278.

影响面也越来越大,当时聚集在巴黎这个世界大都会里的文学家和艺术家几乎都熟知他们或成了他们的至交。这使他们有了更多的机会去聆听老一辈成名作家对他们的批评和教诲,使他们有了更广阔的舞台去展露他们的才华,发表他们的新作,提高他们的创作技艺。当年巴黎"流亡者"文艺集团里的这些年轻有为的"迷惘"才子们,后来都在文学艺术领域里各有建树,对美国文学乃至世界文学的发展产生了很大的影响。菲茨杰拉德就是在海明威的引领下与葛特鲁德·斯泰茵相识的。当年的菲茨杰拉德、海明威、多斯·帕索斯、多萝茜·帕克等青年作家都是这位现代主义文学运动的先驱者、美国文坛上的"超前"女怪杰的崇拜者,她的家是这些"迷惘"才子们最爱去的地方,是他们的"第一沙龙"。他们在这里聆听斯泰茵对现代绘画的分析,对语言艺术的传授。但是,斯泰茵在1929年秋天发表的一个讲话,却使菲茨杰拉德与海明威之间的友谊受到了严峻的考验。在这个讲话中,斯泰茵直言不讳地说,菲茨杰拉德是这一代人中"最有才华"的作家,他的"光芒"已远远超过了海明威。菲茨杰拉德认为这个评价有失偏颇,且毫无诚意,是对他的蔑视或贬损。他为此而深感不安,甚至有些恼火。海明威得知此事后,专门写信给菲茨杰拉德,向他陈述了自己对此事的看法。他认为斯泰茵的这番评价完全是出于她的真心,况且她也从未在他面前发表过任何不利于菲茨杰拉德的议论,他也决不会嫉恨她的这个评价,或对此感到有压力,因为"在严肃作家之间,根本就不存在用'光芒'或'感情'来区分孰优孰劣的事情。严肃作家都在同一条船上。在朝着死亡航行的同一条船上展开竞争,便如同在狭窄的甲板上开大型运动会一样荒唐可笑。惟一的竞争是在造船时的独创意识,而这种意识其实就一直存在于你的内心深处——你已经上了这条船,可你却变得过于敏感,这是因为你还未能完成你手头正在创作的长篇小说——仅此而已。你或许还会更加敏感,可我却不在乎。"①斯泰茵后来在与海明威发生争吵之后(因为海明威不肯再继续做她的门徒),又发表了一些有意赞扬菲茨杰拉德、贬低海明威的言论或作品,其中当然掺杂着感情用事的成分,未必就是实情,但也在一定程度上说明了菲茨杰拉德在文学界的声望。不过,她的这些做法并没有影响到这两位大作家之间的友谊。

1929年5月,海明威完成了他的另一部重要作品《永别了,武器》(A Farewell to Arms)的初稿。帕金斯看完书稿后,很快决定先在《斯克里布纳杂志》上连载。小说正式出版前夕,海明威将打印稿送给了菲茨杰拉德,想听取他对这部作品的评价。菲茨杰拉德仔细通读了全书,提出了长达9页的修改意见,其中较为精辟的片断如下:

> 凯瑟琳显得过于油腔滑调,话说得太多。在删除她与亨利之间的谈话时,可考虑删除她的部分话语,而适当保留亨利的言论。
>
> 我的意思是,你依然还在以一个19岁人的眼光看待她,如同你在1917年时那样。除非你是刻意要把她塑造成一个傻乎乎的形象以便形成一种鲜明的极不协调的对比反差,否则,其结果必然会是这种印象——要不作者本人就是一个头脑简单的家伙,要不她就是一个披着红十字会护士外衣的伊琳诺娃·杜丝。②

海明威阅罢此信后,心里很不服气,立即在回信中十分粗鲁地说菲茨杰拉德是在"舔我的屁股"。但他经过仔细思考之后,又觉

---

① Carlos Baker, *Ernest Hemingway: Selected Letters*, p.310.
② Matthew J. Bruccoli, ed. *F. Scott Fitzgerald: A Life in Letters*. p.166.

得菲茨杰拉德的批评很有见地,语重心长,终于还是按照菲茨杰拉德的意见,在正式付梓之前对全书又做了重新修改。① 由此可见,海明威虽然很自负,对菲茨杰拉德诚恳而又中肯的批评还是能够虚心接受的。在这一时期里,这两位大作家来往不断,常在一起探讨写作技巧,相互阅读和修改对方的作品,对有分歧的观点展开热烈的讨论,两人的友谊得到了进一步的加深。

菲茨杰拉德的《了不起的盖茨比》在出版之后立即受到了极高的评价,被评论界称之为"最伟大的美国小说之一"。菲茨杰拉德雄心勃勃地想再"写出一部比这更好的作品",立即开始着手创作他的第四部长篇小说《夜色温柔》。然而 4 年过去之后,这部小说也未能写成。海明威明显地感觉到了菲茨杰拉德所受到的困扰。这些困扰主要来自于 3 个方面:其一是,菲茨杰拉德天生是一位忠实可靠的朋友,极重感情,好为人师,"他对我的文学事业和艺术创作的关心程度确实远远超过了他对自己的关心";②其二是,赛尔笛斯等人对《了不起的盖茨比》的过高赞誉对他造成了太大的压力,迫使他要努力写出一部具有突破性的高水平的杰作,使他不得不从更深层次上来思索某些具有典型意义的问题,这就在很大程度上妨碍了他这部小说的写作进程;③其三是,为了满足他和妻子姗尔达排场阔绰的生活方式的需要,他常把这部小说中的一些精彩片断改写成畅销杂志所需要的短篇小说,用于赚取高额稿酬,来弥补生活开支的不足。因此,他对这部小说的创作时断时续,精神状态也不稳定。针对这一情况,在这漫长而又艰难的时期里,海明威不断给菲茨杰拉德以真诚的鼓励和支持,赞扬他已写出的部分章节,催促他要不惜一切努力写完这部小说。他对菲茨杰

---

① Jeffrey Meyers, *Scott Fitzgerald: A Biography*, p. 153.
② *Ibid.* p. 153.
③ Carlos Baker, *Ernest Hemingway: Selected Letters*, pp. 304~306.

拉德说:"即使在最恶劣、最无望的条件下,你也得坚持写下去——在小说创作上只有一条道路可走,那就是认准方向,坚持到底,毫不松懈地一直写到最后的结尾。""在艺术的圣坛前要怀着一颗纯洁的、虔诚的心去顶礼膜拜。"①他指责菲茨杰拉德"把长篇小说改头换面抛出去发表"的做法"是在出卖自己的才华,如同妓女出卖自己的肉体一样"。② 菲茨杰拉德听从了朋友的批评,开始以严肃的态度静下心来认真写作,并告诉海明威,他每天都能花8个小时来写这部小说了。即便如此,《夜色温柔》从构思到最后出版,也耗时9年才得以完成。1926年冬,菲茨杰拉德在写给海明威的信中说:"在这一年半左右的时间里,我简直无法表达我们之间的友谊对我而言是多么重要。这是我们欧洲之行中最值得怀念的一段。"③

客观地说,海明威是一位气盛而又自傲的作家。尤其是成名之后,"他的自信度已飞速超过了他的清醒度。他无限夸大自己的长处,无视自己的短处。当一些有眼力的批评家指出他中期的作品在重复自己的过程中停止了进步时,他便辱骂这些批评家都是些'扒在文学身上的虱子','联邦调查局的小角色','弗洛伊德和容格的废料'。他把批评家都当成了妨碍他去抢座次、争名位的敌人。他拿出一副拳击冠军的派头,当众宣布自己'击败'了所有同时代的对手"。④ 在与菲茨杰拉德相交往的过程中,他对菲茨杰拉德在文学界享有的威望、在题材选择上的准确把握以及生活上的奢华既很羡慕,又有些妒忌。因此,菲茨杰拉德的某些弱点,比如喜欢借酒浇愁,相貌英俊但缺乏阳刚之气,妻子漂亮但风流放

---

① Jeffrey Meyers, *Scott Fitzgerald: A Biography*, p.153.
② Ernest Hemingway, *A Moveable Feast*, p.155.
③ Matthew J. Bruccoli, ed. *F. Scott Fitzgerald: A Life in Letters*, p.148.
④ 董衡巽语,《海明威的启示》,见《海明威研究在中国》,邱平壤著,黑龙江教育出版社,1990年版,第7页。

荡等，便时常成为他取笑或攻击的话柄。两人之间多年保持的友谊实际上是一种互相赞赏、互相合作，也互相嫉恨、心存芥蒂的混合体，应验了"同行相倾"这一古语。1929年6月发生的一件"趣事"引发了这两位大作家之间的龃龉乃至仇隙。加拿大著名作家莫利·卡拉罕(Morley Callaghan,1903~1990)[①]是他俩共同的朋友，当年也移居在巴黎。他与海明威一样，也是一位拳击爱好者。这一天，他们决定进行一场拳击对抗赛，每一分钟为一个回合，由菲茨杰拉德担任计时员。比赛中，菲茨杰拉德为他们激烈、精彩的拳击动作所吸引而忘了计时，结果海明威被卡拉罕打得一败涂地。这段"趣事"又被好事的记者得悉而在报纸上曝了光："卡拉罕击倒著名的海明威"。素来看重自己名誉的海明威因此而怨恨在心，怒气冲冲。尽管卡拉罕马上又在报纸上登发了否认此事的更正声明，菲茨杰拉德也因内疚而连声道歉，海明威却始终不肯善罢甘休，两人终于在后来彻底吵翻。卡拉罕后来在其回忆录《那年夏天在巴黎》(*That Summer in Paris*,1963)一书中生动详细地记载了这段往事。这年的11月，帕金斯出面斡旋，想调解这3位他都喜爱的作家之间的关系，但未能成功。1933年1月，威尔逊又出面邀请这两位大作家共进午餐，以缓和他们之间的紧张气氛。但菲茨杰拉德在喝得酩酊大醉之下，又与海明威和威尔逊大吵一场，说："我们绝无可能再坐在同一张桌面上说话。"[②]此后，两人只通过帕金斯传递信息而避免相互见面时的尴尬。在帕金斯和其他一些朋友的反复努力劝解下，两人才又逐渐恢复了关系，保持着体

[①] 莫利·卡拉罕(Morley Callaghan, 1903~1990)，加拿大小说家，曾与海明威一起在《多伦多星报》工作过，受海明威影响较大。主要作品有《永不消逝》、《天堂余欢》、《爱的得失》等。作品大多描写现代都市生活中的结局不幸的"小人物"，语言朴素，构思精巧。菲茨杰拉德曾大力扶持过他，将他举荐给了斯克里布纳出版公司的著名编辑帕金斯。

[②] Mary Jo Tate, *F. Scott Fitzgerald: A to Z*, p.114.

面的来往,但友谊已大不如从前了。

1934年4月,《夜色温柔》出版之后,菲茨杰拉德曾致函海明威说:"你认为这部作品怎么样?看在上帝的份儿上,请来信谈谈你的看法,无论是褒是贬。"① 两周之后,海明威写来了一封长达3页的信,表达了他对这部小说的看法。信中说:小说的语言相当优美,结尾也寓意深刻,帕金斯也有同感。但书中对迪克和尼柯尔这两个人物的刻画似有歪曲墨菲夫妇之嫌。② 后来海明威又致函帕金斯说:"司各特近来好吗?我很想见见他。奇怪的是,《夜色温柔》这部作品竟然令人越读读越觉得有味,越想越觉得奥妙无穷。"③ 帕金斯及时将此信转给了菲茨杰拉德。菲茨杰拉德也马上回信说:"我也同样很想见他一面。我始终把我与他之间的友谊看做是我一生中最值得珍视的内容。不过,我也知道,有些事情是不能强求的,这也许可以视为是对过去那种放纵生活的一种反省。我们之间还是不要过多见面为好。"④ 1939年3月,海明威又写信给帕金斯谈了自己对《夜色温柔》的评价:"这部小说的绝大部分都写得相当精彩,令人拍案叫绝。假如他在结构上再把握得好一些,这一定会是一部很优秀的作品。书中的大部分内容比他以前写出的任何一部作品都好。我很希望他能持之以恒地写下去。他真的完全放弃写作了吗?是否还会重返文坛?如果你给他写信,请向他转达我对他的爱。我过去一直像一个愚蠢的小男孩一样,总觉得自己比司各特高明——像一个粗野无知的小顽童在嘲笑另一个娇气十足的小神童一样。"⑤

---

① Matthew J. Bruccoli, ed. *F. Scott Fitzgerald: A Life in Letters*, p. 259.
② Carlos Baker, *Ernest Hemingway: Selected Letters*, pp. 407~409.
③ John Hall Wheelock, ed. *Editor to Author: The Letters of Maxwell Perkins*, New York: Charles Scribner's Sons, 1979, p. 219.
④ Matthew J. Bruccoli, ed. *F. Scott Fitzgerald: A Life in Letters*, p. 279.
⑤ Carlos Baker, *Ernest Hemingway: Selected Letters*, p. 483.

《夜色温柔》中的主人公之一汤米·巴尔奔的形象塑造也许与海明威有牵连,但菲茨杰拉德对此未做说明。菲茨杰拉德在其系列短篇小说《最黑暗的时辰》(In the Darkest Hours)、《黑暗深处的伯爵》(The Count of Darkness)、《黑暗深处的王国》(The Kingdom in the Dark)和《黑暗深处的神明》(Gods of Darkness)中所塑造的一位名叫菲力浦的中世纪英雄形象,却的确是以海明威为原型的。他在《读书札记》中写道:"如同司汤达将拜伦式的人物写进了《红与黑》一样,我也不可能把以海明威为原型的菲力浦描绘成一个实实在在的现代的人。"①在菲茨杰拉德的笔下,海明威依然风采照人,像一个中世纪的骑侠一样,为人们所崇拜、景仰。

然而,海明威在其1935年发表的一部关于非洲经历的专著《非洲的青山》(Green Hills of Africa)中,却把菲茨杰拉德描写成一个文思枯竭、日落西山的颓废作家,虽然没有指名道姓,却很容易使人产生对号入座的联想:

> 我们中的有些作家只要赚了钱,就会忙着去改善生活,且沉湎其中,乐此不疲。他们不得不靠卖文来维持自己既定的生活模式,维持他们妻子们高水准的生活享受,如此等等。于是,他们写出的都是些廉价、蹩脚的作品……要不,他们就热衷于阅读那些评论他们的文章……眼下,我们当中就有这么两位曾经很出色的作家(显然指的是菲茨杰拉德和安德森——作者注),但他们已开始滑坡,写不下去了,因为他们看了那些评论文章之后,已完全丧失了创作的信心。②

---

① Matthew J. Bruccoli, ed. *The Notebook of F. Scott Fitzgerald*, #1034.
② Ernest Hemingway, *Green Hills of Africa*, New York: Charles Scribner's Sons, 1935, p. 23.

第二章 "爵士乐时代"的代言人

在海明威的另一短篇小说《乞力马扎罗的雪》(The Snows of Kilimanjaro, 1936)中,菲茨杰拉德的形象又再次且更为直接地遭到了贬损:

> 有钱的人都很愚蠢,他们就知道酗酒,或者整天玩巴加门游戏。他们都很愚蠢,而且唠唠叨叨叫人心烦。他想起了可怜的司各特·菲茨杰拉德和他对有钱人怀着的那种罗曼蒂克的敬畏之感。记得他有一次怎样动手写一篇短篇小说,他开头这样写道:"豪门巨富是跟你我不同的。"有人曾对司各特说,是啊,他们比咱们有钱。可是对司各特来说,这并不是一句幽默的话。他认为他们是一种特殊的富有魅力的族类。等到他发现他们并非如此,他就毁了,正好像任何其他事物都能把他毁了一样。①

这篇小说刊登在美国较有影响的文学刊物《老爷》(The Esquire)上。菲茨杰拉德为此而致信海明威说:

> 请在正式出版成书时把我的名字删除掉。如果我的作品有时候也还算写得有点深度的话,那并不意味着我想让朋友们在我的尸体旁为我大声祈祷。毫无疑问,你的用意是好的,但却让我好几夜难以入眠。如果你打算把这个故事汇集成书,请在出版时删除掉我的名字。
>
> 这个短篇小说写得很妙——是你写得最好的一篇——即使"可怜的司各特·菲茨杰拉德"等等字样让我心中很是不安,也破坏了小说的美。

---

① 海明威著,陈良廷等译,《海明威短篇小说全集》,上海译文出版社,1995年版,第88~89页。

有钱的人从未使我迷恋过,除非他们特别有迷人之处或特别出众。①

《乞力马扎罗的雪》被收入海明威的短篇小说集《第五纵队与早期49篇短篇小说》(*The Fifth Column and the First Forty-Nine Stories*,1938)时,海明威同意删除"菲茨杰拉德"字样,但仍要保留"司各特"字样。在帕金斯的一再坚持和干预下,海明威才终于同意将菲茨杰拉德的名字改成为"朱利安"。尽管这篇小说深深伤害了菲茨杰拉德,但他还是采取了克制、忍让的态度,仍与海明威保持着体面的友谊。此时,恰逢《纽约邮报》的记者麦克尔·莫克(Michel Mok,1888~1961)在报上发表了一篇采访录,对菲茨杰拉德大不恭敬,把他描绘成一个潦倒不堪的酒鬼。菲茨杰拉德为此而深感懊恼,写信向海明威求援,请他出面解决此事。海明威当时正在蒙他拿州,根本没看过这篇报道,但他还是毫不犹豫地帮助朋友摆脱了困境,以他特有的方式圆满解决了这个问题。

1937年6月初,菲茨杰拉德获悉,海明威将在南卡罗莱那州召开的"第二届美国作家协会大会"上发表题为《作家与战争》(*The Writer and War*)的反法西斯演说,便马上抛开手头的事情,匆匆赶往集会地点,以期能与他见上一面。此次会面,两位文学大师的主要话题依然还是文学创作。菲茨杰拉德照样一如既往地关心着海明威的创作进展,建议他把近期发表的一些短篇精品融入到他正在创作的长篇小说中。海明威也正有此打算,两人意见不谋而合。这就是海明威的另一部长篇小说《有钱人和没钱人》(*To Have and Have Not*,1937)。同年7月,菲茨杰拉德应邀出席了海明威在好莱坞举行的反法西斯影片《西班牙大地》(*The Spanish Earth*)的发行放映式。这部影片是由海明威与荷兰著名电影导演

---

① Matthew J. Bruccoli, ed. *F. Scott Fitzgerald: A Life in Letters*, p.302.

伊文思合作摄制的,海明威撰写并亲自朗诵了影片的解说词。海明威的艺术才华和丰富经历令菲茨杰拉德刮目相看,两人再度握手言和。但他们谁也没有料想到,此次短暂的相会竟然是他们一生中的最后一次见面。

海明威在《丧钟为谁而鸣》(*For Whom the Bell Tolls*,1940)一书出版之后,立即亲笔签名寄送了菲茨杰拉德,让朋友分享他成功的喜悦。菲茨杰拉德也马上写来了热情洋溢的贺信:"这部小说写得很好,远远超过了其他一些作家的作品……祝贺你的这部新作所取得的巨大成功。我非常羡慕你,此言绝无讽刺意味……我也羡慕你能有时间来从事你想做的事。"①尽管他对海明威评价甚高,赞扬也出自于内心,但他仍感到《丧钟为谁而鸣》写得太肤浅,因为他此时也正忙于创作自己的一部长篇小说《最后一位君子》(*The Last Tycoon*),思考的问题相对较为深刻:"我要把各种社会场景描写得令人触目惊心,无与伦比。我不愿像海明威那样把作品写得明白易懂,缺少底蕴。正如斯泰茵所说的那样,海明威的作品只能供博物馆收藏。我相信,我有足够的能力使自己保持领先地位,去获得某种小小的'不朽'之类的名声。但愿我能保持自己良好的写作状态。"②

遗憾的是,菲茨杰拉德于1940年12月21日在好莱坞因心脏病突发而猝然去世,未能完成他的夙愿。尽管他在有生之年未能来得及写完《最后一位君子》的全部内容,但这部未竟之作经他的好友艾德蒙·威尔逊整理、出版后,还是赢得了极高的赞誉,被称作为"菲茨杰拉德最经典的一部作品"。评论界的许多权威人士和许多著名作家都撰文讨论了这部作品的思想意义和艺术特色,评价几乎如出一辙。就连一些过去一向对菲茨杰拉德持保守态度

---

① Matthew J. Bruccoli, ed. *F. Scott Fitzgerald: A Life in Letters*, pp. 467~470.
② Matthew J. Bruccoli, ed. *The Notebook of F. Scott Fitzgerald*, #2068.

的评论家也改变了观点,对这部作品做出了公允的评论。在这几乎是众口一词的赞扬声中,惟有菲茨杰拉德的生前好友海明威持有不同看法。海明威在写给帕金斯的信中抱怨说:其主要原因是,菲茨杰拉德在这部小说中玩弄了一些"不可能做到的类似于舞台戏剧般的花招"。他认为这部作品就像是一块发了霉的咸猪肉,并把菲茨杰拉德比作为一个手臂僵死的棒球投球手,因为,在他看来,菲茨杰拉德对生活理解的深度还远远不够,写不出一部像样的小说,因为小说依赖的不是变戏法,而是实实在在的生活。① 1945年,菲茨杰拉德的自传体文集《崩溃》一书经威尔逊整理、编辑后,也由斯克里布纳出版公司出版了。书中同时还收录了许多文艺界名人发表的悼念菲茨杰拉德的文章和对他的作品的评论,进一步提高了菲茨杰拉德的知名度和他在美国文坛的地位。海明威写信向帕金斯索要了这本文集,并在信中说:他很遗憾,未能撰写评价菲茨杰拉德的文章。其实,他比任何人都更了解菲茨杰拉德。但是,由于他的妻子姗尔达还在世,他又不能如实地评价他。②

菲茨杰拉德是一位用心细密的人。他生前曾非常详细地记录了 1925 年至 1937 年间他与海明威每一次相见的经过,在记录的结尾处留下了这样的话:"1929 年至 1940 年间的 11 年中有过 4 次不愉快。1926 年以后,关系不太融洽。"③海明威后来发表的一些评价菲茨杰拉德的文章中,的确有不少虚拟和夸张的成分,并非真实可靠。这一点在他的《不固定的圣节》一书中表现得尤为突出。这种做法与他成名之后所养成的刚愎自用、争强好胜、听不进别人的批评,也不愿说别人好话的个性有关。他曾恩将仇报,讽刺、辱骂过曾大力扶持、提携过他的安德森、斯泰茵等文学名家,也

---

① Carlos Baker, *Ernest Hemingway: Selected Letters*, pp. 527~529.
② *Ibid.* pp. 593~595.
③ Mary Jo Tate, *F. Scott Fitzgerald: A to Z*, p. 116.

曾奚落、嘲弄过福克纳、刘易斯、沃尔夫、艾略特、德莱塞、赛珍珠等等卓有建树的文豪。了解了这些,我们也就不难理解他对菲茨杰拉德的态度了。就海明威与菲茨杰拉德之间的个人恩怨和他们在文学事业上的相反相成而言,两人能将这种友谊一直保持到终生已是极不容易,也属勉为其难了。美国南卡罗莱那大学的著名文学教授、菲茨杰拉德研究专家马休·J·布鲁考利(Matthew J. Bruccoli,1931~)潜心研究过这两位文学大师之间的这种非同寻常的关系,撰著了一部极有研究价值的学术专著《菲茨杰拉德与海明威———一场危险的友谊》(*Fitzgerald and Hemingway: A Dangerous Friendship*,1995)。他在这部书中纠正了一些失实的传言,再现了历史的本来面目,刷新了人们对这两位文学巨匠的认识,为研究这两位作家提供了丰富的资料和线索。

在人类刚刚跨入21世纪门槛的今天来看,菲茨杰拉德和海明威都无疑是20世纪文坛上成就卓然的天才作家。他们在文学的山峰上披荆斩棘,奋力攀缘,已经登上了他们同时代人乃至后来的作家群中已无几人能够企及的高度。他们留下的风格不同而思想相近的名篇佳作早已超越了时空界限,被注入了新的生命,成为英语文化和世界文学中不可或缺的组成部分,成为记载人类文明进程的重要著作。但是,他们存在的一些愚拙和不足,他们在文学事业上的相生相克,他们在特定的历史环境下暴露出的情感与意念的错位和困厄,在今天来看,却也不由得不使人生出无限的感慨,甚至还有些许的遗憾。

假如菲茨杰拉德和海明威都能够不断地超越自己;假如菲茨杰拉德能够更深入地了解生活,放眼世界,而不沉湎于酒食征逐,自戕才华;假如海明威能够虚怀若谷,善待朋友,清醒地对待批评;假如这两位大作家能够假以天年,携手并肩,相辅相成;假如……他们是否能够为人类留下更加辉煌的成果呢?

也许会的。

六、姗尔达

菲茨杰拉德与姗尔达的爱情、婚姻关系可谓曲折而又离奇,非比寻常。他们既相互爱慕,又相互嫉妒,既同声相应、同气相求,又各有所好、互为颉颃。他们经历了人类爱河之中的一切暗礁险滩,尝遍了婚姻生活中的一切甜酸苦辣,在争争吵吵、然后又和解言欢的过程中,相随相依地共同走完了人生的旅程。

姗尔达自幼备受父母的宠爱,过惯了富足优越的生活。在颇有权势的家庭的庇荫下,她养成了放浪不羁、恣意妄为的性格,行事乖僻,且十分任性。由于她美丽绝伦,风情万种,由于她聪慧过人,又具有强烈的反叛精神,许多风流倜傥的男子都众星捧月般地围着她,向她大献殷勤。与菲茨杰拉德相识相爱、结婚生子之后,她的性格仍没有丝毫的改变。菲茨杰拉德的许多朋友也为她娇艳的容貌和鲜明的个性所倾倒,对她歆羡不已。这使得菲茨杰拉德既很自豪,又很嫉妒,对她的贞操更是放心不下。而菲茨杰拉德的潇洒风度和卓越才华却也令姗尔达既很爱慕,又很嫉妒,他的诗人般迷人的气质也使她放心不下。于是,这对"人间天堂"里的"金童玉女"便总是同出同入,如影随形,过着谁也不离开谁的生活。姗尔达的生活观、爱情观和她的行为方式极大地影响着菲茨杰拉德的文学活动,也为他的小说创作提供了灵感和丰富的感性素材。他笔下的许多女性形象都透露着姗尔达的风采和面影。姗尔达还经常对丈夫的作品进行评点,提出一些颇有见解的修改意见。例如:她曾建议菲茨杰拉德将《漂亮冤家》的结尾处的几个段落删除掉,因为那个结局过于理想化了。她总是认为自己的才华不在丈夫之下，一心要和丈夫比个高低。《漂亮冤家》正式出版之后，姗尔达发表了她对这部小说的评论。在这篇题为"夫君的新作"（Friend Husband's Latest, 1922）的文章中，她说："我似乎在这部作品的某一页上发现了一段我过去的一篇日记中的部分内容，而这篇日记在我结婚之后不久就莫名其妙地不见了。我还看出作品中的某些片断与我的部分书信的内容十分相似。虽然经过了大幅度的改编，却依然还是那么眼熟。事实上，菲茨杰拉德先生似乎应当承认，剽窃行为是从家里就开始发生了。"①这些话使菲茨杰拉德大为不快。在《漂亮冤家》这部小说的创作中，菲茨杰拉德的确采用过妻子的日记和信件中的点滴片断，在《夜色温柔》的创作中也同样如此，但姗尔达绝非他的作品的合作者。菲茨杰拉德在其他一些作品的创作中也的确曾引用过妻子的短篇小说和散文中的某些细节，但大都经过精心改写。他的作品全部出自他自己之手，而不是像姗尔达所说的那样，是对她的剽窃。

1924年夏天，当菲茨杰拉德在法国旅游胜地里维埃拉潜心创作他的《了不起的盖茨比》时，姗尔达却耐不住寂寞，与一个名叫尤多亚德·约桑的法国海军航空兵发生了恋情。虽然人们无法断定她与这名法国年轻军官的风流艳事已发展到了何种地步，但有一点是可以肯定的：这场婚外恋风波在很大程度上破坏了他们夫妇之间的相互信任，给双方的感情都造成了伤害，使他们的婚姻滑到了几近崩溃的边缘。1927年初，菲茨杰拉德在好莱坞与年仅17岁的当红女影星露易·莫兰（Lois Moran, 1909～1990）邂逅，并为她的美貌和才华所倾倒，两人交往甚密。这引起了姗尔达的极大不满。虽然菲茨杰拉德从未单独与莫兰幽会过，在他们所有的约会或相聚中，莫兰寡居的母亲总是在场陪着自己的女儿，但姗尔达却总是嫉恨在心，常常借故与菲茨杰拉德大吵大闹，甚至砸毁家

---

① Jackson R. Bryer, ed. *F. Scott Fitzgerald: The Critical Reception*, p.111.

具,在浴缸里焚烧衣物,把丈夫当年送给她的信物———块铂金手表,从火车上扔出了窗外。菲茨杰拉德向姗尔达解释说,他之所以崇拜这位年轻的女影星,不仅仅是因为她俏丽妩媚,更因为她很有思想,能够创造性地发挥自己的艺术特长和形体优势,因而取得了巨大的成功。莫兰就是他后来在《夜色温柔》中所塑造的女主角之一萝丝玛丽·霍伊特的原型,也是他的其他几篇短篇小说中的女主角的原型。他的这句暗含着批评意味的话语,激发了姗尔达一定要发愤努力,在某个方面获得成功的欲望和决心。

1927年夏天,当菲茨杰拉德夫妇移居在德拉华州的威敏顿市时,姗尔达忽然心血来潮,想学芭蕾舞,便马上拜费城芭蕾舞剧院院长凯瑟琳·莉特菲尔德(Catherine Littlefield,1904—1951)为师,每天不辞劳苦地往返于威敏顿和费城之间,去听凯瑟琳讲课,在她指导下刻苦练功。她幼年时曾学过芭蕾舞,有一定的功底,并曾在当地舞台上亮过几次相。因此,她对重返芭蕾舞台很有信心,学习态度也相当认真。1928年夏,菲茨杰拉德夫妇又回到巴黎。在墨菲夫妇的引荐下,姗尔达结识了侨居巴黎的俄国著名芭蕾舞明星鲁波夫·艾戈洛娃(Lubov Egorova,1880~1972)。艾戈洛娃恰好刚刚创办起一所芭蕾舞学校,墨菲夫妇的女儿荷诺丽娅也是她的学生。尽管姗尔达学得很投入,练功很卖力,常常累得筋疲力尽,但她毕竟已是28岁的人了,不大可能成为一名一流的芭蕾舞演员。为了支付学芭蕾舞的高额费用,姗尔达开始在业余时间写小说,为普林斯顿大学主办的文学刊物《校园幽默》(*College Humor*)和其他杂志撰稿。工夫不负有心人,她付出的辛劳终于有了收获。作品连续被发表,芭蕾舞也学有所成。1929年9月,她被意大利那不勒斯一家芭蕾舞剧院接纳为专业舞蹈演员,并在芭蕾舞剧《阿依达》中担任独舞。她在长篇小说《留住我的华尔兹》(*Save Me the Waltz*,1932)中以生动的笔调描写了她学习芭蕾舞的经历。由于她1926年曾患过较为严重的精神分裂症,为了她的健康,医生们建议她放弃芭蕾舞生涯。菲茨杰拉德也曾写信给艾戈洛娃，请她客观地分析一下姗尔达在芭蕾舞事业上获得成功的希望究竟有多大。艾戈洛娃回信说，尽管姗尔达在芭蕾舞训练上起步太晚，想成为一流舞蹈演员的希望并不大，但她完全可以成为一名较出色的舞蹈演员，在舞台上担任一些次要的角色。这番评价令姗尔达大失所望。一气之下，她断然拒绝了一些芭蕾舞剧团的邀请，也不再上课、练功了。

菲茨杰拉德的一些好友们早就察觉出，姗尔达确有些神经质的举动。她的情绪极不稳定，谈话的内容常常很怪僻。到了1930年，这些症状更加明显，以致于发展到常常语无伦次、举止失态、为所欲为的地步。1930年5月，她住进了巴黎的麦尔梅森医院接受治疗，后又转入条件较好的瑞士普兰金斯医院接受进一步的治疗。由于精神错乱，她老想着要自杀。此外，她还患有严重的湿疹和哮喘等疾病。在瑞士住院期间，她有幸遇上来此讲学的著名心理医生奥斯卡·福莱尔博士（Oscar Forel, 1891～?）。福莱尔是著名的心理分析学家奥古斯特·福莱尔（August Forel, 1848～1931）的儿子，是日内瓦大学的首席教授，法国总统戴高乐曾亲自授予他法国荣誉勋章（1945）。福莱尔同意接受姗尔达为自己的病人，并对她的病情做出了诊断，确诊为一种十分罕见的精神分裂症。为此，福莱尔博士认为，姗尔达应该放弃芭蕾舞事业，而菲茨杰拉德也应同时戒酒，并建议在治疗期间，他们夫妇最好分居一段时日。为了能够照料姗尔达，菲茨杰拉德常常不辞劳苦，奔波于巴黎和瑞士之间。为了支付高昂的医疗费，菲茨杰拉德开始拼命写作来赚取稿酬，因为他想让姗尔达能够得到最好的治疗，能够请到最好的医生。他在此时发表的短篇小说中最为有名的是《重访巴比伦》和《国外之行》（One Trip Abroad, 1930），均发表在《星期六晚邮报》上。虽然他的长篇小说《夜色温柔》的创作中断了，但在瑞士的这段生活却为这部小说的创作提供了丰富的素材来源。在福莱尔医生的精心治疗和菲茨杰拉德的悉心照料下,姗尔达终于在1931年9月痊愈出院了。可是时隔不久,她的疾病又再一次发作,不得不又住进了巴尔的摩市最好的医院——约翰·霍普金斯大学附属医院。此后,她的疾病时常发作,只得常年住院治疗了。她的惟一的一部长篇小说《留住我的华尔兹》,就是在她精神状况较好的情况下,在住院治疗期间写成的。

30年代初期,菲茨杰拉德夫妇之间虽不能天天见面,但他们之间的书信往来却从不间断。从这些书信和他们写给心理医生们的信中可以看出,这对夫妇一直在试图分析他们的婚姻和家庭生活中所发生的种种事情。虽然信中有时不免会有互相揭短、互相攻讦的成分,但大多数的信中还是流露着他们情真意切的恩爱关系。菲茨杰拉德在写给一位为姗尔达治疗的名医的信中说:"在我们的亲朋好友中,也许有百分之五十的人会坚定不移地告诉你,是我的过度嗜酒把姗尔达逼疯了——而另一半人则会使你坚信,她的精神失常逼得我不得不借酒浇愁。这两种说法其实都属无稽之谈。"[①]他在写给姗尔达的信中说:"我们是在亲手断送自己的前程——我过去从未认真思考过这一问题。我们是在自相践踏,我毁了你,你也毁了我。"[②]

除了写作和舞蹈之外,姗尔达还想通过绘画来表达自己的艺术天赋,以便与丈夫比个高低。放弃芭蕾舞之后,她便认真学起了绘画。她画过水彩画、树胶水彩画以及油画,描绘的是她喜爱的鲜花以及一些宗教题材的内容。1934年3月和4月间,菲茨杰拉德帮助妻子举办过几次画展。在朋友们的安排下,姗尔达所作的13幅油画和15幅素描与著名摄影家马里翁·汉涅斯(Marion Hines, 1889 1982)的作品一起,陈列在纽约画廊里的霍普金斯医学院的展

---

① Matthew J. Bruccoli, ed. *F. Scott Fitzgerald: A Life in Letters*, p.211.
② *Ibid.* p.189.

第二章 "爵士乐时代"的代言人

厅中。

1940年,菲茨杰拉德逝世后,姗尔达回到了故乡蒙戈马利市与母亲住在一起,过着平静如水的生活,但精神疾病仍不时发作,仍需常去医院医治。1948年3月10日,一场大火烧毁了她住的医院,她与另外8名妇女被困火中未能逃出而不幸遇难。她的遗体被安葬在马里兰州洛克维尔市的公墓里,与丈夫菲茨杰拉德安葬在一起。1975年,他们的女儿司各蒂·菲茨杰拉德(Frances Scottie Fitzgerald,1921—1986)经过多方努力、取得家族的同意之后,将父母的遗骸重新安葬在洛克维尔市圣玛丽天主教堂里的菲氏家族的墓地中。

姗尔达的确是一位颇有艺术天赋的女才子。她在舞蹈、绘画和文学创作3个不同方面都付出了很大努力,且都各有所成。她生前发表过若干篇短篇小说和文学评论,出版过一部长篇小说和一个剧本,却都未能引起评论界的足够重视。但是,1967年再版的她的长篇小说《留住我的华尔兹》、1974年出版的她的短篇小说集《天堂里的二三事》(Bits of Paradise)以及1991年出版的《姗尔达文集》(Collected Writings of Zelda Fitzgerald)却颇受人们的关注,为人们重新评价这位新女性、为人们从另一不同侧面重新审视这对文学夫妇的生平和创作活动提供了翔实的史料和佐证。

姗尔达的评论文章不多,着重讨论的是丈夫发表过的一些作品以及针对当时的婚姻现状和时髦女郎们的放浪举止有感而发的。文章写得大都很有见地,自出机杼。她的第一篇短篇小说题为《我们自己的影后》(Our Own Movie Queen),发表在《芝加哥周日论坛》上。1929年她连续在《校园幽默》杂志上发表了6篇从不同角度描写现代社会中的年轻女子们生活方式的短篇小说,它们是:《原创轻歌剧里的姑娘》(The Original Follies Girl)、《南方少女》(Southern Girl)、《王子钟情的少女》(The Girl the Prince

Liked)、《才女》(The Girl with Talent)、《百万富翁的女儿》(A Millionaire's Girl)和《穷苦的打工少女》(Poor Working Girl)。这些作品当然得到过菲茨杰拉德的指点和润饰,但却也显示了她的才气和价值取向,表现了她观察问题的细腻和敏锐、她对叙事技巧的正确把握,以及她对比喻和反讽手法的熟练运用。她1931年发表在《斯克里布纳杂志》上的短篇小说《艾拉小姐》(Miss Ella)得到了帕金斯的高度赞赏和评价。小说描写的是一个生活在南方的老处女的悲剧故事,文笔细腻传神,人物刻画形象生动,情节很感人。《一对胡桃》(A Couple of Nuts)是她发表的最后一个短篇小说,也刊载在《斯克里布纳杂志》上。小说描写的是一对夫妇在欧洲花天酒地的奢侈生活,主题思想与菲茨杰拉德所关心的一些社会问题很相似,讨论的也是婚姻的自我毁灭作用以及上流社会浮华生活表象掩盖下的腐朽和堕落。

《留住我的华尔兹》是姗尔达以自己的切身经历为题材写成的一部自传体小说,也是她惟一的一部长篇小说。故事的女主人公娅拉芭玛·贝格丝是一位美丽迷人的南方芭蕾舞演员,自幼备受父母宠爱,过惯了阔绰优雅的生活。第一次世界大战期间,她结识了来自北方的英俊潇洒的年轻艺术家大卫·奈特,两人一见钟情,很快就订婚、结婚。一年后便生下了女儿波妮。大卫事业上一帆风顺,名利双收。他们的生活过得既紧张忙碌,又丰富多彩,常在纽约和欧洲各地穿梭往来,在上流社会的豪华酒会和舞会上出尽了风头。"谁也不知道这些聚会的组织者都是何人。这些热烈浪漫的聚会常常会持续好几个星期。如果你累得吃不消了,那你就干脆回家睡觉。等你再回到舞会上来,你会发现又有一批新人正沉醉于其中,热烈的气氛也丝毫不减。"①在他们的婚姻生活中,

---

① Matthew J. Bruccoli, ed. *Zelda Fitzgerald: The Collected Writings*, New York: Scribners, 1991, p.95.

第二章 "爵士乐时代"的代言人

贝格丝曾与一位法国海军航空兵发生过一段短暂的不成功的婚外恋,而大卫也曾与别的女人有过感情纠葛。由于不肯满足于现状,为了表现自己的才华,贝格丝决定重返芭蕾舞台。她忍受着精神上的痛苦,暂时别离了丈夫和女儿,潜心学习芭蕾舞技巧,刻苦练功,终于有所成就,被一家专业团体所录用。由于脚底起泡,用药不当又造成血液中毒,她不得不放弃了芭蕾舞生涯。后来,在父亲病入膏肓、生命垂危之际,她与大卫带着女儿波妮又回到了南方的家乡,在此过着平静淡泊的生活。大卫终于未能在事业上大展宏图,他们情不自禁也提出了一个发人深省的问题:"我们为什么会白白浪费了一生中最美好的青春年华呢?"①在小说结尾处,大卫和贝格丝相互依偎着坐在茫茫的暮色之中,周围是另一场舞会终了后的杯盘狼藉。酒醒人散,满目苍凉。他们感到自己老了许多,但也明智了许多。

《留住我的华尔兹》格调凄婉、优雅,隐喻手法运用颇多,有些片断艰涩难懂,但总体上却像一篇优美的散文,写得很动人。小说于1967年由南伊利诺斯大学出版社再版之后,引起了评论界的注意,被称为是菲茨杰拉德作品的姐妹篇,为人们解读菲茨杰拉德的作品提供了珍贵的资料。小说也在很大程度上传达了姗尔达自己的心声。

---

① Matthew J. Bruccoli, ed. *Zelda Fitzgerald: The Collection of Writings*, p. 191.

菲茨杰拉德研究

第三章
"最后一位君子"

一、概述

德国大作家托马斯·曼(Thomas Mann,1875~1955)于1938年移居美国后曾说:"美国是一个残酷的国家,无论对成功者还是对失败者来说,都如此。"①菲茨杰拉德无论在文学事业还是在婚姻生活上,都饱尝过成功的欢悦和失败的酸楚。他所经受的痛苦已远远超过了他本该承受的程度。在整个30年代,随着美国经济大萧条和经济危机的到来,随着姗尔达精神疾病的日趋严重,他的小说创作也跌入了低谷,经济来源也随之而日渐枯竭,自己也因过度劳累而身染重病。这是他生命中最灰暗、最凄凉的一段时光。创作灵感的滞涩、名声的下降、现实生活的残酷以及他所钟爱的人的不幸遭遇,如同一波又一波的恶浪向他袭来,使他陷入了痛苦的深渊。但他并没有因此而沉沦下去。在贫困、疾病和过度的辛劳中,他仍顽强地与命运进行着积极的抗争,要以自己炽热的创作激情来再一次证实自己的人生价值。在此期间,他利用一切可以利用的时间和空间来博览群书,博采众长,深刻反省,以期能在文学

---

① Thomas Mann, *Letters to Caroline Newton*, Princeton, 1971, p.67.

事业上寻找到新的突破点。他雄心勃勃地想进军好莱坞,试图在电影和戏剧创作上再创辉煌。他抛开昔日的矜持,主动与文艺界的名流交往,以此来搜集创作素材,重整旗鼓,写出一二部或惊世骇俗、或警示世人的精品佳作。在社会秩序一片混乱、道德体系亟待重新建立的这一历史时期里,菲茨杰拉德以一个成熟作家的智慧苦苦思索着,以严峻的目光审视和追溯着"美国梦想"的演变过程,以清醒的头脑和高度的敏感探究着新的文化形态和价值观念的标准,寻找着信仰的证言。他是这一特定历史时期中在精神世界的"荒原"里苦苦追寻传统的"美国理想"、恪守严峻的道德准则的"最后一位君子"。

菲茨杰拉德在回顾和反思过去的"崩溃"岁月时,曾以凄婉的笔调描述了重振雄风、再展宏图的种种艰难:"一旦你真的到了不管是死是活的紧要关头——如同我曾经历过的那样——你会发现人已很难回到现实生活之中。你很难重新树立自己的自信心,因为你自戕才华,浪费了不少宝贵的青春。"①但是,他在进行彻底的刻骨铭心的反省过程中,又获得了一种新的满足。他在清醒地看出自己的名声已跌落到极限的程度时,反而如释重负了。如同艾略特曾对柯尔律治②所作的评价一样,菲茨杰拉德也把自己的衰落转变成了一种新的机遇和起点,转变成了一种具有特殊意义的写作内容。

1935年11月,菲茨杰拉德在经过深沉的反思之后,开始撰写他取名为《崩溃》的系列自传体文章。这些文章集中反映了一个成名大作家对自己的文学生涯和心路历程所作的深刻而又坦诚的

---

① Matthew J. Bruccoli, ed. *The Notebook of F. Scott Fitzgerald*, p. 311.
② 柯尔律治(Samuel Taylor Coleridge, 17721834),英国诗人、评论家,著名诗作有《忽必烈汗》、《古舟子咏》和评论著作《文学传记》,与华兹华斯合著《抒情歌谣》集,开创英国文学史上浪漫主义新时期。

剖白。文章观点新颖,风格别致,涉及面颇广,具有强烈的感染力,是美国现代文学史上难得一见的具有典型意义的珍贵文献。这些文章自出版以后,对许多文学艺术家都产生了很大的影响,在他们的心灵上产生了强烈的共鸣。在"睡眠与苏醒"(Sleeping and Waking)一文中,菲茨杰拉德描写了他每日就寝前的一些必不可少的习惯性举动,以及他在似睡非睡的状态中如何捕捉产生于瞬间的灵感的方法:"一切都已准备就绪——几本书,一杯水,一套为防止夜间盗汗而备用的睡衣,几粒安眠药,一本笔记本和一支铅笔。一旦迸发出值得记下的思想火花,便可马上记录在册。"[①]在这些系列文章中,他信马由缰、挥洒自如地记述了自己的心迹,畅快淋漓地写下了许多他在小说创作中所难以表现的最为真实的思想和情感。从某种意义上说,这些不是创作却胜似创作的文章比他的作品更具有魅力和美感,更具有研究价值,是用另一种形式来表现内容的独特的创作方法。

英国小说家及散文家乔治·奥维尔(George Orwell, 1903~1950)曾说:"惟有开诚布公地袒露自己的一些不光彩的事情的自传才是令人信服的自传。"[②]汇集在《崩溃》一书中的这些自传体文章证实了这一论断的正确性和可信性。《崩溃》一书翔实生动地记载了菲茨杰拉德的社会活动和内心活动,充满了他的自我告白、自我辩解,以及自我鞭挞。他自状其过,以令人震惊的客观态度无情地解剖、深刻地反省着自己的过去,探查着自己性格中的诸多缺点,把一个真实的自我毫无遮掩地展现在人们面前。一个有勇气的作家一定能够将聚光镜的焦点对准自己的愚懦和不足,而一个真正一流的作家则能够从更高的哲学和艺术角度来揭示和剖析这些不足。菲茨杰拉德正是以这种姿态来剖解自己的。他对自己的

---

① F. Scott Fitzgerald, *The Crack Up*, p.65.
② George Orwell, *Decline of the English Murder*, London: 1953, p.20.

严厉剖析和评判与俄国大作家陀思妥也夫斯基①和瑞典著名剧作家斯特林堡②的做法极为相似,因而在一定程度上反而进一步提高了他的知名度,使人们对他更是敬重有加。

菲茨杰拉德撰写"崩溃"系列文章的前提有两条,但都很抽象。其一是,他早年曾认为:"假如你真有才华,命运就在你的掌握之中。"③那是他在身处顺境、踌躇满志时所说的话。但他不久就放弃了这一想法,因为严酷的现实已把他瑰丽的梦想打了个粉碎。他在回忆了早年生活中的几件重大事件之后感慨地说:"我一直都在努力地汲取我所不具备的别人的经验和智慧,可如今我已意识到,我原来一直是在极度地从精神和身体两方面抵押自己,预支自己。我的朝气和活力正一点一点地在不断流失,似乎要枯竭了。"④这表明他的内心仍涌动着强烈的创作欲望。他在重新认识了自我之后,将会开始他新一轮的奋力拼搏。其二是,他始终认为:"衡量一个作家是否具有第一流的才能,要看他是否能够在同一时空中同时容纳两种相互对立的观点,而且能够照样思索下去,不受影响。"⑤他的这一论述构成了《崩溃》一书的主题思想。这种创作思想在他一系列的文学作品中也得到了充分的体现,也使得他成为20世纪文学中最具个性化,也最易引起争议的作家之一。

---

① 陀思妥也夫斯基(Feodor Mikhailovich Dostoyeusky, 1821~1881),俄国作家,曾因参加革命团体被判刑流放。作品反映"小人物"的痛苦,描写社会上的不平,人物异化的心理刻划入微。主要作品有《白痴》、《罪与罚》、《卡拉玛佐夫兄弟》等。是菲茨杰拉德喜爱的作家之一。
② 斯特林堡(Johan August Strindberg, 1849~1912),瑞典戏剧家、小说家,现代瑞典文学的开创者,对欧美戏剧艺术有很大影响。主要作品有剧本《父亲》、《朱丽小姐》、《鬼魂奏鸣曲》,以及长篇小说《红房间》、《黑旗》等。
③ F. Scott Fitzgerald, *The Crack Up*, p. 69.
④ *Ibid.* p. 72.
⑤ *Ibid.* p. 69.

他在《崩溃》一书中所说的这两种同时并存、互为矛盾的观点,实际上指的是事实与情理这一对矛盾统一体。在他的脑海中,爱妻姗尔达已遭受了厄运的严重打击,但她仍有康复的希望;他自己似乎已成了一个无药可救的失败者,但他仍将会东山再起,重建自己的形象。

《崩溃》系列文章自1936年春开始在《老爷》杂志陆续发表之后,引起了美国文学界的广泛关注。海明威、帕金斯、多斯·帕索斯等好友认为,菲茨杰拉德的这种做法等于是在自毁前程,等于是在向世人宣布,他在艺术和道德两方面都已彻底沦落,已走到了文学创作的尽头。然而,他们的担忧与公众的反应却截然相反。《崩溃》一经发表,就受到了出人意料的好评。人们欣赏菲茨杰拉德的真诚和坦率,更赞赏他所表现出的过人的智慧、深邃的哲理和精彩的文笔。这些文章被称作是"优美感人的自白,没有丝毫的造作或自我怜悯,是文学宝库中最难能可贵的自我作古的典范之一"。① 他的这一举动日后竟引起了美国许多成名作家的竞相仿效,杜鲁门·卡波特、田纳西·威廉斯、诺曼·梅勒、西尔维亚·普拉斯、罗伯特·洛维尔、威廉·斯太伦等作家都不约而同地采用了此法来表露自己的心声,取得了意想不到的艺术效果。菲茨杰拉德后来对女儿司各蒂说:"我在内心深处其实还是个道学家,很想向人们传道说教,但必须以人们能够接受的方式来进行。"②在《崩溃》一书中,他也是在向自己说教布道,并获得了成功。

---

① Jeffrey Meyers, *Scott Fitzgerald*, *A Biography*, p. 264.
② Andrew Tumbull, ed. *The Letters of F. Scott Fitzgerald*, p. 79.

二、博览群书

美国著名女作家薇拉·凯瑟①在《论小说艺术》一文中指出:"文学创作的目的应该有两种:其一是,制作适合于市场需要的小说,如同制作肥皂和早餐食品一样。这是一种既无风险、又值得赞许的商业行为。其二是,文学应当是一种艺术创造,是一种对还没有产生市场需要的新思想的永恒的探索。文学创作应当标新立异,勇于尝试前人从未尝试过的新内容和新方法。只有这样的文学作品才具有真正的价值,而不会落于俗套。"②但是,对新思想、新内容、新方法的探索必须建立在对前人或同代人的艺术成就的清醒认识和深刻理解之上。菲茨杰拉德是一位以严肃的态度从事文学创作的职业作家。他对小说艺术有自己独到的见解,他对别人的作品也独具慧眼,从不人云亦云。早在普林斯顿大学求学期间,他就广泛阅读过大量的文学作品,表现出他与众不同的价值取向,并曾语出惊人地向他的同窗好友艾德蒙·威尔逊宣称:"我要成为有史以来最伟大的作家之一,你呢?"在当时来看,这似乎是一个还不知天高地厚的文学青年的一句狂妄之言。然而他的确凭着自己的天赋、激情和勤奋实现了自己的诺言。他的成功、他对小说艺术的精深理解和熟练运用,在很大程度上得益于他对不同时期、不同体裁的文学作品的广泛涉猎和潜心研读。从他公开发表

---

① 薇拉·凯瑟(Willa Cather, 1876~1947)——美国女小说家。作品描写美洲大平原的开拓者和边疆居民的生活。其《我们中间的一个》获1923年普利策小说奖。
② Willa Cather, "*On the Art of Fiction*", *On Writing*, New York: Knopf, 1949, p.103.

的文学评论、散文、读书札记中,从他与友人往来的各类信件中,从他作品中的许多精彩片断里,人们不难看出他对浩如烟海的文学作品的鉴赏和取舍能力,以及他对创作艺术执著追求的精神。美国南卡罗莱那大学著名教授、菲茨杰拉德研究专家马休·J·布鲁考利于1996年编纂、出版的《菲茨杰拉德论创作》(Scott Fitzgerald on Authorship)一书,收录了菲茨杰拉德生前撰写的若干书评、专论、随笔等各种类型的文章,揭示了这位大作家创作思想和艺术风格逐渐形成并日臻成熟的发展轨迹,为研究菲茨杰拉德和这一特定时代的美国文学的诸多特点提供了弥足珍贵的资料。

菲茨杰拉德是以一种令人称奇的颖慧和别具一格的审美眼光开始涉足文坛的。他从一开始就将自己定位在大作家的行列之中,且志在必得。这并不意味着他是在过高地估计自己,而是在为自己设立崇高的文学创作的标准,在为自己树立远大的志向。在他的创作生涯里,他也正是以这种近乎严酷的标准来激励自己、要求自己的。通过研究他所写下的大量读书札记,通过观察他对传统文学所持有的评判态度和方法,通过阅读他写给女儿和其他友人的信件,我们就能够了解他一贯的创作思想所产生的根源,把握住他的作品之所以会具有一种超越现实、经久不衰的魅力的奥秘所在,理解他对自己的创作所做的总结:"我全部的创作理论可以用一句话来概括,那就是:一个作家应当为他那一代青年执笔,而将作品留给下一代的批评家和未来的中学校长们去评说。"[①]没有对传统文学的批评意识和取舍能力,没有高屋建瓴的气度,菲茨杰拉德也不可能成长为20世纪美国文坛上一位杰出的文学艺术家。

早在1917年6月,菲茨杰拉德就发表过对英国名作家H·G·威尔斯的《上帝,隐身之王》(God, the Invisible King, 1917)这部作品的评论。他在这篇评论中说:

---

① F. Scott Fitzgerald, *Preface to "This Side of Paradise"*, p.1.

第三章 "最后一位君子"

重新发现上帝这一时尚也波及到了威尔斯先生。这一时尚的创始者是列·托尔斯泰。他为了维护自己的权益而发起了一场崭新的革命。随后,这一时尚几乎影响到了所有聪明的人们,其中也包括萧伯纳。去年,萧伯纳为《安德罗克利斯与狮子》一书所作的那篇序言确实令我们大为震惊。但是,威尔斯先生似乎并没有推波助澜。像维克多·雨果一样,他很有天赋,也很讲求实际。他既不是一个持消极态度的人,也不是一个积极的倡导者或参与者,而是极为明智地使上帝脱离了这场战争。这正是头脑清醒的人们一直在为之奋斗的目标……假如世界上还有什么比古老的传说更为古老的话,那便是不断变换表现手法,不断推陈出新。威尔斯先生干净利落地将上帝分解为创世者和救世主,为我们提供了新颖的创作方法。①

这段文字充分显示了年轻的菲茨杰拉德的阅读面和独特的批评视角。威尔斯是菲茨杰拉德所喜爱的英国作家之一。他所创作的科幻小说的内容并"不是为了实现科学假设的可能性",而是以科学幻想的形式来讽刺现代社会制度中的种种不合理的现象,揭露现代生活中的各种矛盾冲突,目的在于告诫人们,在现实社会中,先进的科学技术和发明创造并不一定都能造福于人类。他的这些"探索性小说"对菲茨杰拉德《人间天堂》的创作产生过很大的影响。

1922年3月,菲茨杰拉德发表了对美国作家詹姆斯·罗宾逊(James Harvey Robinson,1863~1936)的《思想的形成》(*The Mind*

---

① Matthew J. Bruccoli, ed. *F. Scott Fitzgerald on Authorship*, Columbia: University of South Carolina Press, 1996, p. 29.

in the Making，1921）一书的评论。他说："我认为这是一部非常优秀的作品。它完整地阐述了现代意识缓慢而又充满希望的进步过程。然而，我又觉得这是一部令人沮丧的著作，如同威尔斯和萧伯纳以及崛起于 90 年代的那批敢说敢为的作家们的晚期作品一样。想当初，这批作家曾对生活充满了希望和激情，对科学和真理充满了信心和虔诚。"① 人们很难想象这番精辟的论述竟是出自于一个刚刚步入文坛的文学青年之手。此时的菲茨杰拉德已成功地出版了他的长篇小说《人间天堂》和《漂亮冤家》，他的文学观和审美取向也逐步形成，正满怀信心地向更高的层次攀登。他在认真从事文学创作的同时，也在刻苦地阅读各个时代、各种风格的文学作品和其他书籍，从中汲取养分，以期提高自身的写作技艺和力度，并发表了大量有独到见解的评论文章。

美国文学评论家马尔科姆·考利曾严厉批评过菲茨杰拉德，说他"是一个读书不求甚解的人，不是一个文学理论家，也不是一个思想家"。② 这番评价显然太过苛刻，是对菲茨杰拉德的文学批判能力和鉴赏眼光的一种误解。其实，菲茨杰拉德所写出的无论是对别人还是对自己的评论文章都颇有深度，观点新颖，常有出人意料的闪光亮点，能给人启迪，发人深省。这是由于他始终坚持用较高的艺术标准和严肃的道德标准来客观、公正地衡量历代作家的作品和自己的作品的结果。这也是他的文学声誉之所以能够经受住时代的考验而历久不衰的原因之一。

1923 年 4 月，菲茨杰拉德应"北美联合报社"之邀，在其专业刊物上发表了以"我所读过的十本最好的书"（10 Best Books I Have Read）为题的短文。其内容如下：

---

① John Kuehl and Jackson R. Bryer, eds. *Dear. Scott / Dear Max*, p. 57.
② Mary Jo Tate, *F. Scott Fitzgerald: A to Z*, p. 48.

塞缪尔·勃特勒的《读书札记》：我最喜爱的维多利亚时代的作品。

H·L·门肯编纂的《尼采的哲学》：它极其敏锐、高度精辟地阐释了这位伟大的现代哲学家的深刻思想。

詹姆斯·乔伊斯的《青年艺术家画像》：詹姆斯·乔伊斯必将会成为今后 50 年里最有影响的文学巨匠。

麦克斯·迪尔朋的《佐富卡·道布逊》：对势利行为极为精湛的刻画能给人以痛快淋漓的感觉。

马克·吐温的《神秘的陌生人》：马克·吐温最为诚挚地在这部作品中表达了自己的情感。这部作品令人拍案惊奇，发人警醒。

约瑟夫·康拉德的《诺斯特罗莫》：近五十年来最伟大的长篇小说，如同《尤利西斯》一样，也必会成为未来最伟大的小说。

萨克雷的《名利场》：无需做任何解释。

《牛津版英诗选》：在我看来，这部诗选比帕尔戈拉夫编辑的那本诗选要好得多。

安纳托·法朗士的《苔依丝》：该作家是威尔斯和萧伯纳的集大成者，而《苔依丝》则是他最优秀的作品之一。

布什·塔金顿的《那年我 17 岁》：这是我所读过的最为风趣的一部作品。①

1934 年 9 月，菲茨杰拉德还应邀在《纽约太阳报》上发表了"我最喜爱的 10 部戏剧"（My Ten Favorite Plays），并言简意赅地对每一出戏都作了恰如其分的点评。这些书目、剧作以及他所作的点评均显示出了他非凡的眼光和阅读面的宽广。

---

① Matthew J. Bruccoli, ed. *F. Scott Fitzgerald on Authorship*, p.86.

菲茨杰拉德尤为赞赏康拉德在《水仙号上的黑家伙》(*The Nigger of the "Narcissus"*,1897)的序言中对作家的职责所作的界定:"我的职责就是要通过书面语言的力量来使你听得见、感觉到——最重要的是,要使你看得到我所描写的这个真实世界。"这一创作思想对菲茨杰拉德产生了很大的影响。他在"上百次错误的开端"(One Hundred Fales Start,1933)一文中说:"大多数情况下,我们这些作家都是在重复自己——这是事实。我们一生中总会遇到几次极不一般、令人伤感的事情——身不由己地被卷入其中,左支右绌,眼花缭乱,惊慌失措,四处挨打,精疲力竭,然后又侥幸获救,得到点化,受到褒奖,然后又被贬损,脸面全无。这种经历确实极不平凡,令人感慨万端,换了别人就不会有如此深刻的体会,因为别人不身在其中,彼此境遇不同,体会决不会一样。"因此,他十分明确地指出,作家的职责就是要在创作中注入激情,使读者能够听见、看到并体会到作家已深刻体会到并能充分理解的现实生活。①

第一次世界大战之后,欧洲的各种思潮开始在美国广为传播,使盘踞在美国文坛多年的"斯文传统"和"清教精神"受到了巨大的冲击。这一时期成长起来的美国新一代作家,受欧洲各种新思想和新流派的熏陶和影响,已不再满足于过分矫饰作秀的文学,不再模仿英国的楷模。他们运用新的语言——美国的语言——来从事创作,力求用新的方法表现他们亲自观察到的、切合他们生活实际的感受,开创着严格意义上的美国的传统。美国文学已不再是英国文学的附庸,而是一种独立的、具有生命力的民族文学。这就使得美国文学呈现出了一片前所未有的繁荣景象。但是,美国文坛也出现了另外一种倾向,不少作家在对传统的否定上偏激到了极点。他们过分强调素材的重要性,过于直率地宣传感官的享受

---

① Matthew J. Bruccoli, ed. *F. Scott Fitzgerald on Authorship*, p.132.

和意识的活动,而忽视了文学创作的艺术性和写作的方法与技巧。菲茨杰拉德敏感地注意到了这一现象,对此十分关注。他在"如何消耗资材——关于我们这一代人的一点看法"一文中指出:

> 自从华盛顿·欧文——出于历史的必然——开始潜心研究美国自己的文化背景以来,在这片数千平方英里的开阔疆域上也许已雨后春笋般地涌现出了许多各具异彩的文化变体,而如何选材这一问题却一直困惑着美国的作家,妨碍了他们的文学创作。德莱塞已专心致志地选择了一个特定的无可指责的范畴。除他之外,还有十多位像亨利·詹姆斯这样的作家,他们也都处心积虑地、甚至几近迂腐地关心着这一问题。然而,另一批作家却被惠特曼的逐渐暗淡的彗星尾巴的光辉迷住了双眼,失去了判断能力,以毫无诚意的一时冲动"令人注目地"描写着美国,笨手笨脚地写出了一批拙劣透顶的作品。①

菲茨杰拉德的确是一位有理性、有敏锐洞察力的思想家。他对小说艺术的毕生追求,他对社会、历史问题的深刻理解和准确把握,使得他无论是对自己的创作还是对别人的作品都能做出富有哲理的分析和批评。他在"评《三个士兵》"(A Review on "*Three Soldiers*")一文中说:"哈佛青年作家约翰·多斯·帕索斯的《三个士兵》是由一位美国作家所写出的第一部反映战争的小说,值得认真一读。相比之下,连《红色英勇勋章》这部经典之作都显得有些苍白无力……这是一部由作者精雕细刻而出的作品。书中没有任何毫不相干的细节,没有任何需要煞费苦心、耍尽花样才能堆砌起来的累赘材料。在美国现实主义文学中,只有一二部小说能

---

① Matthew J. Bruccoli, ed. *F. Scott Fitzgerald on Authorship*, p.117.

够达到这种境界。作者并没有因为他必须使用他所搜集到的各类资料而去煞费苦心,绞尽脑汁,也并没有因为某个先知先觉者已在他之前先行运用了此法而背上沉重的思想包袱。约翰·多斯·帕索斯的确是一位艺术家。他的作品也许要等上5年、10年,甚至20年才能被人们广为接受。但我认为,他是大洋这边年轻的一代中最为出色的一位作家。"①

30年代后期,菲茨杰拉德表现得俨然像一个大学文学教授。他耐心指导年轻的作者读书、写作,热情、真诚地扶持像海明威这样极有潜力的作家,大力提携了许多文学新秀。同时,他也悉心教导自己的女儿司各蒂和他在好莱坞结识的红颜知己希拉·格蕾厄姆等人。他在写给司各蒂的信中曾说:"《奇异的幽默短剧》是一篇佳作。萧伯纳当初对这篇作品的定名是《坎迪德》,写得确实很好。但是,从另一方面来看,你目前的生活也无时无刻不在受到绚丽的彩灯和狂欢的气氛的直接影响。当然,易卜生的《玩偶之家》所产生的影响也极深远。"②在此期间,他还写下了大量的读书心得和文学评论文章,评论的范围极广,涉及到欧、美两地的许多著名作家。他非常推崇康拉德的创作思想和作品。他对萧伯纳的评价是:"文思明晰,风格和谐,别具一格。"他认为德莱塞的《嘉莉妹妹》"几乎可以称做是美国的第一部现实主义小说"。他曾一针见血地指出:"托尔斯泰的作品显得过于神秘化,而詹姆斯则又太过复杂,艰涩难懂。"③他的这些极有见地的评论都是在他博览群书、经过深思熟虑之后才做出的。这也充分表明,他是一位富有思想、对历史的演进和文学的发展有着深刻认识和准确把握的20世纪

---

① Matthew J. Bruccoli and Jackson R. Bryer, eds. *F. Scott Fitzgerald in His Own Time*, p.123.
② Matthew J. Bruccoli, ed. *F. Scott Fitzgerald: A Life in Letters*, p.166.
③ Sheilah Graham, *College of One*, New York: Viking, 1967, pp.83, 86.

文坛上一位杰出的文学家。

三、以文会友

从 18 世纪中叶开始,美国就已有许多作家、艺术家和音乐家因不满于美国的社会现状而愤然逃离本土,前往欧洲定居,去探求人生的哲理,寻找艺术的真谛。但是,在美国文学史上极有影响的"流亡者文学流派",主要还是指在 20 世纪 20 年代期间移居法国巴黎的一批新生代美国文学家。在他们眼里,巴黎是一个"自由的艺术王国"。在这里,他们可以彻底摒弃美国式的"清教精神"和"斯文传统",可以自由自在地与那些富有思想和创造精神的各国先锋派文学艺术家交流,可以获得更多的展露才华、发表作品的机会。此外,这里的生活费用也较美国低廉。"流亡者"文学运动中的主要代表人物有:葛特鲁德·斯泰茵、艾兹拉·庞德、茜尔维娅·比奇、托马斯·艾略特、欧纳斯特·海明威、罗伯特·麦克艾尔蒙、约翰·多斯·帕索斯、多萝茜·帕克等人。20 年代至 30 年代期间,菲茨杰拉德曾偕妻子和女儿 4 次游历欧洲。他以典型的美国人的眼光观察着战后欧洲社会所发生的剧烈变动,以自己独特的方式汲取着各种新思想的养分,努力寻求着建立新的文化模式和道德体系的途径,试图能用新的艺术表现形式来不断充实和完善自己的文学创作。欧洲大陆为他那些富有浪漫情调的短篇小说和极有思想深度的长篇力作提供了色彩斑斓的背景和丰富的创作素材。由于他 1925 年至 1931 年间主要生活在法国,不少文学史家也将他划为"流亡者文艺集团"里的重要代表人物之一。其实,在此期间,他虽与该文艺团体里的众多作家都保持着友好的交往,但他却并没有过于频繁地参与他们的各种活动,也没有在巴黎出版的各类小型文艺刊物上发表过任何作品。他的作品都发表在美国本土的大型刊物上,或由斯克里布纳出版公司出版。他的文学观点也与他们有所不同。此时的菲茨杰拉德无论在创作思想还是在艺术表现风格上都已臻成熟,在文学界也已拥有很高的威望。他正以一种新的姿态独善其身地从事着自己的创作活动。菲茨杰拉德并不像其他作家那样,把欧洲大陆看做是一个具有丰厚的文化底蕴或跳动着人类进步节奏的圣地。在他的诸多作品里,欧洲虽然吸引了许多来自美国的漂泊者,可是"他们没有自己的国家,没有归属感,不属于任何列强,充其量也就像一个由自己自发组建起来的巴尔干半岛上的一个小小的王国一样"。[1] 漂泊在欧洲的生活并不能解决一直困扰着他们的各类实质性的问题,也不能保证他们的文学创作得以顺利进行。许多才华横溢的美国青年作家在欧洲这片土地上已渐渐丧失了自己的自控能力和美好梦想,几乎一事无成,"因为能够做成的事情实在太少,而做不成的事情却又实在太多"。[2] 因此,他们最终又都踏上了回归美国的旅程。如同他作品中的许多人物一样,菲茨杰拉德虽身在欧洲,却心系美国,对祖国怀有深厚的感情。他作品中的很多场景虽在欧洲,但他描写的却是典型的美国人。欧洲的生活经历只是为他提供了重新认识美国、重新看待生活的新的人生观和价值观。

与其他作家相比,菲茨杰拉德的游历不算广泛(海明威曾以记者的身份去各地采访,他的足迹几乎遍布全世界,当然也留下了许多脍炙人口的精彩篇章)。但他十分关注文学发展的动向,十分重视与欧、美两地众多作家和艺术家的交往,始终与他们保持着深厚的友谊和密切的联系,并以自己在文学界的声望大力扶助文

---

[1] F. Scott Fitzgerald, *Bits of Paradise: A Collection of 21 Uncollected Stories*, New York: Charles Scribner's Sons, 1974, p. 249.

[2] F. Scott Fitzgerald, *Afternoon of an Author*, p. 161.

学新秀的成长。这一做法不仅使他能够不断汲取别人的长处,不断充实和完善自己的文学创作,也使他的文学声誉得到了进一步的提高。兴起于20世纪五六十年代的"菲茨杰拉德复兴"以及当今世界的"菲茨杰拉德研究热",从某种意义说,也与他当年结交的这一大批作家和评论家朋友有关。

菲茨杰拉德待人热情、真诚、谦和,从不自我吹嘘、自命清高。更为重要的是,他是以自己的独到见解和累累硕果为基础来与其他作家交往的。有的作家在成名之后变得十分自负,既听不进别人的批评,也不肯轻易说别人的好话。菲茨杰拉德则不然。他既能虚心听取别人的批评意见,也能对别人的作品提出中肯的评价,这就使他具有了一种极有吸引力的人格魅力,使得许多朋友很乐意与他相处。当然,他的那位美丽迷人、个性极强、后来又患上了精神疾病的妻子姗尔达,也使他在无意之中得罪过一些朋友。爱尔兰著名作家詹姆斯·乔伊斯是菲茨杰拉德极为钦佩的大作家。他的巨著《尤利西斯》的精湛艺术和叙事手法曾引起了小说创作领域中的一场革命,极大推动了意识流小说的发展。菲茨杰拉德的挚友艾德蒙·威尔逊曾写信询问他是否读过这部巨著。菲茨杰拉德坦率地承认说,他还没有拜读过这部作品,因为《尤利西斯》当时在美国尚属禁书,难以购得。后来,菲茨杰拉德在"我所读过的10部最好的书"一文中,将乔伊斯的《尤利西斯》和《青年艺术家画像》列入了其中,并说:"詹姆斯·乔伊斯必定会成为今后50年里最有影响的文学巨匠。"1928年7月28日,在茜尔维娅·比奇小姐精心安排的晚宴上,菲茨杰拉德终于与心仪已久的这位大作家相见了。在这次晚宴上,菲茨杰拉德恭恭敬敬地将自己的《了不起的盖茨比》一书赠给了乔伊斯,并在书的扉页上当场题字作画,表达了他对乔伊斯的景仰之情。数日之后,他又热情邀请乔伊斯来家做客,共进晚宴。乔伊斯也很赞赏菲茨杰拉德的文学天赋和他在《了不起的盖茨比》一书中表现出的灵气和艺术修养,欣然提笔在菲茨杰拉德珍藏的《尤利西斯》一书的扉页上题了词,并又题词赠给他一本《青年艺术家画像》,以鼓励这位美国青年作家的进取精神。菲茨杰拉德一直以此为荣。他仔细阅读了这两部名篇,并做了大量的注解和读书心得,深感获益匪浅。

著名现代派诗人兼文学评论家托马斯·S·艾略特出生于美国,1927年加入英国国籍,是1948年诺贝尔文学奖获得者,是20世纪西方最重要的文学家之一。菲茨杰拉德十分尊崇他的文学思想,尤为赞赏他那气势恢宏的长诗《荒原》(*The Waste Land*, 1927)。在《了不起的盖茨比》中,他多处援引了《荒原》中的若干场景。1925年10月,他将《了不起的盖茨比》寄给了艾略特,并在书中题词:"赠给当世最伟大的诗人艾略特",落款是"热情的崇拜者菲茨杰拉德"。① 艾略特在给他的回信中说:"你的这部大作我已拜读了3遍。这倒并不是因为你对我的赞誉之词使我感到高兴,而是因为这若干年来,在我所拜读过的那些新小说中,无论是英国小说还是美国小说,我感到这部作品最有深度,也最令人兴奋……在我看来,这是美国小说自从亨利·詹姆斯以来迈出的第一步。"1933年2月,艾略特应邀赴美国约翰·霍普金斯大学讲授"抽象派诗学"这门课程。在此期间,菲茨杰拉德专程拜访了这位大文学家。在为艾略特举行的宴会上,他热情洋溢地当庭朗诵了艾略特的若干诗篇。几天之后,艾略特将他刚出版不久的诗集《圣灰星期三》(*Ash Wednesday*, 1930)签名赠给了菲茨杰拉德,"谨表作者的敬意"。② 1934年4月,《夜色温柔》历经磨难,终于正式出版了。这本书的精装本护封上印着艾略特对菲茨杰拉德的评价:"我一直在翘首企盼着司各特·菲茨杰拉德先生这部新作的问世。在同时代的这些作家中,除了欧纳斯特·海明威先生的

---

① Matthew J. Bruccoli, ed. *F. Scott Fitzgerald: A Life in Letters*, p. 128.
② Matthew J. Bruccoli, ed. *Correspondence of F. Scott Fitzgerald*, p. 305.

作品之外,我还从来没有以这种奇异、焦急的心情期盼过别的作家的作品发表。"①由此可见艾略特对菲茨杰拉德的赏识和关注以及他们之间的个人友谊。菲茨杰拉德去世后,艾略特将他写给菲茨杰拉德的信公开发表在由艾德蒙·威尔逊整理、编辑的《崩溃》一书中,以表示对他的悼念之情。

美国小说家辛克莱·刘易斯(Sinclair Lewis,1885~1951)是美国文学史上第一位荣获诺贝尔文学奖的作家。他使美国文学在此奖项上获得了零的突破。他的作品很少以情节取胜,但他擅长于对细节的详尽描绘,采用夸张的手法,在含蓄的陈述中表现出最大限度的鄙夷,达到了漫画式的讽刺效果。他用地道的美国语言写作,形象与比拟充满了乡土气息,犹如美国的狄更斯。一个颇为有趣的现象是,刘易斯的主要作品《大街》(*Main Street*,1920)、《巴比特》(*Babbitt*,1922)、《艾罗史密斯》(*Arrowsmith*,1925)以及《艺术之作》(*Work of Art*,1934)与菲茨杰拉德的4部长篇小说发表的年代均完全相同,这的确是美国文坛的一桩奇事。由于刘易斯在20年代的美国文坛曾红极一时,他的作品在当年自然比菲茨杰拉德更为畅销。1922年夏天,刘易斯专程去圣保罗市拜访了菲茨杰拉德夫妇。此后,两人便一直保持着友好的来往。《了不起的盖茨比》出版之后,菲茨杰拉德也立即将此书寄赠给了刘易斯,并在扉页上写道:"我刚买到了你的新作《艾罗史密斯》。我希望这本《了不起的盖茨比》能在今年春天出版的美国小说中成为位居第二的好小说。"②刘易斯也高度赞扬了菲茨杰拉德,说他和他这一代的作家们将会创造"与美国的博大相称的文学"。但是,就刘易斯而言,获得了诺贝尔文学奖金既是他创作生涯的顶点,也是他开始走下坡路的起点。在社会生活发生剧烈变动、传统的文化

---

① Matthew J. Bruccoli, ed. *Correspondence of F. Scott Fitzgerald*, pp.362363.
② Matthew J. Bruccoli, ed. *F. Scott Fitzgerald: A Life in Letters*, p.103.

形态和价值观念正在向现代模式过渡转型的新旧交替的时期里,刘易斯已渐渐失去了对现实的准确把握,甚至背叛了他原来的立场,他的艺术生涯已走到了尽头。美国当代的批评家们一般认为,刘易斯可以称得上是一位文笔生动、擅长讽刺幽默的小说家,但他绝不是一个富有独创性和现代意识的艺术家,与菲茨杰拉德不能相提并论。因此,当刘易斯在美国文坛上已不再有任何真正的影响时,菲茨杰拉德的声誉却日益上升,他写出的那些充满激情、富有时代精神和艺术魅力的作品经受住了时代的考验,正越来越受到人们的喜爱和重视。

托马斯·沃尔夫(Thomas Wolfe,1900~1938)是20世纪上半叶美国文坛上的一位重要作家,也是斯克里布纳出版公司的著名编辑麦克斯威尔·帕金斯的特约作者。菲茨杰拉德久闻其名,却一直无缘与他相见;沃尔夫对菲茨杰拉德也是神交已久,却又素未谋面。两人只是通过帕金斯互相了解对方的文学活动,而帕金斯则时常提醒他俩要互相尊重、携手共进。1930年6月,菲茨杰拉德在从美国返回巴黎的旅途中与沃尔夫意外相逢。此次会面使这两位相知有素的大作家彼此之间有了进一步的了解,建立了更为深厚的友谊。菲茨杰拉德在仔细拜读了沃尔夫的才气横溢、激情奔放的成名之作《天使,望故乡》(*Look Homeward, Angel*,1929)之后,立即兴奋不已地写信给帕金斯说:"你会发现他是一个有着惊人的创作潜力的人——他将会写出无法计数的作品来,前途不可估量。他的文学造诣比海明威更深,也比海明威更有活力。如果他再稍微少一点儿诗人的气质,不要面面俱到地去囊括所有表层的东西,他会更加出色的。当然,他还缺少海明威那种经过反复淬砺而获得的力度。他对社会的感觉非常敏锐。约翰·毕萧浦曾对我说,他应当学会删繁就简。但是,看了这部作品之后,我感到此言没有道理。在我看来,他应当不受干扰、一泻千里地写下去。

第三章 "最后一位君子"

假如他能出版一部五卷本的作品,那我更会为他感到高兴。"①1930年9月间,菲茨杰拉德与沃尔夫都生活在瑞士,两人见面机会较多,常在一起交流思想、探讨小说创作的技艺。后来,由于各自都忙于写作,为了避免相互干扰,他们不再频繁接触,但仍保持着正常、友好的书信来往。菲茨杰拉德的《夜色温柔》一书在《斯克里布纳杂志》连载发表后,沃尔夫致函菲茨杰拉德说:"你一定很想知道读者对你这部作品的评价如何。我认为,你在这部作品中所塑造的人物比当今现实生活中的芸芸众生还要真实。在我看来,这部小说比你的其他任何作品都更有深度,你所思考的问题也更加深刻……这是你迄今为止写得最好的一部作品。我想,你应该能明白我的意思。假如我对你的巨大成功怀有某种自私的企盼和喜悦,你也不会介意的。"②

虽然菲茨杰拉德当初曾认为沃尔夫完全可以尽量拉长他的作品,但他后来又修正了自己的看法。1937年7月,他致信沃尔夫,劝他在运用创作素材时应学会有所节制,取精用弘,不能过于冗繁:"在小说创作中,对各种事件应当有所取舍,不可面面俱到,这一做法已有定论。大作家如福楼拜尚且如此,他也有意识地舍弃了一些内容,而让人物自己登场,自己讲述(左拉也是如此)。作家只须在书中交待惟有他的眼睛所能看到的东西。正因为如此,《包法利夫人》才成为一部不朽之作,而左拉的成就则也是划时代的。"③但沃尔夫却为自己的创作方法做了辩解:"请别忘记,司各特,大作家不仅要舍弃,更要收取。莎士比亚、塞万提斯、陀斯妥耶夫斯基都是了不起的收取大家,都是取大于舍。他们也正是因为在作品中收取了大量的内容才永垂青史的。我斗胆说一句,他们

---

① Matthew J. Bruccoli, ed. *F. Scott Fitzgerald: A Life in Letters*, pp. 199~200.
② Matthew J. Bruccoli, ed. *Correspondence of F. Scott Fitzgerald*, p. 332.
③ Matthew J. Bruccoli, ed. *F. Scott Fitzgerald: A Life in Letters*, p. 332.

的大量收取至少也可以与福楼拜先生的大量舍弃相媲美。"①尽管沃尔夫不肯承认他创作中存在的这一不足,可事实还是证明了菲茨杰拉德这番批评的正确性。人们普遍认为,沃尔夫的不尚节制、重复冗繁和结构上的散漫,在很大程度上影响了他的作品的艺术性和完美性。

菲茨杰拉德十分钦佩沃尔夫的天赋和才学。他在写给帕金斯的一封信中说:沃尔夫、海明威和他自己都有一个共同的愿望,"要坚持不懈地在我们的小说事业上努力耕耘。要以人为本,而不是以事物为本,切实把握住那种能够跨越时空界限的真情实感。也就是说,要像华兹华斯那样去准确地传达出人的真情实感,而不是像济慈那样只追求笔墨的流畅。要以成熟的眼光描写出对生活的深刻体验"。② 但是,他依然对沃尔夫的取材方法持有异议。他在去世前写给女儿司各蒂的信中说:"根据你的推荐,我看完了沃尔夫的《你不可能再回家》。这部小说似乎比《时间与河流》写得好一些。他思路清晰,才华横溢,能够滔滔不绝地一直写下去,而且能够写得激情磅礴。虽然有不少忧伤和不够精确的地方,但他内心深处的秘密在叙述之河的每一处罅隙中都浮现出来了——他其实并没有什么典型的事例可供描绘,那句所谓'博大的美国胸怀'之说纯属陈词滥调……不过,这部作品没有什么原则性的过错,当然也能够流芳于世。"③在沃尔夫的这部《你不可能再回家》一书中,菲茨杰拉德便是主人公之一亨利·康罗伊的创作原型。

随着1929年经济危机的爆发,30年代的美国陷入了深重的全面危机,整个社会笼罩在一片萧瑟低迷的阴影之中。失业率不断上升,经济状况日益恶化,人们对现行的政治、经济和社会制度

---

① F. Scott Fitzgerald, *The Crack Up*, p. 314.
② John Kuehl and Jackson R. Bryer, eds. *Dear Scott / Dear Max*, pp. 203~204.
③ Matthew J. Bruccoli, ed. *F. Scott Fitzgerald: A Life in Letters*, p. 472.

第三章 "最后一位君子"

的自我调节功能丧失了信心。这一切也给美国的整个文化留下了深深的印记。在这一时期,菲茨杰拉德与他同时代的作家们一样,也陷入了彷徨与苦闷之中。他的小说创作进入了低谷,作品销路大幅下降,经济来源日渐枯竭,病妻弱女需要照料、扶养,他自己也患上了肺结核病。贫病交加的处境令他的精神几乎"崩溃"。但他并没有屈服于命运的摆布,没有自甘沉沦,而是在进行着深沉的反思,以一个成熟的艺术家的敏锐眼光观察着社会、历史的演变,分析着成功与失败的原因,努力探寻着新的突破点。他发表的《崩溃》系列文章清楚地反映了他在这一时期的精神状态和他对社会、对人生、对文艺创作所做的深刻思考。他的心中仍涌动着炽热的创作激情,他的笔力也显得更加苍劲成熟。他的第四部长篇力作《夜色温柔》在经济形势极不景气的状况下出版之后,依然引起了人们的普遍关注。美国女作家、1939 年普利策文学奖获得者罗林兹(Marjorie Kinnan Rawlings,1896～1953)对这部小说的评价是:"这部作品中的若干章节具有极强的令人不可抗拒的艺术感染力,能使人产生强烈的心灵震撼,使我简直无法对其作出分析和评判——小说展现的是最为普通的人的生活,描写的是最为平常琐碎的场景和事件,但却怵目惊心,扣人心弦。使我感受最为深切的是,在这种时代和环境条件下,他却依然能够极为成功地做出了我想做的事,那就是:以超凡脱俗、洞悉人生的眼光高度形象化地再现了人们在这一特定历史时期中的生活图景——不是眼前这种瞬时的背景画面,而是永恒的超越了时空界限的人生意义。"[①]一直深切关心着菲茨杰拉德文学创作活动的麦克斯威尔·帕金斯及时将罗林兹所作的这番评价转给了菲茨杰拉德,并希望罗林兹能以她自己的切身经历去鼓舞和激励菲茨杰拉德,使他能振奋精神,再创辉煌。1936 年秋,两位作家在帕金斯的巧妙安排下,在北

[①] John Kuehl and Jackson R. Bryer, eds. *Dear Scott / Dear Max*, p.193.

卡罗莱那州的阿什维尔市菲茨杰拉德的寓所里终于相见了。罗林兹是一位刚刚步入文坛不久、但名气已很响亮的女作家,擅长描写佛罗里达边远林区人的生活,作品富有浓厚的乡土气息,叙事的角度也很独特。此时,她正在卡罗莱那山地中潜心创作她的第一部长篇小说《一岁崽》(*The Yearling*, 1938)。她的专程来访和她对《夜色温柔》的高度赞誉,使精神极度苦闷、创作处于低谷的菲茨杰拉德大为振奋。两人畅谈了很久,从现实生活到人生理想、从小说艺术到对众多作家的评价,几乎无所不及,彼此都留下了极好的印象。罗林兹认为,菲茨杰拉德依然还是那样思维敏捷,豁达大度,光彩照人,没有被生活的艰辛所压倒。① 在此后的年月里,他们仍保持着书信往来。罗林兹曾写信向菲茨杰拉德诉说了她重读《了不起的盖茨比》之后的体会:"这部小说给人以一种奇妙异常的水晶球般的感觉,如同我们儿时吹起的一个巨大的色彩斑斓的肥皂泡,总希望它能够保持形状和色彩,永远不破——你讲述的是一个美妙动人的故事,一个洞彻事理的故事,一个令人心碎的故事……"②菲茨杰拉德也发表了他对罗林兹的《一岁崽》的评价:"罗林兹的《一岁崽》这部作品写得十分迷人,我认为比她那部《南方的月光下》更为精彩。我很羡慕她能够如此轻松自如地描写那些野外的场景,比方说,对那些复杂而又细腻的狩猎情景的生动描述……她的格调清新、流畅,小说中的人物自始至终都在思考、交谈、感受着,从不停息,于是读者也一刻不停地与他们共同思考、交谈、感受着。书中的人物与读者自然地融合在一起了。"③菲茨杰拉德逝世后,罗林兹详细记述了她与菲茨杰拉德相识和交往的经

---

① Arthur Mizener, *The Far Side of Paradise*, Boston: Houghton Mifflin, 1951, pp. 295~297.
② Matthew J. Bruccoli, ed. *Correspondence of F. Scott Fitzgerald*, p. 459.
③ Matthew J. Bruccoli, ed. *F. Scott Fitzgerald: A Life in Letters*, pp. 358~359.

历,将这些记录交给了菲茨杰拉德的第一位传记作者密兹纳(Arthur Mizener,1897~1988),为他撰写的菲茨杰拉德的第一部传记《远在天堂边》(*The Far Side of Paradise*,1951)提供了可靠的第一手资料。

美国名作家约翰·奥哈拉(John O'Hara,1905~1970)曾在纽约当过新闻记者,曾为好莱坞和百老汇改编过电影和戏剧,是菲茨杰拉德最要好的朋友之一,也是菲茨杰拉德的崇拜者之一。1934年初,奥哈拉在纽约结识了他崇拜已久的菲茨杰拉德,两人成为莫逆之交。奥哈拉当时正在创作他的第一部长篇小说《相约萨马拉》(*Appointment in Samarra*,1934),而菲茨杰拉德则在纽约校对他的第四部长篇小说《夜色温柔》的清样。奥哈拉协助菲茨杰拉德通读、校对了《夜色温柔》的样稿,而他的《相约萨马拉》一书的创作也得到了菲茨杰拉德的鼓励和指点。奥哈拉读完《夜色温柔》的样书之后说:"《夜色温柔》在正式出版发行之前就已令我爱不释手。这部小说比《人间天堂》更引人入胜。我看书不多,但有些书我会反复阅读。到目前为止,在我看过的那些书中还没有哪一本能与《夜色温柔》相媲美。"[1]他在写给菲茨杰拉德的信中表达了他的景仰、感激之情:"感谢你帮助我完成了这部小说的创作。我昨天刚写完。在纽约时,你的一席话语对我颇有启发。应当说,我这部小说中最精彩的部分是得益于菲茨杰拉德先生的点拨。我原以为这篇故事已被我写得一团糟了。然而,与你交谈之后,尤其是看了《夜色温柔》的清样之后,我做了些调整,终于一气呵成。无人能够写出《夜色温柔》这样的佳作,我也做不到。我这部小说中的精彩片断都是不花力气从《漂亮冤家》和《了不起的盖茨比》

---

[1] Dorothy Parker, ed. *The Portable F. Scott Fitzgerald*, New York: Viking, 1945, p. vii.

中学来的。"①菲茨杰拉德在《相约萨马拉》出版后发表了他对这部小说的短评:"约翰·奥哈拉的这部小说标明了美国作家自第一次世界大战以来所取得的巨大进步。"②菲茨杰拉德猝然病逝后,奥哈拉发表了多篇文章悼念这位亡友,重新评价了他的作品和他取得的艺术成就。他是"菲茨杰拉德复兴"的重要发起者之一。

菲茨杰拉德在他有生之年广交天下朋友的做法,并非像有些作家那样,完全是为了出版作品,获得资助、扩大影响。他是一位成名已久的作家,已享有很高的文学声誉,作品也不愁无处发表。作为一名职业小说家,他当然不得不考虑自己作品的销路和经济上的收入。但他更清楚的是,他必须进一步深入生活,更加细致入微地观察社会,了解世界,准确把握时代的节奏,通过总结自己的得失,通过汲取他人的经验,使自己的创作能够折射出历史演进的步伐,产生出永恒的魅力。他是一位有自己独到见解和高雅格调的思想家和文学评论家。他崇尚的道德准则是:发奋勤勉(Industry)、艰苦磨炼(Discipline)、恪守职责(Responsibility)和人格成熟(Maturity)。在创作艺术上,他矢志不渝地刻意求工,"像一个文字奴隶一样,对写出的每句话都进行艰苦细致的推敲"。③他并没有把小说创作视为一种商业竞争,对其他作家所取得的成就也不嫉妒、怨恨。他以诚待人,豁达大度地鼓励、提携了许多青年作家,将海明威等一批卓有才华的作家大力举荐给了权威出版机构斯克里布纳出版公司。但他也始终坚持严肃、高洁的文学评判标准。例如,他曾批评约翰·斯坦贝克(John Steinbeck,1902～1968)的

---

① Matthew J. Bruccoli, ed. *Correspondence of F. Scott Fitzgerald*, p. 348.
② Matthew J. Bruccoli, ed. *The O'Hara Concern*, New York: Random House, 1975, p. 111.
③ F. Scott Fitzgerald, *Afternoon of an Author*, p. 181.

作品中虚设、杜撰的成分太多。菲茨杰拉德以自己众多的优秀作品、非凡的艺术造诣和高尚的人格魅力为基础,在他有生之年与活跃在 20 世纪文坛上的众多文学艺术家都结下了深厚的友谊。他的文友和至交,除了本书上述各章节中已提及的诸多名流之外,还包括著名的文学理论家维勒(Carl Van Vechen,1880~1964)、布鲁克斯(Van Wyck Brooks,1886~1963)、H·L·门肯、马尔科姆·考利、罗伯特·本契莱(Robert Benchley,1889~1945)、阿诺德·金里奇(Arnold Gingrich,1903~1976)、小说家托马斯·波依德(Thomas A. Boyd,1898~1935)、罗伯特·麦克艾尔蒙(Robert McAlmon,1896~1956),剧作家查尔斯·麦克阿瑟(Charles MacArthur,1895~1956),艺术家艾德华·沈顿(Edward Shenton,1895~1977)等风流人物。他的文学天赋、创作激情和卓越的艺术成就,使他赢得了人们的普遍尊敬和景仰,使他为自己在 20 世纪文坛上建起了一座不朽的丰碑。他在写给女儿司各蒂的信中曾说:"我不是一个伟人,但我认为我有天赋,有不受个人情感支配的客观而真实的品格。我在我的作品中奉献出了这一切,保持了我的基本人格及其价值。我所做出的奉献应具有史诗般的壮丽。"[1]的确,他用自己的作品书写了他那具有传奇色彩的人生故事,他的一生经历又为他的作品做出了恰当的注解。

四、好莱坞

位于美国加州洛杉矶市的影都好莱坞是全世界文学艺术家都心驰神往的地方。菲茨杰拉德从 20 年代末就开始为好莱坞编写

---

[1] Matthew J. Bruccoli, ed. *F. Scott Fitzgerald: A Life in Letters*, p.419.

电影和戏剧脚本。在他眼里,好莱坞曾经"是世界上最富有浪漫色彩的城市之一。"①他虽不是电影事业的热心者,但他关心电影业的动态,结识了电影界的不少名流,与好莱坞各家影业公司都有来往,并发表过一些影评文章,诸如"等你自己有了孩子再说"(Wait Till You Have Children of Your Own,1924)、"爵士乐时代的回声"(Echoes of the Jazz Age, 1931)、"粘贴"(Pasting It Together, 1936)等。在他的长篇小说《漂亮冤家》、《夜色温柔》和若干短篇小说中,都有关于好莱坞影业生活的描写。他的整个创作生涯也都与电影事业有着割不断的联系,或者说,受到过电影事业的影响。例如,在20年代期间,他已有两部长篇小说和5篇短篇小说被好莱坞各影业公司改编、拍摄成了电影,且受到了良好的评价(详见本书第六章)。20年代初,菲茨杰拉德曾尝试性地编写过一些电影剧本,但大都不成功。1923年,他应派拉蒙影业公司之约,将女作家伊迪丝·华顿的一部小说改编为电影剧本,片名为《月光下的流盼》(Glimpses of the Moon,1922),由著名导演阿兰·德旺(Allan Dwan, 1885~1981)执导,拍摄成一部无声电影,但影响甚微。同年,阿兰·德旺还约请他将《人间天堂》改编成电影剧本,却又因故未能开拍。

1927年,菲茨杰拉德偕妻子姗尔达生平第一次走进了好莱坞影城,住在一幢平房里,创作一部定名为《唇膏》(Lipstick)的喜剧影片的脚本,但因写得并不成功而未能开拍。然而,在这短短的两个月里,他却接触了不少名演员,尤其结识了当红女影星露易·莫兰,并为她绝佳的美貌和过人的颖慧所倾倒。两人频频约会,倾吐衷情。这引起了妻子姗尔达的极大不满和强烈干预。一番激烈的争吵之后,他们一无所获地离开了好莱坞。1931年底,菲茨杰拉德再次应邀来到好莱坞,为著名电影制作公司 MGM(Metro-

---

① Matthew J. Bruccoli, ed. *F. Scott Fitzgerald: A Life in Letters*, p.297.

第三章 "最后一位君子"

Goldwyn-Mayer）公司改编《红头歌女》（*Red-Headed Woman*, 1931）的电影脚本，但结果仍不理想。30年代中期，雄心不已的菲茨杰拉德仍想能在电影创作上做出一番成绩，与好几位著名编剧联袂编写电影剧本，其中包括改编他的长篇小说《夜色温柔》，但由于种种原因，仍无显著成绩。

1936年是菲茨杰拉德一生中最充满凄风苦雨的一年。姗尔达的病情极不稳定，时常需要入住医院。他自己也积劳成疾，身染肺病。由于长期过度嗜酒，他的健康更是每况愈下。这年的6月，他摔断了肩胛骨。9月，他的母亲因脑溢血而猝然去世。同一年里，他又受到好友海明威的公开讥讽和攻讦。纽约《邮报》又发表了一篇落井下石般地贬损他个人形象的采访报道。他的经济状况也十分糟糕，已到了负债累累的地步。这一切如同雪上加霜，使他陷入了极度痛苦的深渊之中。然而，厄运和种种打击并未摧垮他坚强的意志。他仍心系文学事业，一次又一次地迸发出炽热的创作激情。他不愿自甘沉沦，要与命运相抗争，要再一次证实自己生命的价值。安排好妻子的治疗和女儿的读书与生活之后，菲茨杰拉德于1937年只身一人再次来到好莱坞，想重整旗鼓，再展宏图。此时的菲茨杰拉德已经受过种种严峻的生活磨难和精神打击，他的人生观和生活方式已有了很大改变，性格更加沉毅、坚韧，思想更为成熟、稳练，观察社会、处理问题的方法也更加缜密、更加现实。他以严谨的态度分析了他在好莱坞的前期创作，花费了大量的时间认真研读别人的剧本，研究拍摄得很成功的重要影片，仔细思考和谋划着他进军好莱坞的策略，准备向电影创作发起新一轮的冲刺。除此之外，他还必须想方设法筹措资金，以支付妻子高昂的医疗费和女儿的学费，偿还他所欠下的沉重债务。好莱坞优厚的剧本创作稿酬深深吸引着他，成了他最主要的收入来源。

菲茨杰拉德在好莱坞影业界的地位非常微妙。他是一位颇负盛名的大作家，成名已久，著述丰厚，深受同行作家们的尊敬和拥戴,各制片公司也竞相以优厚稿酬聘请他改编或创作电影剧本。然而在另一方面,他写出的剧本又常常得不到重视或遭到拒绝,这使他深感茫然,处境甚为尴尬。经济收入固然可观,但要想在电影创作上获得突破却决非易事。1937年,菲茨杰拉德进入好莱坞不久,就受到 MGM 公司的著名制片人约瑟夫·曼基维克兹(Joseph Mankiewicz,1899~1993)的热情相邀,请他将德籍小说家雷马克(Erich Maria Remarque,1897~1970)的名作《三个同志》(*Three Comrades*,1937)改编成电影剧本以供拍片。曼基维克兹自己也是一位颇有成就的剧作家和电影导演,20年代末就开始在派拉蒙影业公司担任编剧,30年代以后一直在 MGM 公司担任制片和导演,曾荣获两次奥斯卡最佳编剧奖、两次最佳导演奖。1969年,曼基维克兹在一次采访中解释了他当年聘请菲茨杰拉德改编《三个同志》的真正的缘由:"我之所以邀请司各特改编《三个同志》,是因为我很赞赏他的文学作品。与其他作家相比,我认为只有他最能恰如其分地把握住欧洲的诸多特征和20年代以及30年代初期的社会风貌和生活气息,这正是改编《三个同志》所必须具备的条件。"①菲茨杰拉德花费了几个月时间完成了这部作品的改编之后,曼基维克兹对其中的若干片断很不满意,又重新作了大幅度的修改。对此,他辩解说:"我的确改写了菲茨杰拉德剧本中的一些对话,因为演员们,包括玛格丽特·苏立文这样的名演员,都根本无法记住那些台词。那是些文学性极强的对话,小说式的对话,根本不具备银幕对话所要求的那些特点。银幕对话要求高度的口语化。菲茨杰拉德写出的那些对话大都为书面语体,而不是口语化的对话……海明威、斯坦贝克、菲茨杰拉德、刘易斯等大作家都写过剧本,但写得都不成功,因为小说中的对话和剧本中的对话毕竟大有区别。小说中的对话可直接输入读者的脑海,而银幕或舞台上口头表述的

---

① Aaron Lathan, *Crazy Sundays*, New York: Viking, 1971, p.123.

对话则要通过听众或观众的耳朵才能被接受和理解,因此,这种对话应有较强的听觉效应和情感冲击力。"①《三个同志》是菲茨杰拉德改编得较为成功的一个剧本。尽管雷马克的这部反纳粹的小说中有不少政治上敏感的内容,为当时的纳粹德国和希特勒本人所不能容忍,但经过加工和改编之后,还是顺利地被搬上了银幕(详见第七章注释)。影片公开上映后,社会反响很强烈,菲茨杰拉德也赢得了制片公司的信任,又签订了新的合作协约。

  30年代的好莱坞名人荟萃,聚集着一大批来自世界各地的著名作家和艺术家。其中就有:剧作家唐纳德·斯图亚特(Donald Ogden Steward,1894~1980)、小说家多萝茜·帕克、戏剧评论家罗伯特·本契莱(Robert Benchley,1889~1945)、幽默诗人欧格顿·纳什(Ogden Nash,1902~1971)、幽默作家西德尼·佩雷尔曼(Sidney Joseph Perelman,1904~1979)和他的连襟、小说家纳森内尔·韦斯特(Nathanael West,1903~1940),以及英国著名小说家安东尼·鲍威尔(Anthony Powell,1905~)和阿尔多斯·赫胥黎等人。他们在这个名闻遐迩的电影艺术中心里各显身手,推动了电影事业的蓬勃发展。菲茨杰拉德以他一贯的风格与这些文学艺术家们保持着密切、友好的交往,并深得他们的尊敬和拥戴。他的文学天赋、艺术造诣,以及他对社会的极为敏锐的观察力,也给这些学界名流留下了深刻的印象。然而在电影剧本的创作和改编方面,他则完全是一个新手,毫无经验。美国著名小说家兼剧作家、普利策文学奖获得者桑顿·怀尔德(Thornton Wilder,1897~1975)曾对此做过生动形象的比喻:"他就像一个杰出的雕塑家被聘请从事管道工的工作一样,根本不懂如何铺设管道,因此,管道接通后总是到处漏水。"②但是,菲茨杰拉德是一位天资聪颖、且发

---

① Mary Jo Tate, *F. Scott Fitzgerald: A to Z*, p.159.
② Andrew Tumbull, ed. *Letters of F. Scott Fitzgerald*, p.126.

奋勤勉、恪守职责的作家。在电影创作这一陌生领域里,他深知自己存在的不足和局限性,因而对剧本创作的研究也格外地投入,倾注了大量的时间和心血。他观看了数十部经典旧片,研读了几十本专业书籍和大量期刊杂志,归纳、总结了电影剧本的结构布局和情节铺设的艺术和技巧,并虚心向那些卓有成就的剧作家和电影导演们求教,与名演员们交流,与普通观众交谈,以期能在电影剧本的创作上也有所成就,不负众望。

1938年2月至5月,菲茨杰拉德应MGM公司制片人亨特·斯特朗伯格(Hunt Stromberg,1894~1968)之邀,将美国短篇小说家派洛特(Ursula Parrott,1902~)的同名小说《婚外情》(*Infidelity*,1938)改编成了电影剧本。由于剧情涉及私通行为,在思想禁锢的新闻机构接受审查时未获通过而未能开拍。5月至10月,他又改编了《玛丽·安东尼》(*Marie Antoinette*,1938)和《富婆》(*The Women*,1936)两部剧本,并顺利地被搬上了银幕。此后,他又应约改编了剧本《居里夫人》(*Madame Curie*)。《居里夫人》的原作者为阿尔多斯·赫胥黎,菲茨杰拉德称他是"用英语写作的作家中最富机智的人"。[①] 但出自于这两位文学大师之手的《居里夫人》的剧本却并不完善,在经过反复修改之后,才于1943年正式开机。1939年1月,他被借用到赛尔兹尼克国际影业公司,负责改编《乱世佳人》(*Gone with the Wind*,1936)电影脚本的全部对白。菲茨杰拉德对玛格丽特·米切尔(Margaret Michell,1890~1949)的这部杰作颇为赞赏。因此,在改编过程中花费了不少的心血。他对《乱世佳人》的评价是:"这是一部很出色的小说,虽然没有独创性,在很大程度上受到了《老妇人故事》和《名利场》等名作的影响,对南北战争的描绘也属拾人牙慧。小说中缺少新人物、新技巧和新的观察方法,没有文学作品应当具备的特点,尤其没有对人的

---

① Andrew Tumbull, ed. *Letters of F. Scott Fitzgerald*, p.607.

情感作出新的审视和挖掘。但从另一个角度来看,这部小说却也写得生动有趣,诚实得令人惊诧。小说在情节上是前后一致的,语言也很娴熟精湛。虽然思想深度不够,但我仍很喜欢它。"①

　　菲茨杰拉德在他生命的最后两年里解除了与所有制片厂的合同,成了一个不受任何约束的自由编剧。1939年,他与派拉蒙影业公司前总裁舒尔伯格(B. P. Schulberg, 1892~1957)的长子、美国小说家巴德·舒尔伯格(Budd Schulberg, 1914~)合作,为好莱坞著名制片人沃尔特·旺格(Walter Wanger, 1894~1968)创作了电影剧本《冬天里的狂欢节》(Winter Carnival, 1939),两人遂成为好友。之后,他又与斯图亚特合作,为派拉蒙影业公司创作了剧本《空袭》(Air Raid, 1939),但未拍成影片。接着,他又为环球影业公司改编了剧本《打开那扇门》(Open that Door, 1939);为著名导演戈尔德温(Samuel Goldwyn, 1884~1974)创作了脚本《窃贼》(Raffles, 1940);为20世纪福克斯影业公司创作了脚本《一切发生在夜间》(Everything Happens at Night, 1939)、《布鲁克林大桥》(Brooklyn Bridge, 1940),改编了剧本《心情轻松》(Light of Heart, 1940)。《心情轻松》拍摄于1942年,片名改成为《38岁正当年》(Life Begins at Eight Thirty)。菲茨杰拉德认为:"美国人的生活中绝没有不买票而让你偷偷溜进场白看的戏。"②但他也坚信,凭着他的天赋和勤奋,他也一定能写出有水准的剧本,在好莱坞影业界建立起自己的名声。他学会了如何运用蒙太奇、穿插闪回、特写、定格等电影艺术表现手法,掌握了银幕和舞台对话的诸多特点,在近两年的时间里创作或改编了16部电影和戏剧脚本,成为好莱坞各家影业公司争相聘请的对象。英国小说家鲍威尔

---

① Matthew J. Bruccoli, ed. *F. Scott Fitzgerald: A Life in Letters*, p. 383.
② F. Scott Fitzgerald, *The Last Tycoon*, New York: Charles Scribner's Sons, 1970, p. 163.

说:"在好莱坞,菲茨杰拉德的名字如雷贯耳,无人不知。人们谈论他时的口气,就仿佛他是一位早已作古的伟人一样。"①虽然评论家们至今仍对菲茨杰拉德的电影剧本的优劣争论不休,褒贬不一,不少人认为他还称不上是好莱坞一流水平的电影剧本作家,但他的确是好莱坞当时为数不多的几位享受高额稿酬的剧作家之一。他实现了他当初进军好莱坞时的愿望——重返文坛,再振雄风,还清债务,挣钱养家,并积攒下足够的钱用以购买时间,来创作他的下一部长篇小说。

菲茨杰拉德是一位恪守传统美德、信奉传统家庭观念的人。对性格乖戾且又重病缠身的妻子姗尔达而言,他是一位忠实称职的丈夫;对女儿司各蒂而言,他是一位慈爱且谆谆善诱的好父亲。为了保证姗尔达能获得最好的治疗,为了使司各蒂能受到良好的教育,他最大限度地付出了自己的一切努力。但是,他英俊的容貌、高雅的气质、机智的谈吐、温和的性格,再加上他显赫的名声和时而流露出的忧伤的神情,却也使他在一生中无论走到哪里,都备受女性的青睐和爱慕,使他与许多出类拔萃的漂亮女性都有过缠绵不尽的感情纠葛。例如:1927年与年轻貌美的女影星露易·莫兰的一见倾心;1930年在瑞士与英国少妇比玖·奥康娜(Bijou O'Conor,1896~1975)的绵绵情愫;1934年在纽约与女作家多萝茜·帕克的情投意合;1935年在北卡罗莱那州与女影星诺拉·芙琳(Nora Flynn,1893~1959)俩姐妹的难舍难分、与女影星比娅特丽丝·丹斯(Beatrice Dance,生卒不详)的异常亲昵;1936年与女护士多萝茜·理查逊(Dorothy Richardson,生卒不详)的绯闻艳事……这些女性都从不同角度帮助、支持、抚慰过菲茨杰拉德,心甘情愿地追随于他的左右,做他的红颜知己。影城好莱坞更是一

---

① Matthew J. Bruccoli and Jackson R. Bryer, ed. *F. Scott Fitzgerald in His Own Time*, p.155.

个美女如云的地方。风采依然、但更加成熟的菲茨杰拉德仍是众多红粉佳人追逐的对象。1937年7月,在海明威举办了《西班牙大地》的放映式几天之后,在文学评论家罗伯特·本契莱举办的宴会上,菲茨杰拉德结识了刚离婚不久、在好莱坞生活了一年有余的英国女职业影评人希拉·格雷厄姆(Sheilah Graham, 1904～1988),两人接触频繁,很快便坠入情网。希拉的外貌酷似姗尔达,这是她之所以能够吸引菲茨杰拉德的原因之一。更为重要的是,他们都有过不幸的婚姻,都想忘却痛苦的过去,都想在好莱坞这个举目无亲、竞争残酷、金钱至上的社会里能有人相依相伴,倾吐衷情。希拉没有劝说菲茨杰拉德与姗尔达离婚而娶她为妻,尽管她认为只要努力一下,就能办到。他们分别住在各自的寓所里,过着平静如水的生活。除了偶尔参加朋友们举办的小型聚会外,他们几乎从不出席各类大型酒会或舞会。在菲茨杰拉德生命的最后两年里,希拉是他惟一的也是最后的一位红颜知己,为他奉献了她真挚的爱情、温暖和忠贞,照料他、陪伴他走完了人生的最后一段旅程。

  30年代的美国经济衰微,危机四伏,到处是一片萧瑟的景象,而影城好莱坞却是一派繁荣,电影事业发展迅速,新的制片公司不断涌现,吸引了许多极有才华的作家和表演艺术家。但是,好莱坞繁华似锦的表象下实际掩盖着的却是落后腐朽的思想观念,尔虞我诈、巧取豪夺的权力之争,虚情假意的人际关系,以及金钱拜物教。一些有名的电影制作公司只图虚名和票房价值,办事拖拉,工作效率极低,腐败之风盛行。不少富有正义感的著名作家和艺术家在目睹了好莱坞的黑暗内幕后,都纷纷拂袖而去,并相继撰文揭露和抨击了好莱坞的恶浊风气。鲍威尔对好莱坞某些大权在握、却坑蒙拐骗、道德沦丧的要人尤为深恶痛绝,在好莱坞未住多久就愤然离去,并谴责了他们"贪得无厌、愚昧透顶、肆意挥霍、合伙误人的行径。在电影业中,他们自己的伦理标准根本就不能成为理想的行为准则,他们自己也很少遵从这些准则。他们的虚伪、滑头、假道学已发挥到了登峰造极的地步"。① 奈森内尔·韦斯特在他的代表作《蝗虫的末日》(The Day of the Locust, 1939)中,也以辛辣的笔调微妙地讽刺了好莱坞的种种丑恶现象,描写了作家们受雇于制片厂时的那种恶劣、枯燥的工作环境:"在这里,你绝无机会消磨时间。所有的作家都在同一间陋室里坐成一排,一旦哪一台打字机停下来,马上就会有人从门缝里探进脑袋,窥视你是否在思考问题。"②菲茨杰拉德也同样亲身经历、亲眼目睹了好莱坞的世态百象,在他逝世前几个月写给朋友的一封信中说:"好莱坞真是一个藏垢纳污的垃圾场,一个骇人听闻的城邦。好莱坞的名声是用富人们的那些侮辱人格的花园抬举起来的,人类的精神价值在这里又再次遭到贬抑,被降到了一个更低的水平上。"③

好莱坞不是文学的圣殿,菲茨杰拉德也未能在电影事业上创造出辉煌的成就。随着他对电影剧本创作热情的减退和对好莱坞极不正常的社会风气的愤懑,菲茨杰拉德又回到了他所熟悉的小说创作中,影业圈内的生活体验为他后期的长、短篇小说创作提供了丰富的素材和全新的内容。1927年他的第一次好莱坞之行,使他写出了短篇小说《雅各布的阶梯》(Jacob's Laddar, 1927)。小说描写的是大富豪雅各布如何扶持纽约女售货员珍妮成长为好莱坞女影星的故事。珍妮便是露易·莫兰的形象再现。1928年,他发表了以好莱坞影城为背景的短篇小说《磁力》(Magnetism, 1928),揭露了名演员乔治·汉纳福德如何被人敲诈勒索的际遇。

---

① Matthew J. Bruccoli, ed. *Correspondence of F. Scott Fitzgerald*, p. 385.
② Jeffrey Meyers, *F. Scott Fitzgerald: A Biography*, p. 287.
③ *F. Scott Fitzgerald Centenary Exhibition*, Columbia: University of South Carolina, 1996, p. 82.

第三章 "最后一位君子"

《疯狂的星期天》(Crazy Sunday, 1932)也以好莱坞为背景,描写电影剧本作家乔尔·科尔与电影导演卡尔曼的妻子斯苔拉之间的婚外恋风波。露易·莫兰也是《夜色温柔》中的女主角之一、芳龄18的女影星萝丝玛丽·霍伊特的创作原型。在1937年7月至1939年7月这两年时间里,菲茨杰拉德把主要精力都投入在电影剧本的创作上,没有发表任何小说。但在此后的18个月里,他共写出了24篇短篇小说,其中的22篇均发表在《老爷》杂志上。《迷惘的十年》(The Lost Decade, 1939)被评论家们认为是其中写得最好的短篇之一。它以生动的文笔叙述了一个因受精神刺激而嗜酒长达10年、对世事麻木不仁的男子,在恍若隔世的10年之后猛然警醒、回归现实的故事。主人公特林布尔恢复了正常的思维之后说:"我倒要看看如今的人们走路的姿势和穿戴的方式,看看他们的衣、帽、鞋都是什么质地,还要看看他们的眼睛和双手。"[1]短篇小说《无用之材》(Discard, 1948)和《最后一吻》(Last Kiss, 1949)发表于菲茨杰拉德逝世之后,也同样以好莱坞为背景,深刻揭露了他在影业界所耳闻目睹的一些丑陋现象。

《帕特·霍比系列小说》(Pat Hobby Stories)由17个短篇小说组成,是菲茨杰拉德1939年至1940年间在好莱坞所写出的值得关注和研究的作品之一。帕特·霍比是一个年龄49岁的作家,从事剧本创作和广告宣传工作已达20年之久。但他实际上是一个不学无术的人,全靠坑蒙拐骗混日子。在无声电影时代,他以不正当的手段赚了不少钱,但在后10年里(1929~1939),他却四处碰壁,找不到工作。他嗜酒如命,挥霍掉所有的钱财之后变得赤贫如洗,无家可归,整天在制片厂周围乱转,晚上就睡在摄影棚里。他到处炫耀的那台旧车是从一家金融机构骗租来的。他写出的剧本都是剽窃别人的,因为他并没有接受过正规教育,文化水平极

---

[1] Matthew J. Bruccoli, ed. *Correspondence of F. Scott Fitzgerald*, p.595.

低。他离过3次婚,也没有一个真正的朋友,是一个仰人鼻息、依靠骗术而生活的寄生虫。他的伎俩已被人识破,骗术已无处可施。为了生存,他不得不在好莱坞东奔西簸,寻找生路。令人意想不到的是,他就凭着那点末流花招,居然也能混迹于好莱坞,且屡屡得手,活得也很自在。

在菲茨杰拉德的笔下,帕特完全是一个"卑鄙委琐的小人"。当文学家奈森准备将《帕特·霍比系列故事》改编成剧本、搬上舞台时,菲茨杰拉德写信给他说:"这个系列故事的典型特点是讽刺和幽默,是对真实环境的大暴露。帕特这个人物身上不可能有悲剧意识或毁灭感,只会令人十分厌恶,大煞风景。改编后的剧本应当保留原有的格调。这是该系列故事原创意图中惟一的新颖之处。"①帕特·霍比决非菲茨杰拉德的化身,因此,这个系列小说不能视作为他的自传体作品。但是,它却深刻地传达了菲茨杰拉德在好莱坞所体验到的种种辛酸和哀痛,以及他对这个社会的忿忿不平之感。此外,《帕特·霍比系列故事》也为他创作《最后一位君子》提供了经济保障,使他不必为生活而犯愁。

五、壮志未酬

菲茨杰拉德在他生命的最后两年里在好莱坞影业界内的生活体验和耳闻目睹,为他最后阶段的小说创作提供了全新的视野空间和丰富、翔实的素材来源。他在搜集了大量第一手资料、制定了周密的写作计划之后,毅然拒绝了制片商们的稿约,于1939年9月开始了他雄心勃勃、规模宏大的第五部长篇小说《最后一位君

---

① Matthew J. Bruccoli, ed. *F. Scott Fitzgerald: A Life in Letters*, p.419.

子的爱》(*The Love of the Last Tycoon*)的创作。他感到只有小说创作才可以使他痛快淋漓地直抒胸臆,畅所欲言地表达他在剧本创作中所无法表达的思想观点。他可以充分利用他在好莱坞生活期间所了解和掌握的诸多材料,可以免受制片商的监督或合作者的干预,可以得心应手地充分施展他的才华,发挥他的艺术天赋和丰富的想像力,写出他的真情实感。虽然由于贫病交加,偶尔还得赶写一些短篇小说和剧本以维持生计,这部小说的创作常迫不得已地被中断,但他把主要精力和时间都花在了这部小说的构思和写作上,想以此重返文坛,恢复他往日的赫赫名声。他在写给女儿司各蒂的信中说:"我已经着手写这部将来也许会成为经典之作的小说了,准备花4至6个月的时间集中精力来完成它。……在经历了那一切的艰辛、压力、耻辱、挣扎、苦斗之后,我总算恢复了元气,能继续写作了……等你看到这部作品时,你就会发现,我对你们年轻人的世界的理解有多透彻——但谈不上广博,因为我疾病缠身,已无力到处走动了。"①

《最后一位君子的爱》以菲茨杰拉德在好莱坞的最后一段生活经历为素材,以好莱坞城为背景,描写了电影导演门罗·施塔尔在腐败之风盛行的好莱坞影业界怎样不顾权贵们的百般反对,蔑视票房价值,坚持艺术标准,坚持做人的准则和尊严的奋斗故事。小说以成熟、凝重的笔力高度艺术化地塑造了门罗·施塔尔这一浩气凛然的人物形象,表现了他卓越的才干和非凡的英雄气概,他精深的艺术造诣和强烈的独立意识,他超逸的人格魅力和磊落的行事准则,以及他为真正的艺术事业而献身的崇高精神。门罗·施塔尔体现了菲茨杰拉德对传统的道德准则和美国理想的诚笃信念,他的屡遭陷害是因为他"胸怀大略,聪明过人",他的最终毁灭也标志着人们对"美国梦想"的追求的终结。他是那个时代在精

---

① Matthew J. Bruccoli, ed. *F. Scott Fitzgerald: A Life in Letters*, p.419.

神世界里奋勇拼搏的"最后一位君子"。

《最后一位君子的爱》如同《夜色温柔》一样,大多数人物形象和若干重要事件都是以真人真事为原型创作而成的。主人公门罗·施塔尔是好莱坞著名电影导演兼制片人、菲茨杰拉德的好友欧文·泰尔伯格(Irving Grant Thelberg,1899~1936)的形象再现;剧作家乔治·鲍克斯莱的创作原型是英国大作家阿尔多斯·赫胥黎;施塔尔的恋人凯瑟琳·穆尔以希拉·格雷厄姆为原型;制片商帕特·布拉迪以 MGM 影业公司的执行董事长路易·梅亚(Louis B. Mayer,1885~1957)为原型;他的女儿、故事的讲述者和诸多事件的见证人塞西莉娅则具有司各蒂和巴德·舒尔伯格的习性和特征;俏丽妩媚的女作家简·米洛妮与菲茨杰拉德的至交、著名女才子多萝茜·帕克极为相像;施塔尔寻找托辞巧妙解雇了的电影导演里德·雷丁伍德显然会使人联想到名导演约瑟夫·曼基维克兹;劳工组织的负责人布里默则无疑是作家唐纳德·斯图亚特的化身,因为他的政治倾向和言论与斯图亚特的共产主义思想信仰几乎完全吻合……小说中的若干情节、富有戏剧性的重要事件,以及人物之间的对话,也都源自于真实的生活场景,例如好莱坞联合影业公司总裁曼尼·舒瓦兹的自杀身亡、洛杉矶大地震、制片厂遭洪水淹没、塞西莉娅在父亲办公室迎面撞见赤身裸体的女秘书的尴尬场面、施塔尔与布里默的挥拳互殴、飞机意外失事等等,都是以真实事件为根据写成的。《最后一位君子的爱》也与《夜色温柔》一样,以凄婉动人的爱情故事为主线,但展现的是一幅气势宏大的好莱坞影城全景式的社会画面和各色人物的世象百态图谱。小说融合了菲茨杰拉德在好莱坞的所见所闻和切身体验,凝结了他在生命的最后几年里的全部智慧和心血,是他整个文学生涯的最后总结。

小说是以第一人称通过塞西莉娅之口来叙述的。塞西莉娅是一个活泼可爱的女大学生,在与父亲的搭档门罗·斯塔尔的交往过程中悄悄地爱上了他。整个故事情节和围绕着主题而展开的一系列事件，都是由她亲眼所见而讲述出来的。但她与《了不起的盖茨比》中的尼克·卡洛威有所不同。尼克冷眼旁观或阅读了盖茨比这一人物的身世来历；而塞西莉娅则被作者赋予了更大的自由度和活动空间。她代替作者本人在小说中阐述着各种不同的观点，发表着对诸多人物和事件的评价，并起着恢复读者对故事主题记忆的作用。她甚至可以将收集到或想象出的各类消息加以整理归类，然后再发布出去，使读者能够从多种渠道和不同角度来获取相关的信息。从这部作品的总体构思和框架布局来看，菲茨杰拉德对"美国悲剧"的忧患意识更加深刻，他一贯的创作思想在这部小说中也得到了更加完美的体现，他所特有的写作风格和叙事艺术更是被他发挥得淋漓尽致，在《夜色温柔》里所存在的一些不足在这里也得到了很好的弥补。他在1940年10月24日写给姗尔达的信中说："我已经完全沉浸在这部小说的创作中了，并生活在其间，因为它使我感到无比快乐。这是一部像《了不起的盖茨比》一样结构严谨、情节动人的小说，许多片断都很富有诗情画意。但它不像《夜色温柔》那样有很多反刍式的沉思和琐碎的细枝末节，每一个情节都紧扣戏剧化的主题而展开。"[1]然而，在他生命的最后一年里，他每天至多只能工作几个小时，写不了多久就会累得疲惫不堪，他的秘书芙朗西丝·柯洛尔（Frances Kroll, 1918～ ）在回忆当时的情景时说："他是躺在床上一笔一画地写作的……一旦他产生了创作的灵感，或构思成熟了某一片断，他便迅速地写下来。虽然《最后一位君子》从素材积累到谋篇布局，耗费了他好几年的时间，但这部未竟之作的真正写作时间却只有4个月。"[2]他依然恪守着早年养成的字斟句酌的写作习惯和对小说艺术刻意求

---

[1] Matthew J. Bruccoli, ed. *F. Scott Fitzgerald: A Life in Letters*, p.467.
[2] Arthur Mizener, *The Far Side of Paradise*, p.324.

工的执著精神,"常常每写完一页就让我大声朗读,以便了解这些文句的音调节奏。在他看来,词语的抑扬顿挫和词语在纸张上的视觉效果同样十分重要,仿佛盲人要靠听觉来感受,而聋哑人则要靠阅读来理解一样"。①

由于疾病缠身和过度的辛劳,菲茨杰拉德的健康每况愈下,《最后一位君子的爱》的创作时断时续,进展缓慢。1940年9月,在故交多萝茜·帕克举办的一次鸡尾酒会上,美国著名剧作家克利佛德·奥德兹(Clifford Odets,1906~1963)注意到了菲茨杰拉德令人担忧的身体状况,"他脸色苍白,体质虚弱,仿佛极度紧张的生活节奏已彻底摧垮了他"。② 1940年11月底,他的第一次心脏病发作使他天旋地转,几乎当场晕倒。此后,为了方便生活和继续写作,他搬入了位于一楼的希拉·格雷厄姆的公寓。这年的12月20日,他陪同希拉看完一场电影回家之后,心脏病又再度发作。在希拉的悉心照料和药物作用下,他的病情稍许有了些好转,便又继续握笔疾书。第二天,1940年12月21日下午,当他仍在伏案写作时,他的心脏病又第三次发作了。此次的发作彻底击碎了他长存胸中的瑰丽梦想,无情剥夺了他年轻的生命。如同罗伯特·斯蒂文森(Robert Louis Stevenson,1850~1894)和D. H. 劳伦斯这两颗英年早逝的文坛巨星一样,菲茨杰拉德也在风华正茂、年仅44岁之时便溘然长逝了,为世界文坛留下了永远也无法弥补的损失。他的《最后一位君子的爱》只写到第六章的第一个片断便戛然停止,成了他留给世人的最后绝章。这部未竟之作经他的同窗好友、著名文学批评家艾德蒙·威尔逊的整理、编辑后,于1941年由斯克里布纳出版公司以《最后一位君子》为名正式出版。威尔

---

① Frances Kroll Ring, *Against the Current: As I remember F. Scott Fitzgerald*, San Francisco: Ellis / Creative Arts, 1985, pp.41~42.

② Jeffrey Meyers, *Scott Fitzgerald: A Biography*, p.333.

第三章 "最后一位君子"

逊在此书的出版前言中高度评价了菲茨杰拉德极不平凡的一生和他所取得的辉煌的艺术成就,为日后掀起的"菲茨杰拉德复兴"奏响了序曲。

第四章

菲茨杰拉德五大小说解读

一、概述

　　法国著名文学家安德烈·莫洛瓦①曾说:"一个人试图以文学创作的方式来表达自己情感需要的愿望源自于他对生活的不善调协或他内心深处的矛盾冲突,他因无法诉诸于别的行动而将一腔怨愤倾注于笔端。"②这一论断无疑是正确的。"对生活的不善调协"也许会转变成创作的原动力,"内心深处的矛盾冲突"也许会激发出写作的灵感,这几乎是不言而喻的。但是,这一论点却不能用以解释天才作家们的创造性活动,更无法用以解释菲茨杰拉德那富有传奇色彩的文学生涯。菲茨杰拉德是一位身具双重性格特征的旷世奇才。他既具有极高的文学天赋和想成为"最伟大的作家"的创作热情,却又常常放浪形骸地耗损着自己的才华;他既向往"富人生活中所具有的那种奇妙动人的自由和魅力",又清醒地

---

① 安德烈·莫洛瓦(Andre Maurois, 1885－1967)——法国文学家,原名 S. W. Herzog,作品有描写英国人的小说《布朗勃上校的沉默》,通俗历史著作《英国史》等,尤以《拜伦传》、《雨果传》、《乔治·桑传》等传记著作闻名。

② Matthew J. Bruccoli, *Some Sort of Epic Grandeur*, New York: Carrol & Graf, 1991, p.2.

看到了上层富豪与普通百姓之间所存在的无法逾越的鸿沟;他既纵情参与了"爵士乐时代"的喧闹的酒食征逐,又能冷眼旁观,用严峻的道德标准来衡量发生在周围的一切,从中思考,参悟人生。他是一个凡人,超脱不了世俗的樊篱羁绊和牵累,但他在内心深处又对这个物欲横流的世界充满了鄙夷和愤慨。作为一个文学艺术家,他最引人瞩目的是他那诗人兼梦想家的气质和风范,以及他那非凡的能在同一时间容纳两种相互矛盾的观点、相互对立的情感,却能不受干扰、照样思索下去的本领。他性格中的这种双重特征和他对世界的独特看法,为他的创作提供了动力源泉,使他的作品具有一种令批评家们所无法还原到概念的生命力,具有一种使不同时代的不同读者都能产生出不同的心灵悸动和体验的艺术感染力。这是因为他在其作品中高度戏剧化地表现了自己的成功和失败,同时也具体入微地浓缩了一代人的欢乐与悲哀。他是整整一个时代的化身和代言人。他以自己众多的作品创造了20世纪文学史上的奇迹,书写了他那"史诗般壮丽"的人生故事,使他在文学的殿堂里获得了永恒的生命。

菲茨杰拉德的一生虽然短暂,但他在20年创作生涯中所取得的成就却很辉煌。他是那一特定时代里的传奇式的人物,以才智出众而享誉文坛。他早期的作品描写的是一群充满幻想的俊男靓女在战争结束之后的新旧交替、百业待兴的年代里,如何反叛老一辈人所遵从的道德风尚,蔑视一切传统的价值观念和社会习俗,以自己的方式追求美好人生的故事。在他们这一代人眼里,权威是不存在的,父辈的规范等于枷锁,前人的成就如同粪土。他们自以为了解这个社会,代表着时代的潮流。他们要扫除旧世界,重建一个更加美好的未来。但是,他们无论用什么方式抓住自己的头发往上跳,也未能脱离现实和传统习俗为他们圈定的范围。菲茨杰拉德在这一阶段的作品对战后美国经济繁荣时期社会图景所作的如实描绘和对战后年轻一代的信念、心态和生活方式所作的生动记述,恰好迎合了这一年代年轻读者的阅读口味和个性体验,在生活阅历相类似的读者群中,尤其在大学生们当中,产生了强烈的共鸣。因此,这些作品虽然在思想深度上尚欠火候,在当时的文学评论界也未引起足够的重视,但销路却出人意料地好。菲茨杰拉德和妻子姗尔达则成了这一特定时代最引人注意的一对"金童玉女"。这对文学夫妇以自我为中心的浪漫、阔绰的生活方式也是这一时代的一个缩影。

菲茨杰拉德写得最为成功的作品则深刻揭示了狂热追求"美国梦想"的人们注定要遭到毁灭的必然结局。在严酷的社会现实中,他们绝无可能实现自己的理想。随着阅历的不断丰富和观察的不断深入,菲茨杰拉德已从年轻一代的代言人转变成了一个目光敏锐、笔锋犀利的社会批判者。《了不起的盖茨比》展现了浪漫的理想主义之梦的最终破灭,而《夜色温柔》则表现了一对貌似天作之合的美国夫妇如何貌合神离、精神错乱、长醉不醒的尴尬处境。在这两部长篇小说中,主人公都进行了不遗余力的奋勇拼搏,并都有所成就。但他们同时也丧失了很多,尤其丧失了他们在故事开始时所具有的人格尊严。因此,他们的结局也必然很凄惨,或很悲凉。在这些作品中,菲茨杰拉德通过对"金钱——爱情"这一双重主题的精妙处理,用严峻的道德标准审视和分析了金钱与财富对人性所产生的扭曲和腐蚀作用,严厉谴责和批判了上流社会的为所欲为和冷酷无情,鞭辟入里地揭示了有钱阶层的种种恶劣卑鄙的行径是导致整个社会腐败堕落的真正原因。因为,在这样的社会环境里,人们对金钱和财富永无止境的贪婪欲望和对上流社会奢靡生活的强烈向往已成了人们惟一的追求目标。金钱使人变得势利、媚俗、丧失做人的尊严,而金钱所带来的却只是悲剧和无尽的悔恨。虽然菲茨杰拉德自己也不可避免地卷入了酒食征逐者的行列,在追求文学事业与追求浮华人生这对难以调和的矛盾当中左冲右突着,但他溶化在作品中的他对社会生活的深刻理解和透彻分析要比他的纵情参与远为重要。更为可贵的是,他在后期的作品中勇敢地剖析、深刻地反省了自己的性格特点和人生道路,这就是他的作品的生命力之所能够远远超过他所描绘的那个时代的原因所在。他在最后10年里留给后世的已不再是色彩斑斓的传奇故事,而是一部真实地进行自我反省的详细记录。即使在《最后一位君子》这部未竟之作里,我们仍可清楚地看出他对自己一生中最为重要的问题所做的严肃检视:如何为达到完美的艺术境界而努力奋斗! 如同海明威在晚年所撰著的《不固定的圣节》一样,菲茨杰拉德最后的这部力作也充分显示了他饱满的创作激情和深湛的艺术功力,因而刚一出版就赢得了评论界众口一词的赞誉。

毫无疑问,菲茨杰拉德的文风所闪射出的魅力显然得自于他那为众多朋友所称颂的人格魅力。他在生命的最后几年中面对逆境和种种不幸而奋勇抗争,决不向厄运低头的豪迈气概,也使他的形象显得更加高大、丰满。他的生前好友艾丽丝·B·托克拉斯曾颇为透彻地概括过他的一生,称他是"同时代作家中感觉最敏锐、才华最出众、文思最敏捷、成就最卓著的一位。作为一位最可爱的人,他是美国文学史上最具悲剧色彩的重要人物之一"。[①] 从他的作品中我们可以看出,他对社会的观察极为细致、敏锐,对历史的变革和时代的演进有着深刻的理解和准确的把握。正因如此,他的作品才使人感到富有浓厚的时代气息和深刻的历史烙印。难怪有评论家称:"他是与伊迪丝·华顿和亨利·詹姆斯一脉相承的社会小说家。他以严峻的目光审视着各种人际关系、社会行为、文化习俗、伦理准则以及由此而产生的社会心理影响,并将他观察、分析的结果充分体现在了他作品中

---

① Jeffrey Meyers, *Scott Fitzgerald: A Biography*, p. 344.

的人物身上。"①

　　菲茨杰拉德的猝然去世引起了美国文学界的极大震惊。这位似乎已被评论界冷落了近十年的当世英才的突然故去令人们深感痛惜。在威尔逊、多斯·帕索斯、舒尔伯格、威斯柯特、奥哈拉、毕萧浦、詹姆斯·瑟伯(James Thurber, 1894~1961)等一大批成名文学家的共同发动下，菲茨杰拉德作为一代文学大师的声誉终于得到了恢复。菲茨杰拉德虽然不幸英年早逝，但他的生命力却在他所热爱的文学领域里得到了永恒的延续。

二、《人间天堂》

　　《人间天堂》(*This Side of Paradise*)正式出版于1930年3月26日。首次印刷数只有三千册，但在3天之内便告售罄，这在美国文学史上也尚属少见。小说在读者群中引起了强烈的轰动效应，菲茨杰拉德也几乎在一夜之间一举成名。

　　《人间天堂》是一部令评论家很难用几句话就能概括得清的小说。它的思想深度似嫌不够，艺术表现手法还欠成熟，对社会、对人生的认识也较粗浅，但它激情奔放，意气昂扬，可读性极强。它浓密相宜地如实描绘了第一次世界大战结束之后美国经济繁荣时期的社会风气，生动记录了战后年轻的一代人放荡不羁的生活和焦躁不安的心态，深刻揭示了传统的文化形态和伦理标准发生动摇、向现代模式变革转型的诸多特征。小说描述具体生动、文笔清新活泼，虽然还缺少艺术描写应有的含蓄，但却写得有色彩，有波澜，使人感到饶有兴味。这部小说的价值就在于它既可看做是

---

① Mary Jo Tate, *F. Scott Fitzgerald: A to Z*, p.48.

记录了作者本人生活体验的一部自传体小说,又可看做是一部忠实记载了社会历史演进过程的编年史。小说所着力表现出的战后年轻一代对传统价值观念和道德标准的强烈反判精神与美国名作家 J·D·塞林格(Jerome David Salinger,1919~)1951 年出版的《麦田里的守望者》(The Catcher in the Rye,1951)大有异曲同工之妙。随着"喧腾的 20 年代"的不期而至,《人间天堂》几乎成了人们认识社会的权威典籍,成了年轻读者解读人生的生活指南。如艾略特的《诗集》、赫胥黎的《地狱的边缘》、劳伦斯的《恋爱中的妇女》一样(这些名作均出版于 1920 年),菲茨杰拉德的《人间天堂》也准确把握住了时代的韵律节奏,以传神的文笔真实描述了大战之后人们理想遭到幻灭、精神一片迷惘的社会现状。小说开诚布公、直截吐露的主题思想或多或少地抨击了美国第二十八任总统托马斯·威尔逊(Thomas Woodrow Wilson,1856~1924,在位时间为 1913~1921)"以战争来结束战争"的论调,浓笔重墨地刻画了战后成长起来的新一代人的形象。他们"长大成人之后却发现,所有的上帝都已统统死光,所有的仗都已统统打完,所有的信念都已统统完蛋。"在当年,《人间天堂》里的诸多人物曾被人们称做是大学生们当中的"迷惘一代",菲茨杰拉德也成了人所共知的"爵士乐时代的桂冠诗人"。

《人间天堂》由第一卷《浪漫的自私主义者》、《插曲》和第二卷《人品的培养》3 个部分所构成,描写一个名叫阿莫瑞·布莱恩的青年的成长和渐渐成熟的过程。阿莫瑞在很大程度上就是菲茨杰拉德本人的真实写照。

第一卷《浪漫的自私主义者》详细记述了阿莫瑞·布莱恩从娇生惯养的童年到预科学校的就读,然后升入普林斯顿大学求学这一阶段的成长经过。第一章题为《阿莫瑞,比娅特丽丝之子》。阿莫瑞自小就受到性格怪僻的母亲比娅特丽丝·布莱恩的过分溺爱。还在童年时代,母亲就带着他几乎跑遍了全国各地,以增长他的见识。这使他产生了强烈的优越感,认为自己天生就是一个要创造出辉煌业绩和荣耀名声的小神童。他为此而精心设计了他"贵族式的自私主义者"的行为准则。一次偶然的机遇使他结识了德高望重的牧师泰雅·达西先生,便立即感到自己与这位可亲可敬的牧师有着千丝万缕的联系。原来达西先生曾与他的母亲有过一段浪漫艳史。达西先生成了他最为重要的良师益友和引路人,并对他的成长产生了至关重要的影响。阿莫瑞在圣·里格斯预科学校的第一年里表现并不出众。可是到了第二年,他便脱颖而出,成了足球场上的明星前锋,并担任了校报的编辑。学习成绩也开始名列前茅了。第二章题为《塔尖与承溜口》,描写阿莫瑞在普林斯顿大学的生活经历。阿莫瑞刚进入东部的这所著名贵族式高等学府就想崭露头角,成为众人瞩目的风云人物。他发奋努力,顺利加入了名闻遐迩的普林斯顿戏剧协会,当选为普林斯顿人协会的理事,并被推选为校伙食管理委员会的成员。第二年的圣诞节假期里,他与一个名叫伊莎贝拉·宝洁的漂亮姑娘邂逅,两人一见钟情,频频幽会。第三章题为《自私主义者的思考》,描写了阿莫瑞生活中遭受的种种挫折。当漂亮的女友伊莎贝拉来到普林斯顿大学参加一年一度的大学生狂欢舞会时,阿莫瑞因意见分歧而与伊莎贝拉发生激烈争吵,两人不欢而散,恋爱关系也从此了断。此后,遭受失恋打击的阿莫瑞又在极为重要的一次数学考试中考了一个不及格,因而丧失了在校园里显示他的领导才干的诸多良机。接着,他的父亲又不幸去世,他的家庭财产也越来越少,几乎接近捉襟见肘的地步。此时,达西先生从精神和物质两方面给予了阿莫瑞以很大的支持。在一次深入的谈话中,达西先生向阿莫瑞讲述了人格与人品的区别。他说:"人格完全是一种有形的东西;当消极的人格开始作用于人时,它会使人堕落;而积极的人格则又会使人飞扬跋扈。但是人品却会使人精神振作,勇气倍增。一个人的人品如何,只能见之于他的所作所为。人品是千百件事

第四章　菲茨杰拉德五大小说解读

物赖以挂靠的横梁,这些事物中有些是熠熠生辉的宝贵财富,如同我们所拥有的财富一样。但是人在使用这些财富时应当保持冷静的心态,切不可盲目地卷入其中。"①达西先生将阿莫瑞和他自己都划入了人品高尚者的行列。后来,当阿莫瑞置身于纽约的两名夜总会歌舞女郎的公寓里时,他敏锐察觉到了"一种无穷无尽的邪恶力量",仿佛看见一个恶魔的影子浮现在眼前。第四章为《纳克索斯休假》,描写阿莫瑞在普林斯顿大学的最后一段学习生活。阿莫瑞的同窗好友伯尔尼·霍礼德在普林斯顿大学发动并领导了一场声势浩大的"反协会运动",一举而成为校园里著名的反潮流人物。阿莫瑞与他孀居的表姐克莱拉·佩琦不期而遇,继而便由心生怜悯转而渐渐爱上了她。但是,带着两个孩子、经济十分困难的克莱拉还是毅然拒绝了阿莫瑞的求婚。不久,阿莫瑞和他的同窗好友们都从普林斯顿大学毕业了。他们穿上戎装,随部队开向了战争前线。

《插曲:1917年5月~1919年2月》,简要描写了阿莫瑞的战争经历和从战场归来后的情景。阿莫瑞在硝烟弥漫的战场服兵役。在前线,他得到了母亲比娅特丽丝不幸去世的消息,并获悉母亲的家产也几乎所剩无几了。战争结束后,阿莫瑞与他普林斯顿大学的两位同窗战友决定一起返回纽约,并打算先合租一套公寓住下来,然后再谋发展。菲茨杰拉德自己并未上过战场,没有体验过战场上那种出生入死的滋味,因而缺少对战争的感性认识。他自己也一直视此为人生的一大憾事。小说中对战争的描写也就难勉会流于粗浅。

小说第二卷的标题为《人品的培养》。这部分内容颇有美国大文豪亨利·亚当斯(Henry Brooks Adams,1838~1918)的风格的遗响,尤其与亚当斯的自传作品《亨利·亚当斯的成长》(The

---

① F. Scott Fitzgerald, *This Side of Paradise*, p.113.

Education of Henry Adams, 1907)有许多相通之处。

第二卷第一章的标题为《初次登场》。阿莫瑞在纽约的一家广告公司找到了工作,并爱上了同学兼战友艾列克·康纳奇的漂亮的妹妹萝莎琳·康纳奇。随着两人恋爱关系的不断发展,他们开始谈婚论嫁了。可是,萝莎琳却又突然变卦,断绝了与阿莫瑞的来往,因为她感到阿莫瑞没有可靠的经济实力来满足她享乐人生的需求,而她自己则又害怕承担责任,一旦嫁给了阿莫瑞,两人都会陷入困境,永无翻身之日。于是,她便无情地抛弃了阿莫瑞,爱上了一个名叫道森·莱德的阔少。第二章《恢复期里所做的尝试》,描写阿莫瑞在遭受失恋打击后的苦闷心境以及他为摆脱困境所做的努力。阿莫瑞愤然辞去了在广告公司的工作,连续3周天天酗酒,以此来麻痹自己,忘却失恋的痛苦。直到政府颁布了"禁酒令",他才就此作罢。艾列克·康纳奇因在纽约混不下去,便返回了自己的家乡。阿莫瑞对自己的处境深感厌倦,心情烦躁不安,常与同住一室的另一位战友汤姆·邓维利亚发生争吵,尤其是在对这场战争的看法上,两人观点分歧很大。阿莫瑞认为,"这场战争扼杀了我们这一代人的个性特征"。[1]汤姆的母亲身患重病以后,阿莫瑞和汤姆便一齐搬出了他们合租的那套公寓。阿莫瑞踏上了去马里兰州的旅程,去投奔他的一个叔父。第三章《年轻人的荒唐事》,描写了阿莫瑞与他的第三个女友之间的浪漫爱情故事。在马里兰州,阿莫瑞又结识了一位年轻貌美的姑娘伊莲娜·塞维齐。伊莲娜是一个无神论者,生性急躁好动,充满浪漫幻想,行为乖张反常。在阿莫瑞打算返回纽约的前一天晚上,他们又悄悄幽会了。伊莲娜为了证明自己死也不会向上帝求饶的坚定信念,差点儿从万丈悬崖上纵身跳下。这一举动令阿莫瑞大为反感,也使得他对伊莲娜的热情明显减退。两人的关系渐渐冷了下来。

---

[1] F. Scott Fitzgerald, *This Side of Paradise*, p. 228.

第四章 菲茨杰拉德五大小说解读

第四章的标题是《傲慢的牺牲》。在大西洋城,阿莫瑞与战友艾列克·康纳奇久别重逢。他接受了艾列克的要求,答应与艾列克的一个朋友合住一套公寓,而这位朋友又因有事而离开了大西洋城,暂时还不住这儿。这天的半夜时分,旅馆的侦探突然猛烈敲门,说他看见艾列克和一个名叫吉尔·维妮的妓女一同了上楼。阿莫瑞为了帮助艾列克洗刷嫖妓的罪名,竟鬼使神差地挺身而出,代他受过,说吉尔是在和他鬼混。不料,两天之后,他却听到艾列克的妹妹萝莎琳与道森·莱德订婚的消息。接着他又得知他所继承的家业也濒临破产了。不久,他又获悉,他所崇敬的恩师达西先生也不幸与世长辞了。

小说第二卷第五章的标题《自私主义者已成长为一个人品高尚的人》,起到了点明主题的作用,表明阿莫瑞已走向了成熟。阿莫瑞痛苦地反省了自己所走过的人生道路,突然感到"胸中涌动着一股要放任自己,走向毁灭的强烈欲望"。① 他认识到在这个世界上将不会再有智者,不会再有任何英雄式的人物。那些道貌岸然、似乎什么都懂的人其实什么也不懂,这类人令他尤其憎恨。他清醒地看到了周围人身上所存在的言不由衷、表里不一的虚伪面目和自相矛盾,深深感到幻想遭到了破灭的失落和悲哀。他总结说:"生活不过是一场杂乱无章的游戏……如同一场足球比赛,人人都在越位,而裁判则被赶出了场外,然而人人又都宣称裁判应站在自己这边。"②他出席了达西先生的葬礼,并暗下决心,一定要成为像达西先生和伯尔尼·霍礼德这样的人,成为一个能给人以安全感、为社会所不可缺少的人。在步行前往普林斯顿大学的途中,一位阔佬驾车路过,顺便捎上了他。经过一番攀谈,他才知道这位阔佬原来竟是他的一位大学同学的父亲,而这位同学又在战争中

---

① F. Scott Fitzgerald, *This Side of Paradise*, p. 281.
② *Ibid.* p. 285.

战死在沙场了。在行车途中,阿莫瑞向这位同学的父亲滔滔不绝地讲述了社会主义理想和制度的种种优越性。"普林斯顿依然还是一个无尽的梦……而传统的精神价值观点仍在影响着新一代人。这代新人要比老一辈人更富有奉献精神,更希望摆脱贫困,更崇尚以成败论英雄。"①虽然对人生的理解尚不透彻,思想也还不成熟,但他决心继续奋斗,"最大限度地发挥自己的作用,发挥自己的个性天赋"。② 在小说的结尾处,阿莫瑞伸出双臂,向着阳光灿烂的蔚蓝色的天空喊出了"我了解自己,这就足够了!"③这一苏格拉底式的至理名言。

《人间天堂》是美国现代文学史上第一部以严肃的笔调描写美国大学生生活的长篇小说。小说所涉及的内容十分丰富、庞杂,包容了作者对财富、社会习俗、伦理、道德、等级制度、政治信仰、功名利禄、爱情观、虚荣心、利己主义、宗教信仰以及性爱等一系列严肃的社会问题的看法。小说的主人公阿莫瑞·布莱恩的身上浓缩了战后美国年轻的一代人的几乎所有特征。他既多愁善感,又目空一切,脑子里充满了天真的幻想。他渴望通过自己的奋发努力而出人头地,"娶最漂亮的姑娘",爬上社会的"顶峰",做一个"大人物"。结果别人都觉得他太傲慢、太爱吹毛求疵而不能容纳他。家庭经济破产之后,他心爱的"漂亮姑娘"也随之都一个个与他分道扬镳了。他与他周围的那些青年男女一样,都是刚从贵族式学校或家庭培养出来的"新潮女郎"和"时髦公子",个个都既很幼稚,又很任性。他们中的许多人都不思进取,不想成长,因为成长就意味着要变老,因此他们总想紧紧抓住这二十几岁的青春年华

---

① F. Scott Fitzgerald, *This Side of Paradise*, p. 304.
② *Ibid.* p. 305.
③ *Ibid.* p. 305.

纵情享乐,仿佛年过30便不堪想象了。他们的爱情是狂热式的,但又缺少真情实感。他们生长在战争结束之后经济空前繁荣的年代里,而这个时代又正在发生着剧烈的变动,传统的文化形态和价值观念受到了全面的摇撼。他们自以为了解这个社会,代表着时代的潮流,因此,他们高扬着自己的旗帜,反叛老一辈人所尊奉的道德风尚,蔑视一切传统的行为准则和社会习俗。在他们眼里,一切神圣的东西都已不复存在,一切规范的标准都已陈腐过时。然而,呈现在他们的眼前的纷繁复杂的社会现象却又使他们迷茫不解,人生的方向也扑朔迷离。阿莫瑞"看到姑娘们甚至能够做出他连想也不敢想的事情来"。[①] 他们的种种急于表现自我、追求奢侈生活的行为往往都潜藏着自我毁灭的悲剧成分。他们的幻想过于浪漫,结果也败落得很惨。阿莫瑞的生活经历和个性体验使他对上流社会产生了强烈的愤懑,甚至使他憎恨现行的社会制度。因为在这个社会里,上层的有钱人享受着种种的特权,他们因为有了这些特权而目空一切,冷酷无情,并为维护他们的特权使用着种种卑劣的手段。阿莫瑞看到,在这个世道上,"最有钱的人只要愿意,就可以娶到最漂亮的姑娘,而没有收入的艺术家却只能把自己的才华出卖给制造纽扣的商人"。[②] 这种强烈的反差和他激进的思想意识使他"盼望着来一场社会大革命,以便能把我翻到社会的最上层"。[③] 阿莫瑞对"人间天堂"的追求是梦幻式的,梦碎之后,留下的只是更加的惆怅和哀伤。《人间天堂》从这个意义上来说,是一部反映了年轻的一代如何战胜虚妄幻想、逐渐走向成熟的生动记录。阿莫瑞虽然承认战争并没有对他产生巨大的影响,"但战争已毫无疑问地破坏了一切传统的文化背景,扼杀了我们

[①] F. Scott Fitzgerald, *This Side of Paradise*, p.60.
[②] *Ibid.* p.249.
[③] *Ibid.* p.249.

这一代人的个性特征……我不知它是否也同时扼杀了全世界人的个性特征。啊,上帝,我过去时常梦想要成为一个真正伟大的独裁者,一个名作家,一个杰出的政治家或宗教领袖,那种感觉真好——可如今,哪怕是达芬奇或梅迪契转世,也不过是当世的一块实在是过了时的朽木垫而已。"①

《人间天堂》在创作艺术上融合了现实主义与浪漫主义的诸多显著特征,汇集了散文、诗歌、戏剧、书稿、摘录等体裁形式和表现手法。小说尤其以严肃的态度和细腻的笔调描写了现代女性的思想解放、独立意识和大胆举动。例如,小说第一卷第二章中的《爱抚》一节,实际上就是对"接吻"这一行为的细腻描述:"那些维多利亚式的母亲们谁也想不到,她们的女儿们在外与人接吻是多么地风骚放荡、习以为常。"②而缺乏激情的接吻也决不会激发起阿莫瑞要采取进一步大胆行动的强烈欲望。在第二卷第一章以戏剧形式表现的男欢女爱的场景中,"他:萝莎琳,我真忍不住要吻你了。她:我也是。(于是,他们真真切切、痛痛快快地接吻了。)"③但是,小说的独创性却并不在于对性爱行为或场面的渲染或直露的描写,而在于着力表现主人公对性爱的态度和看法上。在当年,当普林斯顿的许多大学生们还认为随意接吻是一种不道德的行为、而庄重的接吻则又意味着是求婚或某种承诺时,《人间天堂》对男女青年的情爱要求的坦率承认和直露描写,便是对文学禁区的一种大胆突破。它为当代男女青年,尤其是当代大学生们,为挣脱传统习俗的禁锢、争得性爱自由的权利唱起了响亮的赞歌。

菲茨杰拉德后来在接受采访时对记者说:"我对那些作家们

---

① F. Scott Fitzgerald. *This Side of Paradise*, p. 192.
② *Ibid.* p. 60.
③ *Ibid.* p. 160.

一直在津津乐道地为我们描写的毫无性爱意识的动物式的人物十分厌烦。就我个人而言,我非常喜爱这类具有现代意识的年轻姑娘。的确,我就是与我作品中的女主人公式的人物结婚的。我对别的类型的女人不感兴趣。"①菲茨杰拉德称《人间天堂》是"一部献给哲学家们的描写新潮女郎的小说"。随着《人间天堂》在读者中的广为流传,"新潮女郎"(flapper)这一词语便成了当时的人们常挂嘴边的时髦用语。"flapper"的原意是指"刚学会飞的小鸟"。在19世纪初叶,该词意为"雏妓"。到了20世纪初时,该词的意思已有所变化,专指行为放荡不羁的少女。而在20世纪20年代期间,由于《人间天堂》的风靡于世,该词的含意已发生了根本性的变化,成为"衣着、发型和举止都不受传统约束的青年女子"的代名词。《人间天堂》给文学创作和社会生活所带来的冲击是十分巨大的。摆脱了金钱、财富和传统习俗的束缚的阿莫瑞和他的女友们,已成了年轻的一代争相效仿的榜样。这部小说所表现出的对上流社会和对所谓的高雅生活方式的强烈反叛精神,在整整一代人的心中产生了强烈的共鸣,同时也引起了老一辈人的高度警觉。它既为随之而来的"爵士乐时代"进行了一次洗礼,又热情颂扬了新生的一代人对美好未来的热烈追求。

  《人间天堂》从实际意义上说,就是一部反映了作者生活经历和心路历程的自传。书中的众多人物和故事情节以及场景都是根据真人真事和作者的亲身体验写成的。例如:学识渊博、德高望重的达西先生显然就是作者的启蒙恩师费神父的化身;桑顿·汉考克这一人物的身上具有美国著名学者亨利·亚当斯的诸多特征;阿莫瑞的表姐克莱拉·佩琦与菲茨杰拉德的一位漂亮表姐塞茜莉娅·泰勒极为相似;而阿莫瑞的3位女友则是作者的初恋情人吉

---

① Matthew J. Bruccoli and Jackson R. Bryer, eds. *F. Scott Fitzgerald in His Own Time*, pp. 244~245.

妮芙娜·金和妻子姗尔达的形象再现；主人公阿莫瑞·布莱恩的成长经历以及他的思想和心态也与菲茨杰拉德本人如出一辙；菲茨杰拉德周围的许多同学和朋友都被他经过提炼加工之后写进了小说中。菲茨杰拉德与姗尔达曲折、离奇的恋爱过程尤其为这部小说的创作提供了丰富的感性素材。在小说中，女主人公萝莎琳对追求她的恋人说："你知道，我在某些方面是很老到的。我还只是个小姑娘呢。我喜欢阳光，喜欢漂亮的东西，喜欢过快乐的生活，但我害怕承担责任……"①作者是这样描写她的性格的："她无论何时想要什么就要马上得到什么，如果得不到，她就会使她周围的每个人都备受折磨，不得安宁。但是，从真正意义上说，她并没有被娇惯坏。她那朝气蓬勃的热情，她那强烈的上进心和求知愿望，她精力旺盛地追求浪漫爱情的执著信念，她那过人的勇气和坦诚——这些都表明她没有被宠坏……她希望别人都喜欢她，但是，假如不得宠，她也决不会为此而烦恼，或试图改变自己。因此，如何培养和开导漂亮女人便是男人应当掌握的一门知识。"②萝莎琳的这些性格特征无疑就是新一代女性的性格特征，而萝莎琳这一人物实际上就是姗尔达的真实写照，也是菲茨杰拉德本人的真实写照。因为，"从真正意义上说"，她的"信念"也折射了他"追求浪漫爱情的执著信念"，这一"信念"则又构成了他在作品中所要着意表现的重要主题之一。

作为菲茨杰拉德的成名之作，《人间天堂》不仅表现了作者极高的文学天赋和创作激情，而且也反映了他的艺术功力和他对前人成就的肯定与接受。小说中出现的恶魔告诫阿莫瑞不要与夜总会女郎同床共眠这一情节的具体描绘，显然是受到了俄国大作家陀思妥也夫斯基（Feodor Mikhailovich Dosloyevsky,

---

① F. Scott Fitzgerald, *This Side of Paradise*, p. 178.
② *Ibid.* p. 156.

1821～1881)的影响,这一情节与《克拉玛卓夫兄弟》(*The Brothers Karamazov*,1880)中的伊凡半夜遇鬼的情节颇为相似。早在1918年,毕萧浦就曾写信给菲茨杰拉德,列举了陀思妥也夫斯基的名作《罪与罚》(*Crime and Punishment*,1866)中的若干片断,提醒他"小说中的情节描绘就是要起伏跌宕,高潮不断"。在普林斯顿大学求学期间,他从高斯教授的文学课中汲取了大量文学的养分,尤其是高斯教授所讲授的《克拉玛卓夫兄弟》中那段著名的邂逅魔鬼的场景描写,给他留下了深刻的印象。菲茨杰拉德本人也曾深受英国著名小说家H·G·威尔斯和爱尔兰大作家詹姆斯·乔伊斯的创作思想和文体风格的影响。威尔斯的社会小说《波里先生的历史》(*The History of Mr Polly*,1910),描写的是一个店主为世事的纷扰所苦,后来隐姓埋名、自得其乐的故事。威尔斯对这部小说中的主人公既有嘲讽,又有怜悯,但他着力抨击不合理的社会制度的创作思想,在《人间天堂》这部小说中也时隐时现。菲茨杰拉德对他笔下的阿莫瑞等人物也是既有讥讽、揶揄,又寄予了深深的同情,同时也着力批评了"这个令人讨厌的社会制度",表达了他"盼望来一场社会大革命"的强烈愿望。乔伊斯的名作《青年艺术家的肖像》是一部自传体小说,通过主人公斯蒂芬·德迪勒斯从幼年、童年到青年的成长历程和他在各个不同时期的思想感情变化,描绘了现代艺术家与客观世界和社会生活之间的关系,即:走向艺术即走向流亡的命运。菲茨杰拉德的《人间天堂》在艺术表现手法上与乔伊斯的《青年艺术家的肖像》有着许多的共同之处。乔伊斯笔下的斯蒂芬对社会的反叛精神,在菲茨杰拉德笔下的阿莫瑞的身上也得到了充分的体现,他们的思想是相通的。

《人间天堂》讲述的既是一个凄婉而又浪漫的爱情故事,又是一个文学青年的阅读体验和对文学事业的憧憬与向往。通过主人公阿莫瑞·布莱恩等人物之口,菲茨杰拉德在全书中共提及了98

位著名作家,涉及经典名作多达64部,充分显示了他独特的文学观和宽广的阅读面。在第一卷第四章中,他写道:"在这些探索式的小说中,主人公都是用最精良的武器武装好自己之后才走进生活之中的。他们信誓旦旦地要充分发挥这些武器应有的作用,自私而又盲目地想把这些武器的拥有者推向时代的最前列。可是,这些'探索式小说'中的主人公们走进现实生活之后却又发现,世上还有许多更为高超的运用这些武器的方法。《笃信此神》、《凶街》以及《非凡的研究》(*The Research Magnificent*,1915,此系威尔斯作品之一——作者注)便是此类小说中的范例。"[1]菲茨杰拉德本人无疑也在很大程度上受到了这些"探索式小说"的影响。他在《人间天堂》第三次印刷本的前言"作者的歉言"(The Author's Apology)中说:

> 我不想再谈自己了,因为我得承认,这部作品或多或少谈的就是我自己。事实上,本书的写作共花了3个月的时间,构思只花了3分钟,而素材的收集却花了我全部的时间和精力。本书的写作动意产生于去年7月1日。它是我摆脱放纵生活的一个产物。我全部的创作理论可以用一句话来概括,那就是,一个作家应当为他那一代青年执笔,而将作品留给下一代评论家和未来的中学校长们去评说。[2]

《人间天堂》出版之后在读者中所产生的轰动效应引起了美国文学评论界一些权威人士的关注,褒贬不一、见仁见智的评论文章也随之纷至沓来。有批评家严厉谴责了这部作品,说它"语法

---

[1] F. Scott Fitzgerald, *This Side of Paradise*, p.114.
[2] Matthew J. Bruccoli and Jackson R. Bryer, eds. *F. Scott Fitzgerald in His Own Time*, p.164.

不通,行文散漫,格调低下,结构累赘,词语空泛,让人缺乏信心"。① 普林斯顿大学第十四任校长约翰·希本(John Grier Hibben,1861~1933)对菲茨杰拉德在书中把这所著名学府描绘成"美国最美好的乡村俱乐部"一节十分恼火,同时也深感不安。他在写给菲茨杰拉德的信中既表达了他对这位才俊的厚爱,又直言不讳地批评道:"你对普林斯顿大学的描写很令我伤心。我无法想象我们的年轻小伙子们4年的大学生活都是在一个乡村俱乐部里度过的。他们在算计别人、诌上傲下的气氛中虚度了整整4年的光阴,这使我感到无法忍受。"② 但是,大多数文章还是热情赞扬了这部小说新颖独到的表现手法、生气勃勃的活力和清雅流畅的文笔。美国小说家毕萧浦在分析这部小说大受读者喜爱的原因时说:"它以真诚取代了虚伪,以自发的行为方式取代了被禁锢的行为方式,以自由的理念取代了被长期压抑的情感——谁会抵制如此美好的生活模式?读者的反应是十分强烈的。小说的成功是顺理成章的。它的不足之处并不明显。"③

菲茨杰拉德的同窗好友、著名文学评论家艾德蒙·威尔逊客观地分析了《人间天堂》的优劣与得失,在一篇评论中说:

> 《人间天堂》的一个主要不足之处是,它并没有透彻地讲清任何道理,它所涉及的理性内容和道德问题似有装腔作势之嫌。此外,故事本身在构思上也很不成熟……在小说创作中可能出现的一切违反常理的现象在《人间天堂》里都有所反映。但是,这些毛病并非不可饶恕,也不会影响它流芳百

---

① Jeffrey Meyers, *Scott Fitzgerald: A Biography*, p. 60.
② Matthew J. Bruccoli, ed. *Correspondence of F. Scott Fitzgerald*, p. 58.
③ Edmund Wilson, ed. *The Collected Essays of John Peale Biship*, New York & London: Scribner's, 1948, p. 76.

世,因为它把反常的杂乱无序的生活描写得饶有兴味,充满活力。它的感情虽不深邃动人,它的戏剧性也还不足以使人能屏住气息,但是,它的欢快气氛、它的浓墨重彩、它的波澜起伏,相对于深沉凝重、晦涩难懂的严肃的美国现实主义小说而言,却犹如一阵清风,令人赏心悦目……的确,菲茨杰拉德的语言很富有节奏感,能产生极好的听觉效果。他对语言天生就具有一种特殊的敏感,因此,他的文体清秀典雅,文字鲜活灵巧,令他同时代的一些喜欢矫揉造作的作家羡慕不已。①

美国著名作家兼文学评论家马尔科姆·考利认为:"《人间天堂》这部小说足以证明菲茨杰拉德已开始崭露头角,发挥他的文学天赋了。这部作品的特点主要表现在:叙事文体清晰流利,人物形象鲜明生动,喜剧意识相当浓厚,人物对话自然逼真。这部小说最令人瞩目的特色是,它向世人庄严宣告,衡量一切事物的标准已发生了巨大的变化……菲茨杰拉德以饱满的激情、真诚和坦率说出了他同代人共同的心声,在他们当中产生了强烈的共鸣,而他的前辈们则在侧耳聆听着他的声音。"②评论家 H·L·门肯对《人间天堂》的评价是:"这是我近来所看过的写得最精彩的一部美国小说。"③

正如一些文学评论家所指出的那样,《人间天堂》作为菲茨杰拉德的处女之作,的确还存在着某些不够成熟的地方。小说在艺术描写上还不够简洁凝练,在感情表达上过于直露,缺少应有的含蓄,人物的塑造也因作者底蕴不足而欠丰满。对小说主人公阿莫

---

① Harold Bloom, ed., *Modern Critical Views on F. Scott Fitzgerald*, New York: Chelsea House Publishers, 1985, pp. 8~9.
② *Ibid.* p. 52.
③ Jackson R. Bryer, ed. *F. Scott Fitzgerald: The Critical Reception*, p. 3.

瑞·布莱恩的人生经历的深入考察会使读者感到困惑茫然。这是因为小说在很大程度上记录的是菲茨杰拉德本人在这一时期的生活轨迹,小说中的阿莫瑞实际上就是带着面具登台演出的作者自己。事实上,第一次世界大战之后的20年代不仅是一个理想幻灭、道德更新、人人都在追求精神刺激和物质享受的年代,同时也是一个文学蓬勃发展、新人佳作不断涌现的文学的黄金时代。德莱塞、安德森、刘易斯、多斯·帕索斯等中、青年作家已出版了一部又一部的长篇大作,他们也都在从各个不同的视角探索、剖析着这个时代的本质特征,使美国文学进入了一个空前繁荣的阶段。然而,该时代的这一侧面对菲茨杰拉德并没有产生实质性的影响。他只是凭着自己的颖慧来观察和理解他所亲身经历的一切。由于他这一时期阅历还不丰富,且又过于自我放纵,追逐浮华虚荣,缺乏高度抽象思维的能力,因而对社会、历史、政治和意识形态的演变还形成不了足够清楚的认识和理解,他对生活的体验往往也带有很大的局限性,使他看不到动摇整个社会基础的潜在力量。这也许正是《人间天堂》这部作品深度不够、内涵欠足的原因所在。但是,作为一个职业作家,菲茨杰拉德以他特有的敏锐和聪慧"感受"到了时代的震颤,以生动的文笔如实记录了那个特定时代的社会风貌和生活气息,忠实报道和评判了他所经历的一切,将这一历史阶段的典型特征栩栩如生地再现在了后人的眼前。这也正是这部小说的真正价值所在。

《人间天堂》的重要意义就在于,它融合了现实主义和浪漫主义的创作方法,以严肃的笔调刻画了战后美国年轻一代的生活方式、精神状态、社会特征以及大学校园文化。它是美国文学史上第一部以描写现代美国大学生的校园生活为主题的具有划时代意义的重要小说。它将以其独特的历史价值和艺术魅力而永载美国现代文学史册。

三、《漂亮冤家》

《漂亮冤家》(*The Beautiful and Damned*, 1922)是菲茨杰拉德的第二部长篇小说,也是由斯克里布纳出版公司出版的。

《人间天堂》的巨大成功不仅为菲茨杰拉德赢得了"天才作家"的称号和相当可观的经济收入,而且也为他赢得了姗尔达的芳心,这使他的创作热情更加高涨。与姗尔达结为伉俪之后不久,他就在康涅狄格州的威斯特堡市租借了一幢别墅,信心十足地开始了他第二部长篇小说的构想和创作。1920年8月,他写信给斯克里布纳出版公司总裁查尔斯·斯克里布纳第二(Charles Scribner II, 1854~1930)说:"我的这部新小说描写的是一个名叫安东尼·佩奇的人在25岁至33岁之间的这段生活(即1913年~1921年之间的事)。他既具有高雅的品位和生活的情趣,又存在许多人皆有之的弱点,但他缺少真正的创作灵感,是众多艺术家们的一个典型代表。小说描写了他和他年轻貌美的妻子在充满暗礁险滩的花天酒地的纵乐生活中最终遭到毁灭的经历。小说的色调似乎有些悲凉、暗淡,但却感情充沛,能震撼人心。我希望它不会让那些喜欢我的第一部小说的评论家们失望。"[①]《漂亮冤家》写成之后,又经过作者本人和他妻子的反复斟酌与修改,才于1922年3月在美英两地同时出版。在当年的《出版家周刊》杂志上,《漂亮冤家》连续3个月名列最佳畅销书榜首。同年,美国华纳兄弟影业公司又将这部作品搬上了银幕。这就使得菲茨杰拉德的知名度和他的经济收入得到了进一步的提高。

---

① Matthew J. Bruccoli, ed. *F. Scott Fitzgerald: A Life in Letters*, p. 41.

第四章 菲茨杰拉德五大小说解读

与《人间天堂》一样,《漂亮冤家》所涉及的年代仍为第一次世界大战之前至战后这 10 年,即 1910 年至 1920 年间的这段历史。小说的主题和内容与《人间天堂》也颇为相似,描写的也是一个出身豪门、相貌英俊的青年的个人成长史和浪漫爱情史。如果说《人间天堂》是以奔放的激情、明快的节奏和充满机智的语言描绘了战后成长起来的新一代人的形象的话,那么《漂亮冤家》所传达的思想感情则显得较为深沉,笔调也较为凝重稳练,因而悲剧意识更为强烈。小说的题目本身似乎就暗示了故事的主人公们从"美丽浮华"的纵情享乐走向"负屈含冤"的悲凉结局的痛苦的人生历程。与《人间天堂》相比,这部小说的篇幅也更长,几乎是《人间天堂》的两倍。全书共分 3 部,每部 3 章,共有 9 章组成。

第一部:第一章题为《安东尼·佩奇》,介绍了主人公安东尼·佩奇的身世、家庭背景、个人经历,以及他在东部的著名高等学府哈佛大学的求学生活。安东尼·佩奇 5 岁时,母亲就不幸去世,他随父亲亚当·尤里西斯·佩奇与祖父生活在一起。11 岁时,父亲又突然亡故。这个自幼父母双亡的孤儿是由他的祖父抚养成人的。祖父亚当·G·佩奇是一个崇尚社会改良的百万富翁,对安东尼极为宠爱,专门为他聘请了一位家庭教师,想把他培养成一个视野开阔、品德高尚、对社会有用的人才。14 岁至 16 岁期间,安东尼随家庭教师在欧洲学习、生活。之后,他顺利考入了哈佛大学。但在大学时代,他落落寡合,心情郁闷,常在校外偷偷酗酒,直至四年级时,情况才有所好转。大学毕业后,他去了意大利古城罗马谋生。1912 年,由于祖父突然病倒,他从罗马返回了美国。祖父病愈后的第二年,他在纽约租了一套公寓定居下来,这一年他已 25 岁。安东尼对祖父说,他一直想写一部关于中世纪的史学著作。可他却只是说说而已,实际上"什么事情都没做"。他最要好的两位朋友都是他在哈佛时的同窗,一位名叫毛利·诺贝尔;另一位是志向远大、想成为大作家的迪克·卡拉梅尔。安东尼常与这两位朋友畅谈人生理想,探讨文学和哲学问题。

在第二章《一个迷人美女的肖像》中,迪克·卡拉梅尔向安东尼介绍了自己的表妹葛萝丽娅·吉尔伯特,把她描绘成一个美若天仙、令人着迷的绝色佳人。于是,安东尼便热情邀请迪克和葛萝丽娅参加了由他做东的茶会。初次相见,两人留下的印象都很美好。此后,两人便频频幽会起来。

第三章,《接吻的行家老手》,描写的是安东尼与葛萝丽娅曲折离奇的恋爱经过。迪克向葛萝丽娅的母亲凯瑟琳·吉尔伯特透露了安东尼已爱上了葛萝丽娅的消息。吉尔伯特太太告诉迪克说,她很希望葛萝丽娅能早点儿把婚事定下来,因为她总是招蜂引蝶,身边围绕着一大批小伙子,近来又结识上了另一群纨绔子弟。葛萝丽娅把两个男朋友——拉谢尔·邦尼斯和莫里埃·凯涅都带回了家中。但在迪克看来,这两人却均属平庸之辈。与安东尼相处了好几个月的女友杰拉尔丁·伯克是一个出身寒微的漂亮姑娘,每次约会,她总看到安东尼不停地喝酒,对此很是反感。葛萝丽娅举办了一次宴会,邀请了莫里埃、拉谢尔、迪克、毛利、安东尼等众多男友参加,还特别请来了一位名叫约瑟夫·布罗克曼的人。此人是一个电影制片商,是她父亲的同事,并且一直在拼命追求她,想向她求婚。席间,葛萝丽娅与安东尼离开了宴会厅,他们热情地拥吻在一起。几天之后,他们又再次幽会了。当安东尼情欲亢奋地狂吻葛萝丽娅时,却遭到了她极为冷淡的拒绝。为此,两人大吵一场,不欢而散。安东尼意识到他已疯狂地爱上了葛萝丽娅,但他还是决定暂时不去见她,想用冷处理的方法来对待此事,等过一段时间双方都渐渐淡忘了所发生的不愉快之后再去找她。5个星期之后,他们又外出约会了,安东尼深情地向葛萝丽娅倾诉了他对她的爱。

第二部:第一章,《喜气洋洋的时光》,描写了安东尼与葛萝丽娅新婚燕尔的快乐生活和他们之间所存在的矛盾冲突。安东尼与

第四章　菲茨杰拉德五大小说解读

葛萝丽娅决定在这年的 6 月举行婚礼,但两人之间却又争吵不断。他们一边忙着准备结婚的各种事项,一边在算计着安东尼的祖父去世之后会给他们留下多少遗产。此时,迪克·卡拉梅尔出版了他的第一部长篇小说《疯狂的恋人》。这本小说使得迪克几乎在一夜之间一举成名。迪克获得的成功和喜悦,使得安东尼的婚礼筹备工作显得黯然失色,相形见绌。安东尼和葛萝丽娅在祖父的家中举行了婚礼,然后去加州度蜜月。蜜月中,"安东尼发现和他躺在一起的这个貌若天仙的丽人竟是一个极端神经质、极端专横、极为自私的女人",而"葛萝丽娅也在不到一个月的时间里发现安东尼是一个彻头彻尾的懦夫,他脑海里想象出了无数个幻觉,可是一遇到事情便畏缩不前了"。① 蜜月之后,他们在纽约郊区的马里埃塔镇租了一套房屋住下来,夏天在这里过,冬天则回到安东尼在纽约租下的公寓。婚后第二年,葛萝丽娅的母亲去世了。

第二章,《宴会结束后的交际酒会》,描写的是这对俊男靓女结婚之后所过的穷奢极侈却又一事无成的虚浮生活。葛萝丽娅"已经哄得安东尼的思想进入了休眠状态",②他们挥霍无度,纵情享乐着。安东尼已渐渐厌倦了葛萝丽娅在他们夫妻关系上所表现出的专横跋扈。一天晚上,在他们的朋友家中,安东尼喝得酩酊大醉。当葛萝丽娅坚持要离开朋友家时,安东尼借着醉意大发其火,使葛萝丽娅当众下不了台。为了夺回他在家庭中的主导地位,他又在火车站强行阻拦葛萝丽娅上火车,以显示他的男子气概。葛萝丽娅第二天对安东尼说,这场事件已彻底改变了她,"我已明白,我的傲慢与火暴性格已经完全消失了,剩下的只有对你的永远

---

① F. Scott Fitzgerald, *The Beautiful and Damned*, New York: Charles Scribner's Sons, 1950, p.157.
② *Ibid.* p.191.

的爱,不过,爱的方式是跟过去截然不同的"。① 祖父亚当·佩奇想出资送安东尼去海外当战地记者,但安东尼不愿接受这份苦差事。安东尼和葛萝丽娅依然恣行无忌地挥霍着金钱,过着饱食终日、无所用心的生活,尽管安东尼也曾写过一篇文章卖给了一家杂志。约瑟夫·布罗克曼主动提出要安排葛萝丽娅去制片厂试试镜头,这也遭到了安东尼的反对。安东尼和葛萝丽娅回到纽约的公寓来过冬天时,带着祖父为他写给威尔逊证券公司总裁的亲笔推荐信,在这家公司当上了一名证券推销员。为了庆贺安东尼找到了一份新的工作,他们与毛利和迪克一起纵酒狂欢了两整天,然后便彻底改变了他们的生活方式:"对一切都毫不在意的潇洒态度在一夜之间改变了;由于这个决定完全是葛萝丽娅的主意,他们便为所做出的选择和未来的前景而感到十分欣慰,觉得这样做是完全有道理的。不必为此而遗憾,也不必为此而后悔,明确地按照相互尊重的准则去生活吧,去热烈地坚持不懈地寻求眼前的幸福吧。"②然而,安东尼没隔多久就又辞去了这份工作。一次醉酒之后,他们错误地续签了马里埃塔镇上那套用以消夏的租房契约。

第三章,《断裂的橡皮密封圈》,描写安东尼因沉溺于花天酒地的生活而遭到祖父的唾弃,最终未能继承到祖父的巨额遗产的可悲结局。葛萝丽娅竭力奉劝安东尼不要过度酗酒,与朋友外出时不要大手大脚地包揽一切花销,对她的朋友拉谢尔·邦尼斯不必过分殷勤。但他不听劝告,仍一意孤行。祖父打电话来询问情况,安东尼却因外出喝酒而未能接到电话。祖父因为放心不下,便亲自来到他们在马里埃塔镇的家中,却发现他们正在家中举办酒会,个个都烂醉如泥。祖父十分厌恶,大怒之下拂袖而去。一周之后,安东尼前来探望祖父,却被祖父的秘书艾德华·夏托渥滋挡在

---

① F. Scott Fitzgerald, *The Beautiful and Damned*, p. 202.
② *Ibid.* p. 226.

了门外,理由是祖父身体欠佳,谁都不见。到了冬天,安东尼和葛萝丽娅又回到纽约,但已无力支付不断上涨的房租了。祖父亚当·佩奇病情恶化,终于撒手人寰。当安东尼得知祖父的遗嘱中没有他的名分时,情急之下,便雇了一名律师来打官司,争夺遗产。虽然安东尼和葛萝丽娅已开始为钱而发愁,但他们仍然肆意挥霍着钱财,每个周末都要去参加狂欢滥饮的聚会。安东尼想为畅销杂志写小说,却屡屡受挫,只好放弃了这一念头。不久,葛萝丽娅的父亲也去世了。此时恰逢美国对德国宣战,安东尼报名参军,却因血压偏高而被拒绝,但后来还是应征入伍了。亚当·佩奇的遗嘱在法庭上被得到了确认,安东尼和葛萝丽娅因不服判决而提出了上诉请求。

第三部:第一章题为《文明问题》,描写的是安东尼的军旅生活和他在这一时期的婚外隐情。10月份,安东尼奉命来到位于南卡罗莱那州的霍克军营,开始接受军事训练。在此期间,他爱上了一个出身贫寒、名叫多特·雷克罗芙特的姑娘,便百般阻挠葛萝丽娅来南方与他团聚。第二年3月,他所在的军团奉命开到了位于密西西比州的布尼军营,但他仍与多特保持着暧昧关系,常在城里的旅馆中与她秘密幽会。一天深夜,他返回军营太晚,在接受盘查时,他撒谎报了个假名。事情败露后,他受到了降级处分,并被关了3个星期的禁闭。当他所在的军团又奉命开到长岛附近的米尔斯军营,准备开往前线时,战争结束了。他与葛萝丽娅在"停战舞会"上重又相聚。

第二章,《美学问题》,描写葛萝丽娅在夫君从军后的寂寞惆怅的生活,以及安东尼离开军队回到葛萝丽娅身边,在纽约四处谋生的经历。虽然葛萝丽娅与安东尼的婚姻生活并不和谐美满,但在安东尼当兵在外这一年里,葛萝丽娅仍十分想念他。拉谢尔·邦尼斯为了安慰她,便找借口请她外出吃饭,出席作陪的还有另外两位年轻军官,一个是柯林斯上尉,另一个是沃尔夫上尉。葛萝丽娅对柯林斯上尉的过分热情颇为反感。由于安东尼总是阻止她去南方与他会合,葛萝丽娅时常顾影自怜,惆怅落寞。战争结束后,安东尼离开军队回到家中。但两人的关系已大不如从前,感情淡漠了许多,然而对金钱的忧虑却与日俱增。在葛萝丽娅的坚持下,安东尼在一家公司找到了一份推销股票的工作。这家公司发行一种极有诱惑性的名为"感情交流"的宣传册,但是安东尼却无法激起任何一个客户的兴趣。干了一天之后,他便旧病复发,又喝得酩酊大醉。上诉法院接受了安东尼的上诉请求,但经审理后,仍确认了亚当·佩奇遗嘱的合法性,安东尼和葛萝丽娅又再次向高级法院提起上诉。葛萝丽娅在她29岁生日来临之际,决心利用一下自己美丽的容貌,主动要求已改名为布莱克的旧情人约瑟夫·布罗克曼安排她去电影厂试镜头。导演帕西·德布里斯认为,影片的主角应当由一位更年轻的女性来担任,因而只为葛萝丽娅安排了一个毫不起眼的小角色。对此,葛萝丽娅没有接受。她对着镜子,看到了自己憔悴的容颜,眼角已不知何时爬上了细密的皱纹。

第三章,《没有问题!》,进一步描写了安东尼过度酗酒的荒唐行为和他烦躁不安的心情,以及他由于经济拮据、朝不保夕而到处遭人冷眼的落泊生活。不到一年,安东尼和葛萝丽娅就搬离了原先的豪华住宅,迁入了一处租金低廉的公寓。他们对莫里埃·凯涅解释说,他们之所以搬家是因为他们不想去那些用不着他们的地方了,再说,过去的老朋友也不再经常见面了。安东尼不再光顾他从前常去的那些豪华场所,但却常常偷偷溜进一家名叫"山米"的非法酒店,天天在此酗酒,总是长醉不醒,简直无药可救。银行冻结了他的账户,因为他付不出五百美元来平帐。一个星期六的早晨,他和葛萝丽娅突然发现,两人的钱加在一起才只有2.5美元。安东尼决定去当掉他的手表。但在去当铺的路上,他又溜进了"山米"酒吧。等他酒醒之后再去当铺时,所有的当铺都已关门打烊了。他跟踪约瑟夫·布莱克来到一家夜总会,想向他借点钱救急,然而他脱口而出的话语却是对布莱克的攻讦和谴责。他指责布莱克故意不帮忙,把葛萝丽娅排斥在影业圈外,并警告他不要去勾引她。安东尼的这些带有侮辱性的话语刺伤了布莱克,两人大打出手,安东尼被扔出了门外,躺在大街上。一个陌生人扶起他,让他上了一辆出租车。但是,当这个陌生人发觉安东尼身无分文,付不出车费时,便把他打得晕死过去。3个星期之后,在遗产继承案就要进行最终审理的这一天,多特·雷克罗芙特又突然找上门来,对安东尼说,她依然深深地爱着他。安东尼怒不可遏,拎起一把椅子朝她砸去,不料眼前一黑,当场晕倒在地。后来,葛萝丽娅和迪克·卡拉梅尔回到家中,却发现安东尼正在翻阅他孩提时代的集邮册。他们给他带来了一个天大的喜讯——官司打赢了,他获得了价值三千万美元的遗产。然而安东尼的回答却是,如果他们不马上滚出去,他就要去见他的祖父。几个月之后,安东尼如数拿回了这笔巨款,但他已"有点儿疯疯癫癫了"。在与葛萝丽娅前往欧洲的航行途中,他凄婉地回顾了自己的人生道路,胸中充满了沧桑感:"他坐在船栏边眺望大海,心中想着的并不是这笔钱,因为他一生中确实很少看重物质上的浮华虚荣。……他心里回味着他所经受过的种种苦难,那些令人无法忍受的磨难与煎熬。由于年轻时做了些荒唐事,他们都在想方设法地惩罚他。他已经饱尝了冷酷无情的生活的痛苦。他对浪漫爱情的热烈追求已使他吃尽了苦头,朋友们都抛弃了他——连葛萝丽娅都曾与他反目成仇。他面对的只是孤苦伶仃、孤立无援的处境。"同时,他又在暗自庆幸,他"没有轻易屈服,沦为一个庸夫俗子"。"他眼中噙着巨大的泪珠,声音颤抖着对自己说:'我已向他们证实了自己的价值。这是一场艰难的奋斗,我没有放弃,终于成功了。'"[1]

---

[1] F. Scott Fitzgerald, *The Beautiful and Damned*, pp. 448~449.

《漂亮冤家》是一部笼罩着一层失败与不幸氛围的戏剧化地表现了人生的欢乐和痛苦的长篇小说。从这部作品中,我们可以清楚地看到,作者对上层阶级的羡慕之情已明显减弱,而批判、谴责的声音则逐渐增强。菲茨杰拉德已开始用一种严肃的道德标准来审视生活,剖析金钱和财富对人的性格的扭曲作用:它会使人变得消极、卑污。小说在对酣畅欢乐生活的描写中常常深埋着一种幻灭感,一种悲切的怨艾,绚丽多彩的表象之下隐伏着的是一系列的灾难,这就使得小说具有了较强的感染力。主人公安东尼的经历似乎在告诫人们,真正的幸福和欢乐应当建立在对悲剧意识的正确的洞察和理解上。

小说首先谴责的似乎是安东尼长期过度酗酒的行为。他整日借酒浇愁,无所用心,长醉不醒。过度嗜酒几乎毁掉了他的一生。在小说接近尾声时,失意潦倒、负债累累的安东尼"早晨一觉醒来便感到烦躁不安,葛萝丽娅可以感觉到他的身子在床上抖个不停。翻来覆去好一会儿,他才能打起精神,却又跟跟跄跄地走进厨房去找酒喝。他近来已变得叫人无法忍受,惟有在酒精的作用下才会稍稍好一点儿。看着他的身体似乎在一天天垮下去,性格也变得越来越粗野,葛萝丽娅身心俱伤,也对他避之惟恐不远了"。[①] 小说以沉重的笔调描写了安东尼由嗜酒成癖而导致的精神堕落以及他不幸的婚姻,这在某种程度上既折射出当时的社会风气,也反映了菲茨杰拉德所面临的个人问题。

如同德莱塞和诺里斯等作家的自然主义小说一样,金钱的魅力在《漂亮冤家》这部作品中也起着重要的作用。但是,安东尼对金钱毫不放松的追求与《人间天堂》中的阿莫瑞·布莱恩对资本主义制度的强烈谴责是截然不同的。通过对安东尼这一形象的艺术塑造,小说对金钱的腐蚀作用的批判更加深刻,因而也使小说更

[①] F. Scott Fitzgerald, *The Beautiful and Damned*, p.423.

富有内涵和力度。作者在为安东尼这一人物取名时显然也颇费了一番脑筋。小说主人公的全名是安东尼·康姆斯托克·佩奇。这个名字既影射了美国近代史上有名的"道德运动"的领导者安东尼·康姆斯托克,①又使人联想起美国的康姆斯托克金银矿脉。②安东尼出身豪门,毕业于哈佛大学,一心在等待着继承高达数千万美元的巨额遗产。然而毁掉他前程的也正是金钱这个怪物。他因有了足够的收入而不必去努力工作,但他个人的收入又不足以支付他阔绰奢侈的生活方式。小说中反复出现的"洁净"(clean)这一词语,常被菲茨杰拉德用于描写漂亮、典雅的女性或明媚的早晨。但在故事的结尾处,当佩奇夫妇在继承了三千万美元的遗产之后乘船去欧洲旅行时,安东尼却听到一个乘客在背后指指点点,说打扮入时、衣着华丽的葛萝丽娅肯定是一个"不洁的女人"(unclean)。

  财富,或者说对财富的希冀,是使安东尼蜕变成一个彻头彻尾的平庸之辈的根源。他既找不到一件他认为是值得一做的事,又不愿踏踏实实地做好他该做的事。他夸下海口,说要写一部关于中世纪的史学著作,却迟迟动不了笔;祖父想出资培养他当战地记者,他又不愿去受这份苦。当周围的朋友都纷纷取得了令人瞩目的成就时,他却仍沉溺在声色犬马之中,一事无成。后来,他终于厌倦了那些纵酒宴乐的场面,因为"总是有人在摔碎东西,总是有人在葛萝丽娅的浴室里呕吐,总是有人把酒斟得到处流淌,总是有人把厨房糟蹋得不可收拾"。③ 家产万贯但思想守旧的祖父亲眼

---

① 安东尼·康姆斯托克(Anthony Comstock,1844~1915),美国近代史上有名的"道德运动"的领导人。他观点激进,强烈反对伤风败俗的文艺作品,主张国会应通过邮政法来严禁寄递淫秽邮件;在纽约建立"不道德行为查禁委员会";取缔银行、医药等领域里的欺骗行为。
② 康姆斯托克金银矿脉(Comstock Lode),1859年在美国西部内华达州发现的蕴藏量丰富的金银矿脉,1890年采竭。
③ F. Scott Fitzgerald, *The Beautiful and Damned*, p. 296.

看到了安东尼烂醉如泥的情景,对他已堕落到如此不可救药的地步极为震惊,一怒之下取消了他的财产继承权。失意潦倒的安东尼已变得身心疲惫,俗不可耐,连昔日的好友毛利·诺贝尔都不肯借钱给他了。

在安东尼经济地位一落千丈之前所拼命追求并终于与之结为夫妇的葛萝丽娅是一个姿色冶艳、爱慕虚荣,却又心地自私、头脑鲁钝的女子,"她占据了生活中一切可供她选择和支配的东西,仿佛是在从一个取之不尽、用之不竭的柜台里没完没了地为自己挑选礼品一样"。① 她晚上从不愿呆在家里。她一进舞场就会使其他女人都黯然失色。她要嫁给的不是丈夫,而是情人。因此,她与安东尼的婚姻便注定不会有幸福、和谐可言,有的只是贪图享乐、争吵不断、相互厌倦。她的不幸婚姻促使她又对约瑟夫·布罗克曼萌发旧情。布罗克曼是一个出身于社会最底层的人。他是凭着自己的雄心、学识和苦斗闯入电影界,跻入上流社会的。他在小说中初次亮相时,还是一个感觉迟钝、但善于溜须拍马、对前途满怀信心的人,并拼命追求着出身富贵、漂亮而又新潮的葛萝丽娅。后来,当安东尼自甘沉沦、葛萝丽娅幻想破灭时,布罗克曼又再次出现,并以安排葛萝丽娅来电影厂试镜头为诱饵来勾引她。此时的布罗克曼已爬上了影业公司副总裁的位置,"风度已有了极精微的变化,声调更加柔和,举止更加从容自信",②后来他甚至把自己的姓氏也改成了"布莱克"。而安东尼则沦落到了赤贫如洗、备受屈辱、没有一个朋友愿和他交往的地步。从某种意义上说,布罗克曼已僭据了安东尼合法的社会地位,并试图把他的漂亮妻子也僭取过来。两人终于在最后由互相谩骂转为互相殴打,当然也以安东尼的惨败而告终。虽然安东尼在历经磨难之后,终于获得了他

---

① F. Scott Fitzgerald, *The Beautiful and Damned*, p.62.
② *Ibid.* p.212.

的盼待已久的巨额遗产,但这个表面上的成功所掩盖着的却是深重的失败和悔恨。"漂亮"往往意味着"不幸",而"不幸"的根源正是因为其外表上的虚假的"漂亮"。他的切身经历将会使他永远重视他埋藏在心底的对上层阶级的不信任,甚至敌意。

《漂亮冤家》如同菲茨杰拉德的大多数其他作品一样,也是一部带有自传性质的长篇小说。书中的许多人物和情节都是根据作者的真实生活经历创作而成的。小说的男女主角显然就是菲茨杰拉德夫妇的原型再现。菲茨杰拉德与姗尔达在婚后的挥金如土、嗜酒成瘾、争吵不断等生活细节,在小说中的安东尼和葛萝丽娅的身上都生动地重现出来。安东尼望眼欲穿地等待继承巨额遗产的心情与菲茨杰拉德焦急地等待《人间天堂》的出版会使他突然成名、致富的心态颇为相似。小说中布罗克曼对葛萝丽娅的百般引诱,源自于发生在现实生活中的好友乔治·纳森对姗尔达的轻薄挑逗。安东尼这个名字与姗尔达父亲的名字相同。小说中的葛萝丽娅似乎囊括了姗尔达性格中的一切缺点和问题,而姗尔达的许多令人赞许的优点却没有被表现出来,这是因为菲茨杰拉德似乎已清楚地看出,他与姗尔达的婚姻将会对他的创作生涯构成某种威胁,他因无力去改变婚姻的现状,便只好将满腔怨愤以小说创作的形式表现出来。小说中安东尼的好友迪克·卡拉梅尔在出版了一部好小说之后,便开始只顾赚钱,不顾质量地为低级杂志和好莱坞炮制作品的例子,既表明了菲茨杰拉德对这种行为的鄙夷态度,却又预示着他在今后的文学生涯里也会为了谋生而做出这类妥协。这一时期的菲茨杰拉德仍在他的精神世界和现实生活之间徘徊观望着,苦苦思索着生存的法则和未来的出路。《漂亮冤家》这部小说通过对当时的客观环境和人物的内心世界的具体、真实的描绘,生动有力地传达了菲茨杰拉德对失败的忧惧,对悲剧的理解,以及对即将来临的经济崩溃的敏感和忧患意识。

《漂亮冤家》在艺术表现手法上吸纳了自然主义文学的创作方法。自然主义作为文艺创作的一种思潮或倾向，在19世纪末、20世纪初的欧、美两地发展迅速，影响很大。自然主义文学既排斥浪漫主义文学中的想象、夸张、抒情等主观因素，同时又反对现实主义创作方法中对普遍的现实生活进行典型的概括。自然主义文学以"按照事物本来的样子去摹仿"为出发点，追求绝对的客观性，崇尚单纯地描摹自然，着重对现实生活的表面现象作记录式的写照，并试图以自然法则和生物学规律来解释人类社会和人的各种活动。自然主义文学流派的作家们大都认为，人的心理、性格、情欲和行为是受人力所无法控制的自然法则和人的本能支配的。他们主张"让真实的人物在真实的环境内活动，从而给读者一个人类生活的真实片断"。[①] 因此，在自然主义文学中，主人公们便常被置于某种病态的生存环境里，诸如酒精中毒，神经错乱，色情狂等等。《漂亮冤家》中的主人公安东尼·佩奇从早年的借酒浇愁到后来的嗜酒成瘾，以至在身无分文、不得不拿着手表去当铺换钱的情况下，仍要在中途溜进一家非法小酒馆去酗酒，直到酒精中毒的蜕变过程，便是一个明显的例证。在小说中，当安东尼第一次与葛萝丽娅接吻时，"他决没有想到自己竟然是如此的身不由己，接吻的动作是如此的情不自禁，仿佛是被某种天外之力而不是被葛萝丽娅的魅力所左右着。他感到自己的确就像是一块拍摄照片用的感光板，某个身形庞大的摄影者将相机对准了葛萝丽娅，然后'啪'地一声按下了快门！——可怜的底片只有曝光的份儿，就像世间的万物一样，都逃不出自然法则的手心。"[②]小说中的多处酗酒、接吻和情爱场面的细节描写，都反映了"人类的一切行为都不

---

① 《中国大百科全书》，《外国文学分册》，北京，上海，中国大百科全书出版社，1982年版，第1257页。

② F. Scott Fitzgerald, *The Beautiful and Damned*, pp. 105~106.

可抗拒地会受到自然法则的支配"这一自然主义文学的思想倾向。菲茨杰拉德对自然主义文学的浓厚兴趣来自于好友H·L·门肯和乔治·纳森的影响。门肯和纳森均对康拉德和诺里斯兄弟等自然主义作家极为赞赏,并多次向菲茨杰拉德推荐和灌输了这些作家们的具有自然主义倾向的作品,使菲茨杰拉德获得了较充分的对这一文学思潮的感性认识。《漂亮冤家》从创作构思、主题设计,到情节安排和人物刻画上,都留有自然主义文学的印迹,尤其表现在对主人公安东尼的行为、心态和种种恶习的精细描绘上。小说的主题思想、悲剧氛围、低沉格调,以及对20年代美国社会酣畅生活的如实记述中所透露出的幻灭感和灾难感,使得小说具有了较强的感染力,在某种程度上堪与德莱塞的名作《嘉莉妹妹》相媲美。《漂亮冤家》表明了一个事实:菲茨杰拉德在他的文学创作道路上已走出了"人间天堂"的幻境,正迈开坚实的步伐走向成熟。

《漂亮冤家》出版后在美国文学界掀起了不小的波澜。虽然这部小说在《出版家周刊》上连续3个月都被列入畅销书之榜,但评论界对它的评价却是毁誉参半,各执其说,甚至连姗尔达也在其公开发表的一篇题为"夫君的新作"的评论中批评了这部作品的不足之处:"这部小说中存在着一些我不太赞成的地方——一些无伤大雅的地方——那就是引经据典过多,且有卖弄学识之嫌。它会使人想起学生时代的那些情景——为了在课前弄懂一些文章而不得不匆匆去翻阅《大不列颠百科全书》,查出那些稀奇古怪的人名和地名。"[①]在褒贬不一的批评声中,菲茨杰拉德以平静的心态仔细倾听、分析着来自各方的反应,因为他始终认为,中肯的批评会有助于他的创作水平的不断提高。向来言辞尖锐、批评苛刻的门肯对《漂亮冤家》的评价竟是出人意料地好:"菲茨杰拉德机智灵活而又不失尊严地摒弃了他所不熟悉而又难处理的话题……假如

[①] Jackson R. Bryer, ed. *F. Scott Fitzgerald: The Critical Reception*, p.111.

这部小说还算不上是一个圆满的成功,那它至少也已十分接近成功了。小说中有对现实生活细致入微的观察,有大量入木三分的细节描写,谋篇布局合理,文笔凝练畅达……菲茨杰拉德已告别了他的'神童时代',开始走向了成熟。"①在众说纷纭、莫衷一是的评论中,菲茨杰拉德较为关注的还是好友毕萧浦和威尔逊所作的评价。毕萧浦认为,《漂亮冤家》无论在创作构思还是在情节处理上,都代表着菲茨杰拉德在《人间天堂》的基础上又取得了新的进展。"但是,如果从文体风格的角度来看,这部小说写得并不算十分出色,虽然也不算十分粗劣。"②威尔逊在全面分析了这部小说的得失之后总结说:"《漂亮冤家》尽管还存在着许多不太完善的地方,但它却标志着作者继《人间天堂》之后的一大进步:风格更趋于成熟,主题更紧密连贯,描写更令人信服,比他以前的任何作品都要好。"接着,威尔逊又进一步指出了这部小说所包含的道德意义:

> 《漂亮冤家》蕴藏着一种作者并没有明确阐述的深刻的寓意。在这部令人眼花缭乱的作品中,男女主人公似乎都没有生活的条理或生活的目的。他们沉溺在放浪不羁、荒唐透顶的狂欢作乐之中,自始至终都没有采取过一次严肃认真的行动。然而,尽管他们的行为荒诞不经,小说给人的印象却是,安东尼和葛萝丽娅都是极有理性的人。他们无论走到哪里,接触的都是那个时代所特有的文化习俗和严峻的生活环境,而这些文化习俗和生活环境在作者看来却是荒谬绝伦的,只会引起人们的鄙视和嘲笑。在作品似乎漫不经意、接二连三地描写的军队、金融业和商业等领域里,也同样都毫无章

---

① Jackson R. Bryer, ed. *F. Scott Fitzgerald: The Critical Reception*, p. 107.
② *Ibid.* p. 74.

法、毫无尊严可言。于是,我们只能得出这样的结论:在如此杂乱无序的文明社会里,最理智、最体面的出路便是逃离现实社会的樊篱而去及时行乐。这种选择决不可能只是一种个人对生存环境所作出的特别反应,这也正是这部作品之所以会充满似是而非的矛盾的原因所在。小说的寓言也许是:我们不可能对年轻一代的道德是非观念提出过高的要求,无论他们怎样才华横溢、精明强干。我们必须记住的是:年轻的一代总得在现行的社会环境和商业环境中成长起来……而他们生活的时代本身却是一个"混乱无序的时代"。①

在文学领域里,有一些貌似性格开朗、实际信心不足的作家,在听到否定的批评时也许会感到心情沮丧,难以承受,而菲茨杰拉德却虚心、达观地听取着朋友们或中肯或尖锐的批评意见,并从中汲取着有益的养分。《漂亮冤家》不仅标志着他在艺术上正在走向成熟,也表明了他的思想和性格的日渐成熟。《漂亮冤家》将以其对20年代美国社会生活所作的如实记录和它的具有自然主义创作倾向的艺术特点而为美国现代文学增添异彩。

四、《了不起的盖茨比》

菲茨杰拉德20余年的创作生涯反映了美国现代文学史上一个颇为奇特的文学现象:他写出的一些深受读者喜爱、销量大得惊人的作品在文学评论界总是会受到严厉苛刻、甚至全盘否定的批评;而他的一些主题鲜明、思想深刻、笔调优雅、被评论家们誉为

---

① Harold Bloom, *Modern Critical Views on F. Scott Fitzgerald*, pp. 11~12.

"伟大的美国小说"的经典作品,却往往销路不佳,备受冷落。《了不起的盖茨比》(The Great Gatsby)就是一个非常典型的例证。小说于1925年首次出版时,发行量小得令人失望,积压在斯克里布纳出版公司仓库里的这本书,直到菲茨杰拉德于1940年去世之际,也未能全部售出。但是,评论界对这部作品的反应却是出人意料的好。许多权威评论家和著名作家都纷纷撰文热情赞扬了这部作品深刻的思想性和艺术上的原创性,高度评价了它的社会历史价值和艺术价值,将菲茨杰拉德的声誉提到了前所未有的高度,两者之间形成了强烈的对比反差。随着20世纪50年代"新批评运动"和60年代"接受美学"文艺思潮的兴起,文学研究的趋向已从过去的以作者或文本为中心转移到了以读者为中心,文学批评的方法也已发生了根本性的改变。人们又对菲茨杰拉德产生了浓厚的兴趣,开始以一种新的眼光来重新审视他的创作思想和艺术风格,重新发掘他的作品中所包含的深刻的思想意义和具有前瞻性的警世作用,从而进一步确立了他在20世纪文学史上的杰出地位,也使得"菲茨杰拉德研究"大大超出了美国的疆域,得到了世界各国文学界的普遍重视。60年代以来,菲茨杰拉德的作品更是被一版再版,风靡于世。尤其是《了不起的盖茨比》,已成为几乎人所共知的美国文学中重要的经典名作。

《了不起的盖茨比》是菲茨杰拉德创作思想和艺术风格已臻成熟的一个最为显著的标志。小说通过严密的结构布设和全新的叙述视角,将"美国梦"的幻灭这一主题思想以完美的艺术形式表现得淋漓尽致。这部小说无论在思想深度还是在艺术表现力度上,都堪称是菲茨杰拉德最优秀的一部作品。

《了不起的盖茨比》的基本故事场景被设定在典型的"现代化"的美国社会里。故事的主要人物为生活在这一特定历史环境中的中上阶层的美国白人。从表面上看,小说讲述的似乎只是一个成年人的爱情悲剧故事,而真实记录的却是二十年代期间美国的社会风气:"禁酒令"颁发之后的非法私自酿酒、酗酒;小汽车在现代社会生活中所扮演的角色;娱乐世界中的摄影师、电影导演、电影明星们的各种脸谱以及形形色色的爵士乐队;职业女性的生活观和爱情观;人们对现行的道德标准和社会、文化习俗的各不相同的态度等等。故事的见证人和讲述者,也即作者的代言人——尼克·卡罗威,在亲眼目睹了发生在他周围的种种变故之后,说出了一句极耐人寻味的话:"我既身在其中,又身在其外,对人生的千变万化既感到陶醉,同时又感到厌恶。"①尼克的这一立场也正是作者在现实生活中所采取的立场。小说的篇幅不算长,故事的基本情节也不复杂。全书共有9章。

第一章为故事的讲述人尼克·卡罗威的自我登场亮相,并间接引出了故事的主人公杰伊·盖茨比。1922年6月,尼克·卡罗威前去拜访他的表妹黛茜和她的丈夫汤姆·布坎南,并结识了黛茜的朋友、年轻漂亮的乔丹·贝克小姐。贝克小姐在谈话中多次提到了一个名叫杰伊·盖茨比的人物。尼克回家时看了盖茨比的身影,发现他原来就住在隔壁,是自己的邻居。

第二章描写了汤姆·布坎南花天酒地的生活和背着妻子暗养情妇的不忠行为,并再次间接描写了盖茨比这一神秘莫测的人物。尼克和汤姆一同驱车前往纽约,中途在"灰烬山谷"的乔治·威尔逊汽车修理行作了短暂的停留。在这里,尼克认识了汽车修理行老板的太太玛特尔·威尔逊,发现她原来是汤姆的情妇。玛特尔陪同尼克和汤姆一起来到纽约,并在汤姆为她租下的公寓里举行了一次酒会。在这个酒会上,玛特尔的妹妹凯瑟琳向尼克讲述了有关盖茨比的一些谣传。

第三章描写尼克与盖茨比的初次相识和对他的进一步了解。尼克应邀参加了盖茨比在自己的公馆里举办的盛大酒会,并再次

---

① 菲茨杰拉德著,巫宁坤、唐建清译,《了不起的盖茨比·夜色温柔》,第26页。

听到人们对这位神秘人物的种种传说。在好奇心的驱使下,他终于和这位大名鼎鼎的人物直接见了面。在酒会上,尼克与贝克再次相遇,两人坠入了情网。其间,贝克曾被盖茨比单独约出进行了一次秘密的谈话。后来,尼克反思了"纽约夜晚的那种奔放、冒险的情调,那种川流不息的男男女女和来来往往的车辆给应接不暇的眼睛带来的满足",①并回想了他与贝克之间的那种微妙的关系。

第四章简约介绍了盖茨比的来历,但详细叙述了盖茨比对初恋情人黛茜的一往情深和他想夺回黛茜、重温旧情的强烈欲望。盖茨比常在家中举办豪华酒会,遍请社会上的名人雅士前来做客,尼克则常常计算着前来赴宴的客人的人数,颇觉惊奇,又疑惑不解。在一同驾车去纽约的路上,盖茨比向尼克简单讲述了自己的身世。在纽约,他们与盖茨比的一个名叫梅亚·沃尔夫山姆的朋友共进了一次午餐。经盖茨比的介绍,尼克得知此人就是非法操纵"1919 世界杯棒球联赛"的那个人。就餐时,他们又与汤姆·布坎南不期而遇,盖茨比和汤姆也由此相识。盖茨比希望乔丹·贝克能向尼克详细叙述一下他与现在的黛茜·斐伊·布坎南之间曾发生过的一段刻骨铭心的恋情。贝克于是便向尼克透露了这段往事。1917 年,盖茨比是一位在部队服役的年轻军官,随军驻扎在肯塔基州的路易斯维尔军营。在此期间,他深深爱上了美丽迷人的黛茜。之后,盖茨比奉命去海外参战,两人联系中断。两年之后回来时,却发现黛茜已嫁给了出身富豪家庭的纨绔子弟汤姆·布坎南。盖茨比之所以在相隔不远的西卵区选购了这套豪华别墅,就是为了能住得离黛茜近一点,以便能天天看见她。盖茨比大肆挥霍地时常举办极其排场的酒会,目的也是为了能引起黛茜的注意,并吸引她前来参加。由于黛茜从未在这些喧闹的场面露过脸,

---

① 菲茨杰拉德著,巫宁坤、唐建清译,《了不起的盖茨比·夜色温柔》,第40页。

盖茨比便想请尼克出面去邀请她过来,使他有机会能当面向她倾诉衷肠。

第五章描写盖茨比与黛茜久别重逢的情景。尼克邀请黛茜来自己的公寓喝茶,创造机会,使黛茜与盖茨比意外重逢了。之后,他们一同去了盖茨比的公馆。盖茨比向黛茜展露了他的财富,并拿出了一大堆五颜六色的高档衬衫摆在桌上,以期能引起她的爱慕之情。

第六章描写盖茨比与布坎南夫妇的交往以及他发誓要夺回黛茜的坚定决心。尼克得知了盖茨比早年的一些经历。原来盖茨比的真名叫杰姆斯·盖茨,17岁那年在苏必利尔湖畔漂泊时结识了一位名叫丹·科迪的很富有的矿主,并以一个私人雇员的身份在他的豪华游艇上工作。科迪待盖茨比很好,并教导他如何做人,死后还给他留下了一笔较丰厚的遗产。一天,斯隆先生带着汤姆来盖茨比家做客。席间,盖茨比透露说,他认识汤姆的太太。之后,汤姆便带着黛茜来参加了盖茨比举办的另一次晚会。汤姆开始猜测盖茨比的真正来历,并怀疑他是一个非法贩卖私酒的大酒贩子。这次晚会之后,盖茨比向尼克吐露了心迹:他决心已定,一定要夺回黛茜,重温旧梦,并试图让黛茜去告诉汤姆,说她从来就没有真心爱过他,等她恢复了自由,他俩就可以回到黛茜的家乡路易斯维尔,去举行婚礼——仿佛就像是5年以前就该发生的一样。

第七章描写盖茨比与黛茜感情上的不断升温,盖茨比与汤姆之间的矛盾的不断升级,以及黛茜驾着盖茨比的轿车撞死了丈夫的情人玛特尔的情节。盖茨比、尼克和贝克都应邀参加了布坎南夫妇在家中举办的午餐会。黛茜轻佻的说话腔调引起了汤姆的警觉,使他开始怀疑起她与盖茨比之间的微妙关系。午餐后,他们一起动身去纽约——盖茨比与黛茜同乘汤姆驾驶的车,其余人则乘坐盖茨比的那辆豪华型轿车。路过威尔逊的汽车修理行时,汤姆要停车加油,并试图再次将玛特尔带去纽约幽会。但威尔逊似乎已看出了他们之间的暧昧关系,开始怀疑妻子有不忠行为,便把玛特尔锁在了家中。在纽约的广场饭店里,汤姆与盖茨比发生了激烈的争吵,两人破口大骂。盖茨比公开向汤姆宣称,黛茜从来就没有真正爱过他,她真正爱的人是他盖茨比。黛茜一直不愿意说出这段隐情,怕引起不必要的冲突,此时也只好承认说,她曾经爱过汤姆,但也曾经爱过盖茨比。她的这番话已使盖茨比大感意外。汤姆惟恐黛茜真的会弃他而去,投向盖茨比的怀抱,便向她透露说,他已发现了盖茨比非法贩卖私酒的行径。在回家的途中,情绪紧张、心慌意乱的黛茜驾驶着盖茨比的汽车疯狂行驶,结果撞死了突然冲向马路的玛特尔,并随即又驾车逃离了事故现场。事发之后,汤姆认为肇事者是盖茨比,但尼克却凭着他对盖茨比的了解,猜到了事情的真相。由于担心下午的激烈争吵会使汤姆恼羞成怒而危及黛茜的安全,盖茨比便痴情地彻夜守候在布坎南的屋前。但是,尼克却在窗前看到,黛茜和汤姆正在亲密地交谈着,秘密策划着一个大阴谋。

第八章进一步描写了盖茨比对黛茜的一片痴情以及他最后惨遭杀害的结局。尼克于第二天清晨来到盖茨比的家中,盖茨比向他讲述了他当年对黛茜的一往情深的求爱经过,并告诉尼克说,战争结束之后,他被错误地送进了牛津大学去学习,在此期间,他收到了黛茜与汤姆订婚的消息。回国之后,他痛苦不堪,又不由自主地到黛茜的家乡路易斯维尔去了一趟。直到今天,黛茜的美丽形象仍无法抹去地始终萦绕在他的心间。尼克找到了工作,开始上班,但他在电话里与女友贝克发生了很不愉快的争执。在乘火车路过"灰烬山谷"时,尼克回忆了前一天晚上车祸发生之后在威尔逊汽车修理行里的情景——威尔逊告诉他的邻居米切里斯说,他有办法查出谋杀他太太玛特尔的凶手。事故发生后的第二天下午,威尔逊潜入盖茨比的公馆,开枪打死了在游泳池里游泳的盖茨比,自己也随后自杀身亡。

第九章描写尼克为盖茨比举行的葬礼,以及他对上层社会有钱人的冷酷无情的本性和险恶用心的深刻认识和深恶痛绝。盖茨比惨遭谋杀之后,尼克发现黛茜和汤姆竟不辞而别,带着行李外出旅游去了。盖茨比的父亲前来参加儿子的葬礼,并向尼克展示了盖茨比少年时代制定的作息时间表和写下的个人决心,表明了他从小就立志长大后要出人头地的远大抱负。尼克安排好盖茨比的葬礼,并通知了盖茨比生前的一些好友和座上常客前来参加,而且还在报纸上发了讣告。但在举行葬礼时,这些人却一个也没有来,甚至连一份唁电都不肯发,连一束鲜花都不肯送。盖茨比生前最要好的朋友沃尔夫山姆也借故推托没来参加葬礼,但他后来还是向尼克讲述了他早年与盖茨比的相识和交往,对盖茨比的为人作了较为公正的评价。尼克在盖茨比死后深感东部鬼影憧憧,世态炎凉,决意不再和上流社会的人来往而离开了纽约,返回了中西部老家。动身之前,他毅然中断了与女友乔丹·贝克的恋爱关系。10月中旬的一天下午,尼克又遇见了汤姆,便立即上前询问他那天下午到底对威尔逊说了些什么话。汤姆的回答果然不出尼克所料——汤姆别有用心地告诉威尔逊说,撞死他太太玛特尔的那辆汽车是盖茨比的,并挑唆他去向盖茨比寻仇。事件至此已真相大白——盖茨比正是死于汤姆的暗算和陷害。在小说的结尾处,尼克对"美国梦想"的本质进行了反思,对盖茨比追寻"美国梦想"的悲剧式的行动作了沉痛的总结。

《了不起的盖茨比》是一则被赋予了深刻含义,充满譬喻和警句的寓言。小说以盖茨比对初恋情人黛茜的热烈追求为主线,讲述的既是一个关于"爱情与金钱"的传统的浪漫故事,又是一个"爱情与金钱"之梦如何破灭、最终演变成一场悲剧的反浪漫故事。它的重要意义就在于对所谓的"美国梦想"的精神实质所作的深刻探究和对"爵士乐时代"的腐败的社会现实所作的严肃批判和谴责上。作者在这部作品中所着意塑造并寄予了深厚同情的主人公盖茨比是一个完全凭借个人努力从社会的最低层苦斗上来的人。他坚忍不拔,勇敢顽强,凭着自己的奋力拼搏终于获得了经济上的巨大成功,步入了社会的上层。这似乎印证了"美国理想"中"人无论贫富贵贱,机会人人均等"的法则。但事实却是,他并不理解财富在现实社会中所起的真正作用,意识不到他的暴富与他的对手布坎南所继承的家庭财产之间有着天壤之别。他所获得的金钱只是引来了人们对他的种种猜疑和妒忌。他所笃信的"美国理想"和"美好未来"是虚浮、缥缈的,与现实完全格格不入。他的雄心壮志已被他对初恋情人黛茜的一片痴心幻想所毁灭。因为,在他的心目中,黛茜已幻化成了一个至高无上的理想,一个代表着一切美好事物的象征,一个色彩斑斓的仙境。为了追求黛茜,或者说,为了追求他理想中的爱情,为了恢复旧梦,他耗尽了自己的感情、才智和金钱,甚至不惜自己的生命。然而,实际生活中的黛茜却是一个庸俗浅薄的女人。她没有理想,没有情操,只以享乐人生为最高目标,甚至连起码的真诚都没有。她的良心已被金钱和地位所泯灭。盖茨比用毕生精力和生命为代价建造起来的梦想居然奉献给了这样一个俗物,一具美丽的躯壳。这正是盖茨比的悲剧,而造成这一悲剧的原因就在于,他没有认识到上流社会极端卑劣、自私的本质。更为可悲的是,他到死也没能从中醒悟过来。他的一生遭遇正是美国 20 年代社会生活的真实写照,他的最终毁灭也标志着"美国梦想"的彻底幻灭。他的死亡给人留下了无限的惆怅和思索的空间。菲茨杰拉德自己也曾说:"这部小说的全部分量就在于,它表现了一切理想的幻灭,再现了真实世界的原本色彩。因此,我们不必去考究书中事情和人物的真伪,只要它真实反映了那个时代的诸多特征。"①

---

① Matthew J. Bruccoli, ed. *F. Scott Fitzgerald: A Life in Letter*, p.78.

第四章 菲茨杰拉德五大小说解读

菲茨杰拉德在这部小说中对人物的描写是印象式的,不以具体、实在的描绘见长,却善于抓住人物的精神实质。在盖茨比这一人物形象的塑造上,菲茨杰拉德在小说的前三章中一直没有让读者面对面地直接接触到这位神秘的人物,而是通过大量具体的场景描绘和有关传闻,烘托和突出了盖茨比在小说中的特殊地位和存在意义。直到读者对盖茨比所生存的那个光怪陆离的世界有了较为充分的认识之后,盖茨比才开始正式显现出来。在小说第三章中有这样一段描写:

> 整个夏天的夜晚都有音乐声从我邻居家传来。在他蔚蓝色的花园里,男男女女像飞蛾一般在笑语、香槟和繁星中间来来往往。下午涨潮的时候,我看着他的客人从他的木筏跳台上跳水,或是躺在他私人海滩的热沙上晒太阳,同时他的两艘小汽艇破浪前进,拖着滑水板驶过翻腾的浪花。每逢周末,他的罗尔斯—罗伊斯轿车就成了公共汽车,从早晨9点到深更半夜往来城里接送客人,同时他的旅行车也像一只轻捷的黄色甲壳虫那样去火车站接所有的班车。每星期一,8个仆人,包括一个临时园丁,整整苦干一天,用许多拖把、板刷、榔头、修枝剪来收拾前一晚的残局。①

这一浪漫的具有诗情画意的场景描写事实上隐含着十分严肃的内容,如此铺张、奢华的表象之下掩盖着的是盖茨比内心深处在经受着的严酷的考验——他必须在这个虚无缥缈的幻境中构建起自己对现实的理想追求,必须寻找到某种对他有利的位置才能将种种可能变为现实。他的一切努力都是为了去引起他初恋情人黛茜的注意,使她能重新回到他的身边。这是一切问题的焦点。但

---

① 菲茨杰拉德著,巫宁坤、唐建清译,《了不起的盖茨比·夜色温柔》,第28页。

是盖茨比所营造的这种"炫丽得无法用语言来形容的"阔绰场面本身就存在着致命的排斥因素,豪华排场的聚会使得问题的焦点变得含混不清起来:现实生活中的一切可能性都是以物质为基础的,精神上的东西已退居到第二位了。然而,在这些极为奢侈的物质世界里——"小汽艇、滑水板、私人海滩、跳台、罗尔斯—罗伊斯轿车……"——盖茨比的幻觉却进入了一个非凡的完全脱离了实际的高度。他的极为排场的酒会吸引了无数来自上流社会的名人雅士。他们有的是慕名而来,有的是不请自到,但动机只有一个:显示自己的高贵身份,享受豪华的物质生活,不使自己落伍。他们以能够出席这些高档的酒会而感到荣耀。这种媚俗的心态使他们络绎不绝地来到盖茨比的公馆消度周末,使得盖茨比不得不耗费巨资来表现自己的慷慨大方和热情好客。其结果是:"每星期一,8个仆人,包括一个临时园丁,整整苦干一天,用许多拖把、板刷、榔头、修枝剪来收拾前一晚的残局。"这是这段文字中至关重要的一句话,虽然不免会使人产生童话般的联想,却具有深刻的讽刺意义和影射作用,为盖茨比的悲惨结局埋下了一个伏笔。尤其是作者似乎漫不经意地添加的"临时园丁"这一笔更是绝妙,仿佛盖茨比的这些客人们已破坏了自然美景中原有的和谐,把原本具有诗情画意的景色糟蹋成了一个难以收拾的"残局"。

盖茨比与他众多宾客之间的关系这一话题在小说第四章中得到了进一步的阐述:

> 我在一张火车时刻表的空白处写下了那年夏天到盖茨比别墅来过的客人的名字。现在这已经是一张很旧的时刻表了,沿着折印快要散了,上面印着"本表1922年7月5日起生效"。但我还认得出那些暗淡的名字,它们可以给你一个比我的笼统概括更清楚的印象,那些人到盖茨比家里来做客,却对他一无所知,仿佛这是对他所表示的一种微妙的

敬意。①

作者以这种高超的比喻手法向读者表明,记载这些客人名字的最合适的地方莫过于一张破旧时刻表的空白处了,因为这些客人和他们所体现的虚幻世界也像时间一样,是短暂的,如同昙花一现,终将会随着时间的流逝而一去不复返,如同一张过期的"火车时刻表",只能给人留下些许"暗淡"的记忆。他们所代表的只是已被现实打得粉碎的"美国理想"中的一些畸变形态和残片碎屑。这些客人之所以会络绎不绝地前来拜访盖茨比,是因为盖茨比有汽艇、私人海滩、豪宅名车,以及名目繁多的各类酒会和舞会。更重要的原因是,他们都带着各自的幻想在盲目追求着不切实际的现实,想藉此来表现自我,显示个人的价值。而盖茨比之所以会邀请这些人前来做客,是因为在他的残缺不全的"美国梦想"中还存留着一丝看不见又摸不着的对现实的希冀,他想用物质的有形的方式来创造出他理想的世界,实现他所追求的人生目标。盖茨比需要这些宾客们的来访来装点自己的门面,而这些宾客们也需要盖茨比的热情好客来抬高自己的身价,他们的相互需要使他们走到了一起。然而他们各自所追求的目标又是截然不同的,他们各自的生活体验也有着巨大的差别。无论这些聚会炫丽、豪华到何种程度,无论盖茨比倾注多大的热情,他们之间的鸿沟也是永远无法逾越的。因为幻想和现实是那样地大相径庭,如同两股道上行驶的列车,永远也无法合二为一。小说第三章中的一段精妙的描写已暗示了这一点:

汽车喇叭的尖声怪叫达到了高潮,于是我掉转身,穿过草

---

① 菲茨杰拉德著,巫宁坤、唐建清译,《了不起的盖茨比·夜色温柔》,第42页。

地回家。我回头望了一眼。一轮明月正照在盖茨比别墅的上面,使夜色跟先前一样美好。明月依旧,而欢声笑语已经从仍然光辉灿烂的花园里消灭了。一股突然的空虚此刻好像从那些窗户和巨大的门里流出来,使主人的形象处于完全的孤立之中。他这时站在阳台上,举起一只手做出正式的告别姿势。①

这是一段寓意深刻的描写。它使人体味到了一种"灯火阑珊,酒醒人散"的凄凉和怅惘,也使人感到盖茨比不仅是一位令人喜爱、富有浪漫色彩的人物,更是一位具有神秘色彩的英雄式的人物。他体现了人对理想的渴求和对内心痛苦的承受能力。他孤立地"站在阳台上,举起一只手做出正式的告别姿势"的情景,使他的形象显得格外地突出、醒目。

文学作品中具有"神秘色彩"的人物大都是非人格化的。他们的公开生活和私生活之间并没有显明的区别,因为他们生存的意义与普通人并无二致。他们的秘密、他们的隐私也无时不在别人的监视之下。因此,"神秘人物"绝无可能脱离他们所生存的空间而隐遁起来,也就是说,他们的意识领域和情感世界以及公开化了的一系列活动,都具有他们所生活的那个社会或群体中所有成员的一切特征。从这个意义上说,盖茨比也是一个非人格化了的"神秘人物"。他的个人生活,他的存在意义,绝不是完全由他个人的命运所决定的。他的个人幸福与社会群体中的每一个成员的幸福都是相通的。从抽象意义上说,盖茨比这一人物无疑会激起人们丰富的想像力,但从具体意义上说,他甚至都无法引起读者的猎奇心理。在这一层面上,他与黛茜的恋情便显得平淡无奇,缺乏深度,他们之间的故事根本不足以引起读者的兴趣。然而小说的

---

① 菲茨杰拉德著,巫宁坤、唐建清译,《了不起的盖茨比·夜色温柔》,第39页。

主旨却不在此,而在于盖茨比对这似乎是毫无意义的庸俗浅薄的爱情的矢志不渝的追求上。在追求理想的爱情的过程中,盖茨比的形象得到了升华,具有了英雄式的鲜明特征。

小说中的黛茜·布坎南这一人物具有典型的双重意义。她有自己的生存法则和个性特征,但她同时又生活在盖茨比的幻觉里。她漂亮、愚蠢、自私、庸俗,是现实世界中的一个微不足道的小人物。但在盖茨比的精神世界里,她却幻化成了一个至高无上的美妙梦想,一个能使他重温旧情的纯洁象征。她代表着腐朽堕落的"美国梦想"的内在本质——一个虚假、空洞、毫无实际意义的幻影。作者是通过黛茜在处理人与人之间的关系的态度和方式上来讨论这一严肃问题的。在盖茨比举办的一次盛大酒会上,黛茜带着她傲慢的丈夫汤姆·布坎南来到盖茨比家中。盖茨比向黛茜和汤姆介绍了出席这次酒会的众多名人,尤其是其中特别出众的一对客人:

> "也许你认识那位小姐。"盖茨比指着一位如花似玉、正端庄地坐在一棵白梅树下的大美人说。汤姆和黛茜都目不转睛地看着,认出来这是一位一向只能在银幕上见到的大明星,几乎不敢相信是真的。
> "她真美啊。"黛茜说。
> "站在她身边朝她弯着腰的人是她的导演。"①

从表层意义上来看,这是一幅非常典雅的画面,如同世界名画一样令人赏心悦目。但从深层意义上来说,这幅画面却毫无任何现实意义可言——这位明星和她的导演除了彩排戏中的场景之外,决不会走入现实生活之中。作者在继续介绍了本次酒会的其

---

① 菲茨杰拉德著,巫宁坤、唐建清译,《了不起的盖茨比·夜色温柔》,第72页。

他场景之后,突然又将读者的注意力拉回到了这对人物的身上,给读者创造了一种静态的或抓拍式的奇妙印象,仿佛使读者走到了这棵白梅树的背后,看到了屏幕后面的另一幅景象:

> 我所记得的差不多是最后的一件事是,我和黛茜站在一起,望着那位电影导演和他的"大明星"。他们仍然在那棵白梅树下,他们的脸快要贴到一起了,中间只隔着一线淡淡的月光。我忽然想到,他整个晚上大概都一直在非常非常慢地弯下腰来,才终于和她靠得这么近,然后,正在我望着的这一刻,我看见他弯下了最后一点距离,亲吻了她的面颊。
> "我喜欢她,"黛茜说,"我觉得她美极了。"
> 但是其他的一切她都讨厌——而且是不容置辩的,因为这并不是一种姿态,而是一种感情。[①]

黛茜之所以喜欢这位影星,是因为她没有任何实质性的思想内涵。她只是一种摆设,一件道具,除了银幕上的形象之外,她没有任何实际意义,美丽只是一具有形的躯壳。她已完全脱离了人类生存的现实环境,成了一种固定的姿势而已。这段描写实际上就是黛茜的人生信仰的自白。她在这里宣告了她对人的感情所持有的态度和对人的行为所奉行的准则。黛茜本质上的空虚和浅薄必然导致她感情上的冷漠和道德上的堕落。菲茨杰拉德通过对黛茜这一人物的塑造,以精妙的笔触深刻有力地谴责和批判了潜藏在美丽表象之下的人的精神上的空虚和品格上的败落。

黛茜与盖茨比之间的爱情关系只是作者在小说中所精心设计的一个似是而非的帷幔,因为这个爱情故事的本身并不具有重要意义。倘若作者将创作的重心转向了黛茜与盖茨比之间的爱情,

---

① 菲茨杰拉德著,巫宁坤、唐建清译,《了不起的盖茨比·夜色温柔》,第74页。

整个这部小说的结构布局和思想意义以及审美价值也许都会丧失贻尽。读者的想像力就会被局限在对具体恋爱细节的探究和猎奇心理上,就会停留在对故事情节的浅层次的铺设上,而故事的结局也只能流于一般,缺乏深意,盖茨比这一人物也就失去了他"神秘"存在的意义。但是,作者对盖茨比的高度洗练的刻画、对他的想像力的张弛有度的描写、对这场爱情故事的极为含蓄的叙述,已将读者引向了一个新的更深的层次上,使读者清楚地看出,黛茜在整个故事中存在的意义就在于,她并不是盖茨比在他的梦幻世界里所描绘和拼命追求的完美的对象,而是"爵士乐时代"里的一个绝妙的代表,是世俗社会的典型本质的化身。她并不理解盖茨比的内心世界和人生目标。在爱情与婚姻问题上,她也是一个失败者。她的个人意义上的失败与盖茨比的更为惨痛的社会意义上的失败是密切相关的。作者已确然无疑地将这两种失败上升到了具有象征意义的高度,使得盖茨比的失败深化成为"美国梦想"的幻灭。黛茜无疑是"金钱第一,物质至上"的享乐主义人生观的具体体现,而盖茨比所追求的则是浪漫、完美的梦幻式的理想。在小说的第七章中有一段极为有名的对白,深刻揭示了这一主题:

"她的声音很不谨慎,"我说,"她的声音充满了……"我犹豫了一下。

"她的声音充满了金钱的气息。"他忽然说。

正是这样,我以前从来没有领悟过。她的声音是充满了金钱的气息——这正是她声音里抑扬起伏的无穷无尽的魅力的源泉,金钱叮当的声音,铙钹齐鸣的歌声……高高的在一座白色的宫殿里,国王的女儿,黄金女郎……①

---

① 菲茨杰拉德著,巫宁坤、唐建清译,《了不起的盖茨比·夜色温柔》,第82页。

盖茨比想以自己的努力将两种完全不同的价值观统一起来，想以金钱和财富作铺垫去追回他失去的爱情，实现自己的梦想。然而，当金钱和爱情统一起来后，他依然遭到了惨痛的失败，如同他身无分文追求爱情时所遭到的失败一样凄惨。盖茨比的金钱和盖茨比的女郎都同属于童话故事中的幻境。但童话故事的价值决不在如何点石成金，由穷变富，而在于其意在言外的深刻比喻上。对盖茨比来说，黛茜是他惟一的实现自我价值的希望。可是，当他用一切所能想到的优美线条和色彩把他的理想描写得越来越优美时，他也离现实生活越来越远了。他至死也没有醒悟过来，他的理想是那样地虚假、空幻，根本不可能得以实现。

作者在这部小说中运用了大量比喻和象征手法。夜间从盖茨比公馆的窗户和草坪上可以看到的远处闪烁着的"一盏绿灯"，便是贯穿全书的一个最为重要的象征。这盏"绿灯"具有奇特的意义，盖茨比在小说第一章的结尾处首次出现时，便和这盏"绿灯"紧密联系在一起：

……50英尺之外，一个人已经从我邻居家的大厦的阴影里走了出来，现在正两手插在口袋里站在那儿仰望银白的星光。从他那悠闲的动作和他两脚稳踏在草坪上的姿态可以看出，他就是盖茨比先生本人，出来确定一下我们本地的天空哪一片是属于他的。

我打定主意要招呼他……但我并没有……因为他突然做了个动作，好像表示他满足于独自待着——他朝着幽暗的海水把两只胳膊伸了出去，那样子真古怪，而且，尽管我离他很远，我可以发誓他正在发抖。我也情不自禁地朝海上望去——什么都看不出来，除了一盏绿灯，又小又远，也许在一座码头的尽头。等我再回头去看盖茨比时，他已经不见了，于是

第四章　菲茨杰拉德五大小说解读

我又独自待在不平静的黑夜里。①

我们虽然很难断言盖茨比的整个存在意义是否都与这盏"绿灯"所象征的意义密切相关,但从盖茨比第一次出场的画面中我们可以看出,他是在朝着这盏"绿灯"顶礼膜拜。随着小说情节的逐步开展,我们便可以清楚地看出,这盏"绿灯"就象征着盖茨比心中理想的恋人黛茜,这盏"绿灯"代表着他至高无上的美好幻想的核心,"绿灯"所发出的"又小又远"的光亮一直伴随着他走到了生命的终点。"绿灯"所包含的意义在第五章中盖茨比与黛茜幽会时被盖茨比亲口对黛茜说了出来:

"要不是有雾,我们可以看见海湾对面你家的房子,"盖茨比说,"你家码头的尽头总有一盏通宵不灭的绿灯。"

黛茜蓦然伸过胳膊去挽着他的胳膊,但他似乎沉浸在他方才所说的话里。可能他突然想到那盏绿灯的巨大意义现在已永远消失了。与那把他跟黛茜分开的遥远距离相比较,那盏绿灯曾经似乎离她很近,几乎碰得着她。那就好像一颗星离月亮那么近一样。现在它又是码头上的一盏绿灯了。他的神奇的宝物已经减少了一件。②

这盏"绿灯"在某种意义上代表着盖茨比已取得的成就。这盏"绿灯"的直接作用是指引盖茨比走向未来,走向他在自己的理想世界里一遍又一遍地描绘出的美好的幻象,而不仅仅只是为了获得黛茜的并不可贵的爱情。这盏"绿灯"的成功之处就在于,它

---

① 菲茨杰拉德著,巫宁坤、唐建清译,《了不起的盖茨比·夜色温柔》,第1617页。
② 同上,第64页。

不仅"通宵不灭地"在海湾对面黛茜家码头的尽头闪烁着,给人以一种特殊的视觉效果,它更代表着盖茨比天真质朴的对未来的向往,同时也象征着盖茨比对历史的真实性的希冀。从这一层面上说,这盏"绿灯"已被作者赋予了深层的含义,使得个体的象征和社会历史的象征有机融合起来。对历史的真实性的考察这一层意义在小说的结尾处才突现出来:

  盖茨比信奉这盏绿灯,这个一年年在我们眼前渐渐远去的极乐的未来。它从前逃脱了我们的追求,不过那没关系——明天我们跑得更快一点,把胳膊伸得更远一点……总有一天……
  于是,我们奋力向前划,逆流而上的小舟,不停地倒退,进入过去。①

由此可以看出,着眼于美好未来的"美国理想"实际上来自于过去,有其自身的历史渊源。"美国理想"闪烁出的"绿色灯光"始终在激励着盖茨比,使他诚挚地坚守着传统的理念的根基。但他在"不停地倒退,进入过去"的同时,又在努力探求着未来的种种可能性。盖茨比对黛茜的一往情深在很大程度上反映了他对过去的美好回忆。5年之前他认识了她,爱上了她,这是他刻骨铭心的初恋。在这5年期间,他们彼此都没有见过面。在这漫长的岁月里,盖茨比一直沉浸在对初恋情人的缅想之中,黛茜在他的脑海里已幻化成了一个美丽的传奇故事,一个在他的个人经历中具有历史意义的大事件,一个披着神秘面纱的仙女。他渴望能通过自己的不懈努力将这个具有历史意义的过去转化为具有同样历史意义的未来。这盏象征着他美好理想的"绿灯"与小说结尾处的"新世

---

① 菲茨杰拉德著,巫宁坤、唐建清译,《了不起的盖茨比·夜色温柔》,第124页。

界的一片清新碧绿"相互映照着,使盖茨比的个人经历隐喻着整个美国的经历。然而,5年之后,当盖茨比与黛茜再次相见时,具有传奇色彩的黛茜已失去了她原有的光彩。现实与理想之间的反差是那样地巨大:

> "可是她不理解,"盖茨比说,"她过去是能够理解的。我们过去在一起时往往一坐就是好几个钟头……"
> 他忽然停住不说了,沿着一条布满了果皮、丢弃的小礼物和踩烂了的残花的小道走去。
> "对她不宜要求过高,"我冒昧地说,"你不可能重温旧梦的。"
> "不能重温旧梦?"他大不以为然地喊道,"哪儿的话,我当然能够!"
> 他发狂地东张西望,仿佛他的旧梦就隐藏在这里,在他的房子的阴影里,几乎一伸手就可以抓得到的。
> "我要把一切都安排得跟过去一模一样,"他说,一面坚决地点点头,"她会看到的。"①

作者通过诸如此类的文句高度戏剧化地突出了盖茨比这一人物的象征意义。作者似乎是在告诉人们,介乎于"金色的过去"和"金色的未来"之间的"美国梦想"总是会遭到无情的现实的背叛和践踏——呈现在眼前的现实世界是一片萧瑟颓败,"布满了果皮、丢弃的小礼物和踩烂了的残花"。盖茨比无法将他对未来的憧憬建立在残酷的现实基础上。他只有缅怀过去,以旧梦代替现实,以幻觉去设想未来。他无法正视现实,将过去和未来统一在眼前的现实环境之中。

---

① 菲茨杰拉德著,巫宁坤、唐建清译,《了不起的盖茨比·夜色温柔》,第76页。

在小说中,盖茨比的对立面是黛茜的丈夫汤姆·布坎南,两人在性格特征、思想观念和成长经历等诸多方面都形成了鲜明的对比观照。汤姆·布坎南"这种人21岁就在有限的范围内取得了登峰造极的成就,但从此以后,一切都不免有走下坡路的味道了"。"他家里很有钱——还在上大学时就因任意花钱而遭人非议。"甚至连他的身体"都隐藏着巨大的体力","是一个力大无比的身躯,一个残忍的身躯"。"他说话的声音又粗又大,给人以性情暴戾的印象。"①他留给读者的直观印象是,他就是那些在美国早期的历史中通过无情的厮杀而聚敛了巨大财富的先辈们的后裔,此刻正躺在前人留下的财富上尽情地盛气凌人地恣意挥霍着。而盖茨比则仍在漫无止境地奋力拼搏着,将希望寄托在未来。他崇尚的是"奉献",而不是"索取"。他的力量不在有形的外表,而在其崇高的精神内涵上。他第一次正式进入读者的视野时,其笑容就给读者留下了感人的印象:

  这是极为罕见的笑容,其中含有永久的善意的表情,你一辈子也不过能遇见四五次。它面对——或者似乎面对——整个永恒的世界的一刹那,然后就凝注在你身上,对你表现出不可抗拒的喜爱。他了解你恰恰到你本人希望被了解的程度,相信你如同你乐于相信你自己那样,并且教你放心他对你的印象正是你最得意时希望给予别人的印象。恰好就在这一时刻他的笑容便消失了——于是我看着的不过是一个风度翩翩的年轻汉子,三十一二岁年纪,说起话来文质彬彬,几乎有点可笑。②

  盖茨比与汤姆·布坎南所代表的既是两种完全对立、又有着

---

① 菲茨杰拉德著,巫宁坤、唐建清译,《了不起的盖茨比·夜色温柔》,第67页。
② 同上,第34页。

必然的历史联系的美国生活观和价值观,如同肉体和灵魂之间既相互关联、有时又相互对立一样。盖茨比的最终毁灭正是汤姆的暗算和陷害的结果,他是杀害盖茨比的真正的凶手。但是,汤姆所代表的上层社会所犯下的这一罪行只是一种表象,其更深刻的涵义是,它象征着上层社会对盖茨比的美好幻想所进行的精神摧残,是一种更为残忍的精神犯罪。盖茨比错就错在他过于天真纯朴,看不透他所痴情的黛茜也与其丈夫汤姆一样,已毫无真诚和良心可言,有的只是自私、残忍、虚伪、奸诈、狭隘,以及对人的信念的摧残。"他们砸碎了东西,毁灭了人,然后就退缩到自己的金钱或者麻木不仁或者不管什么能使他们留在一起的东西之中,让别人去收拾他们的烂摊子。"①盖茨比在临终之前似乎也已明白,"他已经失去了那个旧日的温暖的世界,为了抱着一个梦太久而付出了过高的代价。他一定透过可怕的树叶仰视过一片陌生的天空而感到毛骨悚然,同时也发觉一朵玫瑰花是多么丑恶的东西,阳光照在刚刚露头的小草上又是多么残酷。这是一个新的世界,物质的然而并不真实,在这里,可怜的幽魂,呼吸着空气般的轻梦,在东飘西荡着……"②他似乎已经看出,在这残酷的现实面前,他的理想破灭了,他的努力失败了;过去不能复活,旧梦难以重温。识破了这一点之后,他的肉体和灵魂,连同他的理想和爱情,便一起死去了。

在小说结束时,盖茨比的人生经历和他破灭的梦想所象征的意义终于十分清楚地显现出来:

> 那些海滨别墅现在大多已经关闭了,四周几乎没有灯火,除了海湾上一只渡船的幽暗、移动的灯光。当明月上升的时候,那些微不足道的房屋慢慢消逝,直到我逐渐意识到当年为

---

① 菲茨杰拉德著,巫宁坤、唐建清译,《了不起的盖茨比·夜色温柔》,第122页。
② 同上,第110页。

荷兰水手的眼睛放出异彩的这个古岛——新世界的一片清新碧绿的地方。它那些消失了的树木,那些为盖茨比的别墅让路而被砍伐的树木,曾经一度迎风飘拂,低声响应人类最后的也是最伟大的梦想,在那昙花一现的神妙的瞬间,人面对这个新大陆一定屏息惊异,不由自主地堕入他既不理解也不企求的一种美学的观赏中,在历史上最后一次面对着和他感到惊奇的能力相称的奇观。①

这部小说的一大成功之处就在于,它以诗一般的语言和激情深刻批判了"美国梦想"的实质,谴责了道德沦丧、腐败之风盛行的美国社会,颂扬了人对理想的执著追求和献身精神,强调了人类生存的某种不可贬斥的价值。盖茨比这一体现着"美国梦想"的神秘人物被作者栩栩如生地展现在读者的面前。盖茨比对社会价值观和人生观的天真纯朴的理解、他的缺乏自知之明和辨别能力、他毫无知觉地落入了社会邪恶势力为他设下的圈套的可悲结局、他欲罢不能地对美好未来所抱有的乐观态度……这一切都被作者以高超的艺术手法和他对人生的深刻理解,充分、翔实地在作品中展现出来。然而,盖茨比身上之所以会存在这些愚拙和不足的真实原因,却正是由于他的诚实、善良和对生活的坚定信念,由于他想实现生存环境中的各种可能性的强烈愿望,由于他天真而又执著地认为,他一定能够凭着自己的努力,在布坎南之流横行的美国社会中营造起一座真正的"人间天堂"。从这个角度上说,他的确很"了不起",值得作者和读者的同情和敬佩。作者在这部小说中成功地向读者暗示了这样一个事实:盖茨比身上所存在的这些缺陷并不仅仅只是他个人的缺陷,而是"美国梦想"中由来已久的缺陷。"美国梦想"所描绘的前景无疑是美好的;但在汤姆和黛茜所

---

① 菲茨杰拉德著,巫宁坤、唐建清译,《了不起的盖茨比·夜色温柔》,第123页。

代表的现实世界中却是如此地荒诞无稽,不堪一击。盖茨比的缺乏理智和辨识能力导致了他的最终毁灭——他的毁灭不仅是肉体上的毁灭,更是精神上或道德上的毁灭。这是人类的一大悲剧。

《了不起的盖茨比》在叙事手法上采用的是第一人称。作者在小说中精心设计了一个"双重人物"——尼克·卡罗威。他既是整个故事的叙述者和一切重要事件的见证者,又是小说中的一个重要人物,同时还是作者在小说中的评论者或代言人。他在整个作品中起着至关重要的桥梁或纽带作用。尼克年龄刚届三十,出生于美国中西部的一个家道殷实的商贾世家,参加过第一次世界大战。由于回国后颇觉"百无聊赖",他便决定离开家乡去东部学做债券生意。到达东部后,他工作在纽约,但住在长岛的西卵区,与盖茨比和布坎南夫妇都是邻居。作为小说中的一个重要人物,尼克有其特殊的身份:他是盖茨比的邻居和朋友,是盖茨比的初恋情人黛茜的远房表兄,是黛茜的丈夫汤姆在耶鲁大学读书时的同班同学,是黛茜的好友乔丹·贝克的恋人。这种特殊的身份使他成为盖茨比与黛茜在分别5年之后重新相会的最佳牵线人,成为盖茨比与汤姆之间各种矛盾冲突的现场见证人,使他有机会亲眼目睹了盖茨比生前的排场和死后的悲凉。盖茨比的出身、来历和全部遭遇都是尼克这一人物讲述的。但尼克又有着其自身的独特性格和价值取向。他声称:"每个人都以为他自己至少有一种主要的美德,而这就是我的:我所认识的诚实的人并不多,而我自己恰好就是其中的一个。"他冷静、理智、超然于世。虽然"习惯于对所有的人都保留判断,这个习惯使得许多有怪僻的人肯跟我讲心里话",①但他实际上对小说中所有的主要人物都做出了客观的判断和评价。他是小说中评判一切道德是非的核心人物。因

---

① 菲茨杰拉德著,巫宁坤、唐建清译,《了不起的盖茨比·夜色温柔》,第43页。

此,他是"既身在其中,又身在其外,对人生的千变万化既感到陶醉,同时又感到厌恶"。与盖茨比和汤姆相比,尼克态度谦逊,毫不夸耀,对生活要求不高,对未来也不抱太大奢望。他既不是汤姆所代表的"荒原时代"的精神世界里的公民,也不是盖茨比所代表的盲目追求那种脱离现实的浪漫理想的梦幻世界里的漂泊者。他代表的是介乎于精神世界和物质世界之间的美国中西部的传统观念和道德标准。他与盖茨比从陌生到相识,从猜疑到同情,到最后由衷地对盖茨比喊道:"他们都是混蛋。他们那一大帮子人放在一堆也比不上你",①他也依然保持着清醒的头脑,"彻头彻尾地不赞成他"的那些荒唐的举动。他与盖茨比之间在感情上既有相通又有差异,在思想观念上既有融合又有距离,富有多种层次的结合和区别,这就使读者对作者蕴藏在人物形象里的思想感情有了更加深刻的理解,使得作品具有了更高的可信度。在这部小说中,作者又一次成功地将他的两种相互对立的观点、相互矛盾的情感以高超的艺术手法统一在了故事的情节和主题上。不仅如此,作者在小说中所娴熟运用的叙事技巧也使读者感到,尼克仿佛就是生活在读者身边的一个真实人物。读者通过他的眼睛、耳朵和心灵所看见、听见和了解的盖茨比也更加真切、自然、可信。这就很容易使读者在思想感情上与盖茨比这一人物的命运产生共鸣。这正是这部小说的一个重要特色,也是这部小说之所以备受评论界重视的重要因素之一。

菲茨杰拉德的这一艺术表现手法显然得益于他所十分喜爱的英国著名作家约瑟夫·康拉德②的影响。1925年6月,他在写给

---

① 菲茨杰拉德著,巫宁坤、唐建清译,《了不起的盖茨比·夜色温柔》,第105页。
② 约瑟夫·康拉德(Joseph Conrad, 1857~1924)——英国著名小说家,当过水手、船长。其作品大都描写他航海生活经历。代表作有《水仙号上的黑家伙》、《黑暗深处》等。

评论家 H·L·门肯的信中谈及了他创作《了不起的盖茨比》的经过和体会,说他"从康拉德的作品中学到了很多东西,在一定程度上摹仿了他的写作风格和思想"。① 这部小说中所反复运用的象征手法(如黛茜家码头边的那盏"绿灯"、"灰烬山谷"附近的那片荒原,等等);以跨越时空的倒叙、插叙、顺叙等不同方法的交替使用使故事情节的有效展开;对浪漫幻想和不切实际的理想主义遭到破灭后的悲哀心态的具体描绘和沉重反思;小说中令人回肠荡气的文体风格和强烈的诗一般语言的艺术感染力等等方面,都具有康拉德的遗响。尤其是尼克·卡罗威这一人物的特殊身份和他在盖茨比与读者之间所起的斡旋、媒介作用,与康拉德的重要作品《黑暗深处》(*The Heart of Darkness*,1899)中的故事讲述人兼主人公查理·马洛在"神秘"人物库尔茨与读者之间所起的中介作用有着显明的相似之处。马洛在他的那次噩梦般的非洲之行中的所见所闻极大地震撼了他的心灵,使他对整个世界发出了苦涩的嘲讽和绝望的叹息;而尼克在盖茨比死后也深感东部鬼影憧憧,世态炎凉,决意不再与上流社会的人来往,返回了中西部老家。所不同的是,马洛对库尔茨充满了憎恶,而尼克则对盖茨比充满了同情。尽管库尔茨和盖茨比之间存在着许多相类似的道德上的缺陷,但是在尼克眼中,盖茨比仍然是一位"了不起的"的英雄,他对理想的执著追求和献身精神充分显示了生存的某种不可贬斥的价值。由尼克所讲述的盖茨比的人生故事,实际上是一支对在特定的时空范围内所产生的人格分裂的颂歌。盖茨比试图重新塑造自己的形象、跻身于上流社会、夺回理想中的恋人黛茜的一系列举动无疑是壮丽的,史诗般的,但也是注定不能成功的。盖茨比所付出的种种努力被作者赋予了讽刺性的色彩,因为他编造了一些不实的谎言,行使了一些欺骗的手段。然而他的谎言和欺瞒却都是为了黛茜,而

---

① Matthew J. Bruccoli, ed. *F. Scott Fitzgerald: A Life in Letters*, p.111.

黛茜实际上却又是一个"金玉其外,败絮其中"的美丽躯壳,根本不值得他为之而献身。盖茨比后来已经意识到他对黛茜的幻想就要破灭了,如同马洛对库尔茨的堕落本质感到失望和憎恶一样。

　　就这部作品的主题思想、对故事的叙述者的设计,以及小说的艺术表现手法而言,菲茨杰拉德无疑在很大程度上受到了康拉德的影响,并且在3个关键问题上创造性地吸收了康拉德的风格和思想。在康拉德的名作《秘密参加者》(*The Secret Sharer*, 1910)中,那位年轻的船长一直在思索着:"什么是真正的人格理念?我应当怎样做才算忠实地保持了人格的理念?"① 在《了不起的盖茨比》中,尼克·卡罗威也同样一直在思考着这一重要问题,并试图解开故事的主人公如何从一个贫穷、乡气的杰姆斯·盖兹转变成一个华贵、阔气的杰伊·盖茨比的谜底。通过观察和分析,尼克了解到盖茨比的人格"来自于他对自己的柏拉图式的理念","他虚构的恰恰是一个17岁的青年很可能会虚构的那种杰伊·盖茨比,而且也始终不渝地忠实坚守着这个理想化了的人格理念。"②

　　被菲茨杰拉德誉为"一部伟大小说"的康拉德的名作《吉姆老爷》(*Lord Jim*, 1931)涉及的主题是:人的自尊心的丧失在人的心理上所造成的巨大悲哀,以及"人想从水深火热之中找回他的道德形象和理想所做出的那些艰苦努力"。吉姆的恩师斯泰因也依循着盖茨比的理想主义的轨迹,极力奉劝吉姆"去追求梦想,去不断地追求理想的人生"。③ 在《了不起的盖茨比》中,当尼克告诫盖茨比,"你可不能重温旧梦"时,盖茨比天真地喊道:"不能重温旧梦?……哪儿的话,我当然能够!"如同吉姆一样,盖茨比也为他无法摆脱的旧梦所困扰着,无力自拔。如同吉姆一样,盖茨比也滔

---

① Joseph Conrad, *The Secret Sharer*, New Work: Viking, 1959, p. 123.
② 菲茨杰拉德著,巫宁坤、唐建清译,《了不起的盖茨比·夜色温柔》,第67~68页。
③ Joseph Conrad, *Lord Jim*, (New York: Viking, 1931), pp. 81, 215.

第四章 菲茨杰拉德五大小说解读

滔不绝地大谈往事,因此,尼克揣想,"他一定是想从中重新获得一点什么东西,也许是那种关于……他自己的某种理念"。①

《了不起的盖茨比》这部小说极为微妙却又寓意深刻的结尾与康拉德的代表作《黑暗深处》的结尾也颇为相似。菲茨杰拉德曾对好友毕萧浦说:"海明威在一次谈话中曾对我强调,在某些特定的条件下,运用渐降法来处理小说富有戏剧性的结尾往往会收到意想不到的效果。这一点给我印象很深。我认为我们俩都是从康拉德的作品中受到启发的。"②菲茨杰拉德还对海明威说,在创作《了不起的盖茨比》的过程中,他又重读了康拉德的《"水仙号"上的黑家伙》(The Nigger of the "Narcissus", 1897)的前言,获益匪浅,学会了"小说必须在读者的心灵上产生绵绵不断、余音缭绕的读后效应"③的技巧。康拉德在《黑暗深处》的结尾处以刚果河为象征,将泰晤士河与人类远古的过去联系在一起:"远处的海面横堆着一股无边的黑云,那流向世界尽头的安静的河流,在乌云密布的天空之下阴森地流动着——似乎一直要流入那无边无际的黑暗深处"。④ 菲茨杰拉德也采用了康拉德的能"在读者心灵中产生绵绵不断、余音缭绕的读后效应"的方法,以河流作比喻,在小说的结尾处写道:"于是,我们奋力向前划,逆流向上的小舟,不停地倒退,进入过去"。这样的结尾给读者留下了强烈的心理暗示和联想,进一步突出了盖茨比为了重温旧梦所做出的无望的努力,也给读者留下了无限的惆怅和思考的空间。

《了不起的盖茨比》所描绘的社会风貌和生活画面已大大超出

---

① 菲茨杰拉德著,巫宁坤、唐建清译,《了不起的盖茨比·夜色温柔》,第76页。
② Andrew Tumbull, ed. *Letters of F. Scott Fitzgerald*, pp. 383~384.
③ *Ibid.* p. 329.
④ 约瑟夫·康拉德著,黄雨石译,《黑暗深处》,天津,百花文艺出版社,1984年版,第117页。

了菲茨杰拉德个人的实际生活体验,但却十分精辟地表达了美国现代文学中占主导地位的创作主题:西部的理想主义和道德风尚与东部的精神荒芜和腐败风气所形成的矛盾冲突与对比观照(小说中的主要人物均来自于西部,尼克在小说的结尾处也返回了西部;而故事的场景却在东部);具有独立人格、凭着个人的奋斗取得成功的主人公早年神奇的经历;企图逃离物欲横流的现实生活而想回归天真纯朴的过去的无望努力;弱肉强食、冷酷无情的上流社会富人们的卑劣本性;外表美丽、内心空虚的女人们的心态;现代社会中已被金钱和地位扭曲了的爱情观;对未来生活的高度敏感和渴望;以及"美国理想"的难以实现与梦想破灭后的痛苦与悲哀。小说无论在思想深度还是艺术表现力度上都堪称是20世纪美国文学中的杰作。它自问世以来,在半个多世纪的岁月里,一直都受到文学评论界的广泛关注,对它的研究也一直经久不衰,并被冠以"伟大的美国小说"的称号。菲茨杰拉德本人也声称:"我的这部小说大概可以称得上是有史以来写得最精彩的美国小说之一。"[1]

五、《夜色温柔》

《了不起的盖茨比》出版3周之后,菲茨杰拉德就给他的好友、著名编辑帕金斯写信说:"我正以十分愉快的心情在着手创作一部新的长篇小说。这部小说无论在形式、结构,还是思想内容上都将十分新潮。小说探讨的是乔伊斯和斯泰茵一直在致力探讨却无结果,而康拉德根本就没有发现的最为典型的时代特征。"[2]这

---

[1] John Kuehl and Jackson R. Bryer, eds. *Dear Scott / Dear Max*, p. 76.
[2] Matthew J. Bruccoli, ed. *F. Scott Fitzgerald: A Life in Letters*, p. 168.

就是他寄予了很大抱负,想把它写成为一部旷世之作的长篇小说《夜色温柔》(*Tender Is the Night*, 1934)。然而事与愿违,由于种种原因,《夜色温柔》的写作时辍时续,耗费了菲茨杰拉德长达9年的时间才得以完成。

《夜色温柔》总的主题与《了不起的盖茨比》相似,描写的是一个出身低微但才华出众的青年对富有梦幻色彩的理想的追求以及他如何遭到失败、变得消沉颓废的故事,但小说所涉及的范围更加宽阔,着重点也更高更新。菲茨杰拉德把他这一时期在精神上所经历过的种种痛苦和磨难经过提炼,升华到了他一贯的创作思想。如果说《了不起的盖茨比》所表现的是理想难以实现的幻灭和悲哀,那么《夜色温柔》则在新的层次上揭示了更大的幻灭和悲哀:实现了的未必就是理想。菲茨杰拉德一贯的创作主题在这部小说中也得到了更为充分的体现:良知的泯灭、金钱的腐蚀作用、上流社会的堕落生活、暴力造成的阴暗的社会心理影响,以及纯真爱情的难以实现。与《了不起的盖茨比》相比,《夜色温柔》的情节更加凄婉动人,人物形象也更加贴近生活,因而具有更强的可读性。小说的背景被安排在作者所熟悉的欧洲大陆,时间跨度为1917至1930年间,但小说展现的仍然是美国"爵士乐时代"的那种社会生活场面。它是以主人公迪克·戴弗与妻子尼柯尔·华伦和女影星萝丝玛丽·霍伊特之间的三角恋爱关系以及围绕着这种关系所产生的各种复杂的矛盾冲突为主线来构成整个故事主要情节的。由于小说涉及的主题重叠庞杂,穿插、倒叙、闪回、意识流等写作手法使用频繁,菲茨杰拉德机智巧妙地在结构上将全书分成了3大部分,每一部分都有其自己的重点,各部分之间又有其有机的必然联系,使得全篇小说首尾呼应,浑然一体。

第一部,主要描写的是萝丝玛丽对迪克的一见钟情和倾心相爱,以及迪克既想与萝丝玛丽结合、又想保护她免受流言伤害、更要保护身患严重精神分裂症的妻子尼柯尔不受伤害和想维持现有家庭关系的极度矛盾的心态和极为尴尬的处境。读者通过天真烂漫的纯情少女萝丝玛丽的双眼的观察,看到的是迪克·戴弗家的富丽堂皇的社交场面和迪克与尼柯尔之间貌似幸福美满的家庭生活。在萝丝玛丽的眼中,迪克英俊潇洒,风度翩翩,而且心地善良,和蔼可亲,又是一个令人羡慕的心理医生,是一个非常理想的"白马王子"。通过萝丝玛丽的出现和介入,菲茨杰拉德向读者暗示了迪克夫妇的婚姻关系终将解体的潜在的悲剧因素。小说的第一部共由25章组成。

年仅18岁的美丽迷人的美国女影星萝丝玛丽·霍伊特与其母亲斯皮尔斯夫人一起来到距戛纳仅5英里的法国著名海滨旅游胜地里维埃拉度假。在海滩上,她认识了路易·坎布恩、艾布拉姆斯夫人、麦基斯克夫妇、邓弗莱先生等来法国度假的美国富人,但更能引起她兴趣的还是远处的那几位正在享受日光浴的人。当她躺在沙滩上快要睡着的时候,那群人中最令人瞩目的英俊男子迪克·戴弗向她走来,告诫她不能在太阳下晒得太久,以免灼伤了皮肤。他俩由此相识。回到旅馆之后,萝丝玛丽便对母亲说,她在海滩上坠入爱河了,并说无论她走到哪里,人们都能认出她来,因为大家都在谈论由她主演的那部美国影片《老爸的女儿》。

两天后,在同一片海滩上,迪克热情邀请萝丝玛丽加入了他们的行列。在场的人还有迪克的漂亮得如同画中人的妻子尼柯尔、有名的作曲家艾贝·诺思和他的妻子玛丽,以及雇佣兵汤米·巴尔奔。在萝丝玛丽眼里,迪克"显得和蔼可亲,风度翩翩",连他说话的声音似乎都暗示着"他就会为她打开一个全新的世界,展现出无穷无尽的壮丽的前景"。① 萝丝玛丽后来告诉母亲说:"我爱上他了,妈妈。我爱他爱得要命——我从没有想到我会对谁产生那样的感情。他已经结过婚了,可我还是喜欢他——这肯定是没

---

① 菲茨杰拉德著,巫宁坤、唐建清译,《了不起的盖茨比·夜色温柔》,第145页。

第四章　菲茨杰拉德五大小说解读

有指望的。可我真是太爱他了。"①

萝丝玛丽应高蒙电影制片厂导演厄尔·布雷迪的邀请,很不情愿地离开了里维埃拉,前往蒙特卡洛市。布雷迪因不满于那些法国女演员的演技,想邀请萝丝玛丽与他合作,拍摄一部新片。从蒙特卡洛归来时,恰逢迪克夫妇在他们的豪华别墅中举办盛大的酒会,萝丝玛丽与母亲斯皮尔斯夫人都受到了邀请。出席酒会的客人还有布雷迪、坎布恩、邓弗莱、艾布拉姆斯夫人、麦基斯克夫妇、诺思夫妇,以及汤米·巴尔奔。当萝丝玛丽与迪克单独在一时,她轻声对他说:"我第一次见到你的时候就已爱上你了。"②在这酒会上,麦基斯克夫人在去楼上卧室的洗手间时,突然撞见了"一幕意想不到的情景",并因此而激动得说不出话来。迪克终于从楼上下来了。他邀请萝丝玛丽与他和尼柯尔一起去巴黎送艾贝·诺思回美国,晚宴也到此结束。但萝丝玛丽却一直很纳闷,不知麦基斯克夫人到底在楼上盥洗室里看见了什么。

萝丝玛丽是在努力工作的思想熏陶下长大的。斯皮尔斯夫人把她已故丈夫留给她的一点儿钱财都用在了女儿的教育上。如今女儿已长大成人,出落得像一朵刚刚绽开的美丽的鲜花。她鼓励萝丝玛丽去勇敢地追求自己的爱情,去发展她与迪克的恋爱关系。路易·坎布恩向萝丝玛丽透露了汤米·巴尔奔要与瓦奥莱特·麦基斯克进行决斗的消息。艾贝·诺思则告诉了萝丝玛丽这场决斗的起因:原来汤米·巴尔奔要与麦基斯克决斗的目的是要让麦基斯克夫人保持沉默,不要到处去张扬她在这次酒会上意外撞见的关于迪克夫妇之间不为外人所知的隐秘。萝丝玛丽与坎布恩一同去高尔夫球场目睹了汤米与麦基斯克的决斗:两人同时开了枪,但双方都没有击中对方。

---

① 菲茨杰拉德著,巫宁坤、唐建清译,《了不起的盖茨比·夜色温柔》,第150页。
② 同上,第158页。

迪克夫妇、诺思夫妇和萝丝玛丽一起来到巴黎。萝丝玛丽陪同尼柯尔在巴黎各大商场采购了不少物品。随后,他们一行又去博蒙哈梅尔参观了第一次世界大战的战场遗址。迪克感慨地说:"这是最后的一场爱之战。""这种战争需要宗教信仰、漫长的岁月、绝对的把握,以及存在于两个阶级之间的那种确切的关系。"接着,他又唏嘘不已地说:"伴随着一股极为强烈的爱的风暴,我们的美丽、可爱、安谧的世界在这里整个儿被炸成了碎片。"①回到了巴黎城里后,萝丝玛丽发觉,艾贝·诺思老是在不停地喝酒,迪克也说他很有可能会放弃正在写的一篇科学论文。

返回旅馆时(尼柯尔因身体不适已先行一步),萝丝玛丽情不自禁地与迪克在出租车内热烈拥吻在一起。到达旅馆时,萝丝玛丽要求迪克送她到房间里去。在萝丝玛丽的房间里,他们关上了房门。萝丝玛丽立即扑进了迪克的怀抱,不可自制地要迪克马上"占有"她,即使会因此而为他怀上一个孩子也不在乎。迪克大为震惊,虽然内心也很爱她,但还是罗列了一些理由来劝说她,也说服自己不能这样做。第二天,已平静下来、同时也对自己的举动深感羞愧的萝丝玛丽却从迪克的眼神里看出,他已深深地爱上她了。在萝丝玛丽的安排下,迪克夫妇和诺思夫妇一同观看了由萝丝玛丽主演的影片《老爸的女儿》。放映过程中,萝丝玛丽紧挨着迪克的身边,两人在昏暗中相互深情地凝望着对方。电影放完后,萝丝玛丽又宣布说,她已为迪克安排了一次去电影厂试镜的机会。迪克深知她的用意,但还是理智地拒绝了。事后,他对萝丝玛丽说:"我恐怕真的爱上你了……可这种事是不该发生的呀。"②他诚恳地说明了他不能爱她的理由:尼柯尔必须和他一同生活下去;他们

---

① 菲茨杰拉德著,巫宁坤、唐建清译,《了不起的盖茨比·夜色温柔》,第182~183页。

② 同上,第198页。

夫妻之间的关系非常复杂;他不能让尼柯尔受到任何伤害。他希望萝丝玛丽能够理解他的处境。然而,在上楼去各自房间的途中,他们又在楼梯上情不自禁地停下来拥抱、接吻了。

迪克夫妇在巴黎举办了一场宴会为艾贝·诺思送行。然后,迪克、尼柯尔、萝丝玛丽、玛丽·诺思都分别来到火车站送别艾贝·诺思。尼柯尔在站台上指责了艾贝对一切都不抱希望,并且自暴自弃的颓废行为,使得艾贝的心情越来越坏。在站台上,尼柯尔和迪克两人都认识的一个名叫玛丽亚·沃利斯的年轻女子突然拔枪射击,打死了站台上的另一名男子,全场顿时一片混乱。这枪声把他们都吓坏了,也终止了他们在巴黎的日程。暴力的回声跟随着他们一起走出了火车站。迪克此时也不无惊慌地感到,在他与萝丝玛丽的关系上,掌握着主动权的是她,而不是他。

一个名叫科利斯·克莱的耶鲁大学的毕业生去年秋天曾与萝丝玛丽一同参加过耶鲁大学一年一度的大学生狂欢聚会。他告诉了迪克关于萝丝玛丽的一件往事:有一次,萝丝玛丽和一个名叫比尔·希利斯的小伙子在火车上反锁起车厢门,并放下了窗帘,两人不知在里面做了些什么,列车员来查票也不开门,结果反而和列车员大吵了一架,他费了老大劲才把这事平息下来。这件往事使迪克的脑海里老是浮现起萝丝玛丽与别的男人幽会的情景,这使他既感到十分嫉妒,更激起了他对萝丝玛丽的强烈欲望。于是,他决定立即去电影厂找她,尽管他心里很清楚,他的这一举动将是他生活中的一个重要的转折点。萝丝玛丽已经离开了电影厂。迪克便朝她旅馆的房间里打电话,告诉她说,他迫切地希望能马上和她在一起。

迪克夫妇听说艾贝·诺思并没有去美国,此时仍呆在巴黎。尼柯尔对此的看法是:"如今有许多聪明的男人都精神崩溃了。"①

---

① 菲茨杰拉德著,巫宁坤、唐建清译,《了不起的盖茨比·夜色温柔》,第221页。

艾贝·诺思的确没有去美国。他整整一天都在巴黎的里兹酒吧里喝酒。

迪克带着爱的遐想走进了萝丝玛丽的房间,他们又热烈地拥吻在一起。这时,艾贝带着一个名叫朱尔斯·彼德森的黑人敲开了他们的房门。此前,彼德森曾帮助艾贝指认过一个抢了艾贝钱包的黑人,警察不问缘由立即逮捕了那个黑人,却不料是抓错了人。此后,警察又连续逮捕了好几名颇有身份的黑人。那些被彼德森出卖的黑人此时都在追踪彼德森,而彼德森则想从艾贝这儿寻求保护。针对这一情况,迪克、萝丝玛丽和艾贝三人都来到迪克的房间紧急磋商解决问题的办法。彼德森因不便介入,便在门外的过道里等候着。

艾贝离开后,迪克和萝丝玛丽又随即相拥在一起。当萝丝玛丽返回到自己的房间时,她十分惊恐地发现,已被人谋杀的彼德森的尸体就仰躺在她的床上,伤口还在流血。为了保护萝丝玛丽的名誉不受损害,迪克擅自将彼德森的尸体移放在旅馆的大厅里,并打电话向经理报告说,尸体是在大厅里被发现的。之后,迪克又将萝丝玛丽房间里的那张沾满血污的床单拿回了自己的房间让尼柯尔去清洗。萝丝玛丽听见了尼柯尔在楼上盥洗室发出的恐怖的歇斯底里的叫喊声——受到刺激的尼柯尔精神病又发作了。萝丝玛丽终于明白麦基斯克夫人上次在别墅楼上的浴室里所见到的一幕是什么了。事实上,尼柯尔这两次的精神病发作都与迪克和萝丝玛丽的微妙关系有关。小说的第一部也到此结束。

小说的第二部闪回到了1917年,追溯了迪克早年的勤奋好学和立志献身于医学事业的远大抱负,揭示了尼柯尔罹患精神分裂症的病因、病史和接受治疗的过程,描绘了迪克无私的奉献精神。随后,小说又回到了第一部所描写的事件中。迪克为照料尼柯尔并治好她的疾病付出了自己全部的精力和才华,甚至不惜荒疏了他所热爱的科学研究。但他得到的却是华伦家族对他的歧视和不信任，尼柯尔极不稳定的情绪和时常犯病也使他心力交瘁，不堪重负。他渐渐丧失了对生活的热情和乐观态度，开始变得消沉起来，常常借酒浇愁以麻醉自己。第二部由23章组成。

迪克·戴弗是一位聪慧、勤奋、"前途无量"的青年。他获得了牛津大学的"罗兹奖学金"，在约翰·霍普金斯大学医学院完成了他的学业，随后便去了奥地利首都维也纳，在那儿一边学习，一边从事医学研究，发表了不少有价值的学术论文和专著。后来又在耶鲁大学深造过。1917年春，他又被派往瑞士的苏黎世大学继续深造和从事医学研究，真可谓"吉星高照，春风得意"。这一年他才26岁。在苏黎世大学获得学位后，他奉命返回美国，为美军组建一支精神病医疗队。1919年春，医疗队解散后，他又回到了苏黎世。

4月里的一天，迪克前往位于苏黎世湖区的多姆勒诊所，去拜访一位名叫弗朗兹·格雷戈罗维斯的病理学家。在这里，他与弗朗兹一起研究了一个名叫尼柯尔·华伦的女病人写给他的几封信。尼柯尔出生于美国一个百万富翁的家庭，患有精神疾病，是他在军队精神病医疗队工作时认识的。弗朗兹向迪克讲述了尼柯尔的病史：大约一年半前，来自于芝加哥的巨商德弗罗·华伦带着他16岁的女儿尼柯尔来到诊所向多姆勒大夫求医，因为尼柯尔的行为有些反常，似乎脑子有毛病。华伦留下女儿回洛桑时曾答应过几天再来，可他却始终都没有再露面。多姆勒大夫向他发出了最后通牒，要求他返回美国之前务必到诊所来一趟。华伦在多姆勒大夫的敦促下来到了诊所，终于吐露了他与亲生女儿乱伦，导致女儿患上了严重的精神疾病的罪恶行径。多姆勒大夫在震惊之余深感这个病案极为棘手。他告诉华伦，如果他能无限期地，或者至少在5年之内远离他的女儿，他就答应接手这个病案。但经过一年多的治疗后，尼柯尔的病情并没有明显的好转。

迪克向弗朗兹透露了他的打算："要做一个出色的心理学

家——也许是有史以来最伟大的心理学家。"①他时常也在心里勉励自己:"要做一个正直的人,做一个善良的人,做一个勇敢的人,做一个聪明的人,虽然这一切做起来是相当难的。他也想着能够被人爱,如果他值得被人爱的话。"②在这种崇高思想的支配下,迪克去诊所探视了尼柯尔。尼柯尔为他播放了几首美国歌曲的唱片。两人随意聊了一会儿。尼柯尔年轻美丽的身段和青春甜美的微笑给迪克留下了强烈的印象。迪克的到来使尼柯尔增添了对生活的信心,"给这个几乎还没有得救的落难者带来了一块神奇的新大陆……"③随着接触次数的增多,两人在感情上也有了微妙的变化。

弗朗兹告诉迪克说,尼柯尔显然已经爱上他了,而多姆勒大夫则对他俩的关系甚为担忧,告诫他不能把自己大半辈子的生涯用来做私人医生和护士。况且这种事情只要稍有变故就会了结的。可迪克却说,他已爱上了这位姑娘,并想和她结婚。针对这种情况,弗朗兹和多姆勒决定将迪克与尼柯尔分开。迪克接受了这个决定。第二天去看望尼柯尔时,他以冷静的态度克制着自己,努力保持着与尼柯尔的距离。在此后的日子里,迪克对这个病案的处理方法和这场恋爱的如此结束越想越感到不满。他发奋工作着,准备出一本专著,同时还计划着要进行一项新的研究课题。一天,在瑞士的旅游胜地格利永的高山缆车站口,他意外地又见到了与其姐姐巴比·毕伦一起来此旅游的尼柯尔。晚饭后,迪克来看望尼柯尔和巴比。巴比和迪克谈起了尼柯尔目前的病情,并透露了她想把尼柯尔带回家,让她在芝加哥找一个医生结婚的想法。因为凭着他父亲的地位和关系,他们一定能够为尼柯尔找到这样一

---

① 菲茨杰拉德著,巫宁坤、唐建清译,《了不起的盖茨比·夜色温柔》,第254页。
② 同上,第255页。
③ 同上,第259页。

位既能当医生、又能当丈夫的年轻人。谈话结束后,迪克心情烦躁地独自在外散步时又遇见了尼柯尔,他们又情不自禁地拥吻在一起。巴比请求迪克护送尼柯尔回诊所去,而迪克此时已明白:"从此,她的问题将永远是他俩共同的事了。"①

9月的一天,迪克和巴比在一起喝茶。巴比对迪克想与尼柯尔结婚的欲望非常不满,说:"我不敢说我已真正理解了你的意图。"②事实上,迪克对尼柯尔的感情是非常真挚的,他要与尼柯尔结婚的动机也是纯洁、高尚的,没有丝毫世俗的念头。但他根本得不到巴比的理解。尼柯尔沉浸在自己的梦幻之中,遐想着她与迪克的婚礼、蜜月、两个孩子的降生、她的旧病复发、她与迪克的恩爱、他们的外出旅行,以及迪克对华伦家庭的钱财的日趋依赖……她的思绪停在了那片海滩上,在那儿,她遇见了那个可爱的姑娘萝丝玛丽。这段意识的自由流动将时间又拉回到了小说开头的那个画面。

彼德森被暗杀后,萝丝玛丽搬出了那家旅馆,迪克夫妇也回到了自己的别墅中。迪克开始思考如何修改他正在写着的那部学术著作。在与斯皮尔斯夫人交谈时,迪克说出了憋在他心里许久的话:"我爱上萝丝玛丽了。"③他回想了尼柯尔最近两次发病的情景:一次是在巴黎,另一次是在那次的酒会上。这使他对尼柯尔病案的信心发生了很大转变。接着,他回顾了他对尼柯尔家庭的金钱的越来越依赖,感到照此下去,"他就会渐渐地被汹涌而来的钱与物的洪流所淹没。"因此,他有意识地"维持着一种起码的经济上的独立"。④

---

① 菲茨杰拉德著,巫宁坤、唐建清译,《了不起的盖茨比·夜色温柔》,第277页。
② 同上,第277页。
③ 同上,第284页。
④ 同上,第289页。

迪克夫妇在瑞士旅游胜地克希塔德山中滑雪期间，弗朗兹找到迪克，想和他商谈合伙经营一家诊所的事宜，以便"能开创一项大事业，将那些神经崩溃的美国人都吸引过来"。开办诊所的最大困难是资金不足，但巴比说她可以帮忙。迪克马上就敏感地意识到，巴比的潜台词是："我们能支配你，你迟早会承认这一点的。"①迪克与弗朗兹合伙经营这个诊所已达18个月，其间，迪克对一名患有严重神经性湿疹的女病人产生了莫名的感情。

尼柯尔收到了一封过去在诊所时认识的一个病友写来的信，此人在信中宣称，迪克曾勾引过她的女儿。在阿吉里集市上，尼柯尔因看见一个年轻姑娘在打量迪克，便异常恼怒地从迪克身边跑开了。在驱车回家的途中，怒气未消的尼柯尔从迪克手中夺过方向盘，使汽车冲出了马路，撞在了路边的大树上。尼柯尔精神状态恢复正常后，迪克在诊所请了假，借口说是要去参加一个精神病学方面的研讨会。但他实际上是想离开尼柯尔，以图暂时的解脱。在慕尼黑，迪克遇到了汤米·巴尔奔，并从汤米的口中得知，艾贝·诺思在纽约的一家非法经营的酒店里被人活活给打死了。艾贝之死使迪克万分痛惜。迪克感到，从他认识尼柯尔以来，到他遇见萝丝玛丽的这段时间里，"他的思维之矛已被钝化"，"他已失去了自我"。他感到自己"就像一个由女人供养的男子一样被人收买了，被华伦家族的人支配着"，虽然他"并不是注定要失败的"。②他开始意识到，他所见到的每一个漂亮女人，居然都对他有吸引力了。就在此时，他接到了老父病逝的电报。这个不幸的消息，更使他强烈地意识到，他已丧失了从前的那种对事业的献身精神。

迪克返回美国参加了父亲的葬礼。在返回欧洲的航程中，他

---

① 菲茨杰拉德著，巫宁坤、唐建清译，《了不起的盖茨比·夜色温柔》，第293页，第295页。
② 同上，第316~317页。

意外遇见了老友艾尔伯特·麦基斯克。麦基斯克此时已是一位颇有名气的小说家了。在罗马,他又与萝丝玛丽再次相逢,萝丝玛丽正是他"愿意横渡地中海去看望的人"。① 此时已到了1928年。迪克走进了萝丝玛丽旅馆的房间,他们又急切而兴奋地吻在了一起,但萝丝玛丽却及时阻止了他进一步行动的要求。第二天,他陪同萝丝玛丽来到位于古罗马广场的拍摄电影的现场。之后,他们又一同驱车回到旅馆,在甜蜜、安谧的氛围里如愿以偿地实现了他们彼此渴望已久的爱之梦。

迪克再次与汤米·巴尔奔相遇。汤米建议迪克带尼柯尔去伦敦休养一段时间,但迪克没有接受。迪克此时已意识到,萝丝玛丽并不是他心目中理想的爱情,他与萝丝玛丽的厮混只不过是一种自我放纵。意识到这一点之后,他对萝丝玛丽的欲念反而更加强烈了。他询问了萝丝玛丽的私生活,萝丝玛丽告诉他说,一个名叫尼科特拉的意大利男影星想向她求婚。迪克说:"我想我大概已患上黑死病了。看来我不会再给任何人带来幸福了。"②

迪克与科利斯·克莱一起在酒吧喝酒。酒醉之下,加上长期郁积在心里的烦躁情绪,使他与一名出租车司机大吵了一架。随后,他又被罗马的警察殴打了一顿,并被投进了监狱。迪克托人给巴比·华伦带信,希望她能设法营救他出狱。巴比来到美国大使馆求助。在她的努力下,迪克终于获释。出狱后的迪克似乎对一切都已心灰意冷,而巴比倒有了一种满足感,"因为她们对他又拥有了一份道德上的优越。只要他对她们还有用处,这种优越就会保持下去"。③ 第二部即到此结束。

第三部,描写迪克的日趋沉沦,他与尼柯尔关系的彻底破裂和

---

① 菲茨杰拉德著,巫宁坤、唐建清译,《了不起的盖茨比·夜色温柔》,第322页。
② 同上,第344页。
③ 同上,第348页。

离婚,以及尼柯尔与汤米·巴尔奔的相爱和结合。迪克悲酸地结束了他对理想和爱情的追求,孑然一生返回美国,以一个普通医生的身份在家乡的小镇默默行医,以此了却余生。第三部共有 13 章。

弗朗兹的妻子克特常向丈夫数落尼柯尔的不是,总觉得这家人很别扭。这使弗朗兹越发相信"迪克不再是一个规矩人了"。①迪克回到诊所后,弗朗兹派他去洛桑会见一位患酒精中毒症的同性恋病人。见到这个病人后,迪克拒绝了这个病案。在洛桑期间,他听说尼柯尔的父亲德弗罗·华伦也在当地接受酒精中毒症的治疗,已是生命垂危了。迪克去看望了他。克特极不明智地将这一消息告诉了尼柯尔。尼柯尔立即赶往洛桑。等她到达时,她父亲已经逃离了那家医院,去向不明。

回到诊所一周后,有个名叫冯·科恩·莫里斯的病人的父母吵闹着坚持要把他们的儿子领走,因为他父亲说,他儿子是来这儿治酗酒的,可他却两次闻到迪克满口酒气,所以他们不想再在这儿既浪费时间又浪费钱财了。弗朗兹与迪克彼此怨怼,矛盾渐深,于是决定就此分道扬镳。迪克一家又回到了里维埃拉。迪克继续撰写他的学术专著。华伦家庭给他们带来的资财也越来越多了。迪克带着全家去拜访了玛丽·诺思,她如今已成了"明盖蒂伯爵"的夫人。迪克错将伯爵的妹妹当成了女佣,并出言不逊地贬损了这个家庭的荣誉。迪克一家与玛丽在极不愉快的气氛中分了手。回到家里后,迪克夫妇间也时常发生争吵,关系显得越来越紧张。尼柯尔承认说:"是我把你给毁了。""你过去常有创造的欲望,可如今似乎总想着要毁灭什么。"②在一艘游艇上举办的酒会中,他们又遇见了汤米·巴尔奔。酒喝得过多的迪克与卡罗琳·西布利-比尔斯夫人又发生了极不愉快的争执。第二天早晨,汤米驾车送

---

① 菲茨杰拉德著,巫宁坤、唐建清译,《了不起的盖茨比·夜色温柔》,第 353 页。
② 同上,第 376 页。

迪克一家人回家。汤米嗓子痛,尼柯尔不经迪克同意就将一整瓶十分贵重的药给了汤米,因为她知道,汤米一直在痴情地爱着她,而迪克也早已察觉到了这一点。

数月以来,迪克夫妇间的关系一直在不断恶化,尼柯尔十分忧虑地感到,"迪克正在考虑做最后的了断。"①在海滩上,他们又与萝丝玛丽意外相遇。迪克对萝丝玛丽过于亲昵的态度和他在萝丝玛丽面前炫耀自己的滑水板技巧的轻佻举动令尼柯尔十分恼怒。萝丝玛丽告诉迪克说,她听说迪克已经变了,在走下坡路了。迪克回答说:"变化早就开始了——但起先并不明显。精神是垮下来了,但行为方式在一段时间内还不受影响。"②尼柯尔感到自己的病已经痊愈,能够开始过"独立生活"了,没有迪克的照料也不会有任何问题。于是,她便给汤米·巴尔奔写了一封颇具挑逗意味的信。当迪克外出去普罗旺斯办事时,尼柯尔精心打扮好自己,坐等汤米的到来。汤米如期而至,他俩相拥着去了海滨的一家小旅馆。在那里,他俩迫不及待地同床共眠在一起了。天亮之前,汤米又驾车将尼柯尔送回了家中。第二天下午,迪克回到家中,又与尼柯尔发生了激烈的争吵,迪克对尼柯尔说:"我对你已经无能为力了。我只是想要拯救我自己。"③尼柯尔气愤地责骂他是个懦夫,是个可怜的失败者,同时也感到自己在心灵上已完全背离了他:"这一病案已经终结。戴弗医生自由了。"④

迪克在午夜时分突然接到警察局长打来的电话,便立即来到警察局,要求保释玛丽·诺思和卡罗琳·西布利-比尔斯夫人。原来这两个女人把自己装扮成法国水手的模样在大街上寻衅滋

---

① 菲茨杰拉德著,巫宁坤、唐建清译,《了不起的盖茨比·夜色温柔》,第387页。
② 同上,第392页。
③ 同上,第406页。
④ 同上,第407页。

事,并无故捉住了另外两个女孩子。汤米找到迪克,向他摊牌说,尼柯尔要求与他离婚,因为"你的妻子不爱你。她爱的是我。"①迪克表示同意离婚。

玛丽·明盖蒂善意地询问迪克为什么不像从前那样和蔼可亲了,并告诉他说,她整个夏天几乎一直都在为他的人品作辩解。迪克在离开里维埃拉之际,再次来到海滩,双手合十向这片土地作最后的告别和祝福。

尼柯尔与汤米结了婚。迪克回到了纽约,在家乡的小镇上一边以一个普通医生的身份行医,一边继续撰写他尚未写完的学术著作。他们仍互通书信。迪克在信中告诉尼柯尔说,他眼下正在纽约附近的日内瓦镇行医。尼柯尔的印象是"他好像已经安顿下来了……似乎在等待着事业发展的时机……"②

《夜色温柔》从情节上看,描写的似乎是一场畸形的三角恋爱关系中各个当事人之间的矛盾冲突(从小说开始时出现的萝丝玛丽—迪克—尼柯尔3人之间的感情纠葛,到后来的迪克—尼柯尔—汤米之间的三角恋爱关系),但小说实际叙述的却是一个失败和沉沦的悲剧故事。然而,导致这场人间悲剧的根源正是金钱对人性的毁灭作用、上流阶级的势利浅薄和腐朽堕落、现实社会的冷酷无情和物欲横流,以及人的良知的泯灭。在一个拜金主义盛行的实利社会里,人的真诚、人的善良的本性和追求崇高理想的献身精神,与扭曲、病态的享乐主义人生观和生活腐化、道德沦丧的社会现实之间形成了强烈的对比反差。菲茨杰拉德在这部小说中通过迪克的人生经历和爱情际遇,以悲怆的笔调对形形色色的社会丑恶现象和上层社会的男男女女们进行了更加愤怒的谴责和更

---

① 菲茨杰拉德著,巫宁坤、唐建清译,《了不起的盖茨比·夜色温柔》,第412页。
② 同上,第419页。

为严厉的鞭挞,对虚幻的"美国梦想"的精神实质进行了更加深刻的揭露和批判,对"爵士乐时代"所出现的人格的分裂和精神的变态给予了无情的揶揄和讽刺。

在《夜色温柔》中,菲茨杰拉德别出心裁地将主人公迪克·戴弗设计为一位才华出众、有上进心和奉献精神、从事精神病学和心理分析学研究且颇有建树的医生。作为一名精神病学科的医生,迪克的职责本应是努力寻求积极有效的治疗方案,使他的病人能够摆脱虚妄、病态的精神状态,使其能回归到现实之中。然而,经过一系列的变故之后,迪克失败了,而且败得很惨——他在事业、生活、爱情、婚姻,以及自己的精神状态等诸多方面都遭到了全面的失败。菲茨杰拉德似乎以此来告诫人们:在这个严酷的现实社会里,无论你多么贤明、多么严谨、多么有理想,或者多么超然于世,你都绝无可能使自己完全摆脱"美国梦想"的"精神病机理"。通过对既富有浪漫的"美国理想"、又具有科学的精神病学修养的迪克这一人物形象的刻画,菲茨杰拉德鞭辟入里地充分展现了他所处的那个特定的"精神病"社会的本质,以及由这个"精神病"社会所造就的各种人间悲剧,其讽刺意义是双重的、复合式的:身为心理分析学家、精神病学科的医生、"谵妄世界"的矫正者的迪克,在医治别人疾病的同时,也不可避免地受到了"谵妄世界"的"精神病毒"的感染。他能医好别人的疾病,却无力治愈自己的"疾病"。他是他想去打破或治疗的"梦幻世界"的受害者和牺牲品。迪克和盖茨比一样,也是情太深,心太软。他想以自己真诚的爱和丰富的医学知识来拯救尼柯尔、恢复她的身心健康,还想以健康的精神状态和生活方式来医治和改善流行于上流社会的病态。他为照料尼柯尔并治好她的精神疾病而付出了自己全部的精力和才智,甚至不惜放弃了他所热爱的科学研究。他把自己的善良和真情也奉献给了上流社会里的其他人,自以为凭着他的才学和自我献身精神,他就能创造出一个具有现代美学意义、能使人心情欢畅的高雅境界。他怀抱着这个梦想执著地进行了十多年的努力,目的就是要将这个梦想雕刻成一件艺术精品,同时也使自己能成为"有史以来最伟大的心理学家"。如同古希腊神话中的皮格马利翁①热恋着自己所塑造的少女形象一样,迪克也想以自己的笃挚和真诚使尼柯尔焕发出新的生命力,也使"精神病"状态的"美国梦想"转变成具有浪漫色彩的极乐世界。精神病学科的医生此时似乎已成了一名勇于闯荡禁区的艺术家。然而,迪克不是皮格马利翁,他的一片真心也没能感动"上帝"。在他的精心照料和治疗下获得了新生的尼柯尔,在刚能够独立生活之际,就背弃了他,嫁给了汤米·巴尔奔——一个"谁肯出钱就为谁去打仗"的雇佣兵。如同盖茨比一样,迪克也为他的善良和天真付出了沉重的代价。他所追求的梦想给他留下的只是遥远的回忆和沉痛的反思。十多年的努力给他带来的只是身心疲惫,事业荒废,一无所成。

菲茨杰拉德在这部小说中以情节的逐步展开为载体,深刻批判了金钱和财富对人性的腐蚀、扭曲作用。小说中的尼柯尔是一个"容貌十分秀丽、让人备生怜爱"的女子。她的魅力在很大程度上来自于她的家庭的财富:"尼柯尔是才智和辛劳的产物。为了她,火车从芝加哥出发,穿过大陆丰腴的腹地,抵达加利福尼亚。……随着整个体制轰轰隆隆不可一世地向前推进,就给像尼柯尔这样进行大量采购的行为推波助澜,那种买卖的亢奋不亚于一个面对大火坚守岗位的消防队员的满面红光。她体现了一些非常朴素的原则,这些原则掩盖了她本人的可悲命运。她对这些原则的体现是如此确切,以致这种买卖行为也显得优雅起来……"②尼柯尔"本人的可悲命运"的根源就在于她所拥有的财富,她的

---

① 皮格马利翁,古希腊神话中的塞浦路斯王,善雕刻,热恋自己所雕出的少女像,爱神 Aphrodite 见其感情笃挚,便给雕像赋予了生命,使两人结为夫妇。
② 菲茨杰拉德著,巫宁坤、唐建清译,《了不起的盖茨比·夜色温柔》,第180页。

"可悲命运"的表现形式是她的"精神分裂症",而造成她精神失常的原因则是她那位百万富翁的父亲与她的乱伦。尽管财富和金钱给他们带来了纵情享受、盛宴玩乐的可能,但也使他们丧失了人格的完整性和做人的起码准则。尼柯尔的父亲华伦先生虽然在整个小说中出现的次数极少,但他却是小说中惟一真正的恶棍。他自私、残暴、丧尽天良,是一个典型的美国富人的象征。他与《了不起的盖茨比》中的汤姆·布坎南极为相似。尼柯尔的姐姐巴比也是一个十分世俗的女富豪的典型。百万家财使她有了颐指气使的资本,使她有了经济上甚至道德上的优越感。她总以为只要有钱,就可以买到一切,包括爱情和婚姻。迪克对尼柯尔的纯真感情和为她所做出的巨大牺牲,在她看来却只不过是一种买卖关系:他是一个医生,一个他们花钱雇佣的医生,他照料尼柯尔只是在尽他的职责,做他该做的事。因此,当尼柯尔渐渐康复后,巴比便怂恿她与迪克分手。随着小说故事情节的延伸,读者已能清楚地看到,有钱的富人们几乎都患有难以治愈的各种疾病,或者说,有了钱就等于有了病。生活在迪克周围的上流社会的各色人物都各有各的毛病和问题:巴比·华伦是一个极端自私的女人,喜欢异想天开,却又感情冷漠,得不到真正的爱情,而且患有恐英症。音乐家艾贝·诺思是一个思想颓唐、嗜酒如命的酒鬼,终因酗酒而死于非命。汤米·巴尔奔心肠冷酷,性格野蛮,没有政治信仰和头脑,是一个地地道道的无政府主义者。麦基斯克有自我暴露癖,是一个蹩脚的作家。萝丝玛丽是一个"假小子",没有宗教信仰,却风骚冶艳,放浪不羁,不顾一切地与迪克等人私通。菲茨杰拉德还通过一系列性反常行为描绘了导致迪克从理想主义滑向堕落、颓废的这个上流社会伤风败俗的现象:路易·坎布恩与罗亚尔·邓弗莱是同性恋者;玛丽·诺思与卡罗琳也是一对女同性恋者;巴比·华伦是一个手淫患者;德弗罗·华伦与女儿尼柯尔乱伦。这种乱伦行为后来又在迪克的身上得到了象征似的重演,因为尼柯尔对迪克的

"爱"在很大程度上只是心理上的一种"移情"现象,而身为医生、比尼柯尔年长许多的迪克也清楚地知道他在这场爱情和婚姻中所扮演的角色:父亲、医生和丈夫(他们相识时,尼柯尔才16岁)。他们的婚姻所代表的只是一种希望渺茫的努力:使尼柯尔重新恢复青春和良知,给她以嫁人的机会,让她获得新的"初恋"的喜悦。如同盖茨比一样,迪克也对自己的努力抱有极大的希望,对自己的能力和献身精神充满了信心,认为尼柯尔一定能够在他的照料和护理下恢复过来。他对尼柯尔说:"努力忘掉过去吧……回到美国去,进入社交界,去与人相爱——去过幸福的日子。"①如同《了不起的盖茨比》一样,菲茨杰拉德在这部小说中也沉痛地表现了这种幻想的最终破灭。随着萝丝玛丽的出现,迪克也在心理上不可避免地产生了"移情"。已习惯在银幕上扮演"老爸的女儿"角色的年仅18岁的萝丝玛丽,在现实生活中也成功地从比她年长许多、阅历比她丰富许多的迪克身上获得了颇有几分病态性质的"爱情"。从道义上说,迪克也步了德弗莱·华伦的后尘。他与萝丝玛丽的性爱关系在某种程度上也是一种乱伦。在萝丝玛丽主演的影片《老爸的女儿》中,"'恋父情结'被表现得如此明显,迪克不禁对所有心理学家的不健康的心态感到厌恶。"②与萝丝玛丽发生了性关系之后,迪克便对自己的行为感到十分可耻,在放纵自己的同时,也在良心上深深谴责着自己。迪克与萝丝玛丽的婚外恋和他的堕落,使尼柯尔也采取了相应的报复行动:她背着丈夫爱上了汤米,并且也与他发生了性关系。与汤米一夜风流之后,尼柯尔也感到内疚,感到对不起迪克。这表明她已恢复了健康,已经能独立生活了。于是,当迪克想挽救自己,走出困境时,她终于喊出了他们这场灾难性的婚姻中一个严酷的事实真相:"你这个胆小鬼!

---

① 菲茨杰拉德著,巫宁坤、唐建清译,《了不起的盖茨比·夜色温柔》,第264页。
② 同上,第193页。

你自己把生活弄得一团糟,倒想怪罪于我。"①由于他们之间极为微妙而又十分复杂的关系,由于他们彼此都十分了解对方的致命弱点,他们便具有了攻讦、伤害对方的强大杀伤力。长期以来,他们彼此都小心翼翼地把对对方的看法深藏在心里。如今,他们把一切都公开化了。在这场冲突中,迪克再次做出了妥协,退出了这个本不属于他的世界。

迪克终于从一个"前途无量"的理想主义者蜕变成了一个"不堪造就"的失败者。小说对他的迅速沉沦进行了具体、准确的描写:毫无节制地酗酒;与女病人随意接吻;与萝丝玛丽调情做爱;遭警察殴打并被投入监狱;对事业、著书立说和自己开办的诊所都丧失了兴趣;与合伙人弗朗兹分道扬镳;与玛丽·诺思无故争吵;与法国厨师大打出手;在水上运动中为了取悦萝丝玛丽而自矜其能的拙劣表演却又连连翻身落水……他对弗朗兹、萝丝玛丽、尼柯尔、汤米,乃至他的孩子们都变得心灰意冷,感情淡漠起来。他的结局是凄惨的。他牺牲了自己换得了尼柯尔的新生。当尼柯尔与汤米在洒满阳光的海滩上幸福地依偎在一起时,他却成了一个失败者,躲进了家乡的无名小镇,过着淡泊名利的普通人的生活。他的生活经历就是美国"爵士乐时代"的真实写照。他的悲凉结局也象征着"美国理想"的荒唐可笑和必然的最终破灭。他的失败和他对自己的忏悔就是向世人和未来发出的沉痛的箴言。

迪克的时常自我反省和对失落的信仰的强烈意识,他在一大群才气横溢却又放浪形骸、终为金钱和酒色所毁的旅欧美国人中所扮演的道德上的核心人物的角色,都会使人情不自禁地想到海明威的成名之作《太阳照常升起》中的主人公杰克·巴恩斯以及这部作品所涉及的主题。两部小说都将现实生活中具有号召力和感染力的人群与毫无魅力、令人乏味的人群进行了鲜明的对比

---

① 菲茨杰拉德著,巫宁坤、唐建清译,《了不起的盖茨比·夜色温柔》,第406页。

——一种人恪守着不成文的道德规范,循规蹈矩;而另一种人则无视道德规范的存在,放浪不羁。两部小说都描写了欧洲的生活风貌和代表着传统价值观念和社会习俗的欧洲人。两部小说都刻画了容貌美丽、气质高雅、具有贵族血统的女人,她们在作品中都具有摄人的魅力和极强的破坏力,她们都支配着、最后又毁伤了性格懦弱的男主人公。两部小说都以不幸爱情的最终解体为结局,而这种不幸爱情也都在一开始就被埋下了不幸的种子。《夜色温柔》和《太阳照常升起》中的这些相似之处源自于菲茨杰拉德和海明威在欧洲的共同的生活体验。战后发生在欧、美两地的一系列剧烈变动和这个时代的诸多特征在这两大作家的创作思想和他们的作品中都留下深刻的印迹。

如果说《了不起的盖茨比》是一部被作者赋予丰富想像力的作品,那么,《夜色温柔》则在很大程度上是一部被菲茨杰拉德拔高了的自传。小说中的主人公迪克·戴弗与菲茨杰拉德本人有着许多的共同之处。迪克出身低微,但父亲是圣公会的牧师,其有弗吉尼亚的血统,他的家庭背景和他自幼所受到的伦理熏陶与作者本人的童年经历极其相似;迪克相貌英俊,风度翩翩,几乎是菲茨杰拉德个人形象的再现;迪克受到过良好的高等教育,虽然他就读的不是菲茨杰拉德曾就读过的普林斯顿大学,但他就读的也是东部著名的高等学府约翰·霍普金斯大学和耶鲁大学,这也与作者本人的背景很相似;如同作者本人一样,迪克也是少年得志,很早就开始崭露头角,在医术界已颇有建树;迪克与身患精神病的妻子尼柯尔的婚姻生活、他与萝丝玛丽之间的婚外恋情、尼柯尔与汤米之间的两情相悦,以及尼柯尔美丽的容貌,也都与作者本人的实际生活经历极其相似;迪克也像作者本人一样,具有性格上的诸多弱点和不足。小说中的许多情节几乎可以称做是"婚姻生活的大揭秘",生动记叙了菲茨杰拉德在这一时期所经受的各种痛楚和苦闷的心境。在长达9年的写作过程中,菲茨杰拉德已铸就了自己敏锐的洞察力和客观的评判力,已能够真实生动地以小说的形式来描写他与姗尔达的爱情、婚姻生活。在这部立意深刻、交织着爱与恨的复杂情感的小说中,他努力分析着姗尔达发病的缘由、姗尔达的精神病对他的个人生活和文学事业所产生的消极影响,以及他对悲剧的婚姻所应承担的责任。他以洒脱的文笔、灵动的智慧和高超的叙事技巧将心理冲突和强烈内省融合在了这部作品中,使之具有了非同寻常的感染力,也使得迪克这一人物形象更加真实可信,悲切动人。迪克的医生身份对菲茨杰拉德来说,也是一个具有象征意义和讥讽意义的比喻。迪克·戴弗的工作职责是要探索人的内心世界,解开人的思想和感情之谜,如同他的姓氏所包含的意义一样(戴弗为英文 Diver 的音译,其原意为"潜水采珠者")。菲茨杰拉德仿佛已清楚地看到,现代精神病学的发展已使得精神病学科的医生和心理分析学家成了牧师和神父的继承人。他对迪克职业的精心选定似乎就是对自己无力治好姗尔达疾病的一个辛辣的嘲讽。与盖茨比相比,迪克的形象似乎略显得有些苍白,缺乏盖茨比所具有的那种强烈的震撼力,但他却更受读者的同情和喜爱,他的经历和盖茨比的遭遇也形成了鲜明的对比,因为他就是作者本人在作品中的化身。从某种意义上说,他也是盖茨比的死而复活。

《夜色温柔》这一书名取自于菲茨杰拉德所十分喜爱的19世纪英国著名浪漫派诗人约翰·济慈①的名诗《夜莺颂》,作者显然是在对此作了深思熟虑之后才确定的。

济慈诗作的韵律节奏和意象比喻对菲茨杰拉德的文学创作产生过很大影响。菲茨杰拉德曾对女儿司各蒂解释说:"一切优美

---

① 约翰·济慈(John Keats, 1795~1821)——英国浪漫主义诗人,其抒情诗尤为优美,著名作品有《夜莺颂》、《希腊古瓮》、《无情的美人》、《秋颂》等。

的散文都要靠动词来行文。动词可以使文句产生动感。英文诗歌中写得最优美、最具技巧性的诗篇大概要算济慈的《圣·阿格尼斯之夜》了。"① 司各蒂在大学读书期间,菲茨杰拉德又写信向她传授了解读济慈诗章的体会:

> 诗歌是一种存在于心灵深处的如火一般灵动的意境——就像音乐对于音乐家,或马克思主义对于共产党人一样。否则,诗就失去了它的意义,变成了空洞乏味、拘泥于形式的呆板文字的堆砌,成了那些迂腐的学究们没完没了地高谈阔论、胡乱解释的对象。济慈的《希腊古瓮》是一篇令人美不胜收的绝佳诗章,其每一个音节都精确得缺一不可,就像贝多芬的《第九交响乐》中的每一个音符都缺一不可一样,否则就是因为你没有能很好地去理解它。它之所以如此优美,如此不朽,是因为一个杰出的天才在一个历史的紧要关头停顿下来,准确捕捉并描写了它。这首诗我已读过上百遍了。读到第十遍时,我才开始明白这首诗的真正含义,才能把握它和谐的韵律和蕴藏在字里行间的精湛的艺术技巧。同样,《夜莺颂》也具有极感人的艺术魅力,每当我读到这首诗时,眼中总是会情不自禁地涌起泪花。还有《罗勒花盆》,描写那两兄弟的那些诗节是那样地震撼人心,如"他们为什么如此自豪"等处。还有《阿格尼斯之夜》,这是英文诗歌中意象最丰富、最能给人以美的享受的一篇,它的优美决不亚于莎士比亚的诗作。此外,他的几首十四行诗也极典雅,如《明亮的星辰》等等。

> 如果你在很年轻的时候就了解了这些,并培养了自己高雅的鉴赏力,那么,你在今后的阅读过程中就不会区分不清什么是真金,什么是糟粕了。对任何一位想真正弄懂词语的含

---

① Matthew J. Bruccoli, ed. *F. Scott Fitzgerald: A Life in Letters*, p.357.

第四章 菲茨杰拉德五大小说解读

义、了解词语丰富的感情色彩及规劝力量和内在魅力、最深透地掌握词语的价值的人来说,济慈的这八首诗都堪称是最上乘的艺术精品。看了济慈的诗作之后,你会感到,其他的诗歌仿佛只不过是一些哼哼唧唧的无病呻吟。①

《夜色温柔》卷首引用的謦语,即引自济慈的《夜莺颂》:

> 我已与你同在!夜色这么温柔……/……但这里没有一丝光明/除了那随着阵阵微风吹落/穿过暗绿和回环的苔径的天光/

菲茨杰拉德精心构想出的这一篇名和他援引的这节诗歌,清楚地点明了这部小说中"夜色"与"黑暗"所代表的深刻含义。小说的篇名宣称:"夜色是温柔的。"它隐含着的却是"白昼"对"黑夜"的毁灭作用及其必然会产生的悲怆结果。小说中的"夜色"与"白昼"、"黑暗"与"光明"分别象征的是两种截然不同的世界,体现的是两种相互对立的观念。"白昼"代表着现实社会,它严酷、暴戾、阳光耀眼,但却热闹非凡,生机勃勃。"黑夜"则象征着梦想世界,它温情脉脉,趣味盎然,其乐融融,但又凝重沉闷,缺少生气和活力。通过贯穿于小说始终的复杂的爱情故事和结构上的巧妙布设,菲茨杰拉德对"黑夜"与"白昼"的交替更迭作了十分细腻的描写,对它们所代表的两种世界进行了鲜明的对比观照。在小说中,"阳光"从一开始就给人以一种灼热、酷虐、刺眼,甚至令人发疯的感觉。"阳光"下的一切景象都面目可憎,使人感到痛苦,甚至恐怖。而"夜晚"和"黑暗"则被作者赋予了浓厚、甜蜜的感情色彩,被修饰得富有诗情画意,使人充满憧憬和遐想,诸如:"多情的夜晚"、"可爱的夜色"、"柔情似水的夜色"、"轻歌曼舞的夜色"、"情

---

① Matthew J. Bruccoli, ed. *F. Scott Fitzgerald: A Life in Letters*, pp. 460~461.

欲冲动的黑夜"等等。小说第一部第十三章中对古城亚眠的描写可谓宣示了"夜色"的本质特征和迷人之处："白天,这样的城市让人沮丧……天气也似乎是旧日的风采,犹如一张旧照片,已经黯然失色。但是,天黑之后,法国生活中最叫人称心如意的一切便浮现出来——在这幅画面上,有轻佻的妓女,有在咖啡馆里吵吵嚷嚷的常客,有头靠着头、在寻觅适意而又廉价处所的情侣。"①"夜色"所包含的内容在这段描写中已有所显露,但"夜色"所象征的意义却非仅仅只相对于"白昼"而言。"夜色"包含的意义已被微妙而繁杂地编织进了整个故事之中。"夜色"是令人心醉神迷的时光,它掩盖了"白天"在阳光下暴露无遗的现实社会,给一切丑恶的现象都戴上了五颜六色的面具。"夜色"又是美丽而又温柔的,它给人以梦幻和遐想。迪克和他的朋友们都喜欢"夜色"；"他们都一齐大笑起来,因为他们知道,这仍是在夜里,而街面上的人却误以为已是青天白日了。"②然而"夜晚"并不比"白天"更美好。他们渴望的"夜晚"也同时容留了排遣不掉的"黑暗"。喜欢"夜色"的人也许正是那些无力应付"青天白日"下的严酷现实的人。"白天"也许是残酷的,但鲜活有力；"夜色"是悠闲、舒适的,但缺少生气。小说第二部第二十三章中巴比·华伦为解救迪克出狱而东奔西簸的情节,也在一定程度上反映了她在现实世界里的无能为力："他们驱车向前驶去,这时窗外夜色渐退,而巴比的神经几乎还没有苏醒过来。她迷迷糊糊弄不清现在是夜里还是白天。她开始和白天赛跑。有时汽车驶在宽阔的大街上,她就占上风。然而,每当疾驶的汽车略微停顿一下,风便一阵阵急急拂过,慢慢移动的日光就又前进了一截。"③巴比也在"黑夜"与"白天"之间徘徊、周旋着,想

---

① 菲茨杰拉德著,巫宁坤、唐建清译,《了不起的盖茨比·夜色温柔》,第184页。
② 同上,第202页。
③ 同上,第341页。

努力维持这两者之间并不稳固的平衡。她在美国大使馆遇见的那位裹着睡袍、系着护须带的模样怪异的人,显然也是一个有不健康夜生活的家伙。他"虽然衣着鲜丽,却给人以冷若冰霜的感觉",与"白天"的气氛极不协调。

在这部小说中,"夜色"与"白昼"的对比反差和激烈冲突已被菲茨杰拉德赋予了深邃的象征意义。它代表着现实世界中各个不同阶级之间的对立和斗争,而阶级斗争则是不可调和的社会矛盾的一种特殊表现。这种在本质上互不相容的社会对抗,在这部小说中被反映为浪漫的幻想与反浪漫的思想倾向之间的矛盾冲突。菲茨杰拉德在这部作品中始终维系着他的两种互相对立的观点的创作思想,把作品中的人物和场景几乎都分成了两种互为矛盾、互相抵触的对立统一体:人与人之间的对立和斗争、人与周围环境的矛盾和冲突、历史与现实的相互悖逆,以及人的内心冲突和人格分裂。这种多层次、多角度的矛盾冲突在整个作品中几乎随处可见。在第一部第十七章中,菲茨杰拉德写道:

> 这些人可分为两类。一类是美国人或英国人。他们整个春天和夏天都在寻欢作乐。所以,他们此刻所做的每一件事都是一种纯粹的精神刺激。他们在某些时候也会安安静静,甚至无精打采。但接着他们就会突然生出诸如争吵、决裂或诱拐之类的事。另一类人可以被称为剥削者,是些大腹便便者。相比较而言,他们稳重、严肃,有生活目标,决不虚度时光。这就使他们在这个环境中能有效地保持平衡。除了对公寓里没有多少价值的那些东西的花样翻新的布置之外,要说有什么格调的话,那就来自于他们自己了。①

---

① 菲茨杰拉德著,巫宁坤、唐建清译,《了不起的盖茨比·夜色温柔》,第196页。

小说中的主要人物大都在互相对立的两种社会环境或互相矛盾的内心世界里苦苦挣扎着,却又找不到出路或归宿,最后都不可避免地成了这个特定时代的牺牲品。

在"温柔的夜色"里酿造出的诸多幻想中,最具有深刻意义的是对幸福的幻想。对充满浪漫幻想的迪克而言,幸福就在于能够永远地保持住"温柔夜色"中的欢乐时光。他对结局始终怀有一种恐惧之心。他对萝丝玛丽说:"夏季的这个阶段就要结束了……也许这个夏天我们还会过得更快活,但在这儿,特别的乐趣就要结束了。我想让它猝然而死,而不是令人伤感地慢慢憔悴。"① 这段话反映的是一种自相矛盾的荒谬心态。他既浪漫地幻想着能在"温柔的夜色"中永远地保持欢乐的时光,又想尽快地结束这种不切实际的梦幻般的生活。于是,"死亡"便成了缓解内心痛苦、了结"夜色"中温柔梦想的最佳手段。"死亡"是一切结局的结局。小说似在告诫人们,幻想是美丽的,但不能长久地代替严峻的现实。幻想的最终破灭只是一个时间问题。"夜色"并不总是"温柔"的,在"死亡之谷"或"人生悬崖"上并没有指路的明灯。迪克在奉献了自己的一切之后,便从读者的眼前消失了。他留下的只是尼柯尔对他的淡淡的回忆。当他面向大海划着十字为这片沙滩祝福时,他也是在向"喧腾的20年代"、向年轻的时光和瑰丽的梦想作最后的告别。他要去寻找另一种心灵上的安宁。

在《夜色温柔》中,菲茨杰拉德着力要处理的题材依然还是"美国梦想"的实质和"美国梦想家"的结局。在描绘这种梦幻式理想的过程中,菲茨杰拉德从多种不同的视角层面上一次又一次地将他笔下的梦想家描绘成了被浪漫的幻想冲昏了头脑的受害者和牺牲者。但是,造成理想破灭、信念丧失的真正原因却是梦想家所生存的那个特定的社会环境。因此,在小说的结尾处,菲茨杰拉

---

① 菲茨杰拉德著,巫宁坤、唐建清译,《了不起的盖茨比·夜色温柔》,第164页。

德仍以严峻的道德标准和犀利的文笔描写了梦想和梦想家不可亵渎的存在价值。在《了不起的盖茨比》中,盖茨比为了重温旧梦、实现自己理想的举动并没有错。他自始至终都保持着自己完整的人格。他到死都抱着自己完美无缺的梦,而制造了盖茨比悲剧的正是弱肉强食的金钱社会,摧毁了盖茨比梦想和信念的是上流社会的傲慢和自私。在《夜色温柔》中,迪克为了实现自己的理想也付出了沉重的代价。他的自我献身精神,他在上流社会中的一系列高尚的具有英雄品质的举动,也丝毫未能打动上流社会冷酷、自私的心肠。他的自我沉沦和悲凉结局也是由上流社会的势利浅薄和腐朽堕落所造成的。在这个不值得他做出自我牺牲的社会里,他甚至都无力保全自己的完整人格和美好梦想。他终于退出了圈外,消失在茫茫人海之中,"不是在这个镇子,就是在那个镇子"之间漂泊着。他终于摆脱了世事的纷扰、诱惑和折磨。从这个角度上说,《夜色温柔》比《了不起的盖茨比》更具有思想深度和历史意义,因而也更具有说服力。迪克的结局虽不像盖茨比那样悲壮,却更能打动人心,发人深省,因为他的经历告诉了人们:"超级梦想"不过是一种存在于心灵深处的美好的讹谬,一种具有毁灭作用的自我陶醉。在恶浊的生存环境里,它必然会遭到无情的扼杀。在这部小说中,读者处处都能深切体味到理想与现实之间的巨大反差和激烈碰撞。菲茨杰拉德通过迪克这一人物的浮沉,将"美国梦想"的神话高度戏剧化地展现在世人面前,并用历史的眼光对它进行了透彻的剖析和检验。与此同时,他也将自己一贯的创作思想完整地体现在了这部小说之中,那就是:人的高尚之处就在于他为追求完美的人格、最大限度地实现自我价值所做出的坚忍不拔的努力,即使面对困境和失败也决不低头;而人的最大悲剧则在于看不到自己的局限性,却自以为是地带着自己的愚懦和不足在追求着虚幻的美好的人生。

《夜色温柔》无论从何种意义上说,都堪称是菲茨杰拉德最优秀的作品之一,是菲茨杰拉德创作艺术的最高表现形式之一。它标志着菲茨杰拉德在《了不起的盖茨比》的基础上又向前跨出了坚实的一大步。在《了不起的盖茨比》中,读者通过尼克·卡罗威的叙述了解到了盖茨比的一切,通过尼克·卡罗威的声音领悟到了盖茨比的幻想破灭所隐喻着的美国历史的演变和"美国梦想"的终结这一象征意义。尼克·卡罗威所起的"高架立交桥"的特殊作用,使得读者能够轻松进入作品的故事情节,理解作者的创作主旨。此外,盖茨比的一生经历也被作者赋予了丰富的想像力和神秘色彩。而在《夜色温柔》中,迪克·戴弗却生活在具体、真实的现实社会里。他的理想比盖茨比的理想更加现实,他所处的历史、文化环境也比盖茨比更加复杂、宽阔,他所付出的努力和他的最终结局也更具有悲剧色彩。读者必须参与其中,身临其境地与迪克一起行动,才能更加深切地体味到现实社会的残酷和个人献身精神的被贬值。小说的零度结尾也较《了不起的盖茨比》更具有美学意义,使人感到迪克的形象更加真实可信,也使人感到他的命运似乎也预兆着读者的命运,有一种言犹未尽、余音绕梁的艺术效果。这是因为菲茨杰拉德对社会的构成形态和历史的变革过程已有了更加深刻的理解,能以更加成熟的政治、历史观点来看待人生、观察世界的结果。也许这也正是他耗时9年才得以完成这部小说写作的原因。因为他需要时间,需要耐心的观察、等待和体会,才能真正把握住时代的本质特征,并将其如实地反映在作品中。

《夜色温柔》出版之后,菲茨杰拉德文艺圈内的朋友们都看出了这部小说所传达的心声及其成熟精微的艺术特色,纷纷写信向他道贺,或撰文热情赞扬了这部小说的深刻意义和高超的叙事技巧。约翰·毕萧蒲在写给他的信中说:"我刚刚拜读了你的大作《夜色温柔》,深为其优美的文体和感人的情节所打动。它的思想性已大大超过了《了不起的盖茨比》。你使我们看到了我们期待已久、迫切想看到的东西。这部小说充分表明,你是一位真正优秀的具有强烈悲剧意识的小说家。作品中所表现出的悟性、对人物性格的刻画,以及它所蕴藏的深厚感情都是值得赞扬的。"[1]评论家吉尔伯特·赛尔迪斯在一篇评论中说:"菲茨杰拉德又实至名归地登上了他的舞台,成为我们这个时代名列前茅的作家了。"[2]然而,菲茨杰拉德最希望能看到的海明威对这部小说的评价却没有出现。海明威对这部小说一直没有发表任何看法。直到4年之后,海明威在反复阅读了这部作品,更清晰地看出了它的深刻含义和艺术价值之后,才在写给著名编辑麦克斯威尔·帕金斯的信中说:"这部小说的绝大部分内容写得都很精彩,令人拍案叫绝。这是一部令人越读越感到趣味无穷的小说。"[3]

由于美国经济大萧条的影响,由于这部小说的主题在政治气氛十分浓厚的30年代并不是人们所关心的话题因而不受欢迎等多种原因,《夜色温柔》在当年受到的是前所未有的冷遇。60年代后,文学界又重新估量了这部作品的社会历史意义和艺术价值。如今,它已被人们普遍认为是菲茨杰拉德最重要的作品之一,是《了不起的盖茨比》的姊妹篇,被纳入了美国现代文学精品之列。有不少评论家甚至认为:"《夜色温柔》是近50年来美国人所写出的最伟大的美国小说之一。"[4]

六、《最后一位君子》

《最后一位君子》(*The Last Tycoon*, 1941)是菲茨杰拉德在其

---

[1] Matthew J. Bruccoli, ed. *Correspondence of F. Scott Fitzgerald*, p.339.
[2] Jeffrey Meyers, *Scott Fitzgerald: A Biography*, p.246.
[3] Carlos Baker, *Selected Letters of Ernest Hemingway*, p.483.
[4] Milton R. Stern, ed. *Critical Essays on F. Scott Fitzgerald's "Tender Is the Night"*, (Boston: G. K. Hall & Co., 1986), p.142.

有生之年所创作的最后一部长篇小说。这部小说的写作动意产生已久,在他20年代末期开始涉足好莱坞影业界时就已形成(菲茨杰拉德一直想以他在好莱坞的生活经历为题材,创作一部以好莱坞影城为背景的长篇小说)。这部小说的真正写作时间开始于1939年1月,即在他中止了与MGM影业公司的片约合同之后。1939年5月,菲茨杰拉德写信给他的好友兼作品经纪人哈罗德·奥伯(Harold Ober,1881~1959)说:"我已完成了这部小说的写作提纲,并大体构思出了小说的基本情节、主要事件和主要人物。"[1] 1939年10月,他在发给帕金斯的电报中说:"我认为我完全有能力把这本书写成一部类似于传记的作品,因为我了解这个人物的性格特征。"[2]他所说的这个人物即好莱坞影业圈中著名的电影制作人、MGM影业公司的副总裁欧文·泰尔伯格(Irving Grant Thalberg,1899~1936)。菲茨杰拉德早在1927年1月就与他相识,并与他有过一段极不寻常的交往,对他的气质、才华和为人颇为赞赏。小说中的主人公门罗·施塔尔便是以泰尔伯格这一人物为原形,经过艺术加工创作而成的。从小说气势宏大的框架结构、已写出的17个完整的篇章和几经修改的其余片断来看,菲茨杰拉德显然对这部作品寄予了很高的希望,倾注了极大的心血和热忱,目的是想以此来重振雄风,恢复他在文学界的威望,使自己不落后于海明威等后起之秀。他在写给大型文学刊物《煤矿工人》(*Collier's*)的小说编辑肯尼斯·李陶尔(Kenneth Littauer,1894~1968)的信中说:"我希望这是一部面貌焕然一新的作品。希望它能够激发起人们新的情感,提供给人们新的观察社会现象的方法。为了稳妥起见,我把故事的年代设定在5年前这一历史时期,以便能更加超然地去描写它。由于欧洲社会的剧烈变动正在我们的耳

---

[1] Matthew J. Bruccoli, ed. *F. Scott Fitzgerald: A Life in Letters*, p.393.
[2] *Ibid.* p.414.

边回响着,这或许也正是文学事业得以发展的良好契机。"①然而,他未能实现长存在他胸中的这一弘愿。在刚写完小说第六章第一个片断之后,他就因心脏病突然发作而与世长辞了。

为了纪念这位风华正茂却英年早逝的大作家,缅怀他对文学事业的执著追求和他取得的艺术成就,帕金斯决定在斯克里布纳出版公司出版他的这部还没有来得及写完的杰作。起初,帕金斯因担心小说不完整而影响菲茨杰拉德的声誉和作品的销路,想另请名作家来续写菲茨杰拉德尚未写完的章节。但菲茨杰拉德的生前好友、著名作家约翰·奥哈拉和巴德·舒尔伯格都颇感为难,遂婉言推辞了帕金斯的这一邀请。后来,在菲茨杰拉德的同窗好友、著名文学批评家艾德蒙·威尔逊的精心整理和编纂下,这部凝结着菲茨杰拉德的文学天赋和创作激情、闪烁着智慧和艺术光芒的未竟之作终于在1941年10月27日由斯克里布纳出版公司正式出版了。威尔逊为这部小说撰写的前言如同拨云见日,使菲茨杰拉德的文学形象又重新展现在世人面前,引起了美国文学界对这位才华横溢的大作家和这部熠熠生辉的作品的高度重视,也为日后兴起的"菲茨杰拉德复兴"揭开了序幕。

经艾德蒙·威尔逊整理、编纂后正式出版的《最后一位君子》由六章和菲茨杰拉德生前拟定的全书的写作纲要以及若干片断和札记所组成,如实体现了菲茨杰拉德当时的创作意图和思路,原样保留了作者本来的艺术风格和叙事手法。小说的基本故事情节如下:

第一章:塞西莉娅·布拉迪叙述了5年前(1935年左右)发生的一些重大事件,想以此来解释好莱坞影业圈中的一些内幕。她在本明顿大学读书。暑假期间,在乘飞机返回家乡好莱坞的旅途中,她遇到了剧作家威利·怀特和好莱坞联合制片公司前总裁曼

---

① Matthew J. Bruccoli, ed. *F. Scott Fitzgerald: A Life in Letters*, p.412.

尼·舒瓦茨。当飞机降落在奈什维尔机场时,威利带着塞西莉娅和舒瓦茨去参观了附近的一个修道院,那是美国第七任总统杰克逊(Andrew Jackson,1767~1845)的故乡。之后,他们又回到了机场,但舒瓦茨没有与他们同行。后来他们才得知,舒瓦茨已开枪自杀了。重新登上飞机后,塞西莉娅遇到了父亲的搭档门罗·施塔尔,便与他亲热交谈起来。塞西莉娅原来早已在心中悄悄爱上了这个才气横溢的电影制作人兼导演,而舒瓦茨在临死前则交给了施塔尔一封短信,告诫他要当心身边的某些敌人。在这次航班上,门罗·施塔尔使用的是一个假名"史密斯先生"。他滔滔不绝地向飞机驾驶员谈论着制定决策的关键应当是什么的问题。

第二章:大约一个月之后的7月的一天夜里,洛杉矶大地震发生了。塞西莉娅当时正在制片厂内父亲的办公室里胡思乱想,而施塔尔正在自己的办公室里睡觉。地震发生后,施塔尔立即通知制片厂的故障检修员罗比——罗宾逊马上赶来。当施塔尔和罗比匆匆赶到已浸泡在洪水中的外景拍摄场地时,他们看到有两位年轻女子正浮在水中,抱着做道具用的"毁灭之神湿婆"的头。施塔尔惊诧不已地发觉,其中一个女子竟和他已去世的妻子敏娜·戴维斯长得十分相似。

第三章:目睹了施塔尔沉毅、干练的工作作风和他正气凛然、充满活力的一系列举动之后,塞西莉娅决心写一篇题为《制片人的一天》的报道,把她观察到的事件和她自己的感受都如实记录下来。洪水之后的第二天早晨,施塔尔闻讯,摄影师皮特·查夫拉斯从办公大楼的阳台上跳了下来,自杀未成却摔断了一条胳膊。施塔尔要他的女秘书凯瑟琳·杜兰去了解一下,那位名叫马隆的警察昨天夜里是否把那两位年轻女子救出了外景地,并顺便打听一下她俩的名字。但马隆没能提供任何有价值的信息。

施塔尔会见了正在好莱坞苦苦奋斗着创作电影剧本的英国小说家乔治·鲍胥黎,两人进行了长谈。喜剧演员迈克·冯·戴克表演了一出令人发笑的滑稽剧。相貌英俊却患有阳痿症的演员罗

第四章　菲茨杰拉德五大小说解读

德里盖兹来到施塔尔的办公室,向他求教解决问题的良方。

施塔尔召集了一次重要会议,讨论两周后就要开机拍摄的一部剧本。参加这次会议的有:作家简·米洛妮和威利·怀特、监制乔·莱恩蒙德、导演约翰·布罗卡等人。会上,施塔尔明确表示了对这部剧本的不满,并提出了不少修改意见。罗宾逊留下一纸便条告诉施塔尔说,从外景地救出的那两个女子中的一位刚搬来洛杉矶,她的名字可能是史密斯或布朗或琼斯。施塔尔回忆起当时的情景,说那位女子当时系的是一根银腰带。施塔尔要杜兰小姐去了解一下皮特·查夫拉斯的情况,因为有谣传说,他快要双目失明了。

丹麦王子艾格参观了这家电影厂,并在电影厂的食堂里与众人共进午餐。在场的人都是电影厂的大腕人物,共有11人,包括施塔尔、帕特·布拉迪、电影厂的高层管理人员马库斯和林宝恩、公司的法律顾问莫特·弗莱希哈克、电影院老板乔·坡坡洛斯等人。施塔尔当众宣布要拍摄一部质量上乘而不考虑能否赚钱的影片。此言一出,举座皆惊。罗宾逊回想起那位女子的姓氏可能是史密斯,施塔尔便让杜兰小姐给上个月新装电话的所有姓史密斯的人都打电话,一定把这个女子查出来。

第四章:施塔尔解雇了导演里德·雷丁伍德,原因是他在影片拍摄过程中无力处理好女影星所应扮演的角色。接着,他在自己的工作室里与其他人员一起观看了当天的工作样片和挑选演员的试镜样片。施塔尔派去给皮特·查夫拉斯看病的眼科专家报告说,查夫拉斯的视力已几乎完全恢复正常,并亲自写信给施塔尔,消除了查夫拉斯双目即将失明的谣言。施塔尔去看望了马昆德夫妇,[①]并好言安慰了他们,因为他们已得知,同时在创作这个剧本

---

① 马昆德(John Phillips Marquand, 1893~1960),美国小说家,其作品反映20世纪中期美国中上阶级的社会生活变化,主要作品为长篇小说《已故的乔治·阿普利》、《普尔哈姆先生》等。

的还有其他几位作家,这使他们深感不安,认为这种情况已"严重打击了他们的团结性"。在这个问题上,施塔尔对艾格王子说:"他们的团结性应当在我这儿得到体现。"①施塔尔接到了艾德娜·史密斯打来的电话,原来她就是那位系着银腰带的女子。她在电话里十分勉强地答应了施塔尔要她当天晚上在一家杂货铺前与他见面的要求。皮特·查夫拉斯十分感谢施塔尔"挽救"了他,并表示愿意为他效劳,即使让他去杀人也在所不辞。

施塔尔如约而至,与艾德娜·史密斯见了面,却大为失望地发现她与已故妻子敏娜毫无相似之处。但他仍很有礼貌地主动提出要开车送她回家。归途中,艾德娜要求在朋友凯瑟琳·穆尔的住处下车。当施塔尔见到凯瑟琳时,这才惊异地发现,她就是容貌酷似敏娜的那位女子。他迟迟不肯离去,寻找话题与凯瑟琳交谈,并热情邀请她来电影厂参观、游玩。

第五章:一周后的一天,威利·怀特驾车带着塞西莉娅来到电影厂。塞西莉娅满心喜悦地邀请施塔尔与她一同去参加剧作家们举办的一个舞会,但施塔尔没有同意。这使她大为沮丧。在舞会上,塞西莉娅看到施塔尔正情意绵绵地与凯瑟琳翩翩起舞,便想弄清这个女子究竟是谁。舞会结束后,施塔尔陪同凯瑟琳走到她的汽车旁,她答应第二天再与他相见。第二天下午,施塔尔与凯瑟琳再次相见。他们一同开车外出兜风,在一家有海豹表演的饭店里喝了杯可乐,然后去了施塔尔在海滨正在营造中的一幢别墅。在这里,他接到了一个听声音像是美国总统打来的电话,结果却发现是一个摹仿得酷似美国第二十五任总统威廉·麦金利②的大猩猩

---

① F. Scott Fitzgerald, *The Last Tycoon*, New York: Charles Scribner's Sons, 1970, p.58.
② 威廉·麦金利(William Mckinley, 1843~1901)——美国第二十五任总统(1897~1901),共和党人,曾修订关税,提高税率,发动美西战争(1898),吞并夏威夷,对华提出门户开放政策,后来被刺杀。

玩的恶作剧。此后,施塔尔与凯瑟琳驱车返回了市区。在凯瑟琳的家门口,他俩热烈拥吻在一起。长吻之后,他们又上了车,一同来到施塔尔的家。

在施塔尔的家中,他们情不自禁地发生了性爱关系。事毕之后,凯瑟琳向施塔尔谈起了曾与她同居并耐心培养过她的"那位男人"。施塔尔和凯瑟琳一起在海滩漫步。在海滩上,他们遇到了一位黑人老渔民。攀谈中,这位黑人渔民说,他从不去看电影,而且也不让孩子们去,因为"看电影毫无益处,也无利可图"。[1] 老渔民的一席话使施塔尔感触颇深,也使他改变了对即将开拍的几部影片的原定计划。施塔尔开车将凯瑟琳送回家中。临下车前,她在车中寻找一只从她的手提包里滑出来的信封,但没有找到。施塔尔回到家时,他的菲律宾籍佣人递给了他一封掉在车外的信。施塔尔当时并没有在意。在看了3个小时的剧本之后,他才打开了这封信,发现这封信是凯瑟琳在他们幽会之前写给他的。她在信中透露了她马上就要结婚的消息。

塞西莉拜访了女作家简·米洛妮,向她吐露了她对施塔尔的纯真爱情,并说她遇到了一个强劲有力的情敌。米洛妮答应帮她去找玛莎·多德。玛莎是一个红颜已逝的女影星,在那次舞会上曾与凯瑟琳同坐一桌。塞西莉娅与米洛妮邀请玛莎一起外出共进午餐。饭后,塞西莉娅带着玛莎去找父亲,希望父亲能让玛莎继续留在电影厂工作。塞西莉娅在父亲办公室的盥洗间里撞见了赤身裸体的父亲的女秘书珀迪·彼特斯,只见她汗水淋漓,抓在手里的衣服还没有来得及披上,如同父亲刚从这里出来时一样。玛莎带着塞西莉娅去找凯瑟琳,不料凯瑟琳恰好不在家。

施塔尔向乔治·鲍胥黎讲授了电影剧本创作的技巧,然后带他去了雅各·拉·鲍维茨的办公室。在这里,鲍胥黎就电影剧本

---

[1] F. Scott Fitzgerald, *The Last Tycoon*, p.92.

的创作问题谈了一些自己的想法。他的话对在场的其他作家颇有启发。于是,大家又回到了问题较多的那部剧本的创作中。贝雅医生对施塔尔进行了每周一次的例行体检。由于施塔尔患有较严重的心脏病,贝雅医生担心他恐怕活不多久了。凯瑟琳给施塔尔打来电话。尽管他因为那封信的事而大为不快,在电话中朝她大发了一通火,但他还是答应晚上去接她过来。在施塔尔的豪华轿车里,凯瑟琳告诉他说,那位曾经和她同居过的男人是一位国王,眼下,她正在考虑是否要嫁给一个美国人。施塔尔建议她和他一起找个僻静而又舒适的地方去度周末,但凯瑟琳犹豫不决,没有马上答应。施塔尔想努力说服她嫁给他,因为他们未来的命运和追求的目标是完全一致的,一定能获得真正的幸福。但他并没有急于表白,而是想等第二天把所有的事情都处理完毕后,再静下心来耐心说服她回心转意。不料,第二天下午,他就接到了凯瑟琳发来的电报,宣布了她当天中午已与一个美国人举行了婚礼的消息。

  第六章:施塔尔要塞西莉娅帮助他约见一位共产党人。塞西莉娅找到劳工组织的负责人布里默,并安排他与施塔尔在她的家中会晤。见面后,施塔尔指责共产党人不该干预他手下那批作家们的创作活动。两人展开了激烈的争辩。之后,3人一同外出晚餐。席间,施塔尔由于失去了凯瑟琳而痛苦万分,喝得酩酊大醉。回到布拉迪府邸后,施塔尔扬言要把布里默痛打一顿。但在扭扯中,布里默一拳就把施塔尔打倒在地。布里默离开后,施塔尔请求塞西莉娅陪他一起去参观范朋克[①]家的农场。

  与布里默会晤后不久,施塔尔去了东部,在华盛顿特区逗留了几天,一边休养身体,一边调整自己的情绪。等他回到好莱坞时,

[①] 范朋克(Douglas Fairbanks, 1883~1939)——美国电影演员、制片人,自建制片公司,拍过《三剑客》、《罗宾汉》、《驯悍记》等影片,与卓别麟等创立联艺电影公司。

布拉迪已乘他不在之机,将他和全体演职员的工资都削减了百分之五十,并将整个电影厂弄得乌烟瘴气,人心向背。施塔尔早已不满于好莱坞的腐败风气和以赢利为目的而不择手段的商业行为,原打算辞职一走了之的。然而,面对这种状况,他决心与布拉迪之流展开不屈不挠的斗争。此外,布拉迪的女儿塞西莉娅也仍深深爱着他,这也使他不忍马上离去。布拉迪从女儿口中得知,施塔尔仍与凯瑟琳关系未断,便决定以此为借口,与凯瑟琳的现任丈夫联手对施塔尔进行敲诈勒索。而施塔尔也获悉,布拉迪对他过去一个情人的丈夫的死亡负有不可推卸的责任。这两位影业界的大腕人物终于彻底决裂。施塔尔一气之下,与塞西莉娅也断绝了来往。布拉迪准备指派罗宾逊对施塔尔实施暗杀行动。在一系列的冲突中,影业界的上层人物与演职员们也分成了阵线分明的两大派别。施塔尔以自己的正直、道义、胆略和献身精神与布拉迪所代表的邪恶势力进行着坚决的斗争。他是好莱坞的"最后一位君子"。

　　由于担心布拉迪随时会派人暗杀他,施塔尔也准备以牙还牙,收买杀手去暗杀布拉迪。为了表明暗杀与他无关,施塔尔决定离开好莱坞,前往纽约。在机场,施塔尔与凯瑟琳见了最后一面。之后,他又与塞西莉娅不期而遇。塞西莉娅假期已结束,正准备乘坐另一架飞机返校。登上飞机后,施塔尔对自己一生所走过的道路进行了沉痛的反思,百感交集。当他意识到自己竟然沦落到与布拉迪同样水平的残暴,也想采取暗杀行动时,便对自己的行为感到非常厌恶。他决定取消暗杀行动,而以正当手段进行合法的斗争,并想在飞机降落时立即电告杀手停止暗杀。然而飞机出现了故障,中途坠毁了。施塔尔未能幸免于难,但暗杀行动却如期进行了。他的意外死亡与小说开始时的舒瓦茨的自杀身亡首尾呼应。舒尔兹在临死前交给他的短信中就已告诫他要小心提防布拉迪,因为布拉迪早已蓄谋要把他挤出影业公司。

　　塞西莉娅参加了施塔尔的葬礼。施塔尔之死和她父亲之死已使她柔肠寸断,伤心欲绝。她染上了肺结核病。在住院治疗期间,她含着泪水写下了这段悲惨的故事。

凯瑟琳因为其丈夫也参与了迫害施塔尔的行动而愤然与他离了婚。她过去之所以能吸引施塔尔,是因为她洁身自好,不肯卷入好莱坞这个花花世界的是非之中。如今,她更明白,她永远也不属于这个世界。她将永远以一个局外人的眼光来看待这个世界的盛衰变迁——这也是人生的一大悲剧。

《最后一位君子》的主题思想与菲茨杰拉德一贯的创作思想完全一致。通过对施塔尔这一人物性格的刻画和对他周围世界的如实描绘,菲茨杰拉德更加遒劲有力地表现了他对"美国梦想"的精神实质的深刻理解和对"美国悲剧"的强烈的忧患意识。在这部未竟之作中,菲茨杰拉德似乎把两部小说糅合进了同一部作品中:它既是一部描写门罗·施塔尔的个人奋斗和精神经历的"心理小说",又是一部反映好莱坞的真实场面,揭露影业界的黑暗内幕的"社会小说"。菲茨杰拉德以他极高的文学天赋和非凡的驾驭素材的本领,把这两条创作思路有机融合在一起,使这部小说具有了强烈的震撼力和悲剧效应。虽然他在创作这部小说的过程中曾写信给同窗好友威尔逊说:"我真希望另有人来写这部小说,可是好像没有人愿意来写它。"[①]

从这部小说的篇名及其核心内容来看,菲茨杰拉德显然把立足点放在了对门罗·施塔尔这个"最后一位君子"的形象塑造上,如同盖茨比是《了不起的盖茨比》这部小说的核心人物一样。所不同的是,在《了不起的盖茨比》中,作者强烈的"社会意识"和理想幻灭的感伤情绪主要是通过对人与人之间的那种难以捉摸的复

---

① Harold Bloom, ed. *Modern Critical Views on F. Scott Fitzgerald*, New York: Chelsea House Publishers, 1985, p.82.

杂关系的描绘和阐述而得以实现的,作者的注意力从没有离开过中心人物盖茨比;而在《最后一位君子》中,作者更注重了对门罗·施塔尔所处社会环境的描写——通过对一系列典型事件的暴露性的描绘,作者以浓重的笔墨入木三分地抨击了好莱坞影业圈内的尔虞我诈、生活堕落、暴力犯罪等社会丑恶现象,强调了施塔尔生存环境的险恶,使得施塔尔这一人物形象显得更加丰满、突出,也使得作品的社会意义更加深刻、显著。在腐败之风盛行、邪恶势力猖獗、商业气息浓厚的好莱坞,蔑视票房价值、坚持艺术至上、奉行传统美德的施塔尔代表着正直、道义、胆略、敬业和对事业的献身精神,是个体主义英雄品质的具体体现。在整个小说中,施塔尔自始至终都显示着他过人的才智和高洁的人品。在小说的开始部分,那位飞行员深有感触地说,施塔尔只需 10 分钟就能学会驾驶飞机。在决定取消 4 部低劣影片的拍摄计划时,施塔尔显示出了他的英雄气概和卓越的领导才干。他循循善诱地指导鲍胥黎的剧本创作。他的短短几句话就消除了罗德里盖兹对性无能的恐惧。在解雇缺少艺术修养的导演里德·雷丁伍德时,他表现得多谋善断,并显示出了自己高雅的艺术品位。他对摄影师查夫拉斯健康状况的关心,表明了他是一个富有同情心和人情味的人。尽管他患有严重的心脏病,随时会有性命之虞,但他仍不辞劳苦地拼命工作着,为了电影厂的利益和电影事业的发展奉献着自己。他强烈反对剧作家工会,并与工会负责人布里默发生了冲突,虽然颇有家长式的工作作风,却也显示了他刚正不阿的性格。施塔尔正是因为太优秀、太聪明,因而才不能为电影界的上层人物们所容忍。

菲茨杰拉德在《最后一位君子》中力图要表现的一个重要主题似乎是一个具有"政治"高度的寓言。在这部小说里,他把门罗·施塔尔比作了美国第十六任总统亚布拉罕·林肯。这一立意贯穿在了小说的整个篇幅之中,因而对施塔尔性格中的诸多方面,乃至对整个小说的其他方面,都产生了一定的影响,虽然他的这一比拟并不很全面。在小说中,那位对施塔尔的某些做法颇为不满的英国小说家乔治·鲍胥黎"一直在阅读羌伍德所著的《林肯传》。他发觉施塔尔也像林肯一样,是一位在多条战线上指挥着一场持久战的领袖式的人物。10年来,他几乎一直是在单枪匹马地将电影事业奋力向前推进着……施塔尔只是个艺术家,就像林肯先生是一位将军一样,因此,在某些方面,他也必然是一个门外汉。"①在羌伍德所著的《亚布拉罕·林肯传》中,作者称林肯是"一位君王",是"亚布拉罕王一世"。菲茨杰拉德为这部小说拟定的篇名是《最后一位君子的爱》,并在小说中把施塔尔描写成了"最后的一位王子",其意图是显而易见的。从这个意义上说,"君子"(tycoon)这一语词既含有其旧意,指"地位很高的人",又有其现代意义,指"人格高尚的人",是一双关语。此外,菲茨杰拉德所塑造的施塔尔与林肯也有着诸多的相似之处:两人都出身低微,所受正规教育不多,但都具有非凡的才能和远见卓识;两人都平易近人,与下属关系较为融洽,作风民主;两人都忠于职守,毫不犹豫地履行着自己崇高的职责,但同时也对诸多繁琐的事务性工作颇感厌烦。施塔尔所处的地位也与林肯颇为相似:他也像一位指挥官,每天接受着来自第一线的各类报告,向他的将军们(导演们)发布着各种命令,检阅着别人所做的各项具体工作。他在海滩上与那位黑人老渔民的偶然相遇和交谈更富有其特殊的含意——他也想效仿林肯,把他的电影王国转变成黑人喜爱的天地。最为重要的是,他也像林肯一样,对权力的要求是不容置疑的。他对劳工组织的负责人布里默说:

"作家们不是为争权夺利而工作的……没有任何东西能

---

① F. Scott Fitzgerald, *The Last Tycoon*, p.106.

替代意志。有时候,在你感到毫无意志的情况下,你得即席编造出某种意志来。"

"我有这种体会。"

"你得说'这件事必须这样做——别无选择'——即使你自己也并没有把握,但你话还得这样说。这种情况我每星期都会碰到十几次。有些事情其实并没有任何道理。但你得装出很有道理的样子。"

"所有当领导的人对此都深有体会,"布里默说,"劳工组织的领导人,尤其是军事领导人们,都明白这一点。"①

施塔尔是他那个时代里的精神世界里的"最后一位君子"。他是核心,是一块巨大的拱顶石,是菲茨杰拉德为那个特定历史时代所塑造的一位"君王"、"舵手"和"圣贤"。他自己就"体现着团结"。当他发表自己的观点或对别人做出评判时,那就是"圣贤已作出的谕旨,是无可辩驳、不容置疑的。施塔尔必定永远正确,不是多数情况下正确,而是永远正确——否则整个体系就会像黄油一样渐渐融化、坍塌下来"。② 在金钱至上、利欲熏心的好莱坞影业界的"大亨"们当中,施塔尔年龄最小,但却具有极敏锐的经济意识和商业头脑。"他早已是金融家中的金融家了。他能迅速而又精确地在头脑里盘算出各种数据,令在场的高手们眼花缭乱,面面相觑。""然而,他的成熟却早已使他对这种特殊的才能不屑一顾了,尽管这种才能始终都长存在他胸中。"③他是一位优秀的商业人才,但他的志向决不在如何去牟取暴利上。他保持着自己做人的准则,不肯与那些道德沦丧的头面人物们同流合污:

---

① F. Scott Fitzgerald, *The Last Tycoon*, p. 121.
② *Ibid.* p. 56.
③ *Ibid.* p. 45.

他站在那儿,向渐渐流入夜色中的人群挥手道别。在我看来,他那模样就像是一个皇帝或一个旧时的卫士一样。当今世界已经没有这些了,但是肯定有英雄,而施塔尔就是一位当世英雄。这些人中的大多数都在这儿混迹已久,都经历过早期的创业和剧烈的动荡。当号角吹响,连续3年的经济大萧条袭来时,他已看出,这些人并没有受到丝毫损害。忠实于传统理想的信念正在发生动摇,到处都有泥腿子们的身影。但他依然还是他们的人,是最后的一位王子。而他们经过他的身旁时向他的问候致意,也像是对他的一种低调的喝彩。①

这位在浊世里始终保持着自己独立的人格、保持着自己高尚的情操,并为创造一个高雅的艺术天地而不屈不挠地努力奋斗着的"最后一位君子,"体现着菲茨杰拉德对传统的美国理想的诚笃信念,代表着曾经辉煌过的美国历史的迷人魅力。他的最终毁灭也标志对美国梦想的追求的终结。这部小说中的门罗·施塔尔与前几部作品中的阿莫瑞·布莱恩、安东尼·帕奇、杰伊·盖茨比、迪克·戴弗等主人公有着显著的区别。施塔尔思想成熟、性格刚毅、行事果断、为人正直,而且嫉恶如仇,是一位集高品位艺术修养、林肯式工作作风、敏锐的思辨能力和独立意识于一身的有胆识有魄力的职业电影制片人。他既没有自暴自弃,也没有随波逐流,而是以个人的英勇行为大刀阔斧地与邪恶势力和腐败现象进行着坚决的斗争。他的目标是明确的,他要激浊扬清,为好莱坞的电影事业创造一个真正美好的未来。他是被菲茨杰拉德形象化了的完美的理想人物。他的悲剧是时代的悲剧、历史的悲剧。

---

① F. Scott Fitzgerald, *The Last Tycoon*, p. 27.

第四章　菲茨杰拉德五大小说解读

《最后一位君子》在结构布局和人物塑造方法上与《了不起的盖茨比》颇有相近之处。两部小说的主人公都出身贫寒，但都凭着个人的努力步入了社会的上层。他们身上都笼罩着一层神秘的色彩。读者起初接触的都不是故事的中心人物，而是故事的叙述者。故事的中心人物的真实身份、背景和来历，都是通过对他们显赫的名声的描绘和别人对他们的议论才逐渐显露出来，为读者所了解的。两部小说的主人公都是自己所处世界的核心，他们的立场、社会地位和伟大之处都是由以他们为轴心而运转的那个特定世界所决定的。他们的个人生活都不成功，尤其在最为重要的爱情问题上，他们都是失败者。他们都想重温旧梦，追回失去的美好时光，却都遭到了他们所热恋着的美貌女子的精神折磨和无情抛弃（施塔尔追求凯瑟琳，是因为她的容貌酷似他的已故妻子敏娜和她超然于世的态度）。他们都暴死于非命。他们最后的葬礼都很冷清，与他们生前的壮观场面都形成了极鲜明的反差对比（在《最后一位君子》的结尾处，塞西莉娅在施塔尔的葬礼上遐想着他也出席了自己的葬礼，并骂了一声"废物"①）。

《最后一位君子》在艺术表现手法上，尤其在叙事手法上，与《了不起的盖茨比》也极为相似，这是这两部小说之间最为显著的一个共同特征。《最后一位君子》也是以第一人称通过一个"既身在其中，又身在其外"的特殊人物来讲述的。故事的叙述者兼诸多事件的参与者是活泼可爱的女大学生塞西莉娅·布拉迪。塞西莉娅是好莱坞一家颇具规模的影业公司大权在握的总裁帕特·布拉迪的女儿。她熟悉好莱坞的许多著名人物，并在与父亲的搭档门罗·施塔尔的交往中悄悄爱上了他。她"虽出生于电影界，但又不是电影界里的人"。为了追求施塔尔，她利用一切可以利用

---

① F. Scott Fitzgerald, *The Last Tycoon*, p. 132.

的机会想方设法地去接近他和他周围的人。她的这一特殊身份使她在小说中也扮演着与《了不起的盖茨比》中的尼克·卡罗威几乎相同的角色。但是,塞西莉娅与尼克·卡罗威之间又有着许多不同之处。在《了不起的盖茨比》中,尼克·卡罗威几乎一直处于故事的中心位置上,对整个情节的发展起着重要的调节作用。他耳闻目睹或亲眼阅读了盖茨比的身世和遭遇,有关盖茨比的一切情况都是通过他向读者发布或透露的。他是小说整个框架体系中不可缺少的重要构件。此外,他还是小说进行是非道德评说的载体,是作者精心安插在故事中的代言人。通过他的观察、参与和内省,读者即可领悟到作者的创作主旨和寄予的情感。在《最后一位君子》中,叙述者塞西莉娅则被作者赋予了更大的自由度。她因为过于年轻,且又热恋着故事的主人公施塔尔,便不可能像尼克·卡罗威那样对事事都能够做出客观的分析和评判。但她以一个年轻女大学生的眼光观察和判断着发生在周围的一切,以一个热恋中的新女性的敏感捕捉、收集、整理甚至想象着有关施塔尔的一切信息。她的观察结果和她所获得的信息因而也显得更加真切、自然。尽管她并不像尼克·卡罗威那样几乎自始至终都出现在故事的现场,但她的活动范围和她亲眼目睹的一系列事件,已足以使她能有效地起到恢复读者对故事主题记忆的作用。她的身份和她特殊的地位也使她能够代替作者本人阐发着对各种不同人物和事件的评价,表达着作者本人不便于直接表达的思想感情。正如菲茨杰拉德本人在写给友人的一封信中所说的:"我要给自己创立一种特权,如同康拉德采用的手法一样,让塞西莉娅去想象作品中人物的种种言行,这样我就能达到以第一人称来叙述的情节逼真的艺术效果。"[1]这一叙事手法,与《了不起的盖茨比》中的叙事手法相比,显然又更高了一筹。

---

[1] Matthew J. Bruccoli, ed. *F. Scott Fitzgerald: A Life in Letters*, p.410.

第四章 菲茨杰拉德五大小说解读

菲茨杰拉德的猝然病逝使他未能如愿完成《最后一位君子》的全部创作。经过他的生前好友威尔逊的精心整理和编纂之后,读者仍可看出这是一部闪烁着艺术光芒的杰作。在这部未竟之作里,菲茨杰拉德所特有的写作风格和语言艺术也照样得到了完整的体现。小说笔锋苍劲有力,感情充沛激昂,文字鲜活生动。作者所爱用的象征、比喻、内心独白等艺术表现手法也依然被发挥得淋漓尽致,熠熠生辉。这部没有写完的作品自发表以来,几乎一直受到文学评论界的高度赞扬,被认为是菲茨杰拉德写得最成熟的一部作品。

艾德蒙·威尔逊不仅在这部小说的出版前言里高度评价了《最后一位君子》的思想意义、社会意义和艺术特色,而且还在写给普林斯顿大学高斯教授的信中高度赞扬了菲茨杰拉德在最后这部作品的写作中所表现出的严谨的态度和高超的技巧:"我认为,从许多方面来看,这是他写得最好的一部作品,是他最成熟的一部作品。他已经重新调整了对生活的看法,在临终前的那一刻还在辛勤耕耘着……在整理他的写作提纲和遗稿的过程中,我已看出,他是一个十分认真、追求完美的艺术家,这使我非常感动。"[1]美国文学界的许多著名作家和评论家都从不同角度发表了对这部小说的评价,全面分析了这部小说的艺术性及其包含的社会历史分量。美国著名幽默小说家和漫画家詹姆斯·瑟伯(James Thurber,1894~1961)在一篇评论中着重分析了这部小说的艺术风格和表现形式,认为:"这部小说如同《了不起的盖茨比》一样,具有一种神奇的力量,会使人的心灵产生阵阵悸动。"他同时也指出,假如菲茨杰拉德能够假以天年,他一定能完成他的写作计划,"精湛地描写出好莱坞以及好莱坞的那些大人物和小人物的真实面目"。

---

[1] Edmond Wilson, *Letters on Literature and Politics*, p. 343.

他还强调说:"就我所知,除菲茨杰拉德之外,还没有任何人能够如此绝妙地描绘出好莱坞的真实画面。"①他的这番评论对日后"菲茨杰拉德复兴"的兴起产生了不可低估的影响。

《最后一位君子》虽是一部未竟之作,却仍不失为一部旷世之作,是菲茨杰拉德一生经历和创作思想的最后总结和真实写照。他自己也是那个特定时代里的"最后一位君子"。

---

① Jackson R. Bryer, ed. *F. Scott Fitzgerald: The Critical Reception*, pp. 381~382.

第五章

菲茨杰拉德短篇小说研究

一、菲茨杰拉德短篇小说概述

菲茨杰拉德曾在他的自传体文章"作家的黄昏"(Afternoon of an Author,1936)一文中说:"为期刊杂志写短篇小说是一个棘手的问题。写到中途时往往会发现其内容过于单薄,仿佛一阵风就能把它吹跑。构思情节便如同在没完没了地爬楼梯,留不下任何使人感到出其不意的悬念。前天才涌现出的人物又过于大胆,不适合在报刊上连载。"[①]菲茨杰拉德在他近20年的创作生涯里曾多次面临这一难题,深知个中的滋味,因为他也是一个写短篇小说的行家,一生共创作了160多篇短篇小说,其中有90多篇都是在稿酬很高或"极为时髦"的畅销杂志上发表的(有65篇发表在《星期六晚邮报》上)。20年代期间,他的短篇小说销路极好,稿酬也直线上升。但他并没有因此而感到快慰或满足,却常常为自己迫于无奈,不得不写一些"垃圾小说"而感到十分苦恼,甚至把自己的这种行为比做是"一个老婊子"。[②] 由于菲茨杰拉德曾针对自己

[①] Matthew J. Bruccoli, ed. *F. Scott Fitzgerald on Authorship*, South Carolina: University of South Carolina Press, 1996, p.152.

[②] Matthew J. Bruccoli, ed. *F. Scott Fitzgerald: A Life in Letters*, p.169.

的一些短篇作品发表过此类措词苛刻的言论,不少评论家便以此为依据,认为他的短篇小说只是一些为赚取稿费而匆忙炮制出的作品,不值得深入研究,或没有艺术价值。其实,正如菲茨杰拉德在《作家的黄昏》一文中所说的那样,短篇小说的创作既非一件易事,也非挣钱容易。他的短篇小说,包括那些词藻华丽、"仅为赚钱"而写出的作品,都凝聚着他的心血和他对生活的体验,以及他对创作艺术矢志不渝的刻意求工。因此,他的短篇小说大都写得结构严谨、感情充沛、笔意超逸,令人百读不厌。他笔下的那些人物的外表、神情、谈吐以及内心的活动都被他描绘得惟妙惟肖,跃然纸上。读他的短篇小说不仅能使人获得美的享受,也能使人获得启迪和警示。

20年代,在他文学创作的初期阶段,菲茨杰拉德的确为自己能够挑战权威、敲开了《星期六晚邮报》的大门而感到欣喜不已,因为这是当时全美国竞争最激烈、稿酬最丰厚的文学园地。他在这一时期发表的短篇小说已远非以娱乐、消遣为目的,而是传达了他对社会敏锐的观察和深切的体会。在这些短篇作品中,这位才气横溢的青年作家以他绚丽的文笔和独到的观察社会的视角而博得了众多青年读者的青睐,并开始以"年轻一代的代言人"的角色闪亮登场。他在这一时期写出的较有影响的短篇主要有:《留短发的波妮丝》(Bernice Bobs Her Hair,1920)、《冰宫》、《近海海盗》等。这些作品后来都收入了他的第一部短篇小说集《新潮女郎与哲学家》(Flappers and Philosophers,1920)。通过对一系列年轻女主人公的精心塑造,菲茨杰拉德以严肃的态度描写了20年代美国青年女性对新生活的渴望和追求,展现了新的价值观念与旧的社会习俗之间的矛盾冲突。

随着创作思想和艺术风格的日趋成熟,菲茨杰拉德已渐渐失去了对畅销杂志和时髦小说的浓厚兴趣。由于《星期六晚邮报》和其他一些通俗刊物不能接受过于暴露社会黑暗面或创作手法过于新潮的短篇小说，菲茨杰拉德便转向了稿酬较低但档次更高、由文学评论家 H·L·门肯主持的《时尚社会》以及其他一些纯文学类的刊物。他的《五一节》（May Day）、《一颗像里茨饭店那么大的钻石》等短篇佳作便是这一时期的产物。《五一节》是一篇以自然主义手法创作的短篇精品，其思想深度已不能为一般通俗杂志所容纳。《一颗像里茨饭店那么大的钻石》则以辛辣的笔调讽刺了流行于美国社会的实利主义和新兴垄断资产阶级的贪婪和残暴，更不能为普通刊物所接受。令人难以置信的是，他认为"档次很低"的一篇短篇小说《人见人爱的姑娘》（The Popular Girl, 1922），却反而很受欢迎，这未免使他大为沮丧。他在这一阶段发表的一些惊世骇俗的短篇小说，经他亲自筛选之后，编入了他的第二部短篇小说集《爵士时代的故事》。

菲茨杰拉德是一位罕见的具有双重性格特征的小说家。他既具有极高的文学天赋和良好的艺术造诣，又常常身不由己地卷入在"爵士乐时代"的声色犬马之中。他既希望能获得名利双收的成功，又从没有忘记自己是一个严肃的文学艺术家。在美国"历史上最会纵乐、最讲究炫丽"的这一特殊年代里，他是"既身在其中，又身在其外"，以敏锐的目光冷眼旁观着世风的变化，探索着人生的真谛，寻求着新的价值取向。尽管他为了赚取较优厚的稿酬也的确撰写过一些能迎合畅销杂志需要的短篇小说，但这些通俗小说仍迸发着他创作的热情和思想的火花，展现了他娴熟的写作技艺和独特的审美标准，反映了新一代青年的生活风貌和真实心态。为了筹措去欧洲的旅费，为了安心创作《了不起的盖茨比》，他写出了《第三口棺材》（The Third Casket, 1924）、《无法形容的鸡蛋》（The Unspeakable Egg, 1924）、《最老的一位朋友》（One of My Oldest Friends, 1925）等短篇小说。这些作品虽然写得自然流畅，结尾也都出人意表，但纯属巧合的偶然事件和气氛上的过多渲染以及华丽词藻的频繁使用无疑也影响了小说的思想和艺术深度,使之成了多愁善感、流于一般的抒情小说。然而,在这一时期,他也创作出了一系列内容丰富、思想深刻、发人警醒的优秀短篇小说。在《冬天的梦》、《赦罪》、《明智之举》、《阔少爷》(The Rich Boy,1926)等作品里,菲茨杰拉德以严肃的笔调探索和表达了他在长篇小说中所表达的主题内容和创作思想,显示了一个职业文学艺术家高雅的艺术格调和强烈的历史使命感。这些精彩的短篇小说经菲茨杰拉德亲自甄选之后,收入了他的第三部短篇小说集《所有悲伤的年轻人》。从表面上看,菲茨杰拉德似乎是一个人格分裂的人——既是一个严肃的小说家,又是一个摆脱不了世俗樊篱的羁绊、为了追求金钱而拼命炮制劣质短篇小说的人。然而事实情况却并非如此。他的一些被思想正统的评论家称之为"粗制滥造"的短篇小说,也依然写得生动有趣、感情细腻,不乏凝练的词语和优美的文句。例如,《了不起的盖茨比》中的那段震人心魄的对长岛上空那片月色和周围景色的生动描写,便取自于他的一篇"淡而无味"的短篇小说《钻石王迪克与第一部女性法典》(Diamond Dick and the First Law of Woman,1924),而他的短篇力作《阔少爷》,则以犀利的笔锋撕开了上流社会温文尔雅的面纱,揭露了以金钱为核心的富人们灵魂深处的空虚和邪恶,表明了他对世俗世界的憎恶和鄙夷。

从《了不起的盖茨比》的出版到《夜色温柔》的问世这9年时间里,菲茨杰拉德共发表了55篇小说。尽管他认为在这9年里,他在很大程度上浪费了自己的艺术才华、损害了他的文学声誉,"因为整整一代人在这一时期都长大、成熟了,而我却还在写那些战后的短篇小说",[①]但事实表明,他在这一阶段写出的短篇小说却更加成熟、更加深刻,因而具有重要的历史分量,受到了评论界和读者的高度赞誉。他的第四部也是最后一部短篇小说集《清晨

---

① Matthew J. Bruccoli, ed. *F. Scott Fitzgerald: A Life in Letters*, p.466.

起床号》(Taps at Reveille,1935),汇集了他在这一时期发表的若干篇精品佳作,其中包括《最后一位芭蕾舞演员》(The Last of the Belles,1929)、《重访巴比伦》、《疯狂的星期天》等脍炙人口、历久不衰的名篇。这些作品代表了他在短篇小说创作上所取得的令人瞩目的成就。在他最后5年的创作生涯里,菲茨杰拉德依然执著地在短篇小说领域中奋力笔耕着,写出了一批像《作家的黄昏》这样的颇有思想和艺术深度的内省式的文章,发表了一些像《失落的这十年》(The Lost Decade,1936)这样使人久久难以忘怀的短篇小说。这些小说的接连发表,足以说明了他在短篇小说创作上所付出的不懈努力。

菲茨杰拉德的短篇小说大都自出机杼,情趣横溢,文笔隽永,耐人寻味。此外,他的短篇小说也像他的长篇小说一样,如实记录了他的心路历程和人生体验,真实描绘了他那个时代的社会风貌和生活气息,生动反映了他作为一个文学艺术家在文学创作的道路上永不停息的跋涉。他也是20世纪美国文学史上具有重要影响的一位短篇小说家。

二、《新潮女郎与哲学家》

《新潮女郎与哲学家》(Flappers and Philosophers)是菲茨杰拉德的第一部短篇小说集,1920年9月由斯克里布纳出版公司出版,共收入了他已发表的8个短篇故事,包括:《近海海盗》、《冰宫》、《头与肩》、《雕花玻璃酒缸》、《留短发的波妮丝》、《祝福》、《戴里林波尔错了》和《吃了四次拳头》等。尽管当时的文学评论家们对这本故事集的评价并不高,且褒贬参半,但由于它以崭新的视角和鲜亮的文笔如实描绘了第一次世界大战结束之后的美国社会的生活景象,表现了现代意识与传统观念之间的矛盾冲突,颂扬了年轻的一代对旧文化、旧道德的反叛心态和对美好未来的憧憬与追求,迎合了20年代初期年轻读者的阅读口味和个性体验,因而备受读者的青睐。这本故事集在当年非常畅销,两年之内便在欧、美两地被再版了6次,发行量几近两万册。它不仅为菲茨杰拉德赢得了"爵士乐时代的漂亮王子"的美誉和相当可观的经济收入,也使这位踌躇满志的青年作家对文学事业充满了信心和希望。

《冰宫》(The Ice Palace)描写的是南方芭蕾舞演员莎丽·卡罗尔·哈泼的一次恋爱旅程。莎丽·哈泼年轻貌美,出生于佐治亚州的塔里顿镇。她因不满于家乡沉闷、倦慵的气氛而想离开这座南方的小城市,去一个生活更加丰富多彩、接触面能更加宽阔的北方城市寻找发展机会。这样,她就不会因为虚度人生、浪费才华而感到苦恼。这年的1月份,她决定北上去见她的男友哈里·贝拉米。到了北方之后,她才发现她适应不了这里寒冷的气候,这里的社会习俗和人情世故也使她感到十分别扭。在冬季的狂欢节里,她无意间闯进了一座冰宫,差点儿被活活冻死。出了冰宫之后,她感到自己无法在北方生活下去,便告别了她的北方恋人,又回到了她熟悉的充满温暖、恬静闲适的南方。《冰宫》写成于菲茨杰拉德与姗尔达相识之后,因此,女主人公莎丽的美丽形象、迷人气质以及行为举止和心态都与姗尔达颇为相近。在这篇小说中,菲茨杰拉德以散文诗般的笔调描写了曾经很辉煌的南方的落后、保守、怠惰、却又颇具浪漫情调的氛围和景象。衰败的经济、懒散的生活方式以及陈旧的思想观念与昔日繁华、热闹的场面以及尊贵、威严的气势形成了鲜明的对比,与北方的发达、务实和充满活力的快节奏生活也形成了强烈的反差。《冰宫》是菲茨杰拉德的第一篇探索和描写南北差异的短篇小说。他对南方既眷恋又嫌怨的这种充满矛盾的复杂情感在他以后的几乎所有的作品中都有所表露。

《雕花玻璃酒缸》(The Cut-Glass Bowl)是一则具有深刻的象征意义、表现了传统的道德准则和家庭价值观念正在发生剧烈变动、向现代模式过渡、转型的故事。"人类历史上曾有过粗石器时代,有过细石器时代,有过青铜器时代,很多年以后又出现了一个雕花玻璃时代……雕花玻璃虽然算不上什么新鲜玩艺,可在偏僻闭塞的中西部地区,人们却总是用它来传递反射波士顿豪华区那令人眼花缭乱的时髦风尚。"①俏女人伊维琳·派珀太太一生都守着一只精美的却又老让她提心吊胆的雕花玻璃酒缸。这只酒缸是她的初恋情人当初被她抛弃时送给她的一件礼物。他当时对她说:"它就像你一样冷酷,一样漂亮,一样空虚,一样只消一眼就能看透。"②婚后,她又与一个名叫弗雷迪·格德尼的英俊男子产生了感情纠葛。一天下午,当她正在家中与格德尼幽会,并想结束这种暧昧关系时,她的丈夫哈罗德·派珀突然回来了。格德尼在偷偷溜出屋外时不小心撞翻了这只玻璃酒缸。巨大的轰响声惊动了哈罗德,格德尼被当场捉住,他与伊维琳的隐情也就此暴露。但哈罗德并没有过多地指责她,反而还去安抚她。两人又和好如初。他们的女儿朱莉在玩耍时,不小心在这只已被打破的雕花玻璃酒缸上划破了手指。由于处理不当,朱莉又感染了血中毒症,受伤的那只手后来又被截了肢。小小年纪便遭此不幸,这令伊维琳深为痛心。哈罗德·派珀原打算扩展自己的业务,与颇具实力的另一家公司合并,成立一家新的更具规模的经济实体。可是,他的表妹夫汤姆·劳里在家庭集会上捧着这只雕花玻璃酒缸喝了个酩酊大醉,与哈罗德的合伙人克拉伦斯·艾亨发生了极不愉快的争执,大家不欢而散。合作的事自然也就成了泡影,家道也因此而慢慢中

---

① 菲茨杰拉德著,曹合建译,《菲茨杰拉德短篇小说选》,湖南文艺出版社,1999年版,第243页。
② 同上,第244页。

落。伊维琳与哈罗德的夫妻感情日渐淡漠,两人不知不觉间滋生出了一种相互对抗的情绪。他们的儿子唐纳德·派珀在战争中不幸阵亡。国防部发来了通知他们儿子死讯的公函,起初被佣人当作普通信件,漫不经心地放在了这只雕花玻璃酒缸里。伊维琳拆开信封后,才知道儿子已战死在疆场。这只雕花玻璃酒缸似乎就是一件冷酷、邪祟的不祥之物,碰到了它的人都会遭到厄运。伊维琳悲痛绝望之下,发狂地抱起酒缸,想把它扔出屋外,永远不再见它。可她脚下一滑,连人带缸一齐摔了出去,与破碎的玻璃片一起躺在了黑暗之中。这篇小说以犀利的文笔入木三分地讽刺和谴责了有闲阶级腐朽没落的生活方式,表达了作者对上流社会有钱人的鄙夷和不信任,喊出了"雕花玻璃时代早就该寿终正寝了"[①]的心声。小说中的若干片断后来被作者写进了他的第二部长篇小说《漂亮冤家》。

《祝福》(Benediction)描写的是一位青年女性对宗教礼仪的强烈反叛精神。年轻漂亮的露伊丝在与男友霍华德约会的途中,顺便去探望了在耶稣会教堂供职的哥哥基斯。她与哥哥已多年未见,两人分别时,她还只是个小女孩。她向哥哥诉说了身患精神病的母亲的近况。基斯则向她吐露了想皈依天主教、谋得一个牧师职位的打算。之后,基斯带着妹妹参加了教堂里的祝福仪式。露伊丝因为神情恍惚,被烛光里的一个人影吓得魂不附体,当场晕了过去。事后,她对基斯谈了她对天主教的看法,认为天主教的教义教规颇为烦琐,不合时宜,与现代生活也格格不入。离开耶稣教堂后,露伊丝草拟了一份打算与霍华德分手的电报。但她经过仔细考虑之后,又改变了主意,把电报撕毁了。这篇小说的素材取自于菲茨杰拉德于1915年发表的另一篇小说《严峻考验》(The Ordeal),以及他自己对宗教的体会。小说中的露伊丝受现代思想

---

① 菲茨杰拉德著,曹合建译,《菲茨杰拉德短篇小说选》,第244页。

的熏陶,不肯接受传统礼教的束缚,而想获得真正的自由和幸福的举动,恰恰正是20年代初期美国青年女性的真实写照。

《戴里林波尔错了》(Dalyrimple Goes Wrong)是一篇颇具讽刺意义的短篇小说。战争结束后,布莱恩·戴里林波尔以战斗英雄的身份回到了他的家乡小镇,开始了他普通百姓的生活。他想找一份较为体面的工作。杂货批发商泰隆·马西雇佣了他,让他在杂货批发部的仓库里工作。戴里林波尔勤勤恳恳地工作了一段时间之后,渐渐对这份差事失去了兴趣,并为自己始终得不到升迁而产生了不满情绪。后来,他无意中发现,马西的外甥汤姆·艾弗里特样样不如他,却处处都受到优待,心里便愈加忿忿不平。他决心不惜一切地去努力奋斗,拼命挣钱,以便能出人头地,过上幸福的生活。他甚至像一个昼伏夜出的盗贼一样,同时兼做着好几份工作。他的勤奋和执著终于引起了一个有权有势的名叫艾尔弗列德·弗雷泽的大人物的注意和赏识。在弗雷泽的提携下,戴里林波尔最后竟爬上了州参议员的宝座。他的成功荒唐得叫人有些啼笑皆非。菲茨杰拉德在这篇小说中运用了大量反讽手法,对当时的社会风气进行了无情的嘲弄。这也是他的第一篇以严肃的口吻揶揄和讽刺阿尔杰[①]的现代童话的短篇小说。

《吃了四次拳头》(The Four Fists)是一则苦涩的幽默故事,反映了一个人在成长过程中所遭受的四次刻骨铭心的打击。萨缪尔·梅瑞迪斯在其20余年的生涯中挨过4次打,但他的性格却反而变得成熟、坚强起来。在预科学校读书期间,他的室友吉利·霍德仅仅因为不喜欢他那付娇生惯养的样子便把他揍了一顿。在大学时代,他又被一名毫不相识的工人痛打了一顿,原因是,在乘公共马车时,那个工人不肯给一位女士让座,梅瑞迪斯便当场奚落了

[①] 阿尔杰(Horatio Alger,1832~1899):美国著名儿童文学作家,其作品深受少年儿童读者的欢迎。其代表作为《衣衫褴褛的狄克》(1868)。

他,因而遭到了他的报复。大学毕业几年后,梅瑞迪斯爱上了一个名叫玛姣丽的有夫之妇。当玛姣丽的丈夫发现了梅瑞迪斯与自己的妻子关系暧昧时,便毫不容情地把他揍了一顿。30出头时,他的老板皮特·卡哈特派他去西南部强行收购17家毗邻相接的农场,但遭到了农场主们的强烈反对。农场主中的领头人麦肯泰尔在争执中又对他动了拳头。挨打之后,他痛定思痛,决意不再受人指使去干这种见不得人的欺诈勾当。他发奋图强,凭着个人的努力终于获得了成功,成了卡哈特公司的股东。但他一生中所吃过的这4次拳头却也给他留下了终身难忘的记忆。这篇小说虽谈不上意义深刻,说教的成分较多,但在当时却仍受读者喜爱。菲茨杰拉德自己也承认说,这篇故事只是为了迎合畅销杂志的需要而写的,目的是为了挣稿费,因而是他最不满意的一篇劣作。其实,这个小故事也在一定程度上反映了菲茨杰拉德对社会生活细致入微的观察和体会,在情节构思和写作技巧上也把握得较有分寸,因而也被他收入了这部短篇小说集中。

《新潮女郎与哲学家》中的《近海海盗》、《头与肩》、《留短发的波妮丝》等佳作,先后都被改编成剧本,搬上了银幕。在美国各地上映后,反响很大。这也进一步提高了菲茨杰拉德的知名度。小说中所塑造的具有典型意义的一系列人物也给人们留下了较深刻的印象,如《留短发的波妮丝》中的女主人公波妮丝便是一位不落俗套、追新求异的女性,她无疑是美国新一代女性的形象再现;《冰宫》中的莎莉·哈泼则反映了年轻女性焦躁不安的心态和对新生活的渴望;《近海海盗》中的阿迪塔·法南更是意志坚强、敢作敢为,是富有冒险精神的美国现代女性的真实写照。在这些作品中,菲茨杰拉德以严肃的姿态和优雅的格调颂扬了美国青年女性在传统的文化氛围中为争取自己人格的独立性、为追求新的生活所进行的不懈努力。

在小说创作中,题材新颖、文笔优美诚然很好,但更重要的还在于其内容和思想的深度。《新潮女郎与哲学家》中的某些短篇故事,作为菲茨杰拉德的早期作品,是还存在着诸如内容似嫌肤浅、词语太过华丽等不够成熟的地方。菲茨杰拉德本人也在写给大评论家 H·L·门肯的信中,把这本小说集里的 8 个短篇分成了 3 个档次:"值得一读的有:《冰宫》、《雕花玻璃酒缸》、《祝福》、《戴里林波尔错了》;能博人一笑的是:《近海海盗》;档次低劣的是:《头与肩》、《吃了四次拳头》、《留短发的波妮丝》。"①但这番话语只是更生动有力地说明了他对自己的苛求和对创作艺术精益求精的严谨态度。

《新潮女郎与哲学家》无论从何种角度看,都标志着菲茨杰拉德在文学创作的道路上正在迅速走向成熟。它是这位才情横溢的青年作家在其短暂的创作生涯中所取得的一个颇为引人瞩目的成功。

三、《爵士乐时代的故事》

《爵士乐时代的故事》(*Tales of the Jazz Age*)是菲茨杰拉德的第二部短篇小说集,1922 年 9 月由斯克里布纳出版公司出版。次年又在欧、美两地再版,发行量依然大得惊人。菲茨杰拉德在这部小说集的选材问题上可谓颇费了一番心思。他将他在这一时期发表的短篇小说进行了仔细甄别,将其中的 11 篇汇入了这本集子中,并按照内容将其编成了 3 个类别。第一编为"最后一批'新潮女郎'篇",选入了 4 个短篇故事:《没有骨气的男人》(The Jelly-

---

① Matthew J. Bruccoli, ed. *F. Scott Fitzgerald: A Life in Letters*, p. 42.

Bean)、《骆驼之背》、《五一节》、《瓷器与石竹花》。第二编为"想入非非篇",也收入了 4 个短篇故事:《一颗像里茨饭店那么大的钻石》、《本杰明·布顿奇案》(The Curious Case of Benjamin Button)、《价廉质次的塔昆》、《布衣妖女!》(O Russet Witch!)。第三编题为"不入流的杰作",由 3 个短篇组成:《历尽酸辛的幸福》、《尹基先生》、《杰米娜》。菲茨杰拉德还以颇为调侃的口吻,为这本书中的每篇故事都加了按语或评注。此时的菲茨杰拉德已享有了较高的知名度,因此,这本小说集一经出版,便引起了评论界的广泛关注,评论文章也接踵而来。然而,由于当时的历史环境和社会风气所限,这些作品大都被当成了娱乐消遣类的通俗小说,虽然很畅销,但终究不属上乘之作。只有少数独具慧眼的大评论家才看出了这些作品所包含的深刻的社会历史意义和艺术价值。此外,这本集子的篇名也令严肃的评论家们颇感难以接受,因为"爵士乐时代"给人产生的联想并不十分高雅。它是通俗、花哨、放纵生活、寻求刺激的代名词,是思想保守、恪守传统道德观念的人所竭力抵制和反对的。鉴于这一客观原因,斯克里布纳出版公司的资深编辑麦克斯威尔·帕金斯特意致函菲茨杰拉德,希望他考虑另换一个篇名。但菲茨杰拉德仍坚持己见,认为这个书名很贴切,很传神,恰如其分地反映了时代的典型特征。他在写给帕金斯的回信中陈述了他坚持保留"爵士乐时代"的字样的理由,因为:

> 我有自己庞大的大众读者,有无数的新潮女郎和当代大学生,他们都视我为先知先觉的圣贤,他们会喜欢这个书名而争相购买它的……用一个已经过时的书名再加上一个副标题的做法,固然要比用一个颇含禁忌意味的书名稳妥一些,但我不愿这样做。新潮女郎运动所掀起的浪花依然还在激荡着,远没有平息下去,圈外的呼声仍一浪高过一浪……我不喜欢"敲边鼓玩杂耍"式的标题,也不喜欢"一览无余加一个大团

圆结局"式的书名。他们那些人已经在说三道四了,好像短篇小说集都是些聊以充数的东西似的。①

《爵士乐时代的故事》所汇集的这些短篇小说大都情节生动,寓意深刻,文笔流畅,艺术感很强。它们记录和描写了年轻的一代人的梦想、追求、爱情、痛苦、失望、艰辛、迷茫等复杂的人生经历,浓缩和折射了五颜六色的时代特征和整整一代人甚至几代人的命运,高度戏剧化地表现了现代意识和传统观念之间的剧烈的矛盾冲突。它们是菲茨杰拉德在这一时期所写出的富有深度和力度的短篇精品。它们体现了菲茨杰拉德日趋成熟的创作思想和别树一帜的艺术风格。

《五一节》(May Day)是这部短篇小说集中最有特色、最令人深思的佳作之一。小说一开始即以绚丽的文笔生动、形象地描绘了第一次世界大战结束之后的那个时代的醉人的气氛和欢快的节奏。但作者真正要告诉人们的是,这个时代造就出了一大批"新潮女郎"(flappers)和"风流情郎"(sheiks)。他们身上"发生的许许多多异乎寻常的故事",②会使人感到这是一个生活无序、社会混乱的时代。他们的经历会使人体味到"美国梦想"注定要遭到幻灭的悲哀。

小说的主人公戈登·斯特雷特毕业于耶鲁大学,24岁左右,是一个落魄的艺术家。1919年5月1日早晨,他来到同班同学菲利普·迪安所下榻的豪华旅馆,想向他借三百美元,因为他的那位追求时髦但出身低微的女朋友朱厄尔·赫德森正在变着法儿敲诈他,而他身边几乎已囊空如洗了。在事业上一帆风顺,已经是腰缠万贯的迪安对朋友的穷愁潦倒颇为反感,不肯借钱给他,只施舍般地给了他80美元。卡洛尔·基和格斯·罗斯是两个丑陋无比、面

---

① John Kuehl and Jackson R. Bryer, eds. *Dear Scott / Dear Max*, p.59.
② 菲茨杰拉德著,曹合建译,《菲茨杰拉德短篇小说选》,第302页。

黄肌瘦、智商低下、刚从军队退伍的士兵。他俩在马路上闲荡时恰好遇上了一场反社会主义的大游行,便凑热闹般地挤入游行队伍,但很快又从队伍中溜了出来,钻进了卡洛尔的哥哥乔治·基在当招待的一家廉价酒店,想从他这儿要酒喝。但乔治早已不在这家酒店工作,到德莫尼科大饭店去当招待了。于是,他俩又找到了德莫尼科大饭店,终于见到了乔治。在乔治的安排下,他俩躲进了一间黑屋子,等着乔治送酒给他们喝。这一天,"耶鲁大学毕业生联谊会"恰好在德莫尼科大饭店举办大型舞会。在舞会上,戈登与他从前的女友艾迪丝·布雷丁邂逅。艾迪丝美丽迷人,虽与戈登几年未见,但心中一直在深深爱着他。可她在舞会上见到的戈登却是一付孤独凄凉、醉意朦胧的模样,早已失去了他往日的风采,这使艾迪丝深感痛心。艾迪丝的男友彼得·希梅尔想与艾迪丝接吻,却遭到了她极冷淡的拒绝。他一气之下便躲进了卡洛尔与格斯所藏身的小屋,与这两个退伍士兵一起喝了个酩酊大醉。朱厄尔·赫德森跟踪戈登也来到了德莫尼科大饭店。她找到了戈登,并强行将他带走。艾迪丝悄悄溜出舞会去看望她的哥哥亨利·布雷丁。亨利是一家观点激进的报社的记者。当她与亨利在报社办公室里相见时,一群反社会主义的士兵,包括卡洛尔和格斯,突然冲了进来,砸毁了这家报社,全场一片混乱。黑暗中,卡洛尔被人从窗口扔到楼下摔死了。亨利·布雷丁被打断了一条腿。格斯、迪安、希梅尔、戈登、朱厄尔等人于5月2日的早晨都不约而同地来到了同一家咖啡馆吃早饭。迪安突然发现了戈登和朱厄尔,便酒气醺人地跑过来,莫名其妙地指着两人的鼻子破口大骂。戈登和朱厄尔只好匆匆离开了这家咖啡馆。迪安与希梅尔两人都喝醉了酒,一同离开了这家咖啡馆,赶往德莫尼科大饭店去取昨夜遗忘在那儿的大衣。在衣帽间的门口,他俩乘人不注意,将两块"出"、"入"牌取下来,挂在了自己的衣服上,一个冒充"入先生",一个冒充"出先生",在德莫尼科大饭店要香槟酒喝,要早饭吃。之后,两人又来到比尔特摩大饭店。在饭店门口,他们遇见了艾迪丝。艾迪丝在饭店的人群中发现了格斯·罗斯,认出他就是打断了她哥哥腿的那个暴徒。戈登·斯特雷特酒醒之后,发现自己躺在一家小旅馆的房间里。当他意识到自己已经和世俗不堪的朱厄尔·赫德森结了婚,事实已经无法改变时,感到十分痛苦、绝望,便去买了一把左轮手枪,从太阳穴下边将子弹射进了自己的脑袋,悲怆地结束了自己的生命。

《五一节》的主题思想与长篇小说《漂亮冤家》是一致的,描写的也是战后年轻的一代人的颓废和沉沦,以及他们梦想破灭、希望落空后的绝望和悲哀。在艺术表现形式上,《五一节》采用了自然主义文学的表现手法,原原本本地再现了那个时代的典型特征,强调了"人的行为都不可抗拒地受到外力的支配"这一自然主义文学思想。这篇小说的文笔也很清新流畅,遣词造句常有神来之笔,令人耳目一新。小说中的许多亮丽词语尤其为大学生们所喜爱,成了他们常挂嘴边的时髦词语。它是菲茨杰拉德众多短篇小说中的精品之一。

《没有骨气的男人》(The Jelly-Bean)描写的是一个青年男子在爱情问题上所遭受的挫折以及他彷徨、苦闷的心态。吉姆·鲍威尔是一个游手好闲的纨袴子弟。由于几代人都不争气,他家祖上所创下的家业和从前显赫的社会地位已是日薄西山,一落千丈。到了他这一代,万贯家财已所剩无几。克拉克·达罗也是一个破落户的子弟,毕业于佐治亚技术学院,成天开着一辆老式福特车,到处吹嘘要与人合作投资办公司。其实他没什么钱,只知道吃喝玩乐,无所事事。这一天,他邀请吉姆·鲍威尔和他一起去佐治亚州的塔里顿镇,去参加那儿的一个乡村俱乐部的舞会。吉姆不愿去,可经不住克拉克的反复劝说,便很勉强地跟着他来到舞会上。在这儿,吉姆认识了一个名叫南茜·雷玛的漂亮姑娘。南茜在掷骰子赌博时输掉了不少钱。吉姆善于此道,又帮她赢回了输掉的钱。南茜满心欢喜,当场就热情奔放地吻了他,两人遂成好友,谈得也很投机。南茜美丽的容貌和大方的举止令吉姆怦然心动,情不自禁地爱上了她,也使他燃烧起了对生活的新的渴望。为了这纯真的爱情,为了赢得南茜的芳心,吉姆决心改变自己的懒散的习惯,重新做人,做一个真正出色的男人。他准备去叔叔的农场工作,从那儿开始他的人生奋斗的计划。然而,事隔一天之后,他却听到了一个令他悲愤、绝望的消息:南茜喝醉了酒,与她过去的男友、一个来自于东部无树平原、名叫奥金·麦里特的人结婚了!吉姆受此打击,精神从此萎靡不振。他又回到了他原来的老路上,整天泡在台球房、游戏厅里混日子,消磨时光。

在这篇小说中,菲茨杰拉德塑造了一位鲜活灵动的现代女性的形象。南茜·雷玛是一个俏丽妩媚、风情万种的南方少女。她娉婷玉貌,却又冶艳风骚,并对自己放浪不羁的行为和坦荡得无所顾忌的性格感到十分自豪。她敢作敢为,富有冒险精神,而且极具女性的魅力,使许多男人为她而倾倒。但她对所有钟情于她的男人来说,却又是十分危险而又有害的,因为她追求的是个性解放和人格独立。她不肯依附于任何男人。在小说中,她对吉姆说,她效仿的榜样是狄安娜·曼娜斯(Diana Manners,1892~1986)。狄安娜是英国有名的美女,并以性格怪僻而著称,曾主演过大型历史剧《奇迹》(*The Miracle*),后嫁给了英国政治家杜夫·库珀(Duff Cooper,1890~1954)。南茜·雷玛是菲茨杰拉德笔下的众多年轻女性的一个典型代表,也是20年代美国新女性的一个真实缩影。

在《没有骨气的男人》这篇小说中,菲茨杰拉德通过对吉姆和南茜这两个人物的刻画,以哀艳的笔调将战后美国年轻一代的真实心情和美国南方的社会风貌栩栩如生地再现在读者的眼前。小说于1920年10月首次在《都市风情》杂志发表时,曾引起过不少非议。但此后不久,人们便发现这是一篇很有特色的作品。

《一颗像里茨饭店那么大的钻石》(The Diamond as Big as the

Ritz)是一则寓言故事,描写中学生约翰·安格尔到他的朋友帕西·华盛顿家度暑假的一次经历。帕西向约翰吹嘘,说他父亲是世界上最富有的人,家里有一颗钻石比里茨饭店还要大。原来华盛顿家的庄园就秘密建造在蒙他拿州的洛基山脉里,而他们的宅邸就盖在一座钻石山上,房子全是用黄金和钻石砌成的。尽管华盛顿一家生活阔绰,周围的一切都十分豪华,但他们仍处心积虑地保守着秘密,不让外人知道他们是多么富有。约翰到了这个"超出人间梦想的去处",以为进了天堂。可是一经了解才发现,这里根本不是天堂,而是人间地狱,里面蓄养了大批黑奴为这一家人服务。这些黑奴还生活在南北战争之前的世界里,不知道奴隶早已获得了解放。华盛顿家族为了严守秘密,不仅层层设防,而且只许进,不许出,请来的客人无一能生还。为了逃避政府的侦查,他们还使用贿赂手段,企图把这个地方从官方地图上抹掉。他们用高射炮击落前来侦察的飞机,把20多名飞行员关在了地牢里。约翰与帕西的妹妹姬丝敏一见钟情,两人在秘密幽会、拥抱接吻时被帕西的父亲布雷多克·华盛顿窥见。布雷多克本来就想除掉他,见此情景后更坚定了要杀死他的决心。他巧妙布置了陷阱,但被约翰识破并机警地逃脱了。那天夜里,华盛顿庄园遭到了几十架飞机的轰炸,因为有一名意大利语教师侥幸逃出了华盛顿家的牢房,并向政府报告了这儿的秘密。约翰·安格尔设法带着帕西的两个妹妹姬丝敏和佳丝敏逃出了庄园。华盛顿一家及其他人则潜入了地洞,并把钻石山炸毁了。姬丝敏临走前顺手抓了几块钻石藏在口袋里,下山后却发现它们不是钻石,而是水晶石。原来那里的钻石太多,水晶石反倒成了珍品。

在这个寓言式的故事中,菲茨杰拉德运用了超现实主义的创作手法,以荒诞离奇的情节,生动形象地批判了上流社会有钱人的丑恶灵魂。故事中的布雷多克·华盛顿可以被看做是当时新兴的垄断资产阶级的写照:永不餍足的贪婪加上无所顾忌的残暴。在故事中,约翰甚至还亲眼看见和亲耳听到他为了维护自己的财富而向上帝行贿。可是,钻石山最终还是被炸得无影无踪了。一切靠横征暴敛而发财致富的梦想都不过是一种昙花一现的幻觉。"每个人的青春也都是一场梦,一种化学变化引起的疯癫。"①金刚钻变成了水晶石这类细节的描写,更是进一步增强了这篇作品的主题思想。这种幻灭意识也是菲茨杰拉德诸多作品中的一个重要主题。这篇小说写成之后,由于文笔过于辛辣,观点过于激进,遭到了好几家畅销刊物的拒绝,最后才在《时尚社会》上得以发表。菲茨杰拉德在写给他的作品经纪人哈罗德·奥巴的信中说:"我感到非常沮丧。我花了一个星期就炮制出的那篇档次很低的小说《人见人爱的姑娘》竟然那么畅销,而我花了3个星期,并投入了很高的热情才写出的《一颗像里茨饭店那么大的钻石》却没有人肯要,况且这还是一篇完全虚构的作品。这真令我扫兴。"②事实表明,《一颗像里茨饭店那么大的钻石》也是菲茨杰拉德写得较好的短篇小说之一。半个多世纪以来,这篇小说以它深刻的思想意义和隽永的文风而常被选入各类文学选读或作品选集之中。它以其独特的艺术魅力而被一代又一代的读者所诵读。

《本杰明·布顿奇案》(The Curious Case of Benjamin Button)是一则完全虚构的荒唐故事。本杰明·布顿是罗杰·布顿夫妇的第一个孩子。罗杰·布顿夫妇是美国南北战争之前巴尔的摩市的社会名流。然而他们的第一个孩子一生下来便是一个7旬老翁。罗杰·布顿夫妇认为他是个怪物,是他们的奇耻大辱,但又不忍心遗弃他,便想方设法地竭力掩盖或不提儿子的真实年龄。他们起初只喂他牛奶,稍稍长大后又给他买玩具,然后又送他进了幼儿园。本杰明长到18岁时参加了耶鲁大学的入学考试,竟然考取了

---

① 菲茨杰拉德著,曹合建等译,《菲茨杰拉德短篇小说选》,第44页。
② Matthew J. Bruccoli, ed. *F. Scott Fitzgerald: A Life Letters*, p.54.

这所名牌大学。但是耶鲁大学拒绝录取他,因为他长相太老,看上去已经是 50 岁的人了。他只好回家帮助父亲经营五金商店,后来又与年轻漂亮的姑娘蒙克里芙结了婚。随着年龄的增长,本杰明却越活越年轻。他开始参加各种与他的外表年龄相称的社会活动,如各类舞会。后来他又考取了哈佛大学,并顺利从该校毕业。可是,随着年龄越来越小,他竟和自己的孙子一同进了幼儿园。他依然越活越小,最后终于死去了。

  菲茨杰拉德在这篇故事的按语中说:"本故事的创作灵感产生于马克·吐温曾说过的一句话,大意是:人类最美好的一段时光产生于初始阶段,而在结束时则最为凄惨。这真是一大遗憾。"①这则故事貌似荒诞,却似乎是在向人们说明,无论多么美好的事物,最终都会走向它的反面。小说的隐喻是,在歌舞升平、富丽繁华的表象下掩藏着的是危机和灾难。眼前的世界无论多么美好,都是一种虚幻的假象,摆脱不了最终灭亡的命运。

  《布衣妖女!》(O Russet Witch!)描写了一个书店职员与一名舞蹈演员之间一生中都魂牵梦绕的离奇际遇。慕林·葛雷英格是纽约一家书店的职员。他的公寓恰好正对着年轻女子卡罗琳的公寓。他常站在窗前欣赏卡罗琳优美的身姿。一天,卡罗林来到慕林所工作的"阳光羽毛书店",来看看这个小伙子到底是什么模样。她把书扔得到处都是,把书店弄得乱七八糟,然后便扬长而去了。一年半之后,慕林请他的同事奥列维·玛斯特丝在饭店吃饭,并正式向她求婚。这时卡罗琳带着 3 个男人也来到这家饭店,一边喝酒,一边载歌载舞。奥列维对她很是反感,称她是一个邪恶的妖女。慕林与奥列维结了婚,并有了一个孩子。不久,他又被提拔为书店的经理。日子就这样一天天过去了。到了 35 岁时,慕林已

---

① F. Scott Fitzgerald, *Tales of the Jazz Age*, New York: Charles Scribner's Sons, 1922, p. ix.

感到生活节奏慢了下来,精力也不如从前那样旺盛了。这一天,在一个教堂的门口,他又见到了卡罗琳,她的车被许多崇拜她的男人围得水泄不通,造成了交通阻塞。然而,她的形象又遭到了奥列维的嗤之以鼻。65岁时,慕林已成了这家书店的店主。卡罗琳又来到了这家书店,想购买一本早年出版的书的初版。她和慕林进行了一次较深入的交谈。谈话中,她问慕林,这么多年来,他对她的印象究竟如何?卡罗琳走后,慕林的一位年轻雇员麦克莱金小姐认出了她就是当年的著名舞蹈演员艾丽茜娅·戴尔,并告诉了慕林。这使慕林惊诧不异。他突然意识到,自己这么多年来一直都蒙在鼓里,是一个十足的傻瓜,白白失去了追求美妙人生的大好机会。小说以优美的语言和令人感伤的情调描写了传统、守旧的道德观念与新思想、新风尚之间的冲突,将两种截然不同的价值观和人生观展现在读者的面前。小说同时也说明,在传统的伦理标准和社会习俗占统治地位的现代世界里,新的生活方式和价值取向是多么地令人难以接受。它需要整整一代人甚至几代人的努力才能得以实现。这种感伤的情绪在菲茨杰拉德的许多作品中都有所表露。

《爵士乐时代的故事》从总体上说,是一部较有特色的短篇故事集,其中的大多数作品都写得引人入胜,饶有兴味,艺术表现手法也较娴熟。它们或深刻有力,或冷嘲热讽,或慷慨激昂,或幽默调侃,把20年代美国社会的生活气息和文化习俗生动形象地再现在世人眼前,因而颇受读者的喜爱。有些情节精彩的作品,如《骆驼之背》等,经过改编之后还被拍成了电影,在欧、美两地上映时,也颇受好评。像《五一节》、《一颗像里茨饭店那么大的钻石》等精品佳作,更是以其深刻的思想意义和艺术特色而成为20世纪美国文学中的杰作,为一代又一代的读者所赏阅而历久不衰。

四、《所有悲伤的年轻人》

《所有悲伤的年轻人》(*All the Sad Young Men*)是菲茨杰拉德的第三部短篇小说集,出版于1926年2月,即在《了不起的盖茨比》问世近一年之后。继斯克里布纳出版公司首次出版以后,这部小说集又连续被印刷数次,销量也近2万册。与前两部小说集不同的是,这部小说集自出版以来,一直受到文学评论界的重视和好评,被普遍认为是菲茨杰拉德最铿锵有力、最具艺术功绩的短篇小说集。有评论家在这部小说集出版之后不久即撰文说:"司各特·菲茨杰拉德仍在连续不断地出版他的作品。从现有的作品来看,他显然已远远超出了他同时代的其他任何作家。但他仍在奋力向前冲击着。"[1]

这部小说集共收录了菲茨杰拉德在各类刊物上发表过的9篇较为优秀的短篇小说,包括:《阔少爷》、《冬天的梦》、《幼儿聚会》(*Babes in the Woods*)、《赦罪》、《拉格丝·马丁·琼斯与威尔士王子》(*Rags Martin-Jones and the Pr-nce of W-les*)、《调停者》(*The Adjuster*)、《热血与冷血》(*Hot and Cold Blood*)、《明智之举》、《格列钦的一个小盹》(*Gretchen's Forty Winks*)等。这些小说大都主题严肃,内容深刻,结构严谨,文笔舒展,反映了一个天才小说家对社会的敏锐观察和对未来的忧患意识,代表了菲茨杰拉德已臻成熟的创作思想和已经形成的艺术风格。

《冬天的梦》(*The Winter Dreams*)可以说是长篇小说《了不起的盖茨比》的一个序曲或缩写本,也是菲茨杰拉德写得最优秀的

---

[1] Jackson R. Bryer, ed. *F. Scott Fitzgerald: The Critical Reception*, p. 272.

短篇小说之一。在这篇作品里,菲茨杰拉德第一次充分地表现了他在创作中一直在努力追寻的主题思想。这篇小说的故事发生在明尼苏达州。主人公德克斯特·格林是一个家境不太富裕的人家的孩子,在"黑熊湖"高尔夫球场当替人拣球的球童,好为自己挣几个零花钱。在球场上,他认识了一个出身豪门、娇媚可爱、却又颐指气使的小姑娘朱迪·琼斯。朱迪漂亮的身影、迷人的笑容、野性的激情在他幼小的心灵产生了强烈的震撼,给他留下了极其难忘的印象。为了宣泄涌动在胸中的激情,他突然做出了"辞职"的决定。但是,"后来又频频发生的许许多多的事情,证明了这场冬天的梦已悄没声息地支配了德克斯特的命运"。[①] 他已经疯狂地爱上了朱迪,或者说把她当成了一切美好理想的化身。7年之后,德克斯特从东部的一所名牌大学毕业。他凭着自己的学识和才干获得了巨大的成功,几乎在"一夜之间便成了富翁"。23岁那年,他来到了从前自己当过球童的那家高尔夫球场打球,又与梦中情人朱迪·琼斯意外相逢。朱迪已出落成一个美得慑人心魄的绝代佳人。她热情邀请他第二天晚上与她共进晚餐。此后,两人关系越发亲密。德克斯特开始向她求婚。然而,朱迪的身边总是围绕着十几名追求她的人,而且她的兴趣也不完全放在德克斯特的身上。德克斯特求婚不成,便与另外一个名叫伊琳娜·希拉的女子订了婚。当朱迪又一次表现出对他的热情时,德克斯特便毅然解除了与伊琳娜的婚约,而与朱迪订了婚。伊琳娜在绝望之下,便很快与另一男人结了婚。可是,一个月之后,朱迪又因另有所好再次抛弃了德克斯特。光阴如梭,转眼又过了7年。德克斯特事业通达,已成了纽约商界的要人。一天,他从一个客户那里得知,朱迪已经结婚,并有了孩子,但她的家庭生活并不幸福。此时的朱迪虽然才29岁,却已红颜褪尽,精神委顿,像一朵已经枯萎凋谢的花。

[①] 菲茨杰拉德著,曹合建译,《菲茨杰拉德短篇小说选》,第272页。

德克斯特虽然仍深深爱恋着她,对她过去的薄情寡义也毫无怨恨,但他已经明白,他永远也无法再得到她了,因为朱迪事实上只是一个爱慕虚荣、毫无生活目标的世俗佳人。朱迪并不理解生活的真正意义,也不理解德克斯特对她的一往情深,虽然她曾对德克斯特哭诉过:"我比任何人都长得漂亮,可我为什么就偏偏得不到幸福呢?"①已经获得了事业上巨大成功的德克斯特独自一人呆在自己的办公室里,回味着人生的酸甜苦辣,发现他精心编织、苦苦追求的梦想已经完全破灭,昔日的旖旎婉妙已成了过眼烟云,剩下的惟有幻灭的痛苦和悲哀。"连他本该有的那份凄惘也已留在了那个镜花水月之邦、锦绣年华之地、纷蕴多彩的故乡。在那片土地上,曾经孕育催生了他一个又一个冬天的梦……'很久以前',他说,'很久以前,我曾经有过,可现在却都失去了,永远失去了。我不能放声悲泣,也无法抚爱珍惜。失去的一切再也无法挽回。"②

《冬天的梦》以哀婉的笔调描绘了被金钱和物欲所扭曲了的爱情和婚姻,表现了战后美国年轻的一代对"美国梦想"的幻灭所流露出的失落和悲哀的情绪。小说意味蕴藉,感情丰富,运思机巧,时而激越奔放,时而幽婉缠绵,字里行间渗流着一股凄恻忧伤的涓涓细流,使人不得不紧张地与作者一起感悟和体味着这如梦的人生和纷乱的世界。这篇小说在谋篇布局和艺术表现风格上与长篇小说《了不起的盖茨比》有着密切的联系。菲茨杰拉德在写给麦克斯威尔·帕金斯的信中,曾称这篇小说"是《了不起的盖茨比》创作构想的初稿"。③ 在正式创作《了不起的盖茨比》时,《冬天的梦》中的若干片断和主要思想便被融入了这部长篇小说里,如德克斯特对朱迪的复杂情感以及他对朱迪家的住宅所表现出的

---

① 菲茨杰拉德著,曹合建译,《菲茨杰拉德短篇小说选》,第290页。
② 同上,第295页。
③ Matthew J. Bruccoli, ed. *F. Scott Fitzgerald: A Life in Letters*, p.121.

态度,与盖茨比对黛茜的一往情深以及他对黛茜·布坎南家的别墅所产生的心理反应,可谓是异曲同工、一脉相承的。《冬天的梦》代表着菲茨杰拉德在短篇小说创作上所取得的显著成就。它与菲茨杰拉德的其他名篇佳作一起,构成了菲茨杰拉德在美国20世纪文学史上竖起的一座不朽的丰碑。

中篇小说《阔少爷》(The Rich Boy)在一定程度上可以被看做是《冬天的梦》的一个翻版,但是篇幅更长,内容也更丰富。小说的主题与《了不起的盖茨比》是一致的,也以生动的事例揭示了财富对人的个性发展的扭曲作用,谴责和批判了金钱第一、享乐至上的美国上流社会骄奢淫逸的生活方式和他们灵魂深处空虚、变态的本质。小说是以第一人称来叙述的。一个不具姓名、但身在其中的叙述者"我",通过讲述他的一个名叫安森·亨特的朋友的成长经历,对"非常富有的人"的本质进行了入木三分的剖析。安森·亨特出身豪门,家境显贵,自小就养成了强烈的特权思想和个人优越感,与所有富家子弟都一样:

>   他们与你我不同,从小就拥有财富,享尽了荣华富贵。财富在他们身上留下了深深的烙印,形成了他们的一些特点。在我们强硬、严厉的地方,他们却温文尔雅,在我们深信不疑的地方,他们却玩世不恭。对于这些,如果你我不是生来就很富有,是很难理解的。他们在心底里认为他们比我们强,因为我们得自己去为生活中的不幸寻找躲避和补偿的方法。即使他们深深陷入到我们这个世界里,或是沉沦到我们的地位之下,他们还是认为他们比我们强。他们跟你我不同。[①]

安森·亨特从耶鲁大学毕业以后,在美国海军航空兵服过一

---

① 菲茨杰拉德著,曹合建译,《菲茨杰拉德短篇小说选》,第117~118页。

段时间的兵役。之后,他在纽约一家经纪商行找到了一份工作。他凭着自己的才干和机敏,最后竟成了这家商行的股东。他爱上了一位名叫波拉·莱金德尔的美丽的姑娘。在他们商定了终身的第二天,波拉向他透露了她家也很富有,财产也很巨大的消息。"原以为两人都是穷光蛋,只好在一起过穷日子"的他俩,猛然发现双方家庭都十分富有,俩人心里当然都十分高兴。然而,安森的生性风流和酷爱酗酒却也令波拉深感不快和不安。经过一段时间的相处之后,由于性格不合,他们终于解除了已经定下的婚约。后来,当安森得知波拉已有了男朋友,名叫洛厄尔·泰亚,是个有钱人的子弟时,他又回心转意,找到了波拉,想再次向她求婚。但是,由于自尊心和优越感的作祟,他总以为自己一直在控制着两人关系的主动权,在关键时刻又迟疑不决了。后来,当波拉发来电报,告诉他她已与泰亚订婚,并很快就要在波士顿举行婚礼时,安森痛苦地哭了。失恋的打击使他很快成了一个愤世嫉俗的人,并使他与一个性格开朗、思想解放、名叫多莉·卡洁的漂亮姑娘产生了恋情。然而,他对波拉的一往情深和美好回忆却又使他难以忘怀,使他无法与多莉在一起幸福地生活。他们终于又分手了。多莉很快便与另一个男人结了婚。随着事业的成功,安森越来越忙碌,空闲时间越来越少。但他仍热心为朋友办事,特别擅长为已婚的青年朋友排忧解难。但他这样做只是出于他内心深处的优越感和自尊心。当他得知自己的婶婶埃德娜·亨特与一个名叫卡里·斯隆的年轻人关系暧昧时,便出面干涉,制止了事态的发展。夜深人静、独居一隅时,安森才感到孤独。他渐渐意识到,人生真是如梦。"真正的感情的确是寥若晨星","连波拉也没有深深地爱过他"。[①] 岁月不留人,安森已经是30岁年纪的人了。年轻的朋友们已不再需要他,他也感到越来越寂寞,越来越对生活感到不满。

[①] 菲茨杰拉德著,曹合建译,《菲茨杰拉德短篇小说选》,第143页。

一天,在"广场"饭店,他又遇见了波拉。波拉已与泰亚离婚,又嫁给了一个名叫彼得·哈格蒂的男人,并怀上了第四个孩子。哈格蒂夫妇热情邀请安森来他们消夏的别墅做客。安森来到他们家里,深有感触地体会到了这家人其乐融融的幸福生活。安森公司里老一辈的同事们坚持要他去国外过夏天。就在他动身去巴黎度假的前夕,他听到了波拉死于难产的噩耗。

菲茨杰拉德在这篇小说中刻意塑造的安森·亨特是一个地地道道的伪君子,一个具有两面性格的人。在他身上,稳练刚强与自我放纵并存,柔情伤感与愤世嫉俗同在。在正式场合或有人在场时,他会表现得魅力十足,善解人意,矜持文雅;而在另一方面,他又粗鲁得连起码的礼貌都没有,对任何事情都毫不在乎,对寻欢作乐却津津乐道,满口下流笑话,常常烂醉如泥。现代思想和传统观念在他的头脑中交织、混杂在一起。他灵魂深处的空虚和他那特有的有钱人的优越感,使他指望女人们处处迎合他的自尊心和特权思想。"他必须有人与他相爱,在他面前就像铁屑被磁铁所吸引,帮他剖析自己,对他做出承诺。……世界上总是有那么一些女人,她们会把她们最辉煌、最艳丽、最珍贵的时光,用来哺育和护卫他珍藏在心底的那种优越感。"[1]正如菲茨杰拉德在这篇小说的开头所描述的那样:"如果我听到有人自称为'普通、诚实、开朗的人',我敢肯定,此人一定有些不正常,而且很可能有些变态,同时他还欲将这种变态掩藏起来。他如此断言自己普通、诚实、开朗,只是在时时提醒自己,别忘了把自己的真相隐匿起来。"[2]通过对安森的性格、行为以及心态的刻画,菲茨杰拉德以犀利的笔锋揭破了上流社会温文尔雅的面纱,把他们空虚的本质和腐朽的生活方式暴露无遗地展现在读者的面前。小说戛然而止的零度结尾更增

---

[1] 菲茨杰拉德著,曹合建译,《菲茨杰拉德短篇小说选》,第160页。
[2] 同上,第117页。

添了故事的郁闷气氛,给读者留下了思索的空间。

《阔少爷》的创作完成于法国,在菲茨杰拉德等待《了不起的盖茨比》的出版之际。小说写成之后,菲茨杰拉德将清样寄给了好友路德罗·福勒(Ludlow Fowler,1897—1961),请他提出修改意见。福勒是菲茨杰拉德在普林斯顿大学时的同学,出生于豪门贵族,与菲茨杰拉德关系一直较好,并在他与姗尔达的婚礼上担任过他的男傧相。小说的主人公安森·亨特即以福勒的经历为创作原型。菲茨杰拉德在写给福勒的信中说:"我创作了一篇5万字的描写你的小说,篇名为《阔少爷》。小说写得很含蓄,除了你我以及另外两个与此有牵连的姑娘之外,谁也看不出写的就是你,除非你自己把它说出去。不过,小说大部分内容是以你的人生经历为原型,经过加工、提炼、简化之后写成的。也有不少地方是我凭想象虚构出来的。小说写得直言不讳,措辞严厉,观点鲜明,但也不乏同情之心。我相信,你会喜欢这篇小说的。这是我到目前为止写得最好的一篇短篇小说。"[1]福勒阅后对这篇作品提出了不少中肯的意见。菲茨杰拉德又对此作了大量的修改、润饰,最后才付梓出版。小说家林·拉登纳很欣赏这篇小说,曾竭力建议菲茨杰拉德进一步扩充内容,将其改写为长篇小说,但菲茨杰拉德没有接受这一建议。

菲茨杰拉德在《阔少爷》中对富人的描写、界定,以及关于"富人与你我完全不同"的论述,在当时的文学界曾引起过不小的震动,曾被别的作家广为引用,成为当时的一个时髦话题。不过,也有不少属于断章取义的错误引用,那是因为引用者未能完全领会和把握菲茨杰拉德在这篇小说中所着意表达的主题思想和创作意图。最为明显的例证是,海明威在其短篇名作《乞力马扎罗山上的雪》中,对他的私交好友和文坛对手进行了颇有贬损意味的错

---

[1] Matthew J. Bruccoli, ed. *Correspondence of F. Scott Fitzgerald*, p.152.

误引用。他的这一做法在一定程度上损伤了菲茨杰拉德的个人形象,也损伤了这两位大文豪之间的个人感情。但是,海明威在他晚年所作的《不固定的圣节》一书中,终于还是修正了自己的看法,说:"他写出了一篇很出色的小说《阔少爷》。我相信,他还能写出比这更好的作品。后来的情况也正是如此。"①《阔少爷》自出版以来,几乎一直备受好评,是菲茨杰拉德作品中被各类选集和教科书收录次数最多的短篇小说之一。这一现象已足以证明了这篇作品所具有的思想意义和艺术价值。

《赦罪》(Absolution)描写的是一个名叫鲁道夫·米勒的少年与一个名叫施瓦茨的神父之间,在道德准则、宗教信仰和对美好事物的追求上所发生的激烈冲突。鲁道夫·米勒在一次忏悔仪式中撒了谎,而且十分害怕参加圣餐。他父亲知道后,便强迫他再去教堂做忏悔。第二次忏悔时,他避重就轻,并决定不说出上次撒谎的事来。但他幼小的心灵在强大的宗教力量面前又感到惶恐不安。他去了施瓦茨神父主持的忏悔室,很想一吐为快,放下思想包袱。然而,他又担心自己会罪上加罪,落入亵渎神灵的罪恶深渊。他所做的忏悔使施瓦茨神父大为恼怒,而施瓦茨神父的话语却又使他既感到诚恐诚惶,又感到特别怪诞别扭。可是,在惊恐之余,他又觉得自己内心深处的一些想法被得到了证实:"在这个世界上,还有一些妙不可言的东西,而这些东西是与上帝毫不相干的。"②

《赦罪》与《了不起的盖茨比》之间有着千丝万缕的联系,少年鲁道夫会使人情不自禁地联想到盖茨比的童年生涯。菲茨杰拉德在写给帕金斯的信中,曾把《赦罪》比做是"《了不起的盖茨比》的序言或引子",③并说他"原打算把《赦罪》用作为对盖茨比早年生

---

① Ernest Hemingway, *A Moveable Feast*, p. 183.
② 菲茨杰拉德著,曹合建译,《菲茨杰拉德短篇小说选》,第 178 页。
③ Matthew J. Bruccoli, ed. *F. Scott Fitzgerald: A Life in Letters*, p. 72.

活的描写。但是,为了保持小说的神秘感,后又决定删减了这个部分"。① 根据他的这些陈述以及这两部作品之间的相通之处,我们可以看出,《赦罪》中的少年鲁道夫便是盖茨比的童年杰米·盖茨的形象再现,两人的一个共同之处是,都对未来抱有十分浪漫的幻想。

《赦罪》是菲茨杰拉德写得较为出色的一篇短篇小说。它从一个侧面或从一个新的视角,反映了年轻的一代人对自己的生活准则的信心和对传统习俗的反叛态度。

《拉格丝·马丁·琼斯与威尔士王子》(Rags Martin-Jones and the Pr-nce of W-les)是一则颇有喜剧色彩的幽默故事,在内容和情节上与《近海海盗》非常接近。家境富裕、年轻貌美的拉格丝·马丁-琼斯在欧洲生活了5年之后,又回到了故乡美国。一直在热恋着她的约翰·切斯纳特开着车到码头来迎接她,并向她表白了他对她的一片真情。拉格丝却对约翰说:"我需要的是一位殷勤体贴、有骑士风度的男士","而你却毫无想像力……美国人都缺乏想像力。只有巴黎才是有教养的女士惟一可以自由呼吸的大城市。"②于是,约翰便精心策划了一起扣人心弦的事件,包括向拉格丝介绍了一位使她深信不疑的身份为威尔士王子的男士。在这起事件中,约翰因涉嫌一桩谋杀大案而受到了警方的追捕,拉格丝便设法让这位威尔士王子掩护约翰和她一起以"情侣私奔"的方式逃往加拿大。约翰假戏真做,把整个计划都安排得天衣无缝。直到最后,他才向拉格丝和盘托出了事情的真相。谋杀案是虚构的,威尔士王子是一个开电梯的小伙子。拉格丝因约翰·切斯纳特专门为她精心策划出了"这场让人虚惊一场的表演"③而深为感动,两人遂成情侣。小说以浪漫的文笔描写了现代女性对美好生活的

---

① Matthew J. Bruccoli, ed. *F. Scott Fitzgerald: A Life in Letters*, p.509.
② 菲茨杰拉德著,曹合建译,《菲茨杰拉德短篇小说选》,第51页。
③ 同上,第65页。

大胆而又热烈的追求。菲茨杰拉德曾在写给帕金斯的信中,称这篇小说是"离奇而又精彩的爵士乐时代的浪漫故事"。①

《明智之举》(The Sensible Thing),如同菲茨杰拉德的其他许多作品一样,带有明显的传记性质,描写的是一个感人的爱情故事。乔治·奥凯利毕业于名牌大学麻省理工学院,一直想成为一名出色的工程师。可他后来又放弃了他所喜爱的工程工作,去做了一名保险公司的业务员,目的是为了能够多赚钱,以便与他心爱的南方姑娘琼奎尔·卡里结婚。一天,他收到了琼奎尔写来的信。她在信中表明了她对这场婚事的"不安"。乔治从信中看出了她"不安"的意思:"结婚便意味着终生要在贫困中受煎熬。她虽然有爱,可无法承受这样的前景。"②接信后,他不顾一切地请假去了南方,去探望他心爱的姑娘,却又因此而被公司解雇了。到了南方,见到琼奎尔之后,他没敢说出自己已被解雇的事。在与琼奎尔亲密相处的几天里,他发现琼奎尔的身边还有别有男人在追求她,而琼奎尔也感到,乔治"永远也挣不了足够的钱来娶她为妻",因此,"嫁给他便似乎是一件极不明智的事"。③ 两人终于吵翻,并解除了已定下的婚约。乔治一气之下登上了远去的火车。一年多以后,乔治以工程师的身份在秘鲁的一项大工程中取得了显著的业绩,赚了很多钱,并极有希望能在纽约也取得很大成功,前景很辉煌。他又满怀信心地来到琼奎尔的家乡。在城里订下了最高级的宾馆,收拾打扮好自己后,他再次来到了琼奎尔的家中,向她诉说了他的成功和对她的思念,想重新赢回这位美人的芳心。琼奎尔答应了他的求婚,但是她也明白,"15个月前的那个年轻人所拥有的那份热情和信任已一去不复返了。然而,这又是一个理智的结

---

① Matthew J. Bruccoli, ed. *F. Scott Fitzgerald: A Life in Letters*, p.121.
② 菲茨杰拉德著,曹合建译,《菲茨杰拉德短篇小说选》,第69页。
③ 同上,第74页。

局。他们做了一件十分明智的事情。他用自己的豆蔻年华换来了力量和信心,从绝望中赢得了成功。可时光却将他的青春和鲜活的爱情一齐带走了。"①乔治也意识到,"即使他不停地苦苦追求,也无法再追回 4 月里的那些白白逝去的时光。"然而,他与盖茨比截然不同。他坦然接受了严峻的现实,为自己终于赢回了琼奎尔的芳心而感到了一种满足。"过去的就让它过去吧。……世界上有各种各样的爱,但决不会有两次一模一样的爱。"②

菲茨杰拉德曾对帕金斯说:"《明智之举》描写的是姗尔达和我的切身经历。一切都是真实的。"③小说以哀婉的笔调如泣如诉地描绘了这对文学夫妇的爱情与婚姻,真实记录了作者对自己的奇特婚姻的反思。它为我们解读菲茨杰拉德的生平和作品提供了一定的线索。

在《所有悲伤的年轻人》这部短篇小说集中,菲茨杰拉德以一个职业文学家成熟的思想和娴熟的写作技艺,如实记录了那个特定历史时期中年轻的一代人的苦闷、失望和焦躁不安的心态,真实再现了美国经济"繁荣时期"所出现的混乱无序的社会生活风貌,深刻揭露和批判了金钱和财富对爱情和幸福以及人的个性发展所产生的腐蚀、扭曲作用。通过这些脍炙人口的名篇佳作,我们可以看到,作者的思想已更加深沉,风格已更加凝重,对社会、对人生的观察和思考已更趋稳练、透彻。这些作品所传达的内容已超越了时空界限,为后来的读者去了解历史、感悟现实、体味人生,提供了极有价值的资料。这也是这部小说集的篇名和其中的许多精彩片断以及它的极有艺术性的语句常被后人所引用的原因所在。

---

① 菲茨杰拉德著,曹合建译,《菲茨杰拉德短篇小说选》,第 81 页。
② 同上,第 83 页。
③ Matthew J. Bruccoli, ed. *F. Scott Fitzgerald: A Life in Letters*, p. 113.

五、《清晨起床号》

《清晨起床号》(*Taps at Reveille*)是菲茨杰拉德的最后一部也是容量最大的一部短篇小说集,由斯克里布纳出版公司出版于1935年3月,同年6月又再版。这部小说集的思想性、文学性和艺术价值都很高,自出版以来,一直受到文学评论界几乎众口一词的高度评价,被公认是菲茨杰拉德4部短篇小说集中最为出色的一部,代表着他在短篇小说创作上所取得的最高成就。

《清晨起床号》由上、下两编组成。上编为《巴兹尔系列小说》(Basil Duk Lee Stories)。包括了5个短篇故事:《绯闻侦探》(The Scandal Detectives)、《最有活力的少年》(The Freshest Boy)、《自命不凡》(He Thinks He's Wonderful)、《如影随形》、《完美的人生》。下编题名《约瑟芬系列小说及其他》(Josephine Stories and Others),共汇集了13篇短篇小说:《第一滴血》(First Blood)、《幽雅之地》(A Nice and Quiet Place)、《有过风流史的女人》(A Woman With a Past)、《疯狂的星期天》、《错上加错》(Two Wrongs)、《羌斯洛斯维尔之夜》(The Night of Chancellorsvilles)、《最后一位芭蕾舞演员》、《陛下》(Majesty)、《风雨飘摇的家庭》(Family in the Wind)、《回故乡》(A Short Trip Home)、《实习医生》(One Interne)、《恶人芬德》(The Fiend)、《重访巴比伦》。在这些作品中,菲茨杰拉德以他对社会的深入观察、对人生的透彻理解为基础,以完美的艺术形式和洗练、凝重的语言,准确、传神地刻画了不同社会阶层的人物性格特征,生动、形象地描绘了这些人物丰富的思想感情和他们异乎寻常的人生经历,将那个特定时期里的理想与现实、光明与黑暗、善与恶、美与丑之间的激烈冲突和较量栩栩如生地再现在读者眼前。与此同时，他也将自己的阅历、感悟、体会和思考毫无保留地溶化、贯穿在了这些作品之中，从而使这些作品不仅具有了时代的可感性，而且具有了超越时空界限的永恒的生命力，使人能从中回味过去，参悟人生，面向未来。

《绯闻侦探》(The Scandal Detectives)描写一个纯洁少年对周围世界的看法以及他自己的情感变化。少年巴兹尔·杜克·李是一所预科学校的学生，他与另一少年瑞普里·巴克纳共同掌握着一本"绯闻录"。这本"绯闻录"记载着镇子上许多人所犯下的种种不道德的行为。两个少年就像侦探一样，监视、观察着周围人的言论和行踪，把他们了解到的丑闻和绯闻都记录在这本小册子里。这些人的不法行为和桃色事件，令这两个少年大为吃惊。后来，巴兹尔自己也爱上了一个名叫伊莫金·比塞尔的姑娘。为了取悦伊莫金，巴兹尔把自己所佩戴的标志着他所在学校的指环作为礼物送给了她。两人关系也由此而亲密起来，常在一起秘密幽会。可是好景不长。当伊莫金看到巴兹尔与另一个名叫玛格丽特·托伦斯的姑娘也常在一起调笑时，一气之下便抛弃了巴兹尔，跟一个名叫休伯特·布莱尔的小伙子好上了。巴兹尔非常恼火，便约了瑞普里和另一个名叫比尔·康普菲的少年朋友，要对休伯特实施报复行动。他们准备化妆自己，偷袭休伯特，先把他捆起来，揍一顿，然后把他塞进他自家的垃圾筒里。然而在行动之前，巴兹尔又改变了主意，从密谋好的计划中退了出来，因为他发现休伯特毕竟有他的可爱之处。这场风波使巴兹尔感到了他在"道德上的孤立无助"，也使他感到有必要重新审视自己立下的要做一名"有教养的盗贼"的雄心。

这篇小说揭露了充满暴力和色情的现实社会对青少年的成长所产生的负面影响，同时也表现了年轻的一代人对美好未来的憧憬和希望。菲茨杰拉德在小说的字里行间向社会发出了要建立新的健康的道德体系的呼吁。

《最有活力的少年》(The Freshest Boy)描写巴兹尔在学校读书期间备受同学奚落、却又想努力改变处境而出人头地的情感经历。巴兹尔·杜克·李在圣·里格斯预科学校读一年级期间极不受人欢迎,同学们给他起了个绰号,叫"母牛"。这使他异常苦闷。后来,他在纽约一家剧院看戏时,无意中听到了足球明星泰德·费伊与当红女影星杰瑞之间的一场极不愉快的谈话,这才深有感触地领悟到,生活原来是如此的艰难,即使是那些大红大紫的人,也难免会有许多的不快。他本想逃离痛苦的学校环境,摆脱同学们对他的嘲笑,去欧洲寻求精神上的寄托。如今,他已明白了生活中的许多道理,树立了战胜困难的信心。于是,他毅然放弃了欧洲之行,决心去奋力追求他的理想,"一步一个脚印地去征服预科学校、大学、纽约等各个领域"。[①] 回到学校后,由于他出色的表现,有些同学开始逐渐对他友好起来。不久,他就改变了自己在同学们中的形象,建立了自己的威望,赢得了另一个别号"亲爱的李"。在这篇小说中,菲茨杰拉德以一个成熟作家的眼光,居高临下、不动声色地描写了年轻的一代人对生活的理解和对理想的浪漫追求。

《自命不凡》(He Thinks He's Wonderful)描写巴兹尔在取得了一点成绩之后的沾沾自喜和自我陶醉,以及他对未来的浪漫构想。巴兹尔在圣·里格斯预科学校的第一年里毫不起眼。暑假里,他怏怏不乐地回到了家中。可是,他的女友玛格丽特·托伦斯却到处张扬说,巴兹尔是一个很有才气的棒小伙子。经她这样一宣传,巴兹尔便突然名声大振起来。在一次聚会中,所有的女孩子们都向他大献殷勤,称他为白马王子。巴兹尔信以为真,开始飘飘

[①] F. Scott Fitzgerald, *Taps at Reveille*, New York: Charles Scribner's Sons, 1935, p. 50.

然了。当消息传开,说他到处吹嘘,自命不凡,目中已无他人时,人们便开始对他不理不睬,态度冷淡起来。在朋友比尔·康普菲家中做客时,巴兹尔认识了一个名叫敏妮·毕布尔的漂亮姑娘。两人一见钟情,很快便发展到拥抱、接吻的程度,并商量了今后如何幽会的计划。巴兹尔在敏妮的父亲面前夸夸其谈,自吹自擂,引起了敏妮的父亲对他的不信任,使他失去了与敏妮一家外出旅行的大好机会。巴兹尔从祖父那儿借来了一辆电动小轿车,提出要带伊莫金·比塞尔一起外出兜风。他以为自己真正爱着的还是伊莫金,因为她是他早年的初恋情人。小说以一个平常人的心态描写了少年巴兹尔虽有远大志向、却不被别人所理解的苦恼,以及他立志要凭着自己的才华崭露头角的坚强决心。

《巴兹尔系列小说》描写的是这位少年从14岁在东部圣·里格斯预科学校的学习、生活,到他17岁在耶鲁大学上一年级这一时期的成长经历和所见所闻。在这些小说中,巴兹尔的形象被刻画得栩栩如生,代表着在新的环境里成长起来的美国年轻的一代人的形象。他富于想像力,感情丰富,思想浪漫,有强烈的进取精神,对未来充满信心。他梦想能成为"一名了不起的运动健将,出人头地,超凡脱俗,永远过快乐的生活"。[1] 在整个系列小说中,他一直都在为功名利禄、为爱情和幸福而奋力拼搏着,直到他逐渐成熟起来,真正懂得了生活和奋斗的意义。最后,他终于放弃了对美丽但不利于他进步的敏妮·毕布尔的浪漫追求,全身心地投入了新的生活。小说记录的实际上是菲茨杰拉德本人的成长轨迹。小说中的诸多情节都是菲茨杰拉德亲身体验过的各类事件。小说中的巴兹尔·杜克·李就是菲茨杰拉德本人少年时代的真实写照。这位成熟的文学家以饱经沧桑的眼光和凝练含蓄的文笔,追忆了他的似水年华,再现了他少年时代的金色的梦想,把一个真实的世

---

[1] F. Scott Fitzgerald, *Taps at Reveille*, p.53.

界袒露在了世人的面前。这些系列小说中的《自命不凡》、《如影随形》、《完美的人生》等佳作,后来都由好莱坞的 MGM 影业公司改编成了音乐剧,并由当年的一些著名影星担任主演,在美国公众中曾引起过不小的反响。这些作品不仅使人们进一步了解了这位大作家的过去,也使人们对那个特定时代的生活气息和社会风貌产生了怀旧的情绪,同时也激发了人们对现实的反思和对未来的遐想。这些作品有力地补充和诠释了菲茨杰拉德的那些长篇大作。

《有过风流史的女人》(A Woman With a Past)是《约瑟芬系列小说》中的一篇,描写一位具有强烈独立意识的现代女性对浪漫爱情的大胆追求和她遭受的挫折。约瑟芬·佩雷是一位容貌美丽、思想解放的现代女性。她与男友里奇伟·桑德斯一起参加了耶鲁大学每年一度的大学生狂欢舞会。可是在舞会上,她又爱上了另一位风流倜傥、名叫巴德莱·诺列顿的青年,而巴德莱又正热恋着他的女友艾德尔·克劳。约瑟芬虽然举止大方,观念新潮,但随着人格的不断成熟,她已开始收敛了许多,变得庄重娴雅了。可是,她在学校里却反而受到了不公正的对待。有人捏造事实,说她常在宿舍的窗口与外面的小伙子们调情卖俏,并将此事报告了校方。她因此而受到了留校察看的处分。校长布莱莉顿小姐的外甥欧内斯特·沃特布雷是一个为人古板、反应迟钝的人。在一次舞会上,约瑟芬因不留神脚下一滑,竟跌进了此人的怀抱里。这一情景又恰好被校长亲眼看到。布莱莉顿小姐十分恼火,扬言要开除她的学籍。约瑟芬的父亲佩雷先生只好将女儿转入了另一所学校。后来,当约瑟芬与家人同去疗养胜地"热泉"旅游时,又与巴德莱不期而遇。可是巴德莱却告诉她说,他已与艾德尔有了婚约,并说艾德尔一直是他心中的偶像,是他最理想的恋人。约瑟芬深为失望,没能赢得她真正喜欢的这个男人的爱情。这是她恋爱史上遭到的第一次失败。在此之前,没有哪个男子会不心甘情愿地听任她的摆布。

《约瑟芬系列小说》共由5个短篇故事组成:《第一滴血》、《幽雅之地》、《有过风流史的女人》、《势利的故事》(A Snobbish Story)以及《感情崩溃》(Emotional Bankruptcy),其中的前3篇被收入了这本短篇小说集里。在这个系列故事中,菲茨杰拉德着意塑造的约瑟芬是一个年轻貌美、举止大方、追求个性解放的现代女性。她无意标榜自己,却又自然而然地成了"一代人的先行者",成了反叛旧传统、旧道德的新一代女性的典型代表。然而在现实社会里,她又是注定要遭到人们反对和拒绝的。她的名声总是受到一些思想守旧或别有用心的人的有意诽谤和中伤,因为她"只关心自己的爱和被爱,只关心眼下在与谁恋爱,而不在乎别人会怎么说"。[1] 小说描写了她16岁至18岁这段花样年华期间的恋爱经历。在此期间,她有过好几次恋爱,除了与巴德莱·诺列顿的恋爱是一场失败之外,她一直都牢牢掌握着恋爱的主动权,而她身边的那些追求者们则都处于服从她、受她支配的地位。等到她遇上了真正合适、令她满意的男人时,她已经成了明日黄花,青春的鲜活和恋爱的神秘感与激情都已荡然无存了。菲茨杰拉德在这些系列小说中既颂扬了现代女性强烈的反叛精神和她们对理想爱情的浪漫渴求,又以沉重、凄婉的笔调描写了她们理想遭到幻灭、爱情难以实现的惆怅和悲哀。她们的遭遇折射和浓缩了整整一代人的相同的命运,反映了传统的文化形态和社会习俗在向现代模式过渡、转型时期的诸多特征。她们既代表着时代的潮流,又是时代的殉道者。

《约瑟芬系列小说》取材于菲茨杰拉德的刻骨铭心的初恋经历。约瑟芬的形象是以菲茨杰拉德的初恋情人吉妮芙娜·金为原型创作而成的。吉妮芙娜在看了这些小说之后,曾发表评论说:

---

[1] F. Scott Fitzgerald, *Taps at Reveille*, p.156.

"那时候,我太没有思想深度,太不替别人着想,只知道为了爱而去爱,并沉湎于其中,不计后果。那些往事都被他(菲茨杰拉德)十分突出、甚至着意渲染地写进了《约瑟芬系列小说》中了。不过,我惟一能聊以自慰的是,我只与其中的有些事情有关。"①《约瑟芬系列小说》于 1955 年 10 月被美国剧作家莎利·本森(Sally Benson,1890—1972)改编成了剧本《年轻而又漂亮的人》(*The Young and Beautiful*),并在纽约的一些剧场公开上演,反响较为热烈。

《疯狂的星期天》(Crazy Sunday)是一篇以菲茨杰拉德的亲身经历为素材,以好莱坞影城为背景,描写一位青年剧作家在影业圈中的奇特经历和影业圈中的荒唐生活的短篇小说。剧作家乔尔·科尔 28 岁时来到了好莱坞,受雇于一家电影厂从事电影分镜头剧本的写作。他应邀参加了由著名电影导演迈尔斯·卡尔曼在自己家中举办的有社会各界名流参加的星期天茶会。这使他感到非常荣幸,因为这意味着是对他的肯定和赞扬。他决心在茶会上尽量不端酒杯,并借此机会好好表现一下自己。在这次茶会上,卡尔曼的妻子斯苔拉·卡尔曼对这位颇有才气的青年剧作家产生了好感,并对他格外殷勤。这使乔尔深感受宠若惊,也使他增强了对未来的信心。喝了两杯鸡尾酒之后,乔尔忽然心血来潮,想表演一出幽默的滑稽小品为茶会助兴,以博得斯苔拉的开心一笑。可是,他的拙劣表演引来的却是人们对他的嘲笑和厌恶的指责。一位名影星竟当面向他发出了轻蔑的"呸!"声。"表演一结束,他就发觉,他当着电影界那些要人的面把自己当成了笑柄,而他的事业却又是依靠这些人照顾的。"②这使他感到十分痛苦。这是一个十分"疯狂的星期天"。在第二个星期天的聚会上,斯苔拉向乔尔透露

---

① Arthur Mirener, *The Far Side of Paradise*, p. 327.
② 菲茨杰拉德著,巫宁坤等译,《菲茨杰拉德小说选》,第 378~379 页。

了丈夫迈尔斯与她的好友艾娃·戈贝尔之间的婚外恋情,向她倾诉了自己满腹的苦恼。舞会结束后,乔尔陪同卡尔曼夫妇一同回家。一路上,卡尔曼夫妇和他探讨了婚姻所带来的种种烦恼和不幸。乔尔突然意识到自己已爱上了斯苔拉,这使他感到很慌乱,便赶忙起身告辞了。这"又是一个疯狂的星期天"。当迈尔斯为了摆脱家庭的烦扰而去另一个城市观看足球比赛时,期苔拉便邀请了乔尔陪伴并护送她去参加一个晚宴和一场在剧院举行的舞会。舞会结束后,期苔拉又把乔尔请到了家中,向他诉说了她对迈尔斯的怀疑。她认为迈尔斯根本就没有去看足球赛。他以前在外地发给她的几份电报也全是假的。他其实就在城里与别的女人幽会,同时也在严密监视着她的行踪。就在斯苔拉刚情不自禁吻了乔尔之际,电话铃突然响了,传来了一个骇人听闻的消息:"飞机坠毁在堪萨斯城境内,迈尔斯·卡尔曼的尸体已被验明……"[1]斯苔拉简直不敢相信迈尔斯的死讯。她请求乔尔留下来陪陪她。乔尔打电话请来了医生照顾她,然后就离开了她的家。临走前,他答应了斯苔拉,他一定会回来的。他也知道,他会再回来的。

《疯狂的星期天》是菲茨杰拉德较为优秀的短篇小说之一。小说揭露了好莱坞影业圈内上流人物浮华、荒淫的生活方式,反映了在现实社会中婚姻、家庭和幸福观在现代意识的冲击下所发生的裂变,描写了年轻的一代人在物欲横流的世界里为了追求理想、博取功名所付出的辛酸的努力。小说的主题与菲茨杰拉德一贯的创作思想是一致的,表现了美好的愿望与残酷的现实之间的激烈冲突,揭示了人性在恶劣的生存环境中所发生的扭曲、变态,以及理想难以实现的痛苦和迷惘。由于小说中的主要人物和事件均取材于现实生活中的真人真事,由于担心读者会对好莱坞某些大腕人物产生对号入座式的联想,小说写成之后遭到了好几家发行量

---

[1] 菲茨杰拉德著,巫宁坤等译,《菲茨杰拉德小说选》,第393页。

极大的刊物的拒绝。10个月之后,才得以在《美国信使》(*The American Mercury*)杂志上首次发表,3年之后才被收入了这本小说集中。即便如此,这篇小说还是引起了文学界的关注,被称作是一篇较有思想深度和现实意义的短篇佳作之一。

《错上加错》(Two Wrongs)是一篇描写婚姻与家庭生活中的各种矛盾的自传式短篇小说。百老汇的电影制片人比尔·麦克切斯尼热情邀请美丽迷人的舞蹈演员艾米·平卡德在一出戏中担任了一个不太重要的配角。演出结束后,两人突然宣布结婚了。麦克切斯尼在纽约连续执导了两出以失败而告终的戏剧,又在酒后与他的一位挚友大吵了一场。之后他便带着妻子离开了纽约,来到了英国首都伦敦。在伦敦,他获得了成功,事业一帆风顺,并常与达官显贵们频频交往。在此期间,他与贵夫人西比尔·康布林克关系甚密。但时隔不久,西比尔便对他失去了兴趣,两人关系又渐渐冷淡下来。麦克切斯尼很有些窝火。在西比尔举办的一次舞会上,他借题发挥,搅得众人都不欢而散,他因此而被西比尔的丈夫打出了门外。就在他在外瞎胡闹的时候,艾米却独自一人来到了医院,他们的第二个孩子因难产而夭折了。艾米恢复健康之后,又重新燃起了想重返舞台的热望,并开始刻苦练习芭蕾舞,定期去听舞蹈课。当她学有所成,即将登台演出时,麦克切斯尼却突然被诊断出患了严重肺结核病,并被院方要求回到美国去治疗。艾米主动提出留在丈夫的身边照料他,但她内心却渴望能留在纽约,以便能施展她的艺术才华。麦克切斯尼表面上支持艾米留在纽约,内心里却希望妻子能陪伴他一起去西部养病。经过一番思想斗争之后,艾米终于还是留在了纽约。她认为这样做是天经地义的,因为在伦敦生活期间,他也曾这样对待过她,让她饱尝了伤心、痛苦的滋味。

《错上加错》反映了菲茨杰拉德对自己的个人生活中的一些问题的深刻反思,比如,他的过度酗酒,姗尔达未能如愿以偿地想成为一名职业舞蹈演员的梦想,等等。在这篇小说中,他通过对艾米热衷于学芭蕾舞的那种强烈心情的细腻描绘,饱含深情地表达了他对姗尔达热爱芭蕾舞的心情的理解:"在她看来,似乎只有舞蹈才能真正体现出女人对音乐的喜爱和理解。人除了强健有力的手指之外,还有四肢和身体,可以用来艺术地传达出柴可夫斯基①和斯特拉文斯基②的音乐的主题。人的脚可以伴着肖邦③的音乐节奏踏出雄壮的韵律,就像《林》④这篇文章所表达的高亢的声音一样。"⑤《错上加错》从另一个侧面为我们了解这位大作家的生平和思想提供了较有价值的资料。

《回故乡》(A Short Trip Home)是一篇情节荒诞,但思想深刻的短篇故事。它以超现实的表现手法,描写了一位花季少女被恶鬼缠身的可怕经历以及现实社会的险恶。艾伦·贝克尔是一位如花似玉的妙龄少女。她没有接受男友乔·杰尔科邀请她去参加科提兰俱乐部舞会的幽会,却鬼使神差地去秘密会见了一个神秘莫测、居心险恶的男人。此人便是贩卖书报的商人乔·瓦兰德。当

---

① 柴可夫斯基(Peter Ilyich Tschaikorvsky,1840—1893):俄国作曲家,曾任教于莫斯科音乐学院。主要作品有《第六悲怆交响曲》、芭蕾舞剧《天鹅湖》、《睡美人》,以及歌剧《叶甫盖尼·奥尼金》、《黑桃皇后》等。
② 斯特拉文斯基(Igor Fedorovich Stravinsky,1882—1971):俄裔美籍作曲家,早期代表作有舞剧《春之祭》、《火鸟》等。中期转向新古典主义,作品有《圣诗交响曲》等,后期多采用序列音乐手法,作品有歌剧《浪子的历程》等。
③ 肖邦(Frederic Francois Chopin,1810—1849):波兰作曲家、钢琴家,1831 年后定居法国,作品具有浪漫主义的本质和古典主义的特点,表现本人及其祖国的悲剧性经历。
④ 《林》为菲茨杰拉德本人撰写的悼念美国小说家林·拉登纳的文章,发表在《新共和》杂志上。在这篇纪念文章中,菲茨杰德回忆了他与这位作家之间的深厚友谊,表达了他对拉登纳壮志未酬便英年早逝的痛惜。此文后被收录在他的《崩溃》文集里。
⑤ F. Scott Fitzgerald, *Taps at Reveille*, p.242.

杰尔科得知此事后出面干涉时,瓦兰德便用戴着铜指节的拳头狠狠揍了他一顿。正在耶鲁大学读二年级的艾迪·史汀生对艾伦颇为关心,问她是在什么地方认识此人的。艾伦说,她是在火车上结识此人的,并警告艾迪不要多管闲事。第二天,艾迪在一家游戏厅门外遇到了此人,但是还没来得及说话,此人就突然消失得无影无踪了。而且,大家都说谁也没见过这个神出鬼没的人。艾伦的母亲告诉艾迪说,艾伦要在当天晚上返回学校的途中顺便去芝加哥拜访她的几个朋友,艾迪因此便消除了对她的担心和疑虑。可是没隔多久,他又忽然想起,那几位朋友此时并不在芝加哥,而是去佛罗里达过圣诞节了,便又对艾伦放心不下了。他跟随艾伦来到芝加哥,并竭力劝阻艾伦不要与此人来往。在与艾伦的谈话中,艾迪注意到,每当他们谈到此人时,艾伦的脸上便会流露出一种怪异的表情,行为举止也变得很不正常。他敏感地察觉到,她一定是恶魔附身、鬼迷心窍了。在他离开艾伦的车厢时,他又在车厢门口遇到了此人。此人警告他不要多管闲事,赶快离开这列火车。艾迪终于发现此人是一个幽灵,要靠摄人魂魄才能获得元气,恢复人形,否则就会马上垮下去。此人由于未能及时补充到元气,终于萎蔫下去,彻底消亡了。艾迪看到,熟睡中的艾伦又恢复了她本来的可爱模样。3个月之后,艾迪又来到那家游戏厅,想详细了解一下有关此人的情况。经过一番调查取证,他终于弄清,此人名叫乔·瓦兰德,去年冬天就已死亡。但他灵魂不散,专靠残害乘火车单身旅行的妙龄少女来摄取财钱,害人非浅。

在这篇作品中,菲茨杰拉德借用了这个老调重弹的鬼怪故事,谴责和鞭笞了现实世界中那些居心叵测的人为了榨取钱财而对纯情少女进行诱骗和残害的恶劣行径,同时也昭示了天真烂漫的少女们由于年轻无知,缺乏辨识能力,容易在追求新潮、寻找刺激的生活中迷失方向、受骗上当的危险倾向。她们敢于冒险、标新立异的精神无疑是值得赞颂的,但她们缺乏经验,看不透世事的险恶,容易落入别人的圈套,却还自以为是,这一点又是十分可悲的,应当引起高度的警惕。菲茨杰拉德在小说发表之后曾说:"《回故乡》是我迄今为止所写出的第一篇真正的鬼怪故事。"① 小说中的幽灵乔·瓦兰德和其中的一些情节后来又被他写进了长篇小说《夜色温柔》之中。美国小说家詹姆斯·瑟伯在其发表的评《最后一位君子》的文章中,曾热情赞扬了《回故乡》这篇小说的思想意义和艺术特色,并指出:"无论你持何种态度,《回故乡》这篇小说都会使你有一种沉痛的切肤之感。"②

《恶人芬德》(The Fiend)描写一个人为复仇而千方百计地要从精神和肉体两方面去折磨仇人,使其惶惶不可终日,却又使自己从属于仇人、离不开仇人的复杂的情感经历。克兰肖·恩格尔斯的妻子和儿子都被恶人芬德杀害了。他悲愤难当,处心积虑地到处寻找芬德,要向他复仇。他起先想亲手杀死仇人,但未能成功。后来又想通过正常的法律渠道来判他死刑,但也未能遂愿。于是,他便想方设法从心理上来折磨仇人,以此达到复仇的目的。他找到了芬德,绘声绘色地向他描述了作恶多端的人在地狱里所受到的各种煎熬和惩罚,并发誓要送他进地狱,以此来恐吓他,让他经受精神上的痛苦。此后,他又借来了大量恐怖的和消磨人的意志、使人灰心丧气的书籍,强迫芬德去阅读。之后,他又改变了策略,先是欺骗芬德,说他还有获释的希望,后又威胁他,说他马上就要上断头台了,最后又扬言,说要设法亲手杀死他。总之,他是在想尽一切方法、变换各种花样来折磨芬德。30年过去了,恩格尔斯一直就这样生活着,复仇和折磨仇人已成了他惟一的生活目的。由于担心芬德会比他活得更长,达不到他消仇解恨的目的,恩格尔

---

① Matthew J. Bruccoli, ed. *As Ever, Scott Fitz* —, Philadelphia & New York: Lippincott, 1972, p. 102.
② Jackson R. Bryer, ed. *F. Scott Fitzgerald: The Critical Reception*, p. 382.

斯便决定亲自动手去行刺他。但他不想让芬德一枪毙命,而要让他在痛苦中慢慢地死去。他从走私者手中买来了一支手枪,并把枪偷偷带进了关押芬德的监狱。当他走进芬德的牢房时,却发现此人脸色苍白,痛苦得腰都直不起来。恩格尔斯立即请来了医生对他进行抢救。由于是阑尾突然破裂,病情十分严重,经抢救无效,芬德终于还是死了。恩格尔斯对芬德的猝然死去既感到十分痛惜,又感到非常失望,因为在长期的复仇生涯中,芬德已成了他生命中不可缺少的组成部分,已与他形成了一种难以割舍的特殊关系。芬德既是他复仇的对象,又是他生活的目标和感情的依托。他与别人谈起"恶人芬德"时,竟动情地称他是"我惟一的朋友"。芬德的猝然死亡使他一下子失去了生活中所追求的目标,使他感到了一种前所未有的孤独。

在这篇小说中,菲茨杰拉德以细腻、生动的文笔描写了人在特殊的生存环境中所形成的十分复杂的心态和情感,表现了人的欲念、良知、道德准则、人际关系等,在复仇心理的驱使下所发生的种种错位和变化。小说出人意表的结尾更是给人留下了值得回味和思索的空间。

《风雨飘摇的家庭》(Family in the Wind)描写一个嗜酒如命,后来改弦更张的医生与其心术不正的兄弟和道德败坏的侄儿之间的矛盾冲突,颂扬了他嫉恶如仇、恪守医德和传统美德的高尚品格。弗里斯特·简奈是一位医术高明的外科医生。由于嗜酒贪杯,他主动放弃了医疗职业,回到了位于阿拉巴马州的家乡小镇上,靠经营一家小药铺来维持生计。他看不惯哥哥吉尼·简奈和嫂子罗比的一些势利行为,更不喜欢侄儿平基·简奈的放荡不羁和傲慢无礼,两家因此来往不多。平基·简奈因与人打斗头部被子弹击中,生命危在旦夕。吉尼便赶到弟弟弗里斯特家中,求他给儿子施行手术。弗里斯特答应可以为平基做出诊断,但拒绝为他做手术,因为他十分厌恶平基对待玛丽·戴克的态度。原来玛丽正是弗里斯特一直暗中恋爱着的一位姑娘,她经不住平基的花言巧语和百般勾引,竟和平基好上了。平基玩腻了她之后,又无情地抛弃了她,使她终于在贫困中活活饿死了。弗里斯特离开吉尼家之后,一颗炸弹飞来,炸毁了这座小镇。当弗里斯特被请到一家医院帮助抢救爆炸中的受害者时,平基也恰巧被送进了这家医院。出于人道主义和职业道德,弗里斯特终于答应为他做手术。同一天里,这座小镇又再次遭到了炸弹的袭击,伤者无数。在这一形势下,弗里斯特决定离开家乡,去城里的医院重操旧业,履行一个医生救死扶伤的职责。他还打算收养一个名叫海伦·基尔兰的小姑娘,这是一个在一场风暴中失去了双亲的孤儿。

这篇小说描写了南方小镇的落后和贫困,以及饱受战乱之苦的平民百姓的凄惨生活,表现了菲茨杰拉德对下层穷苦人民的同情、关爱之心。小说中的弗里斯特医生是一位富有正义感和同情心、具有良好的职业道德、恪守传统美德、品格高尚的人。他不愿因自己的酗酒贪杯而影响工作,毅然辞去了他所喜爱并擅长的医疗事业。他痛恨兄弟和侄儿的种种不道德的行为举止,但又不计前嫌出手救了侄儿的性命。他改掉了自己爱喝酒的毛病之后,为了挽救更多无辜者的生命,他又回到了他所钟爱的医疗事业,并决定收养贫苦人家的孤儿,承担一个有良心的人的社会职责。这些举动均显示了他高尚的人格和做人的准则。他的身上闪现着菲茨杰拉德本人的思想和品格。小说的字里行间渗流着一股淡淡的忧伤情调,反映了菲茨杰拉德对自己的人生经历的回顾与反思,表现了他对坚守传统的道德标准、履行崇高的社会职责的愿望。

《清晨起床号》所收录的短篇小说大都发表在 30 年代初期,即美国"经济大萧条"时期。在这一时期之前,美国文艺创作主要是从道德、习俗、心理、趣味,以及如何在艺术表现形式上有所创新和突破等方面入手的,在思想内容上对美国社会的剖析和批评很少会涉及到政治、经济和社会制度等深层、尖锐的问题。随着经济危机的爆发和经济大萧条的到来,美国社会发生了深刻的变化,文艺的气候已与以往大不相同。文艺创作不再是为了追求"纯艺术的艺术",为了表现自我,或为了消遣,而是向现行的社会制度发出了质疑和挑战,从政治、经济和社会历史的角度提出了问题。对擅长于描写"爵士乐时代"里的"迷惘的一代人"的思想、情感和行为方式的菲茨杰拉德而言,这种新的形势和时代的变迁,对他的文学思想和创作活动也无疑提出了新的挑战。《清晨起床号》便是他迎接挑战、以新的姿态和新的角度来反映社会生活、表现自己思想的成功例证。他以一个成熟作家的具有前瞻性的眼光和严峻的道德标准剖析、评判着时代的变迁和社会历史的演进,深刻地回顾和反思了他所亲身体验到的社会生活和文化形态上所发生的剧烈变动,并以较为完美的艺术形式和凝重、洗练的文笔将这一切都翔实、生动地写进了这些作品中。《清晨起床号》中的《最后一位芭蕾舞演员》、《重访巴比伦》等作品,即深刻、有力地反映了他在这一时期的思想和情感,代表着他在小说创作上的重大成就。在经济极不景气的当年,这两篇短篇力作和其他一些作品曾在文艺界和读者群中引起过很大的轰动,被誉为菲茨杰拉德写得最精湛的作品,并被改编成了电影和戏剧,在欧、美各地上演,反响甚好。《最后一位芭蕾舞演员》和《重访巴比伦》也是菲茨杰拉德众多的短篇小说中被收入各类选集次数最多的作品之一。

菲茨杰拉德在这部小说集的篇名的确定上,曾颇费了一番脑筋,拟定了十多个篇名,经反复斟酌后,才终于定下了现在这个书名——*Taps at Reveille*,但他仍担心这个书名的英文发音会使读者感到不便或为难,因为 Reveille 一词来自于法文,是军队里的一个专门用语,指"起床号",或"清晨出操号"。麦克斯威尔·帕金斯曾鼓励他说,这个书名选得很好,恰如其分地表达了书中的内容和时代的特征,建议他不必再作变动。小说集出版前夕,菲茨杰拉德

为此书撰写了一篇简短的序言,但在正式出版时却又被他取消了。这篇序言内容如下:

> 在这部短篇小说集中的最后一篇作品尚未完成之际,它们所代表的那个世界就已经一去不复返了。因此,评论家们也许会将这个书名与这部小说集的命运牵强附会地联系在一起。然而,汇集在这里的这些短篇小说却是作者从五十多篇作品中经过精心甄别、筛选之后,才最终确定汇集成册的。它们对作者当时的创作具有重要的意义。这些作品均力图以极为精确的文笔刻画出人物的性格特征,反映出人的真实感情,描写出人的异乎寻常的新奇经历。就短篇小说的篇幅和容量而言,能够做到这些已非常不易。作者已为此付出了艰巨的努力。①

《清晨起床号》出版之后,立即引起了美国文学界的高度关注和赞誉,不少评论家都撰文肯定了这本小说集的思想内容和艺术特色。在1935年6月召开的"美国文学协会"大会上,这部小说集被首推为获奖作品。美国文学评论家约翰·张伯伦曾在《纽约时报》发表评论,驳斥了以往那些认为菲茨杰拉德的素材都是些陈词滥调的庸俗之见,抨击了一些人对菲茨杰拉德的横加指责。他认为,菲茨杰拉德所塑造的那些人物丝毫也不比威廉·福克纳、马赛尔·普鲁斯特、②古斯塔夫·福楼拜、辛克莱·刘易斯等作家所塑造的人物逊色或更渺小。他强调指出:"菲茨杰拉德先生十

---

① Matthew J. Bruccoli, *Some Sort of Epic Grandeur*, p.464.
② 马赛尔·普鲁斯特(Marcel Proust, 1871~1922),法国小说家,其创作强调生活的真实和人物的内心世界,以长篇小说《追忆似水年华》(7卷)而名闻世界。

分了解在战争中成长起来的这一代人。在这一点上,谁也比不上他。"①

《清晨起床号》是一位杰出的艺术家为已经逝去的10年和新的时代的开始所吹响的号角。它发人警醒,催人奋进,使人在不断反省过去的同时,也在窥测未来,努力创造更为美好的明天。它与菲茨杰拉德的其他名篇佳作一起,构筑了美国现代文学史上一道明丽的风景线,令后人不得不驻足观光,去感悟历史、现实和人生的百味。

美国文学史家威廉·查瓦特在其专著《美国的作家职业》一书中曾指出:

> 职业创作的定义如下:为作家提供谋生的手段,如同任何其他类型的工作一样;为作家从事创作提供主要的、长期的、而不是间歇的或零散的素材来源;写出的作品要能够在公开的市场好销,如同生产厂家所制造出的任何一种商品一样;创作要能符合读者的口味和阅读习惯。职业作家所面临的问题与文学艺术家所面临的问题不尽相同。但是,如果一个文学艺术家同时也是一个职业作家,他就不可能在解决一个问题的时候而全然不顾另一方面的问题。②

弗洛伊德也曾说,作家是为了名誉、金钱和漂亮女人的爱才从事创作的。长期以来,人们对菲茨杰拉德的形象似乎已形成了一

---

① Jackson R. Bryer, ed. *F. Scott Fitzgerald: The Critical Reception*, p. 341.
② William Charvat, *The Profession of Authorship in America*, 1800~1870, Columbus: Ohio State University Press, 1968, p. 3.

种定论,即:金钱与财富既是他小说中的主题,也是他个人生活中的主要内容;他有着极高的文学天赋和创作激情,但也在追名逐利、挥金如土的生活中大肆浪费着他的才华;他既写出了遒劲有力的经典之作,也粗制滥造了一些只为赚钱而不顾质量、不负责任的低劣的小说。这些现象使他的一生蒙上了一层神秘的传奇般的色彩,使他成了20世纪文学史上最有争议的作家之一。然而,如果我们深入地考察了他的一生经历,认真研究了他创作出的众多的长、短篇作品,我们就会发现,在这位大作家的20年的文学生涯中,他既是一位职业作家,又是一位杰出的文学艺术家,两者并没有分割开来。他所写出的每一部作品都与他的实际生活经历密切相关。作为一位职业作家,他必须靠写作求生存。但作为一位严肃的文学艺术家,他又不能牺牲自己的创作原则和艺术风格而去完全迎合畅销杂志和时尚的需要。这就是菲茨杰拉德的两难处境。事实上,菲茨杰拉德一直是以十分严谨的态度从事创作的,"就像奴隶一样,对每句话、每个词都进行艰苦、细致的推敲"。正因为如此,他笔下的人物才显得那样神形毕肖,跃然纸上,他的作品才那样独具魅力,令人百读不厌,他为各家刊物所写出的那些短篇小说,才那样具有很强的竞争力,被众多读者奉为"圣贤之作"。

菲茨杰拉德的短篇小说与长篇小说之间有着十分密切、甚至是连理共生般的联系,因为这些短篇小说或实验或预演了他的长篇小说所涉及的题材内容和主题思想。这些题材和思想经预演成功之后又被更加复杂、更为深刻地展现在了他的长篇小说之中,如《冬天的梦》、《明智之举》、《赦罪》、《一颗像里茨饭店那么大的钻石》等短篇小说,都与《了不起的盖茨比》的创作密切相关;而《清晨起床号》中的若干故事则与《夜色温柔》的创作联系紧密。他在报刊杂志上发表的众多短篇小说,与他一贯的创作思想和艺术风格也是完全一致的。他的短篇小说虽然有时候有些自我放纵,小说的情节有些夸张、渲染,词语和文句有时显得稍嫌华丽,但却大都写得结构严谨,笔意超逸,且富有哲理,在艺术表现手法、语气、节奏、抒发情怀的方法等方面,与他的长篇小说是一脉相承的。菲茨杰拉德自己有时流露出的对他的短篇小说颇不满意的原因,是因为短篇小说的创作浪费了他宝贵的写长篇小说的时间,消耗了他的文学天赋和感情资本。他曾对他的作品经纪人奥伯说:"我对所有的短篇小说都是像写长篇小说一样进行构思的。短篇小说的创作也需要有特殊的感情和特别的体验,这样,我的读者们每读到我的一篇新作,就会有一种新的体会和新的感受,不是形式上的新,而是内容上的新。"[①]由此可见,他对短篇小说的创作也是一丝不苟、刻意求工的。

从菲茨杰拉德的短篇小说中,包括那些未被收入小说集的作品,我们可以领略到他的机智、幽默、热情,以及他优美的艺术风格和他对社会、对人生的敏锐的洞察能力。此外,从这些短篇小说中,我们也能窥见这位大文学家的身影、个性、思想和他的文学生涯。这些小说不仅记录了他那个时代的变迁,也再现了他作为一位杰出的文学艺术家在文学的市场上所走过的道路。今天,当我们站在历史发展的角度来看待他的短篇小说创作时,我们也不得不由衷地赞叹:菲茨杰拉德不仅是一位杰出的长篇小说家,也是一位优秀的短篇小说家。

[①] Matthew J. Bruccoli, ed. *F. Scott Fitzgerald: A Life in Letters*, p. 284.

第六章 "菲茨杰拉德复兴"

一、概述

在文学界和具有较高审美意识的严肃的读者群中,菲茨杰拉德一直被认为是"爵士乐时代"的桂冠诗人、"流亡海外者文艺集团"里的严肃作家们的杰出代表。然而,严肃的读者和严肃的刊物都不可能不受到严峻的政治气候和经济形势的严重影响。在20世纪30年代后期和40年代初期,由于人们政治观点和社会见解的改变以及经济大萧条的影响,文艺创作的主流已转向了更为激烈的对社会制度的抨击和对经济危机的关注。菲茨杰拉德的作品已不再如以往那样备受人们的欢迎。他的长篇小说《夜色温柔》和一些短篇小说尽管主题严肃、风格优雅,在新的政治、经济形势下,已不能完全满足公众的一般阅读口味,作品的背景和取材也不能完全被一些自诩为修养高雅的人所接受。人们对他的评价已经几乎是毁誉参半了,甚至还有人认为他已是江郎才尽,写不出什么像样的东西了。他的名声也因此而急剧下降,到了几乎被人们忘却的地步。

1940年底,菲茨杰拉德的猝然去世,既使人们大为震惊,也使人们深感痛惜地意识到,近十年来,这位杰出的小说家似乎是被大家不公正地忽视或遗忘了。文学界的众多知名作家和评论家大都认为确有必要对他的作品、生平和艺术成就重新进行分析和评价,以确立他在美国现代文学史上的地位。在40年代期间,美国文学界出现了一大批悼念和评价菲茨杰拉德的文章。然而,由于受当时的政治气候和第二次世界大战的影响,以及30年代末期一些已成定论的观点的束缚,这些文章大都为表达悼念之情的纪念性文章或总述性的评论,涉及作品深层次分析的文章从数量上来说并不多。在这些文章或评论中,人们仍将菲茨杰拉德称做是"喧腾的20年代"的代言人和杰出代表,他的作品则是歌颂"爵士乐时代"的社会风貌和生活气息的编年史,然而却忽视了对他的作品的题材、思想意义和艺术特色的分析。直到40年代后期,随着二战的结束和冷战时代的开始,才有不少作家开始以真正严肃的态度重新审视他的作品所包含的深刻的社会历史意义和他那极具魅力的如散文诗般优美的文体艺术。到了50年代初期,马尔科姆·考利、艾德蒙·威尔逊、艾尔弗列德·卡桑等一大批美国著名文学批评家相继出版和发表了一系列高度评价菲茨杰拉德的生平、作品和艺术成就的专著和评论。美国文学评论家兼传记作家亚瑟·密兹纳(Arthur Mizener, 1907~1988)在潜心研究了大量关于菲茨杰拉德的生平和作品的第一手资料后,于1951年出版了他的具有开创意义的历史上的第一部菲茨杰拉德评传《远在天堂边》(*The Far Side of Paradise*)。菲茨杰拉德的许多生前好友也都开始从各自不同的角度或撰文评价他的作品、或著书讨论他的文学生涯和创作活动,将这位遭冷落达10多年的大作家的声誉推举到了前所未有的高度,使"菲茨杰拉德复兴"成为一种文学热潮在美国大地蓬勃展开了。这一热潮在文学界和读者群中持续了长达20年之久,其声势之浩大已远远超过了人们对其他任何作家的研究,其影响之深远已完全出乎人们的意料之外。从那以后到现在,人们对菲茨杰拉德的兴趣似乎一直未减,各类研究成果也层出不

第六章 "菲茨杰拉德复兴"

穷。"菲茨杰拉德研究"如今已成了美国的一些高等院校和研究机构的重要课程和课题。菲茨杰拉德的一些作品也被引入了大、中院校的教材中,并深得一代又一代人的喜爱。

从历史学的角度说,人们常把美国的发展史看做是西方现代文明发展史的典范,而从文学史的角度说,人们常把菲茨杰拉德的作品视为全面展示了美国发展史中的一个特殊阶段的社会、文化形态诸多特征的重要的史学著作。这也许是"菲茨杰拉德复兴"得以如此深入人心的原因之一。评论家们认为,人们对菲茨杰拉德的作品的理解需要有相关的对其文化背景的真正了解,如同人们对莎士比亚的剧作《哈姆雷特》的理解也同样需要具有特殊的历史知识一样,否则,人们对发生在那个中世纪丹麦古城堡中的许多事件和生活场面就无法去领略和欣赏。对历史的深刻理解和正确把握无疑是文学创作和理解文学作品的重要前提,同时也是文学作品得以永恒和崇高的必要条件,因为文学向来就是生活和时代的审美反映。菲茨杰拉德正是因为对他所处的那个特殊历史阶段有着极为敏锐的观察和深入细致的了解,并将他的亲身体验和理解融化在了他的作品中,这才使他的作品具有了一种持久的生命力,使读者能够真正从中体味到历史的演革和时代的风貌,能够从中参悟人生,面向未来。

1953年,斯克里布纳出版公司又再次出版了菲茨杰拉德的《了不起的盖茨比》和《夜色温柔》这两部杰作以及其他一些短篇小说精品,将"菲茨杰拉德复兴"推向了一个新的高潮。这两部长篇小说均由马尔科姆·考利教授重新整理、编辑,《最后一位君子》也由艾德蒙·威尔逊再度润饰、编纂。3部大作汇成一卷,向世界隆重推出,更引起了学术界的震动。《夜色温柔》自1934年出版以后,受到的几乎一直是读书界的冷落,被认为是结构上有漏洞、体系上有混乱、缺少《了不起的盖茨比》的光彩、艺术上也不及《了不起的盖茨比》那样精湛的一部不够完善的长篇小说。然而在大半个世纪已过去的今天,这部小说却受到了极高的也是公允的评价,被公认为是一部涉及人类历史、爱情、心理分析、权势与道德的永恒联系和永恒较量、人的局限性,以及人在现实社会里所受到的各种诱惑等多主题的小说,是菲茨杰拉德的最优秀的一部作品。小说中所展现的世界便是整个现实世界的缩影。小说的结构体系也被人们认为是具有高度的前瞻性,具有后现代派的风格和意识流表现手法,仿佛是一部创作于20世纪90年代的后现代派作品,以至于在今天仍能给人以十分新鲜的感觉。

自50年代以来,有关菲茨杰拉德的各类传记或评传也层出不穷。亚瑟·密兹纳的评传开辟了菲茨杰拉德传记研究的先河,为人们研究这位大作家的生平和作品,以及他的创作思想和艺术风格,提供了丰富的史料和新的研究方法。他的这部传记是第一部也是迄今为止最具权威性、写得最生动的关于菲茨杰拉德的传记之一。在他之后,欧、美两地和世界其他国家的研究者们又相继出版了研究角度和评判方法不尽相同的各类传记作品。其中较出色的是美国传记作家杰弗里·梅亚斯(Jeffrey Meyers)撰写的《菲茨杰拉德传》(*Scott Fitzgerald: A Biograph*, 2000)和布鲁柯利教授(Matthew J. Bruccoli, b. 1931)撰写的《史诗般壮丽的一生》(*Some Sort of Epic Grandeur*, 1981)。这些传记作品将菲茨杰拉德研究又推向了一个更深的层次。

美国影都好莱坞曾是菲茨杰拉德魂牵梦绕的地方。他在世期间已有多部作品被好莱坞各家影业公司拍成了电影。他去世之后,随着影视业的发展和影视文化的越来越普及,他的作品又有多部被相继搬上了银幕和舞台,受到了世界各国的瞩目和好评。菲茨杰拉德是作品被搬上银幕篇数和次数最多的作家之一,在这一点上几乎没有几个作家能与他相比。这也从另一个方面证明了他的作品所具有的社会历史分量和艺术魅力。

"菲茨杰拉德复兴"是美国现代文学史上极为罕见的大事

之一。

二、"菲茨杰拉德复兴"的产生及其影响

1940年12月21日,风华正茂、年仅44岁的文坛巨擘弗朗西斯·司各特·菲茨杰拉德因心脏病突然发作,在美国影都好莱坞猝然去世了。在此之前,有着悠久的历史、以出版经典文学作品而闻名于世的美国权威出版机构查尔斯·斯克里布纳出版公司已经出版了菲茨杰拉德的4部长篇小说和5部短篇小说集。即便如此,由于种种原因,菲茨杰拉德自己在去世前的几年里也已清楚地意识到,他的文学声誉和他作品的销路已如日薄西山,一落千丈了。

他去世之后,文学评论家、斯克里布纳出版公司的资深编辑麦克斯威尔·帕金斯力排众议,主张将他的未竟之作《最后一位君子的爱》加以整理、出版。但他又担心,在当时的形势下,读者很可能不会对以单行本形式出版的这部未写完的作品产生浓厚兴趣。于是,他决定将名作《了不起的盖茨比》和他精心选出的菲茨杰拉德的若干短篇小说,连同这部以好莱坞影城为题材的长篇小说汇集成册,一同出版,并请出了著名文学评论家、作者在普林斯顿大学求学期间的同窗好友艾德蒙·威尔逊来担任这部选集的主编。1941年,这部小说集以《最后一位君子》为名,由斯克里布纳出版公司正式出版。与此同时,威尔逊在其主持的《新共和》杂志1941年2月号和3月号上连续组稿、发表了一系列纪念文章,来悼念这位才华横溢却又不幸英年早逝的天才小说家。撰写这批文章的作者都是熟知菲茨杰拉德、并对他的作品有过高度评价的知名作家和文学评论家,诸如:约翰·多斯·帕索斯、约翰·P·毕

萧浦、约翰·奥哈拉、格兰威·威斯科特、巴德·舒尔伯格等。《最后一位君子》的出版和这些名作家对菲茨杰拉德的一生及其作品所作出的高度评价,为后来掀起的"菲茨杰拉德复兴"揭开了序幕,并产生了至关重要的影响。此后,又有许多名作家和批评家相继在各家报刊杂志发表了悼念菲茨杰拉德或评价他作品的文章。人们对菲茨杰拉德的看法开始有了明显的好转。

从1945年起到随后的这20年里,菲茨杰拉德的文学声誉开始逐渐得到恢复。他的知名度不断上升。他的作品开始变得十分畅销,被反复再版。他在美国文坛上的地位之高已远远超出了他在世时的期望。在这一时期,人们之所以会重新焕发出对这位小说家的如此高涨的热情,原因主要有两个方面:其一是,菲茨杰拉德从年轻时代起就在美国文坛异常活跃。他勤于笔耕,广交朋友,结识了一大批在当时的文艺界颇有影响的名流雅士,并发表了一系列脍炙人口、深受好评的优秀作品。他在美国的文学领域里已经享有了较高的声誉。然而,他后来却令人不可思议地无声无息地从文学界和花花世界里退隐得几乎无影无踪了。人们对这位极具文学天赋、曾经叱咤文坛,后来又身处逆境、不幸英年早逝的大作家充满了爱戴、怀念和崇敬之情。喜爱他的作品的读者和他生前结交的文艺圈内的朋友更是热切地要恢复他往日的名声,重新树立他在美国文坛上的形象。其二是,菲茨杰拉德曾以他对现实生活的切身感受为素材,通过他对美国社会的深刻理解和透彻分析,以他独特的艺术风格和凄婉的笔调,如实记述了战后美国年轻一代的信念、心态和生活方式,真实生动地再现了20世纪二三十年代美国的社会风貌、生活气息和诸多的时代特征。生活在20世纪五六十年代的人们已经历过两次世界大战硝烟炮火的洗礼,经历过经济大萧条时期的凄苦生活,开始对美国的社会形态、价值观念、道德准则和以往的生活方式进行深沉的反思,对20年代的生活气息产生了强烈的怀旧情结,对两次世界大战给人类带来的巨

第六章 "菲茨杰拉德复兴"

大灾难怀有一种民族负疚感。人们发现,菲茨杰拉德的作品是那么亲切、深刻而富有远见,能够最大限度地满足他们的怀旧情绪,帮他们找回失落的感觉,在他们心中产生了强烈的共鸣。于是,人们通过阅读菲茨杰拉德的那些已超越了时空界限并被赋予了新的涵义的名篇佳作,来回味过去,解读现在,体味人生的欢乐与悲哀。正是这两个方面的原因,构成了菲茨杰拉德的知名度的复归和对他的研究热的兴起。除了这两种说无形却有形的影响之外,美国出版界、文学界、影视界对"菲茨杰拉德复兴"的掀起也起到了促进和推动作用,产生了深远的影响。

早期出现的"菲茨杰拉德复兴"可以1945年和1951年为标志,分成两个阶段。

1945年,在菲茨杰拉德逝世5年之后,艾德蒙·威尔逊整理、出版了他的自传体文集《崩溃》(*The Crack-Up*)。这是作者自己撰写的一系列自我剖析、自我反省的文章。在这些文章中,菲茨杰拉德深刻而又痛苦地分析和概述了他自己在文学创作的道路上所走过的历程。他说:"我过去以为,只要你真有才华,命运就在你的掌握之中。如今我已意识到,我原来一直是在极度地从身体和精神两个方面抵押自己,预支自己。"[①]他的思想已从早年的踌躇满志跌落到了几近崩溃的边缘。这些文章中的一部分在30年代中、后期曾在一些刊物上公开发表过。《崩溃》一书还收入了菲茨杰拉德的《读书札记》(*The Note-Books*),过去从未公开发表过的部分书信,以及一些著名文学家撰写的悼念他的文章和对他的作品的评论。其中就有葛特鲁德·斯泰茵、托马斯·S·艾略特、托马斯·沃尔夫、伊迪丝·华顿、约翰·多斯·帕索斯等名家对他的评价。这部文集从不同的层面揭示了许多鲜为人知的史实资料,阐释了菲茨杰拉德创作思想的形成和发展,他对完美艺术的执著

[①] F. Scott Fitzgerald, *The Crack Up*, p.72.

追求,他对小说创作的严肃态度,以及他的幽默与睿智,因而具有较高的文学价值和可信度,为后人了解这位作家并深入研究他的作品提供了全新的视角和广阔的空间。《崩溃》一书的出版可谓"一石激起千重浪",对"菲茨杰拉德文学声誉的复兴"起到了积极的导向和推进作用。

同年,美国著名女作家兼文学评论家、菲茨杰拉德的生前好友多萝茜·帕克又选编、出版了一部《菲茨杰拉德选集》(The Portable F. Scott Fitzgerald, 1945),并请作者的生前好友、著名小说家约翰·奥哈拉为该书作了序。奥哈拉在这篇序言中高度评价了菲茨杰拉德:"他是我们这个时代最杰出的长篇小说家,是我们最杰出的中篇小说家之一,也是我们最优秀的短篇小说家之一。"[1]这部选集收编了菲茨杰拉德的《了不起的盖茨比》、《夜色温柔》,以及9篇短篇小说。此时,出于对这位才情出众的作家的爱戴和崇敬,菲茨杰拉德的众多文友们或撰文评述、或集会讨论,重新肯定了他的文学地位和艺术成就,将他的声誉推向了前所未有的高度。奥哈拉曾写信给美国大作家、诺贝尔文学奖得主约翰·斯坦贝克(John Steinbeck,1902~1968),说:"菲茨杰拉德决不只是一个平凡的作家,即使把我们这些人加在一起也比不上他,仅从他清新流畅的文风和他那丰富的词语中就能看出这一点来。"[2]此后,于1945年至1946年期间出版的《了不起的盖茨比》、《一颗像里茨饭店那么大的钻石及其他故事》等作品的军队版本(Armed Services Editions),印刷了多达十五万余册,并免费送给了战时的美军各部队的将士。这就使得菲茨杰拉德的读者群达到了空前的广泛和

---

[1] Dorothy Parker, ed. *The Portable F. Scott Fitzgerald*, New York: Viking, 1945, p. xiv.

[2] Matthew J. Bruccoli, ed. *Selected Letters of John O'Hara*, New York: Random House, 1978, p. 224.

第六章 "菲茨杰拉德复兴"

庞大。

20世纪40年代末期,由于读者对菲茨杰拉德的呼声较高,他的作品的市场需求量较大,已有多家出版机构乐于出版菲茨杰拉德的各类小说。其中较具影响的是,美国矮脚鸡图书出版公司于1945年率先推出的十大精装本畅销书。在排行榜上,《了不起的盖茨比》被列在了第八位。在这一阶段,美国的广播、电影、电视业也对菲茨杰拉德文学声誉的不断提高起到了推波助澜的作用。1949年,《了不起的盖茨比》被派拉蒙影业公司拍摄成电影,片中主角盖茨比由当时的著名影星阿兰·拉德(Alan Ladd,1913~1964)担任。影片上映后,菲茨杰拉德的作品在书市上更加火爆。矮脚鸡公司图书出版公司又再版了《了不起的盖茨比》,并加上了护封,还将影星阿兰·拉德的肖像加印在该书的封面上。

"菲茨杰拉德复兴"的第二个阶段出现于20世纪50年代初。在这一阶段,出版界依然十分关注对菲茨杰拉德的作品的出版,但评论界对他的研究已转入了一个较高的层次。1950年,菲茨杰拉德的女儿司各蒂·菲茨杰拉德将父亲的全部文稿和书信捐赠给了父亲生前曾就读过的普林斯顿大学的图书馆。这批弥足珍贵的资料引起了学术界对这位作家浓厚的研究兴趣。一批又一批专家、学者潜心于其间,并相继发表了一系列观点新颖、别开生面的研究专论,以严谨缜密的态度对这位卓尔不群的作家的生平和他的作品重新进行了评价。其中最值得一提的是,美国著名学者亚瑟·密兹纳对菲茨杰拉德研究所做出的具有开创性意义的贡献。他在通览了菲茨杰拉德的作品和其手稿之后,率先写出了第一部菲茨杰拉德传记《远在天堂边》。此后,他又编辑、出版了另一部专著《作家的黄昏时代》(*Afternoon of an Author*,1957)和一本《菲茨杰拉德评论集》(*F. Scott Fitzgerald: A Collection of Critical Essays*,1963)。在《远在天堂边》这部传记中,密兹纳打破了旧的框框,改变了评论界过去对菲茨杰拉德所做出的有失公允的评价,将他描写成一位才华出众、品格高尚的严肃的文学家。他还提出了应将这位作家所处的特定历史时期、他的生平轨迹和他的众多作品有机地结合起来,加以综合分析和评判的方法。这一提法为后来的许多研究者拓展了一条新的思路。尽管由于历史条件所限,《远在天堂边》还存在着一些诸如史料不够翔实、深度稍嫌不足等缺憾,但这部传记的确开创了菲茨杰拉德研究的先河,对菲茨杰拉德文学声誉的恢复和后来的"菲茨杰拉德研究热"起到了奠基铺路的作用。

1951年还发生了一件令人注目的大事:美国著名文学评论家兼作家、美国凡金出版社文学顾问马尔科姆·考利教授应斯克里布纳出版公司的邀请,又重新编辑、出版了一部精装本《菲茨杰拉德短篇小说选》(*The Stories of F. Scott Fitzgerald*, 1951),且发行量相当大。在同一年,考利又亲自对《夜色温柔》的原手稿进行了仔细的甄别、整理,将这部小说的章节完全按照其情节的铺设和年代的顺序重新加以编排,并冠以"经作者本人修改、润色后的最终定稿版本"付梓出版了。考利认为,经过这样的重新编排,这部小说会更具可读性,更有价值。此外,考利还发表了一些极有见地的评价菲茨杰拉德的创作思想和艺术风格的文章。这些都对"菲茨杰拉德复兴"的掀起产生了重要的影响。

在50年代,菲茨杰拉德不仅受到了像艾蒙德·威尔逊和马尔科姆·考利这样的大文学评论家的高度重视,一批知名作家还以菲茨杰拉德的个人生活和文学生涯为原型,创作出了一系列耐人寻味的长、短篇小说。如美国著名影视文学作家、派拉蒙影业公司的制片人、菲茨杰拉德的生前好友巴德·舒尔伯格于1950年推出的长篇小说《摆脱幻想》(*The Disenchanted*, 1950),就是以菲茨杰拉德在好莱坞的一段生活经历为原型写成的。评论界认为,这部作品从某种意义上说,可以被看做是菲茨杰拉德的一部传记。《摆脱幻想》的问世,进一步提高了人们对菲茨杰拉德谜一般的生活和创作的浓厚兴趣。在此之后,英国的出版界和文学界也加入了菲茨杰拉德研究的行列。英国企鹅出版社也将《了不起的盖茨比》列入了十大精装本畅销书之列,在欧洲引起了广泛的关注。菲茨杰拉德的各类小说也不断被改编成电影和电视剧公开上映,或在电台连续广播,产生了轰动式的效应。

兴起于四五十年代的"菲茨杰拉德复兴",不仅使菲茨杰拉德的文学声誉和地位得到了恢复和确立,而且还促进了世界范围内的对他的生平和作品的广泛关注和深入研究。随着五六十年代"新批评运动"的开展和此后不断涌现的各种文学流派对文艺创作和文学批评的推动,菲茨杰拉德的知名度也在不断上升,他的读者和研究者的群体也在不断扩大。在他去世之后60年来,他的小说、诗歌、散文、戏剧等作品被一版再版,被翻译成多种文字,被收入各种文学选集,被编进各类教材,走进了各国大、中院校的课堂。有关他的传记、评论、评点文章更是层出不穷,仅学术专著就多达60余部。这一现象在世界文学史上也并不多见。菲茨杰拉德倘若有灵在天,也会对此感到欣慰不已的。

三、菲茨杰拉德传记概述

菲茨杰拉德曾在其《读书札记》中这样写道:"从没有人能够为一位优秀的小说家写出过一部优秀的传记。这是绝无可能的。因为,如果一位小说家真的很优秀,那他一定是很多人的总和。"[①]菲茨杰拉德的确是许多人的总和。他的生平和他的作品与他所处的那个特定社会环境是紧密相连、密不可分的。他是他所处的那

---

① Matthew J. Bruccoli, ed. *The Note-books of F. Scott Fitzgerald*, #1037.

个特定时代里的名至实归的典型代表。对他的作品的研究也就是对他的生平和他周围的那些人的研究。

美国著名学者亚瑟·密兹纳是菲茨杰拉德的第一位传记作者。他的《远在天堂边》不仅为这位天才小说家恢复了往日的声誉,而且还另辟蹊径,为研究这位大作家的生平和他的作品提供了丰富的史料和可供借鉴的方法。密兹纳认为,就其个人所受的教育程度而言,就其所处时代的社会压力和其个人生活中的种种悲剧因素而言,菲茨杰拉德并没有像他同时代的其他许多作家那样,沉沦到仅为赚取稿酬而胡乱炮制作品的地步。他一直是以严肃的态度和对完美艺术执著追求的精神来从事文学创作的,并为此一次又一次地奋力拼搏着,直到他生命的终结。他创造了文学史上的奇迹。密兹纳对他的评价是:"他的身上虽然有着一些明显的错误和缺陷,但是从某种方面来看,他的一生是英雄的一生。"①

菲茨杰拉德去世之后,他生前的一些同窗好友、文艺界熟知他或与他共过事的朋友和熟人,都以回忆录或传记的形式描写过与他的交往或对他的了解,为"菲茨杰拉德研究"增添了更多、更广泛的史实资料。加拿大著名作家莫利·卡拉汉在其回忆录《那年夏天在巴黎》中,以感人的笔调描写了他20年代流亡巴黎期间与菲茨杰拉德和海明威的一段情谊,并讲述了发生在他们身上的一些鲜为人知的故事。美国大作家、诺贝尔文学奖获得者欧纳斯特·海明威与菲茨杰拉德的关系可谓非同寻常。尽管他十分自负,目中无人,但他对菲茨杰拉德的才华却也不得不由衷地称赞,而且能虚心听取他对自己的批评意见。在他的描写20年代巴黎生活经历的自传体文集《不固定的圣节》一书中,海明威不惜笔墨,用长达45页的篇幅记述了他与菲茨杰拉德相

---

① 转引自菲茨杰拉德著,巫宁坤等译,《菲茨杰拉德小说选》,第8页。

识、相交的过程,并数次称赞他"是一位出色的小说家","是我们这个时代最优秀的作家之一"。尽管这部回忆录中有许多贬低、甚至损害菲茨杰拉德个人形象的失实之处,但海明威对他的钦佩、赞赏之情依然闪烁在全文的字里行间。对海明威这样自恃高人一等、对别人尤其苛刻的成名作家来说,能够这样评价菲茨杰拉德就已经很不容易了。

在各类回忆录中,最引起人们兴趣的是菲茨杰拉德后来在好莱坞与之相识并相爱的英国女职业影评人希拉·格雷厄姆所作的3部回忆录。在《珍贵的婚外情》(*Beloved Infidel*, 1958)一书中,希拉真实地记录了她在好莱坞与菲茨杰拉德的一段感人肺腑的爱情生活。她也是作者在《最后一位君子》这部小说中的女主人公凯瑟琳的创作原型。在《惟一的大学》(*College of One*, 1967)里,希拉深情地回忆了菲茨杰拉德曾给予她的帮助和教诲。由于她没有接受过正规的高等教育,菲茨杰拉德便帮助她制订了自修计划,选定了自学书目,并耐心开导她,使她终于取得了喜人的进展。她的第三部回忆录《35年之后的菲茨杰拉德的真实形象》(*The Real F. Scott Fitzgerald Thirty-Five Years Later*, 1976),主要是针对当时评论界的一些人对菲茨杰拉德在好莱坞的生活经历所作的错误评价而写的,目的是为了澄清一些史实,纠正一些不公正的看法。因为菲茨杰拉德已被描绘成了一个消沉、颓废、酗酒成瘾的失败者。其实,菲茨杰拉德在临终前的几年里与希拉的一段爱情是真挚而纯洁的。他们一直分开居住,希拉也从未勉强他与罹患严重精神病而不得不长期住院治疗的结发妻子姗尔达离婚。直至他因心脏病发作而停止写作,才不得不终于搬入希拉的寓所,并于1940年12月21日在希拉的床榻上病逝。

继亚瑟·密兹纳出版了第一部菲茨杰拉德传记《远在天堂边》之后,欧美各地又涌现了许多从各个不同的侧面来研究菲茨杰拉德的专论和传记。法国作家安德烈·勒瓦特(Andre Le Vot)

撰著的《菲茨杰拉德传》(*F. Scott Fitzgerald*, 1979),用欧洲人的眼光和分析方法全面评述了这位杰出的美国作家,尤其详尽地记述了他在欧洲的一段生活经历和创作背景。美国作家亚伦·拉汉姆(Aaron Latham)的《疯狂的星期天》(*Crazy Sundays*, 1971),着重描写了菲茨杰拉德在去世前的几年里在好莱坞的文学活动和社交生活。司各特·唐纳德森(Scott Donaldson)的《爱情误区》(*Fool for Love*, 1983),详细记录了菲茨杰拉德与身边几位女性的爱情纠葛,反映了他渴望得到她们的理解和爱慕的复杂心情,分析了这些因素对他的文学创作所产生的影响。詹姆斯·麦洛(James R. Mellow)的《虚构的生活》(*Invented Lives*, 1984),则着重分析了菲茨杰拉德与姗尔达的婚姻生活以及他们在婚姻生活中所各自扮演的多种不同角色,将这对文学夫妇的曲折、离奇的婚姻状况及其对他们的创作生涯所带来的影响表现得淋漓尽致、栩栩如生。杰弗里·梅亚斯撰写的《菲茨杰拉德传》是目前最新的菲茨杰拉德的传记。在这本书中,梅亚斯没有像在此之前的其他传记作者们那样,严格按照菲茨杰拉德的生卒年代顺序来罗列和编排有关的历史资料和作者的文学活动,而是采用文学批评的方法,较为客观地分析和阐述了菲茨杰拉德在各个不同时期的创作活动和他的作品的接受状况,将菲茨杰拉德的传记研究提高到了一个新的层次。因此,这部传记也可视为一部较有学术价值的评传。

在众多的菲茨杰拉德的传记作者当中,研究最深入、成果最卓著、因而影响面也最广的是美国南卡罗莱那大学的著名文学教授马休·J·布鲁柯利。他撰著的《史诗般壮丽的一生》是目前公认的最具权威的菲茨杰拉德的传记。布鲁柯利教授取得了菲茨杰拉德的女儿司各蒂的支持与合作,收集了大量、翔实的文献和第一手资料。通过对这些文献资料和对菲茨杰拉德的遗稿及往来书信进行艰苦细致的归类、对比和分析研究,他终于真实地再现了菲茨杰拉德的原本形象,澄清了人们对这位大作家的朦胧认识。布鲁柯利认为,菲茨杰拉德是一位有着极高的文学天赋和独特的艺术风格的职业作家,是他所处的那个特定历史时代造就出来的一位英雄。他的作品具有划时代的意义,对当代美国文学的发展产生了不容忽视的影响。布鲁柯利教授还著有:《菲茨杰拉德著作提要》(*F. Scott Fitzgerald: A Descriptive Bibliography*, 1972)、《论〈夜色温柔〉的艺术构造》(*The Composition of "Tender is the Night"*, 1963)、《最后的小说家——论菲茨杰拉德与〈最后一位君子〉》(*The Last of Novelists: F. Scott Fitzgerald and "The Last Tycoon"*, 1977)、《解读〈了不起的盖茨比〉》(*Apparatus for Fitzgerald's "The Great Gatsby"*, 1974)、《菲茨杰拉德与海明威——一场危险的友谊》(*Fitzgerald and Hemingway: A Dangerous Friendship*, 1994)等十余部专著。此外,他还编辑、出版了近三十五卷菲茨杰拉德的作品,如《菲茨杰拉德手稿十八卷》(*F. Scott Fitzgerald Manuscripts*, 1990~1991)、《菲茨杰拉德论创作》(*F. Scott Fitzgerald on Authorship*, 1996)、《菲茨杰拉德书信集》(*F. Scott Fitzgerald: A Life in Letters*, 1994)、《菲茨杰拉德读书札记》(*Note-Books of Fitzgerald*, 1978)、《代价太高》(*The Price Was High*, 1979)、《菲茨杰拉德诗选1911~1940, 1981》(*Fitzgerald's Poems 1911~1940, 1981*)、《菲茨杰拉德短篇小说集》(*The Short Stories of F. Scott Fitzgerald*, 1991)等。另外,他还担任了《菲茨杰拉德通讯》(*Fitzgerald Newsletters*)和《菲茨杰拉德——海明威研究年鉴》(*Fitzgerald / Hemingway Annual*)等专业刊物的主编。布鲁柯利教授在菲茨杰拉德研究方面所做出的卓越成就,以及他在世界各地的巡回讲学受到了世界文学界的广泛注目,也使得菲茨杰拉德在20世纪文学史上的地位得到了巩固和加强。

其实,菲茨杰拉德本人就是一位非凡的自传作者。他已用自己的作品为他谜一般的生平做出了恰当的注解。他笔下的人物就是他本人形象的再现。他的一生经历就是他一系列作品的原型。除了他的长、短篇小说和自传体文集《崩溃》之外,他还细心保存了他与友人来往的全部信件、若干报刊剪贴簿,以及所有与他有关的重要文献资料。由布鲁柯利教授编纂的《菲茨杰拉德手记》(*F. Scott Fitzgerald's Ledger*, 1973)就如实地展现了菲茨杰拉德在1920年至1937年间所保存和记载的各类文件和档案资料的细目。在这里,菲茨杰拉德详细地、分门别类地列出了他和妻子姗尔达所发表过的全部作品的目录,标明了作品发表的时间和地点,甚至还注明了各篇作品所获得的稿酬数目,以及他对某些作品加以"删节"的原因(删除某些精彩的片段,以便用于下一部作品中)。《手记》还包括了菲茨杰拉德为自己所做的月复一月的总结。他的《读书札记》更是详细记录了他的读书心得和观察生活的体会、他与友人谈话的片断、他对自己的反思,以及他的一些创作思想和产生于瞬间的灵感。所有这些,都为后人开展对他的研究提供了丰富而真实的第一手资料,虽然我们无从知道他当年为什么会这样做的真实原因。

无论怎样,我们都可以说,菲茨杰拉德已经以自己的艺术成就和他创作出的一系列名篇佳作,为自己书写了一部壮丽的传记。即使一个对他的生平一无所知的普通读者,在读了他的《了不起的盖茨比》和《夜色温柔》或其他作品之后,也会对他的生平和他所处的时代有所了解,而在对他的生平和他的作品都有所了解之后,就能更充分地理解他为自己所撰写的这部人生之书。在他去世之后,人们撰写了一部又一部关于他的传记,从各个不同的侧面揭开了他的生活和创作之谜,阐释了他的种种幸运与不幸、成功与失败、欢乐与悲哀,将一个曾经享誉文坛、后来备受冷落、去世多年之后却又名声极甚的文学大师的人生故事真实地展现在世人的面前。

四、影视文化对菲茨杰拉德作品的普及作用

在现代社会中,随着科学技术的飞速发展和人们生活节奏的不断加快,广播、电影、电视乃至舞台戏剧对人们的行为方式所产生的冲击力和导向作用是不容低估的。一部优秀的文艺作品一旦被改编成电影、电视剧或广播剧,或是被搬上了舞台,就必然会在更大的范围内产生出强烈的社会影响和读者效应。它会使原作品的普及速度进一步加快,使原作品更为通俗化、大众化,更易被读者所接受,因而也就使原作者的声誉能得以进一步提高。这是一种良性的连锁反应。此类现象早已屡见不鲜。

在美国众多的作家中,其作品被改编成电影和电视剧数量最大、次数最多的人大概非菲茨杰拉德莫属了。从1920年起至今,他的作品至少已有10部以上被数次改编成电影或电视剧,或被搬上了舞台。一个又一个的影星和导演也因此而得以成名,上了广告或杂志的封面,成为追星族们崇拜、追逐的偶像。

1920年2月,菲茨杰拉德在《星期六邮晚报》上发表了短篇小说《头与肩》(Head and Shoulders),这是他第一次在该刊物上正式发表作品。这篇小说受到了影业界的注意。美国剧作家帕西·哈斯于次年将这篇小说改编成了电影剧本,并由威廉·P·岛兰执导开拍,由麦特罗电影公司出品。影片的名字改成了《唱诗班姑娘的罗曼史》(The Chorus Girl's Romance, 1920)。故事是围绕着大学生霍拉斯与女演员玛茜娅之间的爱情生活展开的。霍拉斯于13岁入普林斯顿大学求学。17岁入耶鲁大学,在此攻读文艺学硕士学位。但是他的主要兴趣却在现代哲学。一次偶然的机会,他与女演员玛茜娅邂逅,并深深爱上了她。两人坠入了爱河,并很快

就结了婚。之后,他放弃了学业,找到了一份小职员的差事,而玛茜娅则继续从事她的舞台事业,直到发现自己已有了5个月的身孕。在妻子的建议下,霍拉斯开始学体操,并以体操表演作为自己的第二职业来多挣一份薪水。玛茜娅在怀孕期间萌发了从事文学创作的念头,并写出了一本书。他们的女儿出生之后不久,这部作品也发表了。由于她的写作风格和对方言的巧妙运用,这部小说居然大获成功,备受评论界人士的赞扬,尤其受到了霍拉斯所崇拜的偶像、哲学家安东的高度评价。当出版商带着安东来拜访玛茜娅时,霍拉斯十分诧异地发现,自己的地位已完全被颠倒了。妻子已远远胜过了他,他成了"肩",而玛茜娅则成了"头"。为此,他深感不安,甚至大为悲伤。

这篇短篇小说以及根据这篇小说拍摄的电影虽然在当时影响并不大,却使得年轻的菲茨杰拉德开始踌躇满志,雄心勃勃地要在文学创作事业上崭露头角,做出一番成绩。1920年3月,他在《星期六晚邮报》上又发表了另一篇短篇小说《麦瑞寻亲》(Myra Meets His Family, 1919~1920)。这篇作品受到了福克斯影业公司的关注。同一年,经约瑟夫·G·坡兰德改编、由霍华德·M·米切尔执导,这篇小说又被拍成了电影,片名为《猎夫记》(The Husband Hunter, 1920)。该片的故事情节是:时年21岁的女大学生麦瑞对大学校园的舞会和音乐会已深感厌倦,想寻找一个丈夫过上稳定的生活。她爱上了富有的诺列顿,并频频与他幽会。然而,当她应邀来到诺列顿家做客时,却发现这家人特别地偏执、古怪,这使她十分震惊。尤其是听说诺列顿的祖母是一个中国人时,她更是惊诧得不知所措,当场便晕了过去。苏醒过来时,麦瑞偷听到了诺列顿与沃伦和凯利之间的谈话。原来,这两人是诺列顿雇佣来扮演他父亲角色的演员,因为他认为,麦瑞追求他是因为看中了他的钱财。他便故意设下圈套,请她上门做客,以便把她吓走。后来,诺列顿对自己的这一做法深感歉疚,向麦瑞坦白了事情的真

第六章 "菲茨杰拉德复兴"

相,并正式向她求婚。她当即答应了他的求婚,并提出让她当牧师的表哥沃尔特来主持他们的婚礼。在即将登上去度蜜月的火车时,麦瑞抛弃了诺列顿,又回到了沃尔特的身边。其实,沃尔特并不是牧师。他十分赞赏麦瑞的举动,说她如此轻而易举就摆脱了诺列顿的纠缠,让他独自一人登上了远去的火车。菲茨杰拉德在多年后与他的作品代理人哈罗德·奥巴谈起这篇作品时说,他根本不喜欢这个短篇,因此不愿将它收录进任何选集。这部由名导演执导、由名影业公司出品的影片也未造成任何大的影响。但读者和评论界却似乎看到,一颗文学新星正在冉冉升起。

1920年5月,菲茨杰拉德再次在《星期六晚邮报》上发表作品,篇名为《近海海盗》。这篇小说比起前两篇已有了明显的进步。小说描写的是一个高不可攀的女性如何被一个男子的风流倜傥的魅力和富有想象力的艺术气质所折服而甘愿投怀送抱的故事。菲茨杰拉德在后来的创作中曾反复运用的这一文学题材,在这篇小说中还是第一次亮相,才初见端倪。这篇小说再次受到了麦特罗影业公司的关注。次年,该作品由达拉斯·M·菲茨杰拉德执导,拍摄为同名影片在美国公开上映了。故事的女主人公阿迪塔粗鲁地拒绝了叔父要她去见其老朋友的儿子托比的媒约,因为她已爱上了她所崇拜的具有非凡想像力的另外一名男子。叔父离开了他那豪华的游艇,前往他乡处理有关事务,而将阿迪塔一人留在了游艇上。可是没隔多久,这艘游艇就被卡莱尔和他的6个黑人兄弟强行霸占了。阿迪塔不得已而与这群被联邦法院通缉的逃犯们在船上相处了3天。这帮人却也对她以礼相待,秋毫无犯。在此期间,卡莱尔向她讲述了自己的来历以及他要出人头地、跻身于上流社会、成为最优等的人的远大抱负。他们相爱了,阿迪塔请求卡莱尔在逃往秘鲁或印度时也带上她一齐走。这时,一艘海关缉私船发现了他们的行踪,并在一个十分隐蔽的港湾里找到了他们。阿迪塔的叔父和莫兰德上校登上了这艘游艇。卡莱尔终于说明了自己的真实身份:他就是托比·莫兰德,他的整个故事都是编造出来的。阿迪塔已被他丰富的想像力深深打动,她要求他在未来的生活里继续用那些甜美的谎言来增添她生活的乐趣。

　　上述3篇小说以及据此而改编、拍摄的电影为菲茨杰拉德的长篇小说的创作打下了良好的基础,提供了丰富的素材。其中《头与肩》和《近海海盗》中的若干情节和片段被作者原样照搬进了他的第二篇长篇小说《漂亮冤家》。《漂亮冤家》于1922年3月正式出版之后,菲茨杰拉德将这部小说的电影改编权卖给了美国著名影业公司——华纳兄弟影业公司。同年,华纳兄弟影业公司请剧作家奥尔加·普宁兹罗将小说改编成了同名影片,在全国各地上映,造成了较大的声势。菲茨杰拉德的名声也因此得到进一步的提高,经济收入也大幅度增加,尽管这部小说及电影仍存在思想内容上和艺术上的不足之处。菲茨杰拉德在影片公开上映之后写给朋友奥斯卡·凯尔曼(Oscar Kalman,生卒不详)的信中表露了他对这部影片的失望之情。他说:"这是我有生以来所看过的最糟糕的一部影片——质量低劣、粗俗不堪、结构混乱、矫揉造作。我们为此而深感害臊。"①

　　无论菲茨杰拉德本人对这部影片的评价如何,它的确在客观上对这部小说的普及起到了促进作用,使得原作品在当时的欧美等地非常畅销,年发行量超过了5万余册。在当时的历史条件下,这还是不多见的。

　　1924年,菲茨杰拉德发表在《星期六邮晚报》上的另一篇短篇小说《骆驼之背》(The Camel's Back, 1920),又被华纳兄弟影业公司拍成电影,改名为《1492号列车员》(Conductor 1492)。影片的编剧为约翰尼·海尼斯,由查尔斯与弗兰克·海尼斯两兄弟联袂执导。该片故事情节为:一个名叫沃伯顿的爱管闲事的人有一

---

① Matthew J. Bruccoli, ed. *Correspondence of F. Scott Fitzgerald*, p.119.

第六章 "菲茨杰拉德复兴"

天闲来无事,便劝说帕瑞去办理结婚证,然后再向其女友发出最后通牒,让她要不立即嫁给他,要不就永远别想再结婚。结果,帕瑞与女友贝蒂大吵一架。之后,他便拂袖而去,在外面喝得酩酊大醉。为了参加在城中心举行的马戏团的杂技表演,他租来了一套玩骆驼舞的戏装,并动员一个出租车司机上穿上骆驼装的后半截,和他共演骆驼舞。在舞会上,沃伯顿宣称,扮演"骆驼"的两人中有一个是来此旅游的游客,名叫华伦。贝蒂对这位新来的人充满了好奇,便主动扮演了逗引"骆驼"的女郎的角色。舞会结束时,贝蒂和"骆驼"获得了最佳表演奖和最佳道具奖。于是,按照游戏的规则,贝蒂与"骆驼"应假扮夫妻,当场举行结婚仪式,仪式由俱乐部的服务生姜波来主持。然而姜波却发现,"骆驼"递给他的竟是一份货真价实的结婚证,而他的真实身份却又是基督教浸礼会的牧师,因此,由他主持的结婚仪式理应具有法律效力。这样一来,这场游戏便弄假成真了。贝蒂对此勃然大怒,而帕瑞却宣称贝蒂应该成为他的妻子。可是,与他同演"骆驼"的另一个搭档也声称,他决不放弃做贝蒂的丈夫的权力。无奈之下,贝蒂只好答应嫁给帕瑞,并重新举行了真正的结婚仪式,然后随帕瑞一起告别了这座城市,去了西部。这部作品的上演受到了观众的好评。原作品《骆驼之背》在当年还获得了"欧·亨利短篇小说奖",并被收进了获奖小说集。这是菲茨杰拉德第一次获此殊荣。

1925年,菲茨杰拉德的力作《了不起的盖茨比》出版了。次年,这部作品又在美、英两国连续再版,其社会影响和读者反应是轰动性的。1926年,美国著名剧作家欧文·戴维斯(Owen Davis, 1874~1956)将小说改编成同名剧本,并在纽约的"大使剧院"(the Ambassador Theater)举行了首场演出。剧中的主要人物均由当时红极一时的名演员担任:詹姆斯·雷尼(James Rennie, 1890~1965)饰演盖茨比;弗洛伦斯·艾德里奇(Florence Eldridge, 1901~1988)饰演黛茜·布坎南;爱德华·H·维佛(Edward H.

Wever,1899~1984)饰演尼克·卡洛威。这出戏在纽约共演了112场,其盛况是空前的。且受到了评论界高度的赞誉,也为菲茨杰拉德赢得了极高的声誉和丰厚的收入。[①] 之后,菲茨杰拉德又将这部作品的电影改编和制作权卖给了著名影业公司——美国名演员影业公司。著名编剧贝基·嘉迪纳根据欧文·戴维斯的剧本,将《了不起的盖茨比》改写为电影剧本,经伊丽莎白·麦肯改编,由赫伯特·布列侬执导,于1926年将它拍成电影,在美国上映。1949年,美国著名电影公司——派拉蒙影业公司又邀请西利尔·雨迈和理查德·梅宝姆重新改写了脚本,由艾利奥特·纽根特担任导演,另行拍摄了这部电影。影片的开头一幕为:尼克·卡洛威携女友乔丹·贝克尔来到杰伊·盖茨比的墓前,向他献上一束鲜花,以寄托对他的哀思,以此而引出了整个故事。片中的主角盖茨比由当时名声极甚的影星阿兰·拉德担任。影片上映之后,出版界和影评界更是闻风而动。《了不起盖茨比》被一版再版,各类书评、影评和商业炒作的文章也纷至沓来,将这部小说和电影抬到了前所未有的高度。影星阿兰·拉德的肖像也被印上了这部小说和其他杂志的封面。1974年,派拉蒙影业公司又再度修改了原剧本,由弗朗西斯·F·考波拉担任编剧,杰克·柯莱顿担任导演,再次重拍了这部影片。在片中饰演盖茨比的是名演员罗伯特·李富德,饰演黛茜的是著名女影星米娅·法罗。新片的上映重新勾起了人们对当年情景的回忆,满足了人们怀旧的欲望,也使人们更加怀念这位时代的代言人。

1928年,派拉蒙、名演员和拉斯基3家电影公司联合拍摄了菲茨杰拉德于1925年发表在《妇女伴侣》(*Woman's Home Companion*)杂志上的短篇小说《当面推人》(*The Pusher-in-the-Face*, 1925)。故事的主人公是一个名叫查尔斯·斯图亚特的人。有一

[①] Mary Jo Tate, *F. Scott Fitzgerald: A to Z*, p.102.

第六章 "菲茨杰拉德复兴"

回在剧院看戏,一个名叫乔治·鲁宾逊的女人惹恼了他,他便公然朝她脸上推了一把。鲁宾逊太太大怒之下便将他告上了法庭,斯图亚特因此而被逮捕。然而,法官在审理此案时却认为这是一次正当防卫,驳回了鲁宾逊太太的上诉,斯图亚特被当庭无罪释放。从此,他便有恃无恐,无论是谁,只要惹恼了他,他就当众推人的脸。他的老板库什米尔准备几天之后就解雇他。可是,这一天,办公室里来了一个令人十分讨厌的客户,斯图亚特情急之下,又朝这人的脸上狠狠推了一下。没想到这一推竟挫败了一场有预谋的入室抢劫。于是,库什米尔非但没有解雇他,反而还提拔、重用他了。他那位在饭店当招待的女友艾德娜也答应,以后还要陪他一起去剧院看戏。这篇小说和影片在当时并没有引起人们的太多注意。

1954年,好莱坞另一著名电影公司——菲茨杰拉德曾工作过的 MGM 影业公司,将他发表在《星期六邮晚报》上的短篇小说《重访巴比伦》拍成了电影。影片的编剧和导演均为文艺界的名流:担任编剧的是菲利浦·艾波斯坦、裘利亚斯·艾波斯坦和理查德·布鲁克斯,并由理查德·布鲁克斯亲自执导,片名改成为《巴黎遗梦》(*The Last Time I Saw Paris*, 1954)。影片描写了20年代流亡巴黎的美国富人们的生活方式和社会经历。查理·威尔斯是一位富商,刚刚戒除了嗜酒的瘾癖。他曾于"商业繁荣时期"在巴黎生活过一段时间。1930年,他又重访了这座国际大都市。他首先去的地方是巴黎名店"里兹酒吧",借此打听他从前那些老朋友们的消息,并将妻妹家的住址留给了好友邓肯。之后,他回到了妻妹家与家人共进晚餐。他的女儿荷诺丽娅就与妻子的妹妹玛丽恩和她的丈夫林肯·彼特斯生活在一起。当年他从巴黎返回美国时,就是将幼女托付给这对夫妇的。席间,他拒绝了妻妹精心为他调制的鸡尾酒,因为他如今已能控制自己,每天只喝一小杯酒。饭后,他告别了家人,循着以往的足迹,去重访他从前常去的地方,去追忆他从前曾放浪形骸的生活痕迹。第二天,他带着女儿荷诺丽娅外出吃午饭时,意外遇见了老朋友邓肯以及洛林夫妇,但他没有把自己的住址留给他们。荷诺丽娅向他诉说了想与生身父亲生活在一起愿望,这也正是他此行的目的:把女儿带走,给她换一个生活环境。当他向妻妹一家透露了这一意图时,玛丽恩想起了当年的一幕惨景:他酒醉之后与妻子海伦,即玛丽恩的姐姐,大吵了一架。那是一个风雪交加的夜晚,他竟把海伦锁在了门外,导致她心脏病发作而猝然死亡。查理在因病住入疗养院时,才答应将女儿交给玛丽恩监护的。之后,他便只身回到了美国。林肯同意查理把女儿领去,但玛丽恩却以监护期未到为由,要将荷诺丽娅再留住一段时日。第二天晚上,当查理正在彼特斯家继续商讨这一问题时,邓肯和洛林喝得酩酊大醉闯进了他家。查理理智地将这两位老友送走了。然而玛丽恩却对此深感不安。她与丈夫林肯一致同意,现在还不能让查理把女儿带走。在里兹酒吧,查理向酒吧服务员倾吐了心中的难言之隐,他已失去了他在经济繁荣时期想得到的一切。他聊以自慰地说,即使海伦还活着,她也不会让他如此孤零零地活在这个世上的。

《重访巴比伦》是菲茨杰拉德写得最好的短篇小说之一。作品所包含的思想深度、社会意义,以及作者凝重的艺术笔调都给人留下了极为深刻的印象。查理这一人物代表着一代人对过去10年的深沉的反思和对现实生活的强烈的失落感,如同作品中所说的:"……因为他们有的是钱,根本不把1929年那场大雪放在眼里。好像如果他们不想下雪,只要花钱就能办得到一样。"[①]根据这篇小说拍成的电影也在观众中产生了强烈的震撼。影片被译成了多种文字,在世界各地不断上映,经久不衰。菲茨杰拉德自己曾于1940年将这篇小说改编成了电影剧本,但他在有生之年却未能实现拍成这部电影的愿望。

[①] 菲茨杰拉德著,曹合建译,《菲茨杰拉德短篇小说选》,第223页。

第六章 "菲茨杰拉德复兴"

《夜色温柔》于 1934 年在纽约和伦敦同时出版之后,菲茨杰拉德曾与小说家查尔斯·马基斯·沃伦(Charles Marquis Warren, 1868~1954)合作,将这部小说改写成了电影剧本,沃伦还为影片谱了曲。但他的作品代理人哈罗德·奥巴却始终未能将这个剧本推举出去。菲茨杰拉德曾派沃伦去好莱坞为此剧本寻找出路,并要他留在那儿以谋求个人的发展。他给 MGM 影业公司的编辑塞缪尔·马科斯(Samuel Marx, 1902~1992)写了一封推荐沃伦的信,说:"沃伦才华出众,多才多艺。他能创作,会谱曲,擅绘画,能够胜任影视业的多项工作……自从欧纳斯特·海明威以来,我还从没有如此坚定地相信过任何人。"[1]尽管沃伦没能推出《夜色温柔》的剧本,也未能顺利地在好莱坞找到合适的工作,但他后来的确成了影视业颇有名气的制片人和导演。1962 年,以改编经典文学名作并将其拍摄为电影而闻名于世的美国 20 世纪福克斯电影公司,将《夜色温柔》拍成了同名电影,向世界各地发行,收到了极好的反响。该片的编剧为伊凡·莫伐特,导演为亨利·金,均为影视界的大腕。1985 年,英国 BBC 公司又将《夜色温柔》拍成为电视剧,改写电视剧本的是英国作家丹尼斯·波特,导演由罗伯特·奈特担任。该片在欧洲各电视台播出后,也大受欢迎和好评,菲茨杰拉德在欧洲也成了几乎家喻户晓的名人。

1976 年,菲茨杰拉德的未竟之作《最后一位君子》也由派拉蒙影业公司制作成电影,编剧为哈罗德·平特,导演为艾利亚·卡桑。这部影片的上映使得这部遗作也成了十分好销的书。菲茨杰拉德在美国文学史上的地位和在读者中的声望也得到了确立和加强。

此外,菲茨杰拉德的一些短篇小说也不断被拍成电视剧在各家电视台播放。例如,美国电视台的《名作赏析》(*Learning in*

---

[1] Matthew J. Bruccoli, ed. *Correspondence of F. Scott Fitzgerald*, p.364.

Focus)栏目就于1977年将菲茨杰拉德的短篇小说《留短发的波妮丝》(Bernice Bobs Her Hair, 1920)拍成了电视剧,并在全美播放。《留短发的波妮丝》是菲茨杰拉德能在美国文坛崭露头角的第一块敲门砖。它展示了作者早年对这一主题思想的认真探索:年轻的一代,尤其是年轻的女性,对旧文化旧道德的反叛精神,以及她们对美好未来的严肃、执著的追求和奋斗。小说的女主角波妮丝年轻、漂亮,但也招人厌烦。一次,她无意中听到表姐玛姣丽在说她如何不谙世事,不招人喜欢,她便登门去向表姐求教为人处世的良方。玛姣丽答应教给她一些如何引人注意、讨人喜欢的计策和方法。波妮丝依计而行,果然大获成功。原来,波妮丝最拿手的一套,就是逢人便说,她要把头发剪短,像男孩子一样。这一惊人之语恰恰是正派女孩儿最不愿做的。当玛姣丽的男友华伦对波妮丝发生了兴趣时,玛姣丽便不再帮她了,而且还对她恶语中伤,说她要剪短头发的意图完全是假的,目的是为了骗人。波妮丝一气之下,真去把头发给剪短了,这就大大损害了她美丽的形象。第二天晚上,她又听到女房东在说,短头发的姑娘最令人厌恶,心里便很不是滋味。她决定提前返回家乡。在离开这座城市之前的一个晚上,趁玛姣丽熟睡之机,她剪下了玛姣丽美丽的长辫,并将它扔进了华伦家的院子里。这篇小说后来被收进了菲茨杰拉德的短篇小说集《新潮女郎与哲学家》。该书的封面肖像就是根据这篇故事的情节而设计出的。美国女作家琼·西尔弗(Joan Micklin Silver, 1935~)于1977年根据这篇小说而改编的电影剧本,不仅被拍成了电视剧,而且被发表在《美国短篇小说集》(American Story, 1977)中。1982年,这篇小说又被搬上了舞台,在纽约、芝加哥等城市上演。

《最后的芭蕾舞演员》(The Last of the Belles, 1929)是菲茨杰拉德的最后一部以研究美国南方生活和南部女性为主题的短篇小说,也是他最常被收录入各类选集的小说之一。故事的主人公安

第六章 "菲茨杰拉德复兴"

迪讲述了他15年前的一段经历:第一次世界大战期间,他应征入伍,随部队驻扎在佐治亚州塔列登镇附近的一个军营里。后来,他结识了南方著名芭蕾舞演员艾丽,并成了她的护花使者和知心朋友。一次,艾丽的男友比尔要离开该镇去远方料理事务,安迪便成了艾丽的常客。在此期间,飞行员霍拉斯也爱上了艾丽。当比尔返城休假时,霍拉斯驾驶的飞机意外坠毁了,他未能生还。当比尔再次外出远行时,艾丽迷恋上了军营里的埃尔中尉,尽管埃尔中尉格调不高,出身也很低微。战争结束后,艾丽断绝了与比尔的关系,之后又断绝了与埃尔中尉的来往,因为埃尔脱下了军装之后,他的一切劣性和毛病便暴露无遗了。六年后,安迪重返故地去看望艾丽,却发现她已改换了职业,以迎合新南方形势的需要。安迪意识到,他心里一直在深爱着艾丽,可是艾丽却告诉他说,下个月她就要和南部大草原的一个男人结婚了。但她还是答应了安迪的要求,陪同他驱车重访了过去的军营旧址。安迪"在没膝深的灌木杂草中脚步踉跄地走来走去,想找到一块当年的护墙板,或一片屋瓦,或一只生了锈的铁罐头盒,寻找到一丝年轻时的足迹"。[①]他已明白,随着艾丽的结婚,南方对他来说,已永远没有任何意义了。1994年,这篇小说经詹姆斯·考斯提根改编,由郝伯特·布洛金执导,被北好莱坞影业公司拍成了电视剧,并被列入"好莱坞精选片",向世界各地发行。

除了电影、电视以及舞台戏剧之外,菲茨杰拉德的众多作品还不断被各家电台播放。他的声誉之高已远远超出了他生前所能想象的程度。随着现代传媒的深入普及,菲茨杰拉德的名声和他众多的作品也已越来越深入人心。如今,在时髦的网络世界里也随处可以见到他的名字和他的各类经过改编的作品。他的魅力在当今世界仍在与日俱增。

[①] F. Scott Fitzgerald: *Taps at Reveille*, pp. 273~274.

菲茨杰拉德研究

第七章

20世纪杰出的文学艺术家

一、概述

20世纪美国文学史是一部名作家和名作品的历史。在这个历史时期中,著名作家成批涌现,名篇佳作层出不穷,各种文学思潮和流派如风起云涌,使美国文学呈现出了一派生机勃勃的繁荣景象。在这部异彩纷呈、五色斑斓的历史画卷中,菲茨杰拉德的形象显得异常地突兀,完全不同于他同时代乃至后来的美国作家群体。从20年代初期他以处女作《人间天堂》成功地叩开了文学的殿堂以来,到21世纪的钟声已敲响的今天这漫长的大半个世纪中,菲茨杰拉德的文学声誉和人们对他作品的批评接受,历经了一个从大起到大落,到再大起的十分复杂的历史过程。这种现象即使在世界文学发展史上也是并不多见的。我们姑且将这一现象称之为"菲茨杰拉德现象"。

在人类已跨入21世纪的今天,回头观望20世纪文学的发展进程,我们可以看出,"菲茨杰拉德现象"和"菲茨杰拉德研究热"的产生并非完全出于偶然。尽管产生"菲茨杰拉德现象"的原因有多种多样,十分复杂,但从总体上说,大体可以归结为两大类。其一是,菲茨杰拉德本人在那个特定历史时期里所进行的文学创作活动,他的作品对"爵士乐时代"所作的如实、生动的记录及其所具有的持久不衰的艺术魅力,以及人们对这一特定历史时期所必然产生的回顾与反思。其二是,与20世纪文学创作实践相对应的20世纪文艺理论与文学批评方法波澜起伏式的蓬勃发展以及由此而引起的理论界要对菲茨杰拉德的生平和作品重新做出评价的需求。正是这两个方面的原因促成了"菲茨杰拉德现象"的必然产生。

  菲茨杰拉德在他20余年的文学生涯中,经历的是一个充满矛盾、风云变幻的动荡年代。这个年代在社会习俗、道德观念和价值取向上所发生的诸多剧烈变动在他身上都得到了充分的体现,交织着希望与失望、乐观与悲观、幻想与幻灭、享乐与贫困的这个时代的一切典型特征在他的作品里都有着显豁的反映。他是这一时代实至名归的典型代表。这是因为他既身不由己地被卷入了这个时代酒食征逐者的行列之中,在追求文学事业与追求浮华人生这一对难以调和的矛盾当中左冲右突着,如同这一时代的其他许多作家一样。但与此同时,他又能冷眼旁观,以严峻的道德标准来审视和评判社会和时代的变迁以及发生在他周围的一切。他溶化在他的作品中的对社会、对人生的敏锐观察和透彻分析,要比他的纵情参与远为重要。他履行了一个严肃作家所应当履行的职责:为他那一代青年执笔,通过他的作品的力量,让读者去聆听,去感受,去领悟。这就是他的作品的生命力之所以能够远远超过他所描绘的那个时代、令评论家们无法还原到概念上来的原因之一。作为一个严肃的文学艺术家,他始终坚持不懈地追求着完美的艺术表现方法,并力求能有所突破,有所创新。从他众多的长、短篇小说中,我们可以看出,这一时期流行的各种文艺思潮和流派,如自然主义、现实主义、象征主义、浪漫主义、现代主义以及弗洛伊德学说等,在他的创作实践中都留下了清楚的印痕。然而,他既尊重老一辈文学家所取得的成就,又不囿于某一种固定的创作模式。

他虽然没有创立出任何思想体系或流派,但他也不属于任何一种思潮或流派。他只是凭着自己的文学天赋和对完美艺术的执著追求,用自己独特的方法创造性地融会、汲取着各家之长,为自己的创作实践服务。这也是他之所以容易引起争议、令评论家们无法对他进行归类的原因之一。在叙事技巧和语言艺术上,他早已形成了自己独特的风格。他善于运用各种象征和比喻,善于从生活中捕捉和提练生动形象、准确传神的语言。他的叙事手法是别具一格的。他对叙事的主体既身在其中、又身在其外的独特设计,最大限度地缩短了读者、文本、作者三者之间的距离,使人感到真实、可信,且便于参与。他的作品中的词语和文句都被他雕凿、修磨得十分洗炼、清新,具有散文诗般的优美。他创造出的若干用语和表达方法已成了人们常挂嘴边的时髦用语,成为语言学家们颇感兴趣的研究话题。这便使得他的作品既富有浓厚的时代气息和深刻的历史烙印,又使得后来的读者也能从中品味出人生的哲理,获得美的享受。这正是他的作品之所以在今天读来仍使人感到清新、真切、魅力不减当年的原因所在。

20世纪的美国文学史也是文艺理论和文学批评蓬勃发展的历史。有评论家称20世纪是"文学批评的世纪"。通过对菲茨杰拉德文学声誉的崛起——衰落——复兴这一奇特现象的透视,以及对他的作品的批评接受史的审察,我们可以窥见美国文学批评史在20世纪的发展轨迹,或者说,我们可以根据现代美国文学批评的发展行程,对"菲茨杰拉德现象"的出现及其影响做出较为合理的解释。

第一次世界大战结束之后的20年代,对美国来说,是一个经济空前繁荣、商品极大丰富的时代,又是一个社会腐败、道德沉沦、精神空虚、到处弥漫着悲观、绝望情绪的年代,是一个社会文化处于荒漠状态的"荒原时代"。在这一时期,传统的社会价值观受到了剧烈的冲击,商品经济的发展破坏了旧的道德体系,生活已失去了它原有的意义,人们对"美国梦"的信念已发生了根本性的动摇。而具有美国本土特征的文化、道德体系尚未完全形成。一批受欧洲新思想的影响,观点激进、锋芒毕露的年轻的文艺理论家,如范·布鲁克斯、艾德蒙·威尔逊、亨利·门肯等人,都分别从不同角度阐述了美国本土文学的特征,指出了美国文学的发展趋向。尤其是门肯发表的专著《美国的语言》(*The American Language*,1919),提出了美国作家应当运用美国英语来从事文学创作,才能写出"伟大的美国小说"的观点,更令文学界大为震惊。随着辛克莱·刘易斯由于"用新的语言——美国语言——写作",而成为美国历史上第一位诺贝尔文学奖获得者(1930年)以后,美国英语和美国文学才开始在世界范围内被人们所承认和接受。在文学批评方面,20年代期间,"新人文主义"流派在美国文学批评界开始逐渐形成,并在一定范围内产生了影响。"新人文主义"批评家们主张从道德和宗教的角度来评价文学作品。他们注重作品的内容,反对19世纪浪漫主义文学中所反映的人可以变得完美无缺的观点,也不赞成自然主义关于人在社会和环境力量面前无所作为的观点。这一时期还出现了"人本主义"、"人道主义"等哲学和文学批评思想,使美国本土的文艺批评理论得到了迅速的发展。菲茨杰拉德在这一时期发表的长篇小说和若干短篇小说,既如实反映了这一时代的本质特征,迎合了读者的阅读品味和体验,又顺应了这一时期文学批评的主流,因而受到了威尔逊、门肯、托马斯·艾略特等著名文学批评家和众多读者的欢迎和好评。他在《人间天堂》里喊出的"所有的神明都已死光,所有的仗都已打完,所有的信念都已完蛋"的声音引起了当年许多人的共鸣。他在《了不起的盖茨比》中通过全新的叙述视角和严密的结构布局,将"美国梦"的幻灭这一主题思想以完美的艺术形式表现得淋漓尽致,更是在人们心灵上产生了强烈的震撼。他在作品中所娴熟使用的生动的现代美国英语也备受读者的喜爱。在这一时期,尽管仍有思想保守的评论家对他持有不同的看法,但作为"迷惘的一代"的代言人、"爵士乐时代"优秀的编年史家的菲茨杰拉德,已在现代美国文坛迅速崛起,并获得了很高的声誉。他的一些作品也被人们称做是"伟大的美国小说"、年轻一代的"圣贤之作"。

30年代中、后期,随着经济危机和大萧条时代的不期而至,美国文艺创作开始转向了对社会危机的剖析和对政治制度的批判。文学批评受到马克思主义文艺理论和文学批评方法的影响,将文学作品的评价重点放在了对社会制度和政治、经济问题的揭露和批判上。这一新形势对菲茨杰拉德的创作活动和对他已经发表的作品来说,都是一个严峻的挑战。此时的菲茨杰拉德与他同时代其他的许多作家和评论家一样,都受到了马克思主义文艺思潮和左翼作家观点的影响,这一点可以从他发表的一些评论文章和长篇小说《夜色温柔》中得到印证。但是,自《了不起的盖茨比》出版后,到他1940年底突然因病去世这15年中,菲茨杰拉德除了发表了不少短篇小说之外,仅完成了一部长篇小说的创作,即《夜色温柔》。不少评论家认为他已陷入了创作的危机,或已江郎才尽,写不出像样的作品了。他的《夜色温柔》在政治气氛浓厚、经济形势恶劣的当年,也被认为是一部结构松散、主题思想混乱的作品而受到了冷落。他在文学界的声誉也大大下降。由于二战的巨大影响和人们把注意力都集中在对政治问题和经济危机的关心上,由于菲茨杰拉德本人也面临着严重的经济拮据和姗尔达的不断犯病等问题,作为"爵士乐时代"的桂冠诗人的菲茨杰拉德,在这一艰难时期里开始渐渐地不再为评论界所关注了。

兴起于四五十年代的"菲茨杰拉德复兴"大致可以从两个不同的角度来看待。其一是,美国文学界为了悼念这位曾经享誉美国文坛的大作家的突然去世而发起的一场声势浩大的纪念活动。其二是,随着"新批评"学派开始在美国文学界占据了主导地位,成为文学批评的主流,人们又开始重新审视菲茨杰拉德的长篇小说,包括他的未竟之作《最后一位君子》和一些短篇精品。这是因为,"新批评"学派强调的是文学作品的自成一体,而排除作家的生活、创作思想、社会历史背景、甚至作品题材等外部因素的影响,认为文学批评的首要任务就是对每部作品进行仔细阅读,分析作品文本的结构和语境,指出各种意象、节奏、韵律、语气乃至词汇的细微差别在作品中所起的作用。菲茨杰拉德的作品恰好充满了各种富有睿智的象征、比喻和意象,他的语言也富有强烈的节奏感和音乐美,用词遣句极讲究精确、洗练,强调文句的易读性,因此,自然也就成了称雄美国大学的文学教学和美国文坛长达30年之久的"新批评"学派的研究对象。"菲茨杰拉德复兴"便是在这种文化背景下的必然产物。"菲茨杰拉德复兴"既确立了这位大文学家在美国现代文学史上的稳固地位,也将对他的作品的研究引向了深入,其影响是深远的。

从50年代末期"新批评"学派盛极而衰之后,到20世纪末的这40多年里,美国文学批评界又出现了许多新的流派,令人目不暇接:从弗洛伊德的"现代心理分析学说",到六七十年代的"女权主义批评学派";从主张将作家和作品放到特定的文化和历史环境中加以研究的"文化历史批评"学派,到强调以语言为手段、以表意符号和语法转换来分析文本、描叙文学和整个现实的"结构主义批评学派";从崇尚"创造性"地阅读文学作品而不必拘泥于原作品意义的"读者反应批评理论",到八九十年代的认为文学批评应当以"解构和建构"、"语言的修辞性"以及诗学结构概念等角度入手,对作品的文本进行深入细致的分析和阐释,以免造成"误读"的"解构主义批评派";从"后现代派"到"新历史主义",等等,这些既标新立异、又各有继承的各种思潮和流派,将文学批评一次又一次地引向了对文艺创作和文学作品的更深层次的研究,使文学呈现出了多元化的新格局。在这异彩纷呈、潮涨潮落的文学批评发展史中,菲茨杰拉德的创作生涯和他众多的作品总是会成为各家各派的研究对象。关于他的各种传记和专著以及各类评论文章在这几十年里更是层出不穷,无以计数。他的作品、文章、书信等也被系统汇集成册,一版再版。"菲茨杰拉德研究"还被引入了美国的高校和一些研究机构,成为专业方向或学位课程。

"文学向来就是生活和历史的审美反映"。① 文学作品是为生活在现实社会中的人所创作和阅读的。如今的人们大都已承认,文学作品的分析或解读必须与一定的社会、历史、政治、经济、文化、语言、心理和道德背景联系起来,才能真正科学地阐明文学作品的社会意义和文学价值。倘若拘泥于某一学派的门户之见,文学批评就必然会走向极端,陷入死胡同。

1996年在世界各地举行的菲茨杰拉德百年诞辰庆典活动,是20世纪世界文学史上的大事。世界各国的文学家和理论家以及大学教授们在世界各地举行的集会上相互交流了各自的研究成果,回顾了半个多世纪以来各国在菲茨杰拉德研究方面所走过的历程,探讨了解读菲茨杰拉德的生平和作品的新的途径和方法,在世界范围内将"菲茨杰拉德研究"推向了一个新的高潮。

菲茨杰拉德的文学声誉在经受了几近一个世纪的历史考验之后,如今已得到了人们普遍的承认:他是20世纪文学史上的一位杰出的文学艺术家。他的崛起——衰落——复兴——走向顶峰的过程,只是更进一步证明了他的创作思想和艺术风格是经得起时代考验的。也只有经得住时代考验的作家才是真正伟大的作家,只有经得住历史考验的作品才是真正伟大的作品。这也正是"菲

---

① 吴元迈语,转引自《20世纪美国文学史》,杨仁敬著,青岛出版社,2000年版,第2页。

茨杰拉德现象"留给人们的启示。

二、菲茨杰拉德作品的批评接受史

　　风靡于20世纪50年代前后的"新批评流派"(the New Criticism)将读者和批评家们的兴趣引向了对文艺作品本身的语言风格、结构特点以及艺术表现形式等方面的分析和研究。之后,随着"新文学批评"思潮的广泛被接受和对作品文本研究的不断深入,文学批评出现了一个新的繁荣时期,文学批评的方法呈现出了多样化的趋势。人们不仅开始重视对作家的传记研究和对作品的社会及历史意义的深入考察和挖掘,而且已开始从社会学、经济学、哲学、心理学以及道德形态等多种视角和更为广阔的层面上展开了对文学作品的批评和阐释。虽然新批评家们所倡导的对作品文本的研究至今仍占有重要的地位,但人们已普遍认为,对文艺作品的阐释可以是多种多样、仁智相见的。对经典作品的重新研读,可以使人有新的发现,得出新的解释,产生新的领悟和联想。尤其在70年代以后,人们对20年代的社会生活和道德风尚产生了浓厚的怀旧思绪,对这一时期的文学、艺术、音乐、舞蹈、时装,甚至包括建筑设计与装潢格调都重新产生了兴趣,出现了一股回归热。对这一时期的经典作品的重新研读和重新评价几乎成了一种时尚,因而也涌现出了一批又一批富有新意的评论文章。

　　兴起于1945至1951年间的"菲茨杰拉德复兴"就是在这样的背景中产生和发展起来的。在开始阶段,读者和出版界对菲茨杰拉德作品的接受较为强烈,这一点从菲茨杰拉德作品的出版发行量和热销程度上可以看出,而评论界的反应则稍嫌滞后。但不久之后,从多角度、多层面展开的对菲茨杰拉德作品和生平研究的评论文章便开始蜂拥而至。通过对菲茨杰拉德的长篇小说——从《人间天堂》到《最后一位君子》——在各个不同时期的接受情况进行综合对比分析,我们就能够真正理解评论界之所以会对他的文学声誉和他的小说家的地位产生争议的真实原因,对"菲茨杰拉德研究热"的产生根源有较为清楚的认识。这恰好就是一部关于一个天才小说家的崛起——衰落——复兴的富有传奇色彩的历史故事:他是一位立意要"为他那一代人执笔讴歌"、在他去世之前几乎长达10余年的时间里却备受世人冷落,而在他去世之后的几十年里却又再度受到"后来的评论家和中学校长们"的高度评价和赞誉的20世纪文学史上的一位杰出小说家。

1920年由斯克里布纳出版公司首次推出的菲茨杰拉德的第一部长篇小说《人间天堂》,几乎轰动了当时的美国文学界。它不仅使菲茨杰拉德一跃而登上了美国文坛,成为一名风格独特的小说家,而且也使他成了他那一代人的杰出的代言人。评论界和读者群对这部作品的反应是十分强烈的,认为这是美国文学史上第一部真实地反映了战后美国年轻一代人的信念、心态和生活方式,揭示了20年代传统文化和道德标准在发生动摇、变革转型时期的诸多特征的小说。尤其是书中对大学生群体形象的如实描绘,更是迎合了年轻读者的口味和个性体验。"相比之下,这部作品几乎使得塔金顿的《那年十七岁》、约翰逊的《斯托弗在耶鲁》等小说成了引人发笑、内容浅薄的滑稽剧。"①年轻读者们认为:"《人间天堂》生动描写了以普林斯顿大学为场景的大学生们的校园生活,满足了对大学生活有着切身体验的读者们的阅读需要,是一部难得的好小说。"②当然,这部小说也遭到了一些评论家的非议,"假

---

① Jackson R. Bryer, ed. *F. Soctt Fitzgerald: The Critical Reception*, p. 3.
② *Ibid.* p. 16.

如在阿莫瑞身上所发生的那些风流韵事与爱情纠葛就是当代美国女孩的真实写照,那么,这个国家就在飞快地走向堕落和毁灭。"①无论如何,大多数评论文章还是高度评价了菲茨杰拉德在这部作品中所表现出的写作技巧、艺术风格和他热情奔放的个性特征。美国著名文学评论家H·L·门肯撰文评论说:《人间天堂》"的确是一部令人拍案叫绝的开创性的小说——在结构处理上颇有独创性,艺术表现手法极为精湛,常有神来之笔,这在美国文学中当属少见,如同在美国的那些管理国家事务的人员当中也很少能见到诚实一样","这是我近来所看过的最好的一部美国小说"。②

《人间天堂》出版以后,大多数读者和评论家,甚至连一些思想较为保守的人士,都曾预见,菲茨杰拉德有朝一日必将在文学史上占有重要的地位。文学批评家伯顿·拉斯库曾在《芝加哥论坛》上撰文说:"我认为,《人间天堂》已足以使他在当今为数不多的仍在从事文学创作的美国小说家群体中占有一席之地。在我看来,这部小说就是一部天才之作,是一部迄今以来对美国的青年一代做出了精深研究的惟一作品。"③菲茨杰拉德的生前好友、美国名作家约翰·奥哈拉在为《菲茨杰拉德选集》所做的序言中,深有感慨地回忆了《人间天堂》当年在读者中所产生的轰动效应,"25年前,很多年轻人都把《人间天堂》当成了考大学的入学指南来阅读。在25至30岁的男女读者中,大约有50万人都对这部作品爱不释手。"④毛德·沃尔克先生说:"最为重要的事情是,要看这位作家将来能够做出什么样的成就。"⑤正因如此,菲茨杰拉德的同窗好友、著名文学批评家艾德蒙·威尔逊曾出于关心他的角度一

---

① Jackson R. Bryer, ed. *F. Soctt Fitzgerald: The Critical Reception*, p. 25.
② *Ibid.* p. 28.
③ *Ibid.* p. 3.
④ Dorothy Parker, ed. *The Portable F. Scott Fitzgerald*, p. vii.
⑤ Jackson R. Bryer, ed. *F. Scott Fitzgerald: The Critical Reception*, p. 31.

针见血地向他指出:"这部小说其实什么道理也没有说明","不过是对别人的精彩模仿",并告诫他不要成为一个"非常时髦却又毫无价值的小说家"。① 菲茨杰拉德自己后来也说:"许多人认为这是一部虚构出来的故事,这也许是实话。但还有不少人觉得这是一部谎言之书,这就不对了。"②

客观地说,《人间天堂》确有许多虚构的情节。作者假充老练地描绘了各种他其实并不十分了解的对世界的看法和对社会生活的体验。但这决不意味着这就是一部充斥着谎言的无知之书。虽然在当时的条件下,作者还不具备很强的抽象思维的能力,对政治、历史、意识形态的剧烈变化还没有形成足够的认识和理解,他的个性体验也还带有很大的局限性。因此,书中的某些地方似乎描写得不够朴实,脱离了现实,内涵欠足。但这部小说还是准确而又真实地传达了作者的内心世界和切身经历。它以饱满的热情和生动的笔调颂扬了年轻的一代对根深蒂固的旧文化、旧道德的反叛精神和对美好未来的憧憬与追求。虽然作者力图要表现的现实生活往往都是他心中的梦幻或遐想,但他对外部世界的真实面貌还是十分重视的,因为这是他的内心所想能够得到满足、能够得以实现的惟一之处。他既想真切地表达出内心深处的丰富情感,又想如实地记录下时代和社会的震颤,这种复杂的矛盾心绪便是他创作这部小说时的心理背景。他以自己的颖慧和一个作家所特有的敏锐的觉察力忠实地记录和评判了美国 20 年代在社会生活和价值观念上所发生的诸多剧烈变动,同时也毫无保留地展示了他丰富的内心世界,把《人间天堂》这部小说写得有色彩、有波澜,极具真情实感,使得它产生出了一种特殊的韵味,因而也久久萦绕在

---

① Edmund Wilson, *Letters on Literature and Politics 1912~1972*, New York: Farrar, Straccs & Girroux, 1977, pp. 4546.

② F. Scott Fitzgerald, *The Crack Up*, p. 88.

一代又一代读者的心间。

如今,《人间天堂》已被视为一部集现实主义和浪漫主义于一体的重要的美国小说。由于它以严峻的道德标准审察了美国大学的校园生活,塑造了思想解放、观念新颖的美国青年,尤其是女性青年的生动形象,《人间天堂》已被人们看做是继欧文·约翰逊(Owen Johnson, 1878~1952)的《斯托弗在耶鲁》(*Stover at Yale*, 1911)和布什·塔金顿(Booth Tarkington, 1869~1946)的《那年我十七岁》(*Seventeen*, 1916)以来的第一部描写美国大学生活的严肃小说。在历史已进入21世纪的今天来看,人们对这部小说的喜爱程度依然不减当年。作者在小说中所娴熟运用的那些流传于大学生们当中的专门术语和现代语言艺术更是引起了当代语言学家和许多翻译学家们的广泛注意。菲茨杰拉德也因此而被称誉为战后美国年轻一代的杰出的代言人。

1922年斯克里布纳出版公司出版了菲茨杰拉德的第二部长篇小说《漂亮冤家》。在同一年,英国伦敦的柯林斯出版公司又再版了这部作品。虽然该书当时的出版量很大,达到5万册之多,而且在美国的《出版家周刊》(*Publishers' Weekly*)上连续3个月都被列为十大畅销书之榜,读者和评论界的接受情况却有些令人失望。在相当长的时期里,《漂亮冤家》都一直被认为是菲茨杰拉德的一部劣作,因为"人们对菲茨杰拉德的期望较高,完全有理由要求他写出比《人间天堂》更好的作品"。① 评论界有不少人士认为,这部小说的故事情节和所刻画的人物形象都很单调沉闷、枯燥乏味。"作者在这部长达四百余页的小说中,描写的只不过是一个极端自私的姑娘与一个同样极端自私、却在性格上更为懦弱的男子之间的爱情、婚姻故事,充满了花天酒地的纵乐生活和极为世俗的忧

---

① Jackson R. Bryer, ed. *F. Scott Fitzgerald: The Critical Reception*, p. 82.

虑烦恼。"①有的评论家甚至批评说,菲茨杰拉德就像"一个愚蠢的老妇,守着别人丢给她的一颗宝石"。② 艾德蒙·威尔逊对此的解释是:"这是因为他被赋予了丰富的想像力,却又不能理智地控制它;他有追求美好事物的热望,却又缺少美学鉴赏的眼光;他有极高的文学天赋,却又缺少正确表达其思想的方法。"③因此,"他便让他的那些不切实际的幻想、他的幽默感,以及他爱说空话的嗜好随意发挥了。"④

虽然《漂亮冤家》遭遇的几乎是一片否定的批评,菲茨杰拉德的声名也因此而大受影响,但评论界仍不乏对这部作品的赞扬声。菲茨杰拉德的生前好友、美国名作家约翰·P·毕萧浦撰文说:"《漂亮冤家》无论在创作构思或在情节处理上,都代表着作者在《人间天堂》的基础上又取得了新的进步",同时,他也批评了该书存在的不足之处,"菲茨杰拉德在这部作品中将毫无意义的生活渲染得天花乱坠。他常把一些闪光的思想处理成了类似于烟花爆竹的东西,那些用来制造欢快气氛、用完就会变得毫无价值的东西。他在遣词造句时常常不究其意,爱用一些与他只有一面之缘的词语。他的美学观点是不健全的。他的文学修养和格调有时会变得特别的差"。⑤ H·L·门肯也承认,菲茨杰拉德的这部自然主义小说不及德莱塞的《嘉莉妹妹》那样的"布局精巧,妙语如珠",但他还是对这部作品给予了高度的评价,认为作者是在"努力解决他过去从未遇到过的难题","书中有数百处精彩片段的描写,足以表明作者严肃的创作主旨和无可非议的叙事技巧。甚至

---

① Jackson R. Bryer, ed. *F. Scott Fitzgerald: The Critical Reception*, p. 81.
② Edmund Wilson, *The Shores of Light*, New York: Farrar, Straus & Giroux, 1975, p. 27.
③ *Ibid.* p. 27.
④ Jackson R. Bryer, ed. *F. Scott Fitzgerald: The Critical Reception*, p. 152.
⑤ *Ibid.* p. 74.

第七章 20世纪杰出的文学艺术家

连那些不足之处也可视为他辛勤耕耘的佐证。菲茨杰拉德已告别了 Wunderkind(德文,意为"神童"),开始走向了他创作的成熟期。"①文学评论家、菲茨杰拉德的生前好友乔治·G·奈森也对这部作品给予了公正的评价。

随着对菲茨杰拉德作品研究的不断深入,人们自 70 年代起已开始从不同的角度来重新审视和评价这部颇有争议的小说。评论界普遍认为,《漂亮冤家》在主题思想上与《人间天堂》基本相同,也如实描写了战后美国经济繁荣时期的社会风气,记录了传统道德的动摇和年轻一代放荡不羁而又焦躁不安的心态。评论界当年对这部小说的争议和讨论激发了后来的人们对这位作家和这部作品的更为广泛的关注,使得菲茨杰拉德的声名得到了进一步提高。人们认为,就其创作构思和艺术表现手法而言,《漂亮冤家》的确受到了西奥多·德莱塞的《嘉莉妹妹》、弗兰克·诺里斯(Frank Norris, 1870~1902)的《温多华与兽性》(*Vandover and the Brute*, 1914),以及查尔斯·诺里斯(Charles G. Norris, 1881~1945)的《盐》(*Salt*, 1917)的影响。菲茨杰拉德当年对诺里斯这对文学兄弟极为钦佩,他认为《盐》"可以说是一部令人振聋发聩的现实主义作品"。② 他曾在给希拉·格雷厄姆的信中说:"弗兰克·诺里斯在刚完成了 3 部了不起的作品之后就于 1902 年不幸去世了,死时才刚过 30 岁。他是一位最有发展前途的作家,完全有超越德莱塞和其他作家的可能。他曾说自己是自然主义小说家左拉的门徒,但事实上,他在很多方面早已超过了左拉。"③在他去世前不久写给艾德蒙·威尔逊的信中,菲茨杰拉德还指出了美国作家约翰·斯坦贝克的名作《鼠与人》(*Of Mice and Men*, 1937)中模仿诺

---

① Jackson R. Bryer, ed. *F. Scott Fitzgerald: The Critical Reception*, p. 107.
② Matthew J. Bruccoli, ed. *F. Scott Fitzgerald: A Life in Letters*, p. 33.
③ *Ibid.* p. 423.

里斯作品的若干片段。① 根据这些,我们可以看出菲茨杰拉德的阅读面之广、治学态度之严谨,以及他从阅读中所汲取的营养之丰富。菲茨杰拉德在他的《漂亮冤家》中通过对主人公安东尼·帕奇这一人物形象的塑造,充分表现了"人类的各种行为都不可抗拒地会受到自然法则的支配"这一自然主义文学的创作思想。比如,当安东尼第一次与葛罗莉娅接吻时,"他决没有想到自己竟是如此地身不由己,接吻的动作是如此地情不自禁,仿佛是被某种天外之力而不是被葛罗莉娅的魅力所左右着。他感到自己就像是一块拍摄照片用的感光板。某个身形庞大的摄影者将相机对准了葛罗莉娅,然后'啪'的一声按下了快门!——可怜的底片只有曝光的份儿,就像世间的万物一样,都逃不出自然法则的手心。"②自然主义文学是现实主义文学的一种表现形式,它强调人所无力控制的自然法则和人的本能对人类行为所产生的支配作用。菲茨杰拉德深受这一文学表现手法的影响,并将它运用在《漂亮冤家》这部小说的创作中。它的确标志着菲茨杰拉德在文学创作上的进步和逐渐走向了成熟。

"美国文库"在不久前又推出了菲茨杰拉德的早期作品集,包括了他的这两部长篇小说和两部短篇小说集——《新潮女郎与哲学家》与《爵士乐时代的故事》。纽约读书界认为,这个作品集出版得正是时候,因为眼下的"网络时代"很像是当年的"爵士乐时代",金钱的膨胀速度远不是文化发展的速度可以涵盖或描述的。菲茨杰拉德当年写下的这些作品,在今天看来,依然还是那样新鲜流畅,富有魅力,令人备受启发。同时也说明了历史的发展自有其颇多的相似之处,而菲茨杰拉德对当年的社会图景的刻画又是多么地精深和鲜活。他的作品的魅力随着时代的发展,正在与日俱增。

---

① Mary Jo Tate, *F. Scott Fitzgerald: A to Z*, p. 176.
② F. Scott Fitzgerald, *The Beautiful and Damned*, pp. 105~106.

第七章　20世纪杰出的文学艺术家

如果说菲茨杰拉德的《人间天堂》和《漂亮冤家》是他的成名之作,并为他的文学生涯奠定了坚实的基础,那他的《了不起的盖茨比》和《夜色温柔》则确立了他在文学史上的地位,标明了他所取得的辉煌成就。

1925年4月由斯克里布纳出版公司首次推出、又经英国伦敦的Chatto & Windus出版社再版的菲茨杰拉德的第三部小说《了不起的盖茨比》,总的发行量才2万余册,还不及前两部小说的一半。从商业角度上说,这是一个失败。然而评论界对这部作品的接受程度和赞誉之声却出人意料的高,甚至超过了作者本人的期望。大多数评论家都认为,这部小说无论在思想深度还是在艺术表现手法上,都堪称是菲茨杰拉德最优秀的作品,是他的创作技艺已臻成熟的最显著的标志。尽管如此,这部作品在出版之后近两年的时间里,在图书市场上却几乎销售不动。也许是由于菲茨杰拉德的创作思想和表现方法过于超前,当时的人们尚不具备高瞻远瞩的眼光,作品所表现的主题因过深奥而难以被人们充分理解和接受的原因。总之,在当时的情景下,几乎没有人会预见到,这部小说在日后会成为经典之作,会对美国文学乃至世界文学产生深远的影响。有评论家说,这部小说只是提出了一个"十分微妙的问题","坦白地说,这部小说既不深刻,也不耐读,不大会产生持久、深远的印象"。[1] 评论家劳伦斯·斯托林斯在《纽约世界》(*New York World*)撰文说:"菲茨杰拉德的这部作品写得有色彩,有波澜,风格清新,构思巧妙,结构严密,人物勾画生动,完全不同于他过去的作品,这是显而易见的。但是他根本就没有想到过要把这部小说写成为一部'了不起的小说'或'一部好书'。"[2] 甚至

---

[1] Jackson R. Bryer, ed. *F. Scott Fibzgerald: The Critical Reception*, p. 200.
[2] *Ibid.* pp. 203~204.

连H·L·门肯这样的大文学评论家也对这部小说持保守的看法。他在肯定了菲茨杰拉德的艺术成就的同时,又说:"这部小说显然并不重要……肯定不能与《人间天堂》相提并论。从根本上说,它讲述的只是一个简单的故事——菲茨杰拉德似乎对保持小说情节上的悬念更感兴趣,而没有去挖掘深层次的意义,因而不能给人以切肤之感,这是问题的症结所在。这并不是说这部小说的情节和人物都是凭空臆造的,而是作者在描写他们时过于想当然了。书中只有盖茨比这一人物被描写得栩栩如生,其他人物都只是活动的木偶——虽然也很逼真,但终究缺少生气。这部小说的成功之处并不在其情节的安排和人物的刻画,而在于其语言的魅力和格调上的优美。在艺术表现形式上,它不过是一部被美化了的轶事集。"①

评论界有不少人士都撰文表达了他们对菲茨杰拉德所寄予的厚望,认为他只要肯努力,一定能成为无愧于时代的大文学家。评论家康拉德·艾肯说:"假如他能够放弃那些徒有其表的浪漫主义的花架子,不去追逐畅销杂志所需要的那种故作深沉的假把式,那他一定能够成为具有一流水准的小说家。"②威廉·R·本奈特发表在美国《文学评论》(*Review of Literature*)上的评论,是当时最具远见卓识的文章,因为他清楚地看到了这位小说家已臻成熟的严峻的道德观:"菲茨杰拉德第一次以严峻的道德标准审视和分析了这个时代的巴比伦式的慑人魅力,而没有被其绚丽的灯光所迷惑。他展现在你眼前的不仅是全景式的辉煌灯火、富裕奢侈的生活方式和惊人的浪费现象,同时也毫无掩饰地将裸露的绞刑架暴露在你的眼前。"③美国著名文学评论家、菲茨杰拉德的好友

---

① Jackson R. Bryer, ed. *F. Scott Fibzgerald: The Critical Reception*, pp. 211~212.
② *Ibid.* p. 244.
③ *Ibid.* p. 220.

吉尔伯特·赛尔迪斯(Gilbert Vivian Seldes, 1893~1970)宣称："菲茨杰拉德不仅已经成熟；他已经掌握了自己的文学天赋，正展开双翅在文学这片天空中潇洒自如地翱翔着。他把早期作品中的一切踌躇和矫饰都统统抛在了身后，也把他同时代的人和他的前辈们远远抛在了身后。"①

菲茨杰拉德的猝然病逝引发了"菲茨杰拉德复兴"，也引发了"盖茨比的复苏"。美国《纽约时报》刊发过这样的一篇悼文："评论家们认为，他的最好的作品是《了不起盖茨比》。小说发表于1925年，描写的是当时长岛地区颇具讽刺意义的生活。在当年，杜松子酒是国饮，而性解放则是国情。小说一经发表，就立即迎来了评论界的喝彩。它是菲茨杰拉德先生的最佳作品。用约翰·张柏林的话来说，'他具有非凡的能力，可以用一句话就能概述出一个时代的风貌，一个夜晚的温情，一首老歌的韵味'。它虽称不上是一部传世之作，但它恰到好处地把握住了这10年的精髓。"②詹姆斯·格雷甚至毫不避讳地说："在荣获了诺贝尔文学奖的那些作家当中，还没有人写出过像《了不起的盖茨比》这样精彩的小说。有朝一日，人们也许会重新发掘和评价这部作品。"③《纽约人》杂志也在悼文中将《了不起的盖茨比》评价为"观察最入微，描写最优美的美国小说之一"。在马尔科姆·考利、约翰·多斯·帕索斯、约翰·奥哈拉、巴德·舒尔伯格等名家发表的悼文中，《了不起的盖茨比》都被誉为"为数不多的美国经典小说之一"。④

美国文学史上曾掀起过"麦尔维尔复兴"，那是一场由学术界

---

① Jackson R. Bryer, ed. *F. Scott Fitzgerald: The Critical Reception*, p. 239.
② Matthew J. Bruccoli, ed. *New Essays on "The Great Gatsby"*, New York: Cambridge University Pres, 1985, p. 4.
③ *Ibid.* pp. 4~5.
④ *Ibid.* p. 5.

发起的关于文学创作方法的大讨论。"菲茨杰拉德复兴"则起源于读者自发的对菲茨杰拉德的作品,尤其是对《了不起的盖茨比》的强烈需求,这种需求在评论界乃至整个社会都产生了极大的反响。在相当长的时期里,《了不起的盖茨比》一直被人们称做是"一部描写 20 年代纵酒狂欢生活的作品"。这部作品唤起了人们对那个特殊年代的社会风貌和生活气息的回忆。它不仅被人们视为一部文学史上的精品,而且还被看成是一部帮助人们回顾和了解 20 年代历史的史学著作,菲茨杰拉德也因此被人们誉为"爵士乐时代的编年史家"。由于评论界当时的反应较为滞后,在整个 40 年代还没有出现过专论《了不起的盖茨比》的评论文章,虽然零零散散的笼统评价作者和这部作品的文章也常见于报刊。直至 50 年代"新批评"开始流行,评论界才真正重视了对这部作品的重新评价,虽然当时的重点仍还只限于对其主题思想和象征意义的解读上。但是,从那以后,专门研究《了不起的盖茨比》的学术专著和评论文章便如雨后春笋般,一发而不可收了。如果说菲茨杰拉德由于其在读者中所赢得的崇高的声誉和他在文学创作上所取得的辉煌成就而为自己在当代美国文坛树立了高大的形象,那么,《了不起的盖茨比》就可当之无愧地成为当代美国文学史中的经典之作。因为这部作品的地位之高、影响之大,几乎可谓无与伦比——美国文学中还没有哪篇作品的主人公像"杰伊·盖茨比"这样赫赫有名,家喻户晓。如同菲茨杰拉德的形象和菲茨杰拉德的作品已成为当代美国文学史中不可或缺的一个部分一样,盖茨比的形象以及他所存在的这部作品也已成了美国文化和美国文学研究中的一个组成部分,甚至也成了其他作家作品中的创作的内容。

最早在自己的文学作品中描绘菲茨杰拉德形象的是菲茨杰拉德同时代的一些作家。作为菲茨杰拉德的朋友、竞争对手、也是他的文学作品试金石的美国大作家欧纳斯特·海明威,在其 1936 年发表的短篇名作《乞力马扎罗山上的雪》中,直接采用了菲茨杰拉德的真名,把他描写成一个曾经很有作为、却因追名逐利而毁了前程的作家。"崇拜金钱"的"可怜的司各特·菲茨杰拉德"与现实主义作家海明威之间的交往,可谓是当代美国文学史上最为有名的一段轶事。海明威在其回忆录《不固定的圣节》中,详细记载了他与菲茨杰拉德夫妇的交往。虽然他的描写确有一定的事实依据,但就海明威的个性而言,他对菲茨杰拉德的描绘也难免会没有夸张和编造的成分。这部作品发表于1964年,书中对菲茨杰拉德的性格和形象的刻画,使人们对这位作家更加感到扑朔迷离。美国名作家托马斯·沃尔夫的《网与石》(The Wed and the Rock,1939)中的主人公亨特·康罗伊,也可以说是菲茨杰拉德形象在小说中的再现。

衡量一部文学作品在其所处的文化背景中是否具有永恒性,以及它是否会对其文化的发展产生出深刻影响的重要标准之一,就是看它对在同样的文化传统中从事文学创作的后来的作家们会产生什么样的影响或会造成什么样的印象。从这个角度说,《了不起的盖茨比》在20世纪美国文学史中所留下的印迹可能比任何其他作品都要深刻。对这部作品的仿效者和引用者,其数量和种类之多,已足以形成一个文学流派,即"盖茨比小说"。其中较为著名的是美国大作家J·D·赛林格(Jerome David Salinger,1919~)及其代表作《麦田里的守望者》(Catcher In the Rye,1951)。《麦田里的守望者》中的主人公荷顿·考菲尔德是当代都市里的哈克贝利·芬,他也成了当代美国文学中最令人感到亲切,最使人难忘的人物之一。在年轻读者的眼里,荷顿是孤独的都市青年的象征。他的浪漫和潇洒,与马克·吐温笔下的哈克贝利·芬几乎如出一辙。在赛林格的眼里,他也是杰伊·盖茨比的衣钵传人。在小说中,当荷顿的哥哥试图培养荷顿的文学素养,提高他的鉴赏水平时,他背地里说:"我还是闹不明白,他怎么会喜欢像海明威的《永别了,武器》这类弄虚作假的作品,还喜欢林·拉登纳所写的那本书,他还特别喜欢那本《了不起的盖茨比》……我特别爱看《了不起的盖茨比》。这个老盖茨比。这个老朋友。他简直让我着迷了。"① 荷顿无疑是赛林格的代言人,为作者说出了他对不弄虚作假的盖茨比的景仰之情。《麦田里的守望者》所揭示的主题思想也是盖茨比式的——对腐败的美国传统文化和良知的强烈反叛。荷顿这一人物的命运也是盖茨比式的——梦想被无情的现实打得粉碎。赛林格后来在给友人的信中进一步表明了他对菲茨杰拉德的崇敬之情:"这一周我又重读了菲茨杰拉德的许多作品。啊,上帝,我太喜欢这个人了。那些该死的评论界的傻瓜总是把作家们称为具有特殊风格的天才——说海明威有把对话写得简约含蓄的天才,说沃尔夫有使不完的精力,等等。菲茨杰拉德的特殊风格其实就是他那完美的大放异彩的艺术成就。"②

1981年出版的美国名作家约翰·欧文(John Irving)的《新罕布什尔旅馆》(*The Hotel New Hampshire*,1981)是一部以流浪汉的冒险事迹为题材的悲喜剧。小说从主题思想到人物群像的塑造,处处都透露着盖茨比的影响,闪现着盖茨比的身影。③《了不起的盖茨比》所展现出的高超的叙述技巧、精湛的语言艺术和独特的文学表现手法深深影响了一批又一批的美国小说家。较为显著的一个标志是,在当代美国文学中,有许多小说都效仿或直接采纳了《了不起的盖茨比》中的尼克·卡洛威式的叙事手法。如托马

---

① J·D·塞林格著,施咸荣译,《麦田里的守望者》,译林出版社,1999年版,第99~100页。
② Matthew J. Bruccoli, ed. *New Essays on "The Great Gatsby"*, p. 31.
③ 约翰·欧文是当代美国小说家。在其长篇小说《新罕布什尔旅馆》中,作者借用书中主人公之口,多次提及了菲茨杰拉德的创作思想和文体风格,以及《了不起的盖茨比》。此外,这部小说在主题内容和情节安排上也与《了不起的盖茨比》异曲同工。详见John Irving, *The Hotel New Hampshire*, (New York: Garp Enterprises, Ltd., 1981)。

斯·沃尔夫的代表作《天使,望故乡》(*Look Homeward, Angel*, 1929)、詹姆斯·鲍德温(James Baldwin, 1924～1987)的小说《告诉我列车已远去》(*Tell Me How Long the Train's Been Gone*, 1968)、威廉·斯太伦(William Stylon, 1925～)的《躺在黑暗中》(*Lie Down in Darkness*, 1951)[1]等等。

《了不起的盖茨比》的另一个影响面来自于高等院校。全美各高校都将这部作品定为文学专业的必读书目之一,而这部小说也是学生们特别喜爱的作品之一。在这一点上,谁也无法说清其真正的因果关系。也许是因为老师们热衷于探讨这部作品的文学价值,学生们受其感染也潜心于此;也许是因为学生们认定这是美国文学史中的一部经典之作,希望教授们能帮助分析,指点迷津;也许教与学双方都在互相促进,伴生共存。一些高校还开设了"菲茨杰拉德研究"的学位课程。第一篇专门研究菲茨杰拉德的博士论文完成于1950年。到1982年,已有74篇这一类论文获得通过[2]。如今可能已不可计数了。

从总体上说,数以千计的专论《了不起的盖茨比》的专著和评论文章可大体分为3大类:其一为专门探讨写作技巧和艺术风格的文本类的研究文章;其二为从史学和社会学的角度来分析盖茨比这一人物形象及其象征意义的评论类文章;其三为从现实主义观点和伦理标准出发,深入考察这部作品的主题思想及其重要的现实意义的具有政治和哲学高度的论述和专著。

的确,这部作品的重要意义之一,就在于它对所谓的"美国梦"的虚假实质所作的深刻揭露上。主人公盖茨比是一个完全凭借自己的努力从社会的最底层苦斗上来的人。他获得了经济上的

---

[1] 详见伊哈布·哈桑著,陆凡译,《当代美国文学》(上册)。山东人民出版社,1980年版,第69页、第96页。
[2] Matthew J. Bruccoli, ed. *New Essays on "The Great Gatsby"*, p. 29.

巨大成功,但他并不能真正理解财富在现实社会中所起的作用,意识不到他的暴富与布坎南所继承的家业之间有着天壤之别。他相信的是"美国之梦"——令人兴奋、令人神往的未来。但是,他的雄心,他的希望,他对黛茜的执著追求,都被残酷的现实、被他自己心中的偶像击得粉碎。盖茨比的死亡,"美国梦"的破灭,给读者留下的是无限的惆怅和广阔的思索空间。菲茨杰拉德自己也曾说:"这部小说的全部分量就在于,它表现了一切理想的幻灭,再现了真实世界的原本色彩。因此,我们不必去考究书中的事件的真伪,只要它如实反映了那个时代神奇的光彩。"[①]

有评论家认为,盖茨比这一人物的形象过于模糊,黛茜及其他一些人物也同样让人捉摸不透。这种模糊的描绘也许恰恰正是作者有意的安排,因为盖茨比和黛茜都生活在简单得让人一目了然的世界里。比如,黛茜对自己的女儿的最大希望就是:"我希望她将来就做一个小傻瓜——这才是女孩子在这种世界上最好的出路,做一个美丽、迷人的小傻瓜。"其用意是很明显的,她希望自己的女儿将来不要像她这样,卷入现代生活的"残酷而令人失望的现实中"而无力自拔。盖茨比与黛茜的天真无知,进一步增添了这部小说的悲剧色彩。黛茜与布坎南的婚姻给黛茜带来的只是无尽的屈辱。盖茨比的出现似乎给黛茜带来了重温旧梦的希望,但是她又害怕会失去现有的富裕生活和稳固的社会地位。离婚并不能成为她的选择。黛茜疯狂驾车,不幸撞死了她的情敌,这一事件本身似乎也说明了某种意义——她要追回她做妻子的权利。菲茨杰拉德在揭示了婚姻对人的毁灭作用的同时,也从更高的角度严厉批判了金钱对人性的腐蚀和毁灭的作用。

是金子总会闪光。《了不起的盖茨比》这部在作者有生之年似乎并不怎么"了不起"的作品,如今已从故纸堆中脱颖而出,熠

---

① Matthew J. Bruccoli, ed. *F. Scott Fitzgerald: A Life in Letters*, p. 78.

熠生辉,在美国文学精品中占据了它应有的地位。评论家们赞颂的是那些能够超越时空界限的名作,而能够超越时空界限的名作也正是人们爱不释手、百读不厌的佳作。《了不起的盖茨比》正是这样一部佳作。它印证了托·斯·艾略特早年所说的话:"在我看来,这是美国小说自从亨利·詹姆斯以来所迈出的第一步。"

继《了不起的盖茨比》出版之后,到他去世之前的这长达15年的时间里,菲茨杰拉德除发表了一些短篇小说之外,只创作了两部长篇小说。一部是《夜色温柔》,另一部是他还没来得及完成的《最后一位君子的爱》。《夜色温柔》出版于1934年,也是由斯克里布纳出版公司推出的,出版时间比《了不起的盖茨比》整整晚了9年。读者和评论界当初对这部小说的反应差不多是毁誉参半,而且在相当长的时间里一直如此。菲茨杰拉德的声誉也因此而一落千丈,跌到了"几乎无法弥补的地步",[1]虽然仍还有不少评论家在为他唱赞歌。

美国著名女作家伊迪丝·华顿说:"若干年来,人们似乎一直在翘首企盼着《了不起的盖茨比》的续集,在预测着菲茨杰拉德先生的壮举。因为作为一个优秀的小说家,他已因种种原因而沉寂了很久了。"她在肯定了这位作家的艺术成就的基础上又说:"《夜色温柔》所表现的思想和生活观与作品中的那些人物一样都很肤浅。这部作品的深度和广度都远远不够。而且,也像威廉·福克纳一样,用恐怖来代替悲剧。菲茨杰拉德先生错过了为颓废的社会创作出一流小说的机会。"[2]

《夜色温柔》自发表以后,受到的批评是较为严厉而苛刻的。

---

[1] Matthew J. Bruccoli, ed. *F. Scott Fitzgerald: A Life in Letters*, p. 466.
[2] Milton R. Stern, ed. *Critical Essays on F. Scott Fitzgerald's "Tender Is the Night"*, Boston: G. K. Hall & Co., 1986, p. 71.

不少评论家认为,这部小说结构松散,情节凌乱,可信度较差,因而不具有较强的可读性。尤其是作者在将小说的重点从萝丝玛丽·霍伊特转向迪克·戴弗时,处理的手法过于突然,过渡性的安排不够精到。迪克最后的消沉颓废也不足以令人信服。评论家约翰·张柏林认为:"这部小说只在萝丝玛丽差不多完全消失之后才真正开始。"①有的人甚至认为,这部小说"只有前三分之一的部分还值得一读",②而其余部分则令人不忍卒读。评论家克利夫顿·弗迪曼在其文章中说:"迪克对失败的命运的接受来得过于突然,使人难以置信。作者对那些所谓的悲剧性事件的交待尚不足以构成迪克在意志上的沉沦。由于作者未能更深入地考察和挖掘书中各色人物的真实生活和内在涵义,这就使得这部小说令人大失所望,这也是这部小说之所以不能成为一流作品的原因所在。"③此外,这部小说还存在年代编排上的前后不一致、人物的自相矛盾、地理标识上的张冠李戴,以及外语使用上的不当或误用等五十多处明显的错误,这就进一步影响了读者对菲茨杰拉德的信任程度。

马尔科姆·考利当年对这部小说的评价是:"《夜色温柔》是一部好小说,但是它也会使你感到迷惑不解。读完之后,还会使你有些恼火,因为这并不是一部大作,而且你还会觉得,小说似乎并没有写完……书中提到的一些社会、伦理问题,在掩卷之余仍会在读者的耳边久久回响。菲茨杰拉德想给予解答,却又不直截了当。小说的主题富有深意。但问题是,菲茨杰拉德根本就没有完全拿定主意,要把它写成什么类型的小说——究竟是围绕着一个主人公来展开,还是描写某一个群体。这两种类别的处理方法在这篇

---

① Jackson R. Bryer, ed. *F. Scott Fitzgerald: The Critical Reception*, p. 299.
② *Ibid.* p. 302.
③ Milton R. Stern, ed. *The Critical Essays on F. Scott Fitzgerald's "Tender Is the Night"*, p. 71.

小说中同时并存,互为干扰。我们看到的是一个分裂开来的创作题旨,这也许可以溯源到作者自己的分裂的双重个性特征……《夜色温柔》还存在技术上的差错。菲茨杰拉德在长达9年的时间里,一直在断断续续地写这本书。其间,他自己的观点也发生了很大变化。结果是,书中好几个人物都自相矛盾:他们完全不像常人那样发生改变,而是自己转化成了与众人格格不入的人。"[①]当然,考利还是指出了这部小说的诸多优点,并肯定了它的文学价值和艺术特色。

1951年,考利教授在重新编辑、出版《菲茨杰拉德三小说》(*Three Novels of F·Scott Fitzgerald*,)时,已改变了他当初对这部小说的看法。他在这本书的前言中说:

> 若干年后重读这部小说时,我已有了新的与以往不同的看法……这是一部别具一格的、在严肃的美国小说中极少见到的好小说。作者在这部小说里并没有试图对社会的各种价值观念做出分析,揭示其虚伪的本质,然后再对其痛加鞭笞——当社会形态和价值观念发生了扭曲、走向了堕落时,我们完全有必要这样做,而且这也并不需要太多的想像力和艺术造诣即可做到。菲茨杰拉德是在致力于某种比这更为艰难的工作:他试图发现、甚至还想创造出社会所缺少的真正的价值观念和伦理标准。作者所采用的突降法和巧妙的结局安排,使得小说不同凡响,给读者留下了很大的思索余地……迪克就像一个躲进了自己的世界、或隐入了社会另一个层次的老朋友一样从读者的眼前消失了。尽管我们对他已十分了解,但我们却无法确知他隐退的真正原因。也许,正如作者当初

[①] Milton R. Stern, ed. *The Critical Essays on F. Scott Fitzgerald's "Tender Is the Night"*, pp. 83~85.

所构思的那样,是因为有闲阶级的道德准则已严重腐蚀了他;也许是因为他在治疗患有精神病的妻子的过程中,将自己生命的活力和旺盛的体力都转移到了妻子的身上,妻子得救了,他却被折磨得精疲力竭,兴味索然了;也许是因为他慷慨无私地做出了过度的奉献,却又遭到了无情的背叛,因而变得心灰意冷,消沉颓废了;也许……总之,对这位我们曾经很熟知的老朋友的衰落的原因,我们尽可以无止境地展开讨论,但却不可能得出任何结论。他朝那片他所熟悉的海滩和那些抛弃了他的人最后瞥了一眼,就消失在茫茫世界里了。他已完成了他的使命,为自己的一生划上了一个圆满的句号。①

马尔科姆·考利对《夜色温柔》全书的重新编排、整理以及对这部小说的重新评价在学术界又引起了新的争议。人们开始从多种不同的角度对这部小说的优劣及其蕴藏的社会、历史意义展开了讨论。其结果依然还是各执其说,莫衷一是。直至菲茨杰拉德逝世二十多年之后,《夜色温柔》才真正被人们视为"菲茨杰拉德写得最精彩的一部小说"。② 最早提出这一看法的人是菲茨杰拉德的第一位传记作者亚瑟·密兹纳。他在一篇评论文章中说:"他全部的文学天赋,他对生活的细致入微的观察,他的具有深刻意义的价值观念,他对小说每一个细节的精心安排,他的艺术表现手法,这一切在这部小说中都得到了比以往任何时候都更加充分的展示。作者充分运用了他的智慧和技巧,具体而生动地表现了人类所共同体验到的丰富的内心活动。因而,作品中的人物都被赋予了寓言式的深刻含义。作品展示的世界就是真实世界的一个

---

① Milton R. Stern, ed. *The Critical Essays on F. Scott Fitzgerald's "Tender Is the Night"*, p. 109.
② *Ibid.* p. 1.

缩影。作品的时空跨度和地域的广阔,使得《了不起的盖茨比》显得较为渺小而简单。作品简洁的文风和完美的艺术表现方法以及戏剧化的逼真的细节描写,使得菲茨杰拉德不必去交待故事的来龙去脉,读者已完全能够自己去体会……"①

在另一篇文章中,密兹纳分析了《夜色温柔》在当初的接受状况为什么不如《了不起的盖茨比》的原因。他说:"这部小说所采用的人物的形象以及故事的情节,从社会历史学的角度说,不及盖茨比那样具有明显的社会意义。小说描写的是20年代流亡海外的美国富裕阶层的人的生活,人们通常认为,这种人与普林斯顿大学的本科生们一样缺少内涵。尤其是在小说发表的1934年,美国正处于'经济大萧条'的深渊中,人们更有理由产生这样的看法。此外,人们已普遍认为,菲茨杰拉德的思想已打上了富人的烙印,描写的仅是富人们的生活。这也是这部小说在当初不受人们欢迎的原因之一。其实,菲茨杰拉德已不再是一个单纯的富人崇拜者。他梦想能过上普通人所想象出的真正美好的生活。如同杰伊·盖茨比一样,他也'对未来的生活具有高度的敏感',他已凭着自己敏锐的觉察力清醒地看出,在现实生活中,只有富人才有机会过上美好的生活,而芸芸众生则是完全无望的。"②

密兹纳撰写的菲茨杰拉德传记《远在天堂边》,以及他和其他一些评论家发表的对《夜色温柔》的评论,刷新了人们对这部作品的看法,并为人们研究这部作品提供了新的思路、方法和资料。自20世纪60年代以来,有关《夜色温柔》的评论文章已多达数千篇,仅《夜色温柔》的评论集就出版了数十本之多。这些评论文章所涉及的内容以及评论的角度和方法可大体分为3大类:(一)将

---

① Milton R. Stern, ed. *The Critical Essays on F. Scott Fitzgerald's "Tender Is the Night"*, p. 94.
② *Ibid.* p. 163.

《夜色温柔》视为"心理小说",运用较为流行的"弗洛伊德学说"来分析和研究作品主人公的精神分裂和心理变态成因的文章。此类文章为数较多。(二)将《夜色温柔》视为一部"婚姻小说",详细考察和分析主人公的家庭失和、人际关系疏远、直至家庭解体的根源的文章。这类文章揭示了作品的另一主题,即:在特定的历史条件下,不和谐乃至不幸的婚姻对人的个性发展所造成的扭曲和毁灭作用。(三)仍将这部小说归为菲茨杰拉德所擅长描写的"爵士乐时代"青年男女的放浪生活的小说。不同之处是,这部小说描写的是一群流亡海外的美国的"花花公子"和"时髦女郎"。这类文章认为,《夜色温柔》在主题思想上与作者的其他同类作品大体相同,表现的仍是一个出身低微的青年对富有梦幻色彩的理想的追求以及如何遭到失败、变得消沉颓废的故事。

人们一般认为,从心理和个性发展的层面上说,迪克的内心深处具有许多国民性的超验型理想主义的缺陷。其中之一是,他渴望永葆青春,渴望爱与被爱。另一个原因是,他有一颗善良慷慨的心,他希望能奉献自己的才智,做一个对人人都有用的人。此外,他抱有一种利他主义的幻想,先是自矜其能,后又自甘堕落,表现得非常幼稚迂腐。从职业的角度看,迪克已将他全部的职业生涯弃之于不顾,而执意只接受一个典型病案的治疗,即尼柯尔病案。在这一点上,他成功了。从社会历史的层面上看,迪克为这个世界所做出的自我牺牲是天真幼稚的,无论从社会意义或从伦理标准上说,这个世界都不值得他如此去拯救。他的自我牺牲是毫无意义的,因为这个世界是在残酷地利用他,在耗尽了他的意志和精力之后,又无情地抛弃了他。这是人生的一大悲剧。

从《夜色温柔》的核心内容来看,它包括了强烈的怀旧情绪、悔恨心理、失落的希望、破灭的幻想、人格的分裂,以及从已经死亡的旧道德、旧理念中脱胎而出的充满敌意、严厉苛刻的新的世界观。小说展现的是一个复杂、庞大、多维的世界,是作者"信仰的证言"。① 小说的中心主题是对第一次世界大战前后西方世界的伦理发展、尤其是对"美国梦"的演变历史所作的严峻追溯。

"美国梦"这一词语,由于政治上的过度滥用和商业上的炒作渲染,如今已成了一个毫无意义的空洞的笑谈。但在历史上,它却曾对美国文化的发展产生过深刻的影响。从广义上说,它指的是在经济实力和社会地位上不断攀升的理想:拥有极大的财富,获得稳固的地位,社会成员之间保持亲密忠诚的人际关系。一句话:既有财力,又有权力。但在菲茨杰拉德的眼里,"美国理想"与"稳固的社会关系"之间是相互对立的一对矛盾。"美国梦"在他看来完全就是一场冒险或投机,是一种一厢情愿,是对渴求自由的梦想的一种心灵感应。它可以促使人去充分发挥其想像力,去实现梦中设定的目标,去最大限度地实现自我价值。这种梦幻式的理想并不受时间、空间乃至道德标准的限制。它可以超越历史,使人脱离沉沦,走出困境,忘却腐朽的过去,去争取真正的自由。这是一种无法用言语来表达的令人振奋的理念。在众多的美国作家中,只有菲茨杰拉德最恰如其分地描绘了这一具有浪漫色彩的美国理想:整个世界就像一个充满希望的金色的早晨,一切美好的未来,一切年轻而又浪漫的追求目标都在向人们招手,等待人们用英雄般的壮举去实现它。然而,它却又未免过于天真,过于脱离实际,没有考虑到历史和社会的羁绊,完全忽视了传统的伦理标准和价值观念对人的束缚。因此,一切的努力,一切的成就,最终给人带来的只是理想遭到幻灭后的痛苦与悲哀。它对人的信念和个性发展所造成的影响是毁灭性的。从这个意义上说,菲茨杰拉德在《夜色温柔》中所塑造的迪克·戴弗这一形象便具有极为典型的代表意义。在第一次世界大战结束之后的喧闹、狂放的生活中,迪

---

① Matthew J. Bruccoli, ed. *F. Scott Fitzgerald: A life in Letters*, p. 252.

克保持着他清醒的头脑,并已开始清醒地研究未来。他想以自己的无私奉献来医治历史遗留的创伤,祛除社会的腐败,如同美国政府曾想通过"以战争结束战争"的方式来"维护世界的和平与民主"一样。迪克的理想和奉献精神就是"美国梦"所宣扬的精神实质。他的确治好了尼柯尔的疾病,却又痛苦地发现,他所苦苦追求并得以实现的目标根本就不是他心中的理想。从形式到实质内容,理想与现实都是那样地大相径庭,令他大失所望,如同"美国之梦"也被其自己的历史和社会现实打得粉碎一样。在这个沉沦颓废的世界上,历史和现实展露给人们的是冷酷无情,虚伪狡诈,自私贪婪,道德沦丧,良知泯灭,以及无尽的谎言。人们需要构筑新的道德体系,需要建立新的文化形态和价值观念,以便能获得真正的自由和美好的生活。这正是《夜色温柔》这部小说真正的主题和价值所在。

长期以来,人们对《夜色温柔》产生争议,颇有分歧的焦点主要集中于两点:一、小说对迪克日趋消沉、精神崩溃的根本原因交待不够,不足以使人信服;二、小说在观点上的交替变换和年代上的错综编排,以及倒叙和插叙手法的反复运用,使人感到这部作品缺少中心思想,结构也较松散,让人难以理解。有的评论者将此归咎为作者在创作的上失控,不该在同一时间和空间涉及过多的主题和过多的人物。在这一问题上,当代美国著名文学评论家、耶鲁大学教授布鲁姆认为:

> 这种多主题交替出现的现象也许恰好是菲茨杰拉德独具匠心的安排。他不满足于某一个主题,而想用其他主题来充实和完善其中心主题思想。他利用尼柯尔这一人物的典型形象描绘了处于极端状态下的精神分裂症的种种表现,目的在于向人们暗示,现实生活中的每个人都或多或少地在某种程度上患有此症。如同尼柯尔的患病是由于其个人生活中遭受

了悲剧性的打击所招致的一样,经历过第一次世界大战的每个人,以及在现代社会中成长起来的每个人,都有可能因为这样或那样的原因而丧失个人的人格尊严。从这一点上说,尼柯尔这一形象也具有其普遍的意义。小说在整个结构上是首尾遥相呼应的。小说以一个"新女性"的形象为开端,但并没有局限于此,而是将重点转向了迪克·戴弗;最后又回到了故事开头的那片海滩,以另一个"新女性"的出现作为全篇的结尾。获得了"新生"的尼柯尔保持了小说在情节上的完整性。她站在远处冷眼观察着迪克的衰变和沉沦,但她决没有忘记她与迪克的一段情分,虽然她已重新组建了一个新家,开始了新的生活。当尼柯尔对丈夫说:"我爱过迪克,我永远也不会忘记他"时,汤米的回答是:"当然不会——你干吗要忘记他呢?"①

如今,评论界已一致公认,《夜色温柔》正如早年海明威曾评价的那样,是一部"令人越读越感到趣味无穷的小说"。它将以其精湛的艺术特色和深刻的社会意义而永载美国文学史册。

菲茨杰拉德于 1940 年去世之时留下的一部尚未来得及写完的长篇小说——《最后一位君子》的出版,激发了人们要对菲茨杰拉德的创作生涯重新做出评价的兴趣,也引发了"菲茨杰拉德复兴"的开展。威尔逊认为,这部小说"是菲茨杰拉德最为成熟的作品。小说对门罗·施塔尔这一人物的性格和形象的刻画极为出色。"②评论界对这部小说的赞誉与威尔逊的评价也如出一辙,不

---

① Harold Bloom, *F. Scott Fitzgerald: A Comprehensive Research and Study Guide*, *Bloom's Major Novelists*, Broomall, Pa: Chelsea House Publishers, 2000, p. 52.
② Jackson R. Bryer, ed. *F. Scott Fitzgerald: The Critical Reception*, p. 358.

谋而合。例如,美国名作家兼评论家约翰·多斯·帕索斯曾评价说:"虽然这是一部未竟之作,但我相信,这些片断仍具有重要意义,它所涉及的范围和深度已足以将美国文学的创作推向一个新的层次。"①虽然一向对菲茨杰拉德持保守看法的美国文学评论家詹姆斯·格雷曾预言:"即使菲茨杰拉德能在其有生之年写完这部小说,如果用他自己所设立的标准来检验,《最后一位君子》也很难说不是一部失败之作。"但他也还是对这部小说做出了较为公正的评论:"终于有人以严肃的态度来描写好莱坞了。他忠实地再现了好莱坞影城的功能、技术以及它诗一般的生活。这是件大好事。"②

菲茨杰拉德在其《读书札记》中曾透露过他创作这部小说的初衷,说:"很久以来,我已成了当代这批小说家中的最后一个了。"③他的这一思想在作品中的主人公、"最后一位君子"门罗·施塔尔的身上得到了充分的显扬。施塔尔是一位有着很强的独立精神的人,他要依靠自己的努力来创造一片真正的艺术天地,而不愿附庸于任何人。他代表着正直、道义、胆识、职责和奉献精神。他体现着菲茨杰拉德对传统的美国理想的诚笃信念。他的最终毁灭也标志着对"美国梦"的追求的终结。他是那个时代的精神世界里的"最后一位君子"。菲茨杰拉德在《读书札记》中曾描绘过他的"美国意识":"我仔细考察过这一点,因此才认为,这是世界上最辉煌的一段历史。假如我是像希拉一样昨天才刚踏上这片土地,我也依然会这样认为。这是一段能够产生一切雄心壮志的历史。它不仅是美国人的梦想,也是全人类的梦想。如果我能追溯

---

① F. Scott Fitzgerald, *The Crack Up*, p. 343.
② Jackson R. Bryer, ed. *F. Scott Fitzgerald: The Critical Reception*, p. 359
③ Matthew J. Bruccoli, ed. *The Notebooks of F. Scott Fitzgerald*, #2001.

第七章 20世纪杰出的文学艺术家

到它的尽头,那它也必然是与早期的先驱者们一脉相承的。"①他在给友人的信中谈到这部作品的创作构想时说:"我希望这是一部思想新颖的小说,能够激发起人们新的情感,甚至能够为人们看待某些社会现象提供新的思路和方法。它能使人回归到那也许已一去不复返的浪漫、繁华的过去。"②美国文学评论家、菲茨杰拉德的权威传记人马休·J·布鲁柯利教授在《史诗般壮丽的一生》一书中说:"菲茨杰拉德已清楚地意识到,30年代的政治气候和即将爆发的世界大战必将终结人们对生活的不切实际的浪漫追求。因此,他坚定地将自己看做是描写传统的美国理想和道德准则的最后一位作家,并毫不犹豫地在其最后一部作品里以深情的笔调塑造了最后一位传统的美国人的典型形象。"③在《最后一位小说家——菲茨杰拉德与〈最后一位君子〉》(*The Last of the Novelists: F. Scott Fitzgerald and the Last Tycoon*)一书的前言里,布鲁柯利教授又说:"这是一部成功的小说。小说的内容与标题是一致的。小说具有菲茨杰拉德一贯的特殊的艺术风格。事实上,作者所刻画的是一个典型的西方人的形象——美国历史上最后的一批边疆拓荒者,美国的移民和移民的子孙们对'美国梦'的追寻、界定和阐释。这批最后的君子们使得美国的电影业越来越趋于西方化。他们是新一代的开拓者。"④

也许不仅是因为《最后一位君子》的独特的艺术风格、作者对生活素材的升华处理以及这部作品所包含的社会历史分量,人们更对这位才华横溢、却又不幸英年早逝的作者充满了崇敬、缅怀之

---

① Matthew J. Bruccoli, ed. *The Notebooks of F. Scott Fitzgerald*, #2037.
② Matthew J. Bruccoli, ed. *F. Scott Fitzgerald: A Life in Letters*, p. 412.
③ Matthew J. Bruccoli, *Some Sort of Epic Grandeur*, New York: Carroll & Graf, 1991, p. 554.
④ Matthew J. Bruccoli, ed. *The Love of the Last Tycoon: A Western*, Cambridge: Cambribge University Press, 1993, p. xvii.

情。因此,《最后一位君子》从出版至今,始终都受到评论界的高度重视和肯定。在众多的评价文章中,美国文学评论家斯蒂芬·文森特·本奈特的一段话最常被人们所引用:"倘若菲茨杰拉德假以天年能写完这本书,我认为,它肯定会为美国的文学又增添一个重要的人物形象和一部重要的文学作品,这一点是毋庸置疑的。正如事实所表明的那样,《最后一位君子》决不只是一部未竟之作。它充分展现了作者全部的文学天赋、作者高度的思想境界以及他完美的艺术风格……先生们,你们该向他脱帽致敬啦。这并不是一个传奇的故事,这是一种崇高的声誉,是用正确的眼光观察并做出分析之后得出的结论,他是我们这个时代享有最可靠的声誉的作家之一。"[1]

菲茨杰拉德本人以及后来的评论家们大都认为,他的短篇小说远不及他的长篇小说那样深刻、生动、有分量。但近年来,人们又已开始了对他的短篇小说的研究。1991 年,美国文学评论家布莱恩·曼根撰写了一部专论菲茨杰拉德短篇小说创作的学术专著《勿忘财富——金钱在菲茨杰拉德短篇小说创作艺术中的作用》(*A Fortune Yet: Money in the Art of Fitzgerald's Short Stories*, 1991)。在这部专著中,曼根详细分析了短篇小说创作在菲茨杰拉德的文学生涯中所起的不可忽视的重要作用。菲茨杰拉德既是一位文学艺术家,又是一位职业小说家。因此,短篇小说的创作既为他创造了一片艺术"练兵场",使他得以借此磨笔练艺;又为他提供了重要的生活来源,使他不必整日为维持生计而到处奔波。布鲁柯利教授在其编撰的《菲茨杰拉德论创作》(*F. Scott Fitzgerald on Authorship*, 1996)一书中,也撰文表述了同样的观点,认为在短篇小说的创作上,菲茨杰拉德既是一个有商业意识的小说家,

---

[1] Jackson R. Bryer, ed. *F. Scott Fitzgerald: The Critical Reception*, pp. 375~376.

也是一个有职业道德的文学艺术家。美国重要文学评论家杰克逊·R·布莱尔对菲茨杰拉德的研究非常深入,因而著述颇丰,影响也较大。在菲茨杰拉德短篇小说研究方面,仅布莱尔一人就编著有两部专论:《用新文学批评方法看菲茨杰拉德短篇小说》(*The Short Stories of F. Scott Fitzgerald: New Approaches in Criticism*, 1982)和《被忽视的菲茨杰拉德短篇小说新论》(*New Essays on F. Scott Fitzgerald's Neglected Stories*, 1996)。

人们普遍认为,菲茨杰拉德在其创作生涯里的确曾写出过一些技艺很娴熟、但内容很肤浅的短篇小说。这些作品虽然也在一定程度上反映了新一代人的生活风貌,但基本上是仅为赚取稿酬而精心炮制出来的。他甚至常把一些原打算用在长篇小说里的精彩片断有意留下来,然后再编写成短篇小说以供及时发表,获得较快捷的稿费。这种做法虽满足了他与姗尔达在物质生活上的需要,但也在一定程度上浪费了他的艺术才华,损伤了他的自身形象。然而在另一方面,他也创作出了一系列内容丰富、思想深刻、发人警醒的优秀短篇,如《五一节》、《赦罪》、《阔少爷》、《冬天的梦》等等。在这类主题严肃的作品里,他高度戏剧化地表现了现代意识与传统观念之间的矛盾冲突,描写了在富丽繁华的表象下所埋藏着的危机和灾难,颂扬了年轻一代对根深蒂固的旧道德、旧文化的反叛精神。如今,评论家们大都认为,他的这些短篇小说为他的长篇小说的创作做了有效的准备和铺垫,使得他的长篇大作不鸣则已,一鸣惊人,产生出经久不衰的效应。他的众多的短篇小说,哪怕是早期的一些习作,也大都写得结构严谨,流畅舒展,艺术感极强,字里行间常常充满诗情画意,给人以美的享受。在菲茨杰拉德的创作生涯里,他的短篇小说也占有重要的一席之地。

三、从低谷走向顶峰
——菲茨杰拉德百年诞辰纪念

1996年是菲茨杰拉德的百年诞辰。为了纪念这位伟大的小说家,世界各地的高等院校和文化机构都以各种形式举办了规模盛大的庆典活动。许多著名的作家、专家和教授,都不远万里分别出席了这些盛会,相互交流了在菲茨杰拉德研究方面所取得的最新进展,将世界范围的菲茨杰拉德研究推向了新的高潮。

从内容的丰富程度和出席人数来看,在菲茨杰拉德的家乡——美国明尼苏达州圣保罗市举行的"菲茨杰拉德百年诞辰暨文学节"的规模最为宏大,持续时间也最长——1996年9月23日到29日,整整一周。出席这次活动的有来自各地的著名作家、学者,如约瑟夫·海勒(Joseph Heller, 1923~1999)和E·T·道克托罗(E·L·Doctorow, 1931~),菲茨杰拉德的亲友、各界要人以及学生,人数达三千人之多。活动安排的内容十分丰富,包括:当地电台和电视台连续播放新闻纪录片《菲茨杰拉德在圣保罗》,以及根据菲茨杰拉德作品改编的电影和电视剧;出席本次盛会的名流对《了不起的盖茨比》和作者的其他作品的马拉松式的接龙朗诵;参观菲茨杰拉德故居;菲茨杰拉德作品展;菲茨杰拉德青铜雕像揭幕仪式;菲茨杰拉德生平和作品研讨等等。美国邮政部于9月26日在圣保罗市举行的菲茨杰拉德纪念邮票的首发式更具有特别的纪念意义。比菲茨杰拉德本人身材略高的青铜雕像是美国著名雕塑家迈克尔·普莱斯的杰作,就耸立在圣保罗市中心的赖斯公园。在本次文学节上还举行了3部新书的首发式,这3部著作是:《菲茨杰拉德纪念册》、《美丽的家园——菲茨杰拉德与圣保罗》和《走向顶峰——菲茨杰拉德在圣保罗》。美国著名作家、《第二十二条军规》的作者海勒在研讨会上做了题为"绝望的文学"(The Literature of Despair)的长篇演讲。在这篇演讲中,海勒精辟地分析了菲茨杰拉德创作思想的形成过程和他所取得的艺术成就,高度概括了菲茨杰拉德文学作品的精髓及其对美国文学产生的影响,如同给与会者上了一堂生动的文学课。他说:"如果菲茨杰拉德能够看到他今天的如此崇高的声望,他也会感到欣慰的。1940年以前,他几乎完全被人们疏忽和遗忘了。而今天,他的作品的年销售量已超过了30万册。他如果能看见或听到人们如今对他的评价,他会感到格外高兴的,但他不会感到意外。就像所有的作家一样,他也有虚荣心,这是不足为奇的。他不会感到意外,但他会觉得他经受住了历史的考验,得到了社会的认可,完全有资格顶起人们曾赠予他的桂冠。"

1996年9月19日至21日在普林斯顿大学举办的"菲茨杰拉德诞辰百年庆祝大会",是一次高规格的学术会议。会议由美国"菲茨杰拉德研究会"和普林斯顿大学联合主办。出席这次会议的有美国国会参议员尤金·G·麦卡锡;菲茨杰拉德的外孙女伊琳娜·兰娜罕;曾在好莱坞为菲茨杰拉德当过秘书的弗朗西斯·琳;菲茨杰拉德临终前的红颜知己希拉·格雷厄姆的儿子罗伯特·威斯布鲁克;著名作家、菲茨杰拉德的生前好友巴德·舒尔伯格,以及来自英国、法国、德国、意大利、丹麦、印度、巴勒斯坦、荷兰等各国高等院校和研究机构的专家、教授,名人荟萃,济济一堂,共达250余人之多。中国著名学者、北京外国语大学的钱青教授也应邀出席了本次盛会,并在首场作了发言。会议由美国著名文学评论家、菲茨杰拉德研究会(F. Scott Fitzgerald Society)主席、马里兰大学教授杰克逊·布莱尔主持。布莱尔教授学术造诣精深,在菲茨杰拉德研究方面成就卓著,为推动菲茨杰拉德研究做出了卓越的贡献。这次会议的主要内容有:学术讲座、专题研讨、往事追忆、参观普林斯顿大学等。与会的专家、教授们就菲茨杰拉德的长篇小说、短篇小说、戏剧创作、文艺观、哲学思想、艺术成就等方面进行了广泛而深入的研究和交流。会议还就"菲茨杰拉德与美国文化"、"菲茨杰拉德与其他作家"、"菲茨杰拉德战争观"、"菲茨杰拉德在海外的声誉和影响"等话题展开了热烈的讨论,充分显示了近年来各国的学者们在菲茨杰拉德研究方面所取得的可喜成果以及这位杰出的作家对世界文学所产生的影响。著名作家巴德·舒尔伯格以自己的切身经历和他与菲茨杰拉德之间的深厚的友谊为引入,向人们揭示了菲茨杰拉德的生活和创作中的许多鲜为人知的侧面,为人们研究这位作家提供了丰富的内容和全新的视角。他的精彩报告给与会者留下了深刻、难忘的印象。他认为:"随着1941年艾德蒙·威尔逊整理出版了《最后一位君子》;1945年奥哈拉编辑、出版了《菲茨杰拉德选集》;1951年密兹纳编撰出版了传记《远在天堂边》;以及我创作的《摆脱幻想》的面世,菲茨杰拉德的声誉已开始逐渐得到了恢复。之后,60年代、70年代、80年代……直到我们即将跨入21世纪的今天,有关菲茨杰拉德的专著和评论文章已不可计数。菲茨杰拉德的声誉并不是由任何人吹嘘或抬举出来的。他的声誉的不断上升是自然而然的。如果我们相信人有'来世'之说,我想,司各特一定会为自己的天赋、为自己的辛勤耕耘而取得的丰硕成果感到高兴的。他曾一字一顿地亲口对我说过:'我曾有过极高的文学天赋,也许可以这样说。我依然坚信,我现有的天赋仍然足以使我能够再写出一部甚至两部好小说。'今天,我们在座的这些人,我们这些能够活到下一个世纪的人,都可以见证,司各特的声誉是永存不灭的。"

美国南卡罗莱那大学拥有一批在菲茨杰拉德研究方面成绩斐然的知名学者和一个由著名文学评论家马休·J·布鲁柯利教授主持的"菲茨杰拉德研究中心"。1996年9月24日至26日,该大学主办了声势浩大的"菲茨杰拉德百年诞辰庆典大会"。会议遍请了美国文学界极有名气的作家、评论家、剧作家和其他一些国家的学者、名流,展示了该研究中心所取得的丰硕的研究成果,播放

第七章 20世纪杰出的文学艺术家

了许多新近拍摄的根据菲茨杰拉德的作品改编的影片和电视剧。约瑟夫·海勒、巴德·舒尔伯格、乔治·嘉列特、詹姆斯·迪基、弗里德里克·布什、茜德妮·布莱尔、罗伯特·宝斯、旺斯·葆杰里等当代著名作家和文艺理论家都出席了这次会议,并分别在会上作了精彩的发言。这次集会是美国当今文坛上的盛事。会议所交流的菲茨杰拉德研究成果的数量之多、程度之深,足以令人叹为观止。这主要应归功于布鲁柯利教授长达数十年的艰苦卓绝的不懈努力和菲茨杰拉德的女儿及家人的无私支持。

美国马里兰州的洛克维尔市在整个1996年都活动不断,尤其在9月至12月这段时间里,各类庆典活动更是格外频繁,因为菲茨杰拉德和他的妻子姗尔达就长眠在该市的圣玛丽天主教堂的墓地里。1996年9月20日,该市首次上演了由作家南茜·尼尔森创作的话剧《了不起的司各特》。9月27日又举办了"新潮女郎与哲学家狂欢节"。9月28日,"首届菲茨杰拉德文学年会暨菲茨杰拉德百年庆典"在蒙戈马利大学洛克维尔校区开幕。本次会议邀请了许多新闻、出版界的要人和一些名气颇响的作家、学者。会议由"菲茨杰拉德研究会"主席杰克逊·布莱尔教授主持。会上放映了1963年拍摄的关于菲茨杰拉德的新闻纪录片《辉煌的一生》(*Marked for Glory*, 1962)和《菲茨杰拉德在巴尔的摩》(*F. Scott Fitzgerald in Baltimore*),以及根据菲茨杰拉德生前改编的电影剧本拍摄的电影《三个同志》(*Three Comrades*, 1938)。[①]《三个同

[①] 长篇小说《三个同志》是德国作家艾里奇·玛利亚·雷马克(1898~1970)的代表作之一。1937年,菲茨杰拉德应MGM影业公司制片人约瑟夫·曼基维克(1909~1993)之邀,将这部小说改编成了电影脚本。影片上映后,曾受到德国驻洛杉矶总领事的反对。美国影视业审查官员约瑟夫·布林(1890~1987)要求曼基维克对该片中的某些情节加以删改,但遭到了他的拒绝。菲茨杰拉德因此而在MGM公司召开的特别会议上当众拥抱了他,高度赞扬了他在重压之下毫不屈服的坚定立场。

志》是菲茨杰拉德在好莱坞创作的电影剧本中惟一被拍成电影的一部。影片由名导演弗兰克·鲍扎格执导,由MGM影业公司出品,描写的是战后德国的社会图景及人们反纳粹的激昂情绪。影片于1938年公开上映后深受好评,被列为当年的"十佳影片"之一。在影片中饰演主角的都是名演员:罗伯特·泰勒、玛格丽特·苏利文、弗兰切特·童,以及罗伯特·杨。玛格丽特·苏利文因主演此片而荣获了"美国电影协会"最佳女演员奖、"纽约影评"最佳女演员奖和"英国国家电影协会"最佳女演员奖等桂冠。会上还颁发了首届"菲茨杰拉德文学奖",获奖者是美国著名作家威廉·斯太伦;宣布了"菲茨杰拉德短篇小说竞赛奖"的获奖者名单,获得一等奖的是作家杰夫·米纳德。米纳德在会上朗读了他本次的获奖作品《仓促上阵》(*Stepping Off*)。威廉·斯太伦也在会上发了言,并朗读了他的代表作《索菲的选择》(*Sophie's Choice*, 1979)中的有关片断,以表达他对菲茨杰拉德的景仰之情。9月28日这一天,美国邮政部也在此举行了菲茨杰拉德纪念邮票的发行仪式。10月19日至20日两天,该市上演了话剧《姗尔达的一生》。12月18日,该市又在圣玛丽教堂举行了隆重的祭奠仪式,以悼念这位文学大师的英年早逝。

1996年10月11至12日,意大利古城罗马举办了声势浩大的"纪念菲茨杰拉德百年诞辰国际学术研讨会"。会议由罗马大学、意大利国家图书馆和意大利"美国学研究中心"联合主办,云集了来自欧洲各国和世界其他地区的著名专家、学者。会议的主旨是要确立菲茨杰拉德在欧洲读者心目中的地位以及他对欧洲文学、尤其是意大利文学所产生的影响。会上展示了一大批菲茨杰拉德作品的意大利文翻译本和欧洲学者们在菲茨杰拉德研究方面所取得的累累硕果,播放了《了不起的盖茨比》、《最后一位君子》等电影的译制片。在会上宣读或交流的学术论文涉及面极宽,充分显示了欧洲的美国文学和美国文化研究者们在菲茨杰拉德研究方面已达到的深度和广度以及他们所具有的实力。许多造诣精深、德高望重的学者都在会上踊跃发言,气氛十分热烈。卡塔尼亚大学的伊安·韩礼德教授宣读的论文《两个盖茨比:论翻译理论对阅读理解的辅助作用》,分析、对比了1950年和1989年出版的《了不起的盖茨比》的两个意大利文翻译本,同时还指出:菲茨杰拉德对充满矛盾的社会生活和错综复杂的语言衍变具有极为敏锐的观察力,他的作品展现了现代语言发展中所呈现出的多面性和多样性的趋势,富有独特的艺术魅力。从语言学和翻译学的角度说,他的作品尤其值得研究。美国著名学者布鲁柯利教授也应邀出席了这次盛会,并在罗马大学、米兰大学等高校做了专题讲座或主场报告。他此次的意大利之行是由美国信息产业部资助、安排的。在米兰大学所做的学术报告中,他结合本次会议的主题,分析、阐述了菲茨杰拉德创作生涯中的诸多幸运和不幸因素对他的影响,认为菲茨杰拉德的过度酗酒是被后人过分夸大了的一个事实,而姗尔达的健康问题却的确给他整个的文学生涯蒙上了一层悲剧性的色彩,但在另一方面,他却也拥有诸多别人所不具备的优势。在分析这位作家的叙事艺术时,布鲁柯利说:菲茨杰拉德并不是一个在文学体裁或命题上进行实验性创作的现代派小说家。他的艺术风格与19世纪的文学主流是一脉相承的——对生活的描绘必须为创作的主旨服务,为了追求完美的艺术,必须舍弃某些繁文缛节。他是一位杰出的叙事艺术大师,是美国文学史上出类拔萃的文体艺术家。在谈到菲茨杰拉德的短篇小说创作时,布鲁柯利明确表示,他不能苟同于那些流于一般的看法,说菲茨杰拉德的短篇小说只不过是一些仅为赚取稿费而草草炮制出的质量低劣的作品,他写短篇小说目的是为了维持他主题严肃的长篇小说的创作。他对此的评价是:"菲茨杰拉德是一位在商品经济的世界里以严肃的态度辛勤耕耘的艺术家。他必须既保持对艺术的执著追求,又考虑实际的市场需要,而将这一对矛盾正确、稳妥地处理好。"

此外,美国"纽约商业图书馆"与"菲茨杰拉德研究会"于1996年6月至12月还在纽约市联合举办了以"浪漫的美国人——菲茨杰拉德与他笔下的世界"为题的论文报告会和不定期的系列讲座活动。该次活动也内容丰富,色彩纷呈,同样吸引了文艺界的名人雅士前来参加。美国"戏剧协会"对该次活动也给予了大力支持和资助。

亚拉巴马州的蒙戈马利市是菲茨杰拉德夫妇曾生活过的地方,这里也于1996年6月28日至7月1日举办了首届"菲茨杰拉德节"。菲茨杰拉德生前的许多亲朋好友、美国一些高校的知名学者和教授们都参加了这个艺术节。"菲茨杰拉德与姗尔达博物馆"、亚拉巴马州"莎士比亚研究中心"、"蒙戈马利艺术博物馆"以及蒙戈马利市的当地政府和市民们都捐助了这次活动。此后,该市每两年便要举办一次这样的活动。

1996年在美国和世界各地举行的规模不等、但各具特色的菲茨杰拉德百年诞辰庆祝活动,是20世纪在接近尾声时世界文坛爆发出的大事件,其意义是显而易见的。它不仅使菲茨杰拉德的文学声誉上升到了前所未有的高度,它还反映了人们对过去的历史和社会生活的深沉的反思,以及对未来世界的热切而又审慎的眺望。一颗被历史的尘土湮没了多年的明珠,终于又被历史的潮流冲刷干净,放射出它特有的异彩。它的璀璨光芒也必将能闪耀到下个世纪,乃至千秋万代。

第八章

菲茨杰拉德在中国

一、概述

近十多年来,我国翻译出版了大量外国文学经典名著和现当代外国文学精品。文学批评、文学史、文学理论和文学翻译理论的研究也已取得了长足的进展。具体到菲茨杰拉德研究,我国学者虽然至今尚无这方面的专著出版,但有关菲茨杰拉德的创作思想、艺术风格和作品分析的评介文章已有不少,在一些史学著作和文论书籍中也多有涉及。菲茨杰拉德的两部长篇小说,《了不起的盖茨比》和《夜色温柔》,以及二十多篇短篇精品,已先后被翻译成中文出版了。尽管菲茨杰拉德在我国的接受状况目前仍属低调,对他的研究无论在深度和广度上,都远不及对海明威等其他美国作家的研究,从论文的数量上来说也很少,但有一点是可以肯定的,即菲茨杰拉德作为20世纪文学史上的一位杰出的文学家,已引起了我国读书界的重视,并已对我国作家的创作实践产生了一定的影响。菲茨杰拉德的作品,如同在美国深受年轻一代的读者所喜爱那样,在我国年轻的读者以及研究者中也很受欢迎。这也许是他的两部长篇小说和一些优秀短篇小说之所以会有好几种不同风格的中文译本的原因之一。

回顾近半个世纪以来菲茨杰拉德在我国的批评接受状况,我们可以清楚地看出,这位一向引起人们争议的大作家,在我国也经历了一个漫长而又艰难的从全盘否定、到能够接受、再到正本清源予以肯定的复杂过程。这当中的原因当然有很多,但主要还是受政治气候的影响和历史条件的限制。例如,在"文革"刚刚结束不久的70年代末期、80年代初期,菲茨杰拉德仍被认为"是20年代垄断资本御用的文艺作者的典型代表,是美化美国经济'繁荣'时期大资本家罪恶勾当的吹鼓手"。这一观点当年在我国学术界颇有影响,以致很少有人有胆量去研究这位大作家或翻译他的作品。到了80年代后期,中国的政治、经济和文化形势已发生了根本性的好转。在老一辈专家、学者们的努力下,我国的美国文学研究开始出现了新的局面。1983年,菲茨杰拉德的代表作《了不起的盖茨比》由巫宁坤教授翻译成中文出版了。在中译本的"前言"里,巫宁坤以凝练而又谨慎的文笔实事求是地肯定了这位文学艺术家的历史地位和创作特色,在当时的中国学术界产生了不小的反响。最值得称颂的是,几乎在同一年代里,由中国社会科学院外国文学研究所董衡巽研究员等专家撰著的《美国文学简史》(上、下册)正式出版问世。这是一部具有开拓意义的史学专著,第一次向中国读者系统介绍了美国文学的概貌,影响很大。在这部《美国文学简史》中,作者较全面地概括了菲茨杰拉德的生平、历史地位、作品特色,以及他的创作思想和艺术风格,使我国读者对这位作家开始有了正确的认识和了解。此后,我国学者对这位作家的研究便开始得以逐渐展开。

从严格意义上说,我国对菲茨杰拉德的专题研究开始于80年代。但到目前为止,论文的数量仍很有限,研究的重点只在对《了不起的盖茨比》的创作手法的分析上,如叙事技巧、象征手法等在这部小说中的独特运用。涉及《夜色温柔》这部多主题的作品的文章相对很少,而涉及他的其余作品和短篇小说创作艺术的文章则更为稀少。研究的方法也基本属文本研究范畴。即便如此,这些评论或评介式的文章还是反映了我国学者对这位作家的欣赏和喜爱,同时也显示了他们的理论功力和美学鉴赏眼光,其中王宁、程爱民等学者的论述具有一定的学术价值。

据不完全统计,截至2001年,菲茨杰拉德的《了不起的盖茨比》在中国已有了11种风格各异的中文译本,《夜色温柔》则已出版了12种不同的中文版本,且销量很大,来势迅猛。中国读书界对菲茨杰拉德的热情由此可见。

经过长时间的否定、冷遇之后,菲茨杰拉德的声誉在中国这片土地上已开始渐渐升温,他的作品在中国读者群中也已找到了知音。随着研究的不断深入,我们相信,在为期不远的将来,我国的"菲茨杰拉德研究"也会有突破性的进展,有更多有价值的成果面世。

二、菲茨杰拉德在中国的接受

我国在菲茨杰拉德专题研究方面走过了一个漫长的从否定、到勉强接受、再到充分肯定的过程。这一过程也许可以称作为"菲茨杰拉德现象"中的一个组成部分。在20世纪的二三十年代,由于中国正处于贫穷落后、战祸连绵的状况,菲茨杰拉德的作品不大可能引起我国学人的注意。三四十年代期间,中国烽烟四起,抗日战争正处于紧要关头,菲茨杰拉德的小说更不可能在中国找到合适的市场。这是因为,当时的人们所关心的是国家与民族的生死存亡,是如火如荼的反法西斯运动和民族解放运动,确实无暇顾及菲茨杰拉德的那些虽富有思想深度和艺术魅力、但与中国的实际国情不相适宜的作品。因此,从总体上说,在新中国成立以前,菲茨杰拉德的作品在我国几乎没有译介,有关菲茨杰拉德的研究文章也极为罕见,这位作家的名字在我国读者中也相对较为陌生。这与中国当时的现状有关。

50年代期间,刚刚摆脱了连年战争和内忧外患之苦的新中国百废待兴,恢复经济建设、重整社会秩序是这一年代的主调,对美国现代文学的研究和译介工作进展缓慢。在一大批专家、学者的努力下,我国在50年代后期和60年代初期在美国现代文学研究方面虽取得过一些有突破性的成绩,但由于政治气候的影响和历史条件的限制,菲茨杰拉德在中国受到的依然还是冷遇,尚无较系统的评论文章出现。他的作品也依然没有中文译本正式出版。他的代表作《了不起的盖茨比》甚至被一些人称为"下流的坏书"。著名学者巫宁坤教授由于无意中将他从美国带回中国的英文版《了不起的盖茨比》借给了个别学生,竟然受到了十分严厉的批判,并背上了"腐蚀新中国青年"的黑锅将近30年。菲茨杰拉德当年在中国的接受状况由此可鉴。

1966年至1978年间,由于"文化大革命",我国对美国文学的研究和翻译工作基本处于完全停顿的状态。1978年以后,美国现代文学中的一些重要作品开始重返中国的读书界和学术界。许多思想健康、内涵丰富的优秀作品相继被翻译成中文出版了。对美国现代文学的研究,也以空前的深度和广度开始向前推进。但是,及至70年代末期,菲茨杰拉德的主要作品在我国大陆仍无中文译本出版。他的文学声誉在我国仍很低迷。他的创作思想和艺术成就对我国读者来说依然十分陌生,仿佛笼罩着一层厚厚的黑雾。受前几十年极"左"观点的束缚,学术界对这位文学家依然持批判、否定的态度。在一部1979年由人民出版社出版的学术专著中,有这样一段对菲茨杰拉德的盖棺定论式的评述:

……20年代文艺作品日趋商业化和市侩化,当时的畅销

第八章　菲茨杰拉德在中国

书有费茨杰拉德的小说《爵士乐时代的故事》(1922 年出版),内容是宣扬资本家的嗜酒、狂赌和色情生活,他的另一作品《伟大的盖茨比》(1925 年出版),把这个秘密酒贩投机商吹捧成英雄人物,加以颂扬。费茨杰拉德是 20 年代垄断资本御用的文艺作者的典型代表,是美化美国"繁荣"时期大资本家罪恶勾当的吹鼓手。及至 1929 年严重经济危机爆发,使美国经济的"永久繁荣"落了空,也暴露了费茨杰拉德的丑恶灵魂。①

这一评价在当时的中国学术界是具有一定的代表性的,使得喜爱和研究美国文学的人很少有人再有胆量去触及菲茨杰拉德。然而,客观地说,在当年接二连三的"政治狂飙"的冲击和历史条件的制约下,人们或许只能对菲茨杰拉德做出这样的评价。或者说,人们只能以这种方式先含糊其辞地点明菲茨杰拉德的代表作和"畅销书"是哪些,以及他的"资产阶级文艺作者典型代表"的身份,至于这位作家本身以及他的作品的是非与否,则有待于后来的人去详细分析和评说。这其中的缘由与苦衷是十分微妙的,在 20 多年以后的今天来看,自是有些荒诞无稽,但我们仿佛仍能清楚地感觉出当年的"非常政治"对学术界的严重影响。

1978 年以后,我国学术界的一批卓有见识的学者们对外国现当代文学的研究已开始突破政治上的禁区。他们拨乱反正、解放思想、正本清源、重整旗鼓,认真审视了过去几十年在外国文学研究和译介方面的成绩和损失,详细讨论和制定了今后的研究计划、思路和方法,使我国的外国文学研究得以迅速而健康地开展起来。到了 80 年代,我国文学批评界对菲茨杰拉德的评价和研究方法都

---

① 黄绍湘著,《美国通史简编》,人民出版社,1979 年版,第 536~537 页。

已发生了很大的转变。一些著名学者独辟蹊径,从全新的角度,撇开了仍很敏感的政治话题和过去已形成的定论,对菲茨杰拉德的创作思想和艺术风格进行了实事求是的讨论和分析。菲茨杰拉德这才开始被我国学术界所接受。

在我国学者对菲茨杰拉德的研究中,董衡巽的观点和研究方法是最值得引起人们注意的。在学术研究刚刚开始复苏的1979年初,董衡巽就在《外国文学研究集刊》(第1辑)上发表了见解独到的题为"艺术贵在独创"的文章。这篇文章精辟地论述了解读和鉴赏现代外国文学作品的作用、意义和方法,深刻阐明了作品的主题思想与其艺术表现形式之间的必然联系,从理论和美学欣赏的高度强调了应注意研究现代外国文学创作在艺术上的独特性的问题。他在这篇文章中明确指出:"外国现代资产阶级文学,像外国古典文学一样,有它的价值,有它的思想意义。不过,我认为除了这两条,还应该承认它在艺术上的成就。我们所说的思想是通过一定的艺术形式表现出来的思想;我们所说的艺术是指包含一定思想内容的艺术。它们难能分家。""评价外国文学,最好两头都能照顾到,既分析思想内容,又顾及艺术特征……"①这些观点为人们研究和评价美国现代文学打开了新的思路。在这篇文章中,董衡巽中肯地言简意赅地分析了菲茨杰拉德的创作思想、艺术特色和文体风格,并将他与海明威、德莱塞、斯坦贝克等美国现代作家进行了比较,第一次为这位美国作家在中国恢复了他应有的声誉和地位:

    一位作家所以不会被读者忘记,是因为他有自己的特色。如果说他在思想上没有告诉我们新的东西,艺术形式沿用老

---

① 董衡巽著,《艺术贵在独创》,见《外国文学集刊》(第1辑),中国社会科学出版社,1979年版,第60~61页。

第八章 菲茨杰拉德在中国

一套,那么他凭了什么活在读者的记忆中呢?菲茨杰拉德的作品不多,可是当代美国人喜欢读,他的代表作《了不起的盖茨比》已经成了一部现代文学名著。人们通过他的作品重温美国绚丽奢侈的 20 年代,那种千金一掷的挥霍、半文不值的爱情,那种渴望富裕生活却又幻灭的心情,清醒了又无路可走的悲哀……引起读者的共鸣。今天的美国,贫富的鸿沟依然存在,凡是存在贫富悬殊的地方,"富裕梦"总是有人做的,但是,幻灭恰似梦的影子,永远伴随着做梦的人们。菲茨杰拉德去世将近 40 年,他的作品在美国还是那么走红,除了这个思想上的原因,他那优美而奇特的文体也是美国读者不能忘怀的一个因素。①

董衡巽的这篇文章以及他和其他专家们在这一阶段发表的一些论述和在一些重要的学术会议上发表的讲话,都肯定了菲茨杰拉德的创作思想和艺术风格,以及他在美国现代文学史上的地位,好比拨云见日,使中国的菲茨杰拉德专题研究拉开了序幕。

可以这样说,在菲茨杰拉德研究中,我国最具权威性的学者当数董衡巽先生了。他是中国大陆研究和介绍这位美国作家的第一人。他的观点和他所发表的若干专论对我国的菲茨杰拉德研究的开展具有重要的影响。

1982 年,雨过天晴,重返北京任教的巫宁坤教授抱病将菲茨杰拉德的代表作《了不起的盖茨比》翻译成了中文,于次年正式出版了。与这部小说同时出版的还有菲茨杰拉德的另外 8 篇优秀的短篇小说。这部《菲茨杰拉德小说选》是我国大陆首次正式出版的这位美国小说家作品的中文译本,是我国权威出版机构之一

---

① 董衡巽著,《艺术贵在独创》,见《外国文学集刊》(第 1 辑),第 72 页。

——上海泽文出版社——推出的"20世纪外国文学丛书"中的一种。它的出版使我国读者对这位"迷惘的一代"的代表作家有了直接的感性的认识。巫宁坤在译本的"前言"里高度评价了菲茨杰拉德的写作风格、艺术成就,以及他的作品所包含的深刻的思想意义,并称他是"20世纪最重要的美国小说家之一",[①]为中国读者解读和鉴赏这位作家的作品提供了清晰、准确的思路,为我国的美国现代文学研究和译介填补了一个空白。

1986年正式出版的由董衡巽、朱虹、施咸荣、李文俊等著名学者撰著的《美国文学简史》(上、下册),是我国美国文学研究领域里具有开创意义的史学专著。它第一次向中国读书界系统而全面地介绍了美国文学的概貌,从发展史的角度较详细地论述了美国文学在其各个不同历史时期的基本特征,客观、公正地评价了美国众多的文学家们的创作特色和艺术风格以及美国历史上所发生的重大事件对这些作家们的影响。这部专著不仅拓展了我国读者的视野,也将我国的美国文学研究引向了深入,可谓具有划时代的意义。在这部专著中,作者第一次向我国读者全面评述了菲茨杰拉德的文学生涯、创作思想、写作风格、艺术特色和语言特点,如实地将这位在美国现代文学史上占有重要地位的作家的风貌展现在我国读者的面前,同时也说明了对这位作家展开研究的重要意义所在。此后,菲茨杰拉德的作品开始逐渐被我国读书界和文学批评界所接受,对菲茨杰拉德的研究也开始逐步展开,菲茨杰拉德的真正价值也在被进一步发掘。

在整个80年代期间,我国学者所发表的专题评论菲茨杰拉德的文章虽然不多,却大都富有新意,富有真知灼见,改变了我国学术界过去对这位作家的有失偏颇的看法。80年代所出现的文章主要集中在对《了不起的盖茨比》的研究上。这些文章从不同角

---

① 菲茨杰拉德著,巫宁坤等译,《菲茨杰拉德小说选》,第1页。

度探讨和分析了这部作品的思想意义、艺术表现形式、象征和比喻手法的运用,以及它的语言特色和写作技巧,进一步肯定了菲茨杰拉德在现代文学史上的地位。其中,青年学者王宁等人的评论观点和方法是较有独到见解、值得引起关注的。王宁的"论菲茨杰拉德的小说创作"(《国外文学》1986.1.2合期)和"《夜色温柔》与弗洛伊德主义"(《文艺学习》1988.1)等论文,从新的视角层面上对菲茨杰拉德的创作生涯和他的重要作品做了较为深入的研究。值得一提的还有上海译文出版社推出的由秦小孟主编的《当代美国文学——概述及作品选读》,以及我国在这一时期出版的有关美国现代文学的教材和作品选集。在80年代后期,我国评论界已从菲茨杰拉德的作品中发现了远比他所描绘的那个年代更为重要的价值,认为他既是第一次世界大战结束后的美国年轻一代的典型代表,又是"喧腾的20年代"的批判者,是与海明威等大作家齐名的"迷惘的一代"作家中的杰出代表。他从来就不是真正的美国有产者。他在自己的作品中严厉谴责和批判了财富和金钱对人性与爱情的腐蚀作用和上流社会的腐败堕落。他的作品标志着19世纪浪漫主义斯文传统向20世纪现代主义文学的过渡。他的《了不起的盖茨比》是为"美国梦想"和"爵士乐时代"奏起的一首无尽的挽歌。"他是美国小说家中最精湛的艺术家。他的最佳作品在内容上体现了高度的精确性,在语言上表现了高度的简练性。"[①]这些观点刷新了我国读者对菲茨杰拉德的认识,使我国对这位大作家的研究进入了一个新的层次,也为菲茨杰拉德在我国的广泛接受做了舆论上的准备。

及至90年代末期,菲茨杰拉德在我国的接受状况已有了较大的改观。最为明显的例证是,《了不起的盖茨比》、《夜色温柔》在

---

① 秦小孟主编,《当代美国文学——概述及作品选读》(上册),上海译文出版社,1986年版,第62页。

中国已有了十余种风格各异的中文译本及多种中文注释或中英文对照读本。此外还有3本菲茨杰拉德短篇小说选出版问世。我国学者在这10年里发表的专论菲茨杰拉德研究的文章在数目上也有明显增加。在这一时期出版的美国文学专著,如王长荣的《现代美国小说史》(1992)、常耀信的《美国文学史》(英文版)(1995)、史志康主编的《美国文学背景概观》(1998)、杨仁敬的《20世纪美国文学史》(2000)等,都以一定的篇幅从各自不同的叙述角度,对菲茨杰拉德的创作实践和艺术成就予以了高度的肯定和赞誉。在这世纪之交的时刻,菲茨杰拉德的名声终于在中国大地响了起来,并大有持久不衰之势。"菲茨杰拉德传奇"已引发了我国众多读者的兴味,菲茨杰拉德的作品已拨动了我国学人的情感之弦,在我们的心灵上产生了共鸣。因为我们也已发现,当今这个时代所出现的许多事物,当今这个世界所存在的许多问题,早已被菲茨杰拉德在他的那些能够经久、传世的优秀作品里生动、形象地记录、描绘过了。在大半个世纪已过去的今天,在中国这个特定的文化语境下,我们仍感到他的作品十分清新,十分现实,十分有警世和启示作用。

由此可见,我国对菲茨杰拉德的接受史,恰好就是对20世纪文学史上所出现的"菲茨杰拉德现象"的一个有力补充。它进一步证明,菲茨杰拉德在他的作品中所创造出的"人格特征"和"想像中的世界",在思想上和艺术上是经得起时代考验的,是经得起后来人分析、推敲的。"菲茨杰拉德有福了,他将以他不朽的诗篇彪炳千秋。"①

---

① 巫宁坤语,见菲茨杰拉德著,巫宁坤、唐建清译,《了不起的盖茨比·夜色温柔》,第128页。

三、关于菲茨杰拉德作品的翻译与研究

如上文所述,由于我国对菲茨杰拉德的批评接受起步较晚,加之他的作品原本就不多,因此,在80年代以前,菲茨杰拉德的作品未能引起我国文学翻译界的足够重视。我国读者对菲茨杰拉德作品的了解也相对较少,只有知识界懂英文的人士才能阅读和欣赏他的英文原著,因而读者面相对较窄。70年代期间,香港今日世界出版社出版了菲茨杰拉德的代表作《大亨小传》(乔志高译,1974),即《了不起的盖茨比》的另一译名。由于种种原因,这个中文译本很少为大陆读者所知。1982年,上海译文出版社出版了这部小说的中文注释本,书名为《灯绿梦渺》(周敦仁注释)。作为一种探索性的投石问路,这个注释本在当时的大学生们当中还是较受欢迎的。注释者在这本书的"前言"中所说的话颇有见地,值得一提:"书名有译《伟大的盖茨比》者,似乎失之平淡;有译《大亨小传》者,但实非传记体,盖茨比也算不得大亨。仔细读来,盖茨比经历颇富传奇性,小说情节又类'言情',作者用意当在批判,注释者姑译为《灯绿梦渺》。"①寥寥几句话,便既说明了翻译的道理,又点明了这部小说的主题,可谓贴切、精当。注释者在他的《注释者的话》里还言简意赅地指出了作者独特的象征手法的巧妙运用:"绿色实为盖茨比毕生梦想的象征。绿色代表生机,绿色使人欢快,绿色又是万能的美元钞票的颜色。出身农家的盖茨比抵抗不住财富和美色的诱惑,走上了一条典型的美国式的奋斗道路。黛

---

① 菲茨杰拉德著,周敦仁注释,《灯绿梦渺》,上海译文出版社,1982年版,第1页。

茜则象征着财富和美色的结合。此种象征手法书中屡见不鲜……但其着力点不在机械地比附,而在气氛的烘托。……盖茨比的梦想终于破灭了。书尾处的安慰激励之词亦不能稍减其渺茫之感。盖茨比凄凉的下场是美国生活的悲剧。"[1]在评价这部小说的语言特色时,注释者说:

>作者遣词造句朴素真挚,极少19世纪小说中的冗长繁缛,也没有当时已萌芽的现代主义的奇奥艰深。可是他行文并不单调平直。他时而后退三步,描绘中夹着若隐若出的讽刺和淡淡的幽默;他时而又置身其中,情不自禁地激昂动情;他时而又诗意盎然,不乏华丽之词,是浪漫气质的自然流露。[2]

注释者还将此书与中国的古典文学名著《红楼梦》做了比较,认为:"这本书决不仅是'负心女子痴情汉'的恋爱悲剧。从中读者可以触摸到美国社会生活的脉搏,可以看到美国一个历史阶段的文艺画卷。"[3]从以上这些话语中,我们不难看出注释者的卓有见识和他对这部小说的深刻理解。他的观点颇有启发性,也表明了我国学者对这位美国作家的接受态度。

1983年,上海译文出版社出版了《了不起的盖茨比》的中文译本。在这本中文版译本的"前言"里,巫宁坤教授较为全面地评述了这位"20世纪最重要的美国小说家之一"的文学生涯、创作思想、艺术成就,以及他的这部代表作的思想意义和艺术特色,加深了我国读者对这位作家和这部作品的了解,填补了我国的美国现代文学译介中的一项空白。在该书重印本的"译后记"中,巫宁坤

---

[1] 菲茨杰拉德著,周敦仁注释,《灯绿梦渺》,第Ⅰ页。
[2] 同上,第Ⅱ页。
[3] 同上,第Ⅱ页。

第八章　菲茨杰拉德在中国

指出：

> 菲氏并不是一个旁观的历史家。他纵情参与了"爵士乐时代"的酒食征逐,也完全融化在自己的作品之中。正因为如此,他才能栩栩如生地重现那个时代的社会风貌、生活气息和感情节奏。但更重要的是,在沉湎其中的同时,他又能冷眼旁观,体味"灯火阑珊,酒醒人散"的怅惘,用严峻的道德标准衡量一切,用凄婉的笔调抒写了战后"迷惘的一代"对于"美国梦"感到幻灭的悲哀。不妨说,《了不起的盖茨比》是"爵士乐时代"的一曲挽歌,一个与德莱塞的代表作异曲同工的美国的悲剧。①

此外,巫宁坤还在《菲茨杰拉德小说选》的"前言"里论及了这位作家的短篇小说的艺术特色。同一年里,辽宁人民出版社也出版了这部小说的中文译本,书名为《大人物盖茨比》(范岳译),译笔也较准确、流畅。这部小说中文译本的出版使我国读者对菲茨杰拉德有了直接的感性的认识。到 2001 年为止,我国已有了这部小说的 11 个不同版本的中文译本:《大亨小传》(乔志高译,香港今日世界出版社,1974)、《菲茨杰拉德小说选》(巫宁坤等译,上海译文出版社,1983)、《大人物盖茨比》(范岳译,辽宁人民出版社,1983)、《了不起的盖茨比》(王晋华译,北岳文艺出版社,1994)、《了不起的盖茨比》(王小梅译,外语教学与研究出版社,1996)、《长岛春梦》(巫宁坤译,北京九洲图书出版社,1996)、《了不起的盖茨比》(吴然译,解放军文艺出版社,1997)、《了不起的盖茨比——菲茨杰拉德小说选》(巫宁坤等译,上海译文出版社,1997)、《了不起的盖茨比·夜色温柔》(巫宁坤、唐建清译,译林出版社,

---

① 菲茨杰拉德著,巫宁坤、唐建清译,《了不起的盖茨比·夜色温柔》第 125 页。

1999)、《了不起的盖茨比：简写本》(宁宁译,上海译文出版社,1999)、《了不起的盖茨比·夜色温柔》(贾文浩、贾文渊译,北京燕山出版社,2001)等。此外,我国还出版了这部小说的若干本英汉对照读本或注释本,如:《灯绿梦渺》(周敦仁注释,上海译文出版社,1982)、《了不起的盖茨比》(潘绍中注释,中国对外翻译出版公司,1993)、《了不起的盖茨比》(孙建华注释,外语教学与研究出版社,1992)等。这些译本的出版足以表明我国读书界对菲茨杰拉德这部经典作品的喜爱和接受程度。

《夜色温柔》是一部主题重重叠叠、情节错综复杂、"却令人越读越感到趣味无穷的小说"。这部小说的中文译本直到1987年才开始在中国出现。然而,不出则已,一出惊人。从1987年到2001年这短短的14年中,我国竟出版了这部小说的12种中文译本。首次面世的中文本由王宁、顾明栋、徐新等人翻译,由陕西人民出版社于1987年出版。王宁在"菲茨杰拉德和他的《夜色温柔》——代中译本序"中,用了较长的篇幅较为全面地概括了菲茨杰拉德的创作生涯和他的文体特色,写得较有深度,也不乏真知灼见。这在当时的中国翻译界尚属少见。之后,《夜色温柔》又由安徽大学的陈正发教授等人翻译,由安徽文艺出版社于1996年出版。在这个译本的"译者的话"中,陈正发写道:《夜色温柔》受到他那个时代评论家的毫不留情的抨击。主要批评是:小说支离破碎,结构混乱不清。但是现在重新评价这部小说时,我们完全可以把它看做是作者颇具匠心的艺术处理。因为在传统小说的叙述关系中,作者不仅能预测人物的命运,而且还暗中左右着读者对人物的感情和立场。菲茨杰拉德善于在叙述中一而再、再而三地中断,或是场面骤然更替,而内中又有逻辑上的必然联系。这样读者便渐渐不受作者的主观影响,化被动为主动,独自对作品做出自己的阐释。这么做虽然使作品支离分散,而且理解起来有些费力,但读者却真正能读透一部作品。"①"译者的话"中的这段话仿佛是受了西方现代主义文学中的"读者反应批评"理论的影响,文中的个别地方似乎仍可进一步讨论,但它却清楚地表明了译者对这部小说的理解和喜爱,也表明了译者具有慧眼识金的能力,才能从浩如烟海的美国现代文学作品中选出这部小说来翻译。此外,译者能够站在这样的高度来评价这部"难懂"的作品,并以较为流畅、贴切的语言较为忠实地再现了原作的风格神韵,当属难能可贵。

继王宁、陈正发等人所译的《夜色温柔》的两个中文译本问世后,我国又出版了10种不同版本的这部小说的中文译本:《了不起的盖茨比·夜色温柔》(巫宁坤、唐建清译,译林出版社,1999)、《夜色温柔》(王宁等译,山东文艺出版社,1999)、《夜色温柔》(陈正发等译,安徽文艺出版社,1999)、《夜色温柔》(陈正发等译,大众文艺出版社,1999)、《夜色温柔》(贾文渊译,中国和平出版社、新世纪出版社,1999)、《夜色温柔》(赵冬缩编,中国少年儿童出版社,2000)、《夜色温柔》(巫宁坤、唐建清译,远方出版社、内蒙古大学出版社,2001)、《了不起的盖茨比·夜色温柔》(贾文浩、贾文渊译,北京燕山出版社,2001)、《夜色温柔》(贾文浩、贾文渊译,延边人民出版社,2001)、《夜色温柔》(湛本军译,内蒙古人民出版社,2001)等。在同一年代内,这部小说几乎同时由多家出版社以"外国优秀小说选萃"或"世界经典名著文库"等名目隆重推出,这也是我国外国文学翻译领域中所不多见的。这一现象既表明了我国出版界和读书界对菲茨杰拉德这位作家的重视,也说明了我国"菲茨杰拉德研究"正方兴未艾。当然,在出版选题上由不约而同的同一取向所造成的撞车也是一个问题,但这对读者来说却是十分有利的。我国的广大读者可以在一派繁荣的书市上找到自己的

---

① 菲茨杰拉德著,陈正发等译,《夜色温柔》,安徽文艺出版社,1996年版,第3~4页。

选择。

在山东文艺出版社1999年推出的王宁等人的中文译本里,王宁教授在译文前的"菲茨杰拉德和《夜色温柔》"一文中似乎进一步修正了他以前的看法,较为详细地分析了这部作品的思想意义、创作背景、人物塑造方法和语言风格。在涉及到评论界一向看法不一的关于这部小说在结构布局上的缺陷时,王宁认为:"若是将小说的结构与福克纳的《喧哗与骚动》以及乔伊斯的《尤利西斯》的结构相比,我们便不难发现,《夜色温柔》仍是一部以现实主义传统手法为主的小说,远没有前两位意识流大师那样走极端。因此,若想从结构上来贬低这部小说的重大价值,看来是难以令人接受的。"①在这一问题上,国内外的评论家们一直争论未休,威尔逊、考利、密兹纳等评论大家的看法也不一致,甚至大相径庭。王宁虽非惟一的独持异议者,但作为这本中译本的第一译者,作为我国现代美国文学研究领域里的一位知名学者,他的理解和他提出的这一看法也是较为令人信服的。

90年代后期是我国外国文学研究和译介发展速度极快、规模空前的时期。经过20多年的积累,我国的专家、学者们在这世纪之交的时刻,都在以严谨的态度回顾、总结过去,探索、展望未来,描绘和阐述我国20世纪外国文学研究所走过的历程,窥望和预测今后的发展趋向,产生了一大批优秀的研究成果。在菲茨杰拉德研究方面,除了上文已提及的《了不起的盖茨比》和《夜色温柔》已有了数种不同的中译文版本之外,我国学者也开始认为,菲茨杰拉德不仅是一位杰出的长篇小说家,也是一位重要的短篇小说家。他的短篇小说创作已引起了我国研究者的重视。继巫宁坤等翻译的《菲茨杰拉德小说选》出版后,在90年代后期,我国又出版了《菲茨杰拉德短篇小说选》(曹合建译,湖南文艺出版社,1998)、

---

① 菲茨杰拉德著,王宁等译,《夜色温柔》,山东文艺出版社,1999年版,第7页。

《爵士乐时代的代言人——菲茨杰拉德短篇小说选》(吴樯译,外文出版社,2000)等译品。在菲茨杰拉德的160多篇短篇小说中,已有23篇被翻译成中文出版了。这些中译文也填补了我国在菲茨杰拉德短篇小说译介方面的空白。曹合建在他的"译者序"中称菲茨杰拉德"是美国20世纪小说家中声名直追福克纳和海明威"的文学家,他的短篇小说"情节生动,用词遣句流畅舒展,字里行间常常充满诗情画意,艺术感极强。更值得注意的是,他塑造和记录了生活在已逝去的那个特定时间和特定空间里的一批特定的人物。他们的梦想、追求、爱情与生活,他们的幸福、痛苦、艰辛与迷惘,灵灵活活地跃动在读者的眼前,折射和浓缩了一代又一代人相同的命运。然而,他的作品始终弥漫着一种梦幻色彩,充满敏感和颖悟,令读者不得不紧张地同他一起去品味和感受人生与世界。"①吴樯也认为菲茨杰拉德"是美国20世纪20年代最具代表性的作家。"②长期以来,菲茨杰拉德的短篇小说并未引起我国学术界的足够重视,除董衡巽、巫宁坤等专家独具慧眼,有所涉及外,专论菲茨杰拉德短篇小说创作艺术的文章极为少见。惟独有偶的是,王长荣在他的《现代美国小说史》中,将菲茨杰拉德列入了"第二次世界大战前的美国主要短篇小说家",认为"他的一些早期作品在风格上与欧·亨利很接近",有些作品"会使人想起克莱恩的嘲讽手法和藏而不露的用语技巧",而"《重访巴比伦》的叙事技巧可说是天衣无缝,炉火纯青,思想上也很有深度。这使它成为传世之作"。③

---

① 菲茨杰拉德著,曹合建译,《菲茨杰拉德短篇小说选》,第4页。
② 菲茨杰拉德著,吴樯译,《菲茨杰拉德短篇小说选》,外文出版社,2000年版,第3页。
③ 王长荣著,《现代美国小说史》,上海外语教育出版社,1992年版,第306~307页。

从总体上来说,我国学术界对菲茨杰拉德的研究尚不够全面和系统,远不及对海明威等同代美国作家的研究那样深入、细化。论文的数量和深度也还有限。但有不少学者的论文仍富有真知灼见,切入的角度和方法也较新颖、独到。如程爱民的文章"《大人物盖茨比》的叙事艺术简论",就从叙事学的角度对菲茨杰拉德在这部小说中所运用的叙述技巧的成功之处及其独特的艺术效果进行了全面、深入的分析。程爱民认为:"从叙述的角度看,叙述者尼克的故事似乎是条主线,从头至尾时隐时现地贯穿于整个小说;而盖茨比的故事只是尼克的故事的一部分。但从故事的内容和重心来看,盖茨比的故事实际上才是小说的主体。如果采用'红花绿叶'比喻的话,那盖茨比的故事毫无疑问是红花,尼克的故事只是扶衬的绿叶。因此,小说的叙述主线只是作为一个背景,一个舞台,实际上演的是盖茨比的'戏'。这种叙述手法的安排及产生的艺术效果是颇具匠心的。"① 在论及小说的叙述视角时,程爱民指出:"这部作品并不局限在使用单一视角上。根据故事情节的需要,小说不时地变换叙述视角和叙述者,有时还采用视角越界等手段,使得叙述呈多元化展开。不同的侧面展示组合在一起,仿佛不同镜头的变换,构成了一幅反映盖茨比故事的立体图像。"② 在谈到"作者——叙述者——人物——读者"之间的相互作用时,程爱民分析了菲茨杰拉德与亨利·詹姆斯之间在叙述者和人物设计上的相同和不同之处,认为:"菲茨杰拉德的独特或高明之处,就在于他创造了尼克这个'一半在故事里、一半在故事外'的存在,并利用这一人物的特殊位置把(作者自己的)两种不同的看法统一在了《大人物盖茨比》这部作品之中","起到了传统的第一人称叙

---

① 虞建华主编,《英美文学研究论丛》(第一辑),上海外语教育出版社,2000年版,第179页。
② 同上,第184~185页。

述或第三人称全知叙述均不能起到的作用,产生了独特的艺术效果。"①程爱民的这篇文章是我国菲茨杰拉德研究中较有深度和学术价值的论文之一,值得引起注意。

杨仁敬教授在他刚出版的《20世纪美国文学史》一书中指出:"菲茨杰拉德的作品作为'荒原时代'的历史记录,今天已显得越来越重要了。"②纵观我国学者近年来对菲茨杰拉德的译介和评价,我们至少可以对已出版的专著和已发表的论文从两个方面加以概括,其一为关于他的作品所具有的社会、历史意义方面的重大价值,其二为关于他的写作技巧和文体风格方面所具有的艺术价值。

关于菲茨杰拉德作品所具有的社会、历史意义方面的重大价值,我国学术界的观点可以归纳为以下几点:

首先,菲茨杰拉德作为"爵士乐时代"杰出的代言人和忠实的"编年史家",他的小说如实描绘了美国年轻的一代对"美国梦"的幻灭所表现出的迷惘、失落和悲哀的情绪,深刻揭示了年轻的一代人精神苦闷而又焦躁不安却又找不到出路的失衡的心态,生动展现了美国社会在那个特定时期的全景式的画面。从他的成名之作《人间天堂》,到他的未竟之作《最后一位君子》,我们可以从他的创作中找出一条发展的线索,即幻灭——崩溃——毁灭的过程。他的创作为后来的读者留下了一大批不可多得的历史、文化遗产。

其次,菲茨杰拉德作为"20年代富人的分析家",他的作品连同他本人的生活经历,如同有的评论家所说的那样,就是一部关于"金钱——爱情的罗曼史"。他把自己对社会、人生、爱情、幸福的深刻理解和透彻分析都融化在了他的作品里。因此,他的作品既描写了年轻的一代对金钱和爱情的浪漫追求,又体现了"金钱+

---

① 虞建华主编,《英美文学研究论丛》(第一辑),第188页。
② 杨仁敬著,《二十世纪美国文学史》,青岛出版社,2000年版,第247页。

爱情"的美梦的破灭。他通过这些凄婉悲怆的故事,严厉谴责和批判了物欲横流、金钱至上的实利社会对人性和爱情的肆意践踏。他的作品告诉了人们,闪闪发光的金钱,盘踞在金钱之上的诱人的爱情,都不过是镜花水月,是不值得去狂热追求的。

再者,菲茨杰拉德完全不同于那些专事粉饰"太平盛世"的"沙龙文学"作家。他是一位敢于正视现实、有自己的创作思想的严肃的小说家。他的作品里的主要人物虽然大都既年轻又漂亮,却又注定要苦海沉沦。正是这种灾难感和幻灭感构成了菲茨杰拉德创作的思想特色。他的小说仿佛总是沉浸在时光的流逝所唤起的哀思中,我们从中既可以看到浓郁的现实主义的生活气息,又可以感觉出浪漫主义的神秘气氛,而人物的悲欢离合则又反映了作者本人的感伤心境。但是,他那深沉、含蓄的描写则又蕴含了深刻的主题:上流社会的虚伪、腐败、奸诈、残忍和空虚的内在本质,以及它必然要走向崩溃的最终结局。他的作品正是为上流社会的必然衰亡所唱出的一曲无尽的挽歌。

关于菲茨杰拉德的写作技巧和文体风格,我国评论界的看法大体可以归结为以下几点:

一、作为20世纪文学史上的一位杰出的文学艺术家,菲茨杰拉德最引人瞩目的特色是他那诗人兼梦想家的气质和风格。在小说创作上,他受到了俄国作家陀思妥耶夫斯基、法国作家福楼拜、英国作家康拉德、英国浪漫主义大诗人济慈等人的影响,当然也受到了美国作家亨利·詹姆斯、伊迪丝·华顿等人的影响。但他决不拘泥于某一种风格或流派,而是以他自己的文学天赋博采众长,兼收并蓄,形成了他独特的创作方法。他构造情节和塑造人物的枢纽是他们的梦。这在他的长、短篇小说中几乎俯拾皆是。他的作品风格凝练、含蓄,张弛有度,且富有浓厚的抒情气息。他从不凭借细节的铺陈和堆砌,而善于抒发每一个特定细节内在的感情和诗意。这在现代美国小说家中是自成一格的。

二、菲茨杰拉德极善于运用富有想象的比喻和意象。他在作品中所使用的精湛的象征比喻,富有多种层次的意义和思想感情,能诱发读者丰富的联想,使不同的读者会有不同的体会,不同的时代得出不同的解释。他常用的手法是,赞许于表,讥讽于里,既有融合,又有距离,因而颇耐人寻味。这也是他的作品之所以有持久生命力的一个原因,也是评论家们一直在致力探索的一个秘密。

三、在叙事技巧上,菲茨杰拉德吸纳了康拉德、詹姆斯等作家的艺术特点,创造了他自己独特的"既身在其中、又身在其外"、类比分析、对比观照、缘景写情等创作手法,使作品的主题和人物的形象显得更加鲜明、生动。这些手法在《了不起的盖茨比》、《夜色温柔》以及《最后一位君子》等作品里表现得尤为突出。这些手法的交替使用,也使读者"既身在故事中,又身在故事外",使读者不得不与作者一起去感受和体味作品中的人物的命运,从而产生出心灵上的共鸣。

四、在塑造人物的方法上,菲茨杰拉德善于对人物进行印象式的肖像描写。他不以具体、逼真的形象描绘见长,却善于精确地捕捉人物的精神特征,并辅之以不断变换的观察角度和场景来烘托人物,表现人物的性格特征和心境,以增强印象的效果。他作品中的一些主要人物,如盖茨比、迪克·戴弗、门罗·施塔尔等,一般要在读者已获得了足够的印象之后,才会正式登台亮相。此外,他对人物心理活动的描绘是细致入微的,有时甚至达到了詹姆斯等作家那样细腻、那样不厌其烦的程度,这在《夜色温柔》、《最后一位君子》等作品里可以得到印证。鉴于这些原因,他小说里的那些人物才总是那样惟妙惟肖,令人"如闻其声,如见其人"。

五、在文体风格和语言特色上,菲茨杰拉德善于从现实生活中去发现和捕捉那些鲜活、生动的词语。这些词语经过他的精心加工、磨砺之后,被赋予了新的含意,很快便会成为人们常挂嘴边的时髦用语。他用词遣句极讲究精确、凝练,强调文句的节奏感和易读性。绚丽的文笔、优雅的词语,常使他作品的字里行间充满了诗情画意,能给人以美的享受。"他的文体风格以感情真挚取胜,而且很懂得含蓄。他从不让自己的感情直接喷射出来,总是控制着自己。他最有特色的是:在字里行间让一般哀伤的细流隐隐地、慢慢地渗透出来。欢笑纵乐的场面时时埋伏着一场灾难,花团锦簇的文章处处隐藏着一层悲哀。这种幻灭感有时写得很奇特。"[1]然而与海明威的风格相比,菲茨杰拉德则又显得有些过于铺陈、渲染,不像海明威那样用词颇有节制,文风朴实、清新。过于华丽的词语以及过于细腻和抒情的手法,也使他的一些小说有越过散文门槛之嫌。但是,这并不影响他的作品的艺术光华。作为一位杰出的艺术家,菲茨杰拉德的独特的文体风格和语言艺术也已受到语言学家和翻译家们的越来越广泛的重视。

我国的"菲茨杰拉德研究"在近几年来的进展情况已表明,这位在20世纪文学史上与海明威等作家齐名的杰出的文学艺术家,正在受到我国学术界和读者的越来越普遍的关注,对他的研究也在不断地深入。相信在为期不远的将来就会有更多更富有新意的学术成果问世。

---

[1] 董衡巽语,《外国文学集刊》第1辑,第71页。

菲茨杰拉德研究

结 束 语

在刚刚跨入21世纪的今天,回头观望20世纪文学发展的轨迹,不由得不使人生出无限的感慨,甚至苍凉之感。有多少作家在有生之年就已成名立万,其作品也代代相传,持久不衰;有多少作家曾趋炎附势、名噪一时,但其作品由于经受不住时代的考验,都已成了过眼云烟;又有多少作家生前默默无闻,死后却备受世人瞩目。然而,像菲茨杰拉德这样历经了顺达——冷落——复兴——鼎盛全过程的作家却还是极为鲜见的。由于他的作品的社会历史分量、他所达到的高品位的艺术境界、他对现代语言的创造性的熟练运用、他的个性品格,以及他那非同寻常的人生经历,在严肃文学似乎正走向低谷的今天来看,他在文学史上的地位已是很高很高了,高到了他同时代乃至后来的作家群中已无几人能够企及的程度。但他的大起、大落、再大起的现象却也给人留下了沉重的思考。的确,倘若菲茨杰拉德能够活到今天,看到自己的作品已得到了几乎全世界人的公认,看到自己所塑造出的盖茨比、迪克、施塔尔等人物群像已被注入新的生命,成为美国文化中不可或缺的一个部分,看到自己的声誉已远远超过了他生前所能想象的高度,他会感到很欣慰的。但他早年对自己的才华的肆意浪费、他在写出了《了不起的盖茨比》之后长时间的沉寂无消息、出版了《夜色温柔》之后又再度陷入创作的危机境地、他在临终前的悲苦处境中想作出生命之搏,"再写出一二部好作品"却又未能实现的强烈愿望,大概也会给他留下些许的遗憾。

文学从来就是生活和时代的审美反映。一个作家以什么样的姿态来从事创作,他的作品究竟是否能真实地反映现实生活和时代精神,要看这位作家是否真正走进了现实生活,获得了真切的体会,发现了真正闪光的思想和真正有血有肉的人物形象。作家光凭着自己极高的天赋、满腔的热情、良好的愿望是远远不够的。他必须站在时代潮流的前列,以高度的使命感和强烈的忧患意识去贴近现实、观察社会、感受人生,以自己独特的写作姿态和艺术形式去如实地反映人与社会、人与自然、人与自我的关系,去揭示和描绘时代的变迁对社会道德、文化习俗和人的个性发展所产生的深刻影响。惟有这样,他才能写出"像样的"、有深度的、能够经得起时代考验的作品来。这也是"菲茨杰拉德现象"给予我们的启示。

20世纪文坛可谓"群星璀璨"。天才作家、文学巨匠不断出现。这也是生活和时代使然。因为20世纪是一个充满各种矛盾、社会形态和价值观念都发生了剧烈变动的世纪,是一个人类经历了前所未有的两次世界大战浩劫的风云变幻的世纪,是一个科学技术和物质文明日新月异、迅猛发展的世纪,也是一个让天才作家应运而生的世纪。菲茨杰拉德生逢其时。他亲身经历了一系列时代和社会的变迁,亲身体验、耳闻目睹了第一次世界大战前后、尤其是二三十年代欧、美两地在社会形态和价值观念上所发生的剧烈衍变。他"既身在其中,又身在其外",以一个职业文学家所特有的敏锐目光捕捉着时代的脉搏,观察着生存环境中理想与现实的激烈冲突、光明与黑暗的强烈反差、善与恶的搏斗、美与丑的较量。他用严峻的道德标准分析、评判着发生在现实生活中的一切,以高度的使命感、强烈的忧患意识、精湛的艺术造诣,以及他自己对社会、对人生的深刻理解,如实地再现出了那个特定历史时期的诸多典型特征,在自己的作品里注入了与那个时代和社会生活息息相关的期盼、激情、感伤、反省,以及对社会、历史的深刻思考。正因为如此,他的作品才能够那样经久,那样不朽,那样经得起分

结束语

析,经得起时代的考验,那样"使人越读越感到趣味无穷"。

在"知识经济"、"信息技术"已进入人们生活的今天,在重新透视"菲茨杰拉德现象"、重新阅读他的那些作品时,我们会发现,历史的发展自有其自身的规律和惊人的相似之处,当今社会存在的不少问题早已在菲茨杰拉德的作品中被描绘过了。在解读他的文学生涯和文学作品的过程中,我们不仅能够获得历史画面的真实重现和美的享受,而且会获得新的启示,获得对现实生活的新的解释。如今,知识已受到了新的标准的检验,知识已成为一种信息化的商品,一切知识存在的价值将以其是否"有用"来加以衡量。在这种氛围下,文学将会或已经受到了严重的挑战。文学势必会更加走向实用化、商品化和功利化。通俗文学会比严肃文学抢手,小说已成为影视文化的"软件","网络文学"正在对传统文学发起冲击,现代社会快节奏的生活方式也使文学创作和文学欣赏的方式发生了巨大的变化。这与菲茨杰拉德所处的那个时代有着诸多相似之处。菲茨杰拉德的作品融合了他那个时代的精神风貌、生活气息、商品意识、社会风尚、变革中的伦理准则等特征,更为重要的是,他的作品中融入了他自己对历史和现实的深刻认识、他的良知和悲剧意识,以及他对未来的具有前瞻性的哲学思考。这就是他的作品之所以具有时代的可感性,并为越来越多的当代读者所喜爱的主要原因,因为他的作品使不同时代的不同读者都能产生心灵上的共鸣。在严肃文学和文学批评必须寻找新的契合点和新的生存空间的今天来看,菲茨杰拉德的创作实践仍有其值得研究和借鉴的价值。

锐意进取,不断创新,羞于重复,格外重视个人的文体风格和独特的创作个性,这是名作家们之所以名不虚传的一个重要原因。"文体风格如同作家的专有印记,刻下了他独特的创作个性。"[①]凡

[①] 董衡巽语,《外国文学集刊》第 1 辑,第 69 页。

是严肃的、对艺术有所追求的作家,都会以十足的劲头去努力探索新的艺术表现形式和具有个性特点的文体风格,而决不会与他人雷同。菲茨杰拉德虽然与海明威、福克纳、沃尔夫、多斯·帕索斯等名作家生活在同一个历史时代,但菲茨杰拉德笔下的世界一眼望去,就知是菲茨杰拉德的,决不会与其他作家所创造的世界相混淆。这是因为他一生都在执著地追求具有自己独特个性的写作技巧和文体风格,力求以自己的方式来描绘现实生活,表现人物的精神面貌和性格特征,而且"就像奴隶一样对每句话都进行艰苦细致的推敲"。"在每一篇故事里,都有一滴我在内——不是血,不是泪,不是精华,而是真实的自我,真正是挤出来的。"[1]正因为如此,他笔下的人物才那样栩栩如生,他创造出的那个艺术世界才那样富有魅力,感人至深。这也是他的作品之所以会引起历代评论家兴趣的原因之一。

如今,已没有人会怀疑他是20世纪文学史上一位杰出的文学家和艺术大师了。他的那些已超越了时空界限,被注入了新的生命力的名篇佳作,和他那对文学艺术孜孜以求的执著精神,将会不断给人以启迪和鼓励,催人奋进,去创造更为美好的明天。

"于是,我们奋力向前划,逆流向上的小舟,不停地倒退,进入过去。"

---

[1] Matthew J. Bruccoli, ed. *The Notebooks of F. Scott Fitzgerald*, #885.

附录一

菲茨杰拉德年表

1853 年　艾德华·菲茨杰拉德生于马里兰州蒙戈马利市洛克维尔镇附近的"戈兰马利"农庄。

1858 年　安东尼·赛瑞生于亚拉巴马州塔斯齐基镇。

1860 年　玛莉(莫莉)·玛奎兰生于明尼苏达州圣保罗市。
明尼·麦钦生于肯塔基州艾德维尔镇。

1884 年 6 月　安东尼·赛瑞与明尼·麦钦在肯塔基州艾德维尔镇结婚。

1890 年 2 月　艾德华·菲茨杰拉德与莫莉·玛奎兰在华盛顿特区结婚。

1896 年 9 月 24 日　弗朗西斯·司各特·基·菲茨杰拉德生于圣保罗市。

1898 年 4 月　艾德华·菲茨杰拉德在圣保罗经营的家具厂破产;艾德华在P&G公司当销售员;举家迁往纽约州布法罗市。

1900 年 7 月 24 日　姗尔达·赛瑞生于亚拉巴马州蒙戈马利市。

1901 年 1 月　菲茨杰拉德全家迁入纽约市。

1901 年 7 月 21 日　安娜贝尔·菲茨杰拉德出生。

1903 年 9 月　菲茨杰拉德全家迁回纽约州布法罗市。

1908 年 7 月　菲茨杰拉德全家迁回圣保罗市。

1908 年 9 月　司各特·菲茨杰拉德入圣保罗私立学校就读。

1909 年 10 月　菲茨杰拉德第一篇短篇小说《雷蒙特抵押品之谜》发表在圣保罗私立学校校刊《时机》上。

1911 年 8 月　菲茨杰拉德第一个剧本《不再懒散的少女》在圣保罗发表。

1911 年 9 月　在圣保罗发表短篇小说《被捉住的影子》。

1912 年 9 月　菲茨杰拉德与西里尔·费神父和英国名作家轩尼·莱斯利相识。

1913 年 8 月　在圣保罗发表短篇小说《懦夫》。

1913年9月　菲茨杰拉德考入普林斯顿大学;结识艾德蒙·威尔逊和约翰·毕萧浦等人;开始为《普林斯顿之虎》撰稿。

1914年9月　在圣保罗发表短篇小说《相称的精神》。

1914年秋　姗尔达入西德尼·兰尼尔中学就读。

1914年12月　菲茨杰拉德第一次在《普林斯顿戏剧协会会刊》发表抒情组诗"Fie! Fie! Fi－Fi!"。

1915年1月　菲茨杰拉德在圣保罗与吉妮芙娜·金相识。

1915年4月　菲茨杰拉德第一次在《拿骚文学》杂志发表短篇小说《影子桂冠》。

1915年11月　菲茨杰拉德从普林斯顿大学休学。

1915年12月　在《戏剧协会会刊》发表抒情组诗《邪恶的眼光》。

1916年9月　在普林斯顿大学恢复学籍。

1916年12月　在《戏剧协会会刊》发表《安全第一》。

1917年10月　菲茨杰拉德应征入伍,任美军步兵少尉。

1917年11月　菲茨杰拉德去堪萨斯州利文渥斯堡军营报到;开始创作长篇小说《浪漫的自私主义者》。

1918年2月底　菲茨杰拉德获准从军队休假;回到普林斯顿大学,完成了《浪漫的自私主义者》的初稿;3月,将小说寄给轩尼·莱斯利;5月,莱斯利将小说寄给斯克里布纳出版公司。

1918年3月　菲茨杰拉德赴肯塔基州路易斯维尔附近的泰勒军营报到。

1918年4月　菲茨杰拉德奉命调往佐治亚州高登军营。

1918年5月　姗尔达从西德尼·兰尼尔中学毕业。

1918年6月　菲茨杰拉德奉命调往亚拉巴马州蒙戈马利市附近的谢里丹军营。

1918年7月　菲茨杰拉德与姗尔达·赛瑞在蒙戈马利市一乡村俱乐部的舞会上相识。

1918年8月　斯克里布纳出版公司退回《浪漫的自私主义者》;10月,修改后的书稿再次被退回。

1918年10月26日　菲茨杰拉德所在军团赴长岛附近的米尔斯军营,准备开赴欧战前线;出发前夕,战争结束。

1918年11月　菲茨杰拉德所在军团返回谢里丹军营。他被调任陆军准将莱恩将军的副官。

附录一

1919年2月　菲茨杰拉德从军队退伍,在纽约拜伦·柯利尔广告公司工作,并准备与姗尔达结婚。

1919年春　由于姗尔达始终没有明确答应这桩婚事,菲茨杰拉德于4月、5月、6月间数次奔赴蒙戈马利市向她求婚。《时尚社会》杂志接受他的第一篇商业性短篇小说《林中婴儿》,发表于1919年9月。

1919年6月　姗尔达·赛瑞解除了她与菲茨杰拉德的婚约。

1919年7月　菲茨杰拉德辞去广告公司的工作,返回圣保罗,闭门谢客,重新修改长篇小说。

1919年9月16日　斯克里布纳出版公司编辑麦克斯威尔·帕金斯接受了长篇小说《人间天堂》。

1919年11月　菲茨杰拉德成为雷诺兹中介机构的经纪人哈罗德·奥伯的客户。第一次向《星期六晚邮报》售出的短篇小说为《头与肩》,发表于1920年2月。

1919年11月至1920年2月　《时尚社会》发表菲茨杰拉德短篇小说《初入社会的少女》、《瓷器与石竹花》、《戴里林波尔错了》。

1920年1月　菲茨杰拉德移居新奥尔良州,一个月后又迁居纽约。数次奔赴蒙戈马利,与姗尔达恢复婚约。

1920年3月至5月　《星期六晚邮报》发表了短篇小说《麦瑞寻亲》、《骆驼之背》、《留短发的波妮丝》、《冰宫》、《近海海盗》。

1920年3月26日　《人间天堂》出版。

1920年4月3日　菲茨杰拉德与姗尔达·赛瑞在纽约市圣·帕特里克教堂结为伉俪。

1920年5月　菲茨杰拉德夫妇迁居康涅狄克州威斯特堡市。菲茨杰拉德开始创作第二部长篇小说《漂亮冤家》。

1920年7月　在《时尚社会》发表短篇小说《五一节》。

1920年9月10日　菲茨杰拉德第一部短篇小说集《新潮女郎与哲学家》出版。

1920年10月　菲茨杰拉德夫妇迁至纽约市第59号大街38号。

1921年5月3日　第一次欧洲之行:菲茨杰拉德夫妇乘船抵达英国,之后,又游历法国、意大利。不久又返回美国,于7月27日抵达蒙戈马利市。

1921年8月　菲茨杰拉德夫妇居于圣保罗市郊白熊湖别墅区。

1921年9月至1922年3月　《漂亮冤家》在《都市杂志》连载。

1921 年 10 月 26 日 女儿司各蒂诞生。

1922 年 3 月 4 日 《漂亮冤家》正式出版。

1922 年 6 月 《时尚社会》发表短篇小说《一颗像里茨饭店那么大的钻石》。

1922 年 9 月 22 日 菲茨杰拉德第二部短篇小说集《爵士乐时代的故事》出版。

1922 年 10 月 菲茨杰拉德夫妇迁居长岛。与小说家林·拉登纳成为好友。

1922 年 12 月 在《都市杂志》发表短篇小说《冬天的梦》。

1923 年 4 月 27 日 发表剧本《蔬菜》。

1924 年 5 月 第二次欧洲之行:菲茨杰拉德夫妇抵达法国,游巴黎,后居于里维埃拉。

1924 年 6 月 在《美国信使》发表短篇小说《赦罪》。

1924 年夏、秋两季 菲茨杰拉德完成了《了不起的盖茨比》的初稿,并加以修改、润饰。

1924 年 7 月 姗尔达与法国海军航空兵尤多亚德·约桑一见钟情,频频幽会。菲茨杰拉德在《自由》杂志发表短篇小说《明智之举》。

1924 年夏 菲茨杰拉德夫妇在法国昂蒂布与墨菲夫妇相识。

1924 年 10 月 菲茨杰拉德夫妇迁居罗马。菲茨杰拉德修改《了不起的盖茨比》的校样。

1925 年 4 月 10 日 《了不起的盖茨比》出版。

1925 年 4 月底 菲茨杰拉德夫妇返回巴黎。

1925 年 5 月 菲茨杰拉德在巴黎"浪人酒吧"与海明威相识。

1925 年夏 菲茨杰拉德开始构思、创作长篇小说《夜色温柔》。

1925 年 8 月 菲茨杰拉德夫妇在昂蒂布小住一月,后又返回巴黎。

1926 年 1 月至 2 月 姗尔达在法国医院接受治疗。菲茨杰拉德在《红皮书》杂志发表短篇小说《阔少爷》。

1926 年 2 月 2 日 由欧文·戴维斯改编的剧本《了不起的盖茨比》开始在百老汇上演。

1926 年 2 月 26 日 菲茨杰拉德第三部短篇小说集《所有悲伤的年轻人》出版。

1926 年 5 月至 6 月 海明威夫妇、墨菲夫妇、菲茨杰拉德夫妇均住于里维埃拉。

1926 年 12 月 菲茨杰拉德夫妇返回美国。

附录一

1927年1月 第一次好莱坞之行：菲茨杰拉德夫妇在好莱坞生活近两个月；菲茨杰拉德为"联艺影业公司"创作电影脚本《唇膏》；与影星露易·莫兰相识。

1927年3月 菲茨杰拉德夫妇迁居德拉华州威灵顿市附近。姗尔达开始学芭蕾舞。

1928年4月 第三次欧洲之行：居于巴黎。在《星期六晚邮报》发表短篇小说《绯闻侦探》。

1928年夏 姗尔达在巴黎拜师鲁波夫·艾戈洛娃，开始接受正规芭蕾舞训练。

1928年10月 菲茨杰拉德夫妇返回美国。

1929年初 姗尔达开始在《校园幽默》杂志发表短篇小说。

1929年3月 菲茨杰拉德在《星期六晚邮报》发表短篇小说《最后的芭蕾舞演员》。

第四次欧洲之行：菲茨杰拉德夫妇先居于里维埃拉，后于4月迁至巴黎居住。

1929年6月 返回里维埃拉。

1929年10月 返回巴黎。

1930年2月 菲茨杰拉德夫妇赴北非旅行。

1930年4月 在《星期六晚邮报》发表短篇小说《第一滴血》。

1930年4月30日 姗尔达第一次精神病发作，在巴黎接受治疗，5月11日出院。

1930年5月22日 姗尔达在瑞士接受治疗。

1930年6月5日 姗尔达转入瑞士另一家医院接受治疗。

1930年夏、秋两季 菲茨杰拉德往返于巴黎与瑞士之间照料姗尔达。秋季在洛桑租房住下。

1930年圣诞节 菲茨杰拉德携女儿司各蒂探望姗尔达，然后带她去瑞士格斯塔达山中滑雪。

1931年1月26日 父亲艾德华·菲茨杰拉德去世。菲茨杰拉德回国参加父亲的葬礼，然后去蒙戈马利向赛瑞夫妇报告姗尔达的病情。

1931年2月 菲茨杰拉德返回欧洲，继续奔波于巴黎与瑞士两地。

在《星期六晚邮报》发表短篇小说《重访巴比伦》。

1931年7月 菲茨杰拉德夫妇在法国安尼斯湖区生活两周。

1931 年 9 月 15 日　姗尔达病愈出院。菲茨杰拉德夫妇返回美国,在蒙戈马利市租房住下。

1931 年 11 月至 12 月　第二次好莱坞之行:菲茨杰拉德只身赴好莱坞,为 MGM 影业公司改编《红头歌女》脚本。

1931 年 11 月 17 日　姗尔达的父亲、大法官赛瑞去世。

1932 年初　菲茨杰拉德创作《夜色温柔》。

1932 年 1 月　菲茨杰拉德夫妇迁居佛罗里达州圣彼特斯堡市。姗尔达第二次犯病。

1932 年 2 月 12 日　姗尔达在巴尔的摩市入住约翰·霍普金斯医学院附属菲普斯精神病分院。

1932 年 3 月　姗尔达在住院期间完成长篇小说《留住我的华尔兹》的初稿。菲茨杰拉德居于巴尔的摩市一家旅馆。

1932 年 5 月　菲茨杰拉德在巴尔的摩市完成《夜色温柔》的大部分内容的创作。

1932 年 6 月 26 日　姗尔达从菲普斯精神病分院出院,与家人团聚。

1932 年 10 月 7 日　姗尔达长篇小说《留住我的华尔兹》出版。

1932 年 10 月　菲茨杰拉德在《美国信使》发表短篇小说《疯狂的星期天》。

1933 年 6 月 26 日至 7 月 1 日　姗尔达的剧本"Scandalabra"在巴尔的摩市上演。

1934 年 1 月至 4 月　长篇小说《夜色温柔》在《斯克里布纳杂志》连载。

1934 年 2 月 12 日　姗尔达第三次犯病,重新入住菲普斯精神病分院。

1934 年 3 月 8 日　姗尔达转入纽约比肯地区一家医院继续治疗。

1934 年 3 月 29 日至 4 月 30 日　姗尔达画展在纽约卡里·罗斯艺术展览馆举行。

1934 年 4 月 12 日　长篇小说《夜色温柔》正式出版。

1934 年 5 月 19 日　姗尔达转入马里兰州一家医院接受治疗。

1935 年 2 月　菲茨杰拉德前往北卡罗莱那州,两周后返回巴尔的摩市。

1935 年 3 月 20 日　菲茨杰拉德第四部短篇小说集《清晨起床号》出版。

1935 年 11 月至 12 月　菲茨杰拉德居于北卡罗莱那州亨德森维尔市,着手创作系列自传体文章《崩溃》。12 月底返回巴尔的摩市。

1936 年 4 月 8 日　姗尔达转入艾希维尔市一家医院继续接受治疗。

1936 年 7 月　菲茨杰拉德返回艾希维尔市。

1936 年 9 月　菲茨杰拉德的母亲莫利·玛奎兰在华盛顿特区病逝。司各蒂入康涅狄克州伊特尔·沃克中学就读。

1937 年 7 月　菲茨杰拉德第三次好莱坞之行：菲茨杰拉德已是负债累累，与 MGM 影业公司以每周酬金 1,000 美元标准签订了为期半年的片约合同；改编电影脚本《北方佬在牛津》；7 月 14 日与希拉·格蕾厄姆相识。

1937 年 7 月至 1938 年 2 月　菲茨杰拉德改编电影剧本《三个同志》。

1937 年 9 月初　菲茨杰拉德去艾希维尔医院探望姗尔达，一起在南卡罗莱那州查尔斯顿市共度了 4 天。

1937 年 12 月　MGM 公司与菲茨杰拉德以每周 1,250 美元的标准签订了为期一年的合同。

1938 年 2 月至 1939 年 1 月　菲茨杰拉德为 MGM 公司创作电影剧本《婚外情》、《玛丽娅·安东尼》、《妇女》、《居里夫人》等。

1938 年 9 月　司各蒂考入瓦萨大学。

1938 年 11 月　MGM 公司与菲茨杰拉德合同到期，未再续签。

1939 年 1 月　菲茨杰拉德改编《乱世佳人》剧本。

1939 年 2 月 10 日至 12 日　菲茨杰拉德与剧作家巴德·舒尔伯格同行去达特茅斯大学，共同创作剧本《冬天里的狂欢节》，因酗酒而被解雇。

1939 年 3 月至 1940 年 10 月　菲茨杰拉德以自由作家身份为派拉蒙、环球、20 世纪福克斯、戈尔德温等著名影业公司编剧。创作剧本《空袭》、《打开那扇门》、《一切发生在夜间》、《38 岁正当年》、《窃贼》等。

1939 年 4 月　菲茨杰拉德夫妇赴古巴。菲茨杰拉德饮酒过量，返回纽约后即住院治疗。

1939 年夏　菲茨杰拉德构思长篇小说《最后一位君子的爱》。

1939 年 7 月　菲茨杰拉德解除了与哈罗德·奥伯的代理关系。

1940 年 1 月　菲茨杰拉德在《老爷》杂志发表《帕特·霍比系列小说》中的第一篇《帕特·霍比的圣诞心愿》。

1940 年 3 月至 8 月　菲茨杰拉德为莱斯特·柯旺影业公司改编剧本《重访巴比伦》。

1940 年 4 月中旬　姗尔达出院，与母亲同住在蒙戈马利市的家中。

1940 年 5 月　菲茨杰拉德迁居至好莱坞劳雷尔北路 1403 号。

1940 年 12 月 21 日　菲茨杰拉德因心脏病突然发作，在好莱坞希拉·格雷厄姆的寓所里与世长辞。

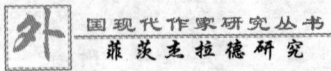

1940年12月27日　菲茨杰拉德被安葬在马里兰州洛克维尔市的公墓里。
1941年10月27日　由艾德蒙·威尔逊整理、编纂的《最后一位君子》出版。
1945年8月12日　由艾德蒙·威尔逊编辑的菲茨杰拉德自传本文集《崩溃》出版。
1945年9月　由多萝茜·帕克编辑的《菲茨杰拉德选集》出版。
1947年11月　姗尔达再次因病住院。
1948年3月10日　姗尔达在医院的火灾中未能逃出而去世。
1948年3月17日　姗尔达与菲茨杰拉德被安葬在一起。
1975年11月7日　司各特和姗尔达·菲茨杰拉德被重新安葬在马里兰州洛克维尔市圣·玛丽天主教堂的菲茨杰拉德家族的墓地里。

附录二

根据菲茨杰拉德小说改编的作品要目

（一）电影类

1. 《唱诗班姑娘的罗曼史》，根据《头与肩》改编，麦特罗影业公司1920年出品。
2. 《猎夫记》，根据《麦瑞寻亲》改编，福克斯影业公司1920年出品。
3. 《近海海盗》，麦特罗影业公司1921年出品。
4. 《漂亮冤家》，华纳兄弟影业公司1922年出品。
5. 《1492号列车员》，根据《骆驼之背》改编，华纳兄弟影业公司1924年出品。
6. 《了不起的盖茨比》，名演员影业公司1926年出品。
7. 《当面推人》，派拉蒙、名演员、拉斯基1928年联合出品。
8. 《了不起的盖茨比》，派拉蒙影业公司1949年出品。
9. 《巴黎遗梦》，根据《重访巴比伦》改编，MGM影业公司1954年出品。
10. 《夜色温柔》，20世纪福克斯1962年出品。
11. 《了不起的盖茨比》，派拉蒙影业公司1974年出品。
12. 《最后一位君子》，派拉蒙影业公司1976年出品。

（二）戏剧类

1. 《年轻又漂亮》，根据《约瑟芬系列小说》改编，1955年10月1日起开始在纽约等地上演，纽约萨缪尔·弗兰契出版社出版，1956年。
2. 《候机三小说》，纽约萨缪尔·弗兰契出版社出版，1958年。
3. 《留短发的波妮丝》，芝加哥戏剧出版公司出版，1982年。

(三) 电视剧类

1. 《留短发的波妮丝》,《名作欣赏》,1977年出品。
2. 《夜色温柔》,BBC电视剧场,1985年出品。
3. 《最后的芭蕾舞演员》,好莱坞精选片,北好莱坞电视制作中心,1994年出品。

附录三

主要参考书目

Anderson, W. R. *The Fitzgerald Revival, 1940~1974*. Dissertation: University of South Carolina, 1974.
Baker, Carlos. *Ernest Hemingway: A Life Story*. New York: Scribners, 1969.
Baker, Carlos, ed. *Ernest Hemingway: Selected Letters, 1917~1961*. New York: Scribners, 1981.
Berg, Scott. *Max Perkins: Editor of Genius*. New York: Congdon / Dutton, 1978.
Bloom, Harold, ed. with intro. *F. Scott Fitzgerald: Modern Critical Views*. New York: Chelsea House, 1985.
Bloom, ed. with intro. *F. Scott Fitzgerald: Comprehensive Research and Study Guide*. New York: Chelsea House Publishers, 2000.
Bloom, ed. with intro. *F. Scott Fitzgerald's The Great Gatsby*. New York: Chelsea House, 1991.
Bruccoli, Matthew J. *Fitzgerald and Hemingway: A Dangerous Friendship*. New York: Carroll & Graf, 1994.
Bruccoli. *Some Sort of Epic Grandeur*. New York: Carroll & Graf, 1993.
Bruccoli. *"The Last of the Novelists": F. Scott Fitzgerald and The Last Tycoon*. Ill: Southern Illinois University Press, 1977.
Bruccoli, with Judith S. Baughman. *Reader's Companion to F. Scott Fitzgerald's Tender Is the Night*. Columbia, S. C.: University of South Carolina, 1996.
Bruccoli, ed. with intro. *New Essays on The Great Gatsby*. Cambridge: Cambridge University, 1985.
Bruccoli, ed. with Judith S. Baughman. *F. Scott Fitzgerald on Authorship*.

Columbia, S. C.: University of South Carolina, 1996.
Bruccoli, ed. *F. Scott Fitzgerald: A Life in Letters*. New York: Simon & Schuster Inc. 1995.
Bryer, Jackson R., ed. *F. Scott Fitzgerald: The Critical Reception*. New York: Burt Franklin, 1978.
Bryer, ed. *The Short Stories of F. Scott Fitzgerald: New Approaches in Criticism*. Madison: University of Wisconsin Press. 1982.
Bryer, ed. *New Essays on F. Scott Fitzgerald's Neglected Stories*. Columbia: University of Missouri Press, 1996.
Callaghan, Morley. *That Summer in Paris*. New York: Coward-McCann, 1963.
Cowley, Malcolm. *A Second Flowering: Works and Days of the Lost Generation*. New York: Viking, 1973.
Cowley, Malcolm, and Robert Cowley, eds. *Fitzgerald and the Jazz Age*. New York: Scribners, 1966.
Graham, Sheilah. *College of One*. New York: Viking, 1967.
Graham. *The Real F. Scott Fitzgerald: Thirty-Five Years Later*. New York: Grosset & Dunlap, 1976.
Hemingway, Ernest. *A Moveable Feast*, New York: Scribners, 1964.
Latham, Aaron. *Crazy Sundays: F. Scott in Hollywood*, New York: Viking, 1971.
Meyers, Jeffrey. *Scott Fitzgerald: A Biography*. New York: Cooper Square Press, 2000.
Meyers. *Edmond Wilson: A Biography*. Boston: Houghton Mifflin, 1995.
Mizener, Arthur. *The Far Side of Paradise*. Boston: Houghton Mifflin, 1965.
Mizener. *Scott Fitzgerald and His World*. New York: Putnam, 1972.
Mizener, ed. with intro. *F. Scott Fitzgerald: A Collection of Critical Essays*. Englewood Cliffs, N. J.: Prentice-Hall, 1963.
Reynolds, Michael. *Hemingway: The Paris Years*. Oxford & New York: Basil Blackwell, 1989.
Ring, Frances Kroll. *Against the Current: As I Remember F. Scott Fitzgerald*. San Francisco: Ellis / Creative Arts, 1985.

Smith, Scottie Fitzgerald, Matthew J. Bruccoli, and Joan P. Kerr, eds. *The Romantic Egoists: A Pictorial Autobiography from the Scrapbooks and Albums of F. Scott and Zelda Fitzgerld.* New York; Scribners, 1974.

Stern, Milton R. ed. with intro. *Critical Essays on F. Scott Fitzgerald's Tender Is the Night.* Boston: G. K. Hall & Co., 1986.

Stern. *Tender Is the Night: The Broken Universe.* New York: Twayne, 1994.

Tate, Mary Jo, ed. *F. Scott Fitzgerald: A to Z. The Essential Reference to His Life and Work.* New York: Checkmark Books, 1998.

Wilson, Edmund, ed. *F. Scott Fitzgerald: The Crack Up.* New York: New Directions Books, 1993.

Wilson, Edmund. *The Shores of Light.* New York: Farrar, Straus and Giroux, 1975.

董衡巽、朱虹、施咸荣、李文俊著:《美国文学简史》(上、下册),人民文学出版社,1987

马库斯·坎利夫著,方杰译:《美国的文学》,中国对外翻译出版公司,1985。

常耀信主编:《美国文学研究评论选》,南开大学出版社,1993。

吴然著:《海明威评传》,陕西人民出版社,1987。

王长荣著:《现代美国小说史》,上海外语教育出版社,1996。

史志康主编:《美国文学背景概观》,上海外语教育出版社,1998。

张玉书主编:《20世纪欧美文学史》,北京大学出版社,1995。

秦小孟主编:《当代美国文学——概述及作品选读》,上海译文出版社,1986。

虞建华主编:《英美文学研究论丛》(第一辑),上海外语教育出版社,2000。

杨仁敬著:《20世纪美国文学史》,青岛出版社,2000。

黄绍湘著:《美国通史简编》,人民文学出版社,1979。

《外国文学研究集刊》(第1、2辑),中国社会科学出版社,1979,1980。

董衡巽著:《海明威评传》,浙江文艺出版社,1999。

菲茨杰拉德研究

后　记

　　写完这部书稿的最后一段文字时,心里既感到轻松了许多,同时又感到有些局促不安。感到轻松的是,经过这一年半多的孜孜砣砣没日没夜苦中求乐的努力之后,如今总算完成了这本书的写作,能够将一部完整的《菲茨杰拉德研究》的书稿交给出版社,交给读者,了却一桩心愿了。之所以还感到有些踌躇和不安,那是因为,以我现有的学识、对艺术的感受能力、文学理论方面的修养,以及对资料的搜集和掌握程度而言,若想对菲茨杰拉德这样一位颇有影响的非本民族的著名文学家的一生和他的作品做出精深的分析和精当的评价,系统地撰写一部关于这位大作家的学术专著,实在不是一件轻而易举的事。在写作过程中遇到的问题很多,困难重重,资料匮乏,能够照搬或套用的现成材料非常少见。再说,这位作家本身的情况又十分奇特,十分复杂,牵涉面极广,仿佛雾锁迷宫,很难走进或走出。虽经多方探讨,反复斟酌,全力以赴,终于挥笔写就,仍颇感力不从心,恐有捉襟见肘、流于肤浅之憾,是以心中踯躅不安。

　　菲茨杰拉德是20世纪美国文学史上与海明威齐名的一位大作家。他的人生经历虽不及海明威那样丰富,他的足迹也不像海明威那样几乎遍及全世界,但他交游极广,结识的朋友几乎包括了当时欧、美文艺界的所有的名流雅士,社会关系庞大、复杂,如同一张无边的网。而他自己却又时而身在其中,时而身在其外,让人难以捉摸。他的文学活动可谓折射或浓缩了那个特定时期的文艺创作和文学批评的发展动向。对他的研究,从某种意义上说,也就是对那段历史的研究。他的文学声誉在20世纪文学批评史中经历了一个从崛起、到衰落、再到复兴,直至走向顶峰的复杂过程,这一过程也演绎了20世纪文学批评史的发展进程。作为现代文学发展史中的一个极为奇特而又极为鲜见的文学现象——"菲茨杰拉德现象",对之加以研究,从中获得启迪或借鉴或警示,鉴往知来,总是一件值得一做的事情。这便是我立意撰写这本书的初衷。

菲茨杰拉德和海明威都是我非常喜爱的美国作家(我曾翻译过海明威的几部遗作,撰写过几篇谈海明威的文章)。从目前情况来看,我国对海明威的译介和研究已相当深入,海明威的作品已几乎全部翻译成中文,走进了我国读书界。我国的专家学者们在海明威研究方面所取得的成果,无论在广度和深度上,也都足以能与海外的研究成果相媲美。但是,我国对菲茨杰拉德的译介和研究,由于种种原因,起步相对较晚,这方面的评论文章甚少,且分量也似不够。迄今为止,我国尚没有这样的专著出现。这似乎是一个缺憾。作为从事外国文学教学与研究队伍中的一员,我感到有责任、有义务来弥补这个不足。这是我之所以敢于不揣谫陋,勉为其难地撰写此书的另一个原因。这本书的出版,无论是对国内或国外的菲茨杰拉德研究者,还是对想做菲茨杰拉德研究论文却又苦于资料难觅的大学生和研究生来说,想必总能提供一些有益的帮助,有所借鉴,或者至少能起到抛砖引玉之用。倘若能够做到这一点,能够为我国的菲茨杰拉德研究乃至美国文学研究尽到一份绵薄之力,我也就心满意足了。

本书从最初的立意,到写作提纲的确定,直至最后的完稿,始终都得到了上海外语教育出版社社长庄智象教授、总编汪义群教授的关心和支持;得到了上海海运学院韩忠华教授、郑立信教授的鼎力相助和鼓励;得到了上海海运学院副院长黄有方教授的大力

后　记

支持和理解。笔者深受鼓舞，增强了信心，终于克服了重重困难，锲而不舍地写完了全书。在写作过程中，承蒙美国的一些友人和同学多方查找并寄来了大批急需的珍贵资料和文献，我的同事和朋友们也协助我查阅了有关信息和典籍，或给予了关心和支持。本书的责任编辑、《外语界》副主编张逸岗先生为本书的出版也做了大量的工作。借此机会，谨向他们表示我诚挚的谢意。

更须提及的是，在本书的写作过程中，笔者还得到了中国社会科学院外国文学研究所研究员、博士生导师董衡巽先生的亲切鼓励和耐心指教，并审阅了这部书稿。这使笔者十分感激。趁此完稿之际，谨向他致以深深的谢意。

坦率地说，埋头做学问，读书写书，是一件十分清苦、十分寂寞的事情。可是，每当完成了一个项目或写出了一篇文章时，心里便有了一种难以言表的轻松。一旦又有了新的选题或接受了新的任务时，便还是抑制不住那股强烈的要继续握笔作文的冲动。这个中的的滋味实在是诉说不尽。回想这一年半来身居斗室，战高温，斗严寒，排除一切干扰，废寝忘食地查寻资料，翻阅原著，核对有关数据和史实，没日没夜地苦思冥想，奋笔疾书的日子，真是感慨良多。幸有家人和友人们的充分理解，热情鼓励，大力支持，才能使写作坚持不辍。虽然写得灰头土脸，苦不堪言，但苦中有乐，苦中有甜。整个这本书的写作过程而今竟成了一种十分亲切、值得回味的怀念。

书稿写完之后，阅读再三，掩卷反思，总觉得不太像样，似乎还有许多没有说清说透的地方。限于篇幅，只好留待将来再作补救。拙著中难免会有缺点、欠妥之处，甚至会有贻笑大方之处，诚请专家学者予以批评指正。作为国内第一部关于菲茨杰拉德研究方面的专著，笔者也希望此书能够为读者提供有益的启迪，能够帮助读者较深入地了解这位 20 世纪文学史上颇具传奇色彩的重要作家的生平和作品，更希望我国学人能够在菲茨杰拉德研究方面出更多更新的成果,以推动我国的菲茨杰拉德研究更快更深入地开展。
这样,这本书的目的也就达到了。

吴建国
二〇〇一年十月十日
于上海海运学院外语楼